JN306233

二 見 文 庫

# 愛の炎が消せなくて

カレン・ローズ／辻 早苗＝訳

**SILENT SCREAM**

**by**

**Karen Rose**


This edition published by arrangement with
Grand Central Publishing, New York, New York, USA.
through Tuttle-Mori Agency, Inc., Tokyo

わたしのたいせつなマーティンに。

ケイト・チャヤ副分隊長と、あらゆる地域の消防隊員に。
あなた方の勇気と犠牲的精神に感謝を捧げます。

カレン・コストルニエックに。ありがとう。

# 謝辞

シャーロット郡の消防および救急医療署第二分署とケイト・チャヤ副分隊長には、消防署を見学させてくださっただけでなく、数多くの質問にも答えてくださって感謝しています。あなた方は最高です。

カトリーナ・ギブソンには、寒い季節における消火活動について協力してくださったことにお礼を。

ジニー・チャヤには、すばらしいお嬢さんのケイトに口添えしてくださったことにお礼を。

ジュリア・ローパーには、ラテン語で助けてくださったお礼を。ありがとう《グラティアス・ティビ・アゴ》。

ベス・ミラーとリタ・グリンドルには、ユダヤ教の信仰について助言をくださったことに感謝します。

ソニー・ラスカーには、格闘シーンについて助言をくださったことに。

マーク・コンテラートには、医療関係の助言に。

ダニー・エイガンには、警察の捜査手順についての質問に答えてくださったことに。

ロビン・ルーには、すべてに。

ケイ・コンテラート、テリ・ボルヤード、それにジーン・メイソンには、支えてくださったことに。

シェリル・ウィルソンとベティーナ・クラーンには、本書のプロットを錬るわたしに辛抱強くつき合い、助言をくださったことに。

いつものように、本書におけるまちがいはすべてわたしの責任です。

# 愛の炎が消せなくて

登　場　人　物　紹　介

| | |
|---|---|
| オリヴィア（リヴ）・サザランド | ミネアポリス警察殺人課刑事 |
| デイヴィッド・ハンター | 消防士 |
| ケイン | 殺人課刑事。オリヴィアのパートナー |
| ジェフ・ゾルナー | 消防士。デイヴィッドの相棒 |
| アンガス・クローフォード | FBI特別捜査官 |
| グレン・レッドマン | デイヴィッドのアパートメント・ハウスの住人 |
| フィービー・ハンター | デイヴィッドの母 |
| トム | デイヴィッドの甥。大学生 |
| カービー | サンドイッチ店〈デリ〉店長 |
| オースティン・デント | 放火を目撃した少年。聾学校の生徒 |
| ケニー・レイセム | オースティンのルームメイト。聾学校の同級生 |
| ジョエル・フィッシャー | 放火犯の大学生四人組 |
| メアリ | 放火犯の大学生四人組 |
| エリック・マーシュ | 放火犯の大学生四人組 |
| アルベール | 放火犯の大学生四人組 |
| プレストン・モス | 環境保護団体〈SPOT〉の象徴的リーダー |

# プロローグ

**ミネソタ州ミネアポリス**
**九月二〇日（月）午前〇時〇〇分**

やつら全員が集まったのが、彼には意外だった。特にあの女には、そこまでのガッツがあるとは思ってもいなかった。やつらのなかで、よりによって彼女にやり通す気概があるとは。大学生四人は黒い服に身を包んでいた。時間を持てあましすぎている大学生のガキども四人。そのうちのふたりは、父親がありあまるほどの金を持っている。すべてが計画どおりに進めば、ふたりの父親の金の大半がじきに彼のものになる。

彼の世界におけるルールその一——脅迫されたくなければ、悪い行ないをすべきではない。ルールその二——悪い行ないをするなら、つかまらないくらい頭がよくなければならない。大学生の四人組は、それほど頭がよくなかった。

コンドミニアムの開発業者が苦心して保護した木々のなかに身を隠している彼は、四人組が近づいていくようすを見つめながらすべてを映像におさめていった。月明かりのおかげで彼らの顔ははっきりと見えており、人目を憚《はばか》っているつもりでいることに彼らの父親の金を賭けてもいいが、実際は死人さえ起こしてしまうほどの物音をたてていた。

「待ってくれ」四人組のひとりが足を止めた。彼の名前はジョエルといい、男三人のなかではこの計画にもっとも熱を入れていた。「もう一度よく考えてみないか?」

興味深い。意見の衝突はいつだってちょっとした刺激をもたらしてくれる。四人組から見えない場所で、彼は映像を撮り続けた。

「待たないわ」女が言った。彼女の名はメアリで、最低のくそ女だ。「もう決めたでしょう。全員でやるのよ、ジョエル。このコンドミニアムは破壊しなくてはいけない。メッセージを伝えなければ」

「彼女の言うとおりだ」これは、四人組の頭脳と思われているエリックだ。頭脳とはお笑い種だ。「この辺の湿地帯保護のために、自分たちで行動を起こすチャンスなんだぞ。なにもしなければ、この湖がコンドミニアムだらけになってしまうんだ」後ろに立っている大柄な仲間をふり返る。「あと二分で、警備員が裏の通用口から出てきて外まわりをはじめる。どうすればいいかわかってるな。行こう。はじめるぞ」

大柄な男の名前はアルベールで、綴りはアルバートだが、フランス系カナダ人なので最後のtは発音しない。ホッケーの奨学生で、ポジションはライトウィング。ずば抜けて優秀なチェッカーだ。そのアルベールがすなおに建物の裏手に向かった。彼の調べたところでは、アルベールはかなりの非行少年だったようだ。だから、自分の仕事をきっちりわかっているのだろう。

そろそろショーがはじまる。急げ。彼はふたつめのカメラを取り出した。これは固定カメラで、取りつけてある小さな三脚をやわらかな地面に突き刺してレンズを調節したところで、メアリ、エリック、ジョエルがコンドミニアムの東側にある階段室のドアから入る場面をちょうどとらえられた。

ドアは石を突《つ》っ支《か》いにして開け放してあった。おそらくは、開閉の手間と時間を惜しんだ作業員がしたことなのだろう。世界一強固なセキュリティ・システムがあっても、作業員が怠惰であればなんの意味もなくなる。大学生四人組は明らかにきちんと下調べをしており、どのドアが開いているかを知っていた。よし、よし。

固定カメラを作動させたまま、彼はアルベールが向かったほうへ行き、警備員が時間どおりに出てくるところに間に合った。五秒後、警備員は意識を失って地面に倒れていた。満足げなアルベールが短い棍棒をポケットにしまう。

全部録画したぞ。アルベールの家族はどん底の貧乏だから、いまは金は入らないが、ナ《N》ショナル・ホ《H》ッケー・リ《L》ーグでゼロのたくさんつく給料をもらうようになる可能性はある。それまで待っていよう。いまはエリックとジョエルの裕福な父親に銀行口座を満たしてもらえばいい。メアリの父親については……報復はドル・マークのつくものだけではない。

個人的な報復だってあるのだ。

それから一分もしないうちに、メアリが通用口から出てきてアルベールに合流した。ふたりは窓を見上げて待った。

離れた安全な場所に隠れて、彼も待った。上階で一条の煙が上がるのが見えた。メアリが拳を突き上げて小声で言った。「やった」

数分もすると各階からもうもうと煙が出はじめた。だが、通用口が再度開くことはなかった。勝利感で輝いていた顔が懸念の表情になり、メアリは一歩前に出たが、アルベールがごつい手でその腕をつかんで止めた。

「ふたりはまだなかにいるのよ」メアリは腕を引っ張った。「放して」

アルベールが首を横にふる。「あと一分待とう」

そのとき、ドアが勢いよく開いてエリックとジョエルが息をあえがせながら出てきた。メアリとアルベールが駆け寄り、ふたりをコンドミニアムから引き離した。

「ばかじゃないのか」エリックが大きく息をしながらどなった。「おまえのせいで、ふたりとも死ぬところだったんだぞ」

ジョエルはがくりとひざをつき、咳の発作に襲われて体を震わせた。顔を上げたその目はおびえきった必死の色をたたえていた。「彼女が死んでしまう」

メアリとアルベールがぎょっとした顔になる。「だれが死ぬって？」アルベールが警戒しながらたずねた。

ジョエルはよろよろと立ち上がった。「女の子だよ。閉じこめられてる。助けなくちゃ」

そう言って走り出しかけたが、エリックとアルベールに引き戻された。「放してくれ」

メアリがジョエルの顔をつかむ。「なかにだれかいるの？」パニックに襲われた表情でエリックをにらみつける。「コンドミニアムにはだれもいないって言ったじゃないの。安全だって」

「だれもいないはずだったんだよ」エリックは歯を食いしばった。「ジョエルはなにも見なかった。だれかが煙に気づいて九一一に通報する前にずらかろう」

「あの子がなかにいるんだってば」ジョエルはいまやヒステリー状態になっていた。「彼女を見たんだ。ほら！」

全員がコンドミニアムを見上げた。彼もそれに倣ってレンズを上に向けたとき、四人組からあえぎ声があがった。その瞬間、彼も少女を見た。両手の拳で窓を叩いているが、それは避難用ではなく、湖の景観を楽しむためだけのはめ殺しの窓だった。まだ若く、おそらくは一〇代だろうか。女の子の口は恐怖の悲鳴をあげて大きく開かれていたが、その声は聞こえなかった。窓を叩く拳が弱々しくなり、顔をガラスに押しつけた。それからてのひらを窓につけ、ずるずると下がって見えなくなった。

ジョエルはもう一度必死で仲間をふりほどこうとした。「あの子が死んでしまう。どうでもいいのか？　だれも傷つけるはずじゃなかっただろう？　放してくれよ。彼女を助けなくちゃ」

メアリが彼の髪をつかんだ。「やめなさい。なかに戻ったら、あなたも一緒に死んでしまうのよ」

ジョエルは泣いていた。「だったら、九一一に通報してくれ。頼むよ。なあ、頼むから」

「聞いて」メアリの声は低く、切羽詰まっていた。「九一一にかけたら、わたしたち全員が刑務所行きになるの。刑務所よ、ジョエル。そんなのは許されない。だから、いますぐ諦めなさい」

けれど、ジョエルは聞いていなかった。自分をつかまえている手から逃れようとして、取り憑《つ》かれたように手足をばたつかせている。その背後で、エリックがすごみのある顔でアルベールにうなずいた。アルベールがポケットから棍棒を取り出した直後、ジョエルは先ほどの警備員と同じようにくずおれた。

「行こう」エリックがきびきびと言い、アルベールとふたりでジョエルを引っ張り起こすと、車を停めてある森に向かった。

いまはだれもいなくなった窓をメアリが最後にもう一度見上げた。「くそっ」吐き捨てるように言ってから向きを変えて走り出し、苦労してジョエルを引きずっているふたりを追い越すと、入るときに切断した金網フェンスをめくり上げた。「急いで。彼を押してくぐらせて」

おやまあ。彼はカメラを下ろして、四人組の車のテールランプが遠ざかっていくのを見届けた。思っていた以上におもしろい展開になった。ただの放火でも、何年も脅迫する楽しみがあった。だが、殺人は放火やほかのあれこれにまさる。クライアントの何人かは、その意見に賛成してくれるだろう。

彼は二台のカメラと三脚を手早く片づけた。煙は空に向かって大きくうねっており、窓の割れる音が聞こえはじめていた。当局がじきにやってくるだろう。そのころにはおれはとっくに消えてるけどな。バックパックを持ち上げると、湖側へと小走りで建物をまわった。そこの栈橋にボートをつないであるのだ。

「おい。止まれ」弱々しい小さな声だったが、彼の耳には届いた。勢いよくふり向くと、よろよろと近づいてくる警備員と向き合う形になった。頭から血を流している。アルベールの殴り方が弱かったのだ。血まみれの片手には無線機を、もう一方の手には銃を持っている。

「止まらないと撃つぞ。本気だ」

今日はごめんこうむるよ、おっさん。彼は落ち着いて銃を取り出して発砲した。警備員の口がショックで大きく開く。がくりとひざをつき、その晩二度めにまたもや倒れた。

「ずっと寝てりゃあよかったんだよ」彼はぼそりと言うと、ボートへと走ってバックパックを投げ入れた。モーターが静かなうなりをあげた。つけていたスキー・マスクをすばやく脱ぐ。いまだれかに見られたとしても、逃げるところではなく、煙が見えたので助けに行こうとしていたと言えばいい。だが、だれにも見られていなかった。いつだって、だれにも見られていなかった。

そのおかげで、ひそめた声で話される秘密を簡単に耳に入れられるのだ。彼はバックパックのなかのカメラをぽんぽんと叩いた。おかげで、彼らの金を楽々と奪えるのだ。自分の仕事をおおいに気に入っていた。


どうしようどうしようどうしよう。手で口をおおったオースティン・デントは、小さなボートが猛スピードで去っていくのを、身を潜めた木の陰から見ていた。警備員は死んだ。あの男が撃ち殺した。死んだんだ。

ぼくがやったと思われる。逃げなくちゃ。逃げるんだ。よろよろと何歩かあとずさり、燃えている建物をもう一度見上げた。

トレイシー。建物から逃げ出すとき、彼女は後ろにいたのだ。でも、外に出ると、彼女はついてきていなかった。ふり向くと……見えたのは煙だけだった。苦悩のすすり泣きが胸にこみ上げてきた。トレイシー。

点滅するライトが遠くに見えた。警察がやってくる。ぼくはつかまって、檻に入れられるんだ。そんなのはいやだ、オースティンはふらつきながらさらに何歩かあとずさり、それからきびすを返して走り出した。

# 1

## ミネソタ州ミネアポリス
## 九月二〇日（月）午前〇時四〇分

「もっと高く上げろ、ジェフ」はしご先端のバスケットに乗っているデイヴィッド・ハンターは、マスクのせいでくぐもった声で無線機に呼びかけた。鼻をつく煙を夜空へと吹きこませている風に向かって肩を入れる。地上四階分の高所にいるが、バスケットは揺らがない。体はベルトでバスケットにつながれているが、念のために脚を踏ん張った。

「上げるぞ」相棒のジェフ・ゾルナーが、下ではしごを操作した。

はしごが上がるのを受け、デイヴィッドはバスケットに取りつけられたホースの角度を調整し、消防隊の到着前に建物下部の二階分を焼き尽くしていた炎に向けた。消防士はまだひとりもなかに入っていない。危険すぎたのだ。唯一の望みは、六階建ての豪華なコンドミニアムを囲む森までこの火が広がるのを食い止めることだけだった。

コンドミニアムの建設が終わっていなくて助かった。数週間あとだったら、入居者がいたはずだ。いや、なかに人がいる可能性はある。警備員の姿がないのだ。下の階にいたのなら、死んでいるはずだ。上階に逃れていれば、救い出せる可能性はまだある。

放火。上昇するバスケットのなかで、デイヴィッドは顎をこわばらせた。これは放火にちがいない。放火に関しては、すぐ目の前で見たあまりにも個人的な経験があるのだ。ふたたび風向きが変わり、炎がこちらに向かってきてぎくりとした。ほんの一瞬足もとがふらつく。集中しろ。命を落とすな。

「デイヴィッド?」炎がパチパチと音をたてるなか、切羽詰まったジェフの声が聞こえた。

「大丈夫か?」

「ああ」バスケットがさらに数フィート上昇し、大きなはめ殺し窓と並んだ。コンドミニアム上階の部屋にはすべてこのはめ殺し窓があった。炎は見えなかったが、熱によって破裂した小さめの窓から煙が入って渦巻いていた。

だが、はめ殺し窓はなんともなっていない。使用されている耐衝撃性ガラスは破裂しないのだ。開けることもできない。湖の景観を楽しむための窓で、避難には向かない。

そのとき、デイヴィッドはなにかを見つけた。心臓の鼓動が速くなる。

「止めてくれ」バスケットの縁から身を乗り出して窓に近づいた。まさか。なかにはだれもいないはずなのに。だが、いたのだ。

「どうした?」ジェフがブレーキをかけ、バスケットががくんと揺れた。

手形だった。小さな手形のかすかな輪郭が、どういうわけか……こちらの照明灯を受けて光っているのだ。どういうことだ？「手形だ」それと、逃げようとして窓を引っかいたらしき跡。「なかにだれかいる。突入しないと」

「ハンター？」タイソン・ケイシー隊長の声が雑音を押して聞こえてきた。「姿は見えるか？」

制御装置を操作して、壁にぶつかるまでバスケットを近づけた。煙の奥を見透かそうと目を凝らすと、早鐘を打っていた心臓がずしりと重くなった。「腕が見える」むき出しの細い腕と華奢な背中。ブロンドの長い髪。行方をつかめない五〇代の警備員ではない。「女性だ。意識不明のようだ。窓は耐衝撃性ガラス」

「その場を動くなよ」ケイシーが言った。「シェリダン、放水停止だ。電ノコを持たせてジェフを上に行かせる」

ゲイブ・シェリダンが地上で給水弁を閉めると、ホースの圧力が下がるのをデイヴィッドは感じた。下を見ると、ジェフが一歩一歩はしごを上ってくるところだった。急げ。大声を出したかったが、相棒のやり方が正しいのはわかっていた。安全のためだ。自分の斧で窓を割ろうかとつかの間考えたが、耐衝撃性ガラス相手では電動鋸《でんどうのこぎり》のほうが仕事が早いとわかっていたので、体力を温存しておくことにした。

窓に視線を戻してなかの女性を見る。彼女は動いていなかった。

おそらくはもう死んでいるのだろう。死なないでくれ。ほかにもだれかいるかもしれないと、窓からなかを覗きこむ。この女性が放火したのだろうか。

電ノコを手にしたジェフがバスケットに上がってきた。デイヴィッドは犠牲者とその手形から離れた窓の端を指し示しながら、逃げようと必死で窓を叩いたり引っかいたりしているときにどれほどおそろしい思いをしただろうかとは考えまいとした。彼女が火をつけたのかもしれないのだ。警察が捜査できるよう、女性の指紋を保存しなくてはならない。

酸素ボンベをほとんど使いきっていたので新しいものと交換し、そのあいだにジェフが電ノコを使って、破壊困難なガラスにデイヴィッドが通れるほど大きな穴を開けた。

ジェフが彼の肩をつかんだ。「彼女が放火犯かもしれない」大声でどなる。「気をつけろよ」

「わかってる」デイヴィッドもどなり返した。穴をくぐり、床が損傷している場合にそなえてできるだけ壁ぎわに降り立った。しゃがみこみ、ほかにだれかいないかと捜す。

だれもいなかった。よし。彼女を連れ出そう。肩に担いだところ、重さを感じないほど軽かった。彼女をジェフに渡してから窓の穴を通って外に出て、はしごを下ろすよう無線でゲイブ・シェリダンに伝えた。

バスケットがコンドミニアムから離れ、いまも二階をなめている炎から遠ざかった。地上では、犠牲者を引き受けようと救急救命士が待機していた。

デイヴィッドは地面に降り立つと同時にマスクをはずし、ジェフも同じようにした。しばし目を閉じて、外気で顔のほてりを冷ます。身を切るように冷たいはずの夜気は彼らの周囲ではいまも熱かったが、くそいまいましいマスクをつけているのにくらべたらエアコンの冷気のなかに足を踏み入れたように感じられた。顔を上げた救急救命士のスコッティ・スクーナーは険しい表情だった。

デイヴィッドにはわかっていた。「死んでいるのか?」

スコッティがうなずく。「ああ」

ジェフがデイヴィッドの肩をぎゅっと握った。「残念だったな、相棒」

「ああ」窓の手形を思い出す。「彼女の両手を見てみてくれ」

スコッティは車輪つき担架の横にひざをついており、そこに横たわっている女性はぼろぼろのジーンズと薄いTシャツを着たティーンエイジャーにしか見えなかった。彼女の人生はまだこれからだったのに。

少女の両手を見たスコッティが眉根を寄せる。「ジェルみたいなものがべったりついてる」

消防隊長とふたりの制服警官もくわわり、少女の両手を見ようと担架におおいかぶさった。

「手についてるのはなんです?」警官のひとりが言う。

「わからない。これがなんにしろ、光を反射するものだ。手型が窓についているのを見た」

デイヴィッドは言った。「照明灯を窓に向けたら、手形が光った。火災捜査官はこれを調べたがるだろう。彼女が放火したんだったら、あそこに閉じこめられてパニックを起こしたのかもしれない。逃げ出そうとして拳で叩いたみたいな跡がたくさんあった」

「彼女が放火犯じゃなかった場合、これは殺人事件だ」もうひとりの警官が言う。「殺人課に連絡します」

「犠牲者はふたりだと伝えて」彼らの背後から女性の声がした。キャリー・ジャクソンだった。彼女の班は湖に面したコンドミニアムの西側に展開していた。「ホースを引いていて、警備員につまずきそうになったの。胸を撃たれてた」

スコッティが立ち上がる。「調べてくる」

キャリーは肩をすくめた。「どうぞ。でも、まちがいなく死んでるわよ。しばらく前からね」

「信じるよ。でも、決まりは守らないと。現場に案内してくれ」スコッティはそう言うと、キャリーと警官ひとりをともなって建物をまわりこんでいった。

残った制服警官が吐息とともに背筋を伸ばした。「殺人課、検死官、それに鑑識を呼びます。全員から話を聞きたがるでしょう。特に彼女を運び出したハンターからは」

殺人課。そのことばが警官の口から出たとたん、デイヴィッドの喉が詰まり、つかの間、さまざまな思いを抑えてあるひとつの思いが脳裏をよぎった。殺人課にはおおぜいの刑事がいる。彼女の担当になる可能性は低い。だが、もし彼女が担当になったらどうする？　そうなったら、そのときに考えるさ。大きく咳払いをしてうなずいた。「当然だな。なんでも協力する」

「ここでの作業を終えるのが先決だ」ケイシー隊長が言う。「二階を鎮火する必要がある。ハンター、おまえはジェフと一緒にもう一度なかに入ってくれ。上階を調べるんだ。ほかにもいてはいけない場所にいる人間がいないかどうかと、壁の内部で火が燻《くすぶ》ってないかを確認してくれ」

「了解」ジェフが答えた。

デイヴィッドは殺人課の刑事の件を頭から追いやり、担架に横たわる少女を最後にもう一度見た。あそこでいったいなにをしていたんだ？　どうしてだれもきみの面倒をみなかった？　だが、人生がそんなに素朴で美しいものでないのはよくわかっていた。「彼女を発見した場所に身元のわかるものがないか確認してみる。まだほんの子どもだから、保護者だかなんだかがいるはずだ」

「なにも触らないように」警官に言われ、デイヴィッドは目玉をぐるりとまわしたい衝動をこらえた。こいつらときたら、ときどきこっちを幼稚園児扱いする。「いいですね？」

「心配いらない。わかってる」

## 九月二〇日（月）午前一時一五分

殺人課刑事のオリヴィア・サザランドは、建設中のコンドミニアムの入り口に配備された制服警官にバッジを見せてゲートをくぐり、テレビ局のバンやカメラマンたちを通り過ぎながら、背後で焚かれるフラッシュを強く意識した。レポーターたちががなっている質問の内容からして、これが放火であるとすでに正しい結論を出しているようだ。

　ざわつく胃がさらにこわばった。現場に身を置くだけで、最近の一連の記憶が刺激された。放火についての質問が叫ばれるなか、オリヴィアが前回担当した大事件についてたずねる声もあった。こうなるのは避けられなかったとわかっていた。だからといって、気に入らなくてはならないわけではない。

「調子はどうです、刑事さん？」顔見知りで、以前は軽蔑の対象ではなかったレポーターがオリヴィアの車と並んで走ったが、制服警官に止められた。「〈遺体遺棄場《ボディ・ピット》〉事件はもう乗り越えましたか？」彼女の背中に向かって叫ぶ。「いまも上からの指示で精神科医にかかっているんですか？」

　オリヴィアは歯ぎしりをした。署の命令で精神科医のもとを三度訪れていたが、レポーターの口ぶりだと、定期的にずっと通っているみたいだった。

　冷ややかににらみつけてウインドウを上げ、スピードを落とさないまま消防車両がかたまって停まっている場所まで行き、相棒のフォード車の隣りに停めた。心が少し落ち着いた。ケインがここにいる。彼ならどうすればいいかわかっているだろう。

そんな思いが浮かんで驚く。「わたしだってわかってる」声に出して言う。きっぱりと。「しっかりしなさい」けれど、しっかりできないのではないかと不安だった。なぜなら、呼吸が肺で引っかかり、心臓がバクバクしているからだ。なぜなら、命令を受けて精神科医を訪れた三度では、事態は好転しなかったからだ。七カ月前に連続殺人犯《シリアル・キラー》宅の地下で見つけた、大量の遺体が捨てられていた石灰坑を忘れていないからだ。

殺人課に配属されてからの四年間で多くの遺体を見てきたが、二月に追ったシリアル・キラーとは比較にならなかった。最後の被害者たちに赤いドレスを着せたことからマスコミが〈レッド・ドレス・キラー〉と名づけた犯人は、三〇年もの長きにわたって密かに殺人を続け、自宅の地下室の石灰坑に埋めていたのだった。ペースを速めたせいでミスを犯してつかまり、身の毛のよだつ秘密が発見されたのだ。

遺体の処理仕事がオリヴィアと相棒のケインにまわってきた。何日も睡眠も食事もとらず、遺体を確認しては遺族に伝え、さらなる遺体の確認のために穴に戻るのくり返しだった。石灰は人間の肉体に慈悲深くはなかった。悪夢は必要なかった。現実がじゅうぶんおそろしいものだった。

マスコミは犯人をなんと呼ぼうと好きにすればいい。オリヴィアのなかであいつは〈ピット・ガイ〉だ。彼女の夢を支配しているのが、暗く、底なしで、遺体でいっぱいのあの石灰坑《ピット》だからだ。

ハンドルをこねるように握りしめて深呼吸をし、意志の力でパニックを抑えこもうとした。というのも、七カ月という時間と何十という遺体のあとも、新たな犠牲者が待っていると思うたびに凍りついてしまうからだ。殺人課の刑事にとっては、ちょっとした問題よね。オリヴィアは苦々しくそう思った。

「車から出るのよ」ぼそぼそとつぶやく。「仕事をしなさい」歯を食いしばってドアを開け、無理やり足を動かし、肺にもう一度空気を吸いこんだ。それから、現場のこと以外なにも考えていないという表情を取り繕った。今夜のこと。ふたりの犠牲者のこと。中年の警備員と一〇代の少女。

彼らのことを考えるのよ。彼らのために正義を行なわなければ。くそいまいましい仕事をしなさい。

さらにもう一度息を吸いこみ、煙のにおいに顔をゆがめた。ひどい火災だった。ふたつの消防隊が現場に駆けつけた――ポンプ車二台、はしご車一台、それに、結局は出番のなかったレスキュー隊ふた組。

今夜は死体安置用の装具のみが運ばれる。

気づくと、足を動かしながら消防車の分隊番号を探していた。これもまた、この七カ月で身についてしまった習慣で、死体に対する恐怖と同じくらい不愉快なものだった。どの消防車が彼のものなのかを知っているだけでもひどく屈辱的だ。彼がここにいるかどうかを気にしているみたいじゃないの。けれど、もちろん気にしているのだ。わたしったらどこまで哀れなの？　相当、だわね。

バスケットのついたはしご車の側面にL21と書かれているのを目にしたとき、ぎくりとした。彼がここにいる。少なくとも、彼の分隊は。どうか今夜は彼が勤務中ではありませんように。とにかくケインを見つけなさい。仕事をするの。

集団のなかにいるケインはすぐに見つかった。オリヴィアの相棒は消防士やほかの警官とくらべても大柄で、頭と肩が出ていた。それに、黒いフェドーラ帽をかぶっているのは彼ひとりだった。それが放火の現場へ行くときにかならずかぶる、火災用のフェドーラ帽だとオリヴィアは知っていた。すえた煙くさいにおいがするので、ケインの妻のジェニーはガレージにしまわせている。

それ以外のフェドーラ帽は、発泡スチロールの頭型に載せられてたいせつに客室に置かれている。殺人課の刑事がひとり残らず現場にフェドーラ帽をかぶっていくのは、オリヴィアが配属されるずっと以前にだれかがはじめたすばらしい伝統だ。過去の刑事たちとの絆でありシンボルで、いまではこの地域の民間伝承になっている。殺人課はこの町で〝帽子団《ハット・スクワッド》〟として知られている。

新人刑事は最初の殺人事件を解決すると、スクワッドの同僚からはじめてのフェドーラ帽を贈られる。オリヴィアはケインから贈られたのだが、かぶるのは気恥ずかしかった。彼女の帽子は、不要品を売るヤード・セールで入手してデスクに置いてある、ギリシア女神の胸像がかぶっている。

だが、ケインは自分の帽子を気に入っている。一〇個以上持っているにちがいない。格好よく見えるのが好きなのだ。

いま、そのケインは困惑の表情を浮かべている。オリヴィアは、車輪つき担架のそばに制服警官とともに立っている彼のもとへ向かった。検死官がかがみこんで被害者の両手を遺体袋にしまっているのを目にして、オリヴィアの心臓が鼓動を速め、胃の具合がひどく危うくなった。またただなんてだめ。いまはやめて。

彼女を見なさい。自分にきつく言い聞かせる。彼女は……完全な形のままよ。動揺を抑えこもうと息を吸いこみ、無理やり視線を下げ、安堵して息を吐いた。遺体はたしかに完全な形を保っていた。肉が骨をおおっていた。すべての骨を。

最悪の時は終わった。これで仕事ができる。被害者は一六歳くらいに見えた。蠟のように白い顔と長いブロンドの髪には煤と埃の筋がついており、身につけている色褪せた薄いTシャツも同様だった。ジーンズはぼろぼろだが、着古したせいではなく、そういうデザインのものだった。足は素足で、かかとにはひどい火傷を負っている。足指の爪は明るいオレンジ色に塗られていた。

安堵のあとにかならずやってくる震えを抑えこもうとしながら、しっかりした声が出せると確信が持てるまで待った。「わかっていることは？」

「白人女性」制服警官が言った。「身元を確認できるものはなし。四階で発見。消防士が入ったときにはすでに死亡」

「死因は？」

犠牲者の両手を遺体袋にしまった検死官のアイザック・ロンドが顔を上げた。「おそらく煙の吸入による気道熱傷。真新しい傷は目にしていない。古傷はあるが」

「どんな傷だ？」ケインだ。

「指に骨折跡があるようなのと、右前腕にひねられた傷がある」

オリヴィアは表情を険しくした。パニックの名残が消えつつあり、冷たい怒りに取って代わられる。家出人だ、と直感が告げていた。ふたりの異母姉と出会った数年前から、家出人に対処するのを個人的な使命にしている。ミーアは勲章をもらった警官だが、ケルシーは元家出人の服役囚だ。兆候は疑いようのないくらいはっきりしていた。「虐待されたんだわ」

「同感だ」ロンドがひざをついて座った。「男性の犠牲者はまた別の話だ。警備員は鈍器で頭を殴られ、そのあと胸に弾を食らってる」

「警備員はどこ？」

「建物の向こう側、湖のそばだ。デイルとミッキがそっちに行ってる」

デイルはロンドの相棒で、ミッキ・リッジウェルは鑑識のリーダーだ。「で、あの人は？」立ち入り禁止テープの外で不安げにうろうろしている、四〇代とおぼしきジョギング・ウェア姿の男性を指さした。

「サミー・ソスバーグです」制服警官が言う。「ここの現場監督です。ソスバーグによると、警備員はヘンリー・ウィームズ、五七歳。地元の人間です」

「もう彼から話は聞いた？」オリヴィアはケインにたずねた。

「ああ。ざっとな。動揺してるが、アリバイはある。確認は必要だがね。ウィームズの連絡先を聞いたから、奥さんに知らせなければ」

楽しい仕事だ。顔を上げたオリヴィアは、四階のはめ殺し窓の一枚にぎざぎざの大きな穴が開いているのを見た。「犠牲者はあの階にいたの？」

「そうだ」近づいてきた放火捜査班のマイカ・バーロウが言った。オリヴィアのうなじの毛が逆立ち、しゅっという音をたてそうになるのをこらえた。

「くそっ」ケインがバーロウに聞こえるようにぼやいた。「彼はやめてくれ」

「ケイン」オリヴィアが声をひそめて諭すと、辛抱強いため息が返ってきた。彼女とマイカ・バーロウは警察学校で一緒で、かつては友人だった。いまはそれほどでもない。バーロウがお節介で傲慢《ごうまん》なろくでなしだからだ。

バーロウがオリヴィアからケインに視線を移し、それから忍耐を試されているとばかりにおおげさに頭をふった。「とにかくこのヤマを片づけよう、いいな？　消防士たちがガラスに彼女の手形がついてるのを発見した。なかに入るには耐衝撃性ガラスを切断しなくてはならなかったが、被害者を搬出した消防士は、窓ガラスの端を切断するよう配慮してくれた。指紋を保存して捜査に使えるようにしてくれたわけだ」

「先見の明がある人だわね」オリヴィアの口調はおだやかだった。「その人から話を聞きたいわ」

「まだなかにいる。出てきたら、連れてこよう」

「了解」バーロウと一緒にいるとかならず感じるいらだちを払いのける。「放火の方法は？」

「わかってるかぎりでは、カーペットの下敷き用接着剤の缶を複数開けて一階と二階にぶちまけた。スプリンクラーは作動しないように細工されてた。OS&Yの鎖を切断して弁を閉じたやつがいる」

OS&Yとは、スプリンクラーに水道水を供給する管の外ネジ式弁だとオリヴィアは知っていた。「工具室からなくなっているボルト・カッターは？」

「なさそうだ。徹底的に調べるのはこれからだが、犯人は自前のを持ってきたようだ」

「準備万端だったわけだ。発火装置は？」ケインがたずねた。

「見つかってない。とはいえ、いまも言ったように、本格的な捜査はまだだが。マッチで火をつけたわけじゃないだろう。接着剤をひと缶ぶちまけた時点で、蒸発した成分が空中に相当漂ってたはずだ。そこに火のついたマッチを落としたなら、ドアまで逃げることもできなかっただろう。接着剤は引火性がおそろしく高い」

「カーペットはすでに敷かれていたの？」オリヴィアがたずねた。

「まだだった。現場監督の話では、明日の予定になってた。いや、もう今日か。カーペット、下敷き、接着剤の缶は三階までの各階に準備されていた。四階から六階は大半が堅木の床で、すでに作業は終わっていた」

「材料がそこにあると知っていた人間がいたんだな」ケインが考えこむ。「防犯カメラのテープはどうなってる？」

バーロウが渋面になった。「カメラは午前〇時になる五分前に止められてた。警備員はいつもどおりに〇時五分に巡回で建物の外に出てきたと思われる」

「内部の犯行か」オリヴィアが言った。「あるいは、少なくとも内部情報を入手できる者の犯行」

バーロウがうなずく。「従業員のリストを提出するよう言ってある」

「制御室はどこだ？」ケインが訊いた。

建設現場の二台のトレーラー・ハウスのうち、手前のをバーロウが指さした。「先月まで、カメラの映像をチェックする者をあのトレーラーに常駐させてたが、予算オーバーで人員が削減された。各シフトに警備員をひとり配備するのがせいぜいになった。夜警は常にまずトレーラー・ハウスをチェックした」

「指紋を採るために、使われた接着剤の缶を鑑識に送るわよね？」

「もう渡してある」バーロウが答えた。「現場監督は動揺がかなり激しいようだ。ウィームズは彼の友だちで、子どもを大学へやるためにふたつの仕事をかけ持ちしていたんだ」

オリヴィアが吐息をついた。「どっちにしろ財政状態はチェックする。保険で利益を得る人間がいるでしょうから。死傷者は出さないはずだったのかも」担架に横たわる死んだ少女を見下ろす。「計画に狂いが生じたんでしょうね」

「彼女の両手を見てみろ、リヴ」ケインが言った。「ジェルみたいなものがついてる」

検死官のロンドが被害者の左手を持ち上げると、少女のてのひらについていたものがなんであれ、すでにプラスチックの袋に採取されたのがわかった。「燃焼促進剤？」

「ちがう」バーロウだ。「探知器でチェックずみだ。登録されているものとは合致しなかった。服も同じだ。つまり、カーペットの下敷き用接着剤をまいたのだとしても、自分にかからないよう気をつけたってわけだ」

探知器は燃焼促進剤中にふくまれる炭化水素を測定するものなので、おそらくはバーロウの言うとおりなのだろう。「消防士は彼女のそばでなにか見つけた？」

「いまのところなにも。三〇分前に鎮火したばかりだ。いまはほかにも犠牲者がいないか、なかをたしかめているところだ。安全が確認できたら、きみたちと鑑識がなかに入るのを許可する」それについては信頼できる。個人的にはいやな人間だろうと、マイカ・バーロウは有能だ。わたしたちだって有能でしょ。だったら、自分の仕事をしなさい。彼女を見るのよ、リヴ。よく見るの。

「ありがとう」オリヴィアはバーロウに言い、車輪つき担架のそばにしゃがみこんで、ロンドがジェルを採取した手をじっくりと見た。マニキュアはペディキュアと同じ明るいオレンジ色だった。「彼女を調べるのはもう終わった、ロンド?」うなずきが返ってくると、一瞬躊躇したのちに犠牲者の手をつかんで照明に向けて持ち上げた。「ネイルの図柄を見て。彼女はこの辺りの人間じゃないわ」

「G-A-T-O-R」ケインが声に出して読み、それから右手をチェックした。「S-R-U-L-E。ゲイターズが支配する《ゲイターズ・ルール》、か」

「残念な真実だな」ロンドがぼそりと言った。「先週の試合でかなりの額を負けたよ」

「フロリダ大学のゲイターズね」オリヴィアが考えこむ。「彼女は大学に通う年には見えない。フロリダに住んでいたのかも」

「ただのゲイターズのファンかもしれないぞ」ケインが釘を刺すと、オリヴィアは肩をすくめた。

「とっかかりにはなるでしょ。指紋を照合する。前科がある場合は、封印されてないことを願うわ。失踪者だったら、児童誘拐警報《アンバー・アラート》が出ているかもしれないし、〈行方不明者および搾取された子どもたちのためのセンター〉にだれかが通報しているかもしれない」

「家出人だった場合は、失踪届が出ていない可能性が高い」ケインが言う。

「わかってる。でも、ジーンズは新しめのものだし、安いものじゃない。家出してからまだそれほど経ってないはず。写真を公開したら、あっさり身元が判明するかも」オリヴィアは少女の手を体の脇にそっと戻してから立ち上がり、その顔を見て哀れみが湧いてくるのを感じた。こんなに若いのに。「彼女がコンドミニアムでなにをしていたのか、見当はついてるの?」

バーロウが首を横にふった。「いまのところ、彼女がだれかと一緒だったという証拠は見つかってない。消防士たちが出てきたら、きみのところに行かせる」

「話がついたなら、彼女を遺体安置所《モルグ》に運びたいんだが」ロンドが言い、ケインがうなずいた。

「リヴ、警備員を見てみよう」みんなから離れるのを待って、ケインが小声で話しかけてきた。「大丈夫か? 車から降りてきたとき、顔色が悪かったぞ」

オリヴィアの頬が熱くなった。「ええ」ぞんざいに答えた。たとえ相手がケインでも、そんな自分を見せてしまったのが恥ずかしかったのだ。「とにかくこの事件を片づけてしまいましょ」とはいえ、終わりはけっしてないのだ。まずいときにまずい場所に居合わせる子どもはいつだっている。あざをつけた子ども。家出をした子ども。自分たちが連れ合いにその死を知らせなくてはならない、弾を食らった男性。喉が詰まって息ができなくなる。「急ぎましょう。今夜相手をしなくちゃならない遺体がもう一体あるんだから」

## 九月二〇日（月）午前一時二〇分

「なにかあったか？」ジェフが言った。彼らはマスクをつけ、酸素ボンベを新しいものに取り替えていた。建設資材から出る煙は有毒である場合が多く、数多くのベテランの消防士が肺をやられているのをデイヴィッドは知っていた。マスクは大嫌いだが、肺はだいじにしたかった。

「いいや」中央の壁に向けて赤外線サーマル・カメラを動かした。壁の向こうには、もっと も炎を見逃しやすい換気用導管がある。だが、なにも感知しなかった。階段で上がってきて、上部の二階分を捜索した。いまは少女を発見した四階に戻っていた。これまでのところ、炎もさらなる被害者も見つかっていなかった。ありがたい。

デイヴィッドは切り取られた窓をふり向いた。煙がおさまったいま、あの少女が残した手形がくっきりと見えた。床に沿って懐中電灯を照らし、鞄かバックパックか身元のわかるようなものはないかと探した。

そのとき、いきなり反射を受けて目を瞬《しばたた》いた。「ジェフ、見てくれ」少女の手形と同じようにきらめいている、球状のものに懐中電灯の光を向ける。直径四インチほどのものが、少女を発見した場所から約二フィートのところに転がっていた。そちらに何歩か向かったとき、床がたわむのを感じた。

大きく飛びのき、床がしっかりしていると確認できるまで息を詰めた。

「デイヴィッド?」ジェフもその場で凍りついている。

「大丈夫だ」アドレナリンの影響で心臓が激しく打っていた。それを無視してもう一度きらめく球に光をあてた。「見えるか?」

「ああ。なんだろう?」

「わからないが、ジェルまみれだ」

「あの子の手と同じだな。そのままにして警察に任せよう」

「了解」デイヴィッドは階段に向かいかけた——そのとき床が崩れて足もとの支えがなくなった。「ジェフ!」とっさに両腕を大きく広げ、崩れていない床の端に肘をついた。体は穴のなかで、足が宙に浮いていた。その下は暗闇が見えるだけだ。三階の火が天井を焼き尽くしたのだ。肘を引っこめれば固い床に着地できるかもしれないが、一階まで落下する可能性が高い。

ジェフが腹這いになって斧の柄を差し伸ばしてきた。「三つ数えるぞ」

デイヴィッドは斧の柄を左手でつかみ、右肘はそのままてこにした。〝三〟で体を持ち上げ、数秒後には目をきつく閉じ、息も荒い状態で、固い床にうつぶせになっていた。体を押し上げた拍子に床がさらに崩れ、穴が大きくなった。コンドミニアムの居間の床がほとんどなくなっていた。危なかった。間一髪だった。

ごろりと横向きになって目を開けたとき、べたつく球が硬材の床板を穴に向かって転がりはじめた。ふたたび反射的に穴の上に腕を伸ばすと、球が手袋のなかにすとんと落ちてきた。

「セーフ」ぼそりと言うと、背後でジェフがぜいぜいと笑った。

「その球にそれだけの価値があるといいな、相棒」

デイヴィッドは手袋をしたてのひらを見つめ、暗い穴に視線を転じ、自分が落ちかけたことを考えまいとした。「くそっ。これをどうしたらいい？」

「見つけた場所に戻すんだ。証拠を動かしたとわかったら、警察に大目玉を食らうぞ」

「もとの場所には戻せない。見つけたところにはもう空気しかない」

「だったら、そのまま持っていけよ。それでも、大目玉は食らうだろうがな」ジェフは無線機で通信をした。「四階の床が落ちた。ハンターとおれに怪我はない。これから階段で下りる」

「了解」雑音とともに隊長の声が返ってきた。

デイヴィッドは球をしっかりと握ったままひざ立ちになった。ふたりして階段まで這っていき、固い地面に降り立ってようやく楽に息ができるようになった。空いているほうの手でマスクをむしり取り、空気を吸いこむ。ひざに力が入らなかったが、だれにも気取らせるつもりはなかった。

「ハンター?」

ミネアポリス警察の放火捜査班の刑事が来た。デイヴィッドは彼を一徹な男だと思っていた。「バーロウ」

「床が崩れたと聞いた。ふたりとも大丈夫なのか?」

「ああ」球を載せた手を差し出した。「少女が亡くなった場所の近くでこれを発見した」

バーロウの眉がくいっと持ち上がった。「現場を乱したのか?」

「もう現場なんてないさ」デイヴィッドの口調はそっけない。「少女を見つけた場所の床は完全に崩落した。球が穴に向かって転がっていったから、つかんだ。反射的に」

「すごいセーブだったぞ」ジェフが割りこむ。「九回裏、満塁でカーンだ。ハンターが球をキャッチし、おれがハンターを引き上げた」意地悪そうな声を出す。「これでこいつはおれに大きな借りができた」

デイヴィッドは目玉をぐるりと動かした。「バーロウ、この球が欲しいのか、欲しくないのか?」

バーロウは頭をふった。「一緒に来てくれ。殺人課の刑事にはあんたから渡せばいい。現場を乱したとわかったら、彼女は喜ばないだろうな」

デイヴィッドが急降下を味わうのはその晩で二度めだった。彼、女。女性の殺人課刑事はひとりしか知らない。彼は歩き出した。ありがたくて涙が出る。

## 九月二〇日（月）午前一時二五分

メアリがタオルで髪を拭きながら部屋に入ると、エリックは両手に埋めていた顔を上げた。彼の座っているソファで目を閉じてじっと横になっているジョエルを見て、メアリは顔をしかめた。

「まだ気絶したままなの？　まったく、アルベールったら強く殴りすぎなのよ」

椅子に座ったアルベールがうなった。「きみがお湯を使いきってるあいだに、気がついた」

メアリが敵意むき出しのまなざしで彼を見る。「うるさいわね。山火事みたいなにおいをさせて戻ったら、ルームメイトにあれこれ訊かれるのよ」ソファのジョエルの腰のそばにそっと座った。「ほら、ベイビー」やさしく声をかける。「もう忘れないと」

ジョエルが大きな音をたててごくりと唾を飲んだ。「ぼくたちが彼女を殺した」

メアリは片方の肩をすくめた。「そうね。それを背負って生きていくしかないわ。でも、この話はだれにもしない。すべてがいつもと変わらないってふりをしないとね。じゃないと、全員で刑務所に行くはめになる」

ジョエルが惨めそうにうなずいた。「彼女の顔が頭から離れないんだ。窓ガラスに押しつけられた顔が」

エリックも同じだった。目を閉じるたびに、大きく開かれた彼女の口ばかりが見える。叫んでいるのだ。接着剤をまいているときには、彼女に気づかなかった。身を小さくしてどこかに隠れていたにちがいない。「彼女はあの建物に不法侵入していたんだ」

ジョエルの笑い声はほとんどヒステリックだった。「自分たちは不法侵入しなかったってか？　彼女は不法侵入だったたから、ぼくたちに責任はないって？　そう言いたいのか？　本気でそんなことを信じてるのか？」

「まさにそう言ってるんだよ」エリックはきっぱりと言った。事実に向き合う必要があり、その事実とは、自分は刑務所には行かない、というものだった。「ぼくたちは団結してないとだめだ、ジョエル」

「でも、ぼくたちが彼女を殺したんだ」ジョエルは声を震わせた。

「男らしくしろよ、フィッシャー」アルベールが嚙みついた。「そうだよ、おれたちが彼女を殺したんだ。さっさと乗り越えろ」

メアリがむっとした顔になった。「そっとしておいてあげてよ。彼はショックと苦しみを味わっているんだから。あんなに強く殴る必要はなかったでしょ」

アルベールの顔がおそろしいほどどす黒くなった。「もっと強く殴っておけばよかったよ。そうしたら、泣きごとを聞かずにすんだんだ。ぼくたちが彼女を殺したんだ」意地悪くまねをする。「だからなんだっていうんだ？　起こってしまったことは変えられないんだから、きみの女々しいボーイフレンドに黙れと言えよ。それとも、おれが黙らせようか」

怒りのあまり顔をまっ青にしたメアリが、エリックの部屋がある階全体に響きわたる大声で攻撃しようと口を開いた。

「落ち着けって」エリックがぴしゃりと割りこんだ。「声明を出すんだろ。開発業者にメッセージを送ろうって言ってたじゃないか――ぼくたちの湿地帯に足を踏み入れるなってやつを。そのメッセージはたしかに伝わった」

ジョエルが体を起こし、アルベールに棍棒で殴られてできた後頭部のこぶにおそるおそる指先で触れた。「甘いな。ぼくたちのメッセージなんてだれも気にしないよ。みんなの記憶に残るのは、女の子が死んだことだけさ。ぼくたちのせいで、あの子は命を奪われてしまったんだ」

「残念な損失だけど」メアリがジョエルの髪をなでながら言った。「これは戦争だって言ったのはあなたでしょ」

ジョエルが目を閉じる。「自分がなにを言ったかくらいおぼえてる。でも、あれは前の話だ。ぼくたちは人間の命を奪ったんだよ、メアリ。警察はぜったいにその事実を忘れない。

ぼくたちをとことん追い詰めてつかまえる」

「おまえが警察に通報するのを許してたら、追い詰めるのに時間はかからなかっただろうな」アルベールがぶつぶつと言った。

「アルベール」メアリが憎々しげに言った。「黙ってて」

子どもじみているが、エリックはやりなおしボタンを押したくてたまらなかった。だが、やりなおしなどできるはずもなかった。やってしまったことはやってしまったこと。いまは目立たないようにしていなければ。

「みんな、いいから静かにしてくれ。落ち着けないなら、全員がブタ箱に入るはめになるんだぞ」テレビをつけてチャンネルをあちこちに変える。五〇インチの画面に火災現場の映像が出るとびくりとした。「マスコミがなんて言ってるか聞いてみよう。それから、なにか手を打つべきとなったら、それを考えるんだ」

## 2

### 九月二〇日（月）午前一時三〇分

「リヴ。待ってくれ」

オリヴィアはほとんどジョギングするように焼けた建物をまわろうとしていたが、背後からケインの落ち着いた声がして足を止めた。助けになろうとしてくれただけの相手に対して、つっけんどんにしてしまった。「ごめんなさい」小声で言う。「あなたに嚙みつくべきじゃなかったわ」

「慣れてるさ」単調に言う声はいつものように『くまのプーさん』に出てくるロバのイーヨーを彷彿とさせ、彼女はにっこりした。ケインも微笑み返す。「ほらな。きみの唇はほころぶとわかってたんだ。最近はあんまりほころんでないけどな。なあ……気を悪くさせるつもりはなかったんだ」

オリヴィアは肩を落とした。「仕事をしているのよ、ケイン」

「わかってる」なだめる口調は恩着せがましくはなかった。「署の精神科医は役に立ってないのか？」

「精神科医なんて必要ない」自分の耳にも子どもじみて聞こえる声になってしまい、オリヴィアはため息をついた。「まったく。ちょっと時間が必要なだけよ、ケイン」

「だったら時間をかければいい。だがな、約束してほしい。新年になってもよくなってなければ、おれに話すんだぞ。役に立ちそうないい精神科医を知ってるんだ。きっと気に入るぞ」

彼がなぜ新年を持ち出したのか、オリヴィアにはわかっていた。大晦日が彼が刑事として正式に務める最後の日だからだ。三〇年近く務めた警察を引退するのだ。それについては考えたくなかった。新しい相棒と組むことなど。けれど、ケインが心配してくれているのはわかったので、うなずいておいた。「わかった。もう死んだ警備員のところに行ってもいい?」

建物の角を曲がるとすぐに、鑑識の照明灯をあてられた警備員のヘンリー・ウィームズの遺体が見えた。うつぶせで倒れており、片腕は体の下敷きで、もう一方の腕は伸ばされていた。銃は指先からほんの数インチのところに落ちている。制服の背中は血で色濃く染まり、射出口はケインの握り拳よりも大きかった。

その横にはジッパーが開けられた遺体袋と車輪つき担架があった。鑑識のミッキ・リッジウェルが写真を撮っていて、ロンドの相棒である検死官のデイル・イーストマンが辛抱強く待っている。

「ホローポイント弾?」オリヴィアはたずねた。

「おそらく」ミッキが答える。「弾はまだ見つかってないわ。遺体を調べ終わったら、金属探知器を使ってみる。でも、建設資材のごみだらけだから、時間がかかるかもしれない。湖の側に出る裏口近くに血痕を見つけたから、頭部を殴打されたのはおそらくそこでしょう。地面の血痕の量からすると、少なくとも数分間はそこに倒れていたと思われるわ。あおむけにしましょう」

ケインとデイルが遺体をあおむけにした。警備員の制服の前面は完全に血まみれだったが、小さな射入口がちょうど心臓のところにあるのはわかった。

「殺すつもりで撃ったな」ケインが言った。「死後どれくらいだ?」

「長くて二、三時間」デイルが言う。「もっと絞った時間帯は検死医から連絡が行くだろう」

オリヴィアは警備員の銃を手に取ってにおいを嗅いでみた。「発砲はしていないわね。安全装置がはずされているから、撃とうとはしたんでしょう。殴られて気絶したあと、意識が戻って放火犯を驚かせたとか?」

「発砲があったとき、湖と警備員のあいだにいただれかをだな」ケインは湖を指さした。「ここから急いで逃げるにはふた通りの方法がある——正面ゲートを通って車で逃げるか、ボートで湖を渡るかだ。フェンスが切断されてないかたしかめよう、ミッキ」

「もうたしかめたわ。三箇所切断されてた。桟橋のそばと、あっちの横——」建物から離れた場所を指す。「——それと、少女が発見されたのと同じ側。三箇所それぞれのフェンスがいつ切断されたのかを判断するために酸化状態を調べてみる」

オリヴィアは遥か上方を見上げた。防犯カメラがフェンス角の柱に取りつけられていた。

「カメラのことは聞いた？」

「ええ」ミッキは浮かない顔だ。「いまいましい内部犯行ね」

「人事記録を要求している」ケインが言った。「防犯カメラを止めるのはどれくらいむずかしい？」

「まだわからない。シュガーにここのシステムを調べてもらって報告するわ」シュガーはミッキの電子機器の師匠だ。

「おふたりさん？　女の子を運び出した消防士に話を聞きたかったんだよな？」

マイカ・バーロウが消防士を連れて建物の角を曲がってきて、L21と書かれた消防車を目にしたときのオリヴィアのはかない希望が泡と消えた。心臓がぎゅっと締めつけられ、無意識のうちに鋭く息を吸いこんだ。彼みたいな歩き方をする人はまずいない。歩きながらあんな風に見える人はひとりもいない。どんな男性でも、あんな風に見えていいわけがない。

その消防士は大柄だった――少なくとも六フィートはあるバーロウよりもさらに三インチは背が高かった。鑑識の明るい照明が汗の筋のついた煤まみれの顔を照らしていたが、どれほど顔が汚れていても、彼がオリヴィアの知っているなかでもっとも美しい男性であるという事実は変わらなかった。それひとつとってもいまいましい存在だ。

当然ながら、彼は今夜勤務中だった。当然ながら、被害者を発見し、助けようとし、重要な証拠を確保したのは彼だった。

当然ながら、今夜だろうとほかの夜だろうと、彼はオリヴィアが会いたくないたったひとりの男性だった。なぜなら、彼はオリヴィアに会うのを徹底的に避けていたからだ。七カ月も。彼は七カ月前にミネアポリスに移ってきたのに、電話の一本、メールの一通も寄こさなかった。なぜここに引っ越してきたのだろうと、オリヴィアは何カ月も思い悩んだのだった。いまではどうでもよくなっていた。

背筋を伸ばし、さりげない親しみのこもった口調になるよう心を配り、前に進み出た。

「デイヴィッド・ハンターじゃないの。お久しぶり。お元気？」

つかの間、なめらかだったデイヴィッドの足どりがぎこちないものになったが、返事をする声は驚きが少し出ているだけだった。

「オリヴィア。また会えてうれしいよ」

バーロウが両の眉を吊り上げた。ケインも同じ表情になっているのが、見なくてもわかった。「知り合いなのか？」バーロウが言った。

「共通の友だちがいるのよ」落ち着き払った声で答えたが、完全なる見せかけだった。デイヴィッドに会うといつもそうなったように、心臓の音しか聞こえないくらいどきどきしていた。けれど、彼にとってはオリヴィアと会ったときのことなど明らかになんの意味もなかったようだ。でも、そんなことはいまは関係ない。「ケイン、ミスター・ハンターをおぼえている？　彼はイーヴィの友人なの」

　イーヴィはオリヴィアの友人でもあった。デイヴィッドがツイン・シティーズ（セントポールとミネアポリスの愛称）に移ってくると教えてくれたのはイーヴィだった。消防署で働くことになったと教えてくれたのも彼女だった。そして、オリヴィアがもう気にかけていないのが明らかになると、最新情報をくれなくなった。

「もちろんおぼえているとも」ケインの口調は用心深いものにオリヴィアには思えた。「腕の具合はどうだい？」

　七カ月前、運転しているのはイーヴィだと思いこんだ〈ピット・ガイ〉が、デイヴィッドの車を道路から押し出したときに骨折した腕のことだ。オリヴィアが最後に見たとき、彼は入院中だった。デイヴィッドが腕を上げ、ぐるぐるとまわしてみせた。「新品同様ですよ。ありがとう」

　もうたくさん。「バーロウ巡査部長の話だと、あなたが少女を発見したとか」思っていた以上にぶっきらぼうな声になってしまった。

　デイヴィッドがたじろぎ、ごくりと唾を飲むのに合わせて喉が動いた。「手遅れだった。すでに死んでいた」

　それを気に病んでいるのが見て取れた。不本意ながら彼の灰色の目を見ると、そこに生々しい苦痛が浮かんでおり、激しく鼓動している胸が彼に寄り添って痛んだ。オリヴィアは毎日死を目にしている。彼は幸いそうではない。「あなたにできることはなかったのよ、デイヴィッド」ささやくように言った。「少女は建物のなかにいるはずではなかった。だれもいないはずだった、そうでしょ？」

つかの間、そこには絆があった。ふたりの絆が。彼が……ほとんどすべてを忘れさせてくれたあの晩にも感じたものだ。つかの間、彼はどんな女性でもとろけさせてしまう、長身で浅黒いギリシア神のようなデイヴィッド・ハンターではなくなった。心底美しい魂を持ち、ほんの短いあいだだったけれど彼女にそれを見せてくれた男性だった。けれど、見つめているうちに彼の目が無表情になって、オリヴィアをまた突き放した。

「そのとおりだ」彼はおだやかに言った。「でも、理由はどうあれ、彼女はあそこにいた。身分証明書とか鞄とかバックパックとかはないかと探したが、なにも見つからなかった。ただ、いまはかなり暗いからな。夜が明けたら、ほかの階でなにか見つかるかもしれない」

バーロウが熱心にふたりを交互に見ていたので、オリヴィアは恋に夢中の少女のようにデイヴィッドの顔を見つめていたのに気づいて狼狽した。とはいえ、どんな女性だって、そんな風にうっとりと彼の顔を見つめるのだから、オリヴィアが特別だとはだれも思わないかもしれない。だって、ほんとうにそうなんですもの。

「いつ現場に入れる？」オリヴィアは冷ややかな声でたずねた。

「今夜は無理だ」バーロウが言う。「四階の一部が崩落した。安全じゃない。建物の補強がすむまで、少女を発見した場所に上がるのは待ってもらわなければならない。だが、きみが見たがりそうなものを彼らが持ってきてくれてる。デイヴィッド？」

「少女を見つけたそばの床にあったものだ」デイヴィッドが手袋をした右手を差し出した。そこにはオリヴィアの握り拳ほどのガラスの球があった。きらめくゼラチンのようなものにおおわれている。

オリヴィアは顔をしかめた。「現場を乱したの？」きつい調子だった。

「ハンターがいるときに床が崩れたんだ」バーロウが落ち着いて言い、オリヴィアははっとしてデイヴィッドを見た。「この証拠があるのも、彼がすばやく反応してくれたおかげなんだ」

「おれたちは大丈夫だ」デイヴィッドが言った。「球が床の穴から転がり落ちそうになった。アドレナリンが噴出してとっさにつかんだものの、もとあった場所には戻せなかった。その場所はもう存在しないからだ」

オリヴィアは意識して体の力を抜いた。彼が四階から落下するところを想像して、こちらのアドレナリンまで噴出した。「少女の手についていたのと同じジェル？」

「おそらくそうだろう」バーロウが言った。「鑑識が確認してくれる」

ケインが彼女の肩越しにガラスの球を覗きこんだ。「どうしてジェルなんだろう？」

「それを突き止めるのがそっちの仕事なんだろうな」デイヴィッドが言った。

ミッキを探そうとふり向いたオリヴィアは、鑑識のリーダーである彼女が真後ろにいたので驚いた。「証拠品袋に入れてくれる、ミッキ?」

ミッキは心得顔で球からオリヴィアに視線を転じた。「もちろん」

「残留物をチェックする必要が出た場合にそなえて、彼の手袋も一緒にね。予備の手袋はある?」オリヴィアは事務的な表情を取り繕って彼にたずねた。

「消防車のなかにある。おれはもう用ずみなら、仕事に戻りたいんだが」

おれはもう用ずみなら……。ぜったいに用ずみになんかできない、とオリヴィアは思った。だとしても、みじんも関係ないが。彼は一夜でこちらを用ずみにした。わたしはなんてばかだったの。

オリヴィアは無理をして彼を見ると、先ほどと同じように事務的な笑みをなんとか浮かべた。「ありがとう。訊きたいことが出てきたら連絡するわ。ケイン、ミセス・ウィームズがニュースで知る前に、ご主人が亡くなったのを知らせないと。ここでほかにすることはある?」

ケインは首を横にふった。「なかに入れるようになるまでは、なにもないな。おれたちの携帯番号は知ってるな、バーロウ?」

バーロウがうなずく。「ああ。安全が確認でき次第電話する」

ミッキはガラスの球を証拠品袋に入れたあと、デイヴィッドの手袋を脱がせた。「できるだけ早く返しますね」そう言いながら手袋を紙袋に落とし入れた。

「問題ないよ」デイヴィッドはそれ以上なにも言わずに背を向け、建物の角を曲がって姿が見えなくなった。

まったく。そうなってはじめて、オリヴィアは息を詰めていたのに気づいた。

「ミッキ、死んだ少女の指紋を照合してくれる？　フロリダ関係の情報が出てこないか注意していて。ゲイターズのネイル・アートをしてるのよ。ジェルの成分がわかったら電話して。頼んだわね」

「彼の台詞じゃないけど、問題ないわ」ミッキは淡々と答えたが、オリヴィアは友人のその表情をよく知っていた。彼女は説明を期待している。

説明なんてできるわけもないのに。「アボットは〇八時にわたしたちを集合させたがるわよ」オリヴィアは話題を変えた。警部のアボットは会議を〇八時に開始することにうるさいのだ。

「楽しみにしているわ」ミッキが言ったのはそれだけだった。「それまでに指紋の照合を終えるようにやってみる。そのあと、コーヒーを一緒にしましょう。で、近況報告をするの」

「いいわ」オリヴィアは元気なく言い、バーロウに向きなおった。彼はこちらのようすをじっとうかがっており、オリヴィアは怒りが燃え上がるのを感じた。デイヴィッド・ハンターのことをほんの一瞬でも考えてしまった責任の一端は、いまいましいお節介焼き男のバーロウにもあるのだ。「警部はあなたにも出席してもらいたがると思うわ」冷ややかに言った。「アボットのオフィスはわかってるわよね？」

「おたくの警部とは一緒に仕事をしたことがあるからな。ちゃんと出席する」

つっけんどんにうなずき、自分の車に向かう。ケインが並んでついてきたが、ドアを解錠するまでなにも言わなかった。

彼はボンネットにもたれ、胸のところで腕を組んだ。「さっきのはいったい……？」

オリヴィアは力任せにドアを開けた。「なんのことを言ってるのかさっぱりわからないけど」

ケインがてのひらでドアを閉じた。「オリヴィア」

ゴシップ好きのケインはがっかりした顔になった。「わかったよ」残念そうな口調だ。「これがウィームズの住所だ。おれが話そうか？」

ため息をつく。「超特大級の過ちなの、いい？　くり返すのも、話をするのも望んでない過ち」

「ううん、前回はあなたがやってくれた。知らせを伝えるのはわたしの番よ」ほかのチームとはちがい、オリヴィアとケインは硬貨を投げて決めたことはなかった。いやな仕事は半々にしている。彼女がまったくの新人で、ケインが指導者だったころから、いつだってそうやってきた。「ウィームズの家で落ち合いましょう」

ケインが立ち去ったのでドアを開けたが、不意に不安を感じて動きを止めた。ふり返ると、デイヴィッドが消防車のそばに立ってこちらを見ていた。身震いが出た。つかの間、ふたりの視線がからみ合ったあと、彼が挑戦でもするように顎をくいっと上げた。そして新しい手袋をつけ、背を向けて仕事に戻った。

オリヴィアは震えながら車に乗った。こんなのは勘弁してほしい。いまは。

彼には七カ月もの時間があったのよ。なにか言ってくるのに七カ月もあったの。なにかするのに。はじめのうち、オリヴィアは辛抱強く待っていた。それから傷ついた気持ちが生まれ、一日が過ぎていくごとにそれが深く強く募っていった。一週間が過ぎていくごとに。そして、とうとう諦めた。彼にはじゅうぶんな時間をあげた。シカゴで行なわれたオリヴィアの姉の結婚式で出会った夜から二年半が経っていた。あの夜、ふたりで……。ああ、もう。思い出してまた欲しくなるなんて予想外だった。でも、そうなった。わたしが哀れな女だからだ。彼には行動を起こすのに二年半もあったのよ。

こっちから行動を起こすのを待っているのかもしれない。

わたしは地球上でいちばんの愚か者かもしれない。デイヴィッドがだれを待っているのか知っていた。そして、それはわたしではない。彼のような男性がわたしを待っているかもしれないなんて、考えるだけでもばかげていると自分をののしり、レポーターたちの質問を無視してケインの車についていった。記者会見はじきに行なわれるはず。自分はこれからミセス・ウィームズに未亡人になったと、人生が取り返しのつかないほど変わってしまったと告げにいくのだ。

運転しながらどう伝えるかを考えたが、殺人課で四年過ごしていても少しもたやすくなっていなかった。


そばの消防車からの低いうなりのせいでなにも聞こえないまま、デイヴィッドは保管場所から鉤棒を取り出したが、彼女の車がいつ出ていったのかはわかった。ふり向いて、建設現場のゲートを出ていく車のテールランプを見つめた。

今夜の彼女は疲れたようすだった。それに、おれに会ってうれしくなさそうだった。あの丸くて青い目にいらだちが満ちていた。だが、そこにはそれ以上のものもあった。同情、懸念。それに、恥ずかしさ。恥ずかしさが彼にはこたえた。それをもたらしたのが自分だとわかっていたからだ。

だが、なによりも、彼女のほっそりした肩に重くのしかかっている疲れきったようすが心配だった。この七カ月間、彼女をよく見てきたから、少しもよくなっていないとわかった。それどころか、ますますひどくなっているようだ。

彼女は眠っているところを呼び出されたのだ。その場面を思い浮かべると心が騒ぐ。ブロンドの髪はいつもの三つ編みに編みこんでおらず、見ているだけでこちらの頭が痛くなるほどきついポニーテールにしていた。勤務中でないとき、オリヴィアは髪をまとめずに垂らしており、デイヴィッドはその手触りをぼんやりとおぼえていた。

ごくりと唾を飲む。ぼんやりした記憶はほかにもたくさんあったが、いまはそのどれひとつとして考えている場合ではなかった。

この七カ月で、彼女の家のドアを何度ノックしかけただろう？　多すぎるほどだ。彼女のほうからこちらにやってくるのは、ほとんど諦めていた。それなのに、今夜彼女と会った。ふたりのあいだにあるものがなんであれ、彼女はそれを感じていた。彼女の目を見てそうとわかった。だから、もう少し待ってみよう。

もう少しとはどれくらいだ？　どれだけ待ったら、どうするかをはっきり決めるんだ？

「それで？」背後から声がした。

勢いよくふり向くと、デイヴィッドが握っている鉤棒に目をやったマイカ・バーロウが飛びすさった。「そんな風にこそこそ忍び寄らないでくれ、バーロウ」歯を食いしばって言い、それから力を抜いた。「なんの用だ？」

バーロウは鉤棒に向けていた視線を、オリヴィアの車が出ていったあとで警備の制服警官が閉めたゲートへ向け、それからデイヴィッドの顔に戻した。「彼女はほんとうにあんたを好きじゃないみたいだな。どうしてなんだ？」

デイヴィッドは顔が赤くなるのを感じた。「きみには関係ない」

バーロウが渋い顔になる。「いや、関係があるっちゃあるんだ。だが、それはまたいずれ。いまは、今夜のできごとを正確に教えてほしい。ここに到着した瞬間から、例のゼリー・ボールを持って建物を出てきたところまでだ」

いらだちが燃え上がり、オリヴィア・サザランドには近づくなと言ってやりたくなった。だが、おれにも関係ないことだ。いまはまだ。思いどおりにことが運んだら、その状態もじきに変わるが。いまは自分の仕事をしなければ。

「ゼリー・ボールじゃない。あの球は硬いガラス製だ。ただジェルが塗りたくられてただけだ」

「話のとっかかりとしてはいいんじゃないか。じゃ、順を追って話してもらおうか」

## 九月二〇日（月）午前二時〇〇分

彼はテレビをつけて安楽椅子にゆったりと座り、新しい〝クライアント〟を手に入れた祝いにビールをちびりちびりと飲んだ。今夜はビール六本分に値する働きだったが、一度に一本と自分を律し、それ以上飲んだことはなかった。酔っ払いは愚かな過ちを犯す。実体験から学んだのだ。酔っ払いの愚かな過ちのおかげで、彼の仕事の大半が成り立っているのだから。

リモコンを手にして自分で焼いたDVDを再生し、煙が画面いっぱいに広がるとにんまりした。四人組のことばはすべて聞き取れた。音声は大きくなったり小さくなったりしたものの、最高級の機材を使っているおかげではっきりと聞こえた。機材をケチるのは長い目で見れば経済的に好ましくない。

なんといっても、おれは長く続けるつもりだからな。彼は小さな部屋を見まわした。殺風景で実用的だ。だが、いずれ口座は膨らみ、控えめな使用人たちをそなえた島の別荘《ヴィラ》を買えるまでになるだろう。買うヴィラはすでに選んである。現在、そのヴィラは、未成年の若者に対する芳しくない性癖を持った裕福な政治家が所有している。その政治家は、脅迫に対する支払いを毎月少額ずつ海外《オフショア》口座に振りこんで分割払いが完了すれば、自由になれると信じている。

脅迫対象者は、いつだって自分が自由の身になれると信じている。彼が満足して消えると思っているのだ。だが、彼は一度として姿を消しはしなかった。静かに値上げをし、相手は常にその額を支払った。

なぜなら、対象者を抜け目なく選んでいるからで、それは今夜も同じだった。この四人組には、子どもが刑務所行きになるのを防ぐためならかなりの犠牲を払う親がいるのだ。そして、彼らは刑務所行きになって当然なのだ。放火をするとは、なんていけない子たちなのだろう。ふたりの人間が死んだ。もちろん、警備員を殺したのは彼だったが、その手柄は大学生四人組に喜んで譲ってやるつもりだった。彼らは叫んでいる少女を見殺しにしたのだ。警察は、警備員も彼らが撃ち殺したと難なく信じるだろう。

テレビ画面を見ていた彼は、体格のいいアルベールが泣きごとを言うジョエルを棍棒で殴るとたじろいだ。あイタたた。ジョエルはいまごろひどい頭痛に悩まされているだろう。

もう責任のなすり合いをはじめただろうか。まだだとしても、ショックを受けた頭に自分たちのしでかした現実がしみこめば、仲間割れをはじめるだろう。はじめて連絡を取るタイミングには芸術的なものがある。逮捕をおそれて気を揉むようにしてやりたいが、時間をあたえすぎてばかなことをされるのはまずい。自首するとか。特にぐずり屋のジョエルが危ない。

当然ながら、ジョエルがあまりに危険な存在になったら始末するつもりだ。

頭脳担当のエリックが力仕事担当のアルベールに頭部を殴るよう指示したところまで早戻しした。エリックにはクールなところ、必要なことを積極的に行なうところがあって、なかなか役に立ってくれそうだった。

それがわかるのも、じっくり考えてきたからだ。投資は株式市場の崩壊のせいで打撃を受けていた。このままのペースでいけば、計画している生き方を支えるのにじゅうぶんなポートフォリオを再構築するころには四〇歳になっているだろう。そんなに長く待つつもりはなかった。不正に入手した金を楽しめるくらい若くありたかった。

ずっとだれかを雇いたいと考えてきた。拡張したいと。だが、だれを信頼できるか？

この商売を長くやってきたから、男は首に結びつけられたロープの長さの分しか信頼できないとわかっていた。女も同じだ。いや、特に女はそうだ。ロープは短くしておき、ゆるめられないいくらいきつく結んでおかなくてはならない。アルベールとエリックが気絶したジョエルを運び、メアリがそのあとをついていくのを見る。放火、殺人……。このふたつの犯罪が結び目をきつく、ロープをとても短くしていた。

彼はビールのボトルを掲げて乾杯した。「おれの新しい従業員に。たっぷりの金を運んできてくれ」DVDをデッキから取り出して紙のジャケットにすべりこませた。映像の妙なる流れを通し、頭脳派のエリックはじきに一物をがっちり縛り上げられていると気づくだろう。

ディスクにぶちゅっとキスをする。「おまえたち全員がおれのものだ」小声で言った。

## 九月二〇日（月）午前二時一五分

エリックは居間の窓を開けてそよ風を入れ、ほてった肌を冷やした。じきに夜が明ける。朝日が新たな選択肢をもたらしてくれるとは思えなかったが。暖炉に熾《おこ》した火を見つめる。踊る炎に気分が悪くなった。

炎が彼をあざけった。人殺し。人殺し。人殺し。

二四時間前はなにもかもが黄金色だった。偉大な行ないをしようとしていた。人の口の端に上るだろうことを。ジョエルがいつもしているように、今回は自分も世の中を変えようとしていた。人々の人生を変えるのだと思っていた。

エリックは苦々しい笑い声をあげた。たしかにそのとおりになった。自分の人生も、ほかの人間の人生も……。二度と以前と同じにはならない。

彼女はあんなところでなにをしていたんだ？　エリックは歯ぎしりした。自問するのはやめるんだ。答えは最初の一〇〇回と同じなのだから。まずいときにまずい場所にいたのだ。

ぼくはなにを考えていたんだ？　ジョエルの話になど耳を傾けるべきではなかったのに。あいつのいまいましい湿地帯などを気にかけるべきではなかったのに。ジョエルはしゃべるだろう。あいつが全部をぶち壊しにしてしまう。

あいつはぼくの人生をぶち壊しにしてしまう。目の届かないところに行かせるんじゃなかった。

だが、そうしてしまった。全員でシャワーを浴びて、体についた煙のにおいをできるだけ落とした。それからみんなは出ていった。いつもどおりにふるまうんだぞ。エリックはみんなにそう告げた。家に帰れ。自然にふるまえ。なにもなかったように授業に出ろ。だから彼らは出ていき、いまアパートメントは空っぽで、暖炉の火のはぜる音がする以外はしんと静まり返っていた。

暖炉に火をいれたのは、コンドミニアムから持ち帰ったにおいを隠すためだった。すえた煙のにおいをだれかに気づかれたり訊かれたりしても、暖炉のにおいだといまなら言える。

つかまったときにそなえてか？　つかまるとは断固として思わなかった。自分たちの姿を見た人間はいない。防犯カメラを止めたのはエリック自身だった。建設会社のコンピュータ制御の監視システムに侵入するのは簡単だった。〈ランキン＆サンズ〉は人件費削減のためにすべてを自動化していた。これが失策その一だ。

失策その二は、警備員の巡回経路を自社のサーバーにアップロードしたこと。そして、失策その三は、五歳児を雇ってハッキングさせてみなかったこと。システムへのドアは大きく開け放たれていたのだ。屈辱的ですらあった。ぼくたちはあらゆる予防措置を取った。だれにも見られていない。

あの少女には見られたが、彼女は死んだ。目を閉じるたびにあの子の顔が見えた。叫びながら、窓にあてた両手がずるずると下がっていく。

エリックは険しい表情になった。あの警備員は無能だ――少女があそこにいるのを知っているべきだったのだ。ぼくたちが悪いんじゃない。そもそもあの子はあそこにいるはずがなかったんだ。

「ぼくたちが悪いんじゃない」声に出して言った。あと一〇〇万回そう言えば、実際に信じられるようになるかもしれない。自分たちが彼女を殺した。それは真実だった。醜い真実だった。

でも、だれもそのことを知らない。ジョエルが話してしまわなければ。アパートメントを出ていくときにアルベールがささやいたことばを考えた。〝もっと強く殴っておくべきだった。いまからでもそうできる〟

きっぱりとだめだと言った。だが、ジョエルが自制心を働かせないようなら、どうする？

胃がよじれ、テレビの横の椅子にどさりとへたりこんだ。

めちゃくちゃだ。とんでもないことになった。それもこれも、つまらない水鳥のせいだ。

「水鳥なんてくそ食らえ」ぶつぶつと言い、テレビをつけた。女性キャスターがカメラに向かっており、エリックは彼女が密かに興奮を糧にしているにちがいないと思った。

「消防士たちはいま現場のあと片づけをしています。コンドミニアムの損害は五千万ドル超とみられています。ですが、真の損害はふたりの犠牲者が出たことです」

はっとなった。ふたりだって？　どういうことだ？

「情報源によると、犠牲者のひとりは女性で、四階で発見されたとのことです」画面が切り替わり、少女が叫んでいたはめ殺し窓が映った。端のほうにぎざぎざの穴が開けられていた。

「もうひとりの犠牲者は、五〇代半ばの男性です。警察はまだ遺族に連絡できていないとのことで、名前を公表していません。ですが、われわれが入手した情報によると、男性は射殺されたようです」

つかの間、あまりの衝撃に凝視するしかできなかった。射殺だって？　まさか。アルベールは警備員の頭を殴った。殴っただけだ。ぼくたちのだれも銃なんて持ってなかった。なにがどうなってるんだよ？

そばのテーブルに置いてあった携帯電話が鳴り出し、エリックは飛び上がった。携帯電話を見つめて待つ。なにを待ってる？　見当もつかなかった。だが、心臓は激しく打ち、糖蜜のなかにいるかのように手がゆっくりと動いた。携帯電話を開き、テキスト・メッセージが表示されると心臓の激しい鼓動がやみ、肺が凍りついた。

〈おまえがなにをしたかを知っている〉

凝視し続けていると、携帯電話がまた鳴って新たなメッセージが現われた。

〈証拠が必要か？〉

リンクが表示され、募る恐怖に見舞われながらそれをクリックした。動画だった。自分と仲間が燃えているコンドミニアムを見上げていた。それからカメラがパンして窓のところにいる少女をとらえた。少女は口を開けて無音の悲鳴をあげていた。それはいまもエリックの頭を離れない光景だった。そのあとカメラはまた自分たちに戻ってきた。もがくジョエルを一緒に押さえているアルベールに、自分がうなずいていた。アルベールがジョエルを殴り、ふたりで彼を引きずっていく。動画はたった三〇秒のものだった。

それでもじゅうぶんだった。ぼくたちは見られたのだ。もうおしまいだ。

両手が震えているのに、どういうわけか親指で正しいキーを押せた。〈だれなんだ?〉
〈おまえのご主人《マスター》さまだ〉
いまやエリックの全身が激しく震えていた。〈なにが望みだ?〉
〈心配するな。すぐに教えてやる。準備ができたらメッセージを送る。待ってろ。だれにも言うな。イエスかノーか?〉
なにも考えられなかった。息ができなかった。凝視するしかできなかった。
一分後、また別のメッセージが表示された。〈忍耐の限界に近づきつつある。刑務所は楽しい場所だと思うのか? おまえはかわいいやつだな。石けんを落とさないようにしろよ。イエスかノーか?〉
何度か深呼吸をしたが、そのたびに吐き気が強くなっていった。答えはひとつしかない。〈イエス〉と打ち、携帯電話を閉じた。立ち上がり、テーブルのもとの位置にそっと戻す。それからバスルームに駆けこんで吐いた。
エリックからの返信が来ると、彼は安楽椅子にもたれて口が裂けんばかりににやついた。〈イエス〉もちろんそう返事をするしかないだろう。「思い知ったか、金持ちのぼんぼん。おまえのケツはおれのものだ」

## 九月二〇日（月）午前三時三〇分

片脚を窓枠にかけたオースティン・デントは、懐中電灯のまばゆい光を浴びて凍りついた。宙を切るように手を動かす。「やめろ」

よじ上って部屋に入ってから窓を閉めた。ルームメイトにばかげた質問をされる気分ではなかったが、ケニーはおとなしく引き下がりそうになかった。

ケニーが指を左右にふった。「どこにいたんだよ？」

オースティンは無視してベッドに上がったが、ケニーは放っておいてくれずに鼻をくんくんさせた。「これはなに？　煙？　火事？」

「黙れ」彼は枕に顔を埋めた。体が煙臭かった。明日、寮の職員ににおいがばれるだろう。きっと知られてしまう。みんなに。

そんなのは重要じゃない。トレイシーは死んでしまった。

ああ、神さま。むせび泣きそうになるのを抑えたが、結局こらえきれずに肩を震わせて泣いてしまった。彼女は死んだ。ああ、神さま。面倒をみてあげると約束したのに、彼女は死んでしまった。

ベッドが揺れてケニーが床にすべり降り、肩をぽんぽんと叩いてきた。オースティンは顔を上げ、友人の目を覗きこんだ。ケニーはおびえて見えた。「なにをしたの？」

オースティンは両手が自由になるように転がった。「だれにも言うなよ」

「言うなって、なにを?」

「ぼくがここにいなかったことをだよ。窓から入ってきたこととか、煙のにおいがしたことも」

ケニーは先ほどよりもおびえた顔になった。「いったいなにをしたんだよ?」

オースティンは力一杯頭をふった。「友だちだろ。助けてくれよ」

ケニーはしばらくじっと見つめていたが、やがて窓を押し開けた。「においを出すんだ」

「明日、先生にばれちゃうよ」パニックで胸が締めつけられた。「どうしたらいい?」

ケニーが自分のベッドのマットレスを上げて、ぺちゃんこになった煙草の箱を取り出した。

「きみのしたことって、喫煙を見つかるよりもひどいのかい?」

オースティンは閉じこめられたトレイシーを思った。死んだ警備員と、警備員を撃ち殺した男のことも。惨めな顔でうなずくと、暗がりのなかでケニーがたじろぐのが見えた。

「一本吸って」ケニーが言った。「スプリンクラーが作動したら困るから、煙は窓の外に吐くんだよ。そして明日の朝、もう一本吸うんだ。先生たちは、煙草のにおいだと思うはずだ。きみは喫煙で罰を受け、ほんとうのことはだれにもばれない」隠していたマッチを出してきた。「煙草を渡して。ぼくが火をつけてあげる。きみの手は震えてるからね。マッチを落としたら、寮が焼け落ちてしまうだろ」ケニーの眉がくしゃっとなった。「大丈夫。なんとかなるって」

嘘だ。オースティンは呆然としながら思い、マッチに火がつくとびくりとした。二度と大丈夫になんかならない。

# 3

## 九月二〇日（月）午前四時三〇分

サンドバッグに立て続けにすばやいジャブを食らわせたせいでオリヴィアの拳は痛んだが、すすり泣くミセス・ウィームズのもとを去ってからずっとこらえているわめきたい気持ちを抑えるには、痛みの力を借りる必要があった。〝ご主人のことはお気の毒です〟

隣りでうめいているボディビルダーは、こちらに目もくれずに黙々とトレーニングをしている。だから、朝のこの時間にジムに来たのだ。この時間にジムにいる人間は、だれかに見てもらうためではなく運動をしにきているからだ。そこにはある種の匿名性がある。

匿名性が無性に欲しくなるときがある。特に、自分自身から隠れたいときに。悲しんでいる家族に、お気の毒ですと告げたあとはことさらに。この何カ月かで、すすり泣く両親や兄弟や姉妹たちのもとを何度も立ち去った。

お嬢さんの遺体が〈ピット〉で発見されました。いいえ、身元確認はしていただけません。お気の毒です。的はずれなたわごとだ。しかも、終わりがない。ご主人は亡くなりました。放火犯に撃たれたのです。お気の毒です。

いらだちが燃え上がってふたたびサンドバッグを攻撃し、それから力尽きてそこに寄りかかった。「〝お気の毒です〟だなんて、くそ食らえ」ぼそりと言う。

「サンドバッグがかわいそうよ、タイガー」

おだやかな声を耳にして、オリヴィアはぎょっとした。「ここでなにをしているの？」うんざりした口調だ。ペイジ・ホールデンの勤務は八時からだ。この時間に来たのは、それもあったからなのに。

「あなたがジャスパーの一部でもみんなのために残しておいてくれるようにするために決まってるじゃないの」彼女の口調はそっけない。

オリヴィアは、ペイジの恋がうまくいかなくなるたびに元ボーイフレンドの名前をつけられるサンドバッグから体を起こした。「今度はジャスパーって人なの？」友人になって一五年のあいだに、ペイジがサンドバッグにつけた名前がいくつあったか、もうわからなくなっていた。「彼はなにをしたの？」

「最後にクライアントのところへ逃げ出したときに、請求書を置いていったのよ」

頭のいい女性でも、男性に関してはとんでもなく愚かになることに、オリヴィアはまたもや驚嘆した。わたしもその仲間だけどね。「ヒレ肉と一〇〇ドルのワイン？」

ペイジが肩をすくめる。「そんなところ。食事の話が出たところで、あなたはいつ食べたの、多感なお嬢さん？」

オリヴィアはむっとして友人をにらんだ。「ゆうべ」

「なにを食べた？」ペイジが詰め寄る。

オリヴィアは目を閉じ、奥深くから忍耐を掘り起こした。「サラダ」

ペイジがポケットからパワーバー（エネルギー補給食品）を取り出した。「プロテインを摂《と》らないとだめよ。お肉じゃないにしてもね」

ボール紙みたいな味がすると知りつつ、オリヴィアはパワーバーを受け取った。〈ボディ・ピット〉事件以来、なにを食べてもボール紙のような味しかしないのだ。肉は特に胃にこたえた。肉について考えるだけで、記憶がよみがえってしまうのだ。骨から剝がれ落ちる肉。その光景をふり払おうと頭をふった。

「ここでなにをしているの？」オリヴィアは先ほどのことばをくり返した。

「あなたがここにいて、詰め物が出てくるほどひどくジャスパーに殴りかかってるって、小鳥さんが教えてくれたのよ」

オリヴィアはカウンターをふり返り、筋肉のうえにさらに筋肉のついている男性を見た。こちらをうかがっているのを見つかったルディは、急に受付簿に興味を引かれたふりをして目をそらせた。「口の軽い男ね」

「わたしとしては、彼を秘密情報提供者と思うほうがいいわ」ペイジはいたずらっぽく言ってから鼻をくんくんさせた。「古い暖炉みたいなにおいがするわよ。今夜なにがあったの？」

「火事。死者二名」レポーターたちも知っている情報だけを手短に話す。けれど、ペイジはオリヴィアを昔から知っている。「家族に知らせなければならなかったのね」

「ひと家族だけね。いまのところは、だけど」

ペイジがたじろぐ。「もうひとりは身元不詳者《ジョン・ドウ》なの？」

「男《ジョン》じゃなくて女《ジェイン》」少女の土気色の顔を思い出して唾をごくりと飲む。「まだほんの子どもだった」

ペイジが腕をきつくつかんできた。「かわいそうに」

「同感」オリヴィアは咳払いをした。「あとで運動する時間は取れそうになかったから、帰宅する前に少しだけ体を動かすつもりで寄ったのよ。あなたには電話するつもりだった」

「電話する、か。それってジャスパーの有名な最後の台詞よ」トレーニング・マシンを指さす。「ウォーミング・アップはもうじゅうぶんでしょ。はじめるわよ」

オリヴィアは躊躇した。「気にしないで。つき合ってくれなくていいわ」

「わかってる。でも、ここでつき合わないと、この何カ月かの延長でわたしを避け続けるに決まってるもの。ほら、レッグ・プレスのマシンに行って、刑事さん」

オリヴィアは膨れっ面で従い、カウンターの前を通ったときにルディをにらみつけた。

「裏切り者」

「放っておきなさい」ペイジが小声で言った。「あなたを心配してくれてるんだから。わたしもだけどね」

オリヴィアはいちばん手前のマシンについた。「さっさと終えてしまいましょう」

ペイジはもう個人的な話をしてこず、カウントをするだけになった。これまで一〇〇回は一緒にやってきたローテーションだったので、オリヴィアはなにも考えずに体を動かした。

壁が崩壊したのは、終わりに近づいたころだった。

「彼女はわたしたちを待ってたの」オリヴィアはあおむけに横たわり、タイル張りの天井を見上げていた。

ペイジはベンチの横で脚を折り曲げて座っていた。「だれのこと?」驚きもせずに訊いてきた。

「未亡人」オリヴィアはけっして名前を明かしたことがなかったし、ペイジもたずねるようなまねはしなかった。「火事のニュースを見た娘さんは、父親が勤務中なのを知っていた。母親に付き添って、おおいなる朗報の伝達者であるわたしたちを待った」苦々しい口調だった。「彼は元警察官だったの」

「そんな。リヴ」

「まったくね。二五年務めて引退した。そのあいだ、一度も撃たれなかった。でも、今夜撃たれた。それなのに、わたしったら〝お気の毒です〟としか言えなかった」

「ほかになにが言えたっていうの？」ペイジが論理的に指摘する。

「わからない。わかってるのは、もうそれを言うのはうんざりってことだけ」

「疲れすぎてるのよ。上から休暇を取るよう言われたんでしょ。どうしてそうしないの？」

休暇ね。ふん。「取ってみたわよ」嚙みつくように言う。「静かすぎた。見えるものといえば……」

「〈ピット〉のなかの遺体ばかり」ペイジがあとを継いだ。

オリヴィアは体を起こして友人をにらんだ。「おまけに彼が現われた」ずっと言いたかったのに、こわくて言えなかったのがそれだ。

ペイジの黒い眉が跳ね上がった。今度ばかりは驚いたのだ。「彼って？」

「あの人よ。ミーアの結婚式で出会った」

ペイジが目をぱちくりさせた。その話を知っているのは彼女だけだった。マルガリータを飲みすぎた夜に無理やり聞き出されたのだ。「お姉さんの結婚式？　まさか。二年も前のシカゴでのできごとじゃないの。こんなに経ってから、ふらっと姿を現わしたの？　なんてひどい男」

オリヴィアは天井に視線を戻した。ペイジには最新情報を話していなかった。「二年半前よ。それと、彼はいまここに住んでる。七カ月前に引っ越してきたの」

「七カ月前はいろんなことがあったわ」ペイジが静かに言った。「彼はなぜここに越してきたの？」

「彼の友だちがここに住んでるの。あなたも会ったことがあるでしょ。イーヴィよ」

「〈ピット・ガイ〉からあなたが救った人ね。休憩終わり。もう一セット。はじめ」

エクササイズをしながら、オリヴィアはたじろいだ。〈ピット・ガイ〉は三〇人以上を殺し、その大半が女性だった。イーヴィは危うく三六人めの犠牲者になるところだった。

「イーヴィを救ったのはわたしじゃなくて別の警官。わたしはすべてが終わったあとに現場に到着して、〈ピット〉をさらう仕事をしただけ」

ペイジがため息をついた。「あと二回。あと一回。終わり。で、結婚式男は？」

「イーヴィを訪ねてきて、家を買った。彼女から聞いたの。彼からはひとこともない」

ペイジがぎくりとした。「ひとことも？　それで、結婚式男には名前はあるの？」

喉が締めつけられたようになり、オリヴィアは唾を飲んだ。「デイヴィッド」

「結婚式男のデイヴィッドはなにをしているの？」

「よりによって消防士」視界の隅でペイジの黒い目が揺らめくのが見えた。「なんなの？」

「今夜の火事の現場に彼がいて、あなたは殺人事件を手に入れた。ありえない偶然よね。じゃあ、彼は七カ月前からずっとミネアポリスにいたわけ？　それなのに、電話をかけてくるとかしなかった？」

「一度もね」傷ついた。とても。

「豚野郎」

「でしょ？　でも……」オリヴィアは目を閉じた。正直になりなさい。少なくとも自分自身には。「でも、彼はいい人なの。アニメと犬が好きで、母親をとても愛しているのよ。料理もするし、車の修理もする。わたしたちは同じ本を読み、同じ音楽が好きで、旅したい場所も同じ。女性や家出した少年少女のためのシェルターでボランティアをして、水道管だとか屋根だとか、壊れたものはなんでも修理してた。空手もやってたの。あなたと同じで」

「へえ？　ほんとに？」

オリヴィアはうなずいた。「茶帯で、黒帯への昇段試験に向けて練習してた。子どもたちのクラスも教えてた。無料で。信じられない思いだった、そんなに完璧な人がいるなんて。でも、彼はいい人だってミーアからすでに聞いていたの」

「ひゃあ」ペイジは驚愕の表情だった。「彼とはあの一夜だけなんだと思ってた」

「正確にはふた晩ね。出会ったのはミーアの結婚式前日のリハーサル・ディナーのとき。季節は春で、だれかに夢中になる準備ができていたんだと思う。週末の情事。いやになるほど月並み」

卑下する口調にペイジが顔をしかめた。「リヴ。あなたは結婚式の何週間か前にいけすかない婚約者のダグに捨てられたばかりだったのよ。あなたをそんな目に遭わせたあいつを、いまでもサンドバッグにしてやりたいと思ってる。昔の婚約者のところに戻るなんて。身持ちの悪い女のところに」

「おぼえてるわよ」オリヴィアがそっけなく言った。「当事者なんだから」あのあとかなり長いあいだ、ペイジのサンドバッグはダグという名前をちょうだいしていた。

「それから一週間もしないうちに、会ったこともない父親が亡くなったとわかったんでしょ？　おまけに、腹ちがいのお姉さんがふたりいたことも？」

「警察官と詐欺師よ」オリヴィアの声には愛情がこもっていた。「あの一連の騒動のなかで、ミーアとケルシーに出会ったのが唯一のいいできごとだったわ」

ペイジのしかめ面が少し和らいだ。「あの冬はあなたにとってはなかなかの試練だったと言いたかっただけ。セクシーですてきなミスター・パーフェクトの魔法にかかるなんて、女だったらだれにでも起こりうることだわ。彼は弱っているあなたにつけこんだのよ」

オリヴィアは肩をすくめた。「そうかもしれない。リハーサル・ディナーの日は散々だったの。遅刻したのよ。はじめてケルシーと会って戻ってきたところだった」

「刑務所で」ペイジがぼそりと言う。

オリヴィアの異母姉のケルシーは、持凶器強盗の罪で八年から二五年の刑に服役中だ。

「ええ。刑務所はシカゴから一時間ほどのところで、それ以前に面会に行く機会がなかったの。ガラスの向こうにいる姉と会って、かなり動揺したわ。教会のリハーサルに遅れていて、ばかみたいに高いハイヒールで階段を駆け上がってたときに、そこに座っている彼を見つけたのよ」

「例のデイヴィッドってやつね」

「そうよ」オリヴィアは目を閉じた。「お腹を蹴られたみたいだった。すっかりぼうっとなった。彼の顔は……もう〝ワオ〟としか。そんな顔なのよ、ペイジ。それに肩ときたら。ほかの部分も……。忘れるなんてできない人なの。顔に見とれていたら、ヒールが石を踏んでつまずいたわけ。彼のひざにまっすぐ飛んでいったの。目がハートになっていて、恥ずかしさも感じなかったくらい」

「あなたが目をハートにしてるところなんて見たことないと思う」ペイジがそっと言った。

「だって、そんな経験は一度もないもの。ダグのときでも、ほかの人のときでもね。すりむいたひざに彼が絆創膏を貼ってくれた」苦笑いになる。「わたしのひと目惚れだった。リハーサルとそのあとの食事をやり遂げられたのが不思議なくらい。彼がわたしと一緒にいたものだから、ほかの女性は全員、わたしの目をえぐり出したいって顔をしてたわ。わたしたち、おしゃべりしたの。ひと晩中」

「彼はダグのことを知ってたの？」

「まさか。哀れまれたくなかったの。だれにも話さなかった。ミーアですら知らなかったわ。それに、正直に言って、デイヴィッドと一緒にいたら、ダグのことなんて思い出しもしなかった。彼はわたしの顔から一瞬たりとも目を離さなかった。おかげで……だいじな存在になったみたいに感じられた。いまとなってはばかみたいに聞こえるけど」

ペイジが眉を寄せて同情の顔になった。「ごくふつうに聞こえるけど」

「だれかにとってだいじな存在だとどうしても感じたかったんだと思う。わかる？」

ペイジがオリヴィアの手をぎゅっと握った。「ええ、わかる」

目がちくちくしてきたので、屈辱的な涙を流すまいと懸命にこらえた。「そんなにひどくもなかったのよ。ケルシーのことを話したの。彼はミーアとはずっと前からの知り合いで、父のことも知っていた。虐待についても。ケルシーと刑務所で会ったのは悲しかった。たとえ姉が罪を犯したのだとしてもね。デイヴィッドが、家出した未成年者がチャンスを得られるようにするボランティアをしたらどうかと言ってくれた。わたしの姉みたいにならないように」

「あなたはそれを実行している。すばらしいことよ、リヴ。家出した子どもたちの人生を変えているんだもの」

「ありがとう。そういうわけだから、さっきも言ったように、そんなにひどい経験でもなかったの。リハーサル・ディナーはすばらしかった。まずいことになったのは、結婚式が終わった夜なの」

「なにもかもがすごくうまくいったあとね」ペイジが意味ありげに眉を上げてみせ、オリヴィアは吐息をついた。

「彼になんて会わなければよかった。だって、あれほどの経験は二度とできないと思うから」

「まさか……」

「最後まではいかなかったわ」オリヴィアはまた吐息をついた。「でも、経験したことからしたら、最後までいっていたら死んでたと思う」

ペイジはしばらく無言だった。「ひょっとしたら、彼がしているすばらしい行ないは全部嘘だったのかも。ほんとうはとんでもないろくでなしなのかもしれないじゃない」

「そうだったらよかったと思うわ。こっちに引っ越してきてからも、彼は自分の時間を慈善事業に捧げているの。民家建設活動《ハビタット・フォー・ヒューマニティ》で、地元のシェルターの修理をしている。イーヴィがしょっちゅう彼の話をするの。彼が夜空に月をかけたと思ってるのよ。彼はほんとうにいい人なの。ただ……わたしを望んでないだけ」

できた。声に出して言えたじゃないの。気分がよくなるはずだった。でも、そうはならなかった。

「リヴ、ひょっとしたら彼はあなたから行動を起こすのを待っていると思ったことはないの？」

オリヴィアは鼻で笑った。「夢想の世界でならね」

「リヴ？」ペイジはオリヴィアが自分のほうを見るまで待った。「わたしが男で、あなたが話してくれたみたいな状況で別れたとしたら？」

「わたしを酔わせて聞き出したんじゃないの」オリヴィアは顔をしかめて口をはさんだ。

「そうでもしなくちゃ話してくれなかったでしょ？　まったく。そりゃ、あなたを酔わせたわよ。とにかく、いま言いかけたように、わたしが結婚式男だったら、あなたが行動を起こしてくれるのを待っているわよ」

オリヴィアは車で走り去る前に見た、完璧な顎を上げたデイヴィッド・ハンターのようすを思い出した。挑戦されているように感じたのだった。でも、あの晩のことも鮮明に思い出した。彼の口にした名前はもっと鮮明に思い出した。「ありえない」

「どうして？」むっとしている。「そうしたからって、どんな悪い結果が待っているっていうのよ？」

「最後のときと同じ結果」陰気な口調で言う。エクササイズとはなんの関係もない体の部分がずきずきした。

「それのどこが悪いのよ？　あれ以来だれともつき合ってないでしょ。ストレスに押し潰されて、破裂しそうになってるじゃないの。ちょっとしたお楽しみを持ったところで、なんの害もないでしょうに。彼はあなたを利用したかもしれない。それなら、今度はあなたが彼を利用すればいい。それがどんな悪いことになるかしら？」

オリヴィアは体を起こしてタオルで首を拭った。あなたみたいになってしまうのよ。ボーイフレンドが多すぎて、表計算ソフトがないと関係も整理できなくなるの。心のなかでそう思ったが、もちろん口に出しては言わなかった。ペイジはいちばん古い友人だ。「考えてみるわ」代わりにそう言っておいた。「ストレッチをしましょう。朝の会議の前に少しでも眠らなきゃならないから」

## 九月二〇日（月）午前七時一〇分

「ひゅう」ジェフ・ゾルナーがコンドミニアムの一階に立ち、四階まで突き抜けた大きな穴を見上げた。「落ちてたら、大惨事になってたところだな」

デイヴィッドはいかめしい顔で相棒に倣って顔を上げてから、視線を落として地階を覗きこんだ。一階の床も焼け落ちていたのだ。「ああ。おまえに借りができたな」

「心配するな、お返しになにをしてもらうか考えておく」ジェフがふたたび歩き出し、斧の柄で床をつついて弱くなっている箇所を探った。デイヴィッドもハリガン・ツールの先端で同じようにし、ふたりでコンドミニアムの奥へと移動した。六階までの各階には六ユニットあったが、建物のこちら側のユニットがもっとも損傷が激しかった。「ここから先は大丈夫そうだ」ジェフが言う。「バーロウを入れてやろう」

バーロウは戸口で待っていた。保護用ヘルメットと長靴を身につけているが、それ以外は刑事らしい格好だ。黄色いネクタイの端がスーツのポケットから顔を出している。片手にビデオ・カメラ、もう一方の手には帯灯《ライト・バー》を持ち、デイヴィッドたちのそばで安全だと言われた場所を歩きながら入念かつ有能に仕事をしていた。

オリヴィアについてはひとことも言わずにいてくれたのが、デイヴィッドにはありがたかった。仕事以外のことを考えるには、ここには危険が多すぎた。

彼女のことを考えるたび、彼女が自分と関係あるとどうしてマイカ・バーロウは感じたのだろうと考えるたび、ふたりはつき合っていたのだろうかと考えるたび、デイヴィッドは仕事以外のことは考えるなと自分に言い聞かせた。ふたりがつき合っていたなど、想像もしたくなかった。顔をしかめる。そう考えてしまったいま、ただの想像にすぎないにしても、つき合っているふたりの姿が頭にこびりついてしまった。その光景にあざけられた。

バーロウとオリヴィアが過去につき合っていたとしても、少なくともいまはそうではない。彼女を観察してきたから、もしいまもつき合っていたとしたらわかるはずだ。だが、もし彼女にだれかいたら？　立ち去る。

だれともつき合ってはいなくて、ただおまえを望んでいないだけだとしたら？　事実をつなぎ合わせれば、それがもっともありうる答えだろう。そうなったら、そのときに考える。

「どこを歩けばいい？」マイカ・バーロウが戸口から声をかけた。

「きみのいる場所の床は大丈夫だ」デイヴィッドはなんとかまた仕事に気持ちを向けた。

「だが、穴の縁から二フィートあたりでやわらかくなる」

デイヴィッドがしたのと同じように、バーロウが上を向き、それから下を見た。「ひどいな。あんたは運がよかったな」

「ああ、わかってる。きみに見てもらいたかったのはここだ。犯人はこんな風にカーペットの下敷き用接着剤をまいた」ユニットの玄関から穴へ、それから奥のベッドルームへと続くジグザグの跡を指さした。「二階で見つけたのも同じパターンだった。玄関と奥からまいてきて、ここで合流したと考えてる」

「なるほどな」バーロウがカメラをまわしながら言った。「缶に残った接着剤は床が陥落した場所にぶちまけたんだろう。炎はそこで熱さを増しただろうから。現場監督の話だと、カーペットはどこの階でもここに置いてあったそうだ。水浸しになって重量を増したカーペットなら、二階と三階を突き抜けても不思議じゃない。で、一階の床も崩れて、三階分のカーペットが地階に落ちた」

つかの間、デイヴィッドはバーロウが真下を撮影するために穴の縁まで行くかと思ったが、彼は安全域内で立ち止まった。目の隅でジェフが口をぴしゃりと閉じるのが見えた。大声で注意しかけてやめたのだろう。警官がいるとジェフがいらつくのは、何度か一緒に働いてわかっていた。

「接着剤をまいたあと、缶を脇に放り投げた」デイヴィッドがハリガンの先で示すと、バーロウがその場所を映像におさめた。「そこにふた缶、階上の同じような場所にもうふた缶。入り口で発見したひと缶と併せて全部で五缶の接着剤をぶちまけた。一階につきひと缶でもじゅうぶんすぎるのに。犯人は素人だな」

「あんたの言うとおりなんだろうな」バーロウがカメラを下ろした。「ほかに発見したことは？」

「これから外側に向かって調べていく」ジェフが前方を斧でつつきながら進んでいく。デイヴィッドもそれに倣ったが、ハリガンがやわらかなものにあたる感触があり、焼け焦げた紙のパリパリという音がした。「見てくれ」

ジェフがため息を吐き出す。「前回そのことばを聞いたとき、おれは奈落からおまえを引っ張り上げるはめになった」

だが、デイヴィッドはすでにひざをつき、発見したものに懐中電灯を向けていた。「バックパックだ。というか、もとはバックパックだったものだ」

「鑑識に送ろう」バーロウが言う。「残骸からなにかを見つけ出せるかもしれない」

ジェフが斧の柄でそっとバックパックの端をつつくと、ぼろぼろと崩れた。「幸運を祈るよ。なにを見てるんだ、デイヴィッド？」

彼は低くかがみこんで、バックパックの残骸から飛び出している黒い塊を照らしていた。

「わからない。ゆがんで蓋が開いたなにかのケースみたいだ。なかに入っていたものがなんにしろ、ケースの底で溶けている」炭化した塊からピンクのプラスチックが少しだけ覗いていた。

「写真を撮って殺人課に見せよう」バーロウがいらだたしげに息を吐いた。「くそ。朝の会議に遅れるな」デジタル・カメラで何枚か撮る。「鑑識に採取させる。彼らならそれがなにかを突き止めてくれるだろう。あとでまた来る。なにも触るなよ」

「おれたちはばかじゃないんだ」バーロウが行ったあと、ジェフがぼそりと言った。

「彼だってばかじゃない」デイヴィッドはケースの溶けた中身を見つめたまま、上の空で言った。

「彼は警官だ」ジェフの口調はそっけない。「あいつらはみんな、消防士になりたがる。大ばか者たちだよ。おれたちがいなけりゃ、装備もつけずにまちがった消火器を持って飛びこんで焼け死ぬに決まってる。どんな種類の火災なのかもわからないまま、世界を救おうとしてな」

どんな合いの手を入れようとジェフは同じことを言うとわかっていたので、そのまま愚痴らせておいた。なにかいわくがあるようで、いずれジェフが話してくれるだろう。

いわくか。焼けたケースを凝視するデイヴィッドは、長らく忘れていた記憶を引き出した。まだ小さな子どものころで、祖母のひざに乗っていた。いつだって祖母の語ってくれるお話よりも道具や機械に魅了されていた。特に、祖母の耳の後ろについていたものに。小さな手をそちらに伸ばしたが、そっと押しのけられた。そして、こう言われた。だめよ、デイヴィッド。触ってはいけません。これはおもちゃではないのよ。

「食い物を持ってきてくれとバーロウに言えばよかったな」ジェフがため息とともに愚痴を終えた。「腹ぺこだ。休憩にして、消防車になにか残ってないか見てみるとしよう。おい、デイヴィッド。行くぞ」

「ピンクのプラスチックがなにか、わかったぞ」

「言うな。あててみたい。よし、ヒントをくれ」

人々の生活だったものの灰をつつきまわさなければならないとき、こうやってゲームをして対処することがあった。「仕事をするときピーピー鳴る」バーロウが立ち去ってしまう前につかまえられないかとデイヴィッドは体を起こしたが、ゲートを抜けていく車のテールランプが壊れた窓から見えた。

背後でジェフが重い吐息をついたのが聞こえ、彼も答えにたどり着いたのだとわかった。

「まいったな、デイヴィッド。あの少女には生き延びるチャンスなんてなかったんだ、だろ？」

「そのようだな。外に出てバーロウの携帯に電話する。オリヴィアに報告したいだろうから」

「オリヴィア？」ジェフの声には新たな好奇心がにじんでいた。「サザランド刑事のことか？　すごくホットな女性だよな。おまえを見つめてたっけ」

「うるさい」デイヴィッドがきっぱりと言う。「なにも訊くな。本気だぞ」

いつもからかってばかりのジェフだったが、やめどきは心得ていた。「落ち着けよ。一緒に外に出よう。食い物が必要だ」

**九月二〇日（月）午前八時〇〇分**

「楽しい月曜日だな」ブルース・アボット警部がクッキーの入ったプラスチックのボウルをオフィスの丸テーブルに置いた。「ローナからの差し入れだ」

オリヴィアは疑わしげな目でボウルを見た。「お嬢さんがまた料理をはじめたんですか？」

アボット警部がデスクにつく。「授業を取りなおして前よりもいい成績を取ったら、Dを取り消すと生徒指導の先生から言われたんだ」

ミッキがボウルの蓋を取った。「そんなにまずいはずはないでしょう？」

「料理をしちゃいけない人間もいる」ケインが渋い顔で言う。

「なるほど」ミッキがいたずらっぽい顔をオリヴィアに向けた。「バーロウに毒味させましょう。まずかったら、当然の報いになるわ」アボットをちらりと見る。「気を悪くしないでくださいね」

口ひげの下のアボットの唇がひくついた。「大丈夫だ」空いた椅子を意味ありげに見る。

「そういえば、バーロウとジャイルズはどこだ?」

「イアン・ジャイルズは来ません」オリヴィアが言った。「モルグに寄ったら、ちょうど例の少女の検死解剖をはじめようとしているところでした」

ケインが彼女の顔をじろじろと見る。「いつモルグに寄ったんだ?」彼はそう言ったが、ほんとうに知りたかったのは、〝なんでおれが言ったとおりに家に帰って寝なかったんだ?〟ということだ。

「出勤の途中で。少女の写真が欲しかったの」まったくの嘘ではなかった。ジムで体を動かしたあと帰宅したのだが、眠れなかったのでいつもしていることをしたのだ——仕事を。

「バーロウがどこにいるかは知りません。会議は〇八時だとちゃんと伝えたんですが」

「遅れてすみません」バーロウが勢いよく入ってきて、椅子にどさりと座った。全員が即座に彼をよけた。「すまない。現場からまっすぐ来たもので。シャワーを浴びる時間がなかった」

「でしょうね」ミッキはそう言ったあと、やさしく微笑んだ。「クッキーをどうぞ」

オリヴィアの隣りでケインがふくみ笑いを隠そうと咳をした。

「ありがとう。朝飯を食べてる時間もなかったんだ」バーロウがクッキーをひとつかみすると、オリヴィアは良心がちくりと痛むのを感じた。

「わたしなら、最初のひと口は小さめにしておくわ」彼女がそう言うと、バーロウが怪しむ表情になった。

「きみが作ったのか？」胡散臭そうな口調だ。「今度はおれに毒を盛ろうっていうのか？」

オリヴィアは目玉をぐるりと動かした。苦しめばいいんだわ。「全員がそろったところで、会議をはじめませんか」オフィスのドアを閉めかけたが、アボットが手を上げて制した。

「開けたままにしておいてくれ。ドクター・ドナヒューも会議にくわわる予定になってる」

オリヴィアの肩に力が入った。ドナヒューは警察づきの精神科医だ。上からの命令で三度通ったが、少しも役に立っていない精神科医。最悪。

「放火犯のプロファイルが欲しいんだ」アボットは続け、オリヴィアは椅子に戻った。正確には、全員の視線だ。バーロウもそのなかに入っている。お節介焼きのろくでなし。オリヴィアは警部の視線を感じた。

「ドナヒューは放火犯に詳しい。ほら、彼女が来たぞ」

精神科医はあつらえたかのような青い細身のスーツを着て現われた。「おはようございます。お待たせしてすみません」

「ドクター・ドナヒュー」彼女が椅子に腰を下ろすと、アボットが言った。「全員を知っているかな？」

「あなたとははじめてですね」バーロウに向かってにっこりする。「ジェシー・ドナヒューです」

「放火捜査班のマイカ・バーロウだ。クッキーは食べないほうがいい」彼はそっけなく言った。

状況がちがっていたら、オリヴィアはドナヒューの困惑顔を見て微笑んだかもしれなかったが、彼女の存在自体が神経に障っていた。不快な思いをふり払う。「さっさと終えてしまいましょう。いま判明していることは、ミッキ？　少女の身元がわかるようなものは見つかったの？」

「まだなにも。指紋自動識別システムでヒットしなかったから、前科はなし。少なくとも、封印されていない前科はね。行方不明児童のデータベースのほうもまだヒットしていないみたいだけど、じきに返答があると思ってる。児童誘拐警報《アンバー・アラート》は出てない。ということで、いまのところ身元はわかってない」

「モルグで撮った写真をフロリダのハイウェイ・パトロールに送ったわ」オリヴィアは言った。「彼女がデータベースに入ってなくても、ネイルの〝ゲイターズ〟からなにかわかればいいんだけど。ジェルについては？」

「ランチのあとにならないと結果は出ないわ」ミッキが答える。「でも、球については少しわかってる。ジェルの正体が判明するまで、消防士が確保したままの状態で保存しておきたかったの。で、ジェルの下のイメージ・データを取ったのよ。ここへ来る直前にこれが手に入ったわ」ミッキは写真をテーブルに置いた。

球はガラスの地球儀だった。大陸がガラスにエッチングされているのだ。

「ペーパーウェイトかしら」オリヴィアは用心深く言ったものの、頭のなかではすでに〝地球儀〟、〝世界〟、〝放火〟のことばを結びつけ、いやな予感を抱いていた。

隣りにいたマイカ・バーロウが低く毒づいて写真を手に取り、驚いた顔で見入った。「いや、これは署名だ。もう一〇年は表に出てきてないものだ」

「一二年よ」ミッキが言う。「〝ガラスの地球儀〟と〝放火〟を相互参照してみたの」

バーロウは疲れたように両手で目をこすった。「そうしたら、SPOT——ソキエタース・パトロヌス・オルビス・テラがヒットしたんだな。くそっ」

「地球保護団体ね」ドクター・ドナヒューがぼそりと言った。

オリヴィアは眉を寄せて椅子にもたれた。いやな予感がますますひどくなった。「環境テロリスト？　最悪」

「しかも、ラテン語の文法がまちがっているお粗末さね」ドナヒューが独り言のように言ってから、顔を上げて全員に話しかけた。「プロファイルに興味深いデータがくわわったわ」

「文法の件はさておき」アボットだ。「私たちが相手にしているのはどういうものかな？」

「解散したと信じられている環境保護活動家のグループです」バーロウが答えた。「九〇年代のはじめが活動のピークでした。SPOTはリーダー不在の抵抗運動のモデルで活動していました——小さな細胞《セル》同士の横のつながりも、〝ボス〟との縦のつながりもないと言われていました。目的は、ゆうべの湿地帯そばにあるコンドミニアムのような、野生生物の生息地の商業開発を阻止することでした」

アボットが身を乗り出して組んだ手に顎を乗せた。「手口は？」

「かなり頭が切れます。発火には電子タイマーを使用し、ガラスの地球儀のペーパーウェイトをかならず置いていきましたが、ジェルを塗ったものを置いていったことは一度もありません。以前は耐火性の布で包んでました。たいていは消防士の防護具や消防服といったものの一部でした」

「発見してもらいたかったわけね」オリヴィアがぼそぼそと言った。「完全な形で」

「そのとおり」バーロウが言い、眉をくしゃっと寄せる。「だが、消防士が現場に駆けつけた直後に、常に、常に地元のマスコミに接触した」

「今回は接触していない」ケインが言った。「なぜだ？」

バーロウは頭をふった。「わからない。あと、銃もけっして使わなかった」

「今回のは手際がよかった？」オリヴィアがたずねた。

「そう思う。防犯カメラのシステムやスプリンクラーへの水の供給を止めている。計画的だ。警備員のスケジュールも把握していたし、すべての防火扉も開けてあった。犠牲者の少女が階段を使って逃げようとしたとしても、煙と熱に行く手を妨げられただろう。だが、ほかの面ではまぬけなことをしている。彼らが使ったカーペットの接着剤は引火性がおそろしく高い。火はあっという間に広がっただろう。犯人が生きて逃げおおせたのが驚きだ。ゆうべの彼らの手口は以前のものとは一致しない」

「なにが言いたいの？」オリヴィアがたずねた。「新たな管理体制のもとで再開したってこと？」

バーロウは肩をすくめた。「かもしれない。あるいは、目くらましかも。犯人がＳＰＯＴを知っていて、自分たちのほんとうの動機から注意をそらしたかったのだとしたら、ガラスの地球儀を残して捜査を誤った方向に進めさせようとした可能性もある」

「あるいは、そんなのは単なる希望的観測で、犯人はほんとうに環境テロリストなのかもしれない」ケインが口をはさむ。

「となると、ＦＢＩに連絡しなくちゃならなくなるな」アボットが無愛想に言う。

オリヴィアが顎をこわばらせた。「わたしはヘンリー・ウィームズの未亡人に、ご主人はもう帰ってきませんと伝えなくちゃならなかったんですよ。ウィームズはミネアポリス警察の警官だったんです、わたしたちの仲間だったんです。だから、彼を撃ったのがだれにせよ、そいつもわたしたちのものです」

「同感だ」アボットは険しい表情だった。「とりあえずのところは、ＦＢＩに連絡して、このグループについて新たな情報がないかをたしかめるだけにする。これがいかれた環境保護団体の仕業だったら、情報を伏せていた責任を追及されたくないからな。だが、ＳＰＯＴのいかれ野郎どもが犯行声明を出したら、連中を呼ぶ。反論は受けつけない」

オリヴィアはアボットが正しいとわかっていた。自分が感情的になっているのも。「異論はありません。それに、類似点よりも相違点のほうが大きいですし」

バーロウは顔をしかめていた。「そうでもないかもしれないぞ。もうひとつ類似点がある。一二年前の最後の放火の際、女性がひとり死んでいる。建物のなかにはだれもいないはずだったんだが、その女性は残業中に眠りこんでしまったんだ。その事件のあと、グループは活動を休止した。解散したと考えられていた」

「あれはSPOTだったのか?」アボットだ。「あの火災ならおぼえている」

「その類似は気がかりね」ジェシー・ドナヒューが言った。「ゆうべ、少女がコンドミニアムにいるのを知っていたのに、それでも放火したのだとしたら……状況はまったくちがってくるわ」

「まずやつらを見つけろ。それからなにをいつ知っていたかを探り出せ」アボットはそう言ったあと、バーロウに向きなおった。「リーダー不在の抵抗グループには象徴的なリーダーがいることが多い。SPOTもそうだったのか?」

「そうです。でも、いまは疲れすぎていて名前が思い出せません」

「プレストン・モスです」ミッキが口をはさんだ。「グーグルで調べてみました。モスはこツイン・シティーズの育ちですが、九〇年代はオレゴン州の私立大学の教授でした。森林環境の保護について何冊か本を出してます。最初の数冊は主流派でしたが、その後より過激になっていきます。SPOT――ラテン語の文法がちゃんとしたものです、ドクター・ドナヒュー――は彼が創設したと信じられています。彼の信奉者がウィスコンシン州の北西部と東部で自分たち独自のセルを形成するにつれ、グループの評判を落としていきました。モスはのちにミネソタ州に戻って教鞭を執りました。湿地帯保護はモスの大義のひとつで、最後の放火に直接関与したと考えられています。その火災で女性が亡くなったあと、モスは姿を消し、それ以来行方がわかっていません」

バーロウが疲れた笑みを浮かべた。「下調べが万全だな。ほかにおれが忘れてることは？」

「いいえ、あとは全部網羅してくれたわ」ミッキがやさしく言う。「記憶力がいいわね」

「どうしてそんなにおぼえているんですか、巡査部長？」ドナヒューがたずねた。「このSPOTというグループが活動していたのは、あなたが警察官になる前のはずですけど」

オリヴィアは精神科医に鋭い目を向けた。感銘を受けると同時に警戒していた。バーロウは、自分がこの事件を担当しているのをドナヒューが知っていて、人事記録をすでに調べていると見当をつけていたようで、瞬《まばた》きもせずに答えた。

「警察学校の授業で、FBIとアルコール・煙草・火器局《ATF》の講演があったんですよ。FBIから来た人間のひとりは、長年プレストン・モスを追っていた。言ってみれば、彼の巨大な白鯨だったわけだ。おれの好みからすると執着しすぎって感じだったな。ミネアポリス支局のアンガス・クローフォード特別捜査官という男だった」

「彼に電話をしておこう」アボットが言った。「バーロウ、人手は足りてるか？　ＦＢＩに助っ人を頼もうか？」

「いまのところは大丈夫です。ミネアポリス消防署の火災捜査員が現場にいますし、消防士も協力してくれてます」バーロウがオリヴィアをちらりと見る。「少女を発見したデイヴィッド・ハンターです。彼はいい目をしてます」

オリヴィアは頬が熱くなるのを感じた。デイヴィッドがいいのは目だけじゃないわ。ペイジのことばが思い出され、そんな思いが浮かんだ。集中しなさい。バーロウの目を見て言う。「なにが見つかったの？」刑事らしいきびきびした声が出てほっとする。

「おれがここへ来る直前に、ハンターとジェフ・ゾルナーが一階の残骸のなかからバックパックを見つけた。バックパックはほとんど焼けていた。四階にあったのが、床が抜けたときにまだ完全に消火されてない一階に落ちたのかもしれない。外に飛び出して溶けた中身もあった」バーロウはカメラの電源を入れ、オリヴィアに渡してデジタル映像を見せた。「写真をプリントする時間はなかった。数フィート離れたところでこれを見つけた」

黒い眼鏡ケースのような物が映っていたが、眼鏡は入っていなかった。中身は溶けてゆがんでいたため判別がつかなかった。「これはなに？」

「補聴器だ。ハンターが特定した。そのピンクの部分はイヤピースだ。少女のものだと思う」

「だとしたら、彼女の身元を探す範囲がかなり狭められるわね」オリヴィアは死んだ少女の写真をテーブルに置いた。「彼女の両手にはジェルがついていて、ハンターはガラスの地球儀を彼女が倒れていたそばで見つけたと言っている。彼女は地球儀を手に持っていた。そこに置いたのも彼女だったのかもしれない。放火犯の一味で、火のまわりが速すぎて逃げ遅れたのかもしれない」

「その可能性は無視できないな」アボットが言った。「その少女がセルの一員だったなら、身元を突き止めればグループにたどり着けるかもしれない」

「あるいは、無理やり仲間に入れられたのかもしれません」ケインが少女の腕を指さした。「この怪我は本物です。だれかに手荒に扱われてたんです」

「あるいは、彼女はたまたまその場に居合わせて、地球儀を見つけて手に取っただけかもしれない」オリヴィアは言った。「もしそうなら、ふりだしに戻ってしまいます」

「バックパックのなかに身元のわかるようなものはあった？」ミッキがたずねた。

バーロウは首を横にふった。「焼け焦げていて、役に立ちそうなものはなかった。ただ、焦げたノートや本があったので、証拠品袋に入れるよう鑑識員に言っておいた。ノートは水浸しになっていたが、鑑識ががんばってくれれば名前か手がかりが見つかるかもしれない」

「もう建物内に入れるだろうか？」たずねたケインに、バーロウはまた首を横にふった。

「まだだ。五階と六階を調べているところだが、ハンターの足もとで崩れた四階の床はいちばん下まで落ちた。彼は危うく地階まで落ちるところだったんだ。だが、はしご車はまだ現場にいるから、ハンターかゾルナーにバスケットに乗せてもらって窓からなかを見ることはできるとケイシー隊長は言っていた。残骸を調べながらビデオも撮ってある。この会議が終わったら、そのファイルをパソコンに転送してそっちにEメールで送ろう」

デイヴィッドが四階分の高さを落ちていたかもしれないと考えたら、オリヴィアはひやりとするものを抑えきれなかった。それでも、彼と一緒に狭いバスケットに乗ることに対する不安と期待がないまぜになった気持ちはなんとかこらえた。彼が自分の仕事を全うするように、わたしだって全うする。「いまはそれしかできないのなら、ビデオを持っていくわ。とにかく現場を見たいの。バスケットで上がるしかないのなら、しかたないわ。彼らが帰ってしまう前に現場に行かないと。消防士たちはもう八時間は現場で働いているでしょ」

「まだ二時間はいそうだから、急ぐ必要はないだろう」バーロウが言った。煤で汚れた封筒を前ポケットから出してケインに渡す。「〈ランキン&サンズ〉の従業員リストが欲しいと言ってただろう。コピーをもらってきた」

「ありがとう。素性調査をはじめよう。特に気をつけて見ておくべき人物は?」

「警備員のスケジュールだとか防犯カメラのシステムにアクセスできる人物ってことかしら?」ミッキが皮肉っぽい調子で言った。「そのリストに載ってるだれでも、初歩的なハッキングくらいできておかしくないわね」

オリヴィアはたじろいだ。「そんなに簡単にシステムに侵入できたの?」

ミッキは目玉をぐるりと動かした。「侵入する必要もなかったわよ。〈ランキン&サンズ〉のサーバーは開きっ放しだったもの。わたしならIT担当者を調べるでしょうね。事件に関与していなかったなら、最低の無能よ」

「だれでも防犯カメラを無効にできたってわけか」ケインがむっつりと言った。

「悪いわね。もっといい知らせを伝えられたらよかったのだけど。いまは防犯カメラの停止コマンドがどこから出されたかを追跡中よ。しばらく時間がかかると思う。バーロウが言ったように、犯人はこっち方面の仕事は手際よくこなしているから」

ドクター・ドナヒューが椅子にもたれた。「バーロウ巡査部長、この放火が単独犯の可能性はあります?」

バーロウは躊躇した。「なくはない。だが、もしこれがほんとうにSPOTの犯行なら、ふたりないし四人からなるセルによるものだと思う。金で雇われた者の犯行、あるいは別の動機によるものだとするなら、単独犯もありだろう。ちゃんとした計画さえ立てていれば、仕事自体はひとりで実行可能なものだ」

「では犯人は、コンピュータのネットワークには詳しいけれど、放火の実行に関しては下調べをしてこなかったひとりないし四人ということになりますね」ドナヒューが言う。「そのうちのひとりは、警備員を冷酷に殺害できた。少なくとも銃一丁は持ってきていたから、暴力沙汰の可能性に対する準備はしていた――自分たちを守るためだったとしても。威嚇射撃の痕跡はありました?」

「なかったわ」ミッキが答える。「ウィームズ殺害に使用された弾は見つけた。ホローポイント、38口径。それ以外の発砲があったという証拠はなし。夜が明けたから、引き続き探してみるけど」

ドナヒューがうなずく。「では、いまのところ犯人は威嚇射撃をせず、いきなりミスター・ウィームズを撃ったと仮定しましょう。撃たれた場所は?」

「心臓のど真ん中だ」ケインが険しい口調で言うと、ドナヒューが眉を吊り上げた。

「興味深いわね。頭部を狙ったほうが確実なのに。ウィームズが防弾チョッキをつけていたかもしれないわけでしょう。心臓を狙うというのは、すごく強い殺意を感じるわ」

「ウィームズが元警官だと知らなかったとしても、犯人にとっては権威の象徴だったんだわ」オリヴィアが言った。「こういうグループの大半が無政府主義者よね。犯人がウィームズを憎んだとしても珍しくはないわ」

「でも、撃ち殺すのは珍しい」ドナヒューは小さなノートになにやら書きこんだ。「SPOTについて少し調べてみます。それと、当時プロファイルが作成されたかどうかも」

「わたしたちは少女の身元について捜査を続けるわ」オリヴィアだ。「検死を終えたら、イアンが電話をくれることになってます。さしあたっては、〈ランキン&サンズ〉の従業員リストを調べはじめます」

「私はFBIのクローフォード特別捜査官に連絡するとしよう」アボットが言った。「ガラスの地球儀については、マスコミにはできるだけ伏せておく。例の消防士はレポーターに話したりしないと信用できるのか？」

「ええ」オリヴィアはすばやく返事をした。全員の目が自分に向いて、返事がすばやすぎたのだと思った。肩をすくめる。「昔からの家族の友人で、レポーターは大嫌いな人なんです。しゃべったりしません」

アボットがうなずいた。「よし。バーロウ、手助けが必要だったら言ってくれ。必要とあれば、別の事件を担当している者を何人かまわせる。全員、一七時にここに戻ってくるように」

# 4

## 九月二〇日（月）午前八時五五分

エリックは三〇分のニュース番組の内容を暗唱できるくらいおぼえてしまっていた。ぼくはどうしたらいい？

あいつに言われたとおりに、ここに座ってじっと待つんだ。この五時間ずっとしていたとおりに。銃弾に倒れたふたりめの犠牲者が発表されたあと、ニュースに目新しい情報はなくなった。だからエリックは座り、何度も同じ報道を聞き、携帯電話を見つめた。携帯電話が鳴るのを、〝マスター〟からの次の連絡が来るのを待った。くそったれ野郎。

何日も待たされたらどうするんだ？　そのうちアパートメントを出て大学に行かなくてはならなくなる。食事だってしなくては。とはいうものの、食べ物のことを考えただけで吐きそうになった。

ぼくたちはあの女の子を殺した。でも、警備員を撃ち殺してはいない。ということは、ほかのだれかが殺したんだ。ぼくたち以外の人間は、くそったれの脅迫者しかいない。あいつがやったんだ。あいつが警備員を殺した。

でも、だれがぼくたちのことばを信じてくれるだろう？　メッセージを送ってきたやつは、こっちの姿をビデオにおさめている。ビデオだぞ、まったく。

どうしてそんなヘマをしたのか？　あいつはぼくたちがあそこにいるのをどうやって知ったのか？　エリックは自分たちがいつどこで集まって計画を話し合ったかと、ひと晩中必死で考えたのだった。けれど、なにも思い浮かばずにいる。仲間がだれかにしゃべったのだろうか。

エリックは目を閉じた。九時ちょうどだ。一言一句に至るまで同じ、コンドミニアムの放火事件がまた報道される時間だ。キャスターに合わせてもごもごとニュースを口にしたが、「たったいま入ってきたニュースです」ということばを聞いてはっと背筋を伸ばした。

テレビの画面が二分された。キャスターは右側で、左側には警備員の写真が出てきた。警察官の制服を着ている。口がからからになり、男のバッジを凝視していると、右側の顔がしゃべりはじめた。

「ミネアポリス警察は、ゆうべの放火事件で亡くなった警備員の身元を確認しました。犠牲になったのはヘンリー・ウィームズさん。ミネアポリス警察で二五年勤めたあと、昨年退職しました。娘のブレンダ・ウィームズさんの悲しみの声をお聞きください」

慎ましい住宅街の慎ましい家の外階段に立ち、胸のところで腕を組み、涙で顔を濡らしたブレンダ・ウィームズに画面が切り替わった。

「父はいい警察官で、いい夫で、いい父親でした。ゆうべ父は殺され、もうひとり犠牲者も出ました。警察は犯人をつかまえるまで捜査の手をゆるめないとわかっています──父が警察官だったからではなく、このコミュニティの一員だったからです。母とわたしからのお願いです。父の死を悼《いた》むことができるよう、どうかわたしたちをそっとしておいてください」

画面がキャスターに戻り、エリックは愕然とした。

元警察官が死んだ。ぼくらも死んだも同然だ。ぼくたちをつかまえるまで、警察は捜査を続けるだろう。

自分たちの最悪の問題は少女が亡くなったことだと思っていたゆうべ、ジョエルもそんなことを言っていた。エリックはいきなり立ち上がった。このことを知られる前に、彼のところに行かなければ。彼がどんな反応をするかわかったものではなかった。取り乱し、心が折れ、みんなに言いふらしてしまうかもしれない。

そうなったら、全員が刑務所行きだ。そんなことがあってはならない。

顔を洗ってこようとしたとき、テーブルの上の携帯電話が鳴った。つかの間見つめたあと、まるでそれが毒物であるかのようにおそるおそる手に取った。肩の力を抜く。メッセージではなかった。アルベールからの電話だった。

「ニュースを見たか？　おれは殺してない。殴っただけだ。だれかが警備員を殺したんだ。でも、だれが？」

「わ……わからない」呆然として言う。

「彼は元警察官だった。玉なしのジョエルがしゃべったら、おれたち全員終わりだ」

エリックはビデオのことを思った。テキスト・メッセージのことを。ぼくたちがもう終わっているのをきみは知らない。「わかってる」彼は決断した。「ジョエルにしゃべらせないようにしないと」それに、自分たちを地獄に堕とすビデオを脅迫者が公表しないようにもしなければ。「でも、彼に痛い思いをさせないでくれ、いいな？」

アルベールがひどく冷静に言った。「この件は二度と口にしないようにしよう」

エリックは息を吸いこんだ。自分がジョエルに死を宣告したのをわかっていた。「そうだな」携帯電話を閉じた直後に受信があったが、驚きはまったくなかった。

〈一一番ストリートとニコレット・アヴェニューの交差点に行き、バス停のベンチに座れ。ベンチに貼りつけた封筒を見つけろ。ひとりで来い。だれにも言うな。イエスかノーか？〉

突然肝が据わったエリックは、〈イエス〉と返信した。ベッドルームへ行って煙臭い服を突っこんだビニール袋をつかむ。メイドに見つけられてしまうわけにはいかなかった。ごみ容器に投げこむつもりだ。

それからクロゼットのテレビ・ゲームの棚の背後に手を入れて銃を取り出した。弾倉に弾がこめられているのを確認し、手のつけ根でカシャンと戻す。万一脅迫者が姿を現わした場合、これで対応する。

使い捨ての携帯電話を閉じた彼は、内心でくすりと笑った。それから厳粛な面持ちで壁に取りつけたテレビに視線を上げる。レポーターが古いニュースを話し終えるところだったが、最初の数分が最高の一日にしてくれた。

なんと警備員は元警察官だった。ますますいい。エリックと仲間たちにとっては、事態は悪化しているが。殺害されたのがただの警備員というのと、退職した警官というのでは、まったく別物だ。傑作中の傑作。

エリックは仲間に打ち明けただろうか。どんな対抗策をとってくるだろうか。なにをしてもむだだが。すべてのカードを持っているのはおれなのだ。常に。

「ちょっと」

彼はテレビから目を離し、かすかにいらついている客を見た。「すみません」申し訳なさそうに言う。「火事のニュースが気になってしまって。犠牲者がかわいそうで。あの警察官が」

客はいらだちも忘れてため息をついた。「ほんとよね。ひどい話だわ。自宅を出るたびに自分の命を危険にさらす時代になってしまったわ」

「ほんとうですね」いかにも同感だという口ぶりだ。「ご注文はなになさいますか？」

## 九月二〇日（月）午前九時二〇分

朝食のサンドイッチの最後を口に入れると、オリヴィアは包み紙をきちんとたたんだ。ケインは無言のまま片手をハンドルから離し、ふたりのあいだのカップ・ホルダーからラージ・サイズのコーヒーを彼女に渡した。

「ありがとう。運転はわたしがしたってよかったのに。わたしの番だったんだから」

彼女を横目で見たケインは、〝よく言うよ〟という表情だった。「おれは眠った。きみは眠ってない」

「眠ろうとはしたのよ」小さな声だ。「ほんとうに。へとへとになるまでジムで体を動かした。犬と一緒に走った。熱いシャワーを浴びた。あなたがはまってるハーブ・ティーまで飲んでみたんだから。すごくまずいのね。とにかく、どれも効き目がなかった。だからモジョをブリーのところに預けて署に出たの。あなただって同じことをしたはずよ」

「たぶんな」しぶしぶといった口調だ。「でも、おれは犬をデイケアに預けたりはしないぞ」

オリヴィアの友人のブリー・フランコーニは犬の訓練所を経営しているのだが、長いシフトで働く警察官の飼い犬を預かりはじめたのだ。ブリーがそのサービスをなんと呼んでいようとかまわなかった。モジョを預かってもらえるだけでありがたかった。

「勤務のあいだ、モジョはほかの犬と遊べて、わたしはそれほど罪悪感を抱かずにすむの。

モジョはわたしの話し相手だもの」少しばかりもの欲しげな口調になった。犬を飼いはじめたのは、婚約者のダグに捨てられた直後だった。「家のなかってときどきとんでもなく静まり返ってしまうから」

ケインが弾かれたように彼女を見た。「バーロウと顔を合わせるのはつらいだろう」

彼女は肩をすくめた。デイヴィッドと顔を合わせるほうがよっぽどつらかった。「マイカはずっと前に道を選んだのよ。でも、彼がダグの味方をしてよかったんだと思う。ダグがわたしを望んでいなかったのなら、結婚する前にそれがわかってよかったのよ」コーヒーをすする。濃くておいしかった。「亡くなった少女についてずっと考えていたの。放火犯とかかわりがあったのなら、建物のなかに彼女がいたのは辻褄が合う」

「そうだな。だが、もしかかわりがなく、たまたまタイミング悪くそこに居合わせてしまったのだとしたら、その理由を探らなければならない。なぜコンドミニアムにいたのか」

「地元の人間じゃなかったのなら、どうしてコンドミニアムの存在を知っていたのかしら？大きな通りからは見えないのに」

「でも、湖周辺側のいろんな場所からは見える」

「たしかに」オリヴィアは足もとに置いたブリーフケースから一枚の紙を取り出した。「湖の地図を印刷しといたの。小さなキャビンがたくさん建ってる別荘地ね」

「やるじゃないか。女の子の写真を見せてまわって、彼女を見てないか、ゆうべなにか変わったことに気づかなかったかを訊いてみよう。フェンスがあるからなにも見えなかった可能性もあるが、運に恵まれるかもしれない。内部の者の犯行の線を無視するわけにはいかない」

「今朝、〈ランキン&サンズ〉について調べてみたの。倒産寸前の状態にあるとかだったら、放火の動機になるでしょ」

「でも、経営は安定していた？」

「ゆうべまではね。湖畔のかなりの土地はKRBという会社に買い上げられていて、全部で六棟のコンドミニアムが計画コミュニティとして建設される予定になってる。〈ランキン&サンズ〉は第一期の高級コンドミニアムを建設するために雇われた。第二期では中流より上の階級の家族向けにさらに二棟が予定されていて、建設開始は春」オリヴィアは地図をじっくり見た。「この辺のキャビンの多くがなぎ倒されるわね」

「キャビンの所有者は腹を立てているかもしれない」ケインが言った。

「でも、放火をするほどかしら？」

「かもな。建設計画に反対したキャビンの所有者がいなかったかどうか調べるべきだな。〈ランキン&サンズ〉は第二期の建設業者でもあるのか？」

「それはまだ決まってない」オリヴィアは答えた。「新聞には、第一期のあとに〈ランキン&サンズ〉が予算内におさめたかどうか、仕事ぶりを評価すると書いてあった」

「バーロウから聞いた話だと、予算がオーバーして警備員をひとりクビにしたとか」

「そう言ってたわね。つまり、〈ランキン&サンズ〉は問題を抱えていた可能性がある。その問題の大きさによっては、だれかにとって放火はいい解決策に思えたのかもしれない。それはともかく、第三期では年金受給者や要介護者のための二棟が建てられる予定だった。将来的にはショッピングセンターや医療センターなどもある、完全なる計画コミュニティができあがる予定になってた。ゆうべの火事で最初の建物がだめになったから、計画全体が宙に浮いてしまったと思う」

「KRBの所有者はだれだ?」

「それを調べようとしたとき、モルグから連絡が入ったの。わかったこと全部をフェイに渡して、続きを調べるよう頼んでおいたわ」アボットの助手のフェイは、調べ物の達人なのだ。

「現場監督については調べたわ。じつにきれいなものだった」

「彼は銃を所有しているのか?」

「許可証は持ってない。ミッキがゆうべ彼に対して硝煙反応検査をした。銃を発砲しなかったか、手袋をはめるくらい頭がよかったかのどちらか」

「現場監督とKRBの財政状況を調べる必要があるな。これが終わったら、令状を取りにかかろう」

「SPOTが犯行声明を出したら、FBIがしゃしゃり出てくることになるけどね」

ケインは肩をすくめた。「特別捜査班で彼らと一緒に仕事をした経験がある。そんなに悪いものじゃなかったから、心配はやめるんだ。しわができるぞ」

「しわならもうあるもの」オリヴィアはぼそぼそと言った。三一歳で、すでにガタが来はじめている。

ケインが手を突き出した。「サンドイッチをもうひとつくれ」

顔をしかめながら、オリヴィアはふたりのあいだに置いた袋に手を突っこんだ。「消防士たちの分がなくなるわ」彼の手に叩きつけるようにサンドイッチを渡す。「これが最後ですからね」

街を出る前にコーヒーとサンドイッチを出す〈デリ〉に寄ったのだった。警察官、学生、教授などがよく利用する店だ。朝食を買うのはオリヴィアの番だったので、ケインのお気に入り――卵とパストラミをライ麦パンでサンドしたもの――を注文し、それから衝動的に消防士たちの朝食用にとサンドイッチをたくさん追加した。彼らならなんの問題もなく平らげてくれるだろう。サンドイッチをだれに買っていくのかを知った〈デリ〉の店長は、魔法瓶のコーヒーをサービスしてくれた。

「まだ一〇個も残ってるだろ。イケメンの消防士ひとりがいったいいくつ食えるっていうんだ？」

オリヴィアの顔がかっと熱くなった。「ケイン」警告の口調だ。

ケインは申し訳なさそうな顔をしなかった。「もうすぐ着くぞ。目の下の隈をなんとかしたほうがいい。白粉《おしろい》をはたくとか」

オリヴィアが息を吸いこむ。「ケイン」先ほどよりもきつく言う。

赤信号で停まると、ケインが身を乗り出してグローブ・ボックスからオリヴィアのバッグを引っ張り出し、ひざの上に落とした。「ちょっと口紅を塗るのも悪くないぞ」

信号が青に変わり、ケインはそれ以上なにも言わずに交差点を抜けた。オリヴィアはぷんぷんしながらサンバイザーを下ろし、鏡を覗いた。そしてたじろいだ。「いやだ」

「だろ」ケインが重々しく言った。

オリヴィアが彼をにらみつける。「でも、髪は平気だわ」

ケインは肩をすくめた。「気分がよくなるなら、そう思ってればいいさ」

長い髪はうなじのところできっちりしたお団子にまとめてあった。おかげで疲れた目がなおさら憔悴して見えた。ため息が出る。「ときどきあなたが心底憎くなるわ」

「それはないはずだ」ケインがちらりと視線を寄こす。「彼を憎んでないのと同じでな。きみは自分の顔を見なかっただろ、リヴ」文句を言おうとオリヴィアが口を開くと同時に彼が続けた。「ハンターが四階分の高さを転落しかけたとバーロウが言ったとき、幽霊みたいに蒼白になってたぞ」

「わたしはいつだって幽霊みたいに蒼白です。日焼けしないの」そうは言ったものの、コンパクトを開いてそそくさと白粉をはたいた。顔をなおしている最中に現場に到着するほうが、やつれた顔で到着するよりもいやだった。オリヴィアにだってプライドというものがあるのだ。

ケインが櫛を渡してきた。「お団子をほどくんだ。どうしてもっていうなら三つ編みにしてもいいが、お団子はいただけない。まるで――」ケインはわざとらしくぶるっと震えてみせた。「――司書みたいに見える」

意図どおりオリヴィアが笑うと、ケインはにやりとした。彼が元司書の妻を心から愛しているのをオリヴィアは知っていた。「そんなことを言ったら、ジェニーにお尻を蹴っ飛ばされるわよ」

「そのおかげできみが笑ったとわかったら、蹴飛ばされはしないさ。ほら、急げ。もう着くぞ」

**九月二〇日（月）午前九時四五分**

エリックはベンチと、その下にテープ留めされているクッション封筒を見つけた。靴紐を結ぶふりをして前かがみになり、封筒をつかむと上着のなかにすべりこませた。その際、銃の冷たい鋼を指がかすめた。どきどきしながら体を起こす。通りを行く人全員が自分を見ている気がした。銃を持っているのを知られている気がした。

だが、だれもちらりとも目を向けてこなかった。だれもが自分のことに忙しくしているなか、彼は人目につく場所に座り、ジェームズ・ボンドかぶれみたいに銃をジーンズのウエスト部分に突っこんだ状態で封筒を手に入れた。

ぼくは工学部の学生なんだぞ。優等生名簿に名前を連ねているんだぞ。善玉なんだ。こんなことが起きてるなんてありえない。だが、現実に起きているのだった。六ブロック歩いて車まで戻り、乗りこんだ。

封筒を凝視したあと破り開けると、携帯電話と二インチ画面のMP3プレイヤーとイヤホンが出てきて、乾いた笑い声が漏れた。じきに『ミッション：インポッシブル』の例の男が、〝このテープは自動的に消滅する〟と言い出すにちがいない。

でも、おかしくなどなかった。これは悪夢だ。自分が相手にしている人間がだれにしろ、そいつはぼくたち全員を葬り去れるビデオを持っているのだ。MP3プレイヤーの背面に〝1〟、携帯電話の背面に〝2〟と赤いマニキュアで書かれているのに気がつく。

ばかにされたみたいに感じながらイヤホンを耳に入れ、MP3プレイヤーの電源を入れる。〝再生〟を押すと、すぐに『ミッション：インポッシブル』のテーマ曲が大音量で流れてきて歯ぎしりをしたが、小さな画面に火事の映像が現われると胃がよじれた。かっとなってMP3プレイヤーを窓の外に投げ捨てたくなった。だが、がまんしているとすぐに曲が消えて、コンピュータで音声を変えた声が話しはじめた。男の声なのか女の声なのか、判別するのは無理だった。

「指示に従ったわけだ。非常によろしい。いまから最初のテストをする。合格すれば、私のお気に入りのままでいられる。拒絶したり不合格だったりした場合は、このビデオを警察とマスコミに公表し、おまえをお楽しみの相手にするゴリラ並みにでかい男たちに囲まれて、この先一生を狭い狭い檻のなかで過ごさせてやる」

画面いっぱいに刑務所が映り、それから同性に犯されている男の写真に切り替わった。激しい痛みが首に走り、折れそうなくらい歯を食いしばっていたのだと気づく。

「これが標的だ」写真が切り変わり、エリックは息を吐き出し、喉にこみ上げてきた苦いものを飲みこんだ。新たな写真は倉庫のようだった。「住所はおまえの携帯電話に送った。今夜仲間の三人をこの倉庫に連れていき、火をつけろ。柱一本残さないように焼き払うんだ」

エリックは理解した。この脅迫者への支払いは金ではないのだと。それより遥かに悪いものだった。呆然としたまま画面を見続けたが、新たな写真は表示されなかった。

「倉庫の所有者は番犬を飼っている」声が続けた。「好きなように対処するといい。仲間に真実を打ち明けたいならそうすればいい。おまえに従わないようなら、なにを言ってもかまわないが、ひとりでも抜けた場合はビデオが公表され、おまえたち全員が刑務所行きとなるのをおぼえておけ」

声は一度として揺らがず、ほんのわずかにでも感情をあらわにすることはなかった。

「じゃまをする者は殺せ。どのような理由にせよ標的が警告を受けたり、倉庫の製品が予期せず動かされたりした場合も、ビデオは公表される。仕事が終わったら、携帯電話のカメラを使ってそのようすを撮影し、教えられた番号に送信しろ。そのときにさらなる指示をあたえる。幸運を祈る、エリック。そうそう、おまえがつかまった場合——」ここで残忍で独りよがりな笑い声がした。「——世間はおまえがなにをしたかを知ることになる」

倉庫が消えていき、ゆうべのビデオのひとこまが現われた。エリックにつきまとって離れないイメージだった。ガラスに両手をつき、口を大きく開け、彼の心のなかですら無音のあのおそろしい叫びをあげている少女だ。

ファイルが終了して画面が黒くなった。携帯電話を開いて、ひとつだけあるメッセージをクリックした。予期していたとおり、住所だった。〝倉庫の所有者〟はなにをして脅迫者を激怒させたのだろう。

それに、自分はどうしたらいいのだろう。

とりあえずのところは、午前一〇時の微積分の授業に出なくては。いつもどおりにふるまうのだ。そして考える。必死に。この泥沼から抜け出す方法がぜったいにあるはずだ。なければ困る。

車のエンジンをかけてギアを入れたとき、使い捨ての携帯電話が甲高い音を発してぎくりとした。しばし時間をかけて考えをまとめる。勇気もかき集める。

携帯電話を開く。またテキスト・メッセージだった。〈イエスかノーか？〉

慌てて周囲を見まわした。送信者に見張られているのか？　窓や車や通りの角にぼんやりと立っている人々を見ていく。だれであってもおかしくない。パニックがかぎ爪を立てて上がってきて、喉をつかんだ。だれであってもおかしくない。

〈あんたはだれなんだ？〉

〈透明人間さ〉

何秒かが過ぎ、携帯電話がまた甲高い音をたてた。〈イエスかノーか？〉文字の横にはリンクがあり、それをクリックする前になにを目にするはめになるかわかっていた。窓に見える顔。胸がきつく締めつけられて息もできないほどだ。〈イエス〉と返信した。「くそったれ野郎」ぼそりと言う。また携帯電話が鳴った。

〈賢い選択だ。今夜写真を見るのを楽しみにしている〉

携帯電話を閉じてじっと見つめた。あの野郎はどうしてぼくがＭＰ３プレイヤーのファイルを開き、メッセージを読んだのを知ったんだ？　すぐそばで見張っているか、携帯電話に仕掛けが施してあるかだろう。エリックは車内に目を走らせた。あるいは、この車に盗聴器を仕掛け、どこかからパソコンで監視しているのかもしれない。

こいつの正体を突き止める方法がかならずあるはずだ。でも、もし突き止められなかったら？　あるいは、今夜までに突き止められなかったら？

その場合は言われたとおりにするしかない。「いやだ」エリックはきっぱりと言った。

それでも、車を出したときには倉庫に放火する計画を考えはじめていた。万一にそなえて。

## 九月二〇日（月）午前九時五五分

彼女が来た。ホースを巻き取っていたデイヴィッドの手が止まった。ケインのフォードが建設現場のゲートを抜けてくるのを見て、学校のダンス・パーティにはじめて女の子を誘おうとしていた一三歳のときのように心臓が早鐘を打ち、胃が飛び上がった。

突然の不安を押して、後悔の念が頭をもたげた。はじめて語ったその女の子がどうなったか、みんながよく知っている。苦々しくそう思う。二〇年近くも贖《あがな》ってきたが、それでもじゅうぶんではなかった。一生かかってもじゅうぶんにはならないだろうと確信があった。できることをするしかない。そして今回、この女性とはちがうゴールが待っているように心を尽くすしかない。

「彼女が来たぞ」ジェフがホースの最後の数フィートを消防車へと引きずっていきながら言った。この一時間、ふたりは五インチ径のホースを撤収しながら、なかに残った水を出していた。デイヴィッドは数分おきに正面ゲートに目をやり、待っていた。そして、ついに彼女が来たのだ。

ジェフがにやついているところを見ると、無頓着なふりをしてもむだのようだ。「見た」一三歳のときと同じように声がひび割れる覚悟をしていたが、ありがたいことにそうはならなかった。

オリヴィアが助手席から降りてきて、朝日がその髪を黄金色に輝かせるのを見つめた。すると、シートからなにかを取ろうと彼女がかがみこんだ。丸いヒップという完璧な光景を目にして、歯のあいだから急に漏れた息を抑えられなかった。またもやぼんやりとした記憶にさいなまれ、さっと視線をそらして自分の両手を見つめた。

彼女の感触をおぼえていた。あのなめらかな曲線が自分の両手に完璧にぴったりだったことも。知っていてはいけないのに、知っていた。どうしてももう一度感じたかった。身震いをこらえ、欲求よ消え去れと念じながら息を吐き出した。消えるわけもないのに。

「同感せざるをえないな」ジェフが気に入ったとばかりにつぶやいた。「すばらしい」

その目を自分にだけ向けておけと言ってやりたかったが、歯を食いしばってこらえ、わざと落ち着いた声で言った。「ケイラに目玉をくり抜かれるぞ」

ジェフのにやつきが大きくなった。「あっちだって文句は言えないさ。おまえの尻に見とれてるところをおれは見たんだから」

デイヴィッドは目玉をまわした。「バーロウから電話があって、彼女たちは四階を見たがってると言ってた」そう言って理性のあるところを見せた。「さっさと仕事を終えられるよう、このホースを運ぶのに手を貸してくれ」

だが、ジェフは刑事たちの車を見つめたままだった。「おい、おまえの彼女が食べ物を持ってきてくれたぞ。〈デリ〉のだ。あそこのはうまいんだよな。休憩にしようぜ、デイヴ。おまえだって休憩したいだろ」

ジェフが行ってしまい、デイヴィッドは彼女が車のドアを足で蹴って閉めるのを見ていた。い、いや、おまえの彼女。もちろん、オリヴィアはそんなんじゃない。状況がちがう展開になっていたら、そうなっていたかもしれないが。おれがしくじりさえしてなければ……。なにをしくじったのかはわからなかったが。それでも彼女はここに来た。ばかだな、それが仕事だからだろうが。

とはいえ、差し入れを持ってきてくれたのはいい兆候だ。ずっと待っていたきっかけだ。前回みたいなへまをぜったいにくり返さないようにしなければ。

前回は明らかにへまをしたらしいのだが、それについてはほかの記憶よりも曖昧なのだった。肩をいからせて歩き出すと、近づいていく自分に彼女が気づいた瞬間がわかった。オリヴィアは体をこわばらせ、片手に袋を、もう一方の手に魔法瓶を握りしめ、まっすぐに目を向けてきた。心臓が三拍鼓動するあいだ、デイヴィッドは息をしなかった。

ジェフが先に到達して袋を取ると、彼女が顔をそらした。「魔法瓶にコーヒーが入っているわ」近づいていくと、そう言うオリヴィアの声が聞こえた。

ジェフはすでに貪《むさぼ》り食べていた。「ベーコン、卵、チーズ」もごもごと言う。「もう倒れそうだったんだ。ありがとう。たっぷりあるぞ、デイヴ。おまえも食え」

「ええ、たっぷりあるわ」オリヴィアが小さく言い、目をデイヴィッド以外のあちこちにさまよわせたので、彼は中学校のパーティに迷いこんだおとなのようないらだちを感じた。

「あの少女についてなにかわかったかい？」そうたずねると、ようやくオリヴィアが目を合わせてきた。彼女の目は丸く、空のように青く、重々しかった。

「まだなにも。でも、補聴器のおかげで範囲が絞りこめるはず。ありがとう」

「四階を見たいとバーロウから聞いている。外からなら上に連れていってあげられるが、なかを歩きまわるのはまだ安全じゃない。特に長靴がないとね」

オリヴィアがうなずく。「わかったわ。バスケットにはケインとわたしのふたりとも乗りこめるかしら？」

小さな黒い袋を持ったケインが近づいてきた。「おれがバスケットに乗って上に行くって？　いやだね。きみが行けよ。ほら、カメラを渡しとく。おれの双眼鏡も」

押しつけられたカメラと双眼鏡をオリヴィアは受け取った。「行かないの？　どうして？」

ケインが恥ずかしそうな顔になる。「高所とおれは……どうにも反りが合わないんだ」

彼女は相棒をにらんだ。「弱虫」そうつぶやいてからきっぱりとデイヴィッドに向きなおった。「じゃあ、上に行きましょうか。その前に食べておきたい？」

なにも喉を通りそうになかった。「いや、大丈夫。ジェフ、行くぞ。操作を頼む」

「おれが彼女と上がってもいいんだが。いや、やめておくか」デイヴィッドが険悪な目つきになったのを見て、ジェフは言った。楽しそうににやつきながら、ポケットに入れてあったバンダナで手を拭き、ちょうどやってきた隊長にサンドイッチの袋を渡した。「おれにひとつ残しといてくださいよ」

ケイシー隊長がオリヴィアに微笑みかけた。「差し入れをありがとう。ほんとうに助かるよ」

「どういたしまして。ひと晩中ここで仕事をしていたのだから、きっとお腹が空いているだろうと思ったんです。なるべく手短にすませますから」オリヴィアは周囲を見まわした。「バーロウ巡査部長はどこかしら？」

「報告書を書かなければならないと言っていたよ」ケイシーが言う。「午後には戻ってくる予定だ。いまは放火捜査班のふたりが捜査の前に各階をグリッドに分割している」

彼らなら灰をふるいにかけ、放火犯に結びつくどんな小さな物も徹底的に探すだろうとデイヴィッドにはわかっていた。「バーロウから、彼に見せたものをきみたちにも見せてほしいと言われている。その窓から一階部分が見られるよ」

デイヴィッドはオリヴィアとケインを一階の窓へと連れていった。「この窓は通常のガラスで、燃えはじめて数分で吹き飛んだと思われる。バックパックと補聴器はあの穴の向こう側で発見した」オリヴィアの背後に立ち、彼女のこめかみあたりに頬をつけるようにして指さした。「あそこだ。鑑識のマーカーが置いてあるだろう」

「わかったわ」オリヴィアがぼそりと言った。肩をこわばらせたものの、よけはしなかったので、デイヴィッドはそれをいい兆候ととらえた。「鑑識はもう証拠品を持っていったの？」

「一時間ほど前に」離れなければ。ほんとうに離れるべきだ。煙と汗で体が臭いとわかっていた。彼女の髪は記憶どおりのスイカズラの香りがして、あとずさる前にもう一度その香りで頭を満たした。

オリヴィアの向こうにいるケインが窓に顔を突っこんで、小さく口笛を吹いた。「どえらい穴だな、ハンター」

「ですよね」デイヴィッドは険しい表情で返した。

オリヴィアは眉根を寄せて、残っている内壁に目を走らせた。「球をおおっていたジェルだけど、ここにはあった？」

「いいや」デイヴィッドは答えた。「探してはみたんだが。とはいえ、ここはめちゃくちゃだからな。ジェルがあったとしても、灰と混ざってしまっているだろう。放水のせいですべてがいっしょくたになってしまった。もしジェルが残っていたら、放火捜査員たちがきっと見つけてくれる。幼稚園で使う糊よりもぼってりしてるから」

オリヴィアが彼をちらりと見上げた。「ジェルと球の件は口外無用でお願いするわ。重要なことなの。ほかにだれが知っている？」

「おれとジェフだけだ。それにバーロウと。ケイシー隊長も知ってる」

「キャリーとゲイブもだぞ」背後からジェフが言い、ふり向いたオリヴィアから軽くにらまれると肩をすくめた。「口外しちゃだめだとは知らなかったんだ。それに、あの球をキャッチしたデイヴはすごかったから、だれかに話さずにはいられなかった」

「キャリーとゲイブはおれたちのチームだ」オリヴィアが軽いしかめ面をジェフから自分に転じると、デイヴィッドは言った。「彼らなら秘密を守れる」

「おれもだって」ジェフが気分を損ねた口ぶりで言う。「そうしなきゃならないとわかってればな」

「キャリーとゲイブに話せるかな？」ケインだ。「情報が漏れるのは困るんだ」

「わかった」ケイシーが言う。「ふたりはいま、見まわりをしてる。消防車のところに呼び戻そう」

「きみが上に行ってるあいだに」ケインがオリヴィアに言った。「ほかの消防士たちにはおれから話をしておく。楽しんでこい」

ケインをにらんだオリヴィアの顔は、おれたちに対するのよりもきついな、とデイヴィッドは思った。彼女はいらだっているようで、おれの顔を見ても少しもうれしそうじゃない。

よくない兆候だ。

デイヴィッドは消防車の前面に下ろされていたバスケットに乗りこみ、彼女が待っている地面から二フィートのところまで下げた。オリヴィアは無表情だったが、足はいらいらと地面を打っていた。手を差し伸べられると、つかの間ためらったあと、彼の顔も見ずにその手をつかんだ。

デイヴィッドは彼女を引っ張り上げ、足もとがしっかりするまで手を放さなかった。「安全ベルトを締めないと」彼が言うと、オリヴィアは黙って両腕を上げたので、そのほっそりしたウエストにベルトを巻いた。フックでもたつかないように気をつけながら。あるいは、自分の両手に影を落としている胸へと視線を上げて見つめてしまわないようにしながら。ベルトを引っ張ってしっかり固定されたのを確認すると、ジェフがきざな笑いを浮かべていることや、ケインが注意深い目をこちらに向けているのを意識しながら、彼女を見ないようにして体を起こした。「これでいい」

「わかった」オリヴィアの声は少しばかり息切れしているように聞こえた。「じゃあ、高みへ連れていって」

いいとも。それがいつになるのか、どうやってそう持っていけばいいのかはわからなかったが、あのときの記憶のせいでもう一度彼女を自分のものにせずにはいられなかった。「高いところは平気かい？」

「ええ」スイッチの操作でバスケットが上がりはじめると、オリヴィアはコンドミニアムの壁に意識を集中した。一〇フィート上がったとき、驚いた目を向けてきた。「もっとがくがく揺れるものだと思っていたわ」

「意外となめらかだろ」上昇中の三×四フィートの空間にふたりきりだ。後ろに立ち、手すりに手をついて腕のなかに彼女を閉じこめる場面をつかの間想像する。体を押しつけ、彼女の曲線を感じる場面を。だが、もちろんそんなことはできなかったので、隣りに立ってスイカズラの香りを吸いこむだけでがまんした。

たずねたいことが山ほどあった。きみとバーロウの関係はどういうものなんだ？ ほかにだれかいるのか？ そして、一〇〇万ドルの価値のある質問――どうしておれのベッドを出ていった？

だが、いまはそんな個人的なことをたずねている場合ではなかったので、頭に浮かんだ仕事上の質問をした。「おれが見つけた球にはどういう意味があるんだい？」

一瞬、答えてもらえないのかと思った。それから彼女がため息をついた。「家に帰ったら、あなたはきっとグーグルで検索するんでしょうね」

「家に帰るまでもない。ノートパソコンを署に置いてきた」

「これについてはだれにも口外しないで。パートナーにも」

「ジェフか？」デイヴィッドの唇が自然と持ち上がった。「あいつはいいやつだが、秘密を守ることにかけては問題ありだな。彼には話さない。神かけて誓う」胸のところで十字を切った。

オリヴィアの視線が彼の素肌の手に落ちてしばらくとどまり、それから顔に戻ってきた。先ほどまでよりも頬が少し赤みを増していた。「環境保護団体による放火よ」デイヴィッドは冷水を浴びた気分になった。「ガラスの地球儀だったの。一〇年以上前、過激な活動グループがあれとよく似たガラスの地球儀を放火の現場に置いていってたのよ」

「まいったな」デイヴィッドは小声で言った。「だが、彼らはあの警備員を撃っただろ。心臓のど真ん中を。環境保護団体はふつうは人には危害をくわえないはずだが」

「ふつうはね。とはいえ、そのグループは一二年前に不慮の死者を出しているのよ」

デイヴィッドは例の少女の蠟のように白い顔を思い出した。必死で逃げようとしたことを。「ゆうべのように」

「かもしれない。あの少女は球を手に持っていた。さしあたり、容疑者のひとりとして考える必要があるわ」

デイヴィッドは首を横にふった。「あの子は放火向きの格好をしていなかった。靴さえ履いていなかった。バーロウが探知器で調べたが、なにも出なかった。彼女の両手からは炭化水素は検出されなかったんだ」

オリヴィアが値踏みするように彼を見た。「たしかにそうね。でも、彼女は球を手にしていた。その方法と理由を探り出さなければならないの」

「その過激グループは犯行声明を出したのか？」

「まだだけど、一二年前はかならず出していた」

「ふたりも殺したせいかもしれない」デイヴィッドが語気も荒く言うと、オリヴィアのまなざしが和らいだ。

「そうかもしれない。どこかの時点でＦＢＩを呼び入れなくてはならなくなりそう。きっとあなたから話を聞きたがるわ。一応警告しといてあげる」

「ありがとう」四階まで達したので、デイヴィッドは上昇を止めた。「彼女を見つけたのはここだ」

オリヴィアが目を凝らして身を乗り出す。「手形なんてどこにも見えないけど」

デイヴィッドは照明灯をつけて窓に向けた。「これでどうだい？」

一分ほど凝視したあと首を横にふった。「だめだわ」

ありがとう。デイヴィッドは心のなかで感謝のことばをつぶやき、彼女の背後に行って両手で肩をつかんだ。顎が髪に触れるまで顔を下げ、ちらつくものが見えるよう角度を調整した。「ほら、見えるかい？」

肩に手を置いたときに体をこわばらせた彼女だったが、震える息を吸ったとき、彼女がそれまで息を詰めていたのだとデイヴィッドは気づいた。それはいい兆候だった。

「あれが見えたの？」かすれた声を聞き、デイヴィッドの肌が興奮でぞくぞくした。咳払いをしてからしゃべったオリヴィアの声はきびきびしていた。それでも、彼女がこちらを意識しているのをその声のなかに聞き取った。それでじゅうぶんだった。それをずっと待っていたのだ。「バーロウの言うとおりだわ」淡々とした口調だ。「あなたはいい目をしている」

興奮にかすかな誇りが重なった。「暗かったから見えやすかったんだ」

オリヴィアが前に身を乗り出したので、彼は手を放して隣りに立った。「もっと近づける？」ある一点を指さす。「あのしみのところに」

示された場所から一インチのところまで手すりが近づくように操作した。「これでいいかな？」

彼を見上げたオリヴィアの顔には苦笑いが浮かんでいた。「腕前を見せびらかしているんでしょう」デイヴィッドが答えを考えているあいだに、彼女が首に下げた袋からカメラを取り出した。「この窓を鑑識に持っていく必要があるわ」写真を撮りながら言う。

デイヴィッドも身を乗り出し、彼女が指さしたものを見た――耐衝撃性ガラスに小さなへこみがあり、そこから外側に向けてかろうじて見える線が広がっていた。「あれが見えたのか？」

「わたしだっていい目をしてるのよ」軽い口調で言う。「それに、なにを探しているかわかっていたし」

「どういうことなんだ？」

「彼女が靴を履いていなかったことについて考えたの。放火犯のひとりだったなら、すばやく逃げられるように靴を履いていたはず。長靴を。最低でもスニーカーを。でも、彼女は靴を履いておらず、なおかつ球を持っていた。なぜか？　彼女の身長はわたしと同じ五フィート四インチくらいだった」カメラを片手につかんで持ち上げ、窓に打ちつけるまねをした。「このへこみはちょうどあるべきところにあるの」

デイヴィッドは理解した。「彼女は球で窓ガラスを割ろうとしたのか。家具はまだ入ってなかったから、ガラスを割るのに使える椅子もなにもなかった。ああ、かわいそうに」

「ほんとうに。バーロウの話だと、犯人はカーペットの接着剤を一階と二階にまいたらしいわね」

「そうだ。よければ、まいたパターンを見せてあげられる」

「下りるときに見せてもらうわ」オリヴィアが腕を組むと、手首に下げたカメラが揺れた。顔をしかめて窓を見る。「犯人が一階と二階にだけ火をつけて、彼女は犯人とは一緒におらずこの四階にいたのなら、どうやって球を手に入れたわけ？」

「犯人は下の二階分に接着剤をまいたが、火をつけたのは一階だとおれたちは考えている。逃げやすいからな。ふたつの階に火をつけたら、犯人が逃げる前に燃え広がっていただろう」

「犯人がどうやって出入りしたかはわかっているの？」

「わかっているとしても、おれは知らない。バーロウに訊いてくれ」デイヴィッドは前夜を思い返してみた。「ここに到着したのは、通報から約五分後だ。ゲートを壊さなくちゃならなかったから、さらに二分かかった。そのときには一階と二階は完全に燃え上がっていて、どのドアからもなかに入るのは危険な状態だった。外から消火活動をしていた。そもそも、バスケットに乗っていたのはそのためだった」

オリヴィアはいまも窓を見つめていたが、しかめ面は考えこむものに変わっていた。「わかったわ。それで？」

「一階と二階の防火扉は開いていた。煙が階段室に充満していたはずだ。あの子が下のほうの階にうずくまっていたのだとしたら……」補聴器を思い出す。「そして、犯人が近づいてくるのが聞こえなかったとしたら……」

「彼女は眠っていたのかもしれない。煙で目を覚まし、階段を下りようとしてそうできないのに気づいた」デイヴィッドを見上げる。「階段室から廊下に出ることはできたかしら？」

「可能性はある。だが、相当熱かったはずだ」

「足に水膨れができるくらい？」

デイヴィッドは少女のかかとを思い出した。「ああ」

オリヴィアがうなずき、デイヴィッドは彼女の頭のなかで歯車がまわるのが見えるような気がした。「彼女はパニックを起こしていたにちがいないわ」つぶやくように言う。「頭がまともに働かなかった。煙で息ができなかった。ひざをついて煙の下に潜りこんだのかもしれない。そして、球を見つけた」

「なにも見えなかったはずだ」あの少女がどれほどこわい思いをしていたかと考えたら、デイヴィッドは激しく動揺した。「数分で一階と階段室に煙が充満しただろう。偶然球につまずき、それを手にして……」

オリヴィアのブロンドの眉が吊り上がった。「あるいは、防火扉が閉まらないように犯人が球をかませていたのだとしたら？」

はじめて出会ったとき、デイヴィッドは彼女の頭のよさに感心したのだった。それについてはっきりとおぼえている。「ありうるな。彼女は球を手に取るが、熱すぎてそれ以上先に進めない。煙もひどい。そこで、階段室へ戻る」

「そして四階へ。そこはまだ火が到達していない。球はいまも手のなかにある。恐怖に駆られたとき、人間は妙なものにしがみつく。彼女は窓へ行き、割ろうとする」

「この世の終わりまで球で叩いたとしても、あの窓は割れなかっただろう。でも、おそらくは数回しか叩けなかったと思う。彼女が階段室に行ったのなら、肺はすでに煙でやられていただろうから」

「球はどこで見つけたと言っていたかしら？」

「手形が残っていた場所から約二フィートのところだ。彼女は両腕を伸ばしてうつぶせに倒れていた」

「壁に対する体の角度は？」

「三〇ないし四〇度ってとこだ」

「じゃあ、彼女は球を投げ、両手で窓を叩いた。そのころには死にもの狂いだった」オリヴィアはガラスについた指紋に目を凝らした。「てのひらで窓を叩き、拳でどんどんと打った」

「その逆だったんじゃないかな」デイヴィッドの声は小さかった。「床にくずおれたとき、彼女の両手は広げられていた。見えにくいだろうが、指の筋がついている」

「かわいそうに」オリヴィアはしばらく無言で、その間にデイヴィッドはその横顔を見つめた。これほど彼女のそばにいるのはずいぶん久しぶりだ――この二月に、イーヴィの古いマツダ車で土手を転がり落ちて入院したときに、見舞いに来てくれた短い時間を入れなければ、二年半ぶりだ。あの時間を勘定に入れるつもりはなかった。片目が腫れていてよく見えなかったのだから。彼女はぼんやりしたイメージにすぎなかったが、それでもスイカズラの香りに気づいたとたん、ベッド脇にいるのが彼女だとわかったのだった。

突然、彼女が一心な青い瞳を向けてきた。「あれはとんでもなく大きな穴だわ。あ……あなたが無事でよかった」

デイヴィッドは胸を握り潰されたように感じ、返事に苦労した。だが、ことばを見つける前にオリヴィアが視線を湖に向けた。「このバスケットはどれくらい高くまで上がれるの？」

咳払いをする。「一〇〇フィートだ。いまは五〇フィートってところだな」

「いちばん高くまで連れていってもらえる？」

なんてことだ。もちろんそうしてみたかった。集中しろ、ハンター。このチャンスをふいにするな。「わかった」しわがれ声になってしまったが、彼女は気づいていないようだった。

「でも、どうしてだい？」

「あの少女がどうしてこの場所を知ったのかという話になったのよ。わたしたちは地元の子じゃないと思ってるの。大通りからコンドミニアムは見えないけれど、湖からなら見えるでしょ」

デイヴィッドはコンドミニアムの屋上より高くバスケットを上げた。「なにを探しているんだい？」

「わからない」カメラを顔まで上げて、周囲の写真をズームで撮っている。「森のなかの小径とか隠してあるボートとか、彼女がこの場所をどうやって見つけたかがわかるもの。地上からも森を通る小径を探させたほうがよさそう」

「犬を使ってもいいんじゃないかな」

オリヴィアがカメラを下げて彼を見上げた。「彼女の痕跡を追わせるの？」新たなきらめきが目に宿る。「いいかもしれない」びくりとする。「電話だわ。これを持っててくれる？」双眼鏡の入った黒い袋を渡して携帯電話を取る。「はい、サザランド」

彼女の小さな笑みが、相手の話を聞いているうちに消えていった。「三〇分で行くわ」

「問題でも？」オリヴィアが電話を切ると、彼はたずねた。

「検死官から。少女のことでなにか発見したそうよ。下ろしてくれる？」

「もちろん」バスケットを下ろしながら、次のことばを考え、いまのうちにスイカズラの香りを吸いこむ。「オリヴィア」

彼女が体をこわばらせ、今朝彼女を名前で呼んだのはこれがはじめてだったとデイヴィッドは気づいた。「なに？」オリヴィアは湖に視線を据えたままだった。

おれを見てくれ。なにか反応を示してくれ。頼む。

オリヴィアが大きく息を吸ってから吐き、首だけをめぐらせて目を合わせてきた。「なに？」

「おれは……」言うんだ。けれど、まちがった女性を長年待ち続けたせいで、自分にぴったりかもしれない女性に対する腕が鈍ってしまっていた。「話があるんだ」出し抜けに言う。「でも、みんなに聞かれるここではまずい」

オリヴィアは永遠とも思えるほど長いあいだ彼を見つめていたが、やがて一度だけうなずいた。「あとで電話するわ。あなたのシフトはいつ終わるの？」

どっと安堵に襲われる。少なくとも、ノーとは言われなかった。ということは、自分がなにをしでかしたにしろ、それほどひどくはなかったわけだ……ちがうだろうか？「二時間ほど前に終わってる。いまは残業中だ」

バスケットが地上に到達すると、オリヴィアは自分で安全ベルトをはずしてケインを探した。彼は消防車から一〇フィートほど離れたところでケイシー隊長と一緒だった。「ケイン、イアンから電話があったわ。モルグに来てほしいんですって。三〇分で行くと伝えておいた」バスケットから優雅に飛び降りるとひざを曲げて着地し、しばらくその姿勢のままでいたあと、フィニッシュした体操選手のように体をまっすぐにした。「上から見せてくれてありがとう。あとで連絡するわ」きびきびとした口調だった。

バスケットに乗ったままのデイヴィッドは、車へと向かう彼女を見送った。ケインがそのあとをぶらぶらと歩いていく。オリヴィアは一度もふり返らなかった。ケインの車が正面ゲートを通って見えなくなってから、双眼鏡を返していなかったのに気づいた。

デイヴィッドはそれをポケットにしまった。思っていた以上にうまくいった。

# 5

## 九月二〇日（月）午前一〇時五五分

「質問があるのかな、マーシュくん？」

顔を上げたエリックは、教室が空っぽになっていて、教授が目の前に立ってこちらを見ているのに気づいて驚いた。「いいえ。すみませんでした」

「マーシュくん、きみは眠っているときはいびきをかく。起きているときは授業をしっかり聞いている。今日はそのどちらでもなかったうえに、一五分遅刻してきた。なにかあったのかね？」

「女の子のことでちょっと」恥ずかしそうなふりをする。「だれかからノートを借ります」

「よろしい。水曜日の講義には遅れないように」

「わかりました」エリックは教室から逃げ出し、廊下の壁にどさりともたれた。だれかに怪しまれでもしたら、〝彼は動揺しているようで、上の空でした〟と教授は言うだろう。「最高だな」ぼそりと言った。

仲間に話さなければ。これはぼくたち全員に影響する。あいつらは別の建物に放火してくれるだろうか？　ビデオの件を話したほうがいいだろうか？　ジョエルは自制心を失うだろう。あのばかはなにをするかわかったもんじゃない。

アルベールは驚かないだろう。彼はぼくたち以外の人間があそこにいて、そのだれかが警備員を殺したのを知っている。なぜなら、ぼくたちは殺していないからだ。

それを信じてもらえるとは思えないが。「ぼくたちはもう終わりだ」小声で言い、壁に力なくもたれたまま自分の携帯電話を取り出した。脅迫者の携帯電話は、マナーモードにしてパンツのポケットに入れてある。講義中にあいつからの電話が鳴るのはまずいからだ。

〈正午に図書館の前に集まってくれ〉と打ち、アルベール、ジョエル、メアリのアドレスを入れる。送信ボタンを押す前に、携帯電話が振動した。メアリからだった。「なんだ？」

「ああ、どうしよう」上ずって虚ろな声だった。おびえた声だった。「ジョエルのことを聞いた？」

エリックの恐怖がいや増した。ジョエルは話してしまったのか？　あいつめ。「聞いたってなにを？」

鼻をすする音が聞こえ、メアリが泣いているのだとわかった。「授業に出てこなかったの」

安堵の吐息をついた。それだけか？　おおげさに騒ぐとはメアリらしい。彼女を仲間に入れることには最初から反対だったのだが、ジョエルに押し切られたのだ。彼女がそばにいると、かならず落ち着かない気分になるのだった。どうしてジョエルが彼女に夢中なのか、わかったためしがなかった。セックスがとびきりいいにちがいない。「自分の部屋に閉じこもってるだけだろ」

「ちがう。死んだの」声が取り乱す。「ジョエルは死んだのよ」

エリックの肺から空気がなくなった。すげえ。アルベールは仕事が速い。「どうやって？」

「車で大学に向かっている途中だったの」メアリはすすり泣きはじめた。「道路からそれて木に衝突したのよ。体がフロントガラスを突き破って飛び出した。出血多量で死んだの」

「ひでえ」痛い思いをさせないようにとアルベールには言ってあったのに、その死に方はとても痛そうだった。だが、片はついた。それも抱えて生きていかなければならない。

刑務所で終身刑に服するよりも、罪悪感を抱いて生きるほうがましだ。

だが、これでジョエルは今夜参加できなくなった。ひとりでも欠けた場合はビデオが公表されるのだ。アルベールには話しておくべきだった。むっつりとそう考える。ぼくたちにはジョエルが必要なのに。

事情を説明すれば、脅迫者は納得してくれるかもしれない。〝ジョエルは死んだので、脅迫がらみの放火から彼を免除してください〟エリックは目を閉じた。とても信じてもらえそうにない。

「だれから聞いたんだ？」

「彼の妹から電話をもらったの。か……彼の両親はわたしたちがつき合っているのを知らないの。きっと認めてもらえないだろうってジョエルは言ってた。でも、妹はわたしのことを知っていて、知らせなければと思ってくれたのよ。フィッシャー家の人たちには黙っていて。彼女をトラブルに巻きこみたくないから」

ジョエルの両親は正統派ユダヤ教徒で、メアリはアイリッシュ・カトリックだ。両親が認めないだろうというのは想像に難くない。そして、ジョエルがメアリとつき合っているのを隠していたというのは……。エリックは幼稚園のころからジョエルを知っており、これも驚くにはあたらなかった。ぼくも涙を流しているべきなんだ、と思う。なにかを感じるべきなんだ。だが、感じているのは気だるい恐怖だけだった。そもそもこれはジョエルの考えだった。だからある意味では、こんなめちゃくちゃな状況になったのはあいつの責任なのだ。

「とにかく集合だ。正午に図書館に来てくれ。いいな？」

「無理」呆然とした声が返ってきた。「授業があるから」

「さぼれよ」嚙みつくように言う。「重要なことなんだ」電話を切った。どうするか決めなければならない。むずかしい選択だ。知らない人間の倉庫に火をつけるか、刑務所行きの危険を冒すか？　仲間に打ち明けるか、打ち明けないか？

逃げるという選択肢もある。国外へ。カナダなら三時間以内で行ける。そこから先は……警察から逃げる人間が向かう場所へ行く。合衆国と犯罪人引き渡し条約を結んでいない国ならどこだっていい。金が必要だ。新しい身分証明書も。もっと時間を稼がなければ。だが、一三時間しかなかった。

ひょっとしたら、あいつは脅迫を実行しないかもしれない。いや、しないわけがない。あっちには失うものがないんだから。でも、ぼくはすべてを失う。

パンツのポケットに手を突っこんで使い捨ての携帯電話を開き、完璧に頭に入っているにもかかわらず倉庫の住所をもう一度確認した。

所有者はだれなのだろう？　善人なのか、悪人なのか？　所有者はとてもおそろしいことをしたのかもしれない。倉庫を焼き払えば公の利益になるほどのひどいことを。

ぼくは自分に嘘をついている。時間を稼ぐ必要があって、知らない人間の倉庫に火をつければその時間を稼げる。これ以上傷つく者が出ないかぎり、燃やすのはただの物だ。物は取り替えが効く。そのために保険があるのだ。

自分は昨日同じことを言ったのではなかったか？　まだ環境保護の復讐者気取りでいた昨日？　ああ。どうしてこんなにひどい状況に陥ってしまったんだろう？

それについては考えられなかった。いまは、今日の真夜中に灰と化す倉庫を所有している人間についての情報が必要だ。正義を行なっているのだと、アルベールとメアリを納得させる方法を見つけなければ。少しでも時間を稼がなければ。

## 九月二〇日（月）午前一〇時五五分

ケインとともにモルグに入るころには、オリヴィアは落ち着きを取り戻していたが、頭のなかはデイヴィッドの声でいっぱいだった。〝話があるんだ〟なについて？　七カ月も隠れていた理由について？　それとも、有効性が実証ずみの〝きみのせいじゃないんだ、オリヴィア。悪いのはおれなんだ〟という台詞でも言うつもり？

彼と一緒にバスケットに乗っていたあいだ、自制心をなんとか保った。あれほどそばにいるのは、夢と悪夢がいっしょくたになったようなものだった。でも、肩に手を置かれて耳もとでささやかれたときだって、情けなくとろけたりはしなかった。セクシーなかすれ声で名前を呼ばれたときだって。あの人はセクシーさの塊だ。だから、総じてうまく対処した。持ちこたえた。

「リヴ？」ケインは少しばかりむっとしたような、おもしろがっている顔で見つめていた。「頭のなかから彼を追い出すか、家に帰って冷たいシャワーを浴びるかしろよ。きみのせいで、家で妻と長い昼休みを取りたい気にさせられるじゃないか」

オリヴィアの頰がかっと熱くなる。「ごめんなさい」

ケインは彼女の肩を軽く叩いた。「イアンに冷蔵室に入れてもらうといい。そうすれば興奮が冷めるだろう」

「だれが冷蔵室に入る必要があるんですか？」検死官のイアン・ジャイルズがオフィスから出てきた。

「だれも」オリヴィアはきっぱりと言った。「で、なにを見つけたの？」

「金鉱を掘りあてましたよ。見てください」X線写真が掲げられているディスプレイ・パネルへとふたりを連れていく。「少女の頭骨部分です」

パズルのピースがはまり、オリヴィアの心臓が鼓動を速めた。耳のすぐ後ろに墓石のような形をした五〇セント硬貨大の黒いものがはっきりと写っていた。「これはわたしが考えているものかしら？」

イアンは少しばかりがっかりした表情になった。「あなたが考えているのがなにかによりますが」

オリヴィアはケインを見上げた。「デイヴィッド・ハンターと彼の相棒は、補聴器を発見していないの。というか、補聴器そのものは。あの少女は人工内耳を移植していた。デイヴィッドが見つけたのはプロセッサーだったのよ」

「プロセッサーっていうのはなんだ？」ケインがたずねる。

「それは……装置で……」オリヴィアはことばを探した。「音を変換して……。説明を頼むわ、イアン」

失望の表情が消え、イアンの顔がぱっと明るくなった。「プロセッサーは耳の後ろに装着し、音を電気信号に変換するものです。信号はここの人工内耳に送られます」自分の耳の後ろの骨をつつく。「人工内耳は通常の聴覚系を迂回し、聴神経を刺激するんです。すごく画期的なんですよ。でも、どうしてそんなことを知ってるんです、リヴ？」

「友だちが人工内耳を入れてるの。あなたも彼女を知っているのよ、ケイン。ブリー・フランコーニなの。さっき話に出てきたばかりでしょ」

「犬のデイケアを運営してる女性か？」ケインが言う。

「彼女は警察官だったんだけど、聴覚を失ったせいで警察を辞めるしかなくて、別の仕事をはじめたわけ。人工内耳の移植は二年くらい前に受けたのよ」イアンに向きなおる。「じゃあ、埋めこまれた人工内耳には製造番号があるはずよね？　プロセッサーは特定不能なほどどろどろに溶けてしまっているの」

「これです」イアンが製造業者と製造番号の書かれた付箋紙を彼女に渡す。「ふたりを驚かそうと思ってたのにな。楽しみを台なしにしてくれてありがとう」

オリヴィアは彼の腕を軽く叩いた。「ごめんなさいね。でも、すばらしい仕事をしてくれたわ。ありがとう」

「どういたしまして。ちょっと待って」出ていこうとしたふたりを呼び止める。「まだあるんです」

オリヴィアはイアンのあとからケインとともに解剖室に入った。ここに安置されている遺体は、現場の遺体ほど気にならなかった。遺体がここに運びこまれるころには、オリヴィアのパニックはおさまっていた。

首からひざまでシーツにおおわれた少女の遺体が解剖台に横たえられていた。髪についていた煤は洗い流されており、まばゆい照明の下の顔は土気色をしていた。

「こんなに若いのにな」ケインがぼそりと言った。

「おそらく一六歳」イアンが言う。「死因は煙を吸いこんだことによる気道熱傷。検死官のロンドが比較的新しい虐待による外傷と思われるものを指摘したと聞いてます。X線写真には、右腕の骨折と左手の損傷が写っています。彼女はゆうベアルコールを摂取しています。血中アルコール濃度は〇・〇九でした。火事の少し前にタコスを食べています」

「この街で食事をしたのなら、死亡前の数時間の足どりを追えるかも」オリヴィアが言った。

「あるいは、彼女のパートナーの足どりを」イアンだ。「死亡する直前に性交渉をしています。一時間弱前です」

オリヴィアは眉を寄せた。「彼女と一緒にだれかがあそこにいて、セックスをしていたの？」

「別の遺体は発見されてないんですね？」イアンが言う。

「いまのところは。でも、一階と二階はいまもひどい状態だからな」ケインはそう言ったあと、たじろいだ。「相手が警備員である可能性は？」

イアンが首を横にふると、オリヴィアとケインは安堵の吐息をついた。「血液型がちがいます。それに、ヘンリー・ウィームズは一〇年前に精管切除の手術を受けてます。彼のカルテに書かれていました。相手はコンドームを使っておらず、精子数は非常に多かった」

「よかったわ。ミセス・ウィームズになんて言えばいいかわからないところだった」

「だが、そうなると」ケインが口をはさむ。「もうひとつ遺体が出てくるか……」

「彼女の相手が逃げたか」オリヴィアの脈拍が速くなる。「逃げたのなら、なにか目撃しているかもしれない」

「倒れたとき、彼女はひざを打っています」イアンがシーツをめくってひざのあざを見せた。

「足首を軽く捻挫してもいる。転んで、一緒にいた人物とはぐれたのかもしれません」

「デイヴィッドが言ってたけど、煙がひどくてなにも見えなかっただろうって。それに、プロセッサーを身につけていなかったから、一緒にいた人物の声も聞こえなかった。はぐれたというのは説得力があるわ」

「彼女と性交渉を持った男が放火犯の可能性はあるかな？」ケインが言った。「少女を無理やりあそこへ連れていき、そこに放置したままわざと火をつけたとか？」

イアンが肩をすくめる。「なんだってありえますよ。でも、膣に打撲も裂傷もなかったから、強姦されたのではないでしょう。尿検査では、代表的なドラッグは検出されず、血中アルコール濃度は体が動かなくなるほど高くはありませんでした。もちろん、血液検査の結果、なにか出てくるかもしれませんが。明日の朝には結果が出るでしょう」

「彼女のセックスの相手についてはなにがわかってる？」ケインが言う。

「白人、黒っぽい髪。陰毛が残ってました。それと、火が出たときにふたりが一緒だったのであれば、男のほうも煙を吸いこんで肺をやられているかもしれません。煙にさらされていた時間によって、軽度か重度かは変わってきますが。肺水腫で入院した患者を調べてください。煙を吸いこんだあと、発症することがあります」

「最低でも、相手の男は動揺が激しいでしょうね」オリヴィアが言う。

「いまもまだ生きていればな」ケインが水を差す。「あの火事でやられたのに、消防士が遺体に気づかずやり過ごしたって可能性もある」

「警備員についてはどう？」オリヴィアはたずねた。「しらふだったと言って」

「完全にしらふでしたよ。血中アルコール濃度はゼロで、尿もきれいなものでした。昼食のあとで解剖します」

「あれが彼？」解剖室の隅に車輪つき担架が寄せられていて、やはりシーツにおおわれた遺体が横たわっていた。

「ちがいます。あれは今朝運びこまれた、自動車事故の犠牲者ですよ。シート・ベルトをしてなかったんです。フロントガラスを突き破って飛び出したので、顔が無残なことになってます。心配はいりません。警備員の解剖を先にしますよ」口を開きかけたオリヴィアに先んじてイアンが言った。「なにかわかったら連絡します」

人工内耳の製造番号が書かれた付箋紙を彼女は掲げてみせた。「ありがとう。助かったわ。これで彼女の身元もわかるでしょう」

## 九月二〇日（月）午前一一時三〇分

疲れていて当然なのに、デイヴィッドは疲れを感じていなかった。エネルギーが皮膚の下で細かな音をたてていたが、火災現場に入って無傷で出てきたせいではない。これは、まさに重要な局面にさしかかろうとしているのを感じ取っているせいだった。

きわめて重要な局面だ。手持ちのカードを正しく使えば、ずっと切望していたのに見つけられずにいたものが手に入るかもしれない。いまもまだそれにふさわしい人間にはなれていないだろうが。

自分の家。自分の家族。妻、子どもたち……それはみんな、家族や友人たちがそれぞれに見つけたものだ。年月が経つにつれ、デイヴィッドははみ出し者になってしまった。ただひとりの独身だ。いまだにひとりきり。

シカゴに長くとどまりすぎた。その間に、長年憧れていた女性が自分以外の男と結婚して家族を作るのを見てきた。彼女の代わりになる女性を見つけようと努力した。だが、だれもかすりもしなかった。

二年半前の四月のある晩までは。あのとき、結婚式のリハーサル・ディナーで、オリヴィアがこの腕のなかに倒れこんできたのだ。それなのに、おれはチャンスをふいにした。まあ、彼女が逃げ出すようななにをしたにしろ、今夜それを修復する機会がある。二度とへまをしないぞ。

アパートメント・ハウスの正面玄関の鍵を開ける。いつものように見まわしながら、次にペンキを塗るのは廊下の壁だなと考える。なかに入るたび、この場所は少しずつよくなっていた。この家に必要なのはちょっと〝こぎれいに〟してやることだけだったのよ、と母なら言いそうだ。

七カ月前、衝動的にこの古い建物を買ったのだった。昔からの友人のイーヴィが、彼女に文句なくふさわしいハッピーエンドを迎える前にここに住んでいた。七カ月前、屋根の雨漏りを修理してほしいと頼まれた。デイヴィッドは修理を終え、たくさんの理由からそのまま残ることにした。いちばん大きな理由は、運転していた車をサイコ・キラーに道路から押し出された挙げ句に入院していた病室に、オリヴィアが入ってきたときに胸がぎゅっと締めつけられたからだった。それは、最後に彼女に会ってから二年後のことだった。彼女と、彼女と過ごした夜のことは、夢を見ていただけだったのだとほとんど納得しかけていた。

だが、スイカズラの香りをかいだ瞬間、現実だったのだとわかった。

だからとどまって、人生をやりなおそうと決めたのだ。自分だけのものを築くために。この七カ月で古い建物を〝こぎれいに〟する以上の手をかけてきて、一〇戸のアパートメントを都会のプロたちも買いたがるほどのすばらしいものに少しずつしてきた――それが当初の目的だった。改修し、売却し、次に移る。ステンシルできちんと名前が記されたオーク材のアンティークの郵便受けが並んでいるのを見て、つい顔がほころんでしまう。

計画どおりには運ばなかったが、こちらの結果のほうがよっぽど気に入っていた。最上階の自分の部屋に向かって三階分の階段を駆け上がりながら、半分しか終わっていないキッチンのタイル貼りプロジェクトに思いを馳せた。オリヴィアの電話を待ちながら、作業をかなり進められるかもしれない。忙しくしていなければ、頭がおかしくなるだろう。

「デイヴィッド？」小さな声は、母親というよりも子どものようだった。あいにく、レイシーはその両方なのだった。

階段の手すり越しに二階の踊り場を覗き下ろすと、赤ん坊を抱いた若い女性が立っていた。

「やあ、レイシー。どうした？」

「冷蔵庫なの。冷えないのよ。仕事から戻ってきたばかりなのはわかってるから、なにも言うつもりはなかったんだけど、ミセス・エドワーズがあなたに話さなきゃだめだって。ごめんなさい」

「かまわないよ」デイヴィッドは二階まで下り、改修がまだ完全には終わっていない彼女の部屋に入った。床にはおもちゃが散らばり、ひとつの壁ぎわには粉ミルクの容器が積み上げられている。いまはかすかに赤ん坊の嘔吐のにおいがしていたものの、部屋は清潔にしてあった。ミセス・エドワーズは若い母親たちそれぞれがすべきことをきちんとこなすようきびしく監視しているが、さすがの彼女でも赤ん坊がもどすのを止められはしないのだ。

デイヴィッドは冷蔵庫を開けてため息をついた。壊れていた。「食料品が腐ってしまうな」

レイシーが首をすくめた。「なおせる？」

「無理だ。こいつは廃品置き場行きになる運命だったのさ。新しいのは用意してあるんだが、その前にタイル貼りをすませてしまいたかったんだ。明日には新しい冷蔵庫を設置できるが、それまでのあいだ、きみの荷物を階上に移動させないとだめだな。ミセス・エドワーズはどこだい？」

「エリーにお医者さんの予約があったんだけど、ティファニーはまだ運転免許がないから、ミセス・エドワーズが連れていったの」レイシーがおおげさにため息をつく。「ティファニーったら、また運転免許の試験に落ちたのよ」

デイヴィッドはたじろいだ。「また？　エリーはどこか悪いのかい？」

「ううん。ただの乳幼児健診。それと予防接種と」

「よかった」両手を伸ばすと、レイシーはためらいもせずに赤ん坊を渡した。彼女の息子はほんとうにかわいらしい。「〈マルティノ〉の仕事は決まったかい？」

レイシーがにっこりする。「うん。夜働かなくちゃならないんだけど、チップはいいし、昼間は高卒学力検定の授業を受けられるし。あたしを推薦してくれてありがとう。おかげで働けることになったのよ」

母親の気分が急に変わったのを察したのか、赤ん坊がきゃっきゃと笑い、デイヴィッドは微笑んだ。この子の笑いにはつい引きこまれてしまい、姪や甥を思い出して寂しくなった。ふっくらした頬にキスをして、母親に赤ん坊を返した。

「お安いご用だ」〈マルティノ〉は、Bシフトの消防士仲間の家族が経営するイタリア料理の店だ。「あそこならまっとうな扱いをしてもらえる。腐りやすいものはおれの冷蔵庫に入れておいてあげるよ。おれが留守でも、ミセス・エドワーズが鍵を持ってるから」オリヴィアから電話があったら、すぐに会いにいくからだ。

数分後、彼は自分の部屋の前にいて、食料品を落とさないようにしながら鍵を鍵穴に入れようと苦労していた。寄りかかっていたせいでドアが開くとよろついた。ダイニングのテーブルにコーヒーのカップを手にした女性が座っている。しばし凝視したあと、満面の笑みになった。

「母さん？」

母は音高くカップを置くと、腕を広げながら部屋を横切ってきた。「寂しかったわ」そっと言ってデイヴィッドをきつく抱きしめた。

「おれも寂しかったよ」

母は体を離して涙を拭った。

「よく見せてちょうだい」そう言われたデイヴィッドは食料品の袋をテーブルに置いて、すなおに腕を広げた。母は彼を上から下まで眺めると、満足してうなずいた。

「ここでなにをしているんだい、母さん？　会えてうれしいけど、来るのは二週間先の予定だっただろう。まだ模様替えができる状態じゃないんだ。床の作業が終わったら連絡するつもりだったんだよ」

　デイヴィッドの母は色使いのセンスがよく、建物を改修している息子を手伝いたくてうずうずしていたのだ。実家をわが家たらしめていたようなカーペットやカーテンや家具や細々したものを母に選んでもらうと彼は約束していた。

「グレイスが幼稚園に通いはじめたのよ。いちばん末の孫が園児になって、午前中はすることがなくなってしまったの。だからあなたに会いにきたのよ」

「電話してくれれば、鍵を置いておくか空港まで迎えにいくかしたのに」

　母は眉を少し寄せた。「シカゴから車を運転してきたの。あなたが思っているほど老いぼれてはいませんよ」

「そのとおりだ」キッチンからとどろくような声がして、驚いたデイヴィッドはふり向いた。

　一階の住人の声は聞こえたが、姿はどこにも見えない。

「グレン？　おれのアパートメントでなにをしてるんです？」

「デイヴィッド」母がたしなめる。「レッドマンさんが鍵を持っていて入れてくれたのよ」

「彼がここにいるから怒ってるんじゃないよ。あんなところにいるから怒ってるんだ」デイヴィッドはカウンターをまわり、床に座りこんで丁寧にタイルを並べているグレン・レッドマンを見下ろした。裸電球からの明かりがはげた頭に反射している。「大丈夫ですか？」

グレンはむっとにらみつけてきた。「大丈夫だ。自分の限界はちゃんとわかってる」

「どうだか」デイヴィッドも不機嫌に返した。それから年配のグレンが幾何学模様にきっちりと貼ったタイルに目をやった。「悪くない」

「最高の仕上がりだ、坊主」グレンが腹立たしげに言い放つ。「おまえさんがやってたよりもずっとよくできた。認めるこったな」

「わかった。認める。ありがとう」

「そんなにむずかしかったか？」デイヴィッドはグレンが伸ばしてきた手をつかんで引っ張り上げ、足もとがしっかりするまで放さなかった。グレンは長い化学療法の最終段階を迎えており、予後は良好だったが、七カ月前にはじめて消防署で会ったときにくらべると、体力はまだまだ戻っていないのだった。それはちょうど医者がグレンの腫瘍を発見する何週間か前のことで、支払いをちゃんとしてくれる最初の住人になる一カ月前のことでもあった。

デイヴィッドのアパートメント・ハウスは都合よく病院の近くにあり、一方グレン・レッドマンのキャビンは簡単に化学療法を受けにいけないほど辺鄙《へんぴ》な場所にあった。そこでふたりは取り決めを結んだ。グレンがここに住んでいるあいだ、デイヴィッドは彼のキャビンと、スズキでいっぱいの湖を使わせてもらうというものだ。どちらもその取り決めに満足していた。

「いや、認めるのはむずかしくなかったよ。タイル貼り仕事は大嫌いなんだ」デイヴィッドは母親に向きなおった。「彼の話はなにも信じちゃだめだよ、母さん。この人は筋金入りの嘘つきだからね」

デイヴィッドの母は食料品袋のなかを見ていた。「どうしてミルクの入ったほ乳瓶なんてあるの？」

グレンが満足そうに手を伸ばした。「一〇もらおうか」

デイヴィッドはむっとした表情で財布を出し、一〇ドル札を相手の手にぴしゃりと置いた。「得意にならないでくれよ」それから母に説明した。「グレンとおれは賭けをしたんだ。彼は2Aの冷蔵庫はあと一週間ももたないと言ったが、おれは床を仕上げるまでもってくれるのを願ってた」

母はデイヴィッドをそっと押しのけて食料品を冷蔵庫にしまいはじめた。「2Aには赤ちゃんがいるのね」

「出入りが激しいんだ」グレンが不平がましく言う。「ミセス・エドワーズが未婚の母親を引き受けるもんでね」

「だれも見てないと思ったとき、グレンは赤ん坊と遊んでやってるんだよ」デイヴィッドが言った。

「あなたのアパートメント・ハウスは満員御礼状態なのね。階下の郵便受けにずらりと名前が書かれているのを見てびっくりしたのよ。ここにはまだだれも住んでいないと思っていたから」

デイヴィッドは肩をすくめた。「おれもこんなつもりじゃなかったんだけどね。でも、住む場所を必要としている人たちがいた。おれには部屋があった。断るなんてできなかった」

「あなたの息子はお人好しなんですよ」グレンがぶつぶつと言った。

デイヴィッドの母がにっこりした。「わたしはどこで寝ればいいかしら？　家具があまりないわね」

ベッドが一台あるだけだ。なぜなら、オリヴィアが電話してくれるのを心から願っていたからだ。「母さんに全部選んでもらおうと思ってたんだ。おれのベッドで寝るといいよ。おれはエアマットレスで寝ればいいし、それに――」

「デイヴィッド？　デイヴィッド、いるの？」開いたドアのあたりで新たな声がした。ひどく動揺しているようだ。少しすると、長身で漆黒の髪の美女がキッチンの戸口に現われ、彼をにらんだ。「話があるの。いますぐ。お願い」

デイヴィッドの母はグレンに目をやり、そのグレンは肩をすくめた。「見たことのない女性だ」

「母さん、こちらはペイジ・ホールデンだ。ペイジ、こちらは母とグレン。ペイジはおれの通ってる道場をやってる女性で、いつもは礼儀正しい人なんだよ」デイヴィッドは眉をひそめて彼女を見た。「礼儀をどこに忘れたんだい？」

ペイジは大きく息を吸った。「おふたりに会えてうれしいです。押しかけたりしてすみません。お客さまがいるとは思わなかったもので」

彼の母は好奇心をそそられた顔をしていた。「息子のお友だちに会うのはいつでもうれしいものですよ」

「彼女はただの友人だからね、母さん」誤解される前にとデイヴィッドは釘を刺した。「ペイジとおれは友だちで、練習相手なんだ。おれが勤務中でないときは、火曜日と木曜日に尻を蹴っ飛ばしてくれてる」

「じゃあ、あなたも黒帯なの？」母がたずね、ペイジがうなずく。

「ええ。デイヴィッドはわたしが教えている護身術のクラスを手伝ってくれてるんです。受け役をやってくれてます」

「襲いかかる役なんだよ」デイヴィッドが説明する。「そのあと、生徒たちに尻を蹴られるんだ」

ペイジが両の眉を吊り上げる。「生徒は受け役をおおいに信頼しているんです」意味ありげに言う。「自分の安全を預けるわけですから。彼が誠実であることをあてにするんです」

「なるほど」デイヴィッドの母が言った。「息子に話があるようね。グレンとわたしは食料品を片づけているから、どうぞふたりで話してちょうだい」

「ありがとう」デイヴィッドは困惑しながらも、空っぽの予備のベッドルームへペイジを連れていってドアを閉めた。「いったいどうしたんだ？」礼儀正しさをかなぐり捨ててたずねる。

ペイジは拳に握った手を腰にあてた。「わたしを利用したでしょう。ろくでなし」

「おれがきみを利用したって？」

「今朝、オリヴィアがジムに来たのよ。わたしを避けられるように、すっごく早い時間にね」

デイヴィッドがたじろぐ。「彼女がジムに行くなんて、ずいぶん久しぶりじゃないか」

「あなたがそれを知っているのは、受付簿を見ていたからでしょ。ルディから聞いたわよ。ほかにも、古い友人だと言って、オリヴィアのことをたずねたっていうのもね」

「口の軽い男だな」デイヴィッドがぶつくさと言うと、ペイジのまっ赤な唇が一度だけひくついた。

「今朝、オリヴィアも同じことを言ってたわ。彼女がジムに来てるってルディがわたしに教えたから」表情が曇る。「まったく。あなたは彼女を知ってるのね。性的関係があるって意味で言ったのよ。わたしが彼女と知り合いなのを知っていたのに、ひとことも言ってくれなかった。彼女に近づくためにわたしの道場に入ったの？」

性的関係。曖昧な記憶があてになるなら、それが真実である可能性は高い。「きみが思ってるようなことじゃないんだ」デイヴィッドはため息をついた。「彼女とは結婚式で出会ったんだ」

「知ってる。オリヴィアのお姉さんのミーアが二年半前に結婚したときでしょ。そのときに性的な関係になった」ペイジの声が高くなる。「そのあと、あなたは一度も彼女に電話をしなかった」

「声を落としてくれ」小声できつく言う。「母は蝙蝠《こうもり》並みに耳がいいんだ。オリヴィアと出会ったのは、リハーサル・ディナーのときだった。教会の外階段に座って、なかに入るのをぐずぐずと延ばしてたんだ」

ペイジが怪訝《けげん》そうな顔で訊いた。「どうして？」

「結婚式をあとにするとき、おれはまたひとりきりだとわかっていたからだ」

ペイジの表情が疑わしげなものに変わった。「恋人を作れないと信じろって言うの？　あなたが？　実在するとはとても思えないほどいい人のミスター・パーフェクトが？　勘弁してよ」

デイヴィッドの笑いは少しも楽しそうではなかった。「自分を見てみろよ。きみはゴージャスだ。すてきな女性だ。たいていはね。そのきみに恋人はいるのか？」

ペイジは肩を落とした。「たしかにそうよね。ご指摘をどうもありがとう。でも、わたしはダメ人間だから」

「それはきみだけじゃないさ」苦々しい口ぶりだ。「おれたちはだれしも問題を抱えてる」

ペイジはそのことばについてしばらく考えこんだ。「たしかにね。で、なぜわたしに狙いを定めたの？　どうしてわたしなの？」

「護身術のクラスを受けたイーヴィからきみがすごいと聞いたから、道場に行ってみた。気に入ったから入れてもらうことにした。最初は、きみがオリヴィアの知り合いだとは知らなかった」

「オリヴィアが、わたしの教えるクラスをイーヴィに勧めたの」ペイジが言った。「デイヴィッドは彼女に信じてもらえたのがわかった。「じゃあ、友だちの連鎖に巻きこまれたってわけね。でも、あなたはそのあとスパイもどきのことをするようになった。どうしてなの？」

「ジムの受付簿にオリヴィアの名前を見つけてびっくりして、ルディにたずねたら、彼女が定期的に来ていることと、きみの友だちだってことを話してくれた。それで、おれはなりゆきに任せてみた。受付簿に気をつけるようにしたし、ルディがいろいろ教えてくれた」

ペイジの眉が両方とも上がった。「あいつってば、ほんとに口の軽い男ね」

「おれとしては〝秘密情報提供者〟と呼びたいが」そう言うと、彼女の唇がひくついた。

「なんだい？」

「わたしがリヴに言ったのとまったく同じことばだから。じゃあ、あなたは結婚式で彼女と出会い、明らかに彼女に夢中になり、横になってすることをしたのに、電話もしなかったわけ？　ほめられたことじゃないわね、デイヴィッド」

「向こうがおれのもとから去ったんだ」デイヴィッドは言い返した。「目が覚めたら、彼女はいなくなっていた。書き置きもなにもなし。それから、電話はしたんだ。でも、オンラインの電話帳で見つけた番号はもう使われてなかった」

「ちょうどそのころに引っ越したのよ。オリヴィアのお姉さんに番号を訊けばよかったじゃない」

デイヴィッドはオリヴィアの姉のミーアについて考えた。自分がほかの女性にひどい片想いをしていたのを知っている数少ない人間だった。「それはちょっと……こみ入った事情があって」

「ミーアとも寝たの？」ほとんど金切り声になっていた。

「まったく。静かにしてくれ。ミーアとは寝てない。オリヴィアとだって寝てないかもしれないんだ。おれと彼女のあいだになにがあったにせよ、それは他人には関係ない。おれは彼女から電話があるのを待ち、かかってこなかったからおれと過ごした時間を後悔してるんだと思うことにした」

「後悔してるって言ってたわ」

デイヴィッドが眉を吊り上げた。「ほんとうに？」

「自分で訊きなさい。どうしてミネアポリスに来たの？　ほんとうのことを話して」

デイヴィッドは吐息をついた。「イーヴィには屋根の修理をする人間が必要だった。おれはずっと……徴《しるし》みたいなものを探していた。おれはここに来て、イーヴィが襲われ、そのあとおれもサイコ野郎に道路から押し出され、今度はオリヴィアが事件の担当になった」

「とんでもない徴もあったものね」

「だよな。もっとずっと前にシカゴを出るべきだったんだ。じつはデイナっていう女性がいて……」

ペイジの口角が悲しげに下がった。「その人は亡くなったの？」

「いいや。彼女はほかの男と出会ったんだ」そしてデイヴィッドは、それを生き延びられないだろうと思った。

ペイジが吐息をつく。「よくある話だわ。それで？」

「それだけだ。デイナはそいつと幸せになった。彼女はおれの気持ちを知らなかったし、おれと同じ気持ちになったこともなかった。おれは立ち去った。でも、完全に離れるのは無理だった。おたがいの家族が……密接につながっていたから。誕生日、記念日、休暇。そのたびに彼女に会うはめになった」

「その名前にはおぼえがあるわ。そのデイナっていう人も結婚式にいたでしょう。彼女の写真を見たの」

「ミーアの花嫁介添役《マトロン・オブ・オナー》だったんだ。ミーアの婚約者と親しくなかったおかげで、新郎付き添い人《ベスト・マン》をやってほしいと言われずにすんでほっとしたよ」

「そうなってたら、地獄だったでしょうね」

ペイジは控えめな表現がうまい。「まったくだ。そのしばらく前から街を出るきっかけを探していたんだが、シカゴには仕事があった。家族もいた。イーヴィは背中を押して行動を起こさせてくれたんだ」世間から隠れるのをやめなさい、ほかの人の幸せを眺めてばかりいるのはやめなさい、と叱責してくれた。イーヴィの言うとおりだった。

「で、二年後、あなたはここに引っ越してきた。どうして七カ月もリヴに電話しなかったの？」

「オリヴィアは例のサイコ野郎の石灰坑から遺体を掘り起こし、遺族に連絡していたからだ。彼女がどれほど内にこもるようになってるかをイーヴィから聞いていたから、何週間か離れて見守ってた。少しでも元気を取り戻したか、ストレスが減ったか、知りたかった。彼女の家に行って――」ここで息を吸う。「――中断したところから続きをしたかった。でも、時間が経つにつれ、彼女のようすはどんどんひどくなっていき、いい頃合いってものがまったくなかった。なあ、おれがこの家を買ったことは、イーヴィが彼女に話したんだ。だから、彼女から電話がなかったとしたら、それはあっちがおれを望んでないってことだと考えた。そこで、おれは待った。辛抱強くもなれるんだ」

「七カ月も?」ペイジは頭をふった。「いくらあなただってそこまで辛抱強くないはず。ほ、ほ、ほ、ほんとうのことを話しなさい」

デイヴィッドは目を閉じた。真実に対処できるかどうかわからなかった。「ほんとうは、あの晩をあまりおぼえていないんだ」

「そうでしょうとも。あなたは見たり読んだりしたものすべてをおぼえてる、映像記憶能力の持ち主。それなのに、あの晩をおぼえてないってどういうことよ?」

「披露宴で飲みすぎたんだ。酔っ払うなんてありえないのに。ぜったいに」記憶が彼をつついてきた。二〇年ほど前のあの晩以来、酔っ払っていなかった。あまりにも多くの命が損なわれた夜。その夜のせいで、デイヴィッドはずっと贖いを続けているのだが、この世でどれほどの善行を積もうとも、死者をよみがえらせられはしないのだ。「オリヴィアがどうして逃げたのかわからない。自分がなにをしたのかわからないんだ」

「アドバイスしてもいい?」ペイジがやさしい口調で言った。

目を開けると、彼女の目はまた温かみを帯びていた。「いいよ」

「あなたを徹底的に苦しめている悪魔がどんなものであろうと、オリヴィアなら対処できるわ。彼女に真実を打ち明けなさい。続きを再開するかどうかは彼女に決めさせてあげて。デイヴィッド、あなたひとりでみんなを幸せにするなんて無理なのよ。あなたは彼女を守ろうとして、結果的に正反対のことをしているの。彼女を傷つけているのよ」

「そんなつもりはなかった。彼女はおれと話をすると言ってくれた」

「よかった。二度としくじっちゃだめよ」背伸びをして彼の頬にキスをする。「幸運を祈ってるわ、デイヴィッド。自分を信じて」

彼は頭をふった。「無理だ。ことが重大すぎる」

「信じなきゃだめ。明日道場でね。そうそう、心配はいらないわ」唇にチャックをするまねをする。「口外はしない。もう戻らないと。お昼休みが終わっちゃった」

## 6

### 九月二〇日（月）午後〇時一五分

「おまえはイカレてる」アルベールがてのひらを外に向けてあとずさった。「ぜったいにいやだ」

目を赤くしたメアリは、図書館前の草地に座っていた。「エリック、ジョエルは死んだのよ。よりによってこんなときに、どうしてそんな話を持ちかけられるの？」

実際、ジョエルの死は、脅迫者から指示された標的に一緒に火をつけようとふたりを説得するための論拠となった。この一度だけだ、明日になったらぼくたちはずらかる。エリックはそう思った。

逃げる必要があるとわからせるために、ビデオの件はいつ話すつもりだ？

今夜。任務を遂行し終えたときに。

その倉庫は、配管器具の販売をしているトムリンソンという人物が所有するものだった。脅迫と放火の標的になったのは、なにか悪事を働いたからなのだろう。

「アルベール、虎みたいにうろつくのをやめてこっちに来てくれ。だれかに怪しまれるだろうが」エリックはメアリの隣りに腰を下ろし、その手をぽんぽんと叩いた。「なあ、トムリンソンの倉庫はジョエルのリストの次に挙がっていたんだ」まっ赤な嘘だったが、異議を唱えるジョエルはいない。

「その男は配管器具を売ってるんでしょ。湿地帯とか生息地とかになんの関係があるの？　ジョエルからそんな名前は聞いてないわよ」

「ぼくには何度も話してくれたよ」エリックはすらすらと嘘をついた。「トムリンソンはＫＲＢという会社に投資してるんだ。それもかなり大口の出資者なんだ」もちろん、そんな事実はなかった。けれど、メアリもアルベールも確認のやり方を知らないだろう。「ＫＲＢがプロジェクトを進めたら、トムリンソンの投資した金が使われるんだよ」

「おまえはイカレてる」アルベールがまたぼそりと言った。「ゆうべのあとだっていうのに、また放火するだって？」

「完璧なタイミングじゃないか」エリックは反論した。「こんな風に考えてみろよ。ジョエルが両親になにを言ったか、両親がなにに勘づいてるか、わからないだろう？　あいつはひどく取り乱して家に帰った。ずっと前から湿地帯の保護を訴えていて、そこに火事があった。そりゃあ、みんなシャワーを浴びたさ。でも、服からは煙のにおいがしてた。ジョエルの両親はばかじゃない。ぼくたちが二度と放火をしなかったら、彼らはジョエルがコンドミニアムに放火したと考えるだろう。もしまた火事があったら、ジョエルは関係なかったんだってわかるじゃないか」

「おまえが疑われる」アルベールの口調はこわばっていた。「ジョエルの友だちだったんだから」

たいした友だちだよな。彼を始末しろと命令したんだから。「それはない」あっさりと言う。「ぼくには想像力がないって、ジョエルのお父さんはよく言ってた。情熱も。ただの計算機みたいな子だって。よく笑ってたもんさ。ジョエルの友だちで安心できるのはぼくだけだって。ジョエルが準備半ばで理想を追いかけるのを、ぼくが止めてるって」

「こんなのが現実だなんて信じられない」メアリが泣きごとを言う。「ゆうべ送っていったとき、ジョエルはすごく動揺してたけど、まさか……わかるでしょ」

「いいや、なんだよ？」アルベールだ。

「自殺しそうには見えなかった。道路は濡れてなかった。日中だった。わざと道路から飛び出したんじゃないかと思うの。彼が自分を傷つけるようなまねをするかもしれないと思ったら、そばを離れなかったのに」

エリックはアルベールを見られなかった。「あれは事故だったんだ、あの少女と同じで。あの少女だって死なせるつもりはなかった。事故だったんだよ」

メアリが両手で顔をおおった。「ニュースを見られない。あの少女の名前を知るなんて耐えられないから。あの子のことを忘れよう、忘れようとしてるのに、叫んでいる顔が見えてしまうの」

エリックの背筋を悪寒がじわじわと伝っていった。彼もあの光景を忘れられずにいたのだった。だが、メアリがニュースを見ていないなら、少なくとも警備員についてはまだ知らずにいるわけだ。

「メアリ、聞いてくれ。ジョエルがなにに情熱を傾けていたのかを考えてほしい。きみがなにに情熱を傾けていたのか。湿地帯。ぼくたちの地球。ぼくらはこの地球の片隅を……守りたかったんだろ」誠実さを声ににじませる。むせそうだった。昨日はそのすべてのことばを信じていた。今日はただ、早く終わりにしたいだけだった。「ぼくらは彼らを止めたけど、ほんの一時的なものだ。彼らはトムリンソンの金でまた建てなおす。前より大きなものになるかもしれない。そうなったら、ぼくたちの犠牲はなんの意味もなくなってしまう。ジョエルの死はむだになってしまう。そんな風にはなってほしくないだろう？」

メアリはうなずいた。「ええ」消え入りそうな声だった。

「彼はこれを望んでいたはずだ」エリックはぼそぼそと言った。「きみだってわかってるだろう。彼のためにやるんだ」

彼女が身じろぎもしなくなった。「どうするの？」

エリックは安堵の息をつきたくなったが、なんとかこらえた。「前と同じ駐車場で落ち合おう。トムリンソンの倉庫には番犬がいる。生肉に睡眠薬を混ぜたものを持っていく必要がある。眠らせるだけだよ、メアリ」彼女がたじろいだのを見て、そうつけくわえる。「筋弛緩剤があるんだけど、だいぶ前に使用期限が切れてるんだ」

「睡眠薬なら持ってるわ」メアリが小声で言った。「犬は眠らせるだけなのよね」

「ぜったいだ」エリックは安心させた。

彼女が肩をいからせた。「ジョエルの葬儀は明日よ」

エリックの眉が吊り上がる。「明日？　ああ、そうか。正統派ユダヤ教徒のしきたりかなんかだっけ？」

「二四時間以内に埋葬するの。参列したいけど、わたしひとりで行ったらご両親を驚かせてしまう。あなたも行くんでしょ？　一緒に行ってくれる？」

まだ国内にいたらな。「もちろんだよ。少し休んだほうがいい。ニュースは見ないように」

エリックは彼女が立ち去るのを見つめたあと、アルベールに向きなおった。「やるかい？」

アルベールはまっすぐ前を見た。「そいつはなにを握ってる？」

「だれがなにを握ってるって？」

アルベールのこわばった顎の筋肉がひくついた。「警備員を撃ち殺したやつだよ。そいつはおれたちを見た。このばかげた犯罪をおれたちにやらせようとしてる」感情的になるといつもそうなるように、訛りがきつくなっていた。いつもならそれで興奮するのだが、今日はちがった。「こんなアホなことをしようとしてる理由はそれしか考えられない。で、おれたちはやつになにを握られているんだ？」

なにが言えただろう？　「ビデオだ。最初から最後まで。ぼくたちと窓のところにいたあの女の子の顔のクローズアップ。きみがジョエルを殴って、ぼくと一緒に引きずっていった場面」

「ってことは、おれたちはそいつの使いっ走りをするのか？」アルベールが苦々しげに言う。

「そうなるか、逃げるかだ」

「どこへ逃げるっていうんだよ？　世界は狭いんだぞ」

エリックは小さく微笑もうとしたが、痛々しいほどうまくいかなかった。「フランスとか？　あの国は、死刑にされる可能性のある人間を引き渡ししない。それに、おまえはフランス語をしゃべれるし」

アルベールはにこりともしなかった。「ここはミネソタ州だ。終身刑までしかない」顔だけをめぐらせて、刺し貫くようなまなざしでエリックの目を見る。「いつおれに話すつもりだったんだ、友《モナミ》よ？」以前は愛情のこもったことばだったものが、いまでは軽い悪態になっていた。

「今夜だ。やることをやったあとで。ぼくには時間が必要だったんだ。おまえに断られたら、あいつはビデオを公開して、ぼくは身動きが取れなくなってしまっていた」

「ぼく、ぼく、ぼく」アルベールがぶつぶつと言う。「なんでもかんでも自分で決めやがって。おれに選ばせてくれたことがあったか？」

「じゃあ、おまえだったらどうしてた、アルベール？」

つかの間、アルベールは無言だった。口を開いたとき、その声は冷ややかだった。「おまえに隠しはしなかった。おれは逃げない。そいつだが、連絡方法はなにを使ってる？」

エリックは携帯電話とMP3プレイヤーをポケットから出した。「ぼくの携帯電話にメッセージを送ってきて、これを取りにいけと場所を指示してきた」

「トムリンソンはKRBの投資家なんかじゃない」

「ああ」

「いまのは質問じゃなかったんだよ、エリック。おれを自分でたしかめてもみないまぬけだとでも思ってたのか？　今度の放火計画に賛成する前に、おまえが無傷でいられるようにしておきたかったんだよ。おまえの親父さんの会社が財政的な損失を受けるといけないと思ったから、コンドミニアムに出資してる企業をチェックしてみたんだ。活動に熱中するあまり、おまえが親の恩を仇で返したらまずいからな」

「おまえもうちの親に恩があるしな」エリックが皮肉たっぷりに言う。

アルベールの表情は変わらなかった。「おれがどうしておまえに従ってるのか、不思議に思ったことはないのか？」

エリックは知りたいかどうかわからず、頭をふった。「おまえも大義を信じてるんだと思った」

「湖を保護するってたわごとをか?」アルベールが鼻で笑う。「おれはおまえの将来を信じたんだよ。おまえがこの……執着を卒業したら、先へ進めると思ったんだ。おまえの身の安全を守ってやりたかったんだ」非難めいた、こわばった口調だった。「だからおれはしなければならないことをしたんだ」

「すまない」エリックが静かに言った。「考えてなかった」

「そのとおりだよ。今度はおれが考える。知ってることを全部話してくれ。この脅迫者の正体をどうにかして突き止めないと」

「そのあとは?」

アルベールは肩をすくめた。「おれたちでそいつを殺す。ひとりくらい増えたってどうってことない」

エリックは息を吸いこみ、うなずいた。「そのあとは?」

「そのあとは、おれは手を引く。別のおもちゃを探すんだな。おれはもう興味なくなった」

**九月二〇日(月) 午後〇時四五分**

オリヴィアが電話を切ると、アボットがデスクに身を乗り出してきた。「で? 製造番号からなにかわかったのか？」

「少女の名前はトレイシー・マレンです」アボットがぶつかってフェドーラ帽を落としてしまわないように、女神像を隅に移した。「一六歳。父親はアイオワ州カウンシル・ブラフス在住で、母親はフロリダ州ゲインズヴィルにいます」

「ゲイターズの件ではきみが正しかったわけだ」アボットは言い、受話器を耳にきつくあてて指でいらだたしげにデスクを叩いているケインを指さした。「彼はどうしたんだ？」

「アイオワにいるトレイシー・マレンの父親と話しているんですが、彼は聾者《ろうしゃ》なんです。伝達サービスを使って通話してます。ケインがしゃべり、伝達オペレーターがそれをテレタイプライターに打ち、ミスター・マレンが返事をタイプし、オペレーターがそれをケインに読み上げるんです。だから時間がかかってるんです」

「それで、トレイシー・マレンはミネアポリスでなにをしていたんだ？」

「まだそれを突き止めようとしている段階です。トレイシーの監護権を持っている、フロリダにいる健常者の母親と話したんですが、彼女が言うには、トレイシーは父親と暮らしてアイオワの聾学校に行きたいと泣きついたそうなんです。九月はじめの労働者の日《レイバー・デイ》の二日前に父親のところへ行く娘を飛行機に乗せたとのことです。母親は、娘が父親と一緒だと思ってた。父親は、娘は母親と一緒だと思ってた。家出の理由ははっきりしていませんが、レイバー・デイ以降、彼女の姿は目撃されていません。トレイシーは昨日の朝、両親それぞれに、もう一方の親と一緒だというテキスト・メッセージを送っています」

「両親のどちらかでも、相手が暴力的だというような話をしたか？」

「母親はしてませんが、おたがいにあまり連絡を取り合っていないようです。ふたりのやりとりはほとんどの場合トレイシーを介してました。あざや腕の骨折の件はいまのところ伏せてあります。なにか疑わしいことに気づかなかったか、アイオワとフロリダ両州の教師や地域ソーシャルワーカーに話を聞く予定です。でも、それにはかなり時間がかかりそうです」

「母親のようすはどんな感じだった？」

オリヴィアは肩をすくめた。「打ちのめされて、呆然として、怒っていました。母親と再婚相手はいちばん早く乗れる飛行機でこっちに来ます」

ケインが電話を切って疲れたため息を吐いた。「もっといい方法がないもんかな。父親はこっちに向かってる。夕方以降に着くはずだ。すごく動揺してた。特に妻が〝娘を追い出した〟と怒ってたようだが、オペレーターがあいだに入ってるからはっきりとはわからない」

「母親は、トレイシーが父親と暮らさせてくれと泣きついたと言ってたけど」オリヴィアは言った。

「父親の話だと、娘はフロリダを嫌っていたが、自分と一緒に暮らしたいと母親に頼んだなんて言ってなかったらしい。同じ部屋に一同を集めたら興味深いことになりそうだ。手話通訳を手配しておこう」

「トレイシーのセックスの相手についてはどうなってる?」アボットが言った。

「母親は、娘にボーイフレンドはいなかったと言ってました。勉強に打ちこんでたって。それがほんとうなのか、母親の願望なのか、あるいは母親がだまされてたのかは、いまのところわかりません」

「父親は、母親がトレイシーを無理やりゲインズヴィルの一般の学校に通わせてるせいで孤立して、ボーイフレンドなんていないと言っていた」ケインが言う。

アボットはため息をついた。「ジェシー・ドナヒューに連絡しよう。この家族について精神科医の見解を知りたい。トレイシーは人工内耳を入れてたから、健常者と同じように聴力があるんだと思っていたが」

「あまり効果がなかったみたいです」オリヴィアが言う。「トレイシーは母親が再婚したあと、一〇歳で移植手術を受けたんです。再婚相手が手術費用を出しました。トレイシーの場合は成功とは言えなかった。個人差があるんです」

アボットはふさふさした口ひげをなでながら考えこんだ。「火事の直前にトレイシーが一緒にいた男の身元が気になるな。とりあえずそっちに集中してみてくれ」

「湖に戻ります」オリヴィアが言った。「彼女の姿を見た人がいるかもしれない」

「FBIのほうはどうなりましたか?」ケインがたずねた。

「クローフォード特別捜査官に電話をしてみたが不在だった。上司に伝言を残しておいた」

アボットが立ち去ろうとしたとき、ミッキがエレベーターから降りて颯爽《さっそう》と部屋に入ってきた。

「あなたたちをつかまえようと、一時間も電話してたのよ」

「少女の身元がわかったの」オリヴィアが言う。「それで、彼女の家族に連絡を取っていたのよ。そっちはなにがわかった？」

「ジェルの正体を突き止めたわ」ミッキが椅子を引っ張り出してどさりと腰を下ろした。

「ポリアクリル酸ナトリウムだった」

「英語に翻訳してくれるか？」ケインが言う。

「紙おむつの素材よ」みんながぽかんとしているのを見て、くすりと笑う。「一般的には高吸水性高分子またはＳＡＰと呼ばれているもの。赤ちゃん用おむつに使われている、おしっこを吸収する結晶よ」

オリヴィアは疲れを感じはじめていた。「どうしてなの？」

「どうしてガラスの地球儀をそれでコーティングしたかってこと？　ＳＡＰは難燃剤でもあるとわかってるわ」

「おしっこを吸収して、火事も消すのか。癌も治せるんじゃないのか？」ケインがふざける。

「生意気を言ってくれるわね」ミッキが返す。「ガラスの地球儀をおむつ用ジェルでコーティングする放火犯の記録は見つけられなかった。ＳＰＯＴの昔のグループは炎の熱でガラスの地球儀がだめにならないよう、消防服の切れ端を使ってた」

「じゃあ、これはSPOTの仕業じゃないんだな」ケインが言う。

「そうとも言いきれない」とミッキ。「超薄型のおむつはSPOTの全盛期には出まわってたけど、ジェルが難燃剤だというのは知れ渡っていなかったから」

「そのジェルの出所は突き止められる？」オリヴィアはたずねた。

「無理ね。それを言いたかったの。この素材は、おむつを買うのと同じくらい入手が簡単なのよ。つまり、どこにでもあるってこと。出所を突き止めるのは無理だし、消防服を手に入れるよりも簡単で安上がりなの」

「うれしい知らせだな」アボットが不機嫌に言うと、ミッキは肩をすくめた。

「すみません。現場に戻ります。なかで作業している放火捜査班と協力して、建物の外を調べてるんです」

「わたしたちはトレイシーの写真を持って、湖周辺をあたります」オリヴィアは言った。

「一七時には戻ります」

**九月二〇日（月）午後一時〇〇分**

彼はカウンターの下に隠したノートパソコンをチェックした。エリックに受け取らせた携帯電話のおかげで、彼の街なかでの動きを追跡できた。エリックは動いていたが、逃げてはいなかった。肉屋に立ち寄った。トムリンソンの番犬を眠らせるための分厚いステーキ肉を買って店を出るエリックを想像する。

盗聴器を仕掛けた携帯電話を受信範囲外まで遠ざけもせずに会話をするほど、彼らが被害妄想でないのにはがっかりだった。盗聴器が仕掛けられていないかどうかをたしかめるくらいの知恵がエリックにはあると思っていたのだが、いまはそれどころではないほどおびえているようだった。

ジョエルが死んだのはちょっとした驚きだった。彼はほんとうに自殺だったのだろうか、それともすでに仲間割れをはじめたのだろうか。彼はアルベールが怪しいとにらんでいた。なるほど……彼らはおれを殺そうと計画しているのか。アルベールには感心するしかなかった。大柄なホッケー選手にそこまでの頭があるとは思ってもいなかった。もちろん、そんな計画はうまくいかないが、エリックが提案したものよりもずっとましだった。フランスに逃げるだと。ばかなやつめ。

とはいえ、倉庫の放火に関しては、彼らはこっちの指示に従おうとしているから、少なくともトムリンソンよりは頭がいいわけだ。

客の相手をする合間にすばやくコマンドを打ちこみ、エリックの銀行口座をノートパソコンの画面に表示させた。エリックは大学そばの支店で一〇〇〇ドルを引き出していた。いつもの銀行で、窓口の行員に疑念を抱かせない程度の金を引き出すだけの知恵はあったようだ。エリックはいつも一〇〇〇ドルを引き出しており、はじめのうち彼は、そんな金をなにに使っているのだろうと訝ったのだった。

それからアルベールの存在に気づいて納得したのだった。口では関係を終えると言っているが、アルベールのように貧しい学生がエリックのような金持ちのぼんぼんと別れるなどありえなかった。

彼はバーニー・トムリンソン用の携帯電話をチェックした。トムリンソンに宛てたメッセージは短いものだった――〈支払いをしなければ、どうなっても知らないぞ〉

トムリンソンは、最初に読みまちがえた数少ないカモのひとりだった。利口な男だと思っていたのだが、要求を無視され続けて考えを変えた。どうやら、妻に浮気をばらすという脅しをこちらが実行するとは信じなかったようだ。トムリンソンはここ数年でそこそこの財産を蓄え、情報源によれば、ミセス・トムリンソンは婚前契約を結んでいなかった。

今回はさすがのトムリンソンも返信してきた。〈妻にばれた。離婚されそうだ。これ以上なにをするつもりだ?〉

彼はにんまりした。まだまだだよ。もっといろんなことができるぞ。長年隠れてきたので、目の前にいて無視されるのにも慣れていた。慣れているどころか、それをおおいに利用していた。だが、直接のコミュニケーションを無視されるというのは……。がまんならないほどの無作法というものだ。

最初の段階で支払いをしていたら、トムリンソンはかなりの財産を持ち続けられたはずなのに。しばらくのあいだだけでも。いまとなっては、ミセス・トムリンソンは離婚による慰謝料だけでなく、全財産を手に入れる展開となった。倉庫を焼失しても保険がカバーしてくれるだろう。それにくわえて夫の一千万ドルの生命保険があれば、妻はこの先一生安泰だ。

おれ個人には金はいっさい入ってこないがな。それでなんの問題もなかった。なぜなら、(a)トムリンソンが死ぬとわかっている満足感、(b)ミセス・トムリンソンが最後に笑うという満足感、(c)彼を無視できると考えている将来のカモへの視覚資料、そして(d)エリック、アルベール、最後ながら重要な存在のかわいいメアリに対する大きな力――この四つを得られるからだ。そう、金など入らなくてもまったくなんの問題もなかった。

## 九月二〇日（月）午後二時一〇分

フィービー・ハンターはキッチンの戸口にもたれ、アパートメント・ハウスの住人がはじめたタイルの模様貼りを息子が完成させるのを見ていた。グレンがようやく疲れたと認めて階下に戻ると、子ども全員を合わせたよりももっと心配なデイヴィッドとふたりきりで残されたのだった。「悪くないわね」フィービーは言った。

デイヴィッドが笑顔を上げる。「ほとんどグレンがやってくれたんだけどね」

「彼は腕がいいわね」

「たしかに。いつも休ませようとしてるんだけど、グレンは忙しくしてるのが好きなんだ」

「気づいてたわ」フィービーの口調はそっけない。「わたしと一緒にテーブルについたのに、一分もしたら立ち上がって、あなたがキッチンのタイル貼りを少ししかしないで放ってあると文句を言いはじめたもの」

「一分も座ってたのかい？　彼にしたら長いほうだよ。模様をどうするかまだ決めてないってずっと言ってたんだけど、グレンは〝小洒落すぎてる〟と文句を言うばかりでさ。彼は自分でデザインしたかっただけなんだ。自慢屋なんだよ」愛情のこもった口調だった。

「それにも気づいてたわ。でも、彼はあなたが好きなのよ」

「おれもグレンが好きだよ」デイヴィッドがふたつのカップにコーヒーのおかわりを注ぎ、母とテーブルについた。「勤務の初日に消防署で彼に会ったんだ。退職したのに職場から離れてられない人なんだよ」

「グレンから聞いたわ。ほかの話題よりも消防署の話が多かったの。でも、あなたの話もしてくれたのよ。ここの住人のことや、あなたがどんなに住人の面倒をみているかということ。ミセス・エドワーズや女の子たちが休めるよう、夜中に２Ａの赤ん坊をあやしているとか、ゴルスキー姉妹の猫が木に登ってしまうたびに助け下ろしているとか、グレンが化学療法に行くたびにようすを気にしているとか」

デイヴィッドは椅子の上でもじもじした。「たいしたことじゃないよ、母さん。だれでもすることだ。で、実家のほうはどんなようすだい？」

息子の慈善活動について話をしようとするたび、話題を変えられてしまうのだった。だから息子に会いにきたのだ。今度こそ、もぞもぞとのたくって逃げられないように。

「あいかわらずの冒険の毎日よ」とは言いながら、どんなにありふれていようと、きょうだいや姪や甥の話をした。そのあいだ、デイヴィッドはタイルを貼っていたときと同じようなまなざしで見つめてきた。彼は手を動かすタイプだった。昔から道具や装置が好きで、分解していた。そして、新品よりいい状態に組み立てなおした。自分の人生についてもそうしてくれればいいのにと、母として何度思っただろう。「なにを見ているの？　しわが増えた？」

微笑んだデイヴィッドを見て、フィービーは夫を思い出した。夫はとんでもなくハンサムな人で、息子たちも同じだった。特にデイヴィッドは抜きん出ていた。「ちっとも変わってないよ。母さんがここまでひとりで運転してきたことを考えてたんだ。かなりの冒険だよ」

「年寄り扱いするのね」彼女は鼻をくすんとやった。

「ちがうよ。ただ、母さんは方向音痴だから」

ほんとうのことだったので、聞き流した。「あなたの家はとてもすてきになってきてるわね。もう少し家具があればとは思うけれど、忙しかったのはわかっているわ」

「ありがとう。窓とドアと配管はすんだよ。一階と二階の床はまだだけど、カーペットの色や柄をどうするか決めはじめてくれてかまわない」

フィービーはうなずき、コーヒーをすすった。「床の話が出たところで、今朝はあなたも冒険を味わったみたいじゃないの」おだやかに言ったものの、心臓はいまも落ち着いていなかった。「でも、大丈夫だったみたいね」

デイヴィッドは目玉をぐるりと動かしたが、心配そうだった。「だれがグレンに話したんだろう？」

「ラズとか言う人よ。彼はゲイブという人から聞いて、ゲイブはジェフという人から聞いたの」

「グレンの耳に入るころには、全然ちがう話になっていただろうな」

「そうかもしれないわね」フィービーは静かに認めた。息子はなにかを隠している。彼女にはいつだってわかるのだった。子どもたちのなかではデイヴィッドがいちばん率直に見えたけれど、いちばん複雑な性格をしている。おまけに、いちばん不幸でもある。

「それで」デイヴィッドの口調はさりげなかった。「グレンからどんな話を聞いたの？」

「今朝のニュースで持ちきりだったコンドミニアムの火事の現場で、犠牲者を捜しているあなたの足もとで床が崩れたって。もう少しで四階分の高さを落ちるところだったそうね」

フィービーはいまだに動揺していた。「それに、球かなにかが大きな穴から落ちる直前につかんだとも聞いたわ」

デイヴィッドは眉をひそめた。「真実からもっとかけ離れた話になってるのを期待してたんだけどな」うなじを揉む。「球の件は口外禁止になってるんだ。だれにも話さないでほしい、いい？」

「わたしは秘密を守れますよ。心配なのはあなたのお友だちのほう」

「ああ、そうだね。刑事に電話しとかないと」デイヴィッドは暗記している番号にかけ、相手が出るのを息を詰めて待った。

息子が携帯電話を耳にあてる前に、フィービーは女性の声を聞いた。「はい、サザランド」視線をコーヒーに落とし、恥ずかしげもなく盗み聞きする。フィービーはサザランドという名前を知っていた。ミーアの結婚式でオリヴィアには会っていた。ミーアの異母妹はすてきな女性に思われた。少し悲しげだったけれど、礼儀正しかった。それに美人だ。どうやら末息子はみんなが思っていた以上にその女性と関係があるようだ。

「やあ。デイヴィッド・ハンターだ。球の話が外に漏れてると知らせておこうと思って」うつむいたまま見ていると、デイヴィッドがたじろいだ。ミーアの妹は喜んでいないらしい。

デイヴィッドが顔をしかめる。「うちの母親まで知ってたよ」うんざりした声だ。「ここに遊びにきていて、元消防士のおれの友人がうわさを聞いて話してしまったんだ。どうしたらいい？」しばらく電話に聞き入っていたが、一瞬だけテーブル越しに困った顔を向けてきた。

「着時間の見通し《ETA》が立ったって？」ぼそぼそと言う。

フィービーは顔をうつむけたまま、眉を吊り上げた。ＥＴＡですって？　オリヴィアがここへ来るの？

デイヴィッドがいきなり立ち上がって部屋を出ていった。あの子はドアがちゃんと閉まってないのに気づいているのかしら、とフィービーは訝った。「母が来ているんだ」そう言う声が聞こえた。「でも、会える場所ならある。住所を携帯電話に送るよ」

しばらく無音が続き、それからデイヴィッドの驚いた声がした。「彼女の身元がわかったのか？　もう？」さらなる無音のあと、彼が静かに言った。「懸命に努力はしたんだと父親に伝えてほしい。お気の毒だとも」

フィービーはため息をついた。息子が火災現場から若い女性を運び出したが、すでに亡くなっていたとグレンから聞いていた。デイヴィッドのことだから、それを気に病んでいるにちがいない。何度も何度もそのときの場面を頭のなかで描き、もっとちがうことをできなかっただろうかと悩むのだ。状況をよくできなかったかと。少女を救う手立てはなかったかと。デイヴィッドはそういう子なのだ。物を修理し、人を救う。

あの子もそろそろ自分自身を救わなければ。もしそうできないのなら……わたしがやるわ。

電話を切ったデイヴィッドはドアノブに手を伸ばし、きっちり閉まってなかったのに気づいて天を仰いだ。ちゃんと閉まるように修理しなければ。ドアが開いていると、音が運ばれる。母が一言一句を聞き取ったと思ってまずまちがいないだろう。

なかに戻ると、母がもの問いたげな顔を上げた。「で、オリヴィアは元気？」

彼はため息を呑みこんだ。「コンドミニアムの犠牲者は殺されてた。彼女が担当刑事だよ」

「それで、今夜は彼女とどこで会うの？」デイヴィッドが文句を言おうと口を開くと、フィービーが手を上げて制した。「わたしがここにいて都合が悪いのなら、イーヴィのところに行けばいいと思ったから訊いただけよ」

母の隣りの椅子にどさりと座った。「母さん」

「わたしは秘密を守れる人間よ。あなたがまだ話してくれてない秘密でもね」

デイヴィッドはその響きが気に入らなかった。「おれがどんな秘密を話してないっていうの？」

母は椅子に背を預け、首を傾げ、腕を組んでじっと見つめてきた。その表情ならデイヴィッドはよく知っていた。子どものころ、厄介ごとを起こすたびにこんな風に見つめられたのだ。次に来るのが愉快なものでないのもわかっていた。

「そうね、手はじめとして、あなたはデイナ・デュピンスキーにひと目惚れをしたわ」

彼は赤くなった顔をそらした。「知ってたの？」小声でたずねる。

「そうよ。あなたは彼女を愛していたけれど、彼女のほうは弟のようにしか思っていなかったのを知っていたわ。一〇以上の慈善事業に協力して、虐待された女性たちを支援する彼女の仕事を一所懸命支えていたのも。彼女がほかの男性と結婚したとき、胸の張り裂ける思いをしたのも」

デイヴィッドは疲れたように目を閉じた。「デイナのことはほかにだれが知っているの?」

「自分の力で答えにたどり着いた人たち。マックスとキャロライン」デイヴィッドの兄とその妻だ。その昔、デイナはひどい家庭内暴力からキャロラインが逃れるのに手を貸したのだった。それだけを取っても、デイナは永遠に家族の一員だ。「双子も」ピーターとキャシーは四五歳になろうといういまでも〝双子〟と呼ばれている。

そして目を開けて言った。「エリザベスもかい?」

「ええ。あなたの妹は、わたしたちが思っている以上に目ざといの。わたしたちみんな、あなたがほかの人を見つけて幸せになってくれるのを願ってきたわ。でも、そうはならなくて、どうしたらいいかわからなかったから、なにもしたり言ったりせずにいたのよ。まちがっていたかしら?」

デイヴィッドは首を横にふった。「いいや。母さんたちにできることはなにもなかった」

「わかっているわ。子どもが傷ついているのになにもできないとき、母親は情けない思いをするの。あなたから引っ越すと言われたときは驚かなかったわ。離れないとだめだとわかっていたから。もっと早く出ていかなかったのが不思議なくらい。ミネアポリスに行くと聞いたときは、イーヴィとトムのそばにいたいからだと思ったのよ」

デイヴィッドの古い友人であるイーヴィは、おそろしい体験をしたシカゴを逃れて移ってきており、甥のトムはキャロラインの息子で、ミネアポリスの大学生で、バスケットボールの花形選手だ。「そうだよ」たしかに理由の一部はそれだった。「ふたりにはあまり会えてないけどね。学校や日々の生活で、ふたりとも忙しいんだ。それに、イーヴィのことはいまではノアが見守ってくれているからね」

フィービーが笑顔になった。「それこそがあるべき姿だわね。さて、あなたとオリヴィアがミーアの結婚式のあとで……体の関係を持った件だけど？　お友だちのペイジが食ってかかるまでは知らなかったわ」そう言って両の眉を上げる。「わたしは蝙蝠並みに耳がいいようなの」

デイヴィッドは顔をまっ赤にした。「母さん」

「『デイヴィッド』」息子の口調をまねして返す。「盗み聞きするしかなかったのよ。あなたはいつだってなにも話してくれないから。ペイジのおかげで、息子というパズルの全体像が少し見えてきたわ」

「おれはパズルなんかじゃないよ。どのみち母さんは全部の答えを出したように思えるけど」

フィービーは首を横にふった。「全部じゃないわ。ぜったいに完全には理解できないピースがあるもの。それをすばらしいと思い、愛し、誇りに思ってきたけれど、理解できたためしはなかったわ」

デイヴィッドの顎が守勢にまわったかのように上がった。「それはなにかな?」

「なぜ人に奉仕するのかよ。他人などおかまいなしで自分のことしか考えない、強情でわがままでナルシシストの高校生だったあなたが、わたしの知るだれよりも人に尽くす男性に変わった。ほとんどひと晩のうちに」

母に見られているのがわかっていたので、デイヴィッドはひるむまいとした。ああ、神さま、母にはぜったいに知られませんように。過去の光景がどっとよみがえってきて、彼は祈った。めちゃくちゃにされた体。おびただしい血。一八年も前のできごとなのに、弟におおいかぶさって最後まで守ろうとしたメガンを思うと、いまだに喉を締めつけられるのだった。

自分のことしか考えない、強情でわがままでナルシシストの愚か者だったからだ。自分がこの手で彼女たちを殺したも同然なのだ。

自分の両手を凝視していたのに気づいて、デイヴィッドは顔を上げた。母が心配そうな目をしていたので、無理をして笑みを浮かべた。「たいした謎でもないよ。父さんが死んで、母さんとマックスにはぼくの手助けが必要だった。マックスがまた歩けるようになるための治療を受けるのにね」父が亡くなり、兄のマックスの体が不自由になった自動車事故もまた、デイヴィッドの人生のその後を決定づける瞬間となった。兄の手伝いをするのは彼にとっての救済だった。メガンのことがあったあと、落ちこんだ奈落の底から這い上がる手立てだった。そのあとは、人に奉仕することが……必要不可欠なものになった。「おとなになる必要があった」

「あなたはたしかにおとなになったわ」鋭いまなざしで息子を見つめながら言う。「マックスはあなたに心から感謝しているのよ。理学療法に付き添ってまた歩けるようにするために、大学を半年で退学してスポーツ選手になる夢を諦めてくれたんですもの」

母がずっと真実だと思っている嘘にたじろぎそうになったが、こらえた。事故前にすでに大学を辞めていたのだが、母はそれを知らない。勉学に集中できず、落ちこぼれていったのだ。眠れなかった。頭のなかの光景を追い払えなかった。何年も前に兄に健康を取り戻させるべく看病をしていたのは、自分がどれほどの落伍者かを家族から隠しておくために必要な言い訳だったのだ。

「マックスはおれを必要としていたから」なんとかそう言った。喉はひりつき、胸は痛んだ。平気で嘘をつける人間がこの世にいるなんて信じられない。一八年経ったいまでも、はらわたを引きちぎられるような感じがするというのに。

「そうね」母はあいかわらずこちらをじっと見ていたので、デイヴィッドは身じろぎをこらえた。「でもそれは、あなたが女性の避難所や慈善事業に打ちこむ説明にはならないわ。デイナの運営する避難所を手伝う前だって、そういう支援をしてたでしょう。いつだって働いていた。いつだって手を貸していた」

「意義のあることだよ」

「そうね。そこに意義があるのなら。でも、あなたにとってはそれ以上のものでしょう」フィービーがため息をつく。「デイヴィッド、あなたのお父さんが亡くなったとき、わたしは悲しみに打ちひしがれてしまって、当時のできごとをよくおぼえていないの。でも、あれから何年も経って、あなたが慈善事業に夢中になっているのは単なる気まぐれとか、健全な趣味ですらないのではないかと思うようになってきたのよ。それはあなたの人生そのものになっていて、ふつうのおとなが求めるものすべてを捨てているでしょう。ガールフレンドのような特別な人もいない。いつからそんな風になったのか、思い出そうとしてみたの。あの年のことを思い起こしはじめた。お父さんが亡くなる前の春に、ご近所で悲劇があったわよね」

悲劇。そう、あれは悲劇だった。おれが自分勝手なろくでなしでなければ、完璧に避けられた悲劇。デイヴィッドは無言だった。なにか言えるかどうかわからなかった。

「あなたのお友だちが亡くなったんだったわよね」母の声はやさしかった。「メガンという子じゃなかった？」

デイヴィッドはごくりと唾を飲み、うなずいた。

「彼女の継父は怪物だった」母が小さく言う。

その光景がはっきりと浮かび、デイヴィッドはまた唾を飲みこんだ。「ああ」消え入るような声だった。

「継父が家族全員を殺した。わたしたちみんなが悲しみ、彼がそんなおそろしい人だともっと早く気づいていたらと思ったわ。メガンの死であなたがどれほどショックを受けたか、考えたこともなかった。考えるべきだったのに。あなたたちは中学時代に仲がよかったんですもの。考えてあげられなくてごめんなさい、デイヴィッド。お父さんが亡くなったあと、日々をなんとかやり過ごすのに精一杯で……それに、あなたは昔から強くて頼りになる子だったから。あなたが傷ついているのに気づかなかったの。それについても謝るわ」

顔を上げて母と目を合わせた。母さんが謝ってる？　母さんはなにも悪いことをしていないのに。おれとはちがって。いつもの声を出そうと咳払いをする。「どうしていまそんな話をするんだい？」

フィービーは椅子の背にもたれた。「これについてずっと考えていて、何度もあなたにたずねたいと思っていたからよ。でも、いいタイミングがなかったから、訊けずにいたの。わかってもらえるとは思わないけれど」

デイヴィッドは、オリヴィアとのことを長すぎるほど先延ばしにしてきた自分を思った。

「母さんが思っている以上にわかってるよ」

フィービーが身を乗り出して彼の手を包んだ。「長いあいだ、あなたが立派な大義のために時間と才能を捧げるのを見てきたわ。それと同じだけ長いあいだ、あなたがひとりぼっちでいるのを見て胸を痛めていたの。でも、あなたはおとなの男だから、言いたいことを胸に秘めたままでいたのよ」

「でも、いまは？」

「いまは……人生をやりなおそうとしているように見えた。だから、やっと落ち着いたあなたに会えるんじゃないかと期待してここに来たの。でも、目にしたのは空っぽのアパートメントと、いまもひとりぼっちの息子――いまもすべての時間を他人のために使っている息子だった」

デイヴィッドは顎をこわばらせて顔を背けた。「まちがったことじゃないだろう」

「正しい理由のためならね。あなたの理由が正しいものだと言い切る自信はないわ。よくわからないけれど、あなたは贖罪をしているのかもしれない」

どうしようもないほど惨めに感じながら、デイヴィッドは母の目を見た。否定したかったができなかった。

母の目が涙でいっぱいになった。「やっぱりね。ときどき、だれにも気づかれていないと思ったときのあなたは、目つきが変わるの。世界中を背負っているみたいになるの。どうしてなの？」

胸がきつく締めつけられた。でも、母が返事を待っている。真実を話すわけにはいかない。すべての真実は。だから、母の顔に浮かんだ苦痛を消すため、真実の一部を切り取った。

「見たんだ。現場を」

困惑したフィービーが瞬きをすると、涙が頬を伝った。「なんですって?」

「友だちの家から帰ってくるところだった。あの朝、母さんたちはミサに出かけてた。メガンの家の前にパトカーが何台も停まってるのを見て、なにがあったのかと近づいてみたんだ。そして、彼女たちを見た。死んでたよ」

フィービーはおそろしさのあまりまっ青になった。「なんてことなの。メガンやお母さんは……彼女たちは……」

デイヴィッドはうなずき、落ち着いた声を出そうと努めた。「殴り殺されてた」

「どうしてなにも言ってくれなかったの?」啞然とした口調だった。

恥じ入ってたからだよ。いまも恥じ入っている。おれのしたことを母さんにはぜったいに知られたくない。

デイヴィッドは肩をすくめた。「ショック状態だったんだと思う。一八歳だったからね。その年ごろの男は、そういうことで感情的になんてならないものなんだよ」嘘だった。ひどく感情的になったのだった。気が触れそうになった。「でも、忘れることはできなかった。そういう不幸が二度と起きないようになにかする必要があった。女性たち自身を救うのは無理でも、避難所の手伝いならできた」

フィービーはまた目を瞬き、なんとか落ち着きを取り戻そうとしていた。「デイヴィッド、そのときに話してくれたらよかったのに。あなたがなにを目にしたか、想像もつかないわ。わたしたちは助けてもらうべきだったのよ。セラピーを受けるべきだったの」

「おれは一八歳だったんだよ、母さん。セラピーなんて受けなかったに決まってる」牧師にだって打ち明けていないのだ。「だから、自分を責めるのはやめてくれ」

彼女は曖昧にうなずいた。「いまの話でいろいろとわかったわ」一心にデイヴィッドを見つめる。「あなたがなにをしようと、わたしがあなたを愛するのをやめないとわかっているでしょう」

それを聞いて、まだ隠していることがあるのを母は知っているのだと気づいた。「ああ。わかってるよ」

フィービーが息子の手をぎゅっと握った。「あなたを誇りに思っているわ。ぜったいにそれを忘れないで」さっと椅子に背を戻す。「さて、わたしはどこに泊まればいいかしら」

「ここだよ」話題が変わってほっとしたデイヴィッドは、きっぱりと言った。「母さんはここに泊まって。アパートメント・ハウスの全部の部屋を見て、どんな色にするかを決めてもらわなくちゃならないんだから」

「それがいちばんね。カーペットを買いにいってくるわ。もし今夜出かけるなら、少し休みなさい」

「運転には気をつけて」彼は母の頬にキスをした。「来てくれてうれしいよ。おれも母さんを愛してる」

母が出ていくと、デイヴィッドは疲労のあまり目を閉じて椅子に力なく体を預けた。だが、眠ろうとしてもむだだろう。体も心も激しく動揺していた。あの日を思い出すといつもそうなる。今日は母に嘘をついたせいもあって、いつもより激しい動揺を感じていた。

だるそうに立ち上がる。２Ａの床仕事をする時間はありそうだ。完成するまで、新しい冷蔵庫は居間に置いておけばいい。その前に、グレンのキャビンの住所をオリヴィアに送った。あそこなら静かだから、話をするのにぴったりだ。

もっと早くそうするべきだったんだ。おれは臆病者だった。今夜以降、自分の人生における謎がひとつ減るだろう。

少なくとも、オリヴィア・サザランドと過ごした夜に自分がなにをしでかしたのかはわかるだろう。

# 7

## 九月二〇日（月）午後二時二五分

オリヴィアはデイヴィッドから送られてきた住所を見て、眉を寄せた。街なかから二〇分ほど離れた郊外だ。どうしてこの場所なのだろう？

「どうした？」ケインがたずねた。

「なんでもないの」携帯電話をしまい、湖の地図を調べる仕事に戻る。「コンドミニアムが見えるキャビンは全部チェックした。トレイシー・マレンを見た人間はひとりもいなかった」

「あるいは、見たのを認めようとしなかっただけかも。コンドミニアムでなにか進行中みたいだ。双眼鏡をくれ」

彼女はポケットを叩き、そしてうめいた。「忘れてた。デイヴィッドに持ってもらってて、返してもらい損ねた。今夜返してもらうわ」

ケインはなにか言いかけて思いなおしたようだ。「犬が来たみたいだ」代わりにそう言った。

オリヴィアは湖の向こうに目を凝らした。「放火探知犬と災害救助犬のどっちかしら」

火災が起こる前に少女が男と一緒だったことはバーロウに伝えてあった。彼はすでに州の放火探知犬を要請していたが、災害救助チームも要請すると言っていたのだ。

「双眼鏡がないから、あっちへ行ってたしかめてみよう」ケインが言った。

コンドミニアムに着くと、災害救助チームが仕事にかかろうとしているところだった。犬はジャーマン・シェパードで、相棒の人間は燃えるような赤毛を背中のなかほどまで垂らした長身の女性だった。そんな色の髪をした人をオリヴィアはたったひとりしか知らなかった。

「バーロウはブリーを呼んだんだわ」満足そうに言った。「そうしてくれるかどうかわからなかったけど」

「犬のデイケアをやってる友だちか?」ケインが驚いてたずねた。

「そうなの。本業は探知犬や救助犬の訓練士なのよ」オリヴィアは足どりを速めた。「バーロウとブリーとわたしは警察学校を一緒に卒業したの。わたしたち三人は、しばらくのあいだは親しかった」正確には、自分たち三人と、バーロウの親友だ。「バーロウとブリーは昔つき合ってたの。というか、婚約までしてたのよ」

「彼らもなのか?」ケインは慎重にたずねた。彼はオリヴィアの婚約解消についてめったに口にしなかったし、ダグの名前となると一度も言ったことがなく、オリヴィアとしてはありがたく思っていた。

「そう、彼らもなの。ふたりの婚約もうまくいかなかった。でも、バーロウは彼女が優秀なのを知っている。警察を辞める前、ブリーは災害救助をしていたから。彼女のお父さんは〝ベット〟なの」

「獣医《ベテリナリアン》と退役軍人《ベテラン》のどっちだ？」

「両方よ。自分の診療所にくわえ、ブリーのトレーニング・センターとデイケアでも働いているわ。モジョは、注射を打ちにいくときでも彼女のお父さんに会えるのを喜ぶの」オリヴィアは手をふった。「ブリー！」

ブリー・フランコーニが手をふり返す。「急いでこっちに来て。ガスガスがほめてもらうのを待ってるわよ」

オリヴィアが近づいていって相棒を紹介すると、ブリーは温かな笑みを浮かべて握手した。

「おうわさはかねがね聞いてます。やっとお会いできてうれしいわ」

「こちらこそ。あなたのこともしょっちゅう聞いてますよ。特に今日は」

「女性のほうの犠牲者は人工内耳を入れてたのよ」オリヴィアが静かにブリーに言った。

ブリーの明るい色の眉がくいっと上がった。「興味深いわね」彼女の話し方は明確で、それはおとなになってから聴覚を失ったことが主ではあるが、人工内耳の移植のおかげで耳が聞こえるからでもあった。以前ほどではないにしろ、警察を辞めたあとはじめた仕事にはじゅうぶんな聴力だった。

警察バッジをはずさざるをえなかったことは、ブリーに深い傷を残した。オリヴィアにはバッジを返納するなど想像もつかなかった。それでも、そばにいて支えた。警察学校時代に友人の輪に引き入れたペイジも支えた。わたしは恵まれているわ。オリヴィアは今朝のペイジとのやりとりを思い出してそう思った。わたしにはすばらしい友だちがいる。たがいにつらいときを乗り越えてきた仲間だ。今夜デイヴィッド・ハンターと会う予定になっているのを考える。うまくいかなかったら、また友人が必要になるかもしれない。

「それで彼女の身元が判明したわけだ」ケインが言う。「人工内耳の製造番号から。便利なものだな」

「それを聞いて安心したわ」ブリーの口調はそっけない。「身分証明書を持ってないときに死ぬかもしれないし」

ケインがぎくりとした。「すまない。そういうつもりでは……くそっ。ほんとうに申し訳なかった」

オリヴィアは友人を肘で強く突いた。「彼女はからかっただけよ、ケイン。彼を放っておいてちょうだい、ブリー」

ブリーの茶色の瞳がきらめいた。「ごめんなさい、刑事さん。ついがまんできなくて」そこへバーロウが近づいてきて、彼女の顔から表情が消えた。事情を知らない者には、ふたりは冷静そうに見えるだろうが、ブリーのなかではいまもマイカ・バーロウに対する怒りが燃えているのをオリヴィアは知っていた。「バーロウ巡査部長の話だと、建物のなかにまだ犠牲者のいる可能性があるとか」ブリーがきびきびと言った。

「おそらく。その人物が逃げおおせたかどうか不明なんだ。もし逃げられたのなら、目撃者として確保したい。そうでないなら、その男の身元も突き止めなければならない」ケインが言った。

「でも、もしその男性が逃げて、少女の足跡をたどれたら」ブリーが言う。「目撃者までたどり着けるかもしれない」

「そういうこと」オリヴィアはバーロウに目を向けた。「モルグから彼女の服を持ってきてくれた？」

バーロウが証拠品袋を掲げる。「その前に、身元不明の男性の捜索をしてもかまわないだろうか？　捜査員のひとりがなかにいるんだ、ブリー。彼が案内してくれる」バーロウの笑みは引きつっていた。「あちこちの穴にきみやガスガスに落ちてもらいたくないからな」

「ありがとう」ブリーは言い、明るい髪を手早くポニーテールにした。引き綱をしっかり握りなおす。「ガスガス、仕事の時間よ」

ブリーと犬が建物のなかに入っていくと、ケインが両の眉を吊り上げた。「ガスガス？」

オリヴィアが笑みになる。「そうなの、シンデレラのアニメに出てくるネズミに似た名前なの。ガスガスは死体捜索や災害救助のほかにも、いろんな認定を持っている犬なのよ」

ケインが吐息をついた。「彼女もアニメ中毒なのか？　きみたちが警察学校にいたとき、カフェテリアではどんな食事を出してたんだ？」

「アニメは社会に対するすばらしい批評であることもあるのよ」茶目っ気をこめて言った。からかわれているのがわかっていたからだ。まあ、本音も少しは入っていたかもしれないが。

「それに、ときにはいい逃避になるし」小さな声でつけくわえる。

「それならわかる」ケインも小声で返事をした。

アイスクリームに走る女性もいる。オリヴィアの場合、アニメ『ルーニー・テューンズ』のロードランナーを何話か観ればストレスが軽減されるのだ。あのうるさい鳥がワイリー・コヨーテの傘を踏みつけるのを見るだけで、なぜか毎回笑ってしまう。

この七カ月、ロードランナーを何度も観ていた。〈ピット〉で被害者を見つけたと遺族に伝えていたあいだは、それを観るのが習慣になった。帰宅し、モジョを散歩させ、『ベスト・オブ・ロードランナー』のＤＶＤをプレイヤーに入れ、眠りに落ちるまで画面を見つめたのだった。

犯人は犠牲者の運転免許証を記念品として取っていたので、最初のころは身元の確認は容易だった。犯人は何十年も密かに殺しを続けていた。

引っ越していた遺族もいた。近親者を見つけるといった詳細に集中していると、次から次へと犠牲者の遺骨を見つける恐怖から気をそらしてくれた。ときにはそれが頭のなかでスライド・ショーのように流れることもあった。骨、骨、また骨。

実際は、骨はそれほど悪いものではなかった。最悪だったのは、最初に〈ピット〉から掘り出した何体かの遺体だった。石灰はものの数日で人間の遺体を分解する。けれど、最後のほうでは犯人はあまりにもおおぜいを殺した。最後の犠牲となった人たちの分解は速度が遅くなっていた。

腐敗していく肉体を思い出し、オリヴィアはつかの間目を閉じた。遺体を動かすと、肉はあっさりと……骨から剝がれて落ちた。

焼き尽くされたコンドミニアムに遺体があったとしたら、原形はほとんどとどめていないだろう。彼女らとよく似た状態だろう。不安が無情な波となって襲ってきて、逃げ出したい衝動に駆られた。けれど、地面に足を踏ん張って逃げなかった。じきに耐えやすくなる。そうなってもらわなければ困る。

ケインはどうやって折り合いをつけているのだろうと思ったが、話してくれたことがなかったので、こちらからもたずねなかった。彼はただ仕事をこなす。わたしも同じ。なぜなら、それがわたしたちのなすべきことだから。

「放火犯が出てきた場所がわかった」バーロウが言った。「放火探知犬があのドアまで燃焼促進剤のにおいをたどった」そう言って、階段室のドアを指さす。それは、デイヴィッドが少女の手形を見つけた窓と同じ側に位置していた。

「足跡は見つかった？」たずねたオリヴィアに、バーロウは首を横にふった。

「はっきりしないものだけだ。放火犯はまいたカーペットの接着剤を踏み、その跡があのドアまで続いている。あいにく靴底の接着剤にごみがついて、足跡は明確じゃない。靴底の模様も、サイズもわからない。ただ、ふたりの人間がいたらしい」

「犯人の靴を見つけたら？」ケインがたずねた。

「燃焼促進剤と接着剤の痕跡が見つかるだろう」バーロウは言った。「接着剤に灰かごみがついたままなら、ここで採取したものと成分比較のうえ、現場にいたと証明できる。探知犬はフェンスが切られた場所まで燃焼促進剤のにおいをたどっていった」ミッキが話していた、三箇所で切られているフェンスの道路にいちばん近い場所をバーロウは指さした。

「つまり、やつらは道路側から逃げたわけだな」ケインが眉を寄せる。「湖側からではなく。ヘンリー・ウィームズを殺したやつは、彼と湖のあいだにいたんだが」

「それはおれも考えた。指導手《ハンドラー》が放火探知犬を連れて、ヘンリー・ウィームズが撃たれた側もふくめてコンドミニアムの周囲をまわってくれた。地面のどこでも燃焼促進剤は検知されなかった。警備員を撃った人間は湖から逃走した可能性があるが、建物をまわって仲間に合流し、車で逃げた可能性も同じくらいある」

「つまり」オリヴィアだ。「ウィームズを撃った人間がだれだったにしろ、その人物はまいた接着剤を踏まなかったし、そもそもコンドミニアムのなかには入らなかったということになるわね」

「ウィームズを撃ったあと、コンドミニアムに入って火をつけた可能性もある」ケインがもうひとつの可能性を口にする。

「ウィームズが煙を吸っていなければ、その可能性もあるな」バーロウが言った。「だが、検死の結果、肺に煙を吸った痕跡があれば、彼を撃ったのは火をつけたあとということになる」

「イアンが今日の午後に検死を予定しているわ。ウィームズが殺されたのが火をつけたあとだと判明すれば、なかにいた犯人がふたり、外にいた犯人がひとりの全部で少なくとも三人いたことになる。問題は、トレイシーと、彼女とセックスをした相手が放火犯の仲間だったのかどうかだわ」

「それに、彼女のセックスの相手がまだ生きているのかどうかも」バーロウが言う。

「さらに、放火犯が建物横のドアから出てきたのなら、入るときもそこからだったのか？トレイシー・マレンはどうやってなかに入ったのか？」ケインがあとを継ぐ。

「横のドアの鍵はこじ開けた痕跡がなかった」バーロウだ。「だが、それ自体にはなんの意味もない。建設現場では、なにかを突っ支いにしてドアを開けたままにしていることがよくあるからな」

「でも、そんなことがしてあったら、警備員が気づくはずよね？」オリヴィアは指摘した。

「そこは彼の巡回経路にあたってた。まず最初にトレーラー・ハウスに行って防犯カメラのコンソールをチェックして、それから外側からすべてのドアをたしかめたあと、敷地内をまわる。だが、ウィームズは裏手のドアを出たところを襲われている。突っ支いに気づく暇などなかった」

オリヴィアはケインに目をやった。「ウィームズを調べましょう」

彼がうなずく。「そうだな。犯人たちがやってくるのをウィームズが知っていて、口を封じるために殺されたという可能性も無視できない。財政状況を調べよう。ただし、目立たないようにだ」

「その必要がないかぎり、遺族の悲しみを増やさなくてもいいからな」バーロウがぼそぼそと言った。「ウィームズの娘がテレビに出ていたのを見たかい?」

バーロウの目に同情が浮かぶのが見えた。過去には何度もそんな経験があった。ただし、わたしがいちばん必要としていたときに、彼は傲慢なろくでなしになったけれど。「ウィームズの娘はなんて言ってた?」

つかの間、ふたりがいまも友人であるようなほろ苦い雰囲気があった。「おれたちの仕事ぶりをたたえてたよ、リヴ」そう言って目を合わせてきた。「父親を亡くしたばかりなのを考えたら、おれなんかよりずっとしっかりしてた。おれなら……後悔するようなことはぜったいにしたくない」

オリヴィアはうなずいた。父親を亡くしたその同じ晩に、マイカ・バーロウとの友情が粉々に砕けたのだった。バーロウが傲慢でお節介焼きのろくでなしだったせいだ。今日の彼のことばは謝罪か、謝罪のはじまりになるかもしれない。この先次第だ。

「気をつけるわ。ウィームズを……共犯から除外したいだけだもの」

オリヴィアがバーロウのことばにこめられた二重の意味を理解したように、彼もいまの言外の意味を聞き取ったのがわかった。

「それでじゅうぶんだ」バーロウが視線をはずした。「ブリーの犬が全部をまわりきるまでしばらくかかりそうだ。〈ランキン&サンズ〉の人事ファイルが車のなかにある。待っているあいだ、目を通さないか。なにかが目に飛びこんでくるかもしれない」

## 九月二〇日（月）午後二時四〇分

「お越しいただき、ありがとうございます、ミセス・デント」校長のミスター・オークスは手話で挨拶をしたあと、オースティンに険しいまなざしを向けた。三人とも聾者なので手話のやりとりは速く、オースティンの母親の場合はそこに怒りもこもっていた。「お母さんは遠くから車を運転してきてくださったのだよ」

「三時間かかりました」オースティンの母が手話で伝える。「でも、これはなにかのまちがいです。息子は煙草なんて吸いません」

「寮長助手の生徒が今朝、煙草のにおいがするのに気づきました」オークス校長が返す。「煙探知器が光ったあとです。その生徒がオースティンの部屋に行くと、彼は火のついた煙草を手にしていたのです」

母親の顔から血の気が引いた。「どうしてなの、オースティン？　どうしてなのか教えて」

なぜなら、ぼくがトレイシーをあのコンドミニアムに連れていったからだよ。彼女の面倒をみてやりたかったんだ。

でも、彼女は死んでしまった。ぼくのせいなんだ。階段室は煙でいっぱいだった。彼女はぼくのすぐ後ろにいたんだ。いたのはわかっている。けど、外に出るとトレイシーはいなかった。

「ごめんなさい」オースティンは手話でそう伝えた。だが、謝ったところでトレイシーは戻ってこない。逝ってしまった。

オークス校長が顔をしかめた。「五日間の停学処分に処する。月曜日には学校に戻ってきてよろしい」

オースティンは目を閉じた。母親に嘘をつくなんて最悪の気分だった。けれど母に話したら……。ボートの男を思い出す。あいつは警備員を撃った。ぼくが目撃したのを知られたら……。

オースティンは何度も真実を話す一歩手前まで行ったのだった。けれど、トレイシーを失ったショックが少しずつ消えていくと、倒れていく警備員の表情を思い出すようになってきた。それに、警備員を撃った男がにやりとすると、月光を受けてその歯がきらめいたことも。

それだけでなく、スキー・マスクを取った男の顔の細かいところまで思い出した。

話そうと思った。でも、もし話したら、あいつはぼくも殺そうとするかもしれない。

事件に巻きこまれた人、真実を打ち明ける人は痛い目に遭う。ぼくはどうしたらいい？

オースティンの母が背中を丸めて立ち上がった。「バックパックを取ってきなさい」ため息をつく。

バックパック。火事の現場に置いてきてしまった。なかには本やノートが入っていた。トレイシーのものも。ぼくの補聴器も。火事で本やノートがすっかり焼けていればいいのだが。あそこにいたのをだれにも知られたくなかった。でも、補聴器は必要だ。新しいのを買う余裕は母にはないし、保険はずっと以前に失効していた。どうしたらいい？　いまはなにもできない。

オースティンは立ち上がった。「なくしちゃったんだ」ぞんざいに手話で伝える。

母は力を落とした。またなの。母がそう言いたいのを、そう叫びたいのをオースティンはわかっていた。けれど母はただ頭をふり、ぐったりしたようすで手話で語りかけてきた。

「家に帰りましょう」

## 九月二〇日(月) 午後三時二五分

オリヴィアとケインがバーロウとともに車で人事ファイルを見ているところに、ブリーが来た。「男は逃げたにちがいないわ。建物内に遺体はなかったから」

「それなら、放火の目撃者がいることになるわね」オリヴィアが返事をする。〈ランキン&サンズ〉の人事ファイルを読んだ以上の収穫だった。勤務評定が少々。薬物検査がひとつ、ふたつ。これといったものはなにもなかった。だから、トレイシーの相手が一緒に命を落とさなかったという知らせは、今日いちばんのよいものだった。

バーロウがトレイシーの衣服の入った袋をブリーに渡した。「少女の足跡をたどれるか?」

「当然です」ブリーの口調は堅苦しかった。

オリヴィアは読んでいたファイルをバーロウの車のなかの箱にしまった。「見ててもいい?」

ブリーがにっこりする。「もちろんよ」先ほどよりもずいぶん温もりのある声だった。

ケインもファイルを箱に戻した。「おれも見たい」

ブリーは袋からトレイシーのシャツを取り出して犬に嗅がせた。「ガスガス、仕事をするわよ」ひとりと一匹が動き出す。ガスガスの鼻は地面に向けられていた。

オリヴィアとケインがそのあとをついていき、少し離れてビデオ・カメラを持ったバーロウが続いた。ガスガスは、ウィームズが発見されたコンドミニアムの向こう側へとみんなを連れていった。においをとらえ、木々のあいだを縫うように進んで金網フェンスのところで足を止めた。「鑑識が見つけた、切断された三箇所のうちのひとつだった。

「まだ続けられるけれど」ブリーが言う。

「そうしてくれ」バーロウが言った。「彼らがコンドミニアムに来た道筋を知りたい。ここからだと桟橋には行けない。棘だらけだからな」

ブリーがうなずく。「リヴ、フェンスをめくってくぐれるようにしてくれるかしら」

オリヴィアは言われたとおりにし、先に進むガスガスとブリーに三人でついていった。犬は何度かにおいを見失ったが、そのたびにブリーがシャツのにおいを嗅がせなおした。ついにガスガスが座りこんだ。

そこは湖のほとりだった。ぬかるみにできた深い窪みが湖へと続いていた。

「ボートを持ってたんだ」ケインはしゃがみこんで、ぬかるみについた跡を調べた。「小型だな。カヌーよりは幅が広い。小さな漕ぎ舟あたりかもしれない」

「ここに砂浜があるのを知っていたにちがいないわ」オリヴィアが言う。「ここと桟橋のあいだの湖岸線は、あなたが言ったとおりに茨の藪だもの、バーロウ。桟橋以外だと、ここがボートをつけるのにいちばん近い場所だわ」

「トレイシーは地元の人間じゃなかった」ケインだ。「だが、一緒にいた男はこの辺りの人間だったのかもしれない」

「あるいは、どこかの時点でこの辺のキャビンに滞在したことのある人物か」オリヴィアは湖の向こう側に目を凝らした。「とりあえずのところ、トレイシーの相手は地元の人間だと仮定しましょう。それで見つけられなかったら、捜索範囲をキャビンの賃貸人——長期利用者も休日のみの短期利用者も——に広げればいい」

ブリーはぬかるみを凝視していた。「ボートを湖へ押し出した跡はあるけど、足跡はない。船の竜骨跡はくっきりついている。それなら、靴跡もあるはずよね。来た方向が——」ブリーは犬の引き紐をオリヴィアに渡して周辺を大きくまわった「——こっちなら話は別だけど」密集した藪を用心深く押しやる。そして笑顔で見上げた。「靴跡よ。やったわ」

ケインが近づいていき、ブリーの肩越しにその場所を見た。「サイズ10の靴だ。よく見つけてくれた」

その短いことばは、ケインにしてはかなりのほめことばだ。ブリーは周囲に目を走らせた。「あの小径を見て。ボート跡から一〇フィートのところで、踏みつけられた枝や葉の跡が終わってるでしょう?」

「おびえてたんだわ」オリヴィアが小声で言う。「燃える建物から逃げてきて。トレイシーが逃げ遅れたのに気づいていたのかしら」

「そうか」バーロウがカメラを下ろしてブリーの横顔をまじまじと見た。「彼についてほかにもわかったぞ」ブリーの横まで行って、少しだけ体をかがめて耳をじっと見つめる。

ブリーは体をこわばらせて離れ、彼をにらんだ。「なんなのよ？」

バーロウが背筋を伸ばしてオリヴィアに目をやった。「耳の後ろに装着する人工内耳のプロセッサーには、音漏れを防ぐ耳栓《イヤー・モールド》はついていてない。忘れてたなんて信じられない」

オリヴィアは眉を寄せたが、やがて理解した。「そうよ。バーロウの言うとおりだわ。ブリー、あなたがそれを装着するところを何度も目にしているのに……。わたしも、忘れてたなんて信じられない」ケインを見上げる。「ブリーのプロセッサーは、ここに引っかける小さなフックで固定されているの」耳の上部に触れながら説明する。「デイヴィッドが瓦礫《がれき》のなかで見つけたピンクのモールドとはちがうのよ」

「モールドは補聴器用で、人工内耳では使わないの」ブリーが言う。「ピンクのモールドを見つけたの？」

「瓦礫のなかで」バーロウが言った。「なんとかイヤー・モールドとわかるくらいには形をとどめていた」

「少女が補聴器と人工内耳を同時に使っていた可能性はないのか？」ケインがたずねた。

「たぶん」ブリーもどういうことかわかってきたようだ。「聴覚の喪失具合で、両方を使う人もなかにはいる。被害者の聴覚はどうだったの？」

「母親によれば、まったく聞こえなかったそうよ。でも、父親は人工内耳の移植を検討するのもいやがった。トレイシーに補聴器を試させたけど、効果は全然なかった」

「父親も聾者？」ブリーがたずねた。「子どもへの人工内耳移植に反対する声は昔ほど激しくないけれど、いまだに消えずにあるの。耳が聞こえない状態を〝治す〟必要のあるものだと考えていない聾者は多いわ。そういう人たちは自分たちの文化や言語をたいせつに守っていて、多くの人が移植を脅威とみなしているのよ」

「父親と話をしたとき、それが伝わってきたよ」ケインが言った。「あいだに伝達オペレーターが入っていたにもかかわらずね。父親は特に妻に怒っていた。悲しみも伝わってきた。電話越しでニュアンスがほとんど伝わってこない状態だったのに」

ブリーの唇が悲しげにゆがんだ。「経験を積めば少しずつ楽になっていくわ。次の機会には、可能ならテレビ電話オペレーターを使うといいわ。父親がテレビ電話を持っていれば、テレタイプライターに文字を打つのではなく、通訳に手話で語りかけられるから。その方法なら、通訳の声の調子で父親の気持ちがある程度わかるはず。通訳は手話で話している相手の顔を見ているから。どうやって接続するか、あとで教えてあげますね」

「よろしく頼むよ」ケインは言った。

「モールドに話を戻してもいいかな？」バーロウがもどかしげにたずねた。「それは亡くなった少女のものなのか、ちがうのか?」

「生まれつき耳が聞こえなくて、移植手術をするまで補聴器をつけていなかったのなら、彼女のものでない可能性が高いわね。確認してもらう必要はあるけれど」ブリーが答えた。

「あれが彼女のものでないとしたら、発見されたバックパックもちがうのかもしれない」ケインが言う。「補聴器も、火事の前に彼女が一緒にいた人間のものという可能性が出てくる」

「トレイシーの体から採取した毛髪から、その男性が黒っぽい髪の白人だとわかっている。おそらく地元の人間で、耳が聞こえないか聴覚障害がある」オリヴィアが言った。「範囲がだいぶ狭まるわね」

ブリーがうなずく。「彼が被害者の少女と同年代なら、さらなる幸運に恵まれるわね。学校に行っているでしょうし、市役所にはその少年の障害の記された書類もあるはず」

「どこからはじめればいいかしら?」オリヴィアはたずねた。

「わたしなら聾学校からはじめるわ」ブリーが腕時計を確認した。「今日はもう授業は終わっているけれど。寮生活をしている生徒もいるから、そこをあたってみるといいわ。でも、まずは校長に話を通さないとね。あそこの校長はミスター・オークスで、とても協力的よ」

「その学校に通ってたのかい?」ケインがたずねた。「聴力を失ったのはおとなになってからだと思っていたが」

「ええ、そうよ。だから、聾学校には行ってないの。職業教育プログラムで動物看護学を教えているのよ。卒業したときに腕に技術を持っていられるように」

「じゃあ、その学校の生徒を知ってるんだね」ケインが言う。

「何人かは。ほかにも料理、機械学、農業の授業もあるの。生徒の多くは獣医になりたがるけれど、犬舎の掃除をしなくちゃならないとわかると、受ける授業を変更するわ。たいてい料理の授業に移るわね」ブリーがにっこりした。「砂糖からクソへ（よい状態から悪い状態に変わること）の逆ってわけよ」

ケインがくつくつと笑った。「じゃあ、その学校の生徒に話を聞くのを手伝ってくれるかい？」

ブリーはためらった。「わたしの手話は遅いから、まずは手話通訳を頼んでやってみたほうがいいと思う。警察が捜している男性は地元の人間じゃないとか、もう卒業しているとかの可能性もあるけれど、聾者のコミュニティは結びつきが強いの。いまもここに住んでいるのなら、だれかがその人物を知っているはず。根気よく捜せばいずれ見つかるかも。聾者同士、かばい合うこともあるから」

「警官と似てるな」ケインが言った。

「まさにそうなの」ブリーは眉を吊り上げてバーロウを見た。「ほかになにかあるかしら、巡査部長？」

「いいや」バーロウもブリーに負けないくらい固い態度だ。「きみと犬に感謝するよ」

「どういたしまして。リヴ、電話してね。ペイジをつかまえて〈サル〉で飲みましょう」犬の引き紐を受け取りながら、オリヴィアをにらむ。「昔みたいにね」

昔みたいに。〈ピット・ガイ〉事件の前。わたしが友だちを避けはじめる前。

「約束する」

「証人がいるからね」ブリーは釘を刺した。「おいで、ガスガス。帰るわよ」

オリヴィアがバーロウをふり向くと、彼はむっつりした顔をしていた。それに、オリヴィアが感じているのと同じくらい疲れているようにも見えた。先刻、彼はオリーブの枝を差し出してくれた……。ううん、枝というよりは小枝だった。賭け金を引き上げてみよう。「ブリーに頼んだのは正解だったわね。簡単じゃなかったのはわかっているのよ」

バーロウの笑みはこわばっていた。「第一希望じゃなかったけどな。四組の災害救助チームが要請に応えられなかったからだ」吐息をつく。「これからどうする?」

「おれたちはトレイシーの相手を捜す」ケインが言った。「きみは従業員をあたって内部犯行の線を洗ってくれ。怪しげな従業員がいなかったかどうかチェックするんだ」

「あるいは聴覚障害を持つ人がいないかどうか」オリヴィアが言う。「トレイシーが一緒にいた相手は〈ランキン&サンズ〉で働いてたかもしれないでしょ? その男がトレイシーをここに匿《かくま》っていたのかも。従業員なら鍵を持っていたでしょうし」

「たしかに」バーロウだ。「FBIは? クローフォード特別捜査官から連絡はあったんだろうか？」

「もしあったなら、アボットが電話で知らせてくれてるはずよ。うまくいけば、一七時までにはなんらかの連絡が入るんじゃないかしら。ぬかるみにあったサイズ10の靴跡についてはどうなの？」

「鑑識に靴跡と竜骨跡を石膏で取ってもらっておく」バーロウが言った。

「一七時の会議前にイアンのところに顔を出す時間が少しだけあるな」ケインだ。「そろそろウィームズの検死解剖を終えているころだろう」

四時数分前だった。モルグへ行き、午後の捜査会議に出て、そのあとモルグに戻ってトレイシーの父親が遺体の確認をするのに付き添い、さらにそのあとは……。

半時間ほどの距離にある別の湖そばに建つキャビンで待っているだろうデイヴィッド次第だ。なぜその場所なのだろう？　彼は中断したところから再開したがっているからだ。

それは、傷ついた自尊心の面でも、肉体的な孤独の面でも、とてもそそられる考えだった。それでも、一緒に過ごしたあの夜に、デイヴィッドがうめきながら口にした名前をはっきりとおぼえていた。彼がやりなおしを望んでいたとしても、自分がどう応えるかはまったくわからなかった。それを決めるまで、あと二時間だ。

## 九月二〇日（月）午後四時三五分

「ほかにご注文はありますか？」女性客にたずねながら、彼はカウンター内から横目で店全体を見まわしていた。

二〇ドル札を手にした女性はうっとりした笑みを浮かべながら、スマートフォンのブラックベリーから顔を上げた。「いいえ、これだけよ。よい一日を」

釣り銭を渡すと、女性客はたしかめもせずに受け取った。「あなたもよい一日を。ババーイ」

出ていく女性客を見送った彼は、彼女がうっとりした笑みを浮かべた理由も、どこへ向かっているのかもはっきりとわかっていた。夫は妻が不倫をしているのを知っているのだろうか。あるいは、毎週月曜の仕事帰りに地元のモーテルで不滅の情熱を実地証明している愛人からのEメールが、彼女の手にしているスマートフォンに保存されているのを知っているのだろうか。

彼女のEメールに侵入するのはばかみたいに簡単だった。列に並ぶたび、客の四分の三がするように彼女もEメールをチェックした。近ごろではみんながみんな、便利なスマートフォンを持っているようで、列に並んで待つあいだ、無料のインターネット接続は逃すには惜しい魅力なのだった。

当然ながら、彼の提供する〝無料の〟無線インターネット接続にログインすれば、かわいいトロイの木馬というマルウェアを受け取ることになる。それがEメールのパスワード、銀行口座のパスワード、連絡先リストなどなど、携帯電話やノートパソコンに保存してあるものならなんでも掘り起こしてくれるのだ。

いまのクライアントの何人かは、そのEメール情報を盗んでアカウントにログインすることで得ていた。人々が送信したり保存したりしているEメールときたら、まったく。顔が赤くなるほどだ。ホットで、ホットで、ホットなのだ。おまけに、脅迫ネタとして完璧だ。

〝奥さんに隠れて浮気？　なんと恥知らずな。金を支払えば、だれにも知られずにすむぞ〟

簡単すぎて笑いが出る。

エリックのEメールをいくつか読んだだけで、金鉱を掘りあてたとわかった。エリックとジョエルはコンドミニアムが建設されて湿地帯を侵害しているという怒りのEメールをやりとりしていた。エリックは湿地帯を気にかけるようなタイプには思われず、ふたりのEメールから、ジョエルが彼を引っ張りこんだのだとわかった。

ジョエルは社会の改善を熱烈に夢見る男で、どのボタンを押せばエリックを仲間に引き入れられるかもわかっていた。〈一度でいいから、意義のある人生を生きろよ〉と彼はEメールしていた。〈危険を冒すんだ。闘士になるんだ。世の中のためになることをするんだ。ぼくの親父は、きみを退屈で安全な男だと言っているんだぞ。それがきみの望む生き方なの

か？　ぼくたちの父親みたいになりたいのか？〉

　彼らの父親はどちらも、信じられないほど裕福だ。

ジョエルが道義心を持っているのが残念だ。やり手のセールスマンにだってなれたのに。一方のエリックは、想像力には欠けるが、綿密な計画を練り上げられる頭脳の持ち主だ。ある地点まで誘導すれば、あとは彼が自分の力で進めていく。ちょうど、一生に一度だけ英雄になろうとしたときと同じように。

　エリックがリーダーになると、計画があっという間に形になっていった。彼は恋人のアルベールを仲間に引き入れた。アルベールが仲間になったのにはさまざまな理由があったのだろうが、その大半が利己的なものだった。そのあとジョエルが自分の恋人も仲間にくわえた。その名前を知ったときは心臓が停まるかと思った。メアリ。長らく目にしていない名前だった。二度と目にせずにすめばいいと思っていた名前だった。

　メアリがじっとしていたなら、永遠に放っておいてやったかもしれない。つまらない仕事をして、くだらない授業を取っているだけでいたなら。だが、彼女はじっとしていなかった。ジョエルと出会い、楽しくもますます悲惨な状況になっていく計画に一枚嚙んだ。ジョエルのEメールで彼女の名前を見た瞬間、これがただの脅迫よりも遥かに大きなものになるのに彼は気づいた。復讐だ。

　それに、あの窓辺にいた少女が死んだのは、この件に花を添えるおまけだ。

だが、あいにく、あの少女の死は今日の商売には悪影響をおよぼしていた。カウンターにはいつもどおりに客がいて、レジには休む間もないほど金が入ってきていたが、火事と少女の死がすべての〝密談〟を占めていた。人は、だれにも聞かれないと思いこんで、だれも自分に注意を向けていないと思いこんで、衆人環境のなかで最低最悪のことをしゃべる。

だが、おれは注意を向けているぞ。だからこそ、金持ちになるんだ。彼はさりげない風を装ってポケットからリモコンを取り出した。指で操作する本体のサムホイールから耳にはめているイヤホンに至るまで、iPodにそっくりだ。

それはiPodほどくだらないものではないが、それでもなかに入れている曲は楽しめた。ただし、仕事中はちがうが。彼は親指でホイールをまわしてホット・ゾーンをチェックしていった。店全体に電子装置を仕掛けてあり、便利な監視ガジェットでどんな会話も聞こえるようにしてある。カメラで言うところのズームのように音源を拾うこの装置は脅迫をする者にとっては欠かせないもので、eBayのネット・オークションで格安で手に入れられる。

彼は会話を盗聴することで情報の大半を入手した。それから彼らのEメール・アカウントに侵入して、金になる本物の商品――カモに何度も何度も支払いをさせられるような文書――を手に入れた。

そして、トムリンソンのように支払いを拒否する者に対しては、きっちり片をつけた。永遠に。

じきに勤務シフトが終わるから、トムリンソンの片をつけ、そのあと〝大学生四人組マイナス一〟が行動を起こすところを観察できる場所を探そう。ノートパソコンを閉じようとかがんだとき、ポケットが振動して飛び上がった。使い捨ての携帯電話のひとつ、エリック用のものだった。携帯電話を開いて受信したものを読む。

〈ジョエルは死んだ。ぼくたちは三人になった。任務は予定どおり遂行する〉

エリックはこちらのことばを額面どおりに受け止め、四人全員が現場に現われなければビデオが公表されると心配しているのだ。あいつはおびえている。いい傾向だ。明日になれば、びびりまくってもっとよくなる。とりあえずはちょっともてあそんでやって、釣り針をさらに深く食いこませてやろう。

〈おまえがほんとうのことを話しているかどうかわからない。証拠を見せろ〉そう入力した。

# 8

## 九月二〇日（月）午後四時四〇分

ジョエルが死んだのを証明しなくてはならなくなった。エリックはちらりとアルベールを見た。彼はトムリンソンの倉庫がある通りを地図で調べている。証拠が欲しいと彼に言ってもよかったが、その話は二度としないと同意していた。それに、アルベールはいまも自分に腹を立てている。

エリックは、その日の朝、頭にぱっと浮かんだばかげた文面を思い出した。〝ジョエルは死んだので、強請《ゆすり》がらみの放火から彼を免除してほしい〟地元テレビ局のニュースのサイトにアクセスする。先刻見たジョエルの〝事故〟の記事では、被害者がミネアポリスの大学生とだけ報じられていた。うまくすれば新たな情報がくわわっているかもしれない。

思っていたとおり記事は更新されており、犠牲者はジョエル・フィッシャー、二〇歳、となっていた。二〇歳。人生はまだまだこれからだったのに。ぼくたちみんなもだ。ジョエルの話なんか聞かなければ、長く人生を楽しめたはずなんだ。エリックはすばやく返信を打ち、記事のＵＲＬもくわえた。

〈これが証拠だ〉しばし待ち、返ってきたメッセージを読む。

〈お悔やみ申し上げる〉

よく言うよ。エリックは携帯電話をソファに投げた。「はかどってるかい?」

地図から顔を上げたアルベールは冷ややかな表情だった。「おまえはおまえの仕事をしろよ。おれはおれの仕事をする」

ふたりは仕事を分担し、計画作成の段階ではできるだけメアリを参加させないようにした。彼女を信頼しきれないという点では意見が一致したのだ。今夜、決行直前に彼女を拾い、計画を外に漏らすチャンスをあたえないつもりだった。

以前はこうではなかった。エリックのこの居間に四人で集まり、何度も詳細を話し合った。エリックは建設会社のサーバーに侵入して、必要なものすべてを見つけた——設計図の青写真、警備員の巡回経路、接着剤が一階から三階に置かれているのを教えてくれた予定表。

ぼくたちはなにを考えていたんだ? なにも考えていなかったのだ。夢中になりすぎていた。

今夜、エリックは番犬に対処し、警報装置と監視システムを無力化し、ふたりがなかに入れるようにする。アルベールはガソリンとマッチを調達し、メアリとともに火をつける。車で倉庫の前を走って確認したところ、簡単な録画カメラがあるだけだとわかった。スキー・マスクで顔を隠すことにする。

つかまった場合は？　おおごとだ。自分たちの罪状に新たな放火で何年追加されるだろう？　終身刑のうえにさらに数年か。つかまらなければ、時間を稼げる。くそったれの脅迫者をおびき出して、手際よくきれいに殺す。自由になるにはそれしか方法はない。

「もうすぐ五時だ」アルベールが言った。「トムリンソンの倉庫がじきに閉まる」

「じゃあ、そろそろ電話をしたほうがいいな」脅迫者の携帯電話を使ってエリックがバーニー・トムリンソンの倉庫に電話をすると、女性が出た。「どうも。エアタイト・セキュリティ社のジョン・デイヴィスと申します。ビデオ・セキュリティ・システムの製造会社です」

「電話番号をお教えいただければ、担当者から折り返し電話させます」女性は飽き飽きした口調だった。「売りこみの相手はしないようにと言われていますので」

むかつく女だ。「特別価格でご提供しています。カメラを設置し、無線ルーターを無料で接続させていただいたうえで、記録されたものすべてをわが社のサーバーに保存し、バックアップもいたします」

「そういう設備ならもうありますし、いまのでじゅうぶんです。週に一度テープを入れ替える、古いタイプの監視システムですけど、簡単には壊れませんから。電話番号を教えていただけないなら、切りますよ」

「待ってください」エリックは慌てた。「頼みます、切らないでください。はじめての電話なんです。はじめての仕事なんです。学費を稼がないとならないんですよ。売りこみの練習をさせてくれませんか？　お願いします」

女性がわざとらしくため息をついた。「わかったわ。まったく、わたしったらお人好しなんだから」

「ありがとうございます。御社のシステムはほんとうにちゃんと機能していますか？　最近、ビデオの画質をチェックされましたか？　極度の高温などでセンサーがやられてしまうこともあるのですが」

「録画装置は室内にあるの。温度の問題はないわ」

残念。外部設置であればいいと思っていたのに。「そうお考えになるかもしれませんが、荷物の積み下ろしスペースだとか出入口の近くに設置されている場合は、一日に何度もミスター・フリーズを侵入させているんですよ」

「ミスター・フリーズって『バットマン』の？　あのね、出入口付近にはないの。トイレ横の電力室のなかにあるのよ。あなた、セールス・トークが下手すぎるわ。もっと練習を積まないと成績を上げられないわね」

女性が電話を切り、エリックは安堵の吐息をついた。「テープはトイレ横の電力室にあるそうだ。それを回収していこう。そうすれば、カメラを作動させない細工について考えずにすむ。それでも、万一にそなえてスキー・マスクはつけておいたほうがいいだろう」

アルベールはあいかわらず顔を上げなかった。「警報装置はどうなんだ?」

「番犬を飼っているんだから、警報システムは最新のものじゃないと思う」

アルベールが顎をこわばらせる。「思いこみは危険だ。ちゃんと調べろ」

どうすれば彼との仲をもとに戻せるだろう、とエリックは考えた。そして、午後いっぱいをかけてトムリンソンのシステムに侵入しようとして使っていたノートパソコンに視線を落とした。「なんとかやってみるよ」

## 九月二〇日（月） 午後五時〇〇分

デイヴィッドはバスルームの鏡で自分の顔をまじまじと見た。2Aの床作業にたいした時間はかからず、そわそわと落ち着かなかったため、2Bの床もやったのだった。いまはシャワーを浴び、ひげをきれいに剃り、よそ行きのシャツとスーツのズボンを身につけている。ネクタイまで選んでいた。不安で、頼りなく、〝自分が怪物だったらどうしよう〟という感覚がいやでたまらなかった。知らずにいるのがいやだった。少なくとも、それについてはじきに解決するはずだ。

鏡を覗くことはあまり多くなかった。ひげはたいていシャワー中に剃る。メガンが死んでから長いあいだ、鏡のなかの自分を見つめるよう強《し》いた。みんなの目に映っている自分ではなく、ほんとうの自分と折り合いをつけるよう強いた。

人は見たいものしか見ないとわかっていた。表面的には、ハンサムな顔に恵まれている。そうとしか言えない。否定すれば嘘になる。女性から二度見されることもしばしばで、三度見されることだってある。ときには気をよくしたりもする。

だが、たいていの場合はいらいらさせられるだけだ。すてきな女性から遊び人と思われるか、チャンスはないと思われるかのどちらかだ。外見の下まで見ようとした女性はほとんどいなかった。彼がどんな人間かを知ろうとした女性は。どんな人間になったかを知ろうとした女性は。

「じゃあ、おまえはだれなんだ？」デイヴィッドはぼそりと言ったが、これといった答えはなかった。

アパートメントのなかをうろうろする。シカゴから持ってきた必要最低限の家具以外はなにもない部屋だ。テーブル、背もたれのまっすぐな椅子が二脚、テレビの前に置かれた安楽椅子。それに、引っ越してきた直後に買ったベッド。新しくて大きなベッドだ。新たなはじまりを期待して。頼む、うまくいってくれ。

心配するなと自分に言い聞かせてもよかったが、そんなのは愚かなことだ。また汗をかかずにできる気晴らしはないかと探し、ノートパソコンをつかんで安楽椅子に腰を下ろした。

一日中、断続的にガラスの球について考えていた。デイヴィッドは運命を、神の摂理を信じていた。あの球があれほどみごとに自分の手のなかに落ちてきたのは偶然ではないはずだ。

心のなかで、あの死んだ少女の血の気の引いた顔を、虚ろに見開かれていた目を思い出す。あと何時間かすれば、父親が遺体を確認することになっている。少女の人生はあんなにも若くして終わってしまった。

メガンと同じように。今日はこれまでになくメガンのことを考える一日になった。コンドミニアムで亡くなった少女が生き返らないのと同じく、メガンもなにをしても生き返らない。ひどい浪費だ。邪悪で無意味な浪費だ。

メガンの場合は、利己的なろくでなしが自分より弱い者を支配したがったせいだった。今日の犠牲者の場合は、過激なグループが環境を保護したがったせいだ。彼らは熱弁をふるい、無私無欲のきれいごとを並べさえするかもしれないが、その下では結局彼らも利己的なろくでなしなのだ。どうやらそれが共通のテーマのようだ。

少女があそこにいるのを彼らは知っていたのだろうか。そうではないことを願った。それでも、早いところオリヴィアがつかまえてくれるよう願った。そんなやつらは長期間刑務所に入れられればいいのだ。

手のなかに転がりこんできた球は、彼らの署名だった。〝ガラスの球〟と〝環境保護の放火〟をグーグルの検索窓に打ちこみ、結果を読んでいった。

ＳＰＯＴというグループについての記事がいくつか見つかった。そのグループが最後に犯行声明を出した一二年前の火事で無関係の女性が亡くなった経緯を知って、デイヴィッドはぞっとするものを感じた。まさか、少女がゆうべあそこにいたのを彼らが知っていたなんてことがあるだろうか。心臓を撃ち抜かれた警備員を思い出す。あれは偶然の事故ではなかった。放火犯は理想主義者などではない。殺人者だ。

リーダーではないにしろ、グループを感化したとされる男へのリンクがあった。プレストン・モス。大学の哲学教授だった男。一二年間、行方不明になっている。だが、行方をくらます前、モスは多くの書き物を残していた。

だれかがモスの書いたものをウェブサイトに載せていた。それを読んでいると、モスの声が聞こえてくるようだった。

「デイヴィッド？　いるのか？」

デイヴィッドははっとしてノートパソコンの画面から顔を上げ、開きつつある玄関ドアに目をやって焦点を合わそうと瞬きをした。グレン・レッドマンが顔を覗かせた。「デイヴィッド？」

「ああ、グレン。いるよ。入って」

グレンが顔をしかめながら入ってきた。「三回もノックしたんだぞ。外におまえさんのピックアップ・トラックが停まってたから、いるのはわかってたんだ。大丈夫なのか？　幽霊でも見たような顔をしているぞ」

デイヴィッドの頭はいまもプレストン・モスのことばでぐるぐるしていた。放火で社会を変えられない場合、自分たちの声を届けるために暴力へとエスカレートさせるのも辞さないとあからさまにほのめかしている、おそろしいことばだった。てのひらで胸をなでる。心臓はいまも激しく鼓動していた。

「ちょっと読み物をしていたんだ」上の空で言い、また目を瞬いた。「なにか用かい？」

グレンはますますしかめ面になった。「こっちが訊きたいよ。メモを残しただろう」彼がポケットからメモを取り出すのを見て、デイヴィッドはようやく現実に立ち戻った。

「そうだった。さっきノックしたんだが、休んでいるかもしれないと思って」ノートパソコンを脇にどけ、キッチンの椅子を居間に持ってくると、グレンには安楽椅子に座るよう身ぶりで示した。「今日あなたがおれの母にしゃべったことについて話したかったんだ」

グレンが訝しげな表情になる。「どの話だ？」

その口ぶりに、デイヴィッドは両の眉を吊り上げた。「コンドミニアムの火事でおれが球をキャッチした話だよ」

「ああ、それか」グレンの表情が和らいだのを見て、彼はほかにどんな話を母にしたのだろう、とデイヴィッドは思った。「すごい反射神経だったと聞いたぞ」

「言えてる。どうやらその件は重要機密らしい。警察はその話をしてほしくないらしいんだ」

「だれに？」

「マスコミに対しては当然だが、知り合いにも話さないでほしいそうだ。うわさは広まるものだから」

「わかった」グレンがデイヴィッドをまじまじと見る。「ずいぶんこざっぱりしたじゃないか。よそ行きの服まで着こんで。今夜は出かけるのか？」

デイヴィッドの顔が赤くなる。そんなにあからさまに見えなければいいと思っていたのだが。「まあね」グレンをしっかりと見返す。「そっちもかなりお洒落をしてるね」

「おまえさんのお袋さんに街を案内しようかと思ってな。でも、ふたりで出かけるつもりだったなら……」

デイヴィッドは笑えばいいのか、顔をしかめればいいのか、わからなかった。「母に気があるんですか？」

「そうじゃない」語気を強めて言う。憤然としている風でさえあった。「ただ彼女が望んでいるんじゃないかと……いや、気にしないでくれ」グレンが沈みこんだ体を安楽椅子から起こそうとしたので、デイヴィッドは手ぶりでやめるよう示した。

「座って。今夜は母と出かける予定はないよ。母はいま買い物をしているんだ」

「お袋さんが来た最初の晩だっていうのに、留守番をさせて出かけようっていうのか？」

「ほんの短い時間だよ」たぶん。オリヴィアと長く過ごせるとは望まないようにしていた。

「母をどこへ連れていこうと思ってたの？」

グレンは気恥ずかしそうに肩をすくめた。「〈ドゥーリーズ〉かな。あそこはうまい手羽肉を出してくれる」

デイヴィッドは首を横にふった。「胸の大きなウェイトレスが売りの店よりましなところに連れていかなくちゃだめだ。それに、あなたは服を着替えてひげも剃っている。せっかくなんだから、特別な機会にしないと」

「懐にそんな余裕はない」グレンがぼやく。デイヴィッドがなにも言わずにまた首を横にふると、グレンはいらだちの息を吐いた。「〈マルティノ〉ならテーブルクロスがかかってる」

心地悪そうな彼を見て、デイヴィッドはくすりと笑った。「そこなら母も気に入ると思うな。それに、2Aのレイシーがいるかもしれない。マルティノが彼女を雇ってくれたんだ。おれの母を気に入ったかなにかなんですか？」

グレンの顔が赤くなった。「お袋さんはいい人だ。放っておいてくれないか、坊主」

「ただ……母はデートをしないから」それがほんとうだとデイヴィッドは気づいた。「父が亡くなって以来」

「親父さんはいつ亡くなったんだ？」

「おれが一八のときだから、一八年前か。母はすごく強くて、一度も愚痴をこぼさなかった。いつだっておれたち子どもの支えになってくれた。たぶん考えたこともなかったんだろうな……母がまたデートをするなんて」

「ただ〈マルティノ〉に行くだけじゃないか」グレンの口調は辛抱強すぎるほどだった。

「お袋さんと結婚するって言ってるわけじゃない」

デイヴィッドのまなざしが茶目っ気のあるものになった。「母はすごくかわいらしい人だよ」

「そんなことを言うなら、この椅子を立って出ていくぞ、ハンター」

「ウインチで引っ張り上げてもらわなくちゃ立てないくせに。いいから、母にはやさしくしてくださいよ？　ほんとうにいい人なんだから」

「そんなのは会ってすぐにわかったさ」グレンは咳払いをした。「で、おまえさんはどこへ行くんだ？」

今度はデイヴィッドが椅子の上でもじもじする番だった。「あなたのキャビンだよ」

「そんなにめかしこんでか？　よそ行きの靴まで唾を吐きかけてぴかぴかにしてるじゃないか」

「おれは唾で靴を磨いたりしないよ。ずっと以前のことについてある人と話をしなくちゃならないんだ」

「彼女の名前は？」

デイヴィッドはため息をついた。「オリヴィア」

グレンが両の眉をくいっと上げた。「おまえさんが寝た相手で、彼女のお姉さんとも寝たっていう？　わしも蝙蝠並みに耳がいいんだよ。念のために言っておいてやるが」

デイヴィッドは目を閉じた。「どっちとも寝てない。と思う」

「と思う？　と思う？」

「そう言ったでしょう」しゃべりすぎてしまった。「ところで、いま何時かな？」

グレンがノートパソコンの画面にちらりと目をやった。「六時一〇分前だ」それから目を凝らして画面に見入った。顔を上げたその目は怒りに満ちていた。「どうしてプレストン・モスなんかについて読んでるんだ？」

デイヴィッドが身を乗り出す。「モスを知ってるんですか？」

「個人的な知り合いじゃないが、こいつのことはおぼえてる。火をつけた場所にかならずガラスの地球儀を置いていった」グレンがゆっくりと言う。「おまえさんが今日キャッチした球。警察はモスが帰ってきたと考えているのか？」

「まだはっきりしてない。警察はマスコミに情報が漏れないようにしているんだ」

「どうしてかはわかる。こいつは悪党だ、デイヴィッド。誠実そうにしていたが、結局は人殺しだった」声が震えている。「ただの人殺しだ」

「なにがあったんですか、グレン？」

グレンはノートパソコンを閉じた。「みんなは、あの建物で眠りこんで逃げ遅れて死んだ女性の話をする。まっ黒焦げになったと。だが、あのとき消火にあたって負傷した消防士の話はだれもしない。あそこは両側の建物と一緒に燃え上がった。わしらはあの建物を手早く取り壊せて運がよかった」

「だれが負傷したんです？」たずねたデイヴィッドは、グレンの目がつらそうになったのを見た。

「若者ふたりだ。ひとりは今日に至るまで傷痕が残っている。もうひとりは四〇歳で、五〇年も立て続けに煙草を吸ってたやつみたいに酸素ボンベが放せない。ふたりともなかに閉じこめられた。酸素がなくなって死にかけた。あの当時は大ニュースだったが、いまは……ただの歴史上の小話になり下がっちまった。あの女性が亡くなったのはほんとうに気の毒だと思ってるさ。だが、あの日、わしらはふたりの優秀な仲間を失ったんだ。そして、プレストン・モスは忽然と姿を消した。ろくでもない臆病者だよ」

「そのろくでもない臆病者は群集を扇動できた」

「それはたしかだ。あいつが戻ってきたなんて信じられん」

「戻ってきてないかもしれないよ。でも、この件は黙っておいてほしい。ひとこともしゃべらないでほしいんだ、グレン」

グレンは口をすぼめた。「わかった」

階下のドアがバタンと音をたてた。「デイヴィッド？」

彼は弾かれるように立ち上がり、階段からアパートメント・ハウスの入り口を見下ろした。両手に食料品の袋を抱えた母がそこにいた。「おれが運ぶよ、母さん」後ろをふり返る。「言動を慎んでくださいよ。彼女はおれの母親なんだから」そう言って階段を駆け下り、袋を受け取った。「軍隊にでも食べさせるつもりかい？」

「あなただけよ。それにグレンと」デイヴィッドのあとから階段を上がる。「あと、2Aの新米ママさんたちも」

「1Bのゴルスキー姉妹は庭で家庭菜園をしてるんだ。夏のあいだ中、トマトを食べさせてくれた」

「それなら、彼女たちにも食べてもらいましょう。でも、あなたは今夜出かけるんじゃなかったの？」

ドアが閉まっていたので、腰を使って押し開けた。「ああ。でも、グレンはイタリア料理を食べたいんだって。そうでしょう、グレン？」

彼の姿を見て、デイヴィッドの母がにっこりする。「わたしの作るカルボナーラは絶品よ。きっと気に入ってもらえるわ」

デイヴィッドが頭をふり、グレンは咳払いをした。「ここのキッチンで料理はできない。デイヴィッドが床のタイル貼りをしたばかりだから。〈マルティノ〉に行くのはどうかな？」

デイヴィッドは食料品の袋をテーブルに置いて母の頰にキスをした。「テーブルクロスのかかった店だよ」そう言ってノートパソコンを取る。「一一時前には帰ってくるようにね。馴れ馴れしくなった老いぼれグレンをふってひとりで帰るときのためにお金を渡しておこうか？」

デイヴィッドの母はかわいらしく頬を染め、笑いながら息子を叩いた。「さっさと出かけなさいな」

## 九月二〇日（月）午後六時一〇分

アボットの午後の会議の内容は、ほとんどがオリヴィアがすでに知っている内容の焼きなおしだった。唯一の新情報は、イアンがヘンリー・ウィームズの肺に煙の痕跡を認めたことだったが、たいした量ではなく、おそらくは燃えているコンドミニアムのなかにはいなかっただろうと示唆するものだった。それでも、発砲者がウィームズを撃ってから火をつけたという仮説は否定された。

つまり、放火犯は少なくとも三人はいたことになる。バーロウは建設会社の〈ランキン＆サンズ〉の従業員の素性調査を行なった。六人に重罪の前科があったが、どれも放火ではなく、また、一〇人中八人が破産寸前だった。

動機を絞りこむといっても、これではどうしようもない。バーロウは従業員のチェックに応援を要請し、アボットがノア・ウェブスターをまわそうと言った。オリヴィアは喜んだ。ノアはずば抜けて優秀な殺人課刑事で、一緒に働きやすい人なのだ。

ＦＢＩのクローフォード特別捜査官からようやく折り返しの連絡があった、とアボットが言った。クローフォードは現在、北部にいるが、明朝の会議にはここへ顔を出すとのことだった。ガラスの地球儀の話を聞いて、かなり興奮していたらしい。

いま、オリヴィアはモルグ内のイアンのオフィスにケインと並んで座っていた。トレイシー・マレンの父親は到着していたが、手話通訳がまだだった。トレイシーの父親と意思の疎通がしっかりできるようになるまで、身元確認は待つつもりだ。

「今度はだれの番だったかな？」ケインがたずねた。

「あなたよ。ミセス・ウィームズにはわたしが話したし、今朝はそれぞれがマレン家の親と話をしたでしょ。だから、父親と話をするのはあなたの番なの」

「そうだろうと思ったよ」ケインがむっつりと言う。「今夜のきみの予定は？」

「あなたの双眼鏡を取り戻すつもり」そっけなく言うと、ケインが眉を吊り上げた。

「よかった」彼がそれだけしか言わずにいてくれたので、オリヴィアはほっとした。

「聾学校のミスター・オークスから連絡をもらったわ。ブリーの話していたテレビ電話を使っているらしくて、会話はかなりスムーズに進んだのよ。生徒たちに質問するのに喜んで協力すると言ってくれた。なにか知っている可能性のある生徒がいるとは思えないとも言ってたけど」

「トレイシーの相手はその聾学校に通っていないかもしれない」ケインが言った。

「たしかに。でも、まずはそこからはじめるのが妥当でしょ」

「ゲイターズのネイル・アートのときみたいにな。あれはいい着眼だったぞ」

オリヴィアがにっこりする。「おべんちゃらでわたしの気をよくさせて、トレイシーの父親の相手をさせようとしてるんでしょ？」

「うまくいったか？」

「いいえ」イアンのオフィスのドアを女性がノックして、ふたりは立ち上がった。

「こんにちは。ヴァル・リーハイです。ケイン刑事さんにお目にかかりたいのですが」

「おれです」ケインが応じる。「手話通訳の方ですか？」

その女性は髪に白いものがちらほら混じり、体つきは引き締まっており、有能さをそこはかとなく漂わせ、着ているものは上から下まで黒で統一していた。「そうです。手話通訳を使われた経験は？」

「あります」オリヴィアが答えた。

「だが、だいぶ前の話です」ケインが補足する。

「わかりました。それなら基本的なことをざっとおさらいさせてもらいますね。わたしは公式の立場にあり、守秘義務の誓いを立てています。ここで見聞きする内容は外部にけっして漏らしません。聾者が手話で語るすべてを、それがわたしだけに語りかける余談であっても、声に出して伝えます。そして、あなた方が話すすべてを、それがおふたりのあいだだけの会話でも、手話にします。なにか質問はありますか？」

「ええ」オリヴィアだ。「遺体の身元確認をされたことは？」

「あります。楽しいものではありませんが、あなた方警察と同じで、仕事の内容を選べませんから」

「トレイシー・マレンの遺体はかなりいい状態です」オリヴィアのことばを聞いて、手話通訳の肩から力みが少し抜けた。「とはいえ、一六歳で亡くなった事実に変わりはありませんけど」

三人が待合室に入っていくと、ミスター・マレンが弾かれたように立ち上がった。顔はやつれ、目は泣いていたせいで赤くなっていた。必死の手話で語りかけてきたが、通訳のヴァルは動じていないようだった。

「私はジョン・マレンだ。娘に会いにきた。娘はどこです？」

「私はケインで、こちらはパートナーのサザランド刑事です」ケインはそう言ってから横目で通訳を見、それから悲しみに浸る父親に視線を戻した。「お嬢さんのことはほんとうにお気の毒です」

「なにがあったんです？」ミスター・マレンが手話でたずねる。「娘になにがあったのか、教えてください」

「コンドミニアムが火事になったとき、お嬢さんはなかにいました」ケインが説明する。「お嬢さんがそこにいた理由はわかっていません。逃げ遅れ、助かりませんでした」

「焼死ではありません」オリヴィアが言うと、ミスター・マレンの肩が落ちた。この状況においては安堵に近いものだった。「煙を吸引したのが死因です」

「亡くなったとき、お嬢さんはひとりでした」ケインがそっと言う。「しかし、その直前はそうではありませんでした。お嬢さんにボーイフレンドがいなかったか、この地域に住む知り合いがいなかったかをご存じありませんか？」

困惑したミスター・マレンの手話が遅くなる。「いや、だれもいません。娘はフロリダで暮らしていました。そこで安全に暮らしているはずだったんです。娘と一緒だったのはだれなんですか？」

「それを突き止めようとしているところです」ケインが答える。「お嬢さんは人工内耳にくわえて補聴器も使っていましたか？」

困惑したままのミスター・マレンは首を横にふった。

それなら、現場で発見された補聴器は、トレイシーと一緒にいた男のものにちがいない。

「実際にお嬢さんに最後に会われたのはいつですか？」オリヴィアがたずねた。

「この夏に四週間ほど。私は……」両手をぐっと拳に握り、それから力を抜いてふたたび手話をはじめる。「一年おきのクリスマス、感謝祭、春休み、それに夏の六週間が娘に会える機会なんです」

「でも、この夏はお嬢さんは四週間しかお父さんと過ごさなかったんですか？」ケインが言う。

ミスター・マレンはためらった。「残りの二週間はキャンプに行ったので」

なるほど。「どのキャンプですか？」オリヴィアはたずねた。

「メリーランド州のキャンプ・ロングフェローです」涙を流していたのが、顔をくしゃくしゃにしてすすり泣きになった。「頼む、お願いだから娘に会わせてください」

ケインからちらりと目を向けられ、オリヴィアはうなずいた。いまのところ、ほかに訊きたいことはなかった。身元確認が終わったら、すぐにキャンプ・ロングフェローを調べることになるだろう。オリヴィアはミスター・マレンの肩に触れ、家族用の対面室へ連れていった。対面室上部の右隅に緑色のランプが点灯しており、部屋の反対側では検死官の準備が整っていると示していた。

ケインがカーテンを引き開けてから、ミスター・マレンが力なくうなずくまで、ほんの何秒かしかかからなかった。そのあと父親は目を閉じ、体を揺らしながら声を出さずに泣いた。ひとりきりで。

ケインがカーテンを閉じ、オリヴィアはごくりと唾を飲みこんだ。〈ピット・ガイ〉の犠牲者はひとりも家族と対面できなかった。じゅうぶんな遺体が残っておらず、身元確認にはDNA判定が使われたのだ。いまトレイシーの父親と一緒にいると、あれはあの悪夢全体のなかで唯一のよい点だったのだと気づいた。どうしようもなく悲しんでいる遺族が、愛する者の亡骸を味も素っ気もない窓越しに見つめる姿を目にせずにすんだのだから。

プロセッサーをつけていないときのブリーにするように、またそっとミスター・マレンの腕に触れた。彼はなんとか落ち着きを取り戻そうと奮闘し、オリヴィアと目を合わせてきた。

「お気の毒です」手話で伝えた。知っている数少ない手話で、握った拳で苦痛を和らげるかのように胸の上でこするしぐさだ。それからヴァルに話しかけた。「お嬢さんの遺体を運び出した消防士から伝言を預かってます。ほんとうにお気の毒に思っているとのことです。最善を尽くしたけれど、現場に到着したときにはすでに手遅れだったそうです」

「消防士が到着するのにどれくらいかかったんですか？」ミスター・マレンが手話でたずねてきた。顎を上げて。悲しみに襲われた数多くの親たちが同じようにするのを見た経験がなければ、喧嘩腰と取っていたかもしれないしぐさだ。それは怒りの表出、だれかに責任を負わせたいというやるせなさの表出だった。人間ならだれしもそうなる。

「通報の五分後には現場に到着していました」オリヴィアは答えた。「検死官の見解は、消防署に通報があった時点でお嬢さんはすでに亡くなっていただろうというものです。お嬢さんを運び出した消防士は自分の命を危険にさらしました」四階分の床をぶち抜いた大きな穴に思いを馳せた。トレイシーのところへ行こうとしたデイヴィッドが、窓をくぐったときに足の置き場をまちがえていたら……。その先を考える勇気はなかった。「全員が全力を尽くしました」

「ありがとうございます。娘をいつ家に連れて帰れますか？」

父親の手話をヴァルがことばにすると、オリヴィアはため息をつきたくなった。子どもが犠牲になる事件は嫌いだったが、未成年者に対して双方の親が共同親権を持っている場合はもっとつらい。

「奥さまが明日こちらに来られる予定になっています」ケインが返事を引き受けてくれた。「葬儀についてはおふたりで話し合ってください」

ミスター・マレンの表情が硬くなった。「わかりました」そう言って大股で部屋を出ていった。体を震わせていたが、それが悲しみのせいなのか怒りのせいなのか、オリヴィアにはわからなかった。おそらくはどちらも少しずつ混ざっているのだろう。

「明日もお願いできますか？」彼女はヴァルにたずねた。「ご両親が一緒にいるときに、もう少しおたずねしたいので」

「わたしを指名してくだされば大丈夫です。事務所に連絡しておきますね」

「午前中ずっと拘束するかもしれません」オリヴィアは、聾学校へ行くことを考えていた。「事情聴取をする予定にもなっているので」

「スケジュールを空けておきます」ヴァルは重々しいため息をついた。「よろしければ、これで失礼したいのですが」

その感覚はオリヴィアにもよくわかった。モルグはお気に入りの場所というわけではない。

「ええ、けっこうです」

手話通訳とミスター・マレンのふたりの退出を記録すると、オリヴィアはケインに向きなおった。「トレイシーはキャンプに行った」

「その話をする前、父親は躊躇した」彼が言う。「キャンプ・ロングフェローってなんだ？」

「調べてみましょう」イアンのオフィスに行くと、トレイシーの遺体をしまって冷蔵室から出てくるところだった。「イアン、ちょっとあなたのコンピュータを使わせてもらえる？」

「いいですよ。どうしたんですか？」

オリヴィアは彼のデスクの椅子にすべりこむように座った。「トレイシー・マレンはこの夏キャンプに参加していたの」

イアンがうなずく。「そこで両親の知らない男子と出会ったかもしれないと」

「子どもたちについて両親の知らないことと言ったら」ケインがぶつぶつと言う。

「わたしはたっぷり心配をかけて、母の白髪を増やしたわ」オリヴィアは悲しげに言いながら、グーグルで検索したキャンプ・ロングフェローの結果をスクロールしていった。「これだわ。聴力に障害のある高校生向けのキャンプよ。ミスター・マレンはその話をするのにどうしてためらったりしたのかしら？」

「ひょっとしたら、彼が娘をキャンプに行かせたのを、元妻は知らなかったのかもしれない」ケインが言った。「どうやら子育てに関してはふたりの意見はあまり合ってなかったようだし。イアン、例の骨折と左手の損傷はどれくらい前のものだろう？」

「過去三カ月以内のものだと思います」

オリヴィアは吐息をついた。「つまり、その怪我を負わせたのは父親でも、母親でも、母親のいまの夫でも、キャンプ参加者でも、トレイシーがミネアポリスに来るときに出会っただれかでも、おかしくないわけね。彼女に怪我をさせた人間も、目撃者も、見つける手助けにはならない。明日は興味深い一日になりそう」

そして、今夜は興味深い夜になりそう。今日の仕事は終わりだ。オリヴィアはこの瞬間が来るのを期待し、それと同じくらいおそれていた。立ち上がりなさい。行くのよ。少なくともどういう事情だったかはわかるでしょ。

イアンが咳払いをした。「おふたりがモルグを気に入ってくださってるのはわかってますが、そろそろ出ていってもらえませんか？　家に帰る前にもう一体解剖しなくちゃならないんです。だから、ほら、早いとこ帰ってください」

オリヴィアはばつの悪い思いをしながら、疲れたようすで立ち上がった。「ごめんなさい、イアン」

ケインは正面玄関まで来てから口を開いた。「双眼鏡はどうしても返してもらいたいんだ」おだやかな口調で言う。「今夜のハンターとの約束をキャンセルしようと思ってたら困るから言っておくが」

オリヴィアの頬が熱くなった。「そのつもりはなかったわ。正確には」

「なあ、なにがあったかおれは知らないし、知る必要もない。だが、だれかに話したくなったら……」

やさしさに感動し、オリヴィアは彼の肩を軽く叩いた。「わたしなら大丈夫。でも、ありがとう」自分の車のそばまで来たとき、モルグの駐車場の反対端からケインの叫ぶ声が聞こえた。

「口紅を忘れるなよ」そう言って、彼女を笑わせた。

# 9

## 九月二〇日（月）午後八時三〇分

グレンの栈橋の先端から釣り糸を垂れたデイヴィッドは、顎をこわばらせた。湖の黒い水のなかの糸をすばやく力任せに引き、こんなに腹を立てていては魚など釣れないと思ったが、気にもならなかった。

オリヴィアは来なかった。電話もメッセージもなにもなしだ。

これが彼女なりの仕返しなのかもしれない。だとしたら、おれはそうされて当然なのだろう。

秋の夜気はひんやりしているというのに、シャツの背中は汗で濡れていた。袖をまくり上げ、靴は栈橋の反対端に脱ぎ捨て、いまはつかまえたこともないスズキを狙って素足で釣り糸を垂れ、あの晩を何度も何度もふり返りながら、必死で落ち着こうとしていた。

そのとき、肩が前に引っ張られた。かかったぞ。でかいやつだ。反射的にリールを巻きはじめると、近づいてくる車の低いエンジン音が聞こえてきた。リールを巻き続けながら耳を澄ませる。これまでと同じように通り過ぎていくのだろうか。

いや、通り過ぎてはいかなかった。キャビンの前で停まり、アイドリングしている。数分が経ったが、アイドリングは止まらない。エンジンを切ってくれ、オリヴィア。エンジンが切られると、デイヴィッドは詰めていた息を吐いた。夜の静けさのなかで、ドアの閉まる音がした。

長い二分ののち、裏口のドアが静かに開く音が聞こえ、デイヴィッドはふたたび息を吐いた。リールを巻き続けていると、枯れ葉を踏む音がして、ついにスイカズラのかすかな香りがした。彼女が来てくれた。

「来ないと思ってた」ふり向きもせずに言った。

「来ると約束したはずよ」静かに彼女が返す。

そして彼はふり向き、出会った瞬間から自分の空想を占めるようになった顔を見つめた。あの最初の晩に自分を惹きつけたのは、彼女の瞳だった。いまもその瞳に惹きつけられた。丸くて青いその瞳は鋭くて知的で、同時にやわらかくて理解をたたえていた。そしてそのあと、彼の枕に頭を乗せて見上げてきたその瞳は、熱い欲望に満ちていた。デイヴィッドはごくりと唾を飲んだ。

「来てくれてうれしいよ」そう言うと、オリヴィアの口角が持ち上がった。微笑みまではいかない。彼女の喉もとに視線を落とすと、そこが激しく脈打っていた。不安になっているのならいいが。こわがっているのではありませんように。

「遅くなってごめんなさい。犬を引き取って家に帰って、少し身ぎれいにしてきたの」

彼女の服に視線を移す。以前にも見たことのあるものだった。彼女と最初に会った、ミーアの結婚式のリハーサル・ディナーの夜に着ていたものだ。座りこんで夜明けまでいろんなことをしゃべり合った。だからその服を選んだのだろうか、それとも単にお気に入りの服なのだろうか。

彼女の瞳の色と同じ青い服は、半透明の布地でできており、そよ風に揺れてデイヴィッドをからかうように体の曲線をちらりと見せた。髪は下ろしてあり、彼はそのスタイルがいちばん好きだった。触れたくてたまらなかったが、両手が汚れていたので釣り竿を必死で握ったままにした。

沈みがちに自分の服に目をやる。「おれもだ。その、身ぎれいにしたってことだけど。すまない」

「わたしがいけないの。電話をするべきだったわ。時間を忘れてしまって。ときどきそうなるの」

デイヴィッドはまたも彼女を長々と見つめながら、二年半も訊きたくてたまらなかったことをどうたずねようかと考えていた。どうして去っていったんだ？　おれはなにをしたんだ？「魚がかかってるんだ。針がしっかり食いこんでる。釣り糸を切れば……」

「魚が苦しむわ。だから、釣り上げて。ここは湖のすぐそばですてきね。だれが住んでいるの？」

デイヴィッドはもどかしい思いで糸を巻き上げていった。手を洗って彼女に触れたかった。

「おれのアパートメント・ハウスに入っている友人だよ。まだ改装中だけど」

「もう住人を入れるまでになっているとは知らなかったわ」

「そんなつもりじゃなかったんだけどね。部屋を必要としている人がいてさ。いまじゃ半分ほど埋まってる」

なにかが彼女の目をよぎり、デイヴィッドはそれがなんなのか知りたかった。「親切なのね」

「家出人相手にきみがしている活動だってそうじゃないか。シカゴでのあの晩、きみはなにかをしたい、若者たちがお姉さんみたいに人生をだめにしてしまう前にチャンスをあたえてやりたいって言ってたよね。善行をしたいと言う人間はおおぜいいるが、きみはそれを実行している、オリヴィア。未成年者のためのシェルターにほとんど毎週末通っているだろう」

〈ボディ・ピット〉事件の犠牲者に対処しているさなかですらシェルターに通い続けるオリヴィアに、デイヴィッドは深く感銘を受けたのだった。

彼女の目が丸くなった。「ちょっと待って。仕事以外の時間にわたしがなにをしているかをどうして知っているの？」

「おれは……注意して見てたからだ。ここに引っ越してきてからずっと」

今度は眉がひそめられた。「わたしを見張っていたの？」

デイヴィッドはリールを巻くことに意識を集中した。そうだよ。「そうとも言えるかな」

「そうとも言える？　それってどういう返事なのよ？」どんっと腰に手をあてる。とてもすてきな腰の曲線に。青い瞳が危険なほどぎらついていた。

「あんまりいい返事じゃなかったみたいだな」

オリヴィアは唇をすぼめ、釣り糸に視線を据えた。「もっといい返事はあるの？」

「たぶん。だが、いまは集中するのがむずかしい」

彼女がふんと息を吐く。「じゃあ急いで。でも、それをどうするつもりなの？」

魚のことを言っているのだろうとあたりをつける。「状況によるな。新鮮な魚は好きかい？」

「状況によるわ。だれがさばくの？」

不機嫌な声を聞いて、デイヴィッドの唇の端が持ち上がる。「おれだよ」

「それなら、魚は好きよ。テーブルがセットされてるのに気づいたわ。その魚が夕食になるのかしら？」

彼は家庭雑貨の店に寄ってテーブルクロス、燭台、簡素な白い陶磁器を買ってきたのだった。お洒落なものではなかったが、グレンの欠けた皿よりはましだった。すべてがうまくいったときのために、のみで彫った木のテーブルを少しは見苦しくないものにした。

「状況による。ステーキをマリネにしてあるんだ。きみに食事をする時間があったかどうかわからなかったから」

オリヴィアの硬さが少し和らいだようだった。「ステーキはあまり食べないの。でも、魚はいいわね。食事をする時間はなかったからうれしいわ」

魚をたぐり寄せるまであと少しになったので、竿を下げてすばやくリールを巻いた。「父親はあの子の身元を確認できたのかい？」

「ええ。名前はトレイシー・マレン。彼女がコンドミニアムにいた理由はわからないけれど、どうやら両親のどちらにも嘘をついていたみたい。どちらも、娘は相手のところにいると思ってた」

「じゃあ、離婚してた？」

「そう。母親は明日来る予定になってるわ。楽しい再会にはならないでしょうね。父親にあなたの伝言を伝えておいたわ」しばしためらう。「彼女を救うために、あなたが自分の命を危険にさらしたと話したの。あなたにお礼を言ってたわ」

「午後はずっと、彼のことを考えていたんだ。彼に話さなければならないきみのことも」魚はもう目の前だ。「下がって。こいつを釣り上げるぞ」オリヴィアがさっとよけ、デイヴィッドが最後にひと引きすると、スズキは桟橋に上がって狂ったようにのたうちまわった。「大きいな」顔を上げると、彼女は生気のない顔をしていた。「放してやったほうがいいかい？」

「そうしてと言ったらばかみたいだと思う？」

デイヴィッドは彼女の目を見つめた。「いいや」やさしく言われてオリヴィアが肩の力を抜いた。「こいつはここで長生きしてきた。それを終えさせてしまうなんて悪いものな」手袋をはめて魚の口から針を取り、水に戻すと自力で泳いでいけるようになってから手を放した。「どのみち、たいていは釣ってもすぐに逃がしてやるんだ。ひとりで食べられる魚なんて数が知れてるしね。さあ、なかに入ろう。手を洗ってくるから、そのあとで話をしよう」

「さっきよりはましな答えが聞けるのかしら？」

「そうだよ」彼も答えを得られるのを願っていた。人生をはかなんでしまわない程度の答えを。

## 九月二〇日（月）午後八時四五分

バーニー・トムリンソンは倉庫奥にあるオフィスのデスクにつき、コンピュータの画面に呼び出した損益計算書を霞んだ目で凝視していた。デスクの上のグラスを手探りでつかみ、空だとわかると引き出しにしまってあるボトルに手を伸ばした。

それも空だった。喉を絞められたようなうめき声を出すと、部屋の向こうに投げつけたが、ボトルは壁にぶつかって割れもせずに跳ね返った。安酒入りのプラスチックのボトルめ。

自分の人生も同じになってしまった。安酒で、しかもうない。私はもう終わりだ。

妻がふたりの財産を差し押さえてしまった。どこかのすかした弁護士が懐を肥やすのだ……私の金で。彼は両手で頭を抱えこんだ。「私の金だぞ」

〃あの娼婦があなたの財産の半分も価値があったことを願ってるわ〃いまいましい妻はそう言ってせせら笑った。妻はおそらく望みのものを手に入れるだろう。私の財産の半分を。こちらの弁護士は勝ち目はないと思っているようだった。写真があっては……。

あの写真。あいつが送ったのだ。あの脅迫者が。あいつが私の人生をめちゃくちゃにした。指の隙間から、妻の弁護士がこちらの弁護士に送ってきた写真を覗き見る。あの晩のことならおぼえていた。セックスはよかった。すばらしいというほどではないが、よかった。それよりも、ションドラは話を聞いてくれた。私を……ひとかどの男に感じさせてくれた。若く感じさせてくれた。

だが、金がなくなるとションドラもいなくなった。おかげで、くそいまいましい妻はご満悦だ。あんな女は死んでしまえばいいのに。ションドラも、むかつく妻も。そのアイデアをとことん考え、あらゆる角度から検討したが、どうやっても自分が第一容疑者になってしまうのだった。まあ、騒動が落ち着いたときには、残った財産の半分は自分のものになる。

「失礼」

トムリンソンは眉をひそめて顔を上げた。両手をポケットに突っこんだ男が戸口にいた。見おぼえがあるような気がしたが、だれなのかは思い出せなかった。

「押し売りはお断りだ。出ていってくれ」そう言って立ち上がりかけたが、男がポケットから大きな銃を無頓着に取り出すのを見て、また座りなおした。相手は黒い手袋をはめていた。トムリンソンの心臓が狂ったように激しく打ち出す。あちこちに目を走らせ、デスク端の電話に留まる。つかむには遠すぎた。

ここにはだれもいない。従業員たちは全員帰宅したあとだ。叫んだところで、だれの耳にも届かない。

「こ、ここには現金は置いてない」どもりながら言う。「だ、だが、腕時計ならある」腕時計をはずしかけたが、男が銃を上げた。

「おまえの腕時計など欲しくない、バーニー」男はおだやかな口調で言い、デスクをまわってきてトムリンソンの後頭部に銃を押しつけた。

「だれなんだ?」そうたずねたとたんにわかった。「おまえか。おまえがあの写真を撮ったんだな。私を脅迫した」

「厳密に言えば、ただの脅迫未遂だけどな。なんと言っても、あんたは一度も支払いをしなかったわけだし」

「なにが欲しい? 金はもうない。おまえのせいで破滅した」

「ちがうね、バーニー。あんたが自分で自分を破滅させたんだ。いけない場所にペニスを突っこんだなら、その結果を受け入れなくちゃな」男の声は楽しんでいる風でさえあった。

「ババーイ」

ババーイ。その言い方は聞いたことがあった。男がだれなのか、ようやくわかった。「おまえは――」

彼は、デスクに顔を突っ伏したトムリンソンから離れた。まあ、正確には顔の一部を、だが。トムリンソンのポケットを探って鍵、ブラックベリー、自分があたえた使い捨ての携帯電話を見つけた。鍵とブラックベリーを自分のポケットにしまい、トムリンソンの飛び散った脳を踏まないよう気をつけながらデスクをまわる。戸口で立ち止まり、その携帯電話で写真を撮ると、うまく撮れたかを確認した。

うまく撮れていた。トムリンソンが中心におさまり、デスクに散らばった書類に血の赤が映えている。またこちらを無視するやつがいたら、これがいい視覚資料になるだろう。それに、〝大学生四人組マイナス一〟がしりごみした場合にも使える。

トムリンソンの頭部を貫いて出たホローポイント弾を警察が発見し、元警官の警備員殺しと結びつけてくれるのを願った。そうなれば、エリックとその友人たちの首にかかった輪がさらに少し絞まるからだ。

オフィスのドアを閉め、スキー・マスクをかぶると、入ったときの逆を進んだ。カメラについてはそれほど心配していなかった。アルベールとエリックが計画について話すのを聞いていたので、あのふたりがなんとかしてくれると思っていた。今夜以降、重要になるのは自分の撮影するビデオだけになるのだ。

立ち去りぎわ、トムリンソンが毎晩帰るときにしているように、番犬の檻の鍵を開けた。番犬はトムリンソンにまったくなついていなかった。餌をやったり、日中ずっと入れられている檻に戻したりする世話は倉庫マネジャーが行なっていた。エリックとアルベールが番犬を殺すつもりでないことを彼は願った。美しい獣なのだから。

裏口のゲートを閉め、檻に結びつけられている紐をぐいっと引っ張った。これもまた、トムリンソンが毎晩やっていることだ。番犬は激しいうなりをあげながら檻を飛び出し、牙をむき出してフェンスに突進した。ほんとうにすばらしい獣だ。

ババーイ。心のなかでそう言いながら、トムリンソンの車に乗りこんで走り去った。数ブロック離れた場所に停め、自分の車を回収する。こうしておけば、エリックと仲間たちが来たとき、車がないから異常——たとえば、トムリンソンがなかで死んでいるというような——なしだと思うだろう。彼らは火を放ち、朝を迎えるころには彼らを締めつけるこちらの手がさらにきつくなっているというわけだ。

## 九月二〇日（月）午後八時五七分

「侵入した」エリックはノートパソコンにかがみこみ、トムリンソンの会社のサーバーを凝視した。

「やっとか」アルベールはテレビに視線を釘づけにしたまま、それだけ言った。コンドミニアム放火事件で警察の捜査がどこまで進んでいるかを探ろうと、ずっとニュース番組を見ていた。

エリックは彼のことばを聞き流すことにした。いまは自分たちふたりについて考えている場合ではない。警報システムを回避する方法を見つけ出さなければ、〝自分たち〟について気を揉むこともできなくなるからだ。トムリンソンのサーバーに侵入するのは思っていた以上に時間がかかったが、不安で頭がいっぱいでなにも考えられない状態だった、というのが遅れの理由の大半を占めていた。

〝保守〟と名前のつけられたフォルダーを開き、うなずく。「警報装置は古いものだ。ここにある文書は、一〇年前に購入したときのシステムのものだ」

アルベールが顎をこわばらせる。「どこの会社のなんていう型だとかはどうでもいい。止められるのか？」

「ああ。簡単だよ。するのはただ――」

アルベールが手を上げて制する。「しーっ。九時だ」

テレビに映ったニュース・キャスターは硬い表情だった。「こんばんは。昨夜、湖畔で起きたコンドミニアムの火災についての続報です。警察は、女性被害者の身元を確認しました。女性の名前はトレイシー・マレン。彼女はまだ一六歳でした」画面が分割され、ニュース・キャスターの顔の横に、茶色の大きな目をしたかわいらしい少女の写真が現われた。

胃がひっくり返りそうになり、エリックは何時間もなにも食べていなかったのをありがたく思った。トレイシー・マレン。画面に映った顔を凝視したが、見ていたのは窓に顔を押しつけて口を開き、彼の頭のなかでこだましている悲鳴をあげている姿だった。隣りでアルベールが体をこわばらせたので、彼もまた酸のような罪悪感にさいなまれているのかもしれなかった。

画面が変わり、背中に〝災害救助〟と書かれたジャケットを着て、ジャーマン・シェパードの引き紐を持っている、オレンジがかった明るい赤毛の女性が映った。女性と犬は焼け焦げたコンドミニアムに入っていき、三人――ブロンドの女性、黒っぽい髪の男性、それにフェドーラ帽をかぶった長身の男性――が外で待機していた。ハット・スクワッドだ、とエリックは思った。帽子の男性は殺人課の刑事だ。

「これは、今日の午後、建物内にさらなる遺体が残されていないかを確認する捜索犬の映像です」ニュース・キャスターの声が言った。「幸い、新たな遺体は発見されませんでした」

エリックは安堵の息を吐いた。少なくとも、あれ以上は殺していないわけだ。少女の死は悲劇だったが、彼女はそもそもあそこにいてはいけなかったのだ。

粒子の粗い遠目の映像に急に切り替わった。「ニュース8は、居合わせた人が携帯電話で撮影したこの動画を入手しました。焼けたコンドミニアムの捜索のあと、続いて敷地の反対側へまわり、この岸で止まったときの捜索犬のようすです。捜索犬の発見したものと目下捜査中の事件との関連については、ブルース・アボット警部からのコメントはありませんでした」

ニュース・キャスターがふたたび現われた。「そのほかのニュースです。本日早朝、自動車事故でジョエル・フィッシャーさんが亡くなりました。ジョエルさんの車は、自宅と彼が法学部の学生として通っていた大学のあいだで道路をはずれました。ほかに負傷者はありませんでした。葬儀は明日の午後に予定されており……」

「あの犬は、警備員を殺した脅迫者が逃走した場所を見つけたんだ」アルベールの口調は冷ややかだった。

「それでも、やっぱりぼくたちがやったと警察は考えるだろうな」エリックの声には恐怖がにじんでいた。

「警察はおれたちのことを知らない。いまのところは。ぜったいに見つけられないようにしないとな」

## 九月二〇日（月）午後九時〇二分

オリヴィアは両手で腕をせわしなくさすった。寒いのと不安のせいだが、不安のほうが勝っていた。いまはキャビンの居間にいるのだが、そこに鎮座する木のテーブルにはリネンのテーブルクロスがかけられ、キャンドルと陶磁器がセットされていた。テーブルをすてきにしつらえるやり方をこの男性は知っている。おまけに、わたしのために料理までしようとしてくれている。

そのあとは？　なにもないわ、ときっぱりと決める。答えを得るまではなにも起こらない。

彼は〝注意して見てた〟のだ。わたしを見張っていた。

白いものが視野の隅にちらりと入り、そちらを向いた。バスルームからかごに放りこまれた彼のシャツだった。つまり、いま彼は半裸なのだ。オリヴィアは息を吸いこんだ。腕はもう冷たくはなくなっていた。体のどの部分も冷たくはなかった。半裸の彼がどんな風かなら知っていた。

全裸の彼だって知っていた。そこに問題がある。水の流れる音が聞こえ、オリヴィアの足が勝手に動き出してバスルームの開いた戸口で止まった。

彼は洗面台にかがみこんで顔を洗っていた。ズボンは穿いたままで、それでよかったのだと自分に言い聞かせた。そうでなければ、決意を守るのにとても苦労していただろうから。

どうしても先に答えを聞かなければ……というか、とにかく答えを聞かなければだめ。

彼に気づかれないまま、戸枠にもたれて観察した。あの晩よりもすてきに見えた。さらにたくましくなって、筋肉もついて……ただひたすら前よりもすてきで、そんなのは不公平だった。とはいえ、不平など言えなかったけれど。

うなじの黒っぽい髪が濡れて少しカールしていて、そこに触れたくて指がうずいたが、無言のままその場にとどまった。彼はいまもこちらに気づいていない。剃刀をつかんで鏡に向かって顔を上げ、そこに映ったオリヴィアを見てはっと動きを止めた。彼女がなにも言わずにいると、デイヴィッドは体を起こしてひげを剃りはじめ、剃刀をゆすぐたびに鏡のなかの彼女と目を合わせた。

ひげを剃る男性を見ているのは親密な感じがした。婚約しているあいだ、ダグがひげを剃るのを毎朝眺めたものだ。この親密さが恋しかった。セックスも恋しかったが、なによりも恋しいのは親密さだった。だれかのものであるという感覚、相手が自分だけのものであるという感覚。それをダグと分かち合っていると思っていたが、そうではなかったのをつらい思いをして学んだ。

息を吸いこんで気を落ち着ける。ここでもその感覚は持てない。デイヴィッド・ハンターはぜったいに自分のものにはならないとわかっていた。彼にもわかっているのだろうか。

筋肉の動きを見つめていると、彼が目を合わせてきて、オリヴィアは自分がとろけていくのを感じ、欲望をおぼえ……だれかのものになること、ほかの者を寄せつけずにいることは重要なのだろうか、と訝った。ひげ剃りはあっという間に終わってしまった。けれど、デイヴィッドはふり向かず、鏡のなかの彼女を見つめ続けた。

「どうしてわたしを見ていたの？」かすれた声になってしまった。

ごくりと唾を飲むのに合わせ、彼の喉が動いた。「きみが大丈夫だと確認する必要があった。きみはあの事件を担当していて……〈ピット〉からあんなに多くの遺体が出てきたから。顔色が悪くて、ストレスにやられていた。イーヴィから、きみは眠っていないと聞いた。食事もしてないと。心配だったんだ」

オリヴィアは顎をつんと上げた。「心配してたなら、どうして電話をかけてこなかったの？」

ようやく彼がふり向くと、バスルームが小さくなり、空気が極端に薄くなったように感じられた。彼の銀色っぽい灰色の瞳は刺し貫くようでいて、不安げでもあった。

「どうなの？」言い募ったが、心の準備もできないうちに彼が前に出てきて髪に手を差し入れ、顔を上げさせた。

「すまない。どうしても知りたいんだ」ざらつく声で言われ、オリヴィアは息ができなくなった。デイヴィッドの唇が前のときと同じように重ねられた。おぼえているとおりに、熱く、切迫したものだった。キスを返してはいけないすべての理由が霧のように消え、オリヴィアはつま先立ちになっててのひらを彼の胸につけ、素肌や硬い筋肉を楽しんでいた。わたしのもの。この瞬間はわたしのものよ。それから腕を彼のうなじにまわし、さらに背伸びをして近づいた。

デイヴィッドが喉の奥で欲望のうめきをあげた。片手は彼女の髪をしっかりつかんでおり、もう一方の手でもどかしげに背中やわき腹をなでながらキスを深める。そうされてオリヴィアは思い出した。彼の唇の感触。体に触れてくる手の感触。ああ、この人の手はすばらしい。わたしに触れて。そう叫びたかったが、息ができなかった。彼が腰のあたりの布地をつかんでよじると、脚の裏にスカートがはらりと触れた。彼が頭から服を脱がせてくれる光景にさいなまれる。そそられる。

前のときと同じように。

彼が突然体を離した。胸が大きく上下し、その荒い息がオリヴィアの髪にあたった。手をゆるめはしたものの、彼はオリヴィアを放さなかった。片手で頭を支えて、頬を自分の胸に引き寄せる。もう一方の手は腰のあたりにしっかりとあてられており、逃げられないようにしているかのようだった。

前のときと同じように。

オリヴィアはゆっくりとかかとを戻しながら両手を彼の肌にすべらせ、背中のしっくりくる場所に休めた。そして、しがみついた。そうする必要があったから。押しのければ、彼は放してくれるとわかっていたけれど、そうしなかった。できなかった。デイヴィッドが彼女の頭のてっぺんに頬を寄せた。

「現実だったんだ」デイヴィッドがささやくと、彼女は身震いをした。「おれが勝手に想像してたわけじゃなかったんだ」

ベッドに横たわって軽くいびきをかいている彼のもとを去ったあのときを思い出す。彼はミーアの結婚式でシャンパンを飲みすぎるほどに飲んでいたが、オリヴィアは一〇〇パーセントしらふだった。あのあと何カ月も、彼はなにをおぼえているだろうと考えた。ふたりでしたことをおぼえているだろうかと。彼が言ったことを。

「それは」オリヴィアは慎重に言った。「あなたがなにを想像していたかによるわ」

「金曜日はおぼえている。金曜日のことは全部。ただ土曜日の記憶が……」金曜日は結婚式のリハーサル・ディナーの日だった。彼と出会った日。土曜日は結婚式で、その夜は……。

まあ、だからオリヴィアはここに来たのだ。

デイヴィッドがやさしく円を描くように頭をマッサージしはじめ、彼女の目が閉じていった。「おれは教会の外階段に座っていた。なかに入るのをこわがっていた」

「結婚式をあとにするときには、またひとりきりだとわかっていたから、でしょ」オリヴィアは小声で言った。

彼が体をこわばらせ、手の動きが止まった。「おれが話したのか?」

「土曜日の夜、披露宴のあとでね。シャンパンを二、三杯飲んだあと、話してくれたのよ……かなりいろいろ。ほんとうだなんて信じられなかった。あなたみたいな外見に恵まれた人に恋人がいないなんて」

「こんなのはただの顔だよ」

オリヴィアは体を反らし、至るところで女性たちをうっとりさせる彼の顔を見上げた。その灰色の瞳は悲しげだった。そして、孤独そうだった。

指先でデイヴィッドの顎をなでるとびくりとしたので、彼がどれほど自分をこらえているのかに気づいた。「顔だけじゃなかったわ。わたしはずっと、あなたは意地が悪いとか、尊大だとか、愚かだとかにちがいないと考えて、欠点を探し続けた。でも、なにも見つからなかった」

「欠点なら山ほどあるよ。信じてくれ」

オリヴィアはまた彼の胸に寄りかかった。「わたしには見えないけれど」

彼がゆっくりとマッサージを再開し、オリヴィアはふたたびとろけていくのを感じた。

「リハーサル・ディナーのときもこの服を着ていたね。いい兆候であるのを願ってたんだ」

「あなたはおぼえてないかと思った」

「さっきも言ったけど、金曜日のことは全部おぼえてるんだ。階段のところに座っていたら、きみがひざの上に落ちてきた」

オリヴィアは思わず弁解していた。「ヒールが石を踏んでつまずいたのよ」

「ハイヒールの女性に感謝する理由がもうひとつ増えたな」ぼそぼそと言う。「おれは文句は言わなかっただろう?」

「そうね」彼はやさしくておもしろくて、転んですりむいたひざを手当てしてくれたのだった。腕をまわして教会の横の入り口から一緒に入ってくれ、オリヴィアをどきどきさせた。そして、椅子を見つけて座らせてくれ、足もとにかがみこんでひざの血をやさしく拭ってくれ、オリヴィアはそんな彼の顔に見入ったのだった。とても〝ただの顔〟などではなかった。

彼女は完全にぼうっとなった。「リトル・マーメイドのバンドエイドを貼ってくれたわ」

「あの日の午後、姪のグレイスが肘をすりむいたんだ」いまだにきまり悪げな声で言い、あのときと同じようにそれがオリヴィアを魅了した。「だから、ポケットに入ってたんだよ」

「そう言ってたわね」あのとき彼は、少年っぽい恥ずかしそうな笑顔を上げて言ったのだった。彼に心をつかまれたのはあのときだった。垢抜けていたり、おもしろかったり、親切だったり、礼儀正しかったりといった資質など、彼にはまったく必要なかった。それでも、彼はそのすべての面も持っていた。完璧だった。「金曜日の夜はすてきだったわ」完璧な夜だった。

「そうだね。終わりが来ないでほしかった」ふたりとも、同じ気持ちだった。ミーアのリハーサル・ディナーのあと、彼の友人が経営する〈モウ〉というレストランに行き、パイとコーヒーを頼み、店主が掃き掃除をしてついに電気を消すまで話しこんだのだった。「レストランで閉店まで粘ったのなんてはじめてだと思う。おれがこっちに引っ越すと知ったとき、モウからきみに〝ハロー〟と言ってくれと頼まれたよ」そのあと彼は、オリヴィアを抱いたまま長い長いあいだなにも言わなかった。それからそっと吐息をついた。「ハロー、オリヴィア。何カ月も前にそう言うべきだったね」

オリヴィアは顔を上げ、険しい目で彼を見た。「だったらどうしてそうしなかったの？ そもそも、どうしてここに引っ越してきたの？」

デイヴィッドは慌てなかった。「その翌晩のせいだよ。土曜日の晩の」ひるまずに見つめてくる彼の視線を受けて、オリヴィアの頬が熱くなっていく。「ミーアの結婚式のあとの記憶はあまりないんだが、おぼえていることもあるんだよ、オリヴィア」

彼女の顎が少しだけ上げられる。「たとえば？」

デイヴィッドのまなざしが変化した。「きみを抱いて踊るのがどんな感じだったか。新婦付き添い役のきみのドレスの襟ぐりがどれくらい深かったか」髪に差し入れていた手を抜いて、薄い服の上からブラジャーの縁をそっとなぞったので、電気が走ったようにオリヴィアの全身がびりびりした。「ドレスを着ていないきみをどれほど見たいと思ったか」

デイヴィッドの唇が彼女の肩の曲線をかすめ、指先が張り詰めた胸をじらした。「でも、どういうわけか」ささやき声で言う。「そんなきみの姿を知っている。知っているべきじゃないのに。でも、おれは知っている、そうだろ？」

オリヴィアは震えていた。彼を止めなくちゃ。けれど、できなかった。止めたくなかった。
「ええ」ほとんど聞き取れないほど小さな声になったが、彼が鋭く息を吸いこんだので、伝わったのだとわかった。わたしに触れて。そう懇願したかったが、また肺の空気がすべてなくなっていた。

デイヴィッドがいきなり両手を下へすべらせて彼女の尻をつかんだ。か細い安堵の声は、ふたたび重ねられてきた唇のせいでくぐもったものになった。熱く、わがもの顔のキスだった。デイヴィッドがぶるっと身震いして唇を引き剝がした。
「ああ。きみの感触をこの手がおぼえている」尻を揉みしだかれ、オリヴィアは背伸びをして体を押しつけた。彼はすっかり硬くなっていた。

そこに体を押しつけたとき、それが脈打つのがどんな感じだったかをオリヴィアはおぼえていた。また感じたくてたまらなかった。いますぐに。もどかしげな声を出すと、デイヴィッドがようやく抱き上げてくれ、太腿のあいだにたくましい体を入れて戸枠に押しつけた。

あと少し。でも、全然満たされない。オリヴィアが前のときと同じように腰を揺らすと、彼が悪態をつき、震える手で脚を愛撫した。

彼は羽根のように軽いキスをオリヴィアの首から耳へとおぼつかなげに落としていった。

「きみの味をおぼえている、オリヴィア」ざらついた声でささやかれ、彼女の口からうめき声が漏れる。腰を押しつけられ、戸枠に頭をもたせかけながら以前を思い出していた。これよ。何カ月ものあいだ、これを切望していたのだ。彼が近づいてこなかった何カ月ものあいだ。「そうだろう？」首筋に激しくキスをする。「おれはきみの味を知ってるんだよな？」

体中が張り詰めるのを感じながら、オリヴィアはうなずいた。

「それに、絶頂を迎えたときのきみの声も知ってる」

「そうよ」ほとんどすすり泣きになっていた。

「それに……」息も荒いデイヴィッドは、彼女の太腿の内側をしっかりつかんで脚を広げさせ、ぐいぐいと体を押しつけてきた。たがいの服がなければ彼女のなかに入ってきそうな勢いだ。彼が腰を突き出すたび、オリヴィアもそれに応えた。あと少し。ささやくことばをかけられ、腰をもう何度か押しつけられたら絶頂に達しそうだった。

ごくりと唾を飲みこむ。「なに？」ざらついた小声で言った。すがりつくような声だった。

「きみの唇……おれを口にふくんでるきみの唇をいまでも感じられる。熱く、濡れた唇を」デイヴィッドが身震いした。「夢を見ていたのかどうかわからなかった。夢なんかじゃなかったと言ってくれ」

「夢じゃないわ」記憶に殴打されたようになり、オリヴィアはさっと顔を離した。いますぐやめないと。「どうしてなの？」ぶっきらぼうに訊く。「どうして電話をくれなかったの？

このすべてをおぼえているのなら、どうしてずっと近づいてこようとしなかったの？」

腰の動きが止まった。「次の朝、目が覚めたらひどい二日酔いだった。ひとりきりだった。最後にはっきりおぼえているのは、披露宴でシャンパンを飲んだことだった。きみとダンスをしたことだった。それから、自分のベッドで目が覚めた」彼は喉を鳴らした。「裸で。どうやって家に帰ったか、よくわからなかった。現実と空想の境が曖昧だった。そうしたら、枕にきみの香りがした」彼がオリヴィアの髪に顔をつける。「きみがいたのはわかった。きみはさよならも言わず、書き置きも残さずに消えた」

彼に顔を上げられ、オリヴィアは目を開けた。デイヴィッドのまなざしは激しかった。オリヴィアはそこに困惑と傷ついた気持ちを見た。それに、なにかはわからないものも。

「どうしていなくなったんだい？」デイヴィッドの口調は切羽詰まっていた。「教えてくれないか？」

「下ろしてちょうだい」デイヴィッドはすぐに言われたとおりにした。ひざががくがくしていたけれど、とにかく足はしっかりと床についた。ずっと足を床につけたままにしておくべきだったのよ。顔を背けたかったが、強いてデイヴィッドの顔を見つめたままにした。「ぜ……絶頂に達したとき、わたしがなんて言ったかおぼえてる？」

デイヴィッドの顔がかすかにしかめられる。「おれの名前を呼んだ。どうして？」彼女がなにも言わずにいると、さらに顔をしかめた。「どうしてなんだ？　おれはなにを言ったんだ？」

オリヴィアは息を吸った。デイヴィッド・ハンター以前に、一夜かぎりの関係を持った男性はひとりもいなかった。彼に信じてもらえるとは思えなかったけれど。それだけでなく、何年も知っている男性とだって、あんなことをした経験はほとんどない。でも……。きっと悪霊の呪文かなにかをかけられていたにちがいない。なぜなら、彼を口にふくまずにいることなど頭に浮かびもしなかったのだから。彼は上半身を激しく揺らし、とても……美しかった。そして頭をのけぞらし、歯を食いしばり……すべてを物語ることばを口にしたのだ。

彼女は自分まで歯を食いしばっているのに気づいた。「デイナよ」硬い表情で言った。わたしの姉の親友。ほかの男性と結婚している女性。

彼の灰色の瞳からいきなり表情が消え、思いを読めなくなった。「それで？」

オリヴィアの口があんぐりと開いた。「〝それで？〟ですって？　それしか言うことはないの？」

彼は激しく首をふった。「ちがう。そういう意味じゃない」

〝それで？〟だなんて。まるで、なんでもないことのように。まるで、わたしなんかになんの意味もないかのように。「放して」

「オリヴィア、待ってくれ」

彼女はデイヴィッドの肩を押した。「いやよ。は、な、し、て！」体をよじるとスカートがふわりと下りてきた。手を伸ばしてきた彼をぴしゃりと払いのける。

「オリヴィア、待ってくれって」

すすり泣きが漏れそうになったけれど、彼に涙を見せてたまるものですかと思った。部屋を出て、キッチンのカウンターからバッグをひっつかむ。すぐ後ろからついてきた彼が先まわりしてドアに手をついて押さえた。

「話を聞いてくれ」

「聞いたわ」嚙みつくように言う。「それが問題なの。行かせてくれないなら、とことん後悔させてやるわ」

彼はゆっくりとあとずさった。「もう後悔してる。すまない」

「そうでしょうとも」オリヴィアはふんと鼻を鳴らし、力任せにドアを開けた。そこで立ち止まり、なんとか落ち着きを取り戻そうとする。こんなに腹を立てた状態で運転するのは危険だ。彼を見たら自分がなにをするかわからなかったので、まっすぐ前に視線を据えたまま言った。「わたしは一夜かぎりの関係は持たないの。信じようと信じまいと、どっちだっていいけれど。でも、これだけははっきり言っておくわ。だれかの代わりになるなんてお断りよ。つき合うときは、相手にはわたしを想ってもらいたい。わたしだけを」

「オリヴィア、頼む。い……言い訳はできないよ。酒を飲みすぎたという以外に」

「それで？」皮肉をたっぷりこめて言う。「これからは、わたしを見張るのをやめてちょうだい。お願いするわ」

「わかった」虚ろな声だった。「二度ときみにつきまとわない」

「よかった」車に乗りこんで大通りに出ると、そこで震えの発作が来たので路肩に停めた。感情が高ぶるといつもこうなる。だから、感情的になるのが嫌いなのだ。バッグのなかの携帯電話を手探りし、短縮番号の1を押した。

「どうだった?」挨拶もせずにペイジが言った。

「〈サル〉のバーで」陰鬱な声で言う。「三〇分後に」

「じゃあ……うまくいかなかったの?」

「想像はつくでしょ。ブリーも来られるかどうか、連絡してみる」

ペイジがため息をついた。「大丈夫?」

「当然でしょ。ご機嫌よ。じゃ、三〇分後に」


デイヴィッドはグレンのキャビンの戸口に立ったまま、ずきずきするこめかみを拳で押さえた。それで? それで? 胃がむかむかした。またチャンスをふいにしてしまった。しかも、彼女を傷つけた。またもや。「おれは大ばか者だ」

だが、ここに突っ立っていても事態は好転しない。肩を落とし、ドアを閉めて使われなかったテーブルを片づけようとしたとき、携帯電話が鳴った。ペイジからだった。

当然の展開だった。「なんだ?」うんざりした口調で出た。

「頭のすごく切れるゴージャスな男性にしては、あなたってばかなろくでなしよね」

デイヴィッドは言い返す気力もなく目を閉じた。「ありがとう、ペイジ。明日の夜、道場で会おう。そのときに改めてぼろかすに言ってくれていい」

「これから〈サル〉に行って、オリヴィアとブリーと一緒にモヒートをたっぷり飲むことになったの。なにをしたの?」

「きみには関係ないだろ。ほんとうに」

「あなたとわたしが知り合いだって彼女に話すつもりよ。オリヴィアに嘘をついたことはないの。これからもつくつもりはない」

最高じゃないか。「いいよ。きみがなにを言ったって、いまよりひどくはなりようがないからな」

「そんなにひどい状況なの?」

「ああ」〝だれかの代わりになるなんてお断りよ〟彼女はそう言った。「ペイジ、だれが彼女を傷つけたんだ?」

「あなたのほかにってこと?」

デイヴィッドはたじろいだ。「なあ、それじゃ全然助けになってないよ」

「ごめんなさい。傷ついた彼女を見るのがいやなのよ。それなのに、もっと傷つけるとわかっていて、あなたとわたしが友だちだと話そうとしてる」

「少なくとも、おれたちはまだ友だちだよな」むっつりと言う。

「どうしよう。ごめんなさい、デイヴィッド。傷口に塩をすりこむつもりはなかったの。彼女を傷つけた人がだれか知りたいの？　あなたの前は、元婚約者よ」

デイヴィッドの目つきが険しくなった。「マイカ・バーロウか？」

「マイカを知ってるの？　ああ、そうか、彼はいま放火捜査班にいるから、顔を合わせる可能性があるわけね。ええ、そうよ、マイカも関係してるけど、彼は元婚約者じゃないわ。オリヴィアと婚約していたのは、マイカの親友のダグよ」

だれかの代わり。「そいつは彼女を捨ててほかの女性のもとへ行ったんじゃないか？」

間があった。「そうなの。彼女は立ちなおれないほど落ちこんだわ」

あたりか。「なんでもいいから彼女を慰めてやってくれ。なにを言ってもいい。おれの悪口だって好きに言ってくれ。おれはもう彼女につきまとわない」

「デイヴィッド……ああ、もう」

「明日道場で、彼女が大丈夫かどうかだけは教えてくれ」

「なにか考えましょう。諦めずに踏ん張って」

おれは長く踏ん張りすぎた。それが問題だ。だが、どうしたら修正できるだろう？

## 九月二〇日（月）午後一一時一五分

「資材が最初からここにあったらもっと簡単なのに」アルベールがぶつぶつと言った。エリックと同じく、彼も両手にひとつずつガソリン缶を運んでいた。メアリは黙って最後尾につき、導火線ひと巻きを運んでいる。彼女の目はいまも赤く腫れている。

ぼくも悲しんでいるべきなのに。エリックは思った。ジョエルはぼくの友だちだったんだから。だが、頭にあるのは、この仕事をやり終えてさっさと逃げ出すことだけだった。

「前のときはラッキーだったんだ」エリックは後ろのアルベールに激しい口調の小声で言った。「接着剤が現場にあったんだから。ここのフォークリフトの動力はプロパンで、燃料タンクの場所はずっと離れてるって言っただろ。火をつけるのには使えない」

全身黒ずくめの三人はそれぞれ手袋をはめており、今回はスキー・マスクをかぶっていた。やっと眠った番犬をまたぎ越す。メアリが腰を傷めたときの鎮痛剤の残りを混ぜたステーキ肉を食べさせたのだ。彼女が背後をふり向く。

「あの子は息をしているわ。よかった。もうこれ以上だれかが死ぬのはいやだもの」

「あれは〝だれか〟じゃなくて犬だろ」エリックがぼそりと言って、裏口のドア脇にガソリン缶を下ろした。少女でもない。目を閉じるたび、いまだにあの少女の顔が見えるのだった。

「ガソリンは外にまこう」アルベールが言った。「警報装置が鳴る危険は冒せない」

「なかにあるものを破壊しなくちゃならない」エリックはドアの窓部分に穴を開け、潜りこめる大きさになるまでガラスを取りのぞいた。「それに、防犯カメラのビデオはなかだ。それを持っていかないと。押してくれ」

アルベールがぶつぶつ言いながらエリックを押し、自分もあとに続こうとした。

「待て」エリックは警報装置のパネルを凝視した。「装置がオンになってない。最後に出たやつが忘れたらしい」

「それとも、おれたちをつかまえようと待ってるのかもな。開けろ。さっさと片づけてずらかりたい」

エリックはドアを開けて自分の分のガソリン缶を持ち、脇にずれてふたりを入れた。「ビデオを手に入れてからガソリンをまく。メアリ、きみは導火線を伸ばして」

ビデオはトムリンソンの秘書が言っていた場所にあった。警察にあれこれ訊かれたら、あの秘書は電話の件を思い出すだろうが、それはかまわなかった。くそったれ野郎の携帯電話を使ってやったからだ。警察を本物の悪人のところへ導いてやってくれ。

録画装置からテープを取り出すと、荷物の積み下ろしスペースそばに積み上げられた箱のあいだにガソリンをまき、裏口でアルベールとメアリのふたりと合流した。「ビデオは手に入れた。メアリ、導火線に火をつけてくれ」

「これはあなたのために、ジョエル」メアリはそう言ってから、火をつけた。「行きましょう」

三人は駆け出した。エリックは背後をふり返ると、なかの炎が見えはじめたのをつかの間見つめた。車のところまで来ると、脅迫者の携帯電話で写真を撮った。

「なんであんなことをしたの？」車を出すと、メアリがたずねた。「どうして写真なんて撮ったの？」

エリックとアルベールは顔を見合わせた。「まずはここをずらかろう」エリックが言った。「話はそれからだ」

アルベールが車を飛ばし、脇道に入った。そこなら木々に守られて安全だった。三人とも車から飛び出し、ナンバープレートをエリックの車からはずしてきたものに取り替え、また乗りこんでスキー・マスクを取った。アルベールが運転を再開し、エリックは後部座席のメアリをふり返った。「こういうことなんだ」そう言って話しはじめた。

耳を傾ける彼女の顔が蒼白になった。「なんてこと。わたしたちは……。ひどい。あの警備員は……死んだの？　たしかなの？」

エリックはうなずいた。「胸を撃たれたんだ」

メアリが目を閉じる。「わたしにはできない」

「やるんだ」アルベールがきつく言った。「そいつを見つけておれたちの手で殺すまでは」

彼女が大きく目を見開いた。「そいつを殺す？　わたしたちで？」

「殺しでもしなきゃ、そいつが警察にあの写真を公表しないという確信は持てないだろう?」エリックが言う。

メアリは首を激しくふった。「もうこれ以上人殺しはできない。わたしには無理」

「もうやっちまっただろうが」アルベールの口調がさらにきつくなる。「ジョエルみたいに自殺するっていうんじゃないかぎり、逃げようなんて考えるなよ。あいつがいなくなったおかげで、おれたちはすごく助かったな」

メアリの顎がこわばった。「あなたなんて大嫌い」

「おたがいさまだ」アルベールが言い返す。そのあとに落ちた沈黙のなかで、三人を乗せた車は街へ向かってひた走った。

彼は考えこむように、人目につかない白い小型バンのハンドルをこつこつとやった。おもしろい。三人は仲間割れをしながらも、それでもまだ一緒にいる——いまのところは。これからの数日でそれがどう変化するかを、そして逃亡しようと決めないかをしっかり監視しておく必要がありそうだ。

三人の乗った車がトムリンソンの倉庫から見えなくなるのを待ってから、彼も車を出した。脇道に入って車を停め、万一ほかの倉庫の防犯カメラに映りこんでしまった場合にそなえて、彼らと同じようにナンバープレートを取り替えた。

運転席に戻ると、自分のビデオ・カメラに手を伸ばした。トムリンソンのところから四つ離れた倉庫に車を停め、バンの後部に座って三人が入っていって出てくるのをカメラにおさめていたのだ。今夜の彼らはスキー・マスクをつけていたが、彼はその目をちゃんととらえておいた——特に、番犬のようすをたしかめようとふり向いたメアリの目を。エリックが使い捨ての携帯電話で写真を撮っている姿までビデオにおさめた。

このビデオをエリックとその仲間たちに送ってやったらおもしろいことになりそうだ。さて、そろそろ帰るとするか。仕事がまだ残っているのだ。エリックたち三人組だけを相手にしているわけではない。そうとも。すべての卵をひとつのかごに入れた（リスクを分散させずに、すべてをひとつのことに賭けてしまうこと）おかげで、いまの地位まで来たわけじゃない。卵のひとつふたつを犠牲にするのをおそれたおかげでもない。トムリンソンはいま、こんがり焼けているところだ。そろそろ新しいオムレツを作るころだろう。

## 九月二〇日（月）午後一一時五五分

オリヴィアはバーのまん中にグラスを押しやった。「もう終わりにする」

「悲しみをお酒で紛らわすんだと思ってたのに」オリヴィアの左側に座ったブリーが言った。「ひと晩中、その一杯をちびちび飲んでただけじゃないの」

「起きたことを消化する時間が必要なだけかもしれないわよ」右側からそっと言ったペイジを、オリヴィアは鋭い目で見た。いつもの彼女ならオリヴィアをけしかけ、ひどい男性への怒りを煽るのに、今夜の彼女はいつになくもの静かだった。

三人はカウンターに座って、奥の鏡に映った自分たちの姿をむっつりと見ていた。赤毛、ブロンド、黒髪が一列にならんだ格好だ。「あなたたちふたりは、雑誌の表紙を飾ったっておかしくない」オリヴィアが言った。「それなのに、わたしたちのだれひとりとしてちゃんとした男性を見つけられない。どうして？」

「男は犬だからよ」ブリーが吐き捨てるように言う。「それと、あなたも美人よ」

オリヴィアは鏡のなかの彼女に向かってにっこりした。「あなた、酔っ払ってるのね、ベイブ」

ブリーがため息をついた。「わたしたちのだれかは酔っ払わなくちゃ」

「今日はマイカと会っててつらかったんでしょう？」オリヴィアがぼそぼそと言う。

ブリーが目を閉じる。「ええ」

ペイジの黒い眉が吊り上がる。「マイカ・バーロウと会ったの？」

「放火事件だもの」オリヴィアが口をはさんだ。「バーロウが担当になって、捜索犬が必要になったのよ」

「びっくりだわ」ペイジが言う。「ブリーになにか頼むくらいなら、あいつは死ぬほうを選ぶと思ってたのに」

「リストに載ってる全員をあたったけど、だめだったんですって」オリヴィアが説明する。

「でも、彼は自分の仕事を心得てる」

「彼の仕事は一度だって問題になったことはなかったわ」ブリーがぶつぶつと言った。「でも、わたしたちはあなたの話をしているの。シカゴで消防士とセックスをしたのに、話してくれなかったなんて信じられない。まだ怒ってるんですからね」

「怒ってないくせに」オリヴィアは吐息をついた。「それに、セックスはしてない。正確には」

ブリーは身を乗り出し、拳に顎を乗せた。「だったら、正確にはなにをしたの？」

「オリヴィアは話したくないのかもよ」ペイジがきまり悪そうに言った。

ブリーが顔をしかめた。「どっちの味方なのよ？」

ペイジがたじろぐ。「どうしてそんなことを訊くの？」

ブリーはペイジが見えるよう、さらに身を乗り出した。「あなた、今夜はどうしたの？」

オリヴィアもペイジを見る。「ほんと。どうしたの？」

「なんでもないわ。ただ、複雑な事情が裏に隠されている場合もあるんじゃないかなって思っただけ」

オリヴィアがまた吐息をついた。「彼ったら、情熱のさなかに……ほかの女性の名前を叫ぶのはちっとも悪くないと思ってたみたい」

ブリーがオリヴィアの手をぽんぽんと叩いた。「でもね、ときには〝それで？〟には〝それで〟以上の意味があることだってあるのよ」

オリヴィアは頭をふった。「あなた、コーヒーを飲んだほうがよさそうよ」

「いやよ。酔いを醒ましたくなんかないわ。わたしはただ、彼は自分がなんと言ったと思ってたのかしらって気になっただけ」

「あるいは、自分がなにをしたと思っていたのか」ペイジは言って、バーテンダーに合図した。「サル、ここにいる友だちに、すっごく濃いコーヒーを淹《い》れてくれる？」

ブリーが渋面になる。「白ける人ね。いつから責任感を持つようになったわけ？」

サルが湯気の立つコーヒーのカップ三つを彼女たちの前に置いた。「タクシーを呼ぼうか、ブリー？」

「そのほうがよさそう」ブリーがむっつりと言う。「ああ、もう、いやになる」

「わたしが送っていく」ペイジはそう言ってから、すっと息を吸った。「リヴ、考えなおしたほうがいいと思うの。彼はすてきじゃない。あなたから聞いた話だと、だけど」

ブリーはあいかわらず顔をしかめている。「ちがう。彼はすてきなんかじゃない。集中しなさい、ペイジ。彼はろくでなしよ」

ペイジはためらったあと、口を開いた。「ねえ、リヴ、じつは――」

オリヴィアのポケットで携帯電話が鳴った。「ちょっと待って」発信者を確認する。「バーロウだわ。出なきゃ」

「彼もろくでなしよ」ブリーがぶつぶつと言う。

「しーっ」オリヴィアは注意した。「はい、サザランド。なにがあったの？」

「また火事だ」バーロウが言った。「来たほうがいい」

彼女はスツールからすべり降りた。「場所は？」

バーロウが住所を告げた。「今度も殺人のおまけつきだ。被害者は頭を撃たれ、建物と一緒に燃えるよう置き去りにされた。それとな、リヴ、また例の球が見つかった」

オリヴィアの心臓の鼓動が速まった。「ケインにも連絡して、できるだけ早くそっちに行くわ」電話を切ると、自分の勘定分の金をカウンターに置いた。「じゃあね、おふたりさん」

# 10

## 九月二一日（火）午前〇時一〇分

アパートメント・ハウスの裏にある庭は、デイヴィッドの隠れ場所だった。ゴルスキー姉妹が手入れをして美しく保ってくれていたので、部屋代は安くしていた。七二歳の一卵性双生児のふたりは園芸の才能も共有しており、庭はシーズン最後の薔薇のふくいくとした香りに満ちていた。スイカズラでなくて助かった。

背後でガラスの引き戸が開く音がした。一分後、グレンが彼の隣りの椅子に座って大きく息を吸いこんだ。「ゴルスキー姉妹に感謝だな」

デイヴィッドは熱いお茶の入ったマグを高く掲げた。「同感。起こしてしまいましたか？」

「いいや。眠れなかったんだ。おまえさんのノートパソコンの明るい画面が見えたんで、出てきたんだ」そう言って、デイヴィッドのひざのコンピュータを示した。「まだあのろくでなしのしたことについて読んでるのか？」

先ほどまで読みなおしていたプレストン・モスのスピーチを、デイヴィッドはちらりと見た。「目的に沿ったものなのか偽装なのか、ゆうべコンドミニアムに放火した犯人はモスを模倣した」

グレンが愉快そうな表情になる。「探偵ごっこをしているのか？」

いらだたしさにちくりとやられた。というのも、まさにそうしようとしていたからだ――あの若い少女の命を奪った放火の背後にある動機を理解しようと。どうして警備員の冷酷な殺害へと形を変えたのかを理解しようと。

「それと、こういう環境保護団体が、現場から死体が出たあとにプレストン・モスのことばを引用しようとするかどうかが気になったんだ」デイヴィッドはいやな雰囲気を払いのけた。「母との夕食は楽しかった？」

「ああ。ただ、マルティノがお袋さんに臆面もなく愛敬をふりまいてたがな」

おもしろくなさそうなグレンを見て、デイヴィッドはくすりと笑った。「何時に戻ってきたんですか？」

「おまえさんが戻ってくる少し前だよ、パパ。そっちの帰りはもっと遅くなると思ってたんだがな」

笑みが消えた。「そうだね。まあ、思ってたようには運ばなかったんだ」

「残念だったな、坊主」

ため息をつく。「まったくですよ」

ふたりはしばらく無言だった。「で、おまえさんのかわいいブロンドのおまわりさんになにをしちまったんだ?」

デイヴィッドは頭をのけぞらせて星を見上げた。「しくじった経験はありますか、グレン?」

「女性相手にか? 一度か二度なら」気軽な調子で言う。「どれくらいひどくしくじったんだ?」

相手がグレンだったからかもしれない。あるいは夜のせいか。それとも、ただアドバイスを必死で求めていただけかもしれない。「おれは、その、別の女性の名前を口にしたんだ、ええと……」

「おっと」グレンがたっぷりと顔をしかめた。「そりゃただのしくじりじゃないな、坊主。取り返しのつかないへまをしちまったんだ」

「わかったよ。ありがとう」ぶっきらぼうな口調だ。

「どういたしまして。その別の女性ってのは、現在形なのか過去形なのか、どっちだ?」

「というより、恋人だったことはないんだ」また夜空を見上げる。「いわゆる、報われぬ恋ってやつだと思う」

「ほう。最低だな」

「たしかに」

「で、どうしてそんなことをした? 別の女性の名前を呼んだことだが」

「シャンパンで酔っ払ったんだ」デイヴィッドがぼそりと言った。

「なんでまた酔っ払ったりしたんだ？」

「結婚式だったから。おれは結婚式が大嫌いなんだ」だが、いくら惨めな気持ちだったとはいえ、これまで結婚式で酔っ払った経験はなかった。デイナの結婚式でだって酔っ払わなかった。だったら、どうしてミーアの式のときには酔っ払ったのだろう？　なぜオリヴィアの前で？　それを二年半もずっと自問してきたのだった。

「おまえさんのおまわりさんは、シャンパンの言い訳で納得してくれたのか？」

「いいや」険しい口調だった。

「だろうな。それで、これからどうするつもりだ？」

「また彼女に話を聞いてもらう」もうつきまとわないとは言ったが、ゴルスキー姉妹の薔薇に囲まれているうち、ばかな約束をしたと思いなおしたのだ。

グレンの灰色の眉が持ち上がった。「また二年半待ってからか？」

驚いた拍子に、デイヴィッドはふっと笑ってしまった。「いいや」

「ところで」グレンが考えこむ。「おまえさんがビールを一本以上飲むところを見たことがないが」

「おれは酔っ払わないんだ」そっけない口調になってしまったので、取り繕った。「まあ、たいていは、だけど」

「最後に酔っ払ったときになにがあったんだ？　おまえさんのおまわりさんの前ってことだが」

デイヴィッドは目をつぶった。たいせつな人を亡くしたんだ。「とんでもなくひどいことが起きたんだ」

「それなのに、結婚式の夜にまた酔っ払ったのか。おまわりさんとのあいだをどうこうする前に、その理由をしっかり突き止める必要があると思うぞ」

「わかってるよ。でも、どうやったらいいかわからないんだ」

「いいや、わかっているはずだ」グレンがデイヴィッドの視線をとらえた。「この七カ月、おまえさんを見てきたが、いつもじっとしてないだろう、坊主。いつだって他人のために走りまわってる。〈マルティノ〉でラザーニャと赤ワインの食事をしながらお袋さんから聞いた話じゃ、それがおまえさんの人生らしい。困っている人の守護者、壊れたものの修理屋の聖デイヴィッドってな」

彼は歯ぎしりをした。またかよ。こんな話につき合うのはごめんだった。「他人のためになにかするのは悪いことじゃない」

「自分自身と向き合わないためにやってるんだったら、いい行ないでもないな。おまえさんは自分自身からずっと逃げ続けていて、自分のケツしか見えてないんだ。じきにまわりの人間にもそれしか見えなくなるぞ」

デイヴィッドは立ち上がりかけた。「お休み、グレン」

「そのケツを下ろすんだ、坊主」ぴしゃりと言われ、デイヴィッドは辟易《へきえき》しながらも従った。

「彼女をだいじに思ってるのか？」

胸のところで腕を組んだ。「だれのことですか？」

グレンが腹立たしげに息を吐く。「かわいらしいブロンドのおまわりさんだよ」

オリヴィアの目のなかにあった傷心を思い出し、怒りが唐突に勢いを失った。「ああ」

「どうして？」

デイヴィッドは大きく息を吸って薔薇の香りに気を落ち着かせてもらいながら、返事を考えた。「はじめて会ったときに、彼女をずっと昔から知っているように感じたんだ。なにかがあった。説明はできないけど……家に帰ったような気分になった」

「それなのに、いけないとわかっていながらシャンパンを飲みすぎ、彼女を傷つけるようなことを言った。わしの考えを聞きたいか？」

グレンのごつごつした顔を横目でちらりと見た。哀れみと叡智がないまぜになったまなざしで見つめられていた。父が亡くなって以来恋しく思っていた、懐かしいまなざしだった。

「こうなったらなんでも聞くよ」

「おまえさんは特別ななにかに気づいて怖じ気づいたんだと思う。その別の女性をずっと想ってきたせいで、孤独でいるのが快適になったんだ」

「でも、孤独でなんかいたくないんだ」

「孤独でいたがってるとは言ってない。その状態が快適になったと言ったんだ。そのふたつは全然ちがう。長年の結婚生活でわしがひとつ学んだのは、いい関係を築くには時間がかかるってことだ。真剣に向き合わなくちゃならない。信頼が必要になる。彼女に対してそうしたくなかったのかもな」

デイヴィッドはごくりと唾を飲んだ。「結婚生活はどれくらいだったんだい、グレン?」

「ほぼ四〇年だ。毎日妻が恋しいよ。あいつはわしの人生を……いいものにしてくれた。男にはそれ以上の妻は望めない」グレンは自分の部屋に戻りかけたが、そこでふり返った。「庭に出てくる前に無線受信機《スキャナー》が鳴ってたのが聞こえた。倉庫の火事だ。放火かもしれん。殺人事件なのは確実だ。それと、ガラスの球がまた見つかったそうだ」

デイヴィッドはすばやく立ち上がった。「スキャナーでガラスの球について言ってたんですか?」

「いいや。現場に行ってる隊長がおまえさんの携帯に電話したが、ボイス・メールにつながったから、わしに電話してきたんだ。折り返し電話をするよう伝えてくれと言われた」

デイヴィッドはポケットに手を入れて携帯電話を探し、部屋で充電中だったのを思い出した。「どうしてそれを最初に言ってくれなかったんです?」

グレンは肩をすくめた。「お袋さんがおまえさんを心配してたから、わしの考えを話しておきたかった。かわいいブロンドのおまわりさんも火事の現場に顔を出すだろう。気をつけろよ」

グレンが裏口のドアに手をかけるのを待ってから、デイヴィッドは言った。「ありがとう、親父さん」

グレンが顔だけめぐらせた。「どういたしまして。二度としくじるなよ」

## 九月二〇日（月）午後一一時五九分

安楽椅子に座ったまま、エリックとの連絡に使っている携帯電話に手を伸ばしたとき、それが鳴った。本文はなく、添付ファイルがあるのみだった。粒子が粗かったが、トムリンソンの倉庫を火がなめている画像だとわかった。これを送信してくるまでにだいぶ時間がかかっており、それは〝くそったれ〟と言いたい気持ちの表われだった。彼の一部は、エリックたちの勇気を賞賛せずにはいられなかった。

〈もう少しで期限を破るところだったな。次の任務を待て〉

携帯電話を閉じると、毎晩の仕事に戻った。顧客のEメールをチェックし、最初の接触をするにふさわしい見こみ客を探す仕事だ。ああ、そろそろ摘み取ってもよさそうなのがひとりいたぞ。

いちゃついている会社の同僚ふたりを追っていたのだが、どうやら次の段階に進んだようで、辺鄙な場所にある古風な趣の朝食つきの宿《B&B》のリンクを男が女に送っていた。誘い文句も詳細も、まだなにもない。だが、いずれそうなると彼は踏んでいた。

はじめのころ、ふたりは昼食にやってきて、会社のプロジェクトの話しかしていなかった。だが、ふたりが一緒にいるのを見た瞬間、彼にはぴんと来た。いずれくっつくカップルは、いつだって見ればわかるのだった。案の定、何週間かすると、個人的な話をしだした。それからさらに二、三週間すると、女は結婚生活が幸せではないと話し、男は女の手に自分の手を重ねた。はじめから社内情事をするつもりだったかどうかは関係ない。ふたりが向かっている先は確実にそこだった。

そして、ふたりがいけない行ないをしたら、彼の仕事がはじまる。チーン！

火遊びをする人間や、もっと悪いことをする人間を、いつだって嗅ぎ分けられた。悪事をする人間は、陰でこそこそしてはかえって注意を引いてしまう、白昼堂々としていたほうがいいのだと考える者が多い。たしかに、それで逃げおおせる場合もあるが、おれが聞いている場合は無理だ。

彼はオフショア口座にログインしてにんまりした。スケジュールどおりだ。明細をひとつひとつ確認してはうなずく。彼のクライアントの大半は、期日を守って定期的に支払っている。ひとりをのぞいて。ドリアン・ブラントは二度めの支払いをしていない。先月、子どもの医療費がかさんでいるうえ、妻が失業中だと不平をこぼされたときは辛抱してやった。もっと時間が欲しいと言われたのだ。

だから時間をやった。一度だけ。安楽椅子の横の箱から新しい使い捨ての携帯電話をつかむと、ドリアン・ブラントのプライベート用の携帯電話にメッセージを送った。

〈期限に遅れてるぞ〉返信を待っているあいだに、ブラントの当座預金口座をチェックした。ブラントはたしかにかなりの請求書の支払いをしていた。残高は心配になるほど少なかった。それでも、取り引きは取り引きだ。数分後、返信が来た。

〈すっからかんなんだ。一〇万で手を打ってくれ。それ以上は無理だ〉

彼は腹を立て、両の頬をへこました。すっからかんだって？　とんでもない。ブラントはつかまるのをおそれて、不正に入手した金に手をつけられずにいるだけだ。こっちのルールに従わないつもりなら、そもそも会社の金を横領などすべきではなかったのだ。それに、目隠しをしていても見つけられるような紙の証拠などぜったいに残しておくべきではなかったのだ。横領した金をドリアンがどこに隠しているか、彼は知っていた。いつだってそれをちょうだいしてやれた。だが、それでは盗みをすることになる。

彼のゆがんだ心は脅迫を正義の一種であるととらえ、そこに美を見出していた。それがおれを金持ちにしてくれる。脅迫されたくなければ、悪事を働かなければいいのだ。あるいは、もっと賢く立ちまわればいいのだ。彼は落ち着いて返信した。

〈考えなおしてやろう。一二時間やる。ニュースを見て、〝たっぷり〟こわがれ〉

これでいいだろう。ブラントが支払いをしなければ、大学生三人組の次の任務が決まる。こっちはブラントの隠し金をすべていただき、悲しみに暮れる未亡人には生命保険を残してやる。可能なときはいつでも、悲しみに暮れていようがいまいが、未亡人になにかしら残してやっていた。それが正しい行ないというものだ。

**九月二一日（火）午前〇時二〇分**

オリヴィアは倉庫に到着した最後の一陣のひとりだった。自宅に戻って着替えたせいだ。デイヴィッドのために着た服のまま現場に行くつもりなどなかった。

〝それで？〟あのろくでなし男。ほかの女性の名前を叫んだとき、わたしは彼に……。とにかく、彼は人でなしだ。車のドアを叩きつけるように閉め、自分が現場にいるのに気づいてはっと固まった。デイヴィッドにむかついていたので、これから目にしなくてはならない遺体のことで気分が悪くなっている暇がなかったのだ。

空中にいることに突然気づくワイリー・コヨーテと同じように、オリヴィアの胃もすとんと落ち、ひざに力が入らなくなって車に寄りかかった。デイヴィッドの一件のうえに遺体までくわわって、胃がむかついた。おまけに〈サル〉のバーで口に入れた脂っこい手羽肉とモヒートが一緒に攪拌《かくはん》されている。オリヴィアはごくりと唾を飲みこんだ。

現場で吐いたりしたら笑い物だ。

体を動かしなさい。ケインを見つけるのよ。大きく息を吸い、すぐさまそうしたのを後悔した。鼻をつく煙のにおいが立ちこめていて、肺を焼いた。最悪の晩だわ。

なんとか足を動かした。デイヴィッドがここに来ないのが救いだ。彼は水曜日まで勤務がない。いつものように、人混みのなかにあっさりケインを見つけられた。〝火災用フェドーラ帽〟を後ろにずらしてかぶっている彼が、こちらに気づいて手招きした。

「まただ」ケインは消防署のケイシー隊長と一緒だった。ケイシーは消防服に身を包み、険しい顔をしていた。

「今回はガソリンを使ったようだ」バーロウが言った。「なかに空になった缶を残していった。裏口の窓ガラスを割って侵入してる」

「犠牲者は？」オリヴィアは胃のむかつきではなく、ことばに意識を集中させた。

「この会社の経営者のバーニー・トムリンソンと思われる」ケインが答えた。

「思われる？」倉庫のコンクリートの壁はいまも崩れずに立っている。「火事はそんなにすごいものだったの？」

「かなり」ケイシーが答えた。「だが、けっこう残っているものもある。溶けたクロムもたっぷりある」

「トムリンソンは配管器具を販売していた」バーロウが説明する。「ＫＲＢや〈ランキン＆サンズ〉建設会社との関連はわかっていない――いまのところは」

「じゃあ、トムリンソンは焼死？」オリヴィアはたずねた。

ケイシーが首を横にふる。「いいや。射殺されてた。いまもオフィスのデスクに座っている。顔の大半が吹っ飛んだ状態だ。後頭部を撃たれてね」

オリヴィアの胃がよじれた。「遺体を発見したのは？」

「四〇分隊の消防士だ」バーロウが言った。「オフィスは倉庫の奥にあって、壁と八フィートの天井で囲まれて独立している。そのなかに、デスクに突っ伏した犠牲者がいた。分隊は消火活動をしながら、できるだけ現場の保存に努めてくれた」

「電話をくれたとき、ガラスの球が見つかったと言っていたわよね？」

「ジェルが塗られていた。前のときと同じだ」

「消防士がそれを見つけて分隊長に報告し、分隊長が私に連絡をくれた」ケイシーが言う。「ハンターが昨日キャッチしたガラスの球については、みんなが聞いて知っていた。マスコミに話す者はいないが、秘密にしておけるのも時間の問題だろう。彼らは今夜球を見つけ、私に連絡してきた。そして私がバーロウに電話をした」

「おれはハンターを呼ぶよう隊長に頼んだ」バーロウが言うと、オリヴィアははっと彼を見た。「彼に現場を歩いてもらって、ゆうべの現場と比較してもらおうと思ったんだ。おれがなかに入れてもらえるようになる前に、迅速に情報が必要なんだ。ハンターはいまなかにいる」

「わかった」オリヴィアは落ち着いた声で言ったが、デイヴィッドの名前を聞いたとたんに心臓は早鐘を打ちはじめていた。「防犯カメラはどうなってるの?」

ケインが、制服警官の隣りに立っている男性を示した。「倉庫マネジャーだ。彼とはまだ話をしていない。番犬もいた」

オリヴィアは顔をゆがめた。「犯人は犬を殺したの?」

「いいや」バーロウが答える。「薬で眠らせたようだ。倉庫マネジャーがフェンスのところまで犬を引きずっていき、それから九一一に電話した。消防士たちが到着したとき、犬は意識がなかった。おれが獣医を呼んだ。マネジャーは、上司よりも犬のほうが心配みたいだ。トムリンソンはあまり好かれてなかった印象だな」

「ハンターと、遺体を発見した消防士から話を聞きたい」ケインが言い、オリヴィアを見た。「だが、まずはマネジャーだ」

オリヴィアはうなずいた。「はじめましょう」

「いまのいままで、ハンターが来てるのを知らなかった」うろうろしているマネジャーのところへ向かっていると、ケインがぶつぶつと言った。「きみは、その、おれの双眼鏡を取り戻してくれたのか?」

「いいえ。は……早めに帰ったから。双眼鏡ならあとで取り戻すわ。それでいい？　マネジャーと話をするのはわたしにする？」

「どうぞやってくれ」

オリヴィアたちが近づいていくと、不安そうにうろついていた倉庫マネジャーは足を止めた。「刑事のサザランドです。こちらはパートナーのケイン刑事。あなたは？」

「ロイド・ハートです。獣医さんはまだですか？」

「まだだと思います。でも、連絡は行っているはずです。犬はあなたのものなのですか？」

「ちがいますが、私が世話をしてました。この五年、ずっと。犬はブルーノという名前です」

オリヴィアはそれを書き留めた。「連絡先があなたであると獣医に忘れずに伝えておきます、ミスター・ハート。あなたから獣医にブルーノの病歴を伝え、最高の手当てをしてもらってください」

「ありがとうございます。トムリンソンや火事より犬の心配ばかりしてる私を、きっと薄情者だと思ってらっしゃるでしょうね」

「わたしも犬を飼ってますから。そろそろこの火事やミスター・トムリンソンについてお話をうかがえますか？」

ハートは両手でごしごしと顔をこすった。「いつもどおり、六時ごろに退社しました。

バーニー・トムリンソンはまだここにいて、帳簿つけをしていました。彼は撃たれたと聞きました。どんな風にです？」

「まだはっきりしていませんし、なかに入ってもいません。では、ミスター・トムリンソンは帳簿仕事をしていたわけですね。会社はなにか問題を抱えていたのでしょうか？」

ハートが目玉をぐるりとまわした。「そうなんです。トムリンソンと奥さんは離婚問題で揉めてる真っ最中でしたよ。社長は浮気をし、奥さんはその証拠写真を手に入れた。奥さんは、自分が写真を持っていることや、トムリンソンの浮気相手がだれなのかを、みんなに言いふらしてました。臨時社員として雇われた若い女性です。だれも驚きませんでしたがね。だって、トムリンソンがどうして彼女を雇ったか、わかってましたから。彼女は仕事なんてまったくしませんでしたよ。トムリンソン相手の仕事だけは別ですがね」言ったハートがひるんだ。「すみません、刑事さん」

「お気になさらず。会社の経営状態がよくなかったのは、離婚問題のせいですか？」

「それだけが原因じゃありませんでした。その前から、建設業界の景気が悪化してたんです。うちの商品は主に商業施設用に売られてますから。でも、ウィージーが少し前に帳簿のチェックを指示したおかげで、支出のすべてに許可が必要になりました。たぶん奥さんは、トムリンソンが会社の金で浮気相手にプレゼントを買ってると思ったんでしょう」

「そうだったんですか？」オリヴィアはたずねた。

「ええ。やめるようトムリンソンには言ったんです。まずいことになるからって。でも、彼は聞こうともしませんでした。二〇歳の女に夢中の五〇男が人の話を聞くはずもありませんよね」

「ウィージーとはミセス・トムリンソンのことですか？　ルイーズの愛称？」

ハートがうなずく。「ほんとうに情けない話です。私は奥さんが好きですから。彼女があんな目に遭わされるいわれはないんだ」

オリヴィアはハートの目をとらえた。「でも、ミスター・トムリンソンにはふさわしいと？」

「ちがいますよ。だれだって、あんな目に遭っていいわけがない。でも、警察に嘘をつくつもりはありません。バーニー・トムリンソンはろくでなしでした。ウィージーを裏切り、従業員には無礼な態度で接した。こっちの目を見て話すことはけっしてなく、いつだって携帯電話で話し中か、それを使ってネット・サーフィンをしているかでした。きっとポルノ・サイトでも見てたんでしょう。それに、彼はブルーノを毛嫌いしてました」それがもっとも言語道断な罪だと言わんばかりの口ぶりだった。

「あなたはどうなんです、ミスター・ハート？　ミスター・トムリンソンが嫌いでしたか？」

「嫌いでしたね。彼は人種差別主義者で、性差別主義者で、ほかにもありとあらゆるひどい

〝主義者〟でしたから。それでも上司だったから、命じられれば〝イエス、サー〟と言ってました。どうしても自分を通したのは、ブルーノに関する命令をされた一度きりです。それから、訊かれる前に言っておきますが、火事が起きたとき、私は妻や友人たちと一緒にブリッジをやっていました。メンバーの名前も言えます」

「助かります。すぐに容疑者のリストからあなたの名前をはずせそうです。バーロウ巡査部長の話では、九一一に通報したのはあなただったそうですね。どうしてここに来たんでしょう?」

ハートが気恥ずかしそうな表情になった。「ブルーノの檻に煙探知器を取りつけておいたんですよ。万一にそなえて。警報は私の携帯電話に送られるようにしてありました。ちょうど最後のゲームが終わったとき、携帯電話が鳴ったんです。それでここへ来てみたら、火事になっていたので九一一に電話をしたんです。ブルーノをフェンスの向こうまで引きずっていきました。焼死させたくなかったし、消防士たちに踏みつけられるのも避けたかったから」

「どうして番犬を置いてたんです?」ケインがたずねた。「泥棒に入られたことでも?」

「以前は外に陶器の器具を保管していて、荒らされたことがあったんです。時間を持てあました子どもたちの仕業ですよ。陶器を割られたりしました。そんなやつらに犬が嚙みつけばいいと考えて、トムリンソンは番犬を置くことにしたんです。子どもたちはどこか別の場所へ行き、ブルーノは残ったってわけです」

「防犯カメラは?」今度はオリヴィアがたずねた。

「カメラがあるのは外だけで、なかにはありません。画像は屋内の録画装置に記録されます。古いタイプですよ。ブルーノがいるかぎり、最新鋭の機器は必要ないとトムリンソンは考えていたんです」

「顧客と従業員の名簿が必要です」オリヴィアが言った。

「ジェイク・マブロウに言ってください。彼がうちのIT担当者です。一年くらい前だったか、バックアップを取るために外部サーバーを設置するようトムリンソンを説得したんです。ジェイクなら会社のファイルにアクセスできます。ウィージーもです。彼女は離婚訴訟を起こす前日に会社にやってきて、トムリンソンのコンピュータの中身をすべてコピーしていきました。トムリンソンは臨時社員のことを奥さんに知られてるとは思ってませんでした」

「あなたはどうなんです?」ケインが訊いた。「会社が燃えてしまったわけですが、これからどうするおつもりですか?」

「引退かな。前々から退職しようと考えてたので。ウィージーは、ブルーノを私にくれると言ってくれてます」ミニバンが入ってくると、ハートはさっとそちらを見た。「獣医が来た」

オリヴィアはすぐさま獣医がだれなのかに気づいた。「バーロウはブリーのお父さんを呼んでくれたんだわ」ケインに言ってから、ハートに向きなおる。「彼はいい獣医さんですよ。

わたしの犬も診てもらってるんです。彼にならブルーノを安心して任せられますよ」

「もう行っていいですか？」ハートは言い、オリヴィアがうなずくとすぐさまその場を立ち去った。

「トムリンソンの顧客名簿を手に入れる必要があるな」ケインが言った。「ＫＲＢか〈ランキン＆サンズ〉が配管器具を買っていたかどうか調べなければ」

「トムリンソンの未亡人も訪問しないと。でも、悲しみに暮れる未亡人ではなさそうだから、ミセス・ウィームズのときほどたいへんじゃなさそう。今度はわたしの番だったわよね？」

「そうだ。ところで、ミスター・ハートの扱いはうまかったな」

オリヴィアが唇の片端を上げた。「未亡人に告げる役を代わりたいから、そう言ってるだけでしょ？」

ケインが両の眉を吊り上げる。「うまくいったか？」

「ううん」

「残念」それから目を険しくした。「消防士たちがきみの六時の方向にいる」

オリヴィアがふり返ると、バーロウと三人の消防士がこちらに向かってきていた。そのなかにデイヴィッドもいた。息が詰まり、胃が妙な具合になったが、慣れるしかないのだろう。デイヴィッド・ハンターはハンサムだ。ゴージャスだ。どこからどこまで魅力的な男性だ。おまけにろくでなしでもある。それを受け入れて、さっさと自分の仕事をするのよ。

四人がやってくるころには、オリヴィアは気持ちを落ち着けていた。

「カンクルだ。で、こっちはスローン」消防士のひとりが言った。「四〇分隊の所属だ。こっちは四二分隊のハンター。おれたちから話を聞きたがっているとバーロウから聞いた」

「そうだ」ケインが言う。「なかで目にしたことを話してほしい」

「火は完全に燃え上がってた」カンクルが言った。「オフィスの壁は燃えていて、天井は落ちていた。スローンとおれが壁を引き倒すと、彼がそこにいた」

「すでに死んでいた。頭に銃弾を食らって」スローンがぎゅっと唇をすぼめた。「顔はなくなってた」

「デスクは？　どんなようすでした？」オリヴィアがたずねた。

「血しぶきの散った紙類がいっぱいあった。完全に燃えてはいなかったから、懐中電灯で見てみた。はっきりとはわからなかったが、セックス写真みたいだった」

「セックス写真？　ポルノってこと？」オリヴィアがたずねると、スローンは首を横にふった。

「そうじゃない。写真の男のほうは彼みたいに見えた。でっぷりした青っちろい体がたっぷり見えてた。ほんとうに青っちろかった」

「今回、犯人は燃料を持ちこんだ」バーロウがつけくわえる。「ガソリン缶が見つかった」

「まき方はコンドミニアムの現場で見たパターンと似ている」デイヴィッドだ。「ジグザグの線状にまいて、残りを一箇所にぶちまけてる。倉庫の東と西からまいて、中央で合流したようだ」

「球は？」オリヴィアがたずねると、デイヴィッドが顔を向けてきたが、その表情は読めなかった。

「コンドミニアムでそうしただろうときみが考えたとおり、脇のドアを開けておくようかませてあった。球にはジェルが塗られていた。その写真を撮った。球が床に接している場所を見てくれ」デイヴィッドからカメラを渡されたオリヴィアは、ケインと一緒にモニター画面を見られるようにした。

「なにを見ればいいの？」オリヴィアが言うと、デイヴィッドが背後から覗きこんできて、顎が彼女の耳に触れそうになった。肺が動きを止めるなか、彼が画面を指さした。

「ここだ。導火線の一部だ。犯人は球で導火線の端を押さえておいたんだ」

彼が離れると、オリヴィアはまた息ができるようになった。「いつなかに入れる？」

「あと一、二時間ってところだろう」バーロウが言う。「温度が下がったら呼ぶよ」

「頼んだわ」オリヴィアは彼に小さく微笑んだ。「ブリーのお父さんを呼んでくれてありがとう。彼ならブルーノをしっかり診てくれるでしょうから、ミスター・ハートがさらに協力的になってくれると思う」

バーロウがうなずく。「ハートにはアリバイがあるのか？」

「ええ。いずれにしても調べるけど。まずは未亡人に会うわ。彼女にはトムリンソンを殺してこの場所を焼き払う動機がある。夫のファイルをコピーしたらしいから、顧客と従業員の名簿を彼女から入手できるかもしれない」オリヴィアは消防士たちに向きなおった。「話を聞かせてくれてありがとう。なにかあったらまた連絡します」

デイヴィッド・ハンターにはひとこともかけずに立ち去ったが、彼の視線を背中に感じていた。ケインが横を歩き、背後をちらりとふり返った。

「彼に見られてるぞ、リヴ」

「わかってる」食いしばった歯のあいだから言ったあと、なんとか気を取りなおした。「考えてたの。昨日の朝、バーロウの言ったことが正しくて、一連の放火は環境保護団体のSPOTとなんの関係もないのでは？」

「ガラス球はただの偽装ってことか？」

「そう。とことん憎んでいるある人物を殺したくて、捜査を誤った方向に向かわせるために最初の放火をしたのだったら？　トムリンソンを殺すのが最初からの目的だったとしたら？」

「おれも同じことを考えてた。トムリンソンの妻は夫を心底憎んでいたみたいだな」

「どれくらい憎んでいたのか突き止めましょ」

スローンとカンクルは仕事に戻ったため、デイヴィッドはバーロウとふたりで残された。つかの間、ふたりのどちらもなにも言わなかったが、やがてバーロウが口を開いた。「あイタたた」

「なんだよ？　彼女はきみに愛想よくしてたじゃないか」

「この何年かではじめてな。だから、あんたのことを言ったんだよ」

デイヴィッドはためらい、それから肩をすくめた。「ダグってだれだい？」

バーロウは驚いてはっと彼を見た。「おれの友人だ。あのときも、いまも。リヴの元婚約者だ。じつは、おれがふたりを引き合わせた」

「そいつは彼女を捨てたんだろ」

バーロウがため息をつく。「そうだ。そして、おれはそれに手を貸した。だから好ましからざる人間なんだ」

デイヴィッドはペイジのことばを思い出した。〝マイカも関係してる〟「どう手を貸したんだ？」

「ダグにはリヴのずっと前に婚約者がいたんだ。大学時代の恋人だったが、あっちが彼を捨てた。ダグはそれをけっして乗り越えられなかったが、リヴと出会って、おれはふたりならうまくいくと思った。時が過ぎ、ふたりは婚約した。式の日取りも決まった。おれは新郎の付き添い役を務めることになってた。すべてが順調だった。だが、式の二、三週間前にダグの昔の婚約者が現われ、よりを戻したいとすがった」

「それでやつはそうしたのか？」

「すぐにじゃない。彼が助言を求めてきて、おれは巻きこまれてしまった。人生で最高に愚かなことだった」

デイヴィッドが眉をひそめる。「オリヴィアを捨てろとそいつに言ったのか？」

「まさか」バーロウはきっぱりと否定した。「おれはただ、八〇歳になった自分がだれと一緒にいるのがいちばん幸せかを想像してみろと言ったんだ。ダグは数日間どこかへ行ってじっくり考え、アンジェラを選んだ。リヴは――」彼がため息をつく。「――おれが想像していた以上に落ちこんだ」

〝だれかの代わりになるなんてお断りよ〟「彼女はきみのしたことをどうやって知ったんだ？」

「おれが自分で話したんだ。それもまた愚かだよな。ダグに捨てられた一週間後、リヴの親父さんが亡くなったんだ。親父さんも警察官だったらしいな。シカゴで」

「ああ、知ってる。おれはオリヴィアの母親ちがいの姉のミーアと友だちなんだ」デイヴィッドは肩を落とした。これで、だれかの代わり云々のことばがより大きな意味を持った。

「リヴの親父さんを知ってたのか？」

デイヴィッドはオリヴィアとミーアの獣みたいな父親を思った。そうすると、いつも決まってメガンの継父や、自分が彼女とその家族になにをしたかを思い出してしまった。そうなると、だれかを殺したいほどかっとなるのだ。彼は少しずつ拳の力をゆるめた。「直接の知り合いだったわけじゃない。ありがたいことに」

バーロウはデイヴィッドの両手に視線を下ろし、油断のない目を上げた。「そんなにひどかったのか?」

「オリヴィアの父親は惨めなろくでなしで、息を吸う価値もない男だった。父親が亡くなるまで、ミーアはオリヴィアの存在を知らなかったんだ。オリヴィアは別の家族がいることと、父親が自分と母親ではなくそっちの家族と暮らすことを選んだとだけ知っていた」

つかの間、バーロウは目を閉じた。「ひどい話だな。で、ダグが別の女のためにリヴを捨てたってわけか」

で、彼女とベッドにいるときに、おれが別の女性の名前を口にしたわけだ。「最悪だ」

「親父さんが亡くなったのをリヴが知った日に、おれは彼女と会った。シカゴでの葬儀に出るために荷造りをしていた。おれは親父さんのことを知らず、ダグのせいで永久にここを出ていくつもりなんだと思いこんだ。彼女を落ち着かせようとして、あんまり思いきった行動に出るんじゃないと言い、なりゆきで自分のしたことを話しちまった」

「彼女はどうした?」

「あの大きな青い目でただじっとおれを見つめるだけだった。まるでおれに腹を刺されたみたいに」

〝それで？〟と言ったときに彼女が向けてきた表情もそんな感じだった。デイヴィッドは吐息をついた。「どんな表情かわかるよ」

バーロウが顔をしかめながら見つめてきた。「あんたは彼女になにをしたんだ？」

きみには関係ないだろう、と言いたかった。だが、助けが必要かもしれない。自分ひとりでは、へまばかりしているのだから。「彼女はおれが別の女性を望んでたと思っているんだが、それは誤解だ。彼女を傷つけるつもりなんてぜったいになかったのに、でも傷つけてしまった。そのあと、なんとか修復しようとして……」

「もっと深く穴を掘っちまったってわけか」バーロウがあとを受けて続けた。「彼女を追いかけるのか？」

彼女とケインが倉庫マネジャーと話している場所にデイヴィッドはさっと視線を向けた。

「え、いまか？」

バーロウが呆《あき》れた顔になる。「いまじゃない。彼女とやりなおすつもりなのか？」

「ああ、そのつもりだ」

バーロウがうなずいた。「よかった。よし、じゃあ、仕事に戻ろう」

ふたりは倉庫に戻った。「これは環境保護団体の放火じゃないな。倉庫には燃やす価値のあるものなんてひとつもなかった。顔のない男をのぞいては」

「わかってる。ふたつの放火事件をつなげるものがなにかあるはずだ。あんたはいい目をしてる。警察官になろうと思ったことはないのか？」

デイヴィッドは首をふって否定した。「消防士になるのには時間がかかったが、いまではほかの仕事をしてる自分など想像もできない」

「火のなかに飛びこんでいくのが好きなんだな」バーロウの声にはかすかに羨望の念がこもっていた。

デイヴィッドがにやりとする。「あんな感覚はほかでは味わえない。同時に、むずかしいパズルを解くのも好きなんだ。シカゴにいるオリヴィアの義理の兄も放火捜査官なんだ。彼から少し学んだと思いたい」

バーロウは道具一式を肩にかけ、上着のポケットからビデオ・カメラを取り出した。「それなら、われらが非環境保護団体の放火犯がどんな証拠を残していったかをたしかめにいこうか」

# 11

## 九月二一日（火）午前〇時五五分

「もう一度ノックしてみてくれ」ミセス・トムリンソンの返事がなかったので、ケインが言った。

オリヴィアがノックしようと拳を上げたとき、ドアが開いて、シルクのローブを着た長身で均整の取れた女性が顔を覗かせた。化粧をしていなくてもとても美しく、ウィージーなどという名前から想像していたのとはまったくちがっていた。

「はい？」女性が言った。

「ミセス・ルイーズ・トムリンソンにお会いしたいのですが」オリヴィアは言った。

「ルイーズならわたしですけど、ミセス・トムリンソンでいるのはもうそれほど長くはないわ」

「わたしは刑事のサザランドで、こちらはパートナーのケイン刑事です。ご主人の件でお話があって来ました」

完璧に整えたルイーズの眉が吊り上がった。「夫は今度はなにをしでかしたんですか？」

「ご主人は亡くなりました。今夜、殺されたのです」

まったく予想外なことに、ルイーズ・トムリンソンの傲慢な表情がすっと消えた。顔から血の気が引き、口があんぐりと開く。「亡くなった？　バーニーが？　まさか」そして、返事を待ちもせずに泣き出した。顔をうつむけ、自分の体を抱きしめ、戸口に立ち尽くして、胸も張り裂けんばかりに泣いたのだ。

「なかに入れていただいてもかまいませんか？」オリヴィアはたずねた。

ルイーズはいざなわれるままに居間のソファへ行き、へたりこみ、両手に顔を埋めた。

「どうしてそんなことに？」

「倉庫にいたときに撃たれたのです」

ルイーズが目を丸くして顔を上げた。「まさか自殺じゃありませんよね？」

「そうではないと思われます。どうしてですか？」

「夫はわたしに怒っていたんです。ものすごく。わたしがふたりの財産を凍結したから」

「離婚で揉めていたと聞いています」オリヴィアはそっと言った。

「そうです。彼がわたしを裏切ったんです」

「あなたは腹を立てたのでしょうね」ケインがなめらかに言った。

ルイーズの目がぎらりと光った。「あたりまえです。三〇年も一緒だったんですよ。夫には生きて苦しんでほしかった。死ぬのではなく。わたしは容疑者なんですか？」

「いまはご主人をご存じだった方々に話を聞いてまわっているだけです」オリヴィアが言う。「ですが、容疑者リストからあなたをはずすためにも、今夜どこにいらしたか教えていただけますか？」

「ここです。ひとりで」

「ご主人はここに住んでらっしゃったのでしょうか？」

「いいえ。ダウンタウンの大学そばにアパートメントを持っていました。息子がそこの学生で、寮生活をしています。ああ、あの子に父親が死んだのを知らせないと」

オリヴィアは彼女の手首にそっと手を置いた。「われわれからお話ししたいのですが」

ルイーズの顔がまっ青になった。「息子がこの件にかかわっていると考えてるんですか？」

「一緒に来ていただいて、事情をはっきりさせたほうがいいと思います」オリヴィアは立ち上がった。「二階にお供しますから、着替えをしてください」

**九月二一日（火）午前二時三五分**

「どうなんだ？」アボットがたずねた。

オリヴィアは窓のところに立って第二取調室を覗き、首を横にふった。ルイーズ・トムリンソンは呆然とした表情でテーブルについている。弁護士がときおりその手をやさしくさすっていた。

「彼女は夫に対して怒っていて、夫の死と火事によって金銭的利益を受ける立場にあります」オリヴィアは言った。「でも、金でだれかを雇って夫を殺させたのでないかぎり、彼女が関与しているとは思いません。両手とも硝煙反応は出ませんでした。近所に聞きこみをしましたが、彼女が家を出る姿は目撃されていません。車のエンジンは冷えていました。どれも無実を確定するものではありませんが、いまの時点では彼女が現場にいたことを証明できません」

「息子は第一取調室にいます」ケインがつけくわえる。「ひと晩中パーティ会場にいました。少なくとも五〇人が彼の姿を目にしています。こっちも硝煙反応はなしでした」

「だったら、ふたりを自由にしてやれ」アボットが言う。「妻と息子以外に、トムリンソンを殺す理由のある者を見つけ出せ。コンドミニアムとの関連を見つけ出せ。〇八時に会おう」

オリヴィアはむっとした顔でアボットに言った。「どうしていつも〇八時なんですか?」

「家に帰れ、リヴ」ケインがやさしく言った。「少し眠るんだ」

「トムリンソン家のふたりと話をしたら、そうするわ。下手《したて》に出れば、ご主人のハードディスクからコピーしたものを渡してくれるかもしれない。それがだめだったら、IT担当者に頼まなくちゃならなくて、その場合は令状を要求されるだろうから」

「署に引っ張ってきたあとなのに、下手に出るだけで言うことをきかせられると思ってるのか?」ケインが言った。

オリヴィアが片方の眉をくいっと上げた。「できるほうに一〇ドル」

楽勝を予感したケインが抜け目ない笑みを浮かべた。「乗った」

オリヴィアはしばし時間をかけ、自分より年上の女性の気持ちになろうとした。彼女の悲しみは、怒りと同じく本物だった。どちらの気持ちも持って当然だ。金を払ってだれかに汚れ仕事をやらせたのなら話は別だが、もしそうしたのなら金の流れが見つかるだろう。

「ミセス・トムリンソン」取調室に入ってドアを閉めると、オリヴィアは声をかけた。

弁護士が弾かれるように立ち上がる。「あとどれくらい依頼人をここに拘束するつもりですか?」

「あと少しだけです。息子さんがこちらに来ます。おふたりにお話がしたいので」

ルイーズ・トムリンソンがきっとにらんできた。「あなたと話したくなどありません。犯罪者みたいな扱いをされたんですから」

オリヴィアは彼女の向かいに座った。「それはちがいます。わたしは仕事をしていただけです。できるだけきちんと敬意を払って。ご主人が亡くなられたことは、ほんとうにお気の毒でした。あなたのお気持ちをわかったふりはできませんが、わたしは殺人課の刑事です。ご主人のために責任を果たす義務があります。ご主人を殺した犯人を見つけるのが仕事なのです。あなたと息子さんも同じことを望んでらっしゃるといいのですが」

ルイーズは唇をきつく結んだまま唾を飲んだ。「わたしの指紋を採ったでしょう。息子の指紋も」

「ご主人のオフィスやアパートメントから採取される指紋が、おふたりのものでないのを確認するためです。通常の手続きなんです。今夜こんなことになったのをほんとうに申し訳なく思っていますが、時間が経てば経つほど、犯人が逃げおおせる確率が高くなってしまうのです」

青ざめた顔のルイーズが目を閉じた。「だれかが主人を撃った」

「そうです。ご主人はデスクについて仕事をしてらしたようです。背後から撃たれていました」

ルイーズがぎくりとし、息子のセス・トムリンソンが入ってくるとそちらにさっと目を向けた。息子は先ほどまでの母親よりも怒っているようだった。息子に抱きしめられたルイーズが、また泣き出す。セスがオリヴィアをにらみつけた。「ひどいんじゃないか？」

「お願いします。お座りになってください」オリヴィアは言った。

怒り狂いながらも、セスは言われたとおりにし、母親の手を守るように握った。「こんな事件が起きただけでもひどいのに」

「おっしゃるとおりです」オリヴィアが言うと、セスが険悪な表情を向けてきた。

「あんたがいい警官なんだな。悪い警官はどこにいるんだ?」

怒りに満ちたまなざしに、思いやりのこもったまなざしを返す。「ここに座ってます。あなたの態度次第で、わたしはどちらにもなれます。あなたの助けが必要なのです」

「いやだ。警察を助けるなんてごめんだ」

「怒りもいらだちもごもっともです。いまは、あなたのお父さんの頭を背後から撃った犯人に対してその怒りを向けてもらいたいのです。火事のせいで、通常の現場で発見できる多くのものが破壊されてしまいました——たとえば、格闘の跡やオフィスに押し入った跡などです。お父さんは犯人と顔見知りだったのか?　それとも、たまたま悪いときに居合わせてしまったのか?　オフィスにお金を置いていたのか?」

ルイーズが頭をふった。「それはありません。現金取り引きはしていませんでした。支払いはすべて小切手か銀行口座振替で受け取ってました。主人がオフィスに置いていたものは個人的なお金だけで、それにも不自由するくらいでした。わたしがそうなるようにしましたから」

「母さん」セスが小さな声で言うと、ルイーズは息子の腕を軽く叩いた。

「この人は仕事をしているだけなのよ、セス。きっと、殺し屋を雇わなかったかどうかを確認するために財政状況もチェックされるわ」ルイーズがオリヴィアの目をまっすぐに見つめてきた。「そんなことはしていません。どうすればいいかも知らないわ」

「そうでしょうね」オリヴィアは言った。「まだご主人を愛してらっしゃったんですね」

「ええ。主人にはひどく傷つけられました。でも、彼の命を奪うなんて、わたしにはできません」

「だれならそれができたでしょう？」

ルイーズは途方に暮れた表情になった。「わかりません。倉庫マネジャーのロイド・ハートに訊いてみてください。顧客については彼がすべて把握していますから」

「彼とは少しですがすでに話をしました。犬をとても心配していました」

「ブルーノ……」ルイーズがぼそりと言った。「犯人は犬も傷つけたんでしょうか？」

「薬で眠らされてました。元気になる可能性はあります。ミスター・ハートの話では、ご主人は従業員からあまり好かれていなかったとか」

「言いがかりだ」セスがすごい剣幕で言ったが、母親がまた彼の手を軽く叩いた。

「いいえ、そうでしたよ」それからオリヴィアに話しかけた。「昔からそうだったわけではありません。昔の主人は従業員全員の名前をおぼえていました。みんなが手当や年金を受け取れるよう心を砕いていました。会社が大きくなるにつれ、変わっていきました。三つの州に倉庫を持つようになり、出張が多くなりました。派手な車を買うようになりました」ルイーズが顎をつんと上げる。「派手な女性も。当時は気づいていませんでしたけど。もう結婚したときの主人ではなくなってしまいました。それから経営状態が悪くなりはじめ、主人はおびえるようになりました。性格も悪くなりました。わたしたちはいつも喧嘩をしていました」

「それはないだろ、母さん」セスが否定する。

「あなたの前では喧嘩をしないようにしていたの。知られたくなかったから」ルイーズがオリヴィアに顔を戻す。「長いあいだ、会社のことは気にもしていませんでしたが、主人の浮気を知ったとき、すべてのファイルのコピーを取りました。武器になるものをできるだけ多く弁護士さんに渡したかったんです」

「いまもファイルのコピーはお持ちですか?」

「ええ、何枚かのCDに焼いて持ってます」

「火事であまりにもたくさんのものが焼失しました。だれを調べればいいかがわかれば、捜査を格段に早くはじめられるのですが」

ルイーズが弁護士をちらりと見ると、相手は小さく肩をすくめた。「あなた次第です。私はすでにファイルに目を通しましたが、あなたが警察に話した以上のものはあのなかにはありませんでした」

「自宅の耐火金庫にしまってあります」ルイーズの唇がゆがんだ。「皮肉じゃありません?」

オリヴィアの口からため息が漏れる。「この仕事をしていると、悲しい皮肉にはしょっちゅう遭遇します。お疲れなのはわかっていますが、あと少しだけうかがわせてください。

ご主人の浮気はどうやってわかったんでしょうか?」

「私立探偵を雇ったんです。似たような経験をしたお友だちがいたので、彼女と昼食をとったときに勇気を出して女性の私立探偵の名前を教えてもらい、雇ったんです。一週間もしないうちに、探偵は浮気の証拠写真を撮ってきました。もう大ショックでした」懸命に涙をこらえる風だった。「次の日、主人がゴルフでいないとわかっていたのでオフィスに入り、ファイルをコピーしました。そして、その日の午後に離婚を申し立てました」

セスは母の疲れきった横顔をじっと見つめていた。「もう行っていいですか? 母は協力したでしょう」

「ええ、おおいに助かりましたし、もう行ってくださってかまいません。ミセス・トムリンソン、ありがとうございました。捜査の進捗状況は、わたしが責任を持ってお知らせします。ご自宅までお送りしましょうか?」

「それは私が」弁護士が言った。「CDは今夜のうちに欲しいのでしょうね?」

オリヴィアは壁の時計をちらりと見た。午前三時になろうとしているところだった。そろそろ現場の熱も下がり、ケインとふたりでなかに入ってオフィスのトムリンソンに会えるころだろう。「そうできれば助かります。パートナーとふたりであとをついていきます」そのあと現場に引き返せばいい。

ケインは隣りの観察室にいて、一〇ドル札を手にしていた。「うまいもんだ」

「それは取っておいて。ミセス・トムリンソンは最初から協力するつもりだったんだから。出かける準備はいい？」

「ああ。運転はおれがしよう。きみは少しでも眠るといい」

## 九月二一日（火）午前三時五八分

三人はエリックの居間で、音声を消したテレビを見ていた。前日と同じく、二四時間ニュースを流す地元局にチャンネルを合わせてあった。メアリはソファの隅に丸くなっていて、石のように硬い表情をしている。アルベールは肘掛け椅子に腰を下ろし、かんかんに怒っている宇宙船の船長のような顔をしていた。

エリックは、うろつくのをやめて座れとアルベールに怒られたばかりで、ダイニング・ルームの椅子に逆向きにまたがり、背もたれに顎を乗せた。

「音を出して」メアリが元気なく言い、アルベールがリモコンをつかんだ。

「この時間のトップ・ニュースは、新たな火災についてです。今度は街の北部にある倉庫が燃えました」ニュース・キャスターが告げた。「ニュース8がたったいま入手した情報によりますと、今回の火災も放火だっただけでなく、またもや遺体が発見されたとのことです」

ショックのあまり、エリックは椅子から勢いよく立ち上がった。「どうなってるんだ？」

大声でどなる。

アルベールが前のめりになり、腕をふった。「黙れ」

メアリは体を起こし、あろうことか先ほどよりもさらに表情を硬くした。

「犠牲者の身元は、倉庫の持ち主であるバーニー・トムリンソンさんと判明しました」薄くなった部分を隠すように髪をなでつけた中年男性の写真が画面に出た。「ジョセフ・ブラッドショーが現場に行っています。ジョセフ、そちらの状況をレポートしてください」

画面がレポーターに切り替わり、背後に消防車が映っていた。「火は消し止められましたが、現場での捜査はあいかわらず活発に行なわれています。警察と検死官が二〇分前に倉庫に入っていったきり、まだ出てきていません。バーニー・トムリンソンさんの死因に関してはこちらに情報は入っていませんが、殺人課の刑事が捜査にあたっている状況から、倉庫の所有者は凶悪犯罪の犠牲になったと思われます」

「ジョセフ」ニュース・キャスターが言った。「コンドミニアムの火災との関連はほのめかされていますか？」

「まだですが、先ほどなかに入っていった殺人課の刑事は、コンドミニアムの現場にもいたケインとサザランドのふたりです」

アルベールがテレビの音声を消した。「これがやつのゲームなんだな」陰鬱な声で言う。

「人を殺し、そのツケをおれたちに払わせようとしてるんだ」

「テープは破棄した」エリックが言う。「スキー・マスクをつけていた。ぼくたちが犯人だなんてだれにもわかるはずがない」

アルベールがすごみのある声でくつくつと笑った。「本気で信じてるのか、友《モナミ》よ？　あと五分か一〇分したら、また別のビデオのリンクがついたメッセージが送られてくるに決まってる」

着信があったのは、二分もしないうちだった。エリックの携帯電話が鳴った。内容を読んだ彼は目を上げてアルベールを見た。「〝わが社に採用する。おめでとう〟と書かれてる」

「ビデオは？」メアリがほとんど聞き取れないほど小さな声で言った。

エリックはリンクをクリックした。「ぼくたちが映ってる」ビデオの再生がはじまると、そう言った。「スキー・マスクをつけている」メアリが薬を盛られた犬のようすをたしかめようとふり向いたところを、カメラがズームしていった。そして、スキー・マスクをつけた彼女の顔の静止画が画面いっぱいに広がった。続く何枚かでその右目にカメラが寄って虹彩だけしか見えなくなり、そのあとコンドミニアムのときのメアリの写真に切り替わった。こちらでもカメラがズームし、虹彩のクローズアップになった。

エリックは、足を止めて燃えている倉庫の写真を撮っている自分の姿を見ても、目を瞬きもしなかった。「あいつはあそこにいたんだ」ぎこちなく言い、アルベールに画像を見せた。

「メアリの目で、彼女が両方の現場にいたのを証明できると言いたいんだろう」

ビデオを再生したアルベールが顎をこわばらせた。「あいつはどこにいたんだ？　ちくしょう」

「犬のようすをたしかめようと立ち止まったメアリをとらえているから、ぼくたちの左側に隠れていたにちがいない」エリックはメアリの向かいのソファにどさりとへたりこんだ。

「信じられない」

「これはわたしの計画したことじゃない」彼女の声はか細かった。「話してくれなかったなんて信じられないわ、エリック。隠しておく権利なんてあなたにはなかったのに」

「ごめんって謝ったじゃないか」

「謝ってもらったって役には立たないわよ。もしあなたが少しでも頭を働かせていたら
……」メアリは目を閉じた。「最悪」

「またメッセージが来た」アルベールが言い、鋭く息を呑んだ。「トムリンソンだ。というか、彼の残骸と言うべきか」携帯電話を返してもらったエリックがたじろいだ。

トムリンソンはデスクに突っ伏していた。すさまじい量の血が写っていた。

エリックは携帯電話をメアリに渡し、彼女がビデオを見るのを待った。「これからどうしよう？」

「こいつをおびき出すのよ」メアリが冷淡に言う。「そして殺してやるの」

アルベールが皮肉っぽく眉を上げた。「だれも殺せないって言ってなかったか？」

「わたしがまちがってた。ゲームは変わったのよ」

「それはそれでいいけど、さっきも言ったように、これからどうすればいいだろう？」

「こいつはトムリンソンに対してなにか不満があったにちがいない」アルベールだ。

「ひょっとしたら、彼のことも脅迫してたんだったりしてな」立ち上がってうろうろと歩きまわる。「こいつはおれたちを見つけた。どうやって見つけたのかわからない。ここ以外で集まったりしなかったのに。外ではぜったいに集まらなかっただろ。だったら、こいつはどうやっておれたちを見つけた？　トムリンソンのことをどうやって知った？　つながりはなんだ？」

　エリックの背筋を冷たいものが伝い落ちた。「この部屋に盗聴器が仕掛けられてる可能性はあるだろうか？」

　うろつくのをやめたアルベールの顔は険しかった。「突拍子もなく聞こえるが、ありえなくはないかもな」

「でも、それにはやっぱり、そいつがわたしたちのことを知ってなくちゃおかしいわ」メアリが強い口調で言う。「適当にお金持ちの息子を選んで、そのアパートメントを盗聴するなんてはずがないでしょう」挑むように顎を上げる。「いまのが聞こえた、くそったれ野郎？　あんたの話をしてるのよ！」

「しーっ」アルベールが小声で注意する。「隣りの部屋の人間を起こしてしまうだろうが」

それからふと動きを止め、あちこちに走らせた目がエリックの目とぶつかった。「エリック」

　彼と同時に、エリックにも同じ考えが浮かんだ。「隣りの人間。ここの壁は薄い。だれかがぼくたちの話を耳にしたんだ。どっちの部屋だろう？」

「そんなに薄い壁じゃないわよ」メアリが鼻で笑ったが、アルベールは顔を背けて目玉をぐるりと動かした。

「一度、夜に隣りから文句を言われたことがあるんだ。ぼくたちが……」エリックは顔が赤くなるのを感じた。「わかるだろ」

「なるほどね」メアリが肩をすくめた。「同じ経験があるわ。ジョエルとわたしが……」不意にことばを切り、唇をぎゅっと結んだ。目には涙があふれていた。「ああ、もう。ほんの一瞬、忘れてたわ。信じられない」

「それが悲しみってもんだ」アルベールが静かに言った。「きみは寮に住んでるんだったよな。ルームメイトは四人だったか？」

「そう。ひとりひと部屋あるけど」

「きみの部屋でジョエルと計画について話したか？」

　メアリは首を横にふったが、その激しさが弱まっていった。「一度か二度はあったかも。でも、声を落としてたわよ」

「寮の部屋の壁はここよりも薄い」エリックが言った。「だからぼくたちは、アルベールの寮の部屋ではなにもしないようにしてたんだ。きみのルームメイトが話を聞いてしまったんだよ。でも、トムリンソンはどうつながるんだろう？」

「トムリンソンについてもっと調べる必要があるな」アルベールがエリックのノートパソコンを指さした。「彼の会社のサーバーに侵入したんだろ。なにを見つけた？」

「探していたものだけだよ――警報装置の保守ファイルだ」

「おまえがサーバーに侵入しようとしているあいだに、グーグルでトムリンソンを検索してみた。一般的な情報をいくつか見つけた。トムリンソンは去年、ゴルフのチャリティ・トーナメントに出てるが、会社の経営は芳しくない――何人も一時解雇してる。妻から離婚されそうになってる。コンピュータについてはおまえのほうが詳しいんだから、もっと深く探るんだ。見つけられるものすべてを見つけろ」アルベールがジャケットをつかんだ。

「どこへ行くんだい？」エリックが言った。

「寮に戻るんだ。もうすぐ夜が明ける。着替えをしてひげを剃って、奥さんと話してトムリンソンがなにを企んでたかを探る」

メアリが立ち上がる。「いきなり家に行って話をするなんてできるわけないじゃない」

「レポーターのふりをすればできるさ」

エリックはゆっくりと立ち上がった。「アルベール、待てよ。奥さんがおまえのことを調べたらどうするんだ？　おまえは目立たないタイプってわけじゃないんだから。特にそのフランス語訛りは」

アルベールがすごみのある笑みを浮かべた。「フランス語訛り？」完璧なミネソタ訛りで言った。

エリックは呆然とした。「おまえ……どっちが本物なんだ？」

彼を見るアルベールの目は冷ややかだった。「いまさらそれが問題か？ トムリンソンについて探れ。どんな情報でも必要だ」


ふむ。いつものように、彼らはおもしろいグループだった。メアリがおれを殺したがってるって？ おたがいさまだな。それに、アルベールはほんとうはフランス人じゃなかったって？ 嘘だと言ってくれ。こういう展開になるのは、彼にはとっくにお見通しだった。エリックはオタクにしてはほんとうにまぬけな男だ。

彼は安楽椅子にもたれて顔をしかめた。アルベールがルイーズ・トムリンソンと話をする？ それについてはちょっと考えなくてはならない。ルイーズはなにも知らない。じゅうぶんに気をつけてきたから大丈夫だ。アルベールが嗅ぎまわったところで痛くも痒《かゆ》くもない。

逆にこれを利用して彼らの墓をもう少し深く掘るにはどうしたらいいだろう？ それに、あとどれくらい引き紐をきつくしたままでおけるだろう？ ずっと彼らを見張っているつもりなどなかった。彼らの利用価値がなくなれば……人生も終わりにするだけだ。

それに、いま現在はもっと大きな問題を抱えてしまった可能性がある。録画した九時のニュースを早戻しする。それは、携帯電話で撮った画質の粗いビデオだった。災害救助犬とそのハンドラーが、コンドミニアムの桟橋から数百ヤード離れた湖岸に立っている。あの湖岸なら隅々まで知り尽くしていた。あの開けた場所へはボートを使ってしか行けないのだが、ビデオにボートは映っていなかった。

あのちょっとした場所が、コンドミニアムに少女が入った経路だと考えてもよかったが、だとすると、ボートはまだあそこに残されているはずでは？　ところがボートはなく、それはつまり、彼女と一緒にだれかがいたということになる。コンドミニアムの火事で死ななかっただれかが。

そうなると、困ったことになるかもしれない。警察がなにを知っているかを探る必要がある。目撃者がいるのなら、そいつには消えてもらわなければ。

## 九月二一日（火）午前五時三〇分

オースティン・デントはひざを抱えてベッドに座っていた。仕事を終えた母がじきに帰ってくるだろう。母は懸命に働いていた。その目を心配で曇らせてしまった自分がいやでたまらなかった。

煙のにおいがしたときの、トレイシーの目に浮かんだ恐怖が忘れられないのも、いやでたまらない。あるいは、撃たれたときの警備員の表情や、地面に倒れたときのようすも。けれどなによりも、殺人犯がどこかでのうのうとしているのがいやでたまらなかった。

オースティンの両手がぎゅっと拳に握られる。なにかしなければ。けれど、こわくてたまらなかった。

トレイシーに借りがあるだろ。守ってあげると約束したのに。彼女があそこにいたのはぼくのせいなんだ。

でも、母さんへの恩義はどうなる？ もし話せば、母さんと自分の両方の命を危険にさらすはめになってしまう。あいつは冷酷に警備員を殺した。あの犯人をまっすぐ自分たちに導くなんてできない。

でも、なにもしないでいるのも無理だ。こんな風に、あいつはぼくも撃ち殺すんだろうかと思いながら生きていくなんてできない。

家の近所の公衆電話から警察に通報すれば、場所を突き止められてしまうだろう。ぼくがミネアポリスの学校に通っているのは街のみんなが知っている。優秀な警官なら、あっという間に点と点を結びつけるだろう。

そうなると、ミネアポリスから警察に知らせるしかない。ケニーに助けてもらおう。彼にテキスト・メッセージを送って、手紙に書く内容を指示し、それをダウンタウンで投函してもらうんだ。そうすれば、警察は犯人について情報を得られるけど、それを伝えたのがぼくだとはだれにも知られずにすむ。

これならうまくいきそうだ。うまくいってもらわないと困る。

## 九月二一日（火）午前五時四五分

自宅へ向かって車を運転しているオリヴィアは、目を激しく瞬いた。この四八時間の疲れがついに追いついてきたのだ。モジョを散歩させたらベッドに倒れこみ……。

玄関が見えてくると、スピードを落とした。見慣れた姿が外階段のところでゆっくりと立ち上がったが、疲れた頭は嘘だと叫ぼうとした。縁石に停めてある赤いピックアップ・トラックを慎重に避けてガレージに入る。つかの間、ハンドルに額をつけてただそこに座っていた。

するとドアが開けられ、彼がそばにかがみこんできてその体温が感じられた。「オリヴィア？」

「わたしなら大丈夫よ、デイヴィッド」彼を見もせずに言う。「もうつきまとわないって約束してくれたんじゃなかったの」

「わかってる。嘘をついた」

「なにが望み？」

「説明するチャンスが欲しい。頼む」彼の手が三つ編みをくぐってうなじにあてられた。てのひらは温かく、頭をマッサージしはじめた指は力強かった。

ぐずるような小さな声が喉から漏れた。へとへとに疲れていて、彼の手はあまりにも気持ちがよかった。集中しなさい。オリヴィアは彼の手首をつかんで離した。「なにを説明しようっていうのよ？」

「いろんなことだ。ほら」デイヴィッドが彼女を車から降ろして立たせた。「顔からばったり倒れそうじゃないか」

「寝ようと思っていたのよ」

「じゃあ、手短にすませるから」オリヴィアは彼に引っ張っていかれるままになり、手から鍵を取り上げられ、ドアの鍵を開けられても文句を言わなかった。モジョが飛び跳ねながらやってきて、デイヴィッドの姿を見ると姿勢を低くしてうなった。

「伏せ」オリヴィアが命じると、モジョはすぐさま腹をつけて伏せの姿勢を取り、デイヴィッドを疑わしそうに見た。おりこうさん、いい子ね。

彼がドアを閉め、犬などいないかのように横を通って入っていった。モジョが首を伸ばして彼を追う。自分の弱さをののしりながら、オリヴィアも同じようにした。デイヴィッドは前から見ても後ろから見てもすてきだった。モジョを引き連れて彼のあとからキッチンに入る。

「なにをしているの？」

冷蔵庫を開けた彼は顔だけふり向いた。「朝食を作るんだ。卵の賞味期限が切れそうだよ」

「はい？」オリヴィアは頭をふったが、彼がかがんで野菜室を調べにかかると、首を傾げて静かなため息をついた。すてきすぎる。あまりにもすてきすぎだ。セクシーな男性が全員ろくでなしだなんて不公平すぎる。

彼がいきなり体を起こし、カウンターのバー・スツールを指さした。「座って」

モジョがすなおに従い、尻尾をふってデイヴィッドを惚れ惚れと見上げた。

「裏切り者」オリヴィアはモジョにぶつぶつと言った。「出ていってほしいのよ、デイヴィッド」

彼はオリヴィアを無視して、料理の材料をカウンターに置いた。

「お腹は空いてないわ。ちょっと、やめてちょうだい」彼がシェフ並みの手際でボウルに卵を割り入れるのを見て、噛みつくように言った。「いったいなにをしているの？」

デイヴィッドが顎をこわばらせた。「緊張しているときは料理をするんだ」

「緊張してるですって」ふんと鼻を鳴らす。「よく言うわよ」

「じつは死ぬほどおびえているんだ」顔を上げて目を合わせる。「嘘じゃない」

完全にまじめな表情の彼を見て、オリヴィアは決意が弱まるのを感じた。「たいした台詞よね。わたしはこの世でいちばんだまされやすい女にちがいないわ。おいで、モジョ」

犬はためらってデイヴィッドを見上げた。かなりひどい悪態が出そうになるのをこらえ、彼女は首輪を引っ張った。「おいでと言ったでしょう」モジョはようやく従ったが、なぜこの新しい男はついてこないのかとたずねるように後ろをふり向いた。オリヴィアはパティオに出て、いらいらと貧乏揺すりをした。モジョがぶらぶらと戻ってくると、なかに入れてやった。デイヴィッドはいまもキッチンにいて、プラスチック容器に入ったマッシュルームを眉をひそめてしげしげと見ていた。

「買い物をしてからだいぶ経つんだね」彼が言った。

「忙しかったの」スツールにするりと座る。「言いたいことを言って、さっさと帰ってちょうだい」

彼はまな板に視線を落とし、傷んでいなかった野菜を刻んだ。「あの晩、おれは別の女性の名前を言った。すまなかった。どれほど後悔しているか、きみにはわからないだろう。だが、おれがほかにもなにかしてないかを知る必要があるんだ」

オリヴィアは彼を見ながら顔をしかめた。ブリーとペイジのことばがよみがえる。〝彼は自分がなんと言ったと思ってたのかしら。あるいは、自分がなにをしたと思っていたのか〟

「たとえば、どんな?」

「乱暴したとか。きみが望まないことをしてくれと言ったとか」

〝それで？〟じゃあ、あのことばはほんとうになおざりなものではなかったのだ。「いいえ」そっと言う。「自分がなにをしたと思っていたの、デイヴィッド？」

彼はカウンターの縁を両手で握り、頭を垂れた。「わからなかった。最初はきみがただ恥ずかしくなっただけなんだと思ってたんだが、電話がないまま何カ月も過ぎていった。だから、自分がなにか……きみにうんざりされるようなふるまいをしたんじゃないかと思ったんだ」

「したわよ。わたしに最高のオーガズムをあたえてもらいながら、別の女性の名前を呼んだじゃないの」

彼が顔を上げ、一心なまなざしを向けてきた。「それ以外にだ」

「それだけでもじゅうぶんよ。でも、安心させるために言ってあげると、あなたは手荒なまねをしたり、わたしのいやがることを無理やりやらせたりはしなかったわ」

デイヴィッドの肩の力が抜けた。「よかった」オリヴィアに背を向け、フライパンに卵を流し入れた。

彼がまだ神経質なままなのにオリヴィアは気づいた。信じられない思いだったが、明らかにそれが真実のようだ。コーヒーを淹れ、料理をする彼を見つめた。「どうして電話をくれなかったの？」

デイヴィッドが肩をすくめた。「自分がとんでもないことをしたんじゃないかとか、家できみを待ってる男がいるんじゃないかとか、おれのしたことは……満足してもらえなかったんじゃないかとか、あれこれこわくなった」

「冗談でしょ」そう言うと、彼の唇にかすかな笑みが浮かぶのが見えた気がした。

「わかった。最後のやつはちがうかもしれない。でも、心配したのはほんとうだ」彼が手首を返すと、フライパンのなかのオムレツがするっとひっくり返った。「それに、きみを忘れようとした」

「そうなの？」

「きみはここにいて、おれはシカゴにいた。それから、雨漏りする屋根の修理をしてくれとイーヴィに呼ばれた」

七カ月前のことだ。「あなたはなにもかもを中断して助けに駆けつけてくれた、と彼女から聞いたわ」

「イーヴィはおれを白馬の騎士かなにかみたいに思ってるんだから、鎧を汚さないようにしてくれよ。でも、そこまでしたほんとうの理由は、それがずっと待っていたきっかけだったからなんだ」

オリヴィアの眉がわずかにしかめられた。「なにを待っていたの？　いまのはどういう意味？」

彼はこちらを見ていなかった。オリヴィアは不意に、彼がこちらを向いていて、目を見られればいいのにと思った。「神のお告げを信じるかい、オリヴィア？　運命を？　奇跡を？」

「以前だったら信じてないと言ったでしょうね。でもいまは、ええ、信じてる」

デイヴィッドの目が鋭くなった。「なにがきっかけで気持ちが変わったんだい？」

答えを考える必要はなかった。奇跡を信じるようになった瞬間をはっきりおぼえていた。

「あのタイミングでミーアに会ったから。わたしは彼女を必要としていて、彼女はわたしを必要としていた。ひどい別れを経験した一週間後に、一緒に暮らしたこともなかった父親が死んだとわかったの。ミーアはそのときはすでにリードと愛し合っていた。すごく嫉妬したわ。だれかとつき合っているのかとミーアに訊かれて、ノーと答えた。自分が落第人間だなんて認めたくなかったから」

「その気持ちはよくわかるよ」デイヴィッドの口調は悲しげだった。

オリヴィアは彼がうめいた名前を思った。デイナが別の男性と幸せな結婚をしているのは知っていた。デイナとデイヴィッドが過去につき合っていたとしても、いまはそんな関係ではない。「あなたならわかるかもしれないわね。それはともかく、ミーアがあの男に撃たれたときのことをおぼえてる？」

「あの男は放火魔だった」デイヴィッドがまた横目で見てきた。「皮肉じゃないか？」

あるいは、運命か。「ええ、とっても。ミーアが撃たれたのは、わたしが彼女と会った数日後だった。ひとつしか残っていない腎臓がだめになった」

「だれも適合しなかったんだったな。思い出したよ。全員で適合検査を受けた」デイヴィッドがふり向いて、訝しむような目つきで見つめてきた。「そうしたら、突然謎のドナーが現われた。ドナーがだれだったのか、ミーアはけっして話そうとしなかった。おれたちはみんな、匿名のドナーだったんだと考えた」彼がすぐ目の前まで顔を寄せてきた。「きみだったんだな？　きみが彼女の命を救ってくれたんだ」

　オリヴィアの頬が熱くなる。「オムレツが焦げてるわよ」

　彼はコンロに向きなおった。「すばらしくいい行ないをしたね、オリヴィア。自分を誇りに思うべきだ」

「誇りに思うためにしたんじゃないわ。ミーアがわたしを必要としていたからしただけ。これまでほんとうに必要としてくれた人はいなかったから。だから、あなたの質問に答えると、ええ、わたしは運命を信じてる」

　デイヴィッドがガスを止めた。「イーヴィもおれを必要としていた。もちろん、彼女を助けたいと思ったのはほんとうだが、ずっとお告げのようなものを待ってもいたんだ。週末だけのことだ、きみにはいい人ができたにちがいない、と自分に言い聞かせたが、きみを頭のなかから追い払えなかった。イーヴィの屋根の雨漏りは、待ち望んでいたお告げだったんだよ。〝ミネソタへ行け〟と明滅するネオン・サインだったんだ。きみに会って、いい人ができたのかどうかをたしかめたかった。それに、自分がなにをしでかしたのかも」

「そしてあなたは殺人犯のじゃまをして、入院するはめになった」テーブルに皿を置いてふり向くと、彼に見つめられていた。その目はもう判読不能ではなかった。熱く飢えたまなざしを受け、オリヴィアは意識しないと息もできなくなった。

「きみが病室に入ってきたとたん、すぐにわかった」熱い口調だ。「目はほとんど見えてなかったけど、枕に残っていたのと同じ香りがして、あのときさみがすごく欲しくなった。でも、タイミングがよくなかった」

オリヴィアは息を吞んだ。「それで？」

「それで……そのあともいいタイミングは来なかった。イーヴィがさらわれ、混乱状態になった。そしてきみとノアがイーヴィを見つけてくれた」

「それと〈ボディ・ピット〉も」ぼそりと言う。

「そのあときみは忙しくなり、ストレスを募らせていった。あの〈ピット〉から骨を掘り起こす仕事のせいで。きみをあれ以上苦しめたくなかったが、どうやらそうしてしまったみたいだね」手の甲で頰を軽くなでられたオリヴィアは、もっと触れてもらいたくなった。「これ以上一日たりとも、おれがきみを望んでない、きみのことなどなんとも思ってない、と誤解されたままでいるのはいやだった。だれかの身代わりだと思われたままでいるのは。きみを傷つけてしまって、ほんとうにすまなかった」

デイヴィッドの目を見つめながら、彼を信じる自分がとんでもない愚か者ではありませんように、とオリヴィアは願った。「わたしから電話をしたってよかったのよね。電話するべきだった」

彼が微笑むと、オリヴィアの心臓がどくんと跳ねた。「座って。きみは食事をしなくちゃだめだ」

食べ出してはじめて、どれほど空腹だったかに気づいた。昨日の朝、危険を冒すことについてペイジに言われたことばを考えた。起こりうる最悪の事態はなんだろう？　デイナ。彼はその名前を口にした。そこには理由があるはずだ。いまもなにがしかの気持ちが残っているにちがいない。それだけ長くだれかを愛した男性は、新しい女性と出会ったからといって蛇口をひねるようにその気持ちを忘れるなんてありえない。

あなたはそうしたでしょう。たしかにそのとおりだ、とオリヴィアは認めた。デイヴィッドと出会ったとき、ダグなど最初から存在しなかったかのようにすっかり頭から消えてしまった。でも、わたしはデイヴィッドの名前を言ったわ。そして彼はデイナの名前を呼んだ。いつか彼の失恋相手がフリーになったら？　どこかで聞いた話じゃない？　自分はだまされやすいかもしれないが、愚か者ではないことを願った。

顔を上げると、期待のこもった目で見つめられていた。彼はなにか言いたそうだったが、無言のまま立ち上がってテーブルを片づけはじめた。モジョがおこぼれに与《あずか》れるのではないかとデイヴィッドの足もとにまとわりついていたが、耳の後ろを掻いてもらっただけだった。

「この子はいい犬だね」

「平均的な熊ほど頭はよくないけど、だいじなうちの子よ。

「この子がいるおかげで、この家もそれほど寂しく感じないの」顔を背けたかったが、敢えてそうしなかった。「さて。これからどうなるの?」

「きみは寝ると言ってたんじゃないかな」口調はおだやかだったが、まなざしは熱いままだった。オリヴィアの体を震えが走る。

「ええ、そのつもりだったわ」

「だったら、そうするといい」デイヴィッドは彼女を連れてソファへ行き、自分のひざの上に引き下ろした。「眠って。会議に間に合うように起こしてあげる」

彼の腕に包まれて座っているなんて現実離れしていたが、肩に頭を休ませるのがとても自然に感じられたのでそうした。「早めに家を出て、モジョをデイケアに連れていかないといけないの」もごもごと言った。

「おれが連れていくよ」

「わかった。署には〇九時に行く必要があるの。ほんとうは〇八時だったんだけど、鑑識がトムリンソンのオフィスを調べるのにもっと時間が必要になって」オリヴィアはあくびをした。「胸の悪くなる現場だったわ」

「わかってる」静かに言う声を聞き、オリヴィアは彼がほんとうにわかってくれているのを知った。

「ひょっとしたら、最初からトムリンソンを殺すのが目的だったのかもしれない。コンドミニアムの火事は、警察の捜査をトムリンソン殺害からそらすためのただの目くらましだったのかもしれない」

「かもな。ただ、犯人はトムリンソン殺しを隠そうとはしていなかったが」デイヴィッドがやさしく三つ編みをほどき、髪を梳かした。

オリヴィアは顔を上げて彼を見た。「そうなの？」

「ああ。バーロウとふたりでもう一度オフィスを見に戻ったんだ。オフィスの周辺にも壁にもガソリンはまかれていなかった。トムリンソン殺しを隠すために火をつけたのだったら、射殺された証拠を隠滅するために遺体を完全に燃やそうとしたはずだろう？」

「そうね」

「トムリンソンの体やデスクや書類にガソリンをまいてたはずなんだ。でも、そうはしていなかった」

「あなたの言うとおりだわ。どうしてそうしなかったのかしら？」

デイヴィッドが彼女の頭を自分の胸に引き寄せた。「少し眠ったあとで考えればいい」

「あなたも疲れているでしょうに。そっちはどうやって起きるの？」

「携帯電話でアラームをセットした」

「いつ？」

「玄関の外階段に座ってきみを待っていたときに」

じゃあ、彼はこういう展開になるのを計画していたのだ。いらだちを感じたいのに、彼の手がまた頭をマッサージしてくれていた。目を閉じてうつらうつらする。「こんなの、違法だわ。気持ちがよすぎる」

デイヴィッドが彼女の頭のてっぺんにキスをした。「気持ちがよすぎるなんてことはないんだよ、オリヴィア」

どういう意味かたずねたかったが、疲労に引きずり下ろされた。「約束してくれる？」

「もちろん」オリヴィアの耳もとで彼の声がごろごろ言った。「ぜったいに約束するよ。さあ、もう眠って」

# 12

## 九月二一日（火）午前六時四五分

エリックははっと目が覚めた。窓のところにいた少女の夢を見ていたのだった。彼女の名前はトレイシー・マレンといった。まだほんの一六歳だった。そんなことは知りたくなかった。亡くなった人たちのなかで、自分に責任があるのは彼女だった。自分が彼女を殺したも同然だ。けれど、ほかのふたりも自分のせいにされてしまうだろう。警備員とトムリンソン。もしつかまったらの話だが。

横になったまま天井を見上げ、脅迫者を憎み、いまいましいジョエルを憎んだ。自分自身を憎んだ。アルベールもその仲間に入れてやってもいいかもしれない。はめられた。だまされた。ばかなぼくは利用されたんだ。アルベールをたいせつに思っていたのに、利用されていただけだったのだ。

そのアルベールは、ほんとうにこの脅迫者をおびき出せると思っている。ばかなやつだ。

エリックはそこまでばかではなかった。ゆうべ、携帯電話にビデオが送られてきた瞬間にむだだと悟った。エリックが最初はフランスに逃亡しようと考えていたとメアリに告げたあと、アルベールは自分の計画に没頭して大股で出ていった。腹を立てたメアリもアルベールのあとから出ていった。

ふたりは、エリックが世界中のどこででも人生をやりなおせるだけの金を持っていることに怒ったのだ。メアリとアルベールにはそんな金はなかった。アルベールはホッケーをやりたがっていて、逃亡者の身ではそれはかなわない。メアリは……。彼女がなにを望んでるかなんて、だれにわかる？　脅迫者を殺したがったかと思えば、次の瞬間にはかわいそうなジョエルを思ってしくしく泣いている。彼女は情緒不安定だ。

ぼくも大差ないけどな。恐怖で重くなった手で使い捨ての携帯電話をつかむ。新しいメッセージは来ていなかったが、じきに来るだろう。時間の問題だ。

できるうちにここを出なければ。

## 九月二一日（火）午前六時五五分

朝の第一陣の客を迎えるために店を開けるまでまだ数分あったので、彼はオフショア口座にログインした。ミスター・ドリアン・ブラントからの入金はなし。まあ、彼には一二時間やると言ってある。つまり、正午まで支払いをする時間が残っているわけだ。

ブラントの口座もチェックした。金がまだちゃんとそこにあるのを確認するためだ。金はあった——雇い主にまったく気取られずに五年間をかけて巧妙に横領した二〇〇万ドルが。ブラントが口座にログインする誘惑に駆られ、昼食をとりながら画面に出たゼロやカンマをうっとりと見つめたりしなければ、おれだって気づかなかったかもしれない。ブラントは明らかにだれにも見られていないと安心していたが、おれの店で注意を向けられない人間はひとりもいないのだ。

店を開けようとしたとき、画面にEメール受信のアイコンが出て、眉をひそめた。ずるいやつだな、エリック。彼はクレジットカードで一三二二ドル六五セントというかなり大きな額の買い物をしていた。彼はすぐさまエリックの口座にログインした。

エールフランス航空。おっと。しかも一枚だけだ。これを聞いたらアルベールはどんな反応を示すだろうか。ログアウトし、ノートパソコンをカウンターの下にしまった。

ドアにつけたベルがチリンと鳴り、今日ひとりめの来客を告げた。「いらっしゃいませ。ご注文はなににになさいますか？」

## 九月二一日（火）午前七時五〇分

またゴルスキー姉妹の庭で眠ってしまったみたいだ。デイヴィッドはぼんやりと考えながら花の香りを吸いこんだ。甘いが、若干煙っぽい。はっと目が覚めると同時に、オリヴィアの家のソファに座っていて、彼女が自分にまたがって両手を髪に差し入れ、忙しなくキスをしているのに気づいた。棍棒で殴られたような興奮を感じ、両手を彼女のシャツのなかにすべりこませて背中をなで、喉にかかったうれしそうな声を引き出した。

あっという間に体を入れ替えてオリヴィアを組み敷き、薄いコットンのブラウスの上から胸にキスをすると、驚いた彼女の笑い声が喉の詰まったようなうめき声に変わった。

「ああ。やめないで」両手で彼の頭を引き寄せる。「お願いよ」あえぎながら言って背中を反らし、細かく腰をぶつけてもっととねだった。

こめかみで血がどくどくいうなか、デイヴィッドは彼女のブラウスのボタンにつかみかかった。「早く」ブラジャーのフロント・ホックをはずすとき、彼女が言ったのはそれだけだった。

おれのもの。デイヴィッドの頭にはその思いしかなく、ふたたび胸に口をつけて激しく吸った。オリヴィアが体をよじらせ、ぼんやりとしたじれったい記憶でしかなかったものを現実にした。彼女のスラックスのボタンをはずしてジッパーを下げ、震える手で彼女に触れてうめいた。しとどに濡れていた。

なかに指を一本入れると、小さな安堵の声が聞こえてデイヴィッドの血がたぎった。ああ。彼女はきつかった。濡れてきついなかに身を沈め、彼女に包まれたくてたまらなかった。だが、これまで二度もへまをしていたので、さらにもう一度へまを重ねるつもりはなかった。

彼女を自分のものにするときは、きちんとやらなければだめだ。彼女ひとりだけだとはっきりわかるように、ゆっくりと官能的に愛を交わすのだ。

けれど……オリヴィアが腰を持ち上げて押しつけてきた。欲求に駆られて。おれを求めて。「デイヴィッド。お願い」ざらついた声で懇願され、デイヴィッドはにやりとしてもう片方の胸を口にふくんで吸いながら、彼女をさらなる高みへと連れていった。喉から絞り出すような彼女の叫び声は、デイヴィッドが夢のなかで聞いたものとまったく同じだった。なかに入れた指を二本にし、親指をぎゅっと押しつけると、オリヴィアが彼の頭を抱えこんできつく抱き寄せ、体をこわばらせたかと思うと無言のまま絶頂に達した。

彼女は震える息を吐き出してくずおれた。デイヴィッドのポケットのなかで携帯電話が三度鳴った。アラームだ。体をこわばらせたのが彼女にも伝わったとわかった。

「おはよう、オリヴィア」そう言うと、彼女が息切れしたような笑い声をあげた。

「ああ、どうしよう」

デイヴィッドは体のうずきを無視して、たったいま自分のなし遂げたことを惚れ惚れと見つめた。彼女の胸は丸くて張り詰めていた。完璧だった。肌は白く、しみひとつない。ただ、自分のひげがこすった部分は赤くなっていたが。その赤くなった場所にやさしくキスをした。

「乱暴だったね」

いまも目を閉じたまま、オリヴィアが満足そうに言った。「気に入ったわ」

「次のときはちゃんとひげを剃るよ」

オリヴィアが拳に握った手を彼の顎にすべらせる。「気に入ったって言ったでしょ。これが好きよ。海賊みたいで」

それを聞いてデイヴィッドはにっこりした。「目を開けて」彼女が言われたとおりにすると、すっかり満足した色があった。「きみはきれいだ」

彼女のまなざしが揺れ、デイヴィッドを驚かせた。「あなたもよ」

胸の谷間にキスを落とす。「きみは濡れていた」ぼそぼそと言う。

「夢を見ていたの。そうしたら、あなたがいた」オリヴィアの目が困惑で曇った。「でも、あなたは……」

「いまはね。きみにしたいことをするには、時間も場所ももっと必要だ」

オリヴィアの喉の窪みで脈が打つのが見えた。「わたしにしたいこと?」

「そうだよ」彼女にキスをし、下唇を軽く嚙んだ。「きみと一緒に。きみのために。きみのなかで」唇で彼女の喉をかすめる。「前回は最後までいかなかったんじゃないかな?」

「ええ。わたしが、その、したあと、あなたは……眠ってしまったの」

デイヴィッドはたじろいだ。「償わなきゃならないことがたくさんあるみたいだ。あれこれ空想をためこんでいてよかったよ」

オリヴィアが身震いした。「たとえば?」

「そのほとんどは、口で言うより行動で示したほうがいいんだが、なかにひとつ……。やめておこう。話すべきかどうかわからない。きみが二度と前と同じようにデスクにつけなくなるかもしれないからね」

オリヴィアの脈が激しくなったのが感じられた。「手錠やバターは関係ないかどうかだけ話して」それを聞いてデイヴィッドはそっと笑った。

「バターは関係ないよ」

「でも、手錠は関係あるの？」

「うーん。それと、きみのハット・スクワッドのフェドーラ帽と。錬鉄製のヘッドボードがついたおれの大きなベッドもだ。それ以外にはなにもない」

「なんだかありがちね」オリヴィアの頬はまっ赤になっていた。

「でも、効果的だ」

オリヴィアがごくりと唾を飲む。「いつ？」

「今夜なんかどうかな」

「仕事がいつ終わるかわからないわ」

「それはかまわない。これだけ待ったんだから、あと少し待つくらいはなんでもないさ」デイヴィッドはするりと下がって彼女の胸の谷間に頭を休めた。とても正しく感じられた。落ち着けた。ここに属しているかのようだった。

長いあいだオリヴィアは無言のまま彼の髪をもてあそんでいたが、やがて小さくため息をついた。「起きてシャワーを浴びなくちゃ。仕事に行かないと。楽しい一日にはなりそうにないけど」

殺人課の刑事にとってほかの日よりも少しでもましな一日にするにはどうしたらいいのだろう、とデイヴィッドは考えた。きっとかなりひどい日々の連続だろう。だからこそ、それを毎日行なっている彼女を尊敬していた。「どうしてだい？」

「あなたがコンドミニアムから運び出した少女がいたでしょ？　彼女の母親が今日来る予定になっていて、きっと遺体確認をしたがるだろうから。その仕事がいたたまれないのよ」

デイヴィッドはそれについて考え、彼女やほかの警官はどうやって折り合いをつけているのだろうと思案した。「つらいな」

「そうなの。でも、起きなくちゃならない。あなたはとってもすてきだけど、おおいかぶさられていては起きられないわ」

デイヴィッドはソファから起き上がるときに彼女を引っ張り上げた。「おれは明日の朝八時まで消防署に戻らなくていいんだ。今夜は九時まで道場にいるが、その前に仕事が終わったら連絡してくれ。道場を抜けるから。連絡がなければ、アパートメント・ハウスに戻って、母親と一緒にカーペット選びをしていると思う」

オリヴィアははにかみながらブラウスの前を合わせた。「お母さまには結婚式で会ったわ。

ミーアは彼女を世界でいちばんすてきな人だと思っているのよ」廊下を半分ほど行ったところでふり向く。「道場って言った?」

ペイジ。彼女はオリヴィアに話したのだろうか?「ああ。週に二、三回通ってる」

オリヴィアが首を傾げて考えこむ。「シカゴでそんなことを言ってたわね。あのときは茶帯だった。子どもたちに空手を教える手伝いをしてた」

おぼえていてくれたと知って、デイヴィッドはばかみたいに誇らしい気持ちになった。

「去年黒帯に昇段したんだ」

オリヴィアがにっこりする。「いまも子どもたちを教えているの?」

「ああ。ほかでは得られない自信をあたえてやれるからね。護身術も教えてるんだ」ときには、守ってくれるはずの人間から自分の身を守る必要が出てくるから。メガンが身を守れていたら……。

「友だちのペイジが女性たちに護身術を教えているの。ふたりを引き合わせたいわ。急いでシャワーを浴びないと遅刻しそう。モジョを裏庭に出してやってくれる?」

バスルームのドアが閉まると、デイヴィッドはモジョについてくるよう指を鳴らした。パティオに出ると、ポケットから携帯電話を取り出してペイジにかけた。

「彼女に話さなかったのか」ペイジが出ると、彼は嚙みつくように言った。

「どこにいるの、デイヴィッド?」ペイジが用心深くたずねる。

「オリヴィアの家のパティオだ。おれたちが友だちだと話すと言ってたのに、話さなかったな？」

「どうしてリヴの家のパティオにいるの？　彼女はあなたを捨てたんだと思ってたけど」

「彼女もそう思ってたけど、なんとか考えなおしてもらったんだ」

「あら。どこまで考えなおさせたのか、正確に教えてくれる？」

腕のなかで絶頂に達したオリヴィアを思い出し、新たな欲望の波に襲われた彼は歯を食いしばった。まだ満足のいくほどじゃない。「きみには関係ない。なあ、彼女にきみと引き合わせたいと言われて、なんと返事をすればいいのかわからなかったんだぞ。どうしたらい？」

「ゆうべ、話そうとはしたのよ。でも、彼女はすっごく怒っていて」惨めそうな声だ。「思いきって言おうとしたときに、あの火事で彼女が呼び出されてしまったの。あなたのことは過去の話だと思ってたから、まだ時間はあると考えてたのよ」

「おれは過去じゃないし、だからきみに時間はない」少なくとも、過去の男ではないと思いたかった。見張っていたことを彼女は快く受け止めなかったし、それについては彼女を責められないと思った。「おれから話す」

「わたしは知らなかったんだと言って。それとも、ルディのせいにするのもいいかも。みんな、そうしてるし」

「そそられるが、それはしない」デイヴィッドの口調はそっけなかった。「今夜会おう」口笛でモジョを呼び、なかに戻る。

シャワーの音がやみ、裸で水を滴らせているオリヴィアの姿をどうしても思い浮かべてしまった。その光景を頭から追いやろうと、居間をうろつき、彼女に対する好奇心の一部だけでも満たそうとした。

彼女がどんな暮らしをしているかと、何度も考えてきた。その暮らしぶりは質素で、給料の大半を壁に貼ったポスターに費やしているようだった。夜明けまで話しこんだあの晩、アニメのセル画をコレクションしていると話してくれた。いま、それが目の前にあった――ダフィー・ダックをはじめ、子どものころにデイヴィッドが大好きだったほかのキャラクターもすべてそろっていた。なかでも、ロードランナーがオリヴィアのお気に入りのようだ。小さな傘を持ったコヨーテの大きなポスターがテレビの上に貼られており、テレビ台にはロードランナーのＤＶＤが積み上げられていた。

炉棚には写真が飾られていた。オリヴィアの祖父母と思われる年配のカップルが微笑んでいる色褪せたスナップ写真。一〇代の女性ふたりがカメラに向かってポーズを取っている写真。顔を近づけてみると、腕を組んだ若いころのオリヴィアとペイジだとわかった。彼女の母親とおぼしき女性の写真もあった。別の写真には、子犬に囲まれて草の上に座っている、目の覚めるような赤毛の女性が写っていた。もっと最近のオリヴィアの写真も見つかり、ペイジと赤毛女性と一緒にレストランでグラスを掲げて乾杯しているものだった。

「わたしの誕生日の写真よ」背後からオリヴィアの声がした。「去年、三〇歳の大台に乗った記念。一緒に写っているのは、友だちのブリーとペイジよ」

彼女は仕事着と決めているらしいスラックスとブラウスを着ていた。化粧はしておらず、それはデイヴィッドのいちばんのお気に入りだった。髪を編んでいるところで、デイヴィッドはしばし見とれた。

「知ってる」ついに彼がそう言うと、オリヴィアは眉を寄せた。

「なんですって？」

「きみの友だちを知ってるんだ」それで説明になるかのように、写真を手に取る。「ペイジを」

オリヴィアがゆっくりと腕を下ろしていく。「どうやって？」

デイヴィッドはペイジとの出会いや、この七カ月間、彼女からオリヴィアについて教えてもらっていたこと、ペイジはふたりが知り合いなのを知らなかったことを話した。オリヴィアの目から表情が消え、彼は犯人に接するときの彼女はこんな風なのだろうかという不安な思いを抱いた。「怒ってるかい？」話し終えると、そうたずねた。

「わからない」正直なことばが返ってきた。「少し考えてみないと」

「考えるなら、これも考えてくれないか」デイヴィッドは彼女の顔を両手で包んで激しくキスをした。「この何カ月ものあいだ、きみのことばかり考えてきた。このことを。さあ、仕事に行っておいで」

「モジョを――」

「おれのトラックに乗せればいい。デイケアに預けてくるよ。場所だけ教えてくれればいいから」

オリヴィアは住所を伝え、少し離れると、デイヴィッドが身もだえしたくなるようなまなざしでじっと見つめてきた。「あなたはだれなの？」そっとたずねた。

おれにもわからない。「どういう意味なんだい？」

「わたしを望んでいるあなたはだれ？　あなたみたいな男の人は、どんな女だって手に入れられるでしょうに」

あなたみたいな男の人。「おれについて知りたいことは今夜すべて話す」ただひとつの大きな例外はあるが。それについてはけっして話せない。「おれはそんなに複雑な男じゃないよ」

オリヴィアの微笑みはすごみがあった。「わたしがそれを信じると思ってるなら、あなたは思っていたほど頭がよくないことになるわ」

## 九月二一日（火）午前八時五五分

オリヴィアが椅子にどさりと座ったとき、ケインはすでにデスクについていた。女神像の頭を粋に飾っているフェドーラ帽に目が行ったとたん、頬がかっと熱くなった。署に来るまでのあいだ、ずっとデイヴィッドのことばを考えていて、フェドーラ帽だけを身につけた姿で彼のベッドに手錠でつながれている自分が頭に浮かんでしまったのだった。手を伸ばして、女神の顔が隠れるようにフェドーラ帽を引き下ろした。ばかなふるまいをしているのはわかっていた。「まったく」ぶつぶつと言う。

ケインが眉を吊り上げた。「話したいことでもあるのか？」

「ないわ」あってたまるものですか。「なにをしてるの？」

がっかりした彼は肩をすくめた。「最近じゃなにも話してくれないんだな。それじゃなんの刺激もない」

「わたしの刺激的な話なんて聞いたら、卒倒するわよ、お爺《じい》さん」そっけないことばにケインがくすりと笑う。彼のデスクにサンドイッチの包み紙があるのにオリヴィアは気づいた。

「ジェニーに叱られるわよ。卵とパストラミは二週間に一度だけと決められてるでしょ」

「ジェニーにはばれないさ」包みをくしゃっと握り潰し、オリヴィアのごみ箱に投げ入れる。

「ほら、これで問題解決だ」分厚いフォルダーを彼女に渡す。「トムリンソンの奥さんからもらったCDを調べてた。これは彼に支払いをしていた顧客のリストだ」

「こんなにたくさん？　だったらどうして破産寸前だったの？」

ケインがまた別のフォルダーを手に取った。最初のフォルダーの二倍の分厚さだ。「こっちはトムリンソンに借金のある顧客」

オリヴィアはページをめくりはじめた。「〈ランキン＆サンズ〉は？」

「未払い金のある顧客のフォルダーのほうだ」

「じゃあ、つながりはあったわけね。コンドミニアムの請負会社が配管器具販売会社に借金があった」

「だが、多額じゃない。〈ランキン＆サンズ〉はほかの会社にくらべたら未払い金がうんと少ない。当然、借金から逃げるためにトムリンソンを殺すほどじゃない」

「負債はお金だけじゃなかったのかも」オリヴィアは腕時計に視線を落とした。「九時だわ。行きましょう」いつものように、ケインはゆったりと、オリヴィアは急ぎ足で歩いた。

「せめて双眼鏡を取り戻したかどうかだけは教えてくれないか？」

オリヴィアはたじろいだ。「また忘れたわ」

「双眼鏡も刺激的な話もなしか。今日は出だしから最低の日だな」ケインがアボットのオフィスの戸口でいきなり立ち止まった。

オリヴィアは首を伸ばしてケインの向こうを見た。黒いスーツとぴかぴかの黒い靴といういでたちの男が丸い会議テーブルにつき、深刻で気むずかしい表情をしていた。「あれはだれ？」オリヴィアは小声で言ったが、だれなのかはわかっていた。

「入れ」アボットが言った。「クローフォード特別捜査官だ。クローフォード、こちらは本件の担当刑事のケインとサザランドだ」

ふたりともFBI捜査官と握手をしたあと、オリヴィアは横目でアボットを見た。「朝の会議は？」

「ここでやる。クローフォードも参加する。相談役的な立場で」

クローフォードが顎をこわばらせたが、なにも言わずに椅子に背を預けた。

「ブルース」オリヴィアがおそるおそるアボットに声をかけた。「話があります。外で？」

アボットが気だるそうに席を立つ。「わかった」ボスが自分のオフィスのドアを閉めて壁にもたれるのを見て、オリヴィアは同情心がこみ上げるのを感じた。「くだらん話ならやめてくれ。すでにじゅうぶん聞かされたからな」

「だれからです？」オリヴィアはたずねた。

「この件が国内テロだと判明した場合に、カウボーイを気取ってたと叱責を受けたくないボスのボスからだ。国内テロじゃないと言えるか？」

アボットの声があまりにも期待に満ちていたので、夢を壊すのが申し訳なかった。「まだ一〇〇パーセントたしかではありません」

「そうか」アボットがため息をつく。「クローフォードはすでに管轄権の要求を書面で提出した」

「ひどい」

「わかってる。だが、砂場を分かち合わなくちゃならん。ガラス球が目くらましだと証明できれば、クローフォード特別捜査官は消える」アボットが身を寄せ、声を落として言った。「彼を追い払ってくれ。会ってまだ一時間しか経ってないっていうのに、もう頭痛の種になってる」

オリヴィアはボスの腕を軽く叩いた。「最善を尽くします。全員をボスの部屋に集めるんですか？」

アボットが肩をすくめる。「とりあえずのところは」

三人でオフィスに戻ると、クローフォードはあいかわらず苦虫を噛み潰したみたいな顔をしていた。

「放火捜査班と鑑識は現場からこっちに向かっている」アボットが言った。「じきに来るだろう。よかったらコーヒーでも淹れてくるといい」

「いや、けっこうだ」クローフォードの口調はそっけない。「ここで待たせてもらう」

アボットは肩をすくめた。「ご自由に」刑事のひとりがやってくると、ほっとした顔になった。「ウェブスター刑事、入ってくれ」

オリヴィアはノア・ウェブスターと一緒に仕事をするのが好きだった。彼はいま、パートナーがいない状態だ。以前の相棒はジャック・フェルプスで、傷病休暇を取ったあと、二、三カ月前に殺人課に復帰していた。ジャックがリハビリ施設に入っていたのは周知の事実だったが、彼の復帰後それを口に出す者はひとりもいなかった。ジャックの新しい相棒は新人刑事のサム・ワイアットだ。ジャックと組んでいたころ、ノアは相棒が自力で中毒を克服してくれるのを願って、大目に見すぎたのではないか、とオリヴィアは思っていた。また、ケインが年末に引退したあと、ノアと組むよう言われるのではないかとも思っていた。その思いは、暗雲のなかのひと筋の光明だった。

オフィスに入ってきたノアが、クローフォードを見てうんざりした目つきになった。「おはようございます。会議はここで？」

「そうだ。ウェブスター刑事、こちらはFBIのクローフォード特別捜査官だ」

ノアがクローフォードの隣りに座った。「プレストン・モスを捜査してたな」

「そうだ」雑談などしたくないという口調だったので、ノアはアボットに向きなおった。

「フェイからコンドミニアム請負会社の従業員リストをもらいました。彼女はそのなかでも財政難に苦しんでる者の背景を調べてくれましたが、従業員のほとんど全員がそうでしたよ。特に注意してチェックする必要があるものはありますか？」

「おそらく」アボットが言う。「だが、まずはほかの者たちが来るのを待とう。だれもなにも聞き漏らさないようにしたい」ぎこちない沈黙のなかで二分ほど待つと、バーロウ、鑑識のミッキ・リッジウェル、それに精神科医のジェシー・ドナヒューがやってきた。

アボットが三人とクローフォードの紹介をした。「イアンからは来られないと連絡があった。トムリンソンの検死をはじめたそうだ。血中アルコール濃度は約〇・二。尿中に薬物は検出されなかった。解剖はまだだから、トムリンソンの肺から煙が出てくるかどうかはわからない。じゃあ、バーロウ、きみからはじめてくれるか？」

「放火犯は侵入時も逃走時も裏口を使ってます。警報装置がいじられた形跡はありません。番犬に薬を盛っています。今朝獣医と話しましたが、犬はまだ昏睡状態でした。どんな薬物が使用されたのかをたしかめるため、血液を採取して研究室に送ったそうです。放火に用いられたのは、ガソリン、長い導火線、それにおそらくマッチです。単純な手口を使ってます」

「防犯カメラは？」アボットがたずねた。

「倉庫で使われていたのは古いタイプの監視システムでした。テープは電力室のなかにある録画装置に入っているはずでしたが、空でした。マネジャーのロイド・ハートの話では、週に一度テープを入れ替え、四本のテープを使いまわしていたそうです。溶けたテープ三本は発見されましたが、録画装置に入っていたはずの一本はなくなってました」

「また内部の者の犯行かしら？」オリヴィアがぼそりと言った。

「かもしれない」バーロウが倉庫の配置を描いたスケッチを掲げた。「犯人は積み上げられた箱の周囲にガソリンをまきましたが、オフィス近くにはまいていません」

「トムリンソンの遺体を灰にするつもりはなかったんだわ」デイヴィッドから聞いた話を思い出し、オリヴィアは言った。

「彼は処刑スタイルで射殺されていた」ケインが言う。「メッセージのようなものかもしれない。〈ランキン＆サンズ〉建設会社はトムリンソンの顧客のひとつで、未払い金があった」

「あるいは、金がらみではあるが、きみたちの考えているようなものではない可能性もある」ひどく偉ぶって見下すような口ぶりでクローフォードが口をはさんだ。「こういう活動家は、動物実験をする研究室や建設会社を客に持つ保険会社に放火していた。だったら、建設会社に商品を納入している会社を脅してもおかしくないんじゃないか？　じゅうぶんな納入業者を脅せば、物議を醸している地域に建設している会社と取り引きするのをためらうようになるだろう」

「可能性はある」ケインが言う。「だから、二件の放火事件のつながりを探しつつ、独立した事件として捜査しているんだ」

「だが」バーロウが割りこんだ。「この二件の放火には、環境テロの重要な特徴が欠けている。犯行声明はどこからも出ていない――ＳＰＯＴはかならず犯行声明を出していたのに」

「それでも」クローフォードが噛んでふくめるように言う。「ふたつのガラス球が発見されている。SPOTが置いていったのと同じような地球儀だ。じゅうぶんな署名だと思うが」

「射殺体も二体発見されています」ミッキが言った。「トムリンソンのオフィスの壁に銃弾の破片を見つけました。その特性から、ヘンリー・ウィームズを殺したのと同じ銃から発砲されたものだと判明しました」

「SPOTは人を撃ったことがない」クローフォードが認めた。「プレストン・モスは銃をひどく嫌っていた」

「SPOTが現場に残していったガラス球の写真を持ってきてくれました？」ミッキがたずねた。

「もっといいものを持ってきた」クローフォードはブリーフケースから小さな証拠品袋を取り出した。袋をふって箱を出し、蓋を取る。「これは現場に残されていた実際の球だ」

オリヴィアが手を伸ばすと、彼は箱を引っこめた。「見るだけにしてほしい」

顔をしかめたオリヴィアがアボットを見ると、まいったなという表情をしていた。「スーパーボールくらいの大きさだわ。わたしたちの現場に残されたのはもっと大きかった。この球には地図が埋めこまれているけれど、わたしたちのやつはエッチングされていた」

「オリジナルと同じものを入手できなかったのかもしれない」クローフォードが言った。「この球の製造者は突き止められなかった。三社までは絞りこんだんだが。そのリストがこれだ」

オリヴィアは差し出されたフォルダーを受け取った。「二社はインターネット販売もやってるわね。エッチングした地球儀を売ってるかどうか調べてみましょう」クローフォードが情報を提供したのに驚いている気持ちを隠さなかった。「助かるわ」

クローフォードがぎこちなくうなずく。「モスを追うのに仕事人生のすべてを費やしてきた。やつを検挙したい」

「トレイシー・マレンはまだ一六歳で、ヘンリー・ウィームズは優秀な警官だった」オリヴィアがつっけんどんに言う。「彼らを殺した犯人をつかまえたい気持ちは、わたしたちだって同じです」

「トムリンソンについてはなにも言わなかったな」クローフォードの口調はそっけなかった。

「いろいろな話を総合すると、彼は超一流のろくでなしだったようよ。それでも彼も被害者だから、犯人をつかまえたいと思ってる」

「トムリンソンは体のやわらかい超一流のろくでなしだったみたいね」ミッキが言った。「撃たれたとき、彼のデスクには写真があった。何枚かはばらばらになったのをつなぎ合わせられた。放水でかなり破損していたから、すべてもとどおりにするのは簡単ではないでしょうね」

ミッキが三枚の写真のコピーをテーブルに置いた。パズルの途中であるかのように、どれも欠けている断片があったが、つなぎ合わせた部分だけでもみんながひるむのにじゅうぶんだった。

「あイタたた」ケインだ。「こんなことができるものなのか?」

オリヴィアが首を傾げる。「大学で体操をやってたけど、わたしの知ってるなかでこんなのができる人はひとりもいなかったわ」

隣りでノアが咳払いするのが聞こえた。場ちがいな笑い声を呑みこんだかのようだった。

アボットが頭をふる。「人間ってのは、まったく」呆れた口調だ。「女のほうはだれなんだ?」

「ションドラです」ケインが答えた。「従業員名簿に名前が載ってますが、マネジャーの話では臨時社員だったようです。トムリンソンの妻が夫の浮気を嗅ぎつけて会社の資産の差し止め命令を勝ち取ると、ションドラは彼を捨てました」

「トムリンソンの従業員名簿のコピーが欲しい」ノアが言った。「〈ランキン&サンズ〉の名簿と照合して、なにか出てこないかやってみる」

ミッキが写真を集めにかかったが、オリヴィアが止めた。「これはいつ撮られたもの?」

「日付がないからわからない。オリジナルはプリンターで印刷されたんじゃなくて、印画紙に焼かれてたの。どうして?」

「マネジャーのハートが、トムリンソンはゴルフをやるって言ってたから」オリヴィアがゆっくりと言う。「上腕にゴルフ・シャツの日焼け跡がついてるはずだと思うのに、幽霊みたいにまっ白でしょ。全身が」ケインをちらりと見る。「ルイーズ・トムリンソンが離婚を申し立てたのはいつだと言ってた？」

「その話は出なかったが、彼女が夫のコンピュータからファイルをコピーしたのは六月一五日だ。ハートの話では、彼女が離婚申し立てをしたのはその翌日だ」

「だからなんだわ」オリヴィアはぼそぼそと言った。「日焼けする時間はなかったのね」

「どうしてそれが問題なんだ、オリヴィア？」アボットだ。

「わかりません。奥さんから聞いた話と辻褄が合わない気がして」

「だったら、ミセス・トムリンソンをもっと深く調べよう」ケインがあっさりと言う。「ガソリン缶からはなにかわかったか？」

「指紋がいくつか出ました」ミッキが言う。「指紋自動識別システムにかけてますが、関係のない人間の指紋という可能性もあります。ガソリン缶は古くて錆びてましたから。放火犯の車を特定して合致する錆びを発見できれば、現場にいたことを証明できますが」

「車と言えば」バーロウが口をはさむ。「バーニー・トムリンソンの車を回収しました。イグニッションにキーが刺さったままで、半マイルほど離れた場所に乗り捨てられてました。キーからは指紋はひとつも採取できませんでした」

「じゃあ、トムリンソンを殺した犯人がキーを持っていったのか？」ケインが言う。「そして彼の車で走り去った？」

「トムリンソンのブラックベリーも持ち去ってます」ミッキが言った。「彼はどこへ行くにもブラックベリーを手放さなかったとマネジャーは言ってました。敷地周辺にいくつもの足跡がありましたが、いろんな人間が出入りしたため、だれの足跡でもおかしくない状況です。ガソリン缶と同じように」

「湖そばのぬかるみで発見した靴跡については？」オリヴィアがたずねた。

「靴底の模様から、コンバースのハイカット、男性物、サイズ10とわかったわ」ミッキが答える。

「じゃあ、トレイシーの相手は、コンドミニアムの火事から逃げるときには靴を履いていたけれど、彼女は履いていなかったわけね」オリヴィアが考えこむ。「どうしてなのかしら？ふたりはセックスをしたばかりだった。彼はなぜ靴を履いていたの？」

「コンドミニアムを出ようとしたときに火事になったのかもしれない」バーロウが言った。

「そうなると、彼はトレイシーと一緒に隠れていたのではなかったことになるわね」オリヴィアが返す。「彼には行かなければならない場所があったけど、トレイシーはコンドミニアムに隠れていた。やっぱり、彼が地元の人間という線が濃厚になってきたわね。彼を見つけて、そもそもどうやってコンドミニアムに入ったのかを突き止める必要があるわ」腕時計に目をやる。「三〇分後に手話通訳と会う予定になってます。聾学校に行って、トレイシーの相手の男性をだれか知らないか探ってきます。校長は全面的に協力すると約束してくれてます」

「少女の両親はどうなってる?」アボットがたずねた。

「母親と継父は、空港に着いたら連絡をくれることになってます」

「父親とはゆうべ会いました」ケインが言った。「父親がトレイシーの身元確認をし、この夏、彼女がキャンプ・ロングフェローに参加したと話してくれました。メリーランドのキャンプです。ここで相手の少年と出会ったのではないかと考えてます」

「だったら参加者名簿を手に入れるんだ」アボットが命じた。「ツイン・シティーズからの参加者がいなかったかチェックしろ」

「おれがやりましょう」ノアが言う。「きみたちが聾学校に行ってるあいだにやっておくよ」

「そんなに簡単じゃないかもしれない」ケインが忠告する。「ゆうべ、ウェブサイトを見てみたが、連絡先の名前を見つけられなかった。Eメール・アドレスがいくつかと、フリーダイヤルの電話番号がひとつあったが、そのページには〝メッセージを残していただければ、できるだけ早く折り返しお電話いたします〟と書かれていた。スタッフは一年を通して常駐してるんじゃなさそうだ」

「うれしいね」ノアが不平を漏らした。「まあ、やってみるしかないか」

「コンドミニアムとトムリンソンの倉庫を見たい」クローフォードが言った。

横目で見るバーロウに、アボットがうなずいた。「おれの車に乗っていけばいい」バーロウは言った。

　クローフォードの顎がこわばった。バーロウがアボットに確認したのが気に入らなかったのだろう。「感謝する」冷ややかな声だった。

「ずっと静かだな、ジェシー」アボットがクローフォードを無視して精神科医に話しかけた。

「なにを考えてる?」

「とても大きなちがいがあると思ってました」ドクター・ドナヒューが言った。「両方の事件とも、人ではなく物を燃やすために火をつけられたでしょう。でも、どちらの事件でも射殺された人がいた――ウィームズは心臓を、トムリンソンは後頭部を撃ち抜かれていました。ケイン、あなたの言うとおり、トムリンソンの殺害は処刑スタイルだった。ウィームズは……そうじゃない。まるで、発砲者はウィームズから不意打ちを食らったけど、慌てることなく撃ち殺したという感じ。それも、とても正確に。射撃練習みたいに。でも、トムリンソンの場合は……あれは復讐だった。どちらも放火とは嚙み合わない。現段階では、この犯行グループ内には非常に多様な個性が存在するように思われます」

「あるいは、多様な目的があるのか」オリヴィアがつけくわえる。

　ドクター・ドナヒューがうなずく。「その可能性もおおいにあります。問題は、多様な目的がグループの全員にとって受け入れられるものなのかどうかと、もしそうでない場合はいつ分裂するか、です」

「何人の犯行グループだ？」アボットがたずねた。

「最低三人です」バーロウが答える。「コンドミニアムのドアのところで燃焼促進剤のついた足跡をふた組発見しました。ですが、ウィームズを殺した人間は放火にはかかわっていません。ということで、最低三人になります」

ドクター・ドナヒューがまたうなずいた。「発砲者は銃を持参しただけでなく、ホローポイント弾を用意していました。つまり、発砲した場合はかならず相手を仕留めるつもりだったということです」

「犯人はトムリンソンを背後から撃った」オリヴィアが言う。「オフィスのドアから入ってデスクをまわらなければならなかったはずです。トムリンソンは、ウィームズのように犯人と偶然出くわしたわけではない。犯人はトムリンソンを殺す意図を持っていた。でも、なぜ？　それに、これがほんとうは環境保護を訴える放火じゃなかったとしたら、どうして環境テロを装うの？」

「それを突き止めてこい」アボットが言った。「報告を欠かさないように。一七時にまた集まってくれ。気をつけるように」

全員が部屋を出ていこうとしたとき、ドアが開いて事務員のフェイが顔を覗かせた。「テレビをつけて。チャンネル8よ。球の情報が漏れたわ」

アボットが悪態をつきながらテレビをつけると、片手にオレンジを持ってトムリンソンの倉庫の焼け跡前に立つレポーターが映った。

「情報源によりますと、球はこのオレンジほどの大きさだったそうです。球はガラス製で、世界地図が表面にエッチングされていたとのことです。また、これと似た球がコンドミニアムの火災現場にも残されていました」レポーターが言った。「これは重要な情報で、この二件の火災を有名なSPOTという組織に結びつけるものです。SPOTは一二年前にオフィスビルを破壊した際、女性一名の死者を出しています。SPOTのリーダーであるプレストン・モスは、この火災と女性の死に関していまも指名手配中です。モスはその事件後に姿を消し、いまだもって発見されていません」

古い映像が流れはじめると、アボットは音声を消した。「ちくしょうめ」とどなる。

「消防士のあいだではその話で持ちきりでした、ブルース」オリヴィアは言った。「昨日、この情報が漏れるのも時間の問題だと言ったじゃないですか」

「わかってる。だが、もう少し時間を稼げると思ってたんだ。情報が漏れたからといって、われわれの計画は変わらない。やろうとしていたことをさっさとやってこい。マスコミには私が対処する。バーロウ、この件は他言無用だと消防士たちに念押ししておいてくれ」

「彼らは承知してますよ。消防署から情報が漏れたのであれば、彼らがちゃんと対処してくれるでしょう。念のため、もう一度言っておきますが」

「例の消防士だが」アボットが言う。「球を受け止めた、彼の名前は？」

「デイヴィッド・ハンターです」オリヴィアが答える。「わたしから彼に連絡して、注意しておきます」

「よし」アボットがみんなをドアへと追い払うしぐさをした。「さあ、行って私に答えを持ってきてくれ」

# 13

## 九月二一日（火）午前九時二五分

〈K－9トレーニング〉と書かれた大きな看板と、子どもの手書き文字で〈ワンちゃんのデイケア〉と書かれたその下の小さな看板の前に、デイヴィッドはピックアップ・トラックを停めた。

「おいで」声をかけると、オリヴィアのジャーマン・シェパードはトラックから飛び降りてドアに向かって駆けていった。犬のほうがよく知っていると思った彼は、あとをついていった。ノックをしたが、返答がない。ドアに鍵がかかっていなかったのでそのままなかに入ると、頭上でビーッという音がするとともにライトが光った。

「こんにちは」声をかける。壁の向こうあたりから犬の吠え声が聞こえてきた。受付カウンターはあるものの、受付係はいない。そのとき、それが聞こえた――小さな苦痛の声だ。モジョを見下ろすと、耳をぴんと立てている。モジョにも聞こえたのだ。

デスクに突っ伏している女性が見えた。赤毛を背中に垂らし、両腕は力なく脇に垂れている。「大丈夫ですか?」呼びかけてみたが、反応はない。腕をつかんで脈を取ろうとしたところ、女性が両手を拳に握っていきなり立ち上がったので飛びすさった。

「だれ？」彼女がきつい調子で言った。気を落ち着けたデイヴィッドは、オリヴィアの炉棚に飾られた写真に写っていた女性だとすぐに気づいた。

「デイヴィッド・ハンターです。オリヴィアの友だちのブリーですね」

彼女が濃い茶色の目を険しくした。「あなたは例のろくでなしね」

デイヴィッドは目玉をぐるりと動かした。「もうちがう」

「待って」よろよろとデスクへ行き、補聴器とおぼしきものをふたつ見つけた。左右の耳の後ろにそれをつけると、訝しむように彼を見た。「〝もうちがう〟と言った？」

彼女には聴覚障害があるのだとデイヴィッドは気づいた。だから彼が入ってきたのがわからなかったのだ。「そうだ。ほら、犬を預けるほど信頼してもらってる」モジョの頭をぽんぽんと叩くと、手をなめられた。

「あんなことをしたあとで二度めのチャンスをもらえたなんて、よっぽど口がうまいのね」

恥ずかしさでデイヴィッドの頬が熱くなる。「うめき声が聞こえたんだ」

ブリーが椅子にどさりと座りこんだ。「きっとわたしの声ね。死にかけてたの。そんなに大きな声を出さないで」

デイヴィッドはにやりとした。「ゆうべはモヒート大会に出てたんだね」

ブリーがまたデスクに顔を突っ伏した。「そのことばを二度と口にしないで」

「役に立てるかもしれないよ」

彼女がどんよりした目を上げた。「銃を持ってるの？」

「手を貸して」デイヴィッドは彼女の人さし指のつけ根を押した。

「ブードゥーのまじない？」ぶつぶつと言う。

「指圧だよ。これで胸のむかつきはおさまると思う」

「ああ。ペイジが指圧をするわ」

「知ってる」

片目を開き、その目でにらむ。「どうして知ってるの？」

「道場の知り合いだからだ。一緒に練習してる」

「あああああ。だからゆうべの彼女はようすがおかしかったのね。リヴは怒り狂ってるでしょ」

「陪審員の評決はまだ出てない。ましになったかい？」

「なったかも。リヴにしてもらってるときに、どうしてほかの女性の名前なんて叫んだの？」

つかの間、デイヴィッドはことばを失った。「おれがろくでなしだからだ」

「とってもいい答えだわ」ブリーがぼそりと言う。「ろくでなしにしては、あなたはとてもいい手をしているのね」

「ありがとう」そっけなく言う。「次に飲むときは、モヒートの量を加減したほうがよさそうだね」

「次に飲むときには、あなたこそシャンパンに手を出さないほうがいいんじゃないの」ぴしゃりと言い返す。

デイヴィッドはたじろいだ。「やられたな。犬を預けられるかな？」

「もちろんよ。リヴとのことはどういうつもりでいるの？」

「まじめな気持ちだ」このあとに起こってほしいと願っていることを思う。「おおかたは」

ブリーの唇の端が片方持ち上がった。「いいでしょう。でも、彼女には傷ついた経験があるの。だから、彼女を傷つけないで」

「そうしようと努力してる」

「信じるわ。でも、そのつもりがなくても、あなたは彼女のいちばん痛いところを突いたのよ」

「わかってる。婚約者が彼女を捨てて昔の恋人のもとに走ったんだろ。そこへおれが……あんなことを言ってしまった」

「それも問題だけど、あなたのほうが先にペイジと友だちだったっていうのは、追い討ちの打撃なの」

デイヴィッドは眉をひそめた。「どうして？」

「なぜなら、ペイジは蜜蜂みたいなものだからよ。彼女の隣りを歩くと、自信がへこむの。リヴにとってはもっと深刻だわ。彼女はみんなが思っているように自分を見てないから」

「どうして？」

「わたしの見たかぎりでは、責任の一部はお母さんにあるわね。彼女のお母さんは……過酷な要求をする人だったから」

「お母さんはお父さんの一年前に亡くなったと聞いている」デイヴィッドは思い出した。

「でも、お母さんを愛している口ぶりだったよ」

「愛していたのよ。でも、家庭内の雰囲気は張り詰めたものだったの。あの当時、ひとりで子どもを育てるのは簡単じゃなかったと思うわ――しかも私生児だったわけだし。お母さんはいつも、〝教育を受けなさい、奨学金を受けなさい。顔に頼るんじゃないの、頭を使いなさい〟って言ってた」

「いいアドバイスじゃないか」デイヴィッドは用心しながら言った。「ちがうのかい？」

「釣り合いが取れていればね。モヒートを飲みながら聞いた話だとか、この目で実際に見たことからすると、リヴのお母さんは娘の顔をこき下ろし、彼女がなにをしても満足しなかったの」

「オリヴィアはミーアと同じでお父さんにとてもよく似ているんだ。お母さんはやりきれなかったんだろうな。娘を見るたびに、自分を捨てた男の顔が見えるんだから。それでも、そんなやり方はまちがってるし、つらい思いをしてきたオリヴィアがかわいそうだ」

「言えてるわ。でも、あなたのことだから、きっとリヴをとてもきれいだと感じさせる方法を見つけてくれそう。ただ、今度はちゃんと彼女の名前を呼んでね。オリヴィアよ。ご一緒にどうぞ。オ、リ、ヴィ、ア」

デイヴィッドの顔がまた熱くなった。「もう行くよ。犬のことは？」

「モジョはちゃんと預かるわよ。もともとうちの犬だったの。でも、トレーニングで落ちこぼれて、家が必要になった。ダグに去られたオリヴィアには仲間が必要だった。そしてうまくいった。ねえ、コンドミニアムではファインプレーをしたって聞いたわよ」

「どこでその話を？」

「父がゆうべの倉庫火災の現場にいたの。薬を盛られた番犬を診察した獣医なのよ。そのうわさで持ちきりだったたって言ってたわ。野球をするの？」

「野球の奨学金で大学に行ったんだ」悲惨に終わった前期だけだったが。「どうしてだい？」

「わたしはリーグでプレーしているんだけど、うちのチームに外野手が必要なのよね。メンバーのひとりが足を骨折してしまって。プレーオフを控えてて、彼がいなくて困ってるの。もし来たければ……」

〝グループにようこそ〟という誘いだとわかった。「ありがとう。そうさせてもらうよ」

「木曜の夜が練習日よ」場所を書き留める。「はい」

「できたら行くよ。これまでのことを教えてくれてありがとう。爆発しそうな頭がじきによくなるといいね」

「その願いが神さまに届きますように。出ていくときにドアを強く閉めないでね」

大通りを走っていると、ポケットに入れた携帯電話が鳴った。母親からだった。「ごめん、母さん。今朝電話をすべきだったね。でも、ゆっくり眠ってでもらいたかったんだ」

「どこにいるの、デイヴィッド？」声に緊張があり、デイヴィッドは心配になった。

「街の北だけど。どうして？　なにがあったんだい？」

「ニュースであのガラス球についてやってたの。あなたの名前は出てなかったけれど、話が漏れてしまったみたいよ。あなたが〝セーブ〟した球についてインタビューしたいってレポーターが一〇人以上来てるの」

「あの火事で少女が死んで、男がひとり殺されたっていうのに、マスコミはおれが球をキャッチした話を特ダネにしようっていうのか？」怒りの息を吐き出す。「おれがそいつらを追い払うよ」

「いいえ、帰ってこないで。そう言うために電話したの。あなたはここに住んでないから立ち去れってグレンが言ってくれたわ。今日は彼のキャビンに行ったほうがいいって。着替えはグレンが消防署に届けるって言ってくれてるの」

「悪くないな。でも、母さんはどうするの？　一日中母さんをひとりきりで放っておくなんて悪いよ」

「話し相手なら、アパートメント・ハウスにたっぷりいるわ。今日は早起きしてパンを焼いたの。ゴルスキー姉妹はとってもすてきな人たちね。それに、2Aの赤ちゃんたちときたら。今日のわたしはお祖母《ばあ》ちゃんモードなの。わたしのことは心配しないで。お昼はトムと約束してるし、夕飯はイーヴィと一緒にする予定になっているから、どのみちあなたにかまっている暇はないのよ」軽い口調だったが、デイヴィッドはだまされなかった。

「トムはおれと昼飯を食べる時間も割けないのに。いつだって勉強で忙しくしてる」

「わたしのためなら時間を作ってくれるわ。なんといっても、わたしはあの子のお祖母ちゃんなんですからね。あなたはただのおじさんでしょう。いいから、わたしの心配はしないで。あなたがここに帰ってこなければ、一日二日で落ち着くかもしれない」

デイヴィッドは吐息をついた。「その願いが神さまに届きますように」

母の電話を切ると、すぐにまたかかってきた。オリヴィアからだった。球をキャッチした彼の名前が漏れた件でありますように。いまもまだ怒っている彼女が、刺激的な会話とさらに刺激的なセックスになるのではないかと彼が期待している今夜の約束をキャンセルしようとしているのではありませんように。「もしもし」用心深く電話に出る。

「オリヴィアよ。テレビでガラス球について報道されてしまったの」

「知ってる。母から電話があったばかりなんだ。マスコミが押しかけてるそうだから、おれはキャビンに行くことにしたよ。だから、もしそっちの仕事が終わったら——仕事が終わったとき……」

「わかりました」硬い声で言うのが聞こえ、自由にしゃべれない場所にいるのだろうと察する。それでも、かすれ声を聞いて勇気が湧いてきた。「マスコミにはしゃべらないようにというボスからの伝言を伝えようと思ったんだけど、それについてはもう対処ずみのようね」

「対処したいことならたくさんあるよ」愛撫するように低い声で言う。

「わかりました」オリヴィアがまた言い、咳払いをした。「もう切るわね」

電話を切ったデイヴィッドはにやついた。事態は好転しつつある。

## 九月二一日（火）午前九時四五分

オリヴィアは携帯電話をポケットにしまった。ケインとふたりで〈デリ〉の列に並んでいるところなのだが、頬があまり赤くなってないことを願った。あいにく願いは叶えられなかったようで、ケインがにやついてこちらを見ていた。「黙って」

「なにも言ってないぞ。パストラミをおごってくれるなら、ずっと黙っていられるんだがな」

「あなたのパストラミの習慣を後押ししたりはしませんからね。今朝すでにふたつ食べてるでしょ」

「何時間も前じゃないか」ケインがぶつぶつと言う。

「わかったわよ。半分分けてあげる。どっちにしてもそんなにお腹が空いてないから。今朝はオムレツを食べてきたし」

「だれがオムレツを作ってくれたんだ？　ゆうべ、きみが見捨てた消防士が戻ってきたのか？　頼むよ、リヴ」哀れっぽい声を出す。「話してくれ」

困ったオリヴィアは列の前方に目をやった。「どうして今朝はこんなに時間がかかってるの？」

「きみは防御にまわると、いつだって問題を避けるな。朝のこの時間は、カービーはいつもゆっくりなんだ。ひとりひとりと雑談なんてしてなきゃ、もっと速く客をさばけるのにな」

「彼に色目を使われるのが気に入らないんでしょ」オリヴィアは茶目っ気をこめて言った。

呆れ顔になったケインは、混み合ったテーブルをざっと見渡した。「通訳はまだ来てないな」

「一〇分前に連絡があったわ。駐車スペースを探しているところですって。リラックスしてよ。なんだか今日はすごく緊張してるわね」

「コーヒーを飲みすぎた」ドアのベルが鳴る音を聞いて彼がそちらを向く。「来たぞ」ヴァルは前夜とまったく同じ黒ずくめの服装だった。彼女はトラベル・マグを持ち上げ、コーヒーはあるからドアのところで待っている、と身ぶりで示した。「黒い服は制服なのかな、それともなにかを主張するファッションなのかな」ケインが小声で言った。

「制服みたいなものよ。両手がはっきり見えるから。黒っぽい無地のものがいいの。明るくて派手な模様のあるものはぜったいにだめ」やっと列の先頭になり、オリヴィアは注文をしたが、カウンター内のバリスタはなんの反応もしなかった。彼は顔をしかめて、隅のテレビに見入っていた。

「最高」オリヴィアは皮肉っぽく言った。チャンネル2のレポーターがガラス球についてしゃべっていた。「カービー」カウンターをこつこつとやる。「ねえ、カービーったら」

バリスタは目を瞬き、それからオリヴィアに向いた。「すみません、刑事さん。すごい事件ですよね。勘ちがいじゃなければ、刑事さんの担当してる事件じゃないですか？　で、状況はどうなんです？」

オリヴィアは〝引っこんでろ〟という顔をした。「状況は、刑事がすごくコーヒーを欲しがってるってこと。コーヒーふたつと、パストラミと卵のサンドイッチをもらえる？」

カービーがオリヴィアの背後にいるケインに目をやった。「今日はもう三つめですよ？　うれしいなあ」甘えた声を出し、色目を使った。ケインが身を固くしたので、オリヴィアの唇がひくついた。彼が気まずい思いをするのがわかっているから、カービーはわざとそんな風にふるまっているのだと、彼女は知っていた。

「いいから注文したものをちょうだい」ため息をつきながら言った。支払いをし、釣り銭はチップ用の瓶に入れ、コーヒーを受け取った。

「ババーイ、刑事さん」カービーが歌うように言い、サンドイッチをつかんだケインに手をひらひらさせた。

ケインは頭をふった。「じゃあな《グッド・バイ》、カービー」彼が言うと、オリヴィアはくすりと笑った。

サザランドとケインが黒服の女と合流したとき、彼は腰にクリップ留めしたマイクのチューナーのホイールをこっそりまわした。これでドアのところにいる三人の話を盗み聞きできる。

「遅くなってごめんなさい」女が言った。ケインは女を通訳と言い、サザランドは黒い服だと両手がはっきり見えると言っていた。つまり、手話ってことだろう。

「オークス校長から、待っているというメッセージがありました」通訳が小声で言っているとき、サザランドがドアを開けた。「少し遅れると言っておきました」

三人が出ていき、ドアが閉まった。オークス、校長、通訳……。頭がいかれてると思ってくれてもかまわないが、彼らは学校へ行くんだと思う。聴覚障害を持つ子どもたちのための学校へ。そのとき、パズルのピースがかちりとはまった。コンドミニアムの少女はなぜ逃げ遅れたのだろうと不思議だったのだ。エリックとジョエルは死人さえ起こしてしまうほどの物音をたてていたのだから。

だが、聾者だったなら話はちがう。彼女には物音が聞こえず、そのせいで死んだのだ。少女が聴覚障害者だったのなら、ボートに乗って逃げたやつも同じだった可能性がある。どうやらサザランドとケインもそう考えているようだ。

彼は次の客ににっこりしてみせた。「ご注文をうかがいます」

注文をさばきながら、ちらちらとテレビを見る。ガラス球のニュースは、最初に報道されたときに見ていたのだが、ケインとサザランドを少し長く待たせるために――そして、おしゃべりさせるために――ニュースに見入っているふりをしたのだ。

ガラスの地球儀は両方の現場で発見されたわけか。驚いた。懐古趣味があるのはだれだ？ ジョエルと言いたいところだが、彼はトムリンソンの現場にはいなかった。すでに死んでいたのだから。コンドミニアムに入らなかったアルベールでもない。じゃあ、エリックか？ 可能性はあるが、ぴんと来ない。昔を懐かしがるのはあいつの流儀ではない。そう、きっとメアリだ。

メアリはゲームを変えたのだ。警察は環境テロを動機として考慮していたかもしれないが、ガラスの地球儀がそれを確固たるものにした。これでＦＢＩが乗りこんでくる。

さまざまなことが意味をなしてきた。

ＦＢＩは、エリックがフランス行きの航空券を買ったのを知ったら快く思わないだろう。

しかし、アルベールのほうがエリックの逃亡計画をもっと感情的に受け止めるはずだ。朝の混雑が落ち着いて、アルベールにチクるのが待ち遠しかった。

メアリに関しては、最後をどうするかについてなかなかいいアイデアがあった。きっとものすごくおもしろいことになる。待っている客のコーヒーにぱちんと蓋をする。「お待たせしました。よい一日を」にっこり笑う。「ババーイ。お次のお客さま、どうぞ」

## 九月二一日（火）午前九時四五分

エリックは黒いスーツを丁寧に置き、黒っぽくて地味なネクタイを選んだ。メアリから電話があり、ジョエルの葬儀は今日の午後二時だと言われた。参列する時間はなんとかあった。国際線の飛行機に乗るには、出発時刻の二時間前に空港に着いてなければならない。

パリには現地時刻の明朝九時三〇分に着く予定だ。ミネアポリスでは午前二時三〇分になる。今夜脅迫者になんの計画もなければ、大丈夫だ。ぼくがいなくなったのに気づくのは、消えてからだいぶ経ったあとだ。だが、もし真夜中が期限の放火をまた命じられたとしても、脅迫者がビデオを公開し、ぼくがどこへ高飛びしたかを警察が突き止めるまで二時間半あることになる。警察はただ電話をするだけでよく、パリの警察がゲートで待ちかまえているかもしれない。たしかにそうなる可能性はある。だが、おそらくそうはならないだろう。いまは、そうならない可能性がじゅうぶん高いことに賭けるしかない。なぜなら、なにもせずにいれば、逮捕されて刑務所行きになるのは確実だからだ。

荷物は小さな鞄ひとつだけにした。あまりたくさん荷造りすれば、あれこれなくなっているのにアルベールが気づくだろう。逃亡者となったとき、警察の手に渡っては困るものをいくつかまとめた。それを入れた箱は、若いころに家族のはみ出し者となり、警察に提出しそうにないおじに送るつもりだ。

背後でテレビの音が小さく聞こえ、いまでは最悪の恐怖となった〝ニュース速報〟ということばが流れてきてぎくりとした。

「これまでお伝えしてきた二件の放火事件に関する速報です」ニュース・キャスターが言い、エリックはゆっくりとふり向いてテレビを見た。そして、眉根を寄せた。ガラス球？　いったいどうなってるんだ？

〝SPOT〟、〝環境保護を訴える放火〟、プレストン・モスという男に対する〝FBIの捜査が継続中〟ということばが耳に飛びこんできた。そんな名前など聞いたこともなかったが、ジョエルなら知っていただろう。あいつはそういうクソみたいなものをすべて読んでいたから。「ジョエル、おまえはほんとうにとんでもないことをしてくれたな」エリックはぼそりと言った。

だが、ジョエルではありえなかった。ゆうべ、彼はあそこにいなかったのだから。アルベールでもなかった。彼はコンドミニアムのなかには入らなかったのだから。そして、ぼくでもない。メアリか。だが、どうして？

携帯電話を引っつかんで彼女にかけようとしたが、考えなおした。メアリがガラス球を置いていき、指紋も残していったとしたら？　これ以上彼女とやりとりをしたくなかった。メアリがつかまったら、そこから追跡されてぼくまで見つかってしまう。

ジョエルの葬儀で彼女に会うから、そのときに訊こう。それまでにつかまっていなければの話だが。エリックは息を吸いこみ、目を閉じ、人生で一度でいいから救世主になろうと決めた二日前まで自分の人生を支配していた論理を用いようと努力した。

レポーターは、ガラス球が九〇年代に活動していた過激な環境保護グループの署名だと言っていた。ジョエルがそれを知っていただろうというのは想像に難くなかった。英雄と崇めるヒッピーのプレストン・モスをたたえる物を彼が置いていきたいと考えるのも。では、ジョエルとメアリが、自分とアルベールに内緒でそれを置いてくるというのは？

完全にありえる。ジョエルとメアリは署名となる物を現場に残したがったのだが、エリックは却下した。湿地帯をおびやかす開発を止めるだけでじゅうぶんだと言って。アルベールはエリックの味方をし、ジョエルとメアリはすねた。どうやら、ふたりは自分たちの意志を貫こうと決めたようだ。

倉庫で導火線に火をつけたときにメアリが言ったことばを思い出す。〝これはあなたのために、ジョエル〟ふたりで計画した署名を彼女が引き継いだというのは、完全に狂ってはいるものの理解できた。メアリは殺人事件を知らなかったし、ジョエルはトムリンソンの倉庫を燃やすのを望んだだろう、とエリック自身が彼女に言ったのだから。

どうしたらいい？　メアリが逮捕されないことが、自分を守るためには不可欠だった。少なくとも、フランスに逃げおおせるまでは。そのあと、なにもかもが明るみに出たら、三人はそれぞれ自力でなんとかするしかなくなる。脅迫者から渡された携帯電話で、エリックはメアリにメッセージを送った。

〈ニュースで球について話してる。どういうことだ？〉

送信ボタンを押して待ちながら、偽の身分証明書を手に入れるにはどうしたらいいのだろうと思案する。警察が自分たちの存在を突き止めたなら、自分のパスポートでフランスへ行くなんてぜったいにできなくなる。あいにく、偽の身分証明書を用意してくれるような怪しげな人物を知っていそうなのはアルベールしかいないが、いま彼にそれを頼むのは最善とは言いがたい。

それなら、だれに頼める？　エリックは鼻梁をつまんだ。ずっと頭痛に悩まされていた。睡眠を取る必要があるのに、目を閉じるたびに窓辺のあの顔が見えてしまうのだ。

ぼくたちが彼女を殺した。でも、そんなつもりはなかったんだ。だとしても、関係ない。彼女はそれでも死んだままなのだ。頭に浮かんだ、自首する自分の姿にさいなまれる。でも、刑務所にはぜったいに行かない。そんなところへ入れられるくらいなら、死んだほうがましだ。

　国外に逃げようとしているのがアルベールにばれたら、ほんとうに死ぬことになるかもしれない。

## 九月二一日（火）午前一〇時三〇分

　聾学校のスティーヴン・オークス校長は、慈父のような顔を心配で曇らせていた。彼はもうひとりの男性が座っているテーブルへと身ぶりでいざなった。

「驚きました」オークスが手話で言い、ヴァルがそれをことばで伝えた。「うちの生徒があの少女の死にかかわっているかもしれないとは。ですが、私にできることならなんでもしましょう。こちらはドクター・ヘイグです。わが校の臨床心理士で、高校の生徒を全員知っています。私が彼にも同席してもらうことにしたのですが、かまわなかったでしょうか？」

「問題ありません」オリヴィアが言ったことばをヴァルが手話で伝える。「はじめにはっきりさせておきたいのですが、われわれの捜している若い男性が犯罪にかかわっていたかどうかはわかっていません。その男性は火災のあった建物から逃げ出したのではないかと考えています。われわれの役には立たない可能性もあります」

これを聞いて、男性ふたりは少し安堵したようだった。

オリヴィアはトレイシー・マレンの写真をオークス校長に渡した。「火災で亡くなった少女です。名前はトレイシー・マレンといい、母親とフロリダに住んでいました。彼女をご存じでしょうか？」

オークスは写真をじっくり見たあとでヘイグに渡したが、ふたりとも首を横にふった。

「うちの生徒ではありませんね」オークスが手話で言う。「お役に立てなくて申し訳ありません」

「トレイシーはコンドミニアムで一緒だった男性のためにここへ来たのではないかと考えています」オリヴィアは言った。「その男性についてわかっているのは、黒っぽい髪、白人、サイズ10の靴を履いていることだけです」

「それにあてはまる男子生徒ならおおぜいいます」ヘイグが声を出して言うと同時に手話も使った。彼は耳が聞こえるのだとオリヴィアは気づいた。「もう少し詳しい情報はないのですか？」

「補聴器をつけていますが、その情報ではほとんど絞りこめませんよね」ケインが言う。

「この夏にキャンプ・ロングフェローに参加しているかもしれません」

オークスとヘイグが眉を吊り上げた。「生徒の何人かがそのキャンプに参加しました」

オークスの手話を追うヴァルの静かな声がする。「そのうちの何人かは知っていますが、全員となるとちょっと。保護者が直接申しこんだ場合はこちらでは知りようがありませんし」

「キャンプ側に名簿をくれるよう連絡してみましたか？」ヘイグがたずねた。

「連絡しようとしているところです。いまはシーズンオフですから」ケインが答える。

ヘイグが吐息をつく。「何人かは奨学金で行きましたから、私が推薦状を書きました。その生徒のリストなら持っています。手はじめに彼らと話ができるよう呼びましょうか？」

「助かります」オリヴィアが言う。「先ほど話した若い男性は、犠牲者と性交渉を持っていました。火災を逃れたのだとしたら、とても動揺している可能性があります。激しい動揺を見せている男子生徒に心あたりはありませんか？」

オークスが懐疑的な表情になる。「相手は高校生なんですよ、刑事さん」ため息をつく。「彼らは毎日大きく動揺したりいらいらしたりしています。そういう年ごろなのですから」

「たしかに」オリヴィアはしょげた。「問題の若者はボートを操れると思われます――手漕ぎボートですが。それに、日曜日の深夜ごろにコンドミニアムにいました」

ヘイグが考えこんだ。「ボートの話ではなにも思いあたりません。ですが、日曜日にコンドミニアムにいたのだとしたら、通学生でしょう。うちには寮生もいるんです」彼が説明する。「寮生は家族とともに週末を過ごし、日曜日の午後に戻ってきます。寮は毎晩一〇時に施錠されます。職員が部屋の見まわりをするので、生徒が真夜中にコンドミニアムにいたとすれば、寮にいなかったのがわかったはずです」

「ここ数年のイヤー・ブックをお借りできませんか？」オリヴィアは言った。

「かまいませんよ」オークスが手話で答え、ヘイグとともに立ち上がった。「アルバムと通学生の名簿を秘書に用意させましょう」

「寮生の名簿もお願いできますか？」オリヴィアが言うと、オークスは顔をしかめた。「お願いします」

ふたりが部屋から出ていくと、オリヴィアはケインに話しかけた。「ヘイグの言うとおりかもしれないけれど、子どもっていうのはどうしてもとなったら抜け出すものよ。わたしたちが捜している若者は、女の子と会ってセックスをした」

「そのためなら、なんとかして抜け出すだろうな」ケインが同意する。「ヴァル、おれたちと話をするなんてまっぴらだと思ってるような、反抗的なティーンエイジャーを相手に手話をする準備はいいかい？」

ヴァルは肩をすくめた。「ティーンエイジャーなら自宅にふたりいるので、慣れています」

**九月二一日（火）午前一〇時五〇分**

休憩したかったが、カウンターにいるのは彼ひとりだった。アルバイトのバスターは遅刻していた。またもや。時間どおりに来る人間を雇うのは至難の業だ。まったく近ごろの大学生ときたら。責任感がまるでないのだ。

客をチェックすると、それぞれ自分のことに熱中していたので、ノートパソコンを開いた。まずはエリックの銀行口座だ。金はいまもそのままそこにあった。何回かクリックして、かなりの額の金を引き出して自分の一時口座に転送した。エリックがいつもの一〇〇〇ドルを引き出そうとした場合、残高不足で下ろせなくならないように、一一〇〇ドルだけ残しておいた。

いらぬ疑念を抱かせたくなかった。そうなったら、アルベールへのちょっとしたサプライズが台なしになってしまう。

エリックの携帯電話から収穫《ハーベスト》したアルベールの番号を自分の携帯で入力する。ひとりのアドレス帳から驚くほど多くの情報を得られるのだ。連絡先の電話番号、住所、それに誕生日やパスワードや銀行の暗証番号といったものまで。

〈おまえの小鳥ちゃんは小屋を飛び立とうとしているぞ。さようなら《オ・ルボワール》。一七時三〇分、リンドバーグ・ターミナル〉と打ちこむ。

携帯電話を閉じた。これでいい。アルベールはどうするだろう？　エリックを叩きのめす？　無理やりとどまらせる？　殺す？　なんと、こいつはテレビなんかよりもずっとおもしろいじゃないか。

次は、会社の金を着服した会計士のミスター・ドリアン・ブラントだ。あいつはおれに二カ月分の支払いの借りがある。正式に警告はしたのだ。ブラントの口座にログインすると、一カ月分の半分の支払額しかおさめていなかった。

彼は顔をしかめた。ブラントはそれでじゅうぶんだと本心から思っているようだ。ばかな男め。

ブラントの口座を空っぽにし、これも自分のオフショアの一時口座に転送した。さて、ブラントをどうしてくれようか？　彼の妻子にはなんの恨みもないので、家族の住む家を燃やすのはまずいだろう。ブラントは、彼ひとりを始末できるような、トムリンソンみたいな便利な倉庫は持っていない。しばらく考えなくてはならない。きめ細かな対処が必要だ。

ドアのベルがチリンと鳴り、バスターが急いで入ってきた。「すみません」

「遅刻だぞ」

「わかってます。電話すべきでした」

彼はノートパソコンを閉じた。「用事で外出してくる。ダレンのシフトは正午からだ。ふたりで昼食時の混雑をさばけるかい？」

「マヌエルはもうサンドイッチを作れるようになりましたか？」

移民を雇用している彼はコミュニティから賞賛されてきた。ほんとうのところは、英語を話せない人間を周囲に置いておくのが目的だった。そのほうが物事がスムーズに進むからだ。

「ああ、大丈夫だ」バスターにレジを任せるべく、彼は脇にどいた。「夕食時の混雑がはじまるまでには戻ってこられると思う」

「時間を超過したってかまいませんよ。なんだったら夜も働いて、店を閉めるのもやりましょうか？」

「いや、そこまで長くはかからない。店はおれが閉めるよ」バスターに掃除などやらせてはとんでもないことになる。マイクを見つけられてしまうかもしれないじゃないか。だが、これまでのところ、マイクは見つけられていなかった。しっかりと隠してあるのだ。バスター、ダレン、その他のカウンター係はマヌエルと同様のまぬけで、厨房係は働き者ばかりなので、店を空けるのにはなんの心配もなかった。全員が一丸となって働いているのだ。

ケインとサザランドは何時間も聾学校にいた。捜している人間を見つけたのだろうか。その人間はなにかを目撃しただろうか。自分の正体はばれるだろうか。そうなったらまずい。

だから、なんとかしてケインとサザランドが知りえた情報を探り出さなければならない。幸い、計画ならあった。ノートパソコンを小脇に抱えた彼は店をあとにした。ドアのベルが背後でチリンと鳴った。

**九月二一日（火）午後〇時一五分**

エリックは公衆電話の受話器を戻し、かけてよかったと思った。最近は公衆電話を見つけるのに苦労するが、自分の電話を使ってユダヤ教の礼拝堂《シナゴーグ》にかけたくはなかったのだ。ジョエルの葬儀に行くべきかどうかずっと迷っていたのだった。自分たちが容疑者になっているのなら、警察がそこで待ちかまえているかもしれないからだ。

けれど、だれにも疑われていなかった場合、参列しなければ怪しまれる。ジョエルとは幼稚園時代から友だちなのだから。だが、苦境は解決した。ジョエルの葬儀は今日は行なわれなくなったのだ。正統派ユダヤ教徒のフィッシャー家はきっと取り乱しているだろう。死者を二四時間以内に埋葬するのがどれほど重要か、以前ジョエルから聞いたのをおぼえていた。だが、ジョエルの遺体は明日まで埋葬できなくなった。

そのころには、ぼくはフランスにいる。オ・ルボワール、ジョエル。

記念の品はすでにおじに宛てて発送した。あとはアパートメントに戻って、空港に向けて出発するのを待つだけだ。彼の乗る便は五時三〇分にリンドバーグ・ターミナルを飛び立つ。遅れるわけにはいかなかった。

玄関ドアに鍵を入れたとき、なにかがおかしいと気づいた。暖炉で火がごうごうと燃える音がしている。だれかがここにいる。

ドアが勢いよく開けられたが、エリックが目にしたのは片手だけだった。彼の銃を持っている手。「銃を見つけたよ、エリック。鞄もね。フランスに逃げるなら、下着をもっと荷物に詰めないと」

## 14

### 九月二一日（火）午後一時一五分

デイヴィッドはふと目を覚ましたが、体をぴくりとも動かさずにじっとしていた。神経を張り詰めて耳を澄ませる。また聞こえた。グレンのキャビンの居間から紙のこすれる音がした。

だれかがここにいる。ベッドルームの窓の外では、太陽が空高く昇っていた。ほんの二、三時間眠っただけだった。ごろりと転がって音もなく立ち上がり、忍び足でドアまで行って覗いてみた。ここからではなにも見えないが、引き出しを開ける音が聞こえた。

九一一に通報するんだ。だが、キャビンには固定電話が一台しかなく、それはキッチンにある。しかも、携帯電話はその横で充電中だ。まぬけ。グレンはライフルを所持しているが、それがあるのは居間だ。まったくなんの役にも立たない。デイヴィッドはボクサー・ショーツ姿で、武器も電話もなく立ち尽くした。

泥棒だろうか？　そこで、ようやく頭が完全に目覚めた。あのガラス球だ。いまいましいレポーターたちめ。彼らのひとりに居場所を突き止められたにちがいない。もっとよく聞こうと首を傾げる。さらに引き出しが開けられ、さらに紙のこすれる音がした。侵入者がだれにせよ、その人物はなにかを探している。だが、なにを探しているのだ？

ドアからすべり出て、足音を消してくれるカーペットに感謝した。なにが待っているかと想像し、心臓が激しく高鳴った。

居間が視野に入り、足を止め、ほとんど息を殺して状況を吟味した。

男がグレンのデスクのところに立っていて、書類を探っていた。身長はデイヴィッドと同じくらいで、針金のように痩せ細っている。年齢はわからないが、とても若いわけでも、とても年寄りというわけでもない。なによりも重要なのは、男が腰に銃を差していることだ。くそっ。

デイヴィッドのノートパソコンが、ゆうべグレンに持っていくのを忘れた郵便物の山の上に置かれていた。まずい。腹を蹴られたような衝撃とともに気づく。あれはベッド脇のテーブルに置いておいたのだ。眠っているあいだにベッドルームに入られていたらしい。

男は探し物に熱中していて、まだこちらに気づいていないのが幸いだった。グレンの私物を荒らしている男を見ながら、デイヴィッドはこの先の行動を頭に思い描き、それからすばやく二歩進んで男との距離を縮めた。

最初の一歩で男が銃に手をやった。けれど、デイヴィッドのほうがすばやく、男を倒して手首に関節技をかけた。男は暴れ、デイヴィッドは手首を握った手に力をこめた。ペイジの護身術クラスで生徒の練習台に何度もなった経験から、相手にかなりの苦痛をあたえているとわかっていた。

「動いたら、おまえの手首を折って、それから首をへし折ってやる」心臓が激しく打っていたが、噛みつくように言った。「おまえは何者で、ここでなにをしている？」

男が狂気じみた目になった。「放せ、くそ野郎」

「放すわけがないだろうが」男の銃を取り上げた自分の手が震えているのにぎょっとした。男は必死でもがいている。手首のつかみ方を変えて背中にねじ上げた。ひどい悪態が噴出したが、デイヴィッドは力をゆるめなかった。

最初の恐怖の波が去り、呼吸が正常に戻ってきた。「おまえはだれだ？」

「地獄に堕ちろ」いまや震えはじめた男があえぐように言った。ここまで接近すると、男が三〇代だとわかった。「くそったれ」

デイヴィッドがさらに身を寄せると、男が喉の奥から泣きわめいた。「やめろ！」

「おまえはだれだ？」

「リンカーン」

「苗字は？　くそっ。おまえの肩の骨を折りたくはない。いったいおまえはだれなんだ？」

「リンカーン・ジェファソンだ」

リンカーン・ジェファソンだって？　どっちも大統領の名前じゃないか。デイヴィッドは思わず笑ってしまいそうになった。ほぼ偽名まちがいなしだが、それでもなかなかのものだった。彼はしっかりと男を押さえ続けた。「どうしてここに押し入った？」

「おまえは嘘つき野郎だ」リンカーンがすすり泣いた。「嘘つき、嘘つき、嘘つき！」

「おれは嘘などつかない」もう長いこと嘘はついていなかった。「だれに頼まれた？」リンカーンが返事をしなかったので、デイヴィッドはぐいっと力をこめてうめき声をあげさせた。

「だれに頼まれた？」

「地球はわれわれの母だ。ヴァラ・エアム」リンカーンが小声で言ったかと思ったら、何度も何度も「ヴァラ・エアム」と唱えはじめた。

デイヴィッドはつい最近、そのことばを読んでいた。ヴァラ・エアム。〝彼女を守れ〟、つまり、母なる地球を守れ、という意味だ。プレストン・モスがスピーチの最後にかならず言っていたことばだった。信奉者のスローガンになっていた。

手の力をほんの少しだけゆるめ、男を観察し、これがモスのスピーチを載せていたウェブサイトを作った男なのだろうかと思案した。モスが放火するのをこの男が手伝ったということはあるだろうか？　一二年前なら、リンカーンは大学生くらいだったはずだ。

「おまえはプレストン・モスの信者だな」デイヴィッドはおだやかに言った。「どうしてこの家に侵入した？　モスがおまえを送りこんだのか？」

リンカーンの抑えた笑い声は心をかき乱すものだった。「ちがう」

力をくわえないよう気をつけながら、デイヴィッドはさらにかがみこんだ。「おれがどんな嘘をついたというんだ？　教えろ」

「球を受け止めたと言った」

「そうだ。受け止めたんだ」

「受け止めてない。そんなはずはない」

「でも、ほんとうだ。嘘はついてない」デイヴィッドはトレイシー・マレンを、彼女の両手についていたジェルを思った。死んだ警備員と顔のないトムリンソンのことも。「おれは現場にいた」小声で言う。「両方の火災現場にいたんだ。遺体を見た」リンカーンがぎくりとした。「おれは球をキャッチしたんだよ、リンカーン」

「ちがう。あんたはそんなことをしてない。彼のじゃない。あんたがあそこに置いたんだ。わざとあそこに置いたんだ。悪人め」

デイヴィッドは驚いて目を瞬いた。「どうしておれがそんなことをしたと思ったんだ？」

リンカーンは激しく頭をふった。「あんたには話さない」

いいや、話してもらうぞ。デイヴィッドはリンカーンの腕をさらに締め上げた。「考えなおしたほうがいい。なあ、おれはいい人間だぞ。税金は払ってるし、火事を消してる。木から下りられなくなったお婆さんの猫を助けたことだってあるんだ。そのおれが、どうしておまえの球について嘘をつかなくちゃならない？」

「あれは彼の球じゃない！　あんたは彼をまたおとしめたいだけなんだ。だが、おれがそんなことはさせない」

「税金を払い、猫を助ける消防士のおれが、おまえの頭のいかれたリーダーが悪者に見えるように、燃えてる建物のなかに入って球を置いてきたって言うのか？　だとしたら、おまえのほうが彼よりもうんといかれてる」

リンカーンが乾いた笑い声をあげた。「ああ、そうだよ。おれはいかれてる。おれはいかれてる」一本調子でくり返す。「医者がそう言った、母親がそう言った、兄貴がそう言った。リンカーンはいかれてる。リンカーンになにが起こった？　どうして笑顔を見せないんだ、リンカーン？　リンカーン、どうしておまえはそんなにいかれてるんだ？」リンカーンは最後のことばをわめいていきなり逃げ出そうとしたが、デイヴィッドに押さえこまれた。

「どうしておまえはいかれてるんだ？」デイヴィッドはやさしく訊いた。

「彼女はまっ黒だった」リンカーンがぶつぶつと言った。「まっ黒。全部まっ黒」

なんてことだ。デイヴィッドは、SPOTの放火の犠牲者がどんな風に焼け死んだかという話をグレンから聞いたのを思い出した。「二年前、おまえはあの場にいたんだな。保険会社のビルで、あの女性を殺したんだ。現場に戻って、女性の遺体を見たんだな」

「焼き尽くされてた。完全に焼き尽くされてた。彼女は死んだのに、いつもそこにいる。いつもそこにいる」リンカーンがぶるっと震え、動かなくなった。「いつもそこにいる」ささやき声になっていた。

デイヴィッドの背筋を冷たいものが這い下りた。遺体を目にして正気を失うこともある。リンカーンを凝視すると、ありがたくもない考えが浮かんできた。〝神の恩寵なくば、私もこうなっていた〟

「どうしてここに来たんだ、リンカーン？」感じたくもない哀れみの念で声がざらついてしまった。真の犠牲者に対する裏切り行為だった。「なにを探していたんだ？」

「嘘の書かれた手紙だ。ボスからの。全部でっち上げだ」

「おれがボスから嘘をつくように言われたと思ってるのか？　ボスがモスをこの事件に引きずりこみたがってると？　彼を非難するために？」

リンカーンは吐息を漏らしただけだった。デイヴィッドもそうしたかった。これ以上はなにも聞き出せないだろう。

デイヴィッドは銃をしっかり握った。「銃をおまえに向けている。逃げようとしたら、また倒すからな。これ以上おまえを傷つけたくはない。わかるか？」

なんの反応も返ってこなかった。手を放すと同時に数歩下がり、リンカーンがじっとしたままでいたのでほっとした。警察が来るまで、この男を拘束しておかなくてはならない。縛るものはなにかないかと見まわし、窓のブラインドの紐を切ることにした。

リンカーンの両手と両脚を手早く縛り、それから九一一に通報した。

それが終わるとオリヴィアに電話した。ボイス・メールにつながった。「オリヴィア、デイヴィッドだ。侵入者をつかまえた。きみはこいつの話を聞きたがると思う」電話を切ると、目を閉じて横になっているリンカーンのそばにしゃがみこんだ。彼は少し青ざめているようだった。

「大丈夫か？」

「地獄に堕ちろ」力ない声が返ってきた。

「それは勘弁してもらいたいな」デイヴィッドは正直に言った。「できるかどうかわからないが、おまえに理解してもらいたいことがある。日曜日の夜、おれはほんとうに球を見つけたんだ。ゆうべもだ。だれもおまえに嘘などついてない」

「嘘だ」子どものような言い方だった。「プレストン・モスは人を殺せない」

だが、殺したのだ。そのつもりはなかったとしても、モスはなんの罪もない女性に死をもたらした。おまえもだろう、殺人者の聖デイヴィッド。メガンはなんの罪もなかったのに、死んでしまった。

ちがう。それとこれは同じではない。同じじゃないんだ。それで気分がよくなるなら、ずっとそう信じてればいいさ。デイヴィッドはリンカーンの銃を手にして床に座り、待つ体勢になった。

## 九月二一日（火）午後一時一五分

二時間半で二〇人の少年たちと話をしたが、いまのところだれもなにも知らなかった。あるいは、なにも知らないと言われた。オリヴィアは非協力的な二〇人めの生徒が校長室をぶらぶらと出ていくのを見送った。「あと何人？」

「まだまだおおぜいいる」ケインが不機嫌なようすで言う。「あと六人も相手をしなきゃならん」

テーブルの反対側で手話通訳のヴァルがくすりと笑ったが、なにも言わなかった。オリヴィアは彼女が好きになっていた。ヴァルはひとことの愚痴をこぼしもせず、丁寧な仕事をしてくれていた。

オークス校長が次の生徒を連れて戻ってきた。「ケニー・レイセムです」手話で伝え、ヴァルが声に出す。オークスはすべての事情聴取に同席しており、そのせいで結果に影響が出ているのだとオリヴィアは確信していた。しかし、生徒たちは未成年であるため、ほかに選択肢はなかった。

ケニーは茶色がかったブロンドの髪の一六歳だった。寮生で、オークスはいま一度、日曜の夜に寮生がいなければ学校側が知っていたはずだと抗議した。けれど、ケニーはキャンプ・ロングフェローの奨学金を得ていたため、どうしても話を聞きたい対象だった。

「こんにちは、ケニー」オリヴィアが声をかけた。「警察がここにいる事情は知っているかしら？」

ケニーはうなずき、彼の手話をヴァルが通訳した。「ほかの生徒から聞きました。死んだ少女を見た人間を捜してるんですよね」

これまで話を聞いた二〇人と同じく、ケニーの目つきも反抗的だった。だが……そこにはなにかほかのものもちらついていた。恐怖だ。この少年はなにか知っている。

オリヴィアはトレイシーの写真をテーブル越しに彼に近づけた。「彼女を知っている？」

ケニーはヴァルの手話に目をやり、写真をちらりと見てから首を横にふった。

「ケニー？」ヴァルに視線を据えている彼の目のなかに、オリヴィアはいまも恐怖のちらつきを見た。「この少女は殺されたのよ」ケニーが通訳から目をそらした。

オークスが前に出てきたが、オリヴィアは目で制した。ケニーがヴァルに目を向けるまでテーブルをこつこつとやった。「ケニー。彼女がいる建物に、だれかが火を放ったの。彼女はあなたと同じ一六歳だったのよ。彼女はだれかと一緒だったけれど、そのまま置き去りにされた。死ぬとわかっててそのままにされたの。彼女は煙を吸って死んだわ。窒息したのよ」

「こんな人は知りません」ケニーは手話で否定したが、その手はかすかに震えていた。

「誓ってほんとうです」

信じないわ。オリヴィアはイヤー・ブックをめくってケニーの写真を探し出した。「陸上競技で優秀選手に選ばれてるのね。わたしも体操で選ばれたわ。いまはバイアスロンをしてるの。バイアスロンってなにか知ってる？」

ケニーは退屈そうに首を横にふった。

「クロスカントリー・スキーと射撃を組み合わせた競技よ。ボートにも挑戦したけれど、船酔いしてしまって」イヤー・ブックのページを指でとんとんとやる。「あなたはボートもやるって書いてあるわね」

ケニーは不安そうに肩をすくめた。「まあまあです」手話で答える。「だからなんなんですか？」

「湖でボートを漕いだことはある？　カヌーとか漕ぎ船とか？」

「たまに」おそるおそるといった感じの手話だった。

「キャンプ・ロングフェローでとか？」

ケニーが警戒気味にうなずく。

「あなたは夏にそのキャンプに参加したのよね。彼女もよ」オリヴィアはトレイシーの写真を彼のほうに押し戻した。「彼女に会ったんじゃないのかしら。で、彼女を好きになったのかも。彼女もあなたを好きになったのかも」

ケニーは写真を押しやった。「こんな女の子、知りません」ひとことひとことをわざと間をおいて伝えてきた。ヴァルの声もつっけんどんになった。いらだっていた。すばらしい通訳だ。

「キャンプの指導員はどんな話をしてくれるかしらね、ケニー？」オリヴィアは首を傾げて彼を注意深く観察した。「夏のロマンスを体験したの？」

「ちがいます」そっけなく声に出すと同時に手話でも伝えた。

ヴァルがすぐあとに言う。「ちがいます」

それについてはオリヴィアにも信じられた。「でも、そうなりたかったんでしょう。彼女はあなたを好きになってくれなかったの？」ケニーが顔を背ける。オリヴィアは辛抱強くまたテーブルを叩き、彼がヴァルを見るまで待った。「質問をしたのよ。彼女はあなたを好きになってくれなかったの？」

「こんな女の子は知らないと言ったでしょう」ケニーは大きな身ぶりの手話で語りかけた。

「ぼくにどうしてほしいんですか？」

「ほんとうのことが知りたいのよ。この少女のために真実を明らかにしたいの。正義を行ないたいの。彼女を殺した人間に罰を下したい。だから、あなたに真実を話してもらいたいの。日曜日の夜に彼女がだれかと会っていたのはわかっているのよ。ふたりはセックスをした。相手はあなただったの？」

ケニーがつらそうな目をまっすぐオリヴィアに向けてきた。「ちがう。ぼくじゃありません」だみ声で言い、手話の手つきは力強かった。その直後、急によろりと立ち上がって部屋を駆け出した。

オークスがあとを追おうとしたが、オリヴィアが手を上げて制した。「行かせてあげてください」

「彼はだれかを守っていたんだろうか？」ケインが言うと、オークスは長い吐息をついた。

「かもしれません。ケニーは厄介ごとを起こす生徒ですが、根はいい子なんです」オークスが手話をしたあと、オリヴィアに期待のこもった目を向けてきた。「どういうことかおわかりですか？」

オリヴィアはにっこりしてうなずいた。「恥ずかしながら、わたしもそういう女の子でした。彼の友だちはどうなんでしょう？　ケニーが友だちをかばっているという可能性はありませんか？　黒っぽい髪の？」

「ルームメイトのオースティン・デントと友だちです」オークスが手話で説明する。「ですが、オースティンは焦げ茶ではなく赤毛です。ケニーにはほかにも友だちがおおぜいいますが、仲のいい友だちとはもうすでに話をなさいましたよ」

「残るはあと五人だ」ケインが言った。「ちょっと休憩して脚を伸ばしたいな」

「わたしも」オリヴィアも言った。「さっき電話があったけど、ボイス・メールにつながるようにしたの。ケニーとの話を中断させたくなかったから。昼食休憩にしましょう。ミスター・オークス、四〇分したら戻ってきて、またケニーと話します」

「けっこうです」オークスは手話で答え、立ち上がってドアを開けた。

廊下に出ると、オリヴィアは両手を曲げ伸ばししているヴァルを気づかわしげに見た。

「大丈夫ですか？」

ヴァルが微笑む。「学校で通訳をするときは、昼食休憩しか取れずにあとは一日中手話でやりとりしているんですよ。今日のは楽なほうです。じゃあ、四〇分後にまたここで会うのでいいですか？」

「ここへは車で来てないでしょう。昼食はどこで？」

「三ブロック行ったところにちょっとしたお店があるんです。ここへ来たときはいつもそこで食べてるんですよ」

ヴァルが行ってしまうと、オリヴィアは目を閉じた。デイヴィッドのひざで少し眠ったけれど、ひと晩しっかり眠る必要があった。今夜そうできるかもしれない。そう思ったとたん、フェドーラ帽と手錠の話を思い出した。ひと晩しっかり眠れるのは明日の夜になるかもしれない。

メッセージをチェックする。ノア・ウェブスターは、キャンプ・ロングフェローからの連絡はまだないと言い、事務員のフェイは、アトランタで接続便が遅れているとトレイシー・マレンの母親から連絡があったと言っていた。最後のメッセージはデイヴィッドからだった。

メッセージを聞いた彼女は心臓をどきどきさせながら彼に電話をした。彼がごくふつうの声で出たのでほっと安心する。

「なにがあったの？」

「眠っていたら、物音が聞こえたんだ。おれの友人のデスクを男が漁っていた」

「レポーター？」オリヴィアの声には嫌悪がこもっていた。

「いいや、それよりもっといいものだった。プレストン・モスの信奉者だったんだ。リンカーン・ジェファソンと名乗った。そいつを倒して拘束してから九一一に通報した。オリヴィア、その男は最後の放火事件のときにモスと一緒だったんじゃないかと思う」

「なんてこと」がんがんとなにかを叩く音と人声と金切り声が聞こえた。「いまのはなに？」

「地元の警察だ。リンカーンはいまちょっとご機嫌斜めなんだ。彼をどうしたらいい？」

「そのままでいて。いますぐそっちに行くわ」オリヴィアが警察官への指示を伝えてもらって電話を切ったとき、ケインが角から姿を現わした。「きっと信じてもらえないわ」

「それに続くのがいい話だったためしがないんだよな」

「今回はちがうわ」デイヴィッドから聞いた話を伝えると、ケインの両の眉がくいっと上がった。

「四〇分後には戻れなくなったとオークス校長に伝えなくては。侵入者をバーロウに任せるという手もあるが」

「そうでしょうとも」オリヴィアがあざけるように言うと、ケインがにやついた。

「バーロウとは仲なおりしたんだと思ってたが」

「仲なおりの道はまだまだ長いわ。でも、彼は努力してくれてる。それでも、これがどういうことかがわかるまで、彼を引き入れるつもりはないわ。今日の彼はあのクローフォードのお守りをしてるんだからなおさらよ。クローフォードって気味が悪いのよね」

「同感だ。二、三時間したら戻るとオークスに言ってくるよ」

「わたしはヴァルに連絡しとく」

## 九月二一日（火）午後一時五〇分

慎重に検討した結果――それと、車で前を通りながら視察した結果――会計士のドリアン・ブラントに対処する方法を決めた。兵士を召集する時間だ。メッセージをエリックに送る。

〈新しい仕事だ〉

送信ボタンを押し、それから住所、さらに視察から得た情報も送った。

〈番犬なし。警報装置なし。防犯カメラなし。もうけものだと思え〉

彼は車のなかから監視していた建物を見上げた。ここに来て一時間になるが、その間だれも出てきていなかった。でも、いずれは出てくるはずだ。彼はがまん強くもなれるのだ。天気もいいことだし。それでも、何分も経過していくと、眉をひそめはじめた。エリックからの返信がない。

旅程を変更したなどということがあるだろうか？　すでに逃亡したあととか？　だとしたら、困る。迷惑だ。ビデオを公表しなくてはならなくなるじゃないか。まだそうするつもりはなかったのに。エリックを止められるように、アルベールには必要なすべての情報をあたえていた。大柄なアルベールにはがっかりだ。彼ならいまごろは状況を掌握し、エリックに言いつけを守らせるようにしてくれると思っていたのに。

頭をふり、新たにアルベールにメッセージを送りかけたとき、エリックの使い捨て携帯電話から着信があった。それを読んだ彼の目が丸くなる。

〈エリックは建物を退去したようだ〉

写真が添付されており、彼の目がさらに丸くなった。エリックが裸でベッドに横たわり、空のビニール袋がベッド脇のテーブルに置かれていた。さまざまな筋書きのなかでも、よりによってエリックが自殺するとは予想だにしていなかった。そんな勇気は持ち合わせていないと思っていた。

アルベールに送ったメッセージについて考え、エリックは自発的に旅立ったのではないかもしれないと思い至る。

残念。そのときのふたりの会話を聞きたかった。だが、仕掛けた盗聴器の電波が届かないところで、車を流して今夜のための情報収集をしていたのだ。

〈おまえはだれだ？〉彼はそう打った。

〈おれ《モワ》だよ。これからはおれが相手だ。会いたい〉

彼はそっと笑った。〈無理だ〉と打って送信し、携帯電話をダッシュボードの上に投げた。ちょうどよかった。建物のドアが開いて、黒ずくめの女が出てきた。

女はひとりだった。これ以上は望めないほど絶好のチャンスだ。もちろん、彼女をつかまえたら、もっと多くを望ませてもらうが。そして、女にはこちらのすべての質問に答えてもらう。

こちらの欲しい情報を女があっさり吐いてくれるといいのだが。トムリンソンのようにそうされて当然の人間や、コンドミニアムの警備員のように直接的な脅威となる人間に銃弾をぶちこむのは平気だった。だが、拷問は……いつだって吐き気を催すのだ。

それでも、避けられないことだ。女は情報を持っており、こちらはそれを欲している。お気の毒さま。まあ、いいか。

女は西に向かって歩いていた。おそらく軽く昼食をとりにいくのだろう。バンのギアを入れてゆっくりとあとを尾けた。不意を突いてハンカチに少々しみこませたエーテルを嗅がせてやれば、あっさり片づくだろう。ガジェットは好きだが、ときにはシンプルにやるのが効果的な場合もあるのだ。

## 九月二一日(火) 午後三時五〇分

「おれに電話すべきだったのに」バーロウが歯を食いしばりながら言った。彼はオリヴィアとともに第二取調室を覗いていた。なかには手錠と足かせをつけられたリンカーン・ジェファソンがいて、テーブルの椅子に座っていた。まだ弁護士を呼ぶとは言い出していなかった。そうするだけの知恵は彼に残っているのだろうか、とオリヴィアは訝った。

「電話はしたでしょ」おだやかな声で彼女は答えた。「だからあなたはここにいるんじゃないの」

バーロウが顎をこわばらせる。「す、すぐに電話すべきだったんだ」

オリヴィアは左側にちらりと目をやった。クローフォード特別捜査官がすぐ横にいて、しゃべれと念じているかのように一心にリンカーン・ジェファソンを見つめていた。このFBIの男は気に食わなかったが、彼がここにいるのはしかたないとわかっていた。「あなたは現場の捜査中だったでしょ。男の身元が判明してすぐに電話をしたのよ」

「あいつの名前がほんとうにリンカーン・ジェファソンだなんて信じがたいな」ケインが言った。

「彼のお兄さんの名前も、大統領と同じトルーマンというの。母親の確認を取ったからまちがいないわ」

「モスをつかまえたい」クローフォードが低く怒りに満ちた声で言った。「このくそ野郎と話させてくれ。あいつはモスの隠れ場所を知ってるはずだ」

「それはうちのボス次第だな」ケインが注意深く言う。「だが、精神科医がここに来るまで、彼をだれともしゃべらせない。リンカーンはうちの事件になんの関係もないかもしれないが、まだそう決めつけられない。ドクター・ドナヒューがまず彼を診て、どう取り調べを進めるのが最善かを判断する」

「あいつはいかれてなどいない」クローフォードが軽蔑の念もあらわに言った。「ただの放火犯だ」

「デイヴィッド・ハンターから聞いたかぎりでは、リンカーンのふるまいは相当いかれていたようよ」オリヴィアが言った。「いずれにしても、ドクター・ドナヒューが来て精神鑑定をすませるまではなにもしません」

「時間がもったいない」クローフォードが嚙みつく。「きみにはこの事件の緊急性がわかってないかもしれないが、私はよくわかっている。あいつがここに座っている時間が長くなればなるほど、次の攻撃を計画する時間がモスにできるんだぞ。手遅れになる前に、あいつを取り調べてくる」

クローフォードが取調室へ向かおうとしたので、オリヴィアは彼の黒いスーツの襟をつかんだ。

「落ち着きなさい、クローフォード特別捜査官」ぴしゃりと言って、つかんでいた襟を放す。

「これはあなたの事件じゃないのよ」

「じきにそうなる」クローフォードが観察室を出ていくと、バーロウがため息をついた。

「助かったよ。一日中あいつに張りつかれていらいらしてたんだ」

「きみにすぐに電話しなかった最大の理由がそれなんだ」ケインが言う。「取り押さえた現場でクローフォードがリンカーンに飛びかかるような事態は避けたかったんだ」

「ハンターはどこなんだ？」バーロウが疲れたようにたずねた。

「苦情申し立ての書類に記入しているわ。ここまでついてきたの。リンカーンを落ち着かせてここへ連れてこられたのは、彼も一緒に署に来ると約束してくれたからなのよ」

「麻酔銃を持ってきてもらわなければならないかと思ったよ」ケインが半ば冗談のように言った。「制服警官が来て手錠をかけようとしたら、リンカーンは暴れ出したんだ。ハンターが話しかけて落ち着かせてくれた。状況を考えたらおかしな話だが」

「ほんとうね」ジェシー・ドナヒューがやってきて、しばらく窓越しにリンカーンのようすを観察した。「彼はなにをぶつぶつ言ってるの？　よく聞こえないわ」

「ヴァラ・エアムよ」オリヴィアが言うと、ドクター・ドナヒューはうなずいた。

「〝母なる地球を守れ〟ね」ぼそりと言う。「SPOTのスローガンだわ。彼についてわかっていることは?」

「母親から聞いた話だけ」オリヴィアが答える。「二一歳の大学生のとき、統合失調症と診断されたそうよ。投薬で症状は軽減される」

「でも、彼は薬を飲んでいない」

オリヴィアがうなずく。「母親がそう言ってた。リンカーンはこの一〇年、精神科にかかったりかからなかったりのくり返しだったとか」

「彼がSPOTの最後の放火現場にいたと考えている?」ドクター・ドナヒューがたずねた。

「一二年前、リンカーンは大学でモスの授業を取っていた」ケインが言う。「時期的には合ってる」

「彼はガラス球を見つけた消防士の家に侵入したのよね。理由は言っていた?」

「陰謀説。消防署がモスの名前に泥を塗ろうとしているんだそうよ」オリヴィアはドクター・ドナヒューに目をやった。捜査班にくわわって以来、オリヴィアが署に命じられて三回受診した件について彼女はひとことも言っていなかった。あるいは、六回もスケジュールを変更した四回めについても。「リンカーンは正常ではないの?」

ドクター・ドナヒューが目を合わせてきて、オリヴィアは彼女がこちらの考えを読もうとしているような感じを受けた。いやだ。「統合失調症と診断されたのだったら、ええ、彼は正常ではないと言えるでしょうね。でもそれは、彼が今日、あるいは一二年前にしたことの責任を問われないという意味ではないわ」

「クローフォード特別捜査官はリンカーンと話をしたがっている」ケインが言った。「モスの居場所をなんとしてでも聞き出したがっているんだ」

ドクター・ドナヒューが渋面になる。「それはいい考えとは言えないわね」

背後でドアが大きな音をたてて閉まった。「そんな意見にかまってられない」クローフォードが横柄に言った。彼の隣りには疲れきったようすのアボットがいた。

「われわれはFBIと協力しなければならない」こわばった口調だ。「そういうわけだから、彼を入れてやってくれ」

続いて起こったことに全員がうんざりした。リンカーンに対するクローフォードの態度がこれまでの倍は喧嘩腰になったのだ。そして、何度も何度も「モスの居場所を言え」と強硬に問い詰めた。数分もしないうちに、リンカーンは縮こまり、椅子の上で体を揺らしはじめた。

ドクター・ドナヒューが胸のところで腕を組んだ。「あの人はなにをやってるの?」その声は怒っていた。

「クローフォードは、蛇口がふたつある古いタイプの流し台なんだ」バーロウが言う。「お湯と水が別々の蛇口から出る。今朝の彼は水の出る蛇口だった。日中何度か、お湯の出る蛇口になった。うんざりだったよ」

「でも、あなたは薬を飲んでいない統合失調症患者じゃないでしょ」オリヴィアが言う。いらついた顔でアボットに目を向ける。「わたしたちが取り調べる前に彼がリンカーンの頭のなかをめちゃくちゃにするのを止めてください」

しばらくすると、クローフォードがリンカーンの襟をつかんで椅子にまっすぐに座らせようと引っ張り、「答えろ」と迫ったので、アボットは介入せざるをえなくなった。

取調室に入ったアボットは言った。「クローフォード特別捜査官、電話だ」

「忙しい。用件を聞いておいてくれ」

アボットは首を横にふった。「悪いが、この電話には出てもらわないと。頼む」

クローフォードは腹立たしげにリンカーンを押しのけた。「また戻ってくるからな」どなるように言い、アボットのあとから観察室に戻ってきた。「どういうことだ？」ドアを閉めるなり爆発した。「よくも中断してくれたな。もう少しで落とせ《ブレイク》たのに」

「リンカーンを参らせ《ブロークン》るわけにはいかない。彼はわれわれの証人なのだから」アボットが言った。

「連邦犯罪で指名手配されている男なんだぞ」クローフォードがアボットの目の前に顔を突き出す。「あいつにミルクとクッキーでもやるつもりか？　あんたはいったいどんな部署を束ねてるんだ？」

「優秀な部署だ」アボットは顔色ひとつ変えず、引き下がりもせず、おだやかに言った。「今度はわれわれが取り調べるが、精神科医の助言に従って行なう」

クローフォードが露骨に軽蔑の表情になった。「精神科医は、あいつには責任能力がないとでも言うんだろうよ」皮肉たっぷりに言う。「どうぞやってみてくれ。ミルクとクッキーをあたえてやさしくしてやればいい。おだてて自白を引き出せるかどうか試してみるんだな」

「あんな風に強要されたのでは」ドクター・ドナヒューが口をはさむ。「自白を引き出したとしても、いずれにしろ法廷では重視されないでしょう。弁護士が牙をむいてきますよ。それはお望みじゃないと思いますけど、クローフォード特別捜査官」

「あいつなど望んでない。私の望みはモスだ」そこにいる全員をばかだと思っているかのように、噛んでふくめるように言った。

「だったら、リンカーンを落ち着かせなくては」ケインが言う。「リヴ、やってみるか?」

「デイヴィッドのところで、あなたもわたしも彼を落ち着かせようとしたけどだめだったでしょ。リンカーンが耳を傾けるのはデイヴィッド・ハンターだけだわ」

「消防士の?」クローフォードが訝しむような顔で訊いた。「彼はリンカーンになにを言ったんだ?」

オリヴィアはわざとクローフォードを無視してアボットを見た。「デイヴィッドはガラス球を発見して以来、モスのスピーチを読んでいたんです。制服警官がリンカーンに手錠をかけてカーペットにうつぶせに倒したとき、デイヴィッドはモスのスピーチを一言一句たがえずに暗唱しはじめました」

アボットが眉を吊り上げる。「たいした記憶力だな」

想像もつかないでしょうね。オリヴィアはそう言いたかったが、なんとかこらえた。「そのようですね。彼は、ウェブサイトのモスの神殿を作ったのはリンカーンではないかと考えています」

「ハンターはいまどこにいる？」アボットが言った。

「苦情申し立ての書類を書いているところです」ケインだ。「ハンターを呼んできましょうか？」

取調室からすさまじい音が聞こえてきた。リンカーンが椅子を揺らし、床にひっくり返ったのだ。いま彼は横向きに倒れたまま、体を揺らして「ヴァラ・エアム」とくり返し唱えていた。

アボットが吐息をつく。「ハンターを呼んできてくれ。やってみても損はないだろう」

「終業時間前に聾学校に戻るのは無理だな」ケインが言った。

「だが、もう一度ケニーと話したい。ハンターを連れてきてから、夕食後に学校に行くとオークス校長に伝えておこう」

「予定が遅れてるとヴァルに連絡したとき、三時に通訳の仕事が入っていると言われたわ。しばらく拘束されてるんじゃないかしら。学校に七時ごろに来てほしいと頼んでおくわ」

「わかった。じゃあ、うわさの消防士を連れてくるよ」ケインは言った。

# 15

## 九月二一日（火）午後四時四五分

デイヴィッドは、椅子の上で体を揺らしているリンカーンを窓越しに見つめた。「おれにどうしてほしいんだ？」

「取調室に入って彼と話をして」オリヴィアが言った。「キャビンでしたように。彼を落ち着かせてほしいの。それからわたしがなかに入り、二件の放火事件についてなにか知らないかどうかを探り出す。そのあとは、モスについてなにか知らないかどうかを聞き出したい」

「統合失調症はいつから？」デイヴィッドはたずねた。

「それがどう関係するんだ？」クローフォード特別捜査官が食ってかかった。

デイヴィッドは早くもクローフォードが嫌いになっていたが、どうこう言える立場ではなかった。

「二一歳のときからよ」ドクター・ドナヒューが言った。「ちょうど発症しやすい年齢ね」

「しかも、モスに出会ったころだ」デイヴィッドが言う。「カルトみたいな過激なリーダーに傾倒する機が熟していたんだな、ちがいますか？」

「おそらく」ドクター・ドナヒューが同意する。「自分の頭のなかで起きていることにおびえ、混乱していて、おかしくならないようにしてくれるグループに救いを求めた可能性があるわ」

「SPOTが？」クローフォードが鼻で笑う。「過激な環境保護グループがあいつを正常で、いいいいいいいい、いられるよう引き留めてくれたって？」

「彼らは熱心なリンカーンを歓迎したと思われます」クローフォードに軽んじられてなどいないかのように、ドクター・ドナヒューが答えた。「調子がいいときの彼は、かなり役立つ存在だったでしょう」

「自分が関与した放火で、黒焦げの死体を見たことでどんな影響が？」デイヴィッドがたずねた。

「おそろしい光景が頭に焼きついて、完全にあちらに行ってしまったでしょうね」

「わかるな」デイヴィッドがぼそりと言う。「黒焦げの死体を何体か見た経験があるが、あれは……忘れようにも忘れられない光景だから」

「ハンター」クローフォードがあざけり口調で言った。「この男に同情しているのか？」

彼と目を合わせたデイヴィッドは、相手を見下ろさなければならないことで溜飲を下げた。

「リンカーンは女性をひとり殺し、優秀な消防士ふたりの体を一生不自由にした。同情はしていない」そんな風に考えれば、同情などできなかった。「それで満足かな？」

クローフォードはむっとした顔になった。「ああ」

「じゃあ、そろそろ入ろうか」デイヴィッドは取調室に入り、テーブルのところで足を止めた。目の前にいるこの哀れな男がグレンの私物を漁ったのだ、おれのノートパソコンを盗もうとしていたのだ、しかも銃を持っていたのだ、と自分に言い聞かせなければならなかった。それでも、リンカーンの不気味なささやきを頭から追い払えなかった。〝いつもそこにいる。いつもそこにいる〟

自分は彼をかわいそうに思っているのだろうか？　リンカーンのささやき声を思い出せば、答えはイエスだった。かわいそうに思っていた。だが、同情心を声ににじませないようにした。「やあ、リンカーン」

体の揺れはゆっくりになったが、止まりはせず、〝ヴァラ・エアム〟の詠唱もやまなかった。

デイヴィッドは腰かけ、前にやったようにモスのスピーチを暗唱しはじめた。何分かすると、詠唱がゆっくりになった。さらに二、三分すると、リンカーンは声をそろえて暗唱しはじめた。ついにデイヴィッドは暗唱をやめた。節を最後まで暗唱すると、リンカーンが静かになった。

「リンカーン、きみと話してくれと警察に頼まれた。きみはひどく取り乱したらしいね。なにがあった？」

リンカーンはぎゅっと目を閉じた。「彼がどなった。おれの耳もとで。おれの頭のなかで。大声だった」

「すまなかったな」デイヴィッドは静かな声で言った。「おれもどなられるのは嫌いだ。リンカーン、きみは困った立場にいるのをわかっているよな？」

彼はことばを発せず、目を閉じたままうなずいた。

「サザランド刑事がきみを車でここへ連れてきた。彼女がきみと話をしてもいいか？」

リンカーンはあいかわらず目を開けなかった。「いやだ」

「そうなると、きみは問題を抱えることになるな」デイヴィッドはおだやかな声を保った。「きみはおれの家に侵入した。銃を持っていた。警察はその理由を知りたがっている」アドレナリンがおさまったあと、リンカーンに自分の居場所を教えたのがだれだったのかを知りたいと思っているのに気づいた。「サザランド刑事はきみの頭のなかでうるさくしないよ。落ち着きを保っていろよ」

オリヴィアが取調室に入ってくると、デイヴィッドは立ち上がった。「こんにちは、リンカーン」

リンカーンはあいかわらず目を開けない。「彼はここにとどまる。猫を救う消防士はここにとどまる」

オリヴィアのブロンドの眉が持ち上がる。「彼は猫を救うの？」

「木から下りられなくなったお婆さんの猫を助けた。彼はここにとどまる」

オリヴィアが椅子を身ぶりで示したので、デイヴィッドは座った。彼女はその隣りに座ってリンカーンと向かい合った。「この人はあなたの弁護士じゃないのよ、リンカーン」小さな声で言う。「わたしはあなたの権利を読み上げた。あなたには弁護士を呼ぶ権利がある。デイヴィッド・ハンターはあなたの弁護士じゃない」

「わかってる。彼はここにとどまる。彼は理解してくれる」

オリヴィアは顔をしかめてデイヴィッドの目を見た。「この人はなにを理解してくれるの？」そうたずねたが、リンカーンは無言だった。デイヴィッドはなにを言えばいいのかわからずに肩をすくめた。そう、彼は理解していた。そして、それを誇りには思っていなかった。

「まあ、いいでしょう」オリヴィアの声はやさしかった。「ガラス球について訊きたいの」

「いやだ。彼が聞いている」

「だれが？」

「大声の男。モスはどこだ？　モスはどこだ？」

「いいえ、彼は聞いていないわ。クローフォード特別捜査官は部屋を出ていかなくちゃならなくなったの。だから、聞いていないのよ」

彼女が嘘をついているのかどうか、デイヴィッドには判断がつかなかった。どうやらリンカーンも同じのようだ。彼は目を開けて悲しそうな目をオリヴィアに向けた。「彼はモスをつかまえたがってる」

「ええ、そうね。でも、わたしはガラス球について話がしたいの」

「母なる地球だった」リンカーンが夢見るように言う。「母なる地球を守れ。ヴァラ・エアム」

「火災現場にガラス球を置いていったわよね」

「ああ。印をつけて。ヴァラ・エアム」

オリヴィアが身を乗り出した。「どんな風につけたの？」

「極に」

オリヴィアがかすかに眉をひそめる。「極に？」

「極に。ヴァラ・エアム」リンカーンが歌うように言い、オリヴィアは首を傾げて彼を見つめた。

「わかったわ。あなたはコンドミニアムに残されていたガラス球に印をつけた？」

リンカーンは目をぱちくりさせた。心底驚いているようだ。「いいや」

「どうやってガラス球の存在を知ったの？」

「ニュースで」

「ゆうべはどこにいたの？」

「〈ブルー・ムーン〉」また歌うように言ったが、今度は古い歌の節に乗せていた。

オリヴィアのまなざしが鋭くなる。「ヘネピン・アヴェニューにあるバー？　その店を出たのは何時だった？」

「ベル。ラスト・オーダー」電車の車掌のような口調だった。

「わかったわ。リンカーン、ガラス球を発見したのがデイヴィッドなのはどうやって知ったの？」

「消防士。でも、彼はあの古い家には住んでないと年寄りの男が言った」

「キャビンにいるのはどうやって知ったの？」

「女の子から聞いた。赤ん坊が笑った」

2Aの女の子たちだ。「おれのアパートメント・ハウスの住人だ」デイヴィッドが耳打ちをすると、オリヴィアがうなずいた。

「リンカーン、プレストン・モスがどこにいるかを知っているの？」

彼の目が涙でいっぱいになる。「あの人はいなくなったのに、彼女はとどまってる。いつもそこにいる。いつもそこにいる」そしてまた、きつく目を閉じて体を揺らしはじめた。

「だれがとどまってるの？」オリヴィアはたずねたが、リンカーンはまた彼独自の世界に行ってしまっていた。

「彼が殺した女性だよ」デイヴィッドが小声で言った。「彼女はいつもリンカーンの頭のなかにいるんだ」

「これ以上話をするのは無理のようね」オリヴィアも小声で言った。ふたりは観察室へ戻り、デイヴィッドがドアを閉めた。「彼はうちの事件には関与してないと思う」

彼は部屋を見まわした。クローフォードはほんとうにいなかった。「FBIはどこにいるんだい？」

「彼がどなったのをきみがリンカーンに謝ったとき、むかっ腹を立てて出ていったよ」ケインが言った。「足を踏み鳴らしてな。〝極に印をつけた〟というのはどういう意味なんだろう？」

「北極とか南極って意味かな？」バーロウが眉をひそめる。「だが、おれが読んだSPOTに関する文書には、そんな言及はどこにもなかったが」

「われわれのガラス球に印がついてるかどうか見てみよう」アボットが言った。「リンカーンについては、刑務所内の精神科病棟行きだな。一七時の会議まであと一五分だ。私のオフィスで会おう。ミスター・ハンター、ありがとう。ご協力に感謝する」

「どういたしまして」アボットたちが部屋を出ていき、オリヴィアとふたりきりになった。

彼女は取調室を出てから、ずっと注意深く彼を観察していた。「なんだい？」

「あなたが理解したのって、なんなの、デイヴィッド？」

ため息をつきたかった。逃げ出したかった。顔を背け、嘘をつきたかった。だが、精一杯正直に答えた。「あの晩目にしたものに彼はいまだに取り憑かれているんだと思う」

オリヴィアのまなざしは揺らがなかった。「あとで会いましょう。会議のあと、事情聴取の続きをしなくちゃならないから、仕事が終わるのは夜九時ごろになるわ。あなたはどこにいる?」

デイヴィッドの心臓がせり上がって肋骨に激しく打ちつけた。「どこにいてほしい?」

オリヴィアがためらった。「キャビンはすてきだったわ。行く途中で電話するわ」背を向けて出ていきかけた彼女がふり返った。「今夜わたしの質問に答えると約束してくれたわよね」

デイヴィッドの心臓がどんどんせり上がっていく。いまは喉まで上がってきて、窒息しかけていた。「ああ、したね。おれはだれなのか?」

「そう、その質問。それが知りたいのよ。さあ、来て。あなたの退出を記録しなきゃならないの」

**九月二一日(火) 午後四時五五分**

彼はバンから降りると、新鮮な空気をたっぷり吸いこんだ。通訳の悲鳴はいまも耳の奥で鳴り響いており、胸はむかついていた。あっさり話してくれさえすれば、もっと簡単にすんだのに。

彼女は無言を貫こうとし、命を助けてほしいと懇願し、子どもたちがいるのだとすすり泣いたが、双方にとってありがたいことに、結局はそれほど長く持ちこたえなかった。

名前と風体がわかった。ケニー・レイセム、一六歳、茶色がかったブロンド、茶色の瞳、身長は約五フィート一〇インチ、靴はコンバースの青いハイカット。ただ、警察が捜しているのはその少年ではない。彼らが捜しているのは、黒っぽい髪をして、サイズ10の靴を履いている少年だ。

だが、ケニーはなにかを知っており、警察はそれを探り出すために今夜また彼と話をする予定になっている。おれが先にケニーを見つけなければ。問題は、ケニーがくそいまいましい寮に住んでいることだ。どうすればケニーを連れ出せるか？　どうすれば彼と会話できるのか？

通訳は死んでしまったが、生きていたとしても信用できなかっただろう。紙とペンを使おう。だが、まずはケニーになんとか接近しなくてはならない。

通訳の携帯電話を開き、最後に受信したメッセージを見てにんまりした。オリヴィア・サザランドは忙しくて動きが取れず、学校で七時に合流したいと言ってきていた。

〈ごめんなさい。お手伝いできません。今夜は先約があって〉そう打つ。これで、通訳が七時に姿を現わさなくても心配しないだろう。そのとき、通訳が息子たちに送った最新のメッセージを見つけた。学校から帰宅したら、テレビを見る前に宿題をすませるようにと告げていた。〈今夜は約束が入ったの。夕食は冷蔵庫に入ってます〉と送信した。ほんとうに冷蔵庫に夕食が入っているかどうかなどわからないが、彼女は過去にそういうメッセージを送っていた。子どもたちは小学生ではないのだから、飢え死にはしないだろう。

これで、彼女を捜す人間は何時間も現われない。ひょっとすると、朝まで大丈夫かもしれない。それまでのあいだ、通訳の遺体が発見されてはまずい。警察が捜している少年についてこちらが知っていると勘づかれたら動きづらくなる。通訳の遺体を森のなかへと引きずっていき、嗅がせたエーテルから目を覚ますのを待っているあいだに掘っておいた浅い墓に転がして落とすと、土をかぶせてバンで走り去った。

## 九月二一日（火）午後五時一〇分

オリヴィアがアボットのオフィスに戻ると、すでに全員が席についていた——クローフォード特別捜査官だけは立ったまま窓の外を見つめていたが。部屋の雰囲気はとても張り詰めており、彼がその原因のようだった。

「よし」アボットがクローフォードを無視して言った。「捜査はどこまで進んだ？」

「リンカーンは精神科病棟に向かっています」ケインが言った。「会議が終わったら、リヴとおれとで〈ブルー・ムーン〉に行ってアリバイを確認してきます。われわれの放火事件に彼が関与しているとは思いません」

「ですが、彼のおかげでわかったことがあります」バーロウが言い、証拠品袋からエッチングされた地球儀を取り出して、ぐるりとまわしてみんなに北極が見えるようにした。「VEと彫られていますが、そこにあるのを知らなければ見逃すほどかすかなものです。ヴァラ・エアムの頭文字です」

クローフォードがゆっくりとふり向いたが、そこにはなんの表情も浮かんでいなかった。

「なんと言った?」

「VEだ」バーロウがくり返す。「リンカーンが言ったとおりの場所に。北極に彫られてる」

全員の視線を浴び、クローフォードは顎をこわばらせた。「容疑者はいつそれについて話した?」

「あんたが出ていったあとだ」

クローフォードが三歩でテーブルのところまで来た。「それを寄こせ」

バーロウはガラス球をさっと引っこめた。「そっちのを見せてくれたら、こっちも見せる」

冷ややかな口調だ。

顎をさらにこわばらせ、クローフォードは床に置いたブリーフケースをつかんで丸テーブルに叩きつけた。「きみの口調は気に入らないな、巡査部長」

「それはおあいにくさま」バーロウが淡々と返す。「あんたは情報を明かさなかった」

「模倣犯が出ないように、マスコミにはその情報を漏らさなかったんだ」クローフォードはその日の朝に見せた小さな証拠品箱をバーロウに渡した。

「おれたちはマスコミじゃない」バーロウがぴしゃりと言う。「三件の殺人事件を捜査してるんだ。おれたちに話すべきだった。今朝それをたしかめることもできたんだ」

「私は今朝、おたくらのガラス球を見た」クローフォードが嚙みつく。「とっくにわかっていたさ」

アボットが両の眉を吊り上げた。「そいつは……不愉快だな、クローフォード」

バーロウは頭をふった。おそらくはことばを失っているのだろう。「拡大鏡を借りられるかな、ミッキ?」

彼女がいつも持ち歩いている拡大鏡を受け取ると、バーロウは証拠品箱から小さなガラス球を取り出してじっくりと見た。「まったく同じだ」

「われわれにいつ話すつもりだったのかな、クローフォード?」アボットがおだやかにたずねた。かんかんになっているのだ。

「拘留される人間が出たときだ。それまでは、知る必要のある最小限の人間にしか明かすなという命令を受けている」

アボットは見るからに癇癪《かんしゃく》を起こすのを必死でこらえていた。「それで、必要最小限の者にしか明かさない情報をもとに、あんたはうちの放火事件が自分の事件と関係があるとすでに決めつけたわけだな」

「私は犯人を一二年も追っているんだぞ。あそこで涎《よだれ》を垂らしていた頭のいかれた男は、まちがいなく有罪だ」クローフォードが歯を食いしばって言う。「あいつはモスの居場所を知っている。放火事件の共犯者を特定できる。おたくらはそれをどうでもいいと思ってるのか？」

「そうじゃありません」オリヴィアが言った。「一二年前に無関係の女性を死に至らしめた罰を彼らは受けるべきよ。でも、犯した罪に対してのみ罰せられるべき。もし彼がこちらの放火事件でシロなら、こんな口論は貴重な時間のむだづかいだわ」

クローフォードが大きな音をたてて口を閉じた。「私の証拠品を返してくれ」

「写真を撮ってからだ」アボットが落ち着いた声で言う。「私があんたの立場なら、文句は言わない」

クローフォードはいまにも爆発しそうだ。「時間を浪費しているだけだ」

「そのとおりだな」アボットはわざと意味を取りちがえた。「ミッキ、きみからの報告を聞こう」

ミッキは、かんかんに怒っているクローフォードを横目でちらりと見た。「トムリンソンのデスクにあった写真ですが」そう言いながらテーブルに広げる。「さらに何枚か修復できました」

「トムリンソンがセックスをしている写真なんか二度と見ずにすめばいいと思っていたのに」そう言ったオリヴィアは、発見したものにみんなも気づくのをミッキが待っているのを感じ取った。

「同じ時期に撮られたものじゃないな」ケインが言う。「この二枚めのトムリンソンを見てみろよ。痩せている。体も引き締まってる。運動してたんだな。体を鍛えてたんだ」

「時系列がおかしいわ」オリヴィアは目を激しく瞬き、ピースをあるべき場所におさめようとした。「ミセス・トムリンソンは、夫の浮気を知って私立探偵を雇ったと言っていた」

「友人に勧められて」ケインが補足する。

「そうよ。私立探偵を雇い、写真を入手した……」

「一週間後に」ケインが小声で言う。「その翌日、ファイルをコピーしたと言っていて、彼女から提出されたファイルのタイム・スタンプから、それが六月一五日だったと判明している。となると、この写真が撮られたのは六月八日以前になる」

オリヴィアは体つきの異なるトムリンソンの写真を並べてみた。「色白でたるんだ彼と、色白だけど引き締まった彼。ここまで鍛えるには何カ月もかかったはず。この〝使用後〟の写真では、日焼けをしてないとおかしい。だって、私立探偵は遅くても二、三週間前にはこれを撮ったはずだから。トムリンソンは夏中ゴルフをしていた。この〝使用前〟の写真は、六月八日よりもずっと以前に撮られたものよ。つまり、ミセス・トムリンソンは嘘をついているんだわ」

ミッキは感心した表情だ。「すごい。そこには気づかなかったわ」

オリヴィアは驚いて彼女を見た。「だったら、あなたの気づいたものはなんだったの?」

「愛人の靴よ」

ノアがくすりと笑った。「きみはいつだって靴に目が行くんだな、ミッキ」

ミッキが眉をくいっと上げる。「あなたの事件ではわたしが正しかったでしょ」被害者の写真を調べたミッキは、〈ピット・ガイ〉が靴フェチであると言いあてたのだった。「今回もわたしが正しいわよ」

オリヴィアは両方の写真をもう一度見くらべ、ため息をついた。「ミッキの言うとおりだわ。床に脱ぎ捨てられた服の山を見て。靴女王でないなら、目を凝らして見ないとわからないと思う」

ミッキは爪を磨くふりをした。「靴女王は絶対なのよ。彼女のパーカーとズボン下の上にあるのはスノー・ブーツ。六月にその格好は暑すぎるでしょ」

「ルイーズ・トムリンソンと話をしよう」ケインが言った。「そして、真実を探り出すんだ」

「よくやった」アボットだ。「ほかになにかあるか、ミッキ?」

「消防士がコンドミニアムで発見したバックパックに入っていた紙をいくつか修復できまし

た。本の一ページでした。そこに書かれていたことばをインターネットで検索したところ、『イーサン・フローム』とわかりました」

「高校生の必読書だな」アボットが言った。「娘がそれを読まなくてはならないんだ。生徒の名前らしきものはなかったのか?」

「いまのところは見つかっていません。いまも残骸を精査中です。放火犯がコンドミニアムから逃走した小径周辺の土を採取しました。おかしいんですよ。コンドミニアムから出てくる明瞭でない足跡はふた組発見されています。放火探知犬は、犯人が逃走したフェンス近くで燃焼促進剤のにおいに反応しましたが、そこで発見された足跡はひと組だけだったんです」

「もうひとりが靴を脱いだとか?」オリヴィアは言ってみた。

「わからないわ。土のサンプルを採取したのはそれがあったから。結局また靴に戻るわけ」

アボットの口角が持ち上がる。「新しいことがわかったら逐一報告するように。ノア?」

「キャンプ・ロングフェローについてはまだなにも。州警察に頼んでキャンプ場に行ってもらいましたが、無人でした。あちこちにボイス・メールを残しておきました。連絡を取り続けます」

「コンドミニアムの建設会社とトムリンソンの従業員の素性調査のほうは?」ケインがたずねた。

「共通する人間はひとりもいなかった。トムリンソンの浮気相手を追跡した。トムリンソンは地所のひとつ、ウッドヴューにある家の名義を彼女に変更していた。先月、銀行がその地所を差し押さえにかかった」

「彼はいつ名義変更を？」オリヴィアがたずねる。

ノアが眉を吊り上げた。「去年の一二月だ」

「ほら、靴女王が正しかったでしょ」ミッキが得意げに言った。「スノー・ブーツは嘘をつかないの」

アボットが心からの笑みを一瞬だけ浮かべた。「さすがだな、ミッキ。ノア、キャンプについての調べを続けてくれ。あの少女が夏にだれと知り合ったのかを知りたい」

「聾学校でわたしたちが話を聞いた一六歳のケニーは、彼女の写真に反応を見せました」オリヴィアが言う。「今夜また学校に戻って、もう一度彼に話を聞いてきます」

「先にリンカーンのアリバイを確認してくれ」アボットが彫像のように立ち尽くしているクローフォードを見て言った。「リンカーンがこっちの事件に関与しているかいないかをはっきりさせたい。それと、コンドミニアムの目撃者を突き止めたい」手ぶりで全員を追い払う。「明日、ここで、〇八時に」

自分のデスクに戻ったオリヴィアは、携帯電話をチェックして眉を寄せた。「ヴァルから返信が来てる。別の仕事が入ってるんですって。新しい手話通訳を手配しなくっちゃ。参ったわね」

ケインがため息をついた。「〈ブルー・ムーン〉へ行く途中で要請しておこう」

「何時間も遅れを取ってしまう」デスクを整理しながらぶつぶつと言う。フェドーラ帽は女神像の顔をおおったままだ。しばしためらったあと、帽子を取って自分の頭に乗せた。「どう？」

「似合ってるぞ」真剣な目つきで帽子の角度を調整する。「イングリッド・バーグマンみたいだ」

「彼女は孤独が好きだったのよね？」

ケインが嘆息する。「ちがう。それはグレタ・ガルボだ。バーグマンにはハンフリー・ボガートとのパリの思い出がある。いつかアニメを観るのをやめて、おとなの映画を観ろよ」

「当分それはないわね、お爺さん」オリヴィアのデスクの電話が鳴った。「はい、サザランド」

「イアンです。モルグに来てください。見てもらいたいものがあります」

**九月二一日（火）午後五時二五分**

自分のロフト・アパートメントへと階段を上がるデイヴィッドの頭のなかは、いまもぐるぐるとまわっていた。建物の前にマスコミがいなかったのはほっとしたが、どうせまた戻ってくるだろう。だが、もうそれもあまり気にならなくなっていた。母の車が停められているのを見て安堵する気持ちのほうが大きかった。

二階の踊り場で足を止める。急にあることに思い至り、つかの間ひざに力が入らなくなったのだ。母さん。リンカーンは最初にここへ来たと言っていた。階段を駆け上がったが、2Aから顔を突き出したミセス・エドワーズに呼び止められた。

「ありがとう、デイヴィッド。今朝、冷蔵庫が配達されたの。助かったわ」

「女の子たちは大丈夫かい？」リンカーンが2Aの女の子のひとりとことばを交わしたというのに、みんなが無事かどうか確認していなかった。おれはいったいどうしてしまったんだ？

「レイシーとティファニー？　彼女たちを心配する理由でもあるの？」

「あとで説明するよ」勢いよく階段を駆け上がり、鍵を開けてすぐさまドアを押し開けた。そして、驚いてまた足を止めた。

グレンと母が寄り添っていたのだ。母が首筋から髪を持ち上げ、グレンがネックレスに手こずっていた。ふたりはいけないことをしているのを見つかった子どものようにドアをふり向いた。

グレンの顔が熟れたトマトのようにまっ赤になる。「お袋さんは夕食に出かけるんだ。で、このいまいましい代物をつけてくれと頼まれた」そう言ったくせに、グレンはネックレスをつかんだまま動こうとはしなかった。見まちがいでなければ、デイヴィッドがこの部屋に飛びこんだとき、グレンは柄にもなくやさしい表情をしていた。

参ったな。グレンは母さんの虜になっている。

「おれがやろう」デイヴィッドはそう言ってネックレスの留め金を留めて下がった。「すてきだよ、母さん」

「ありがとう。グレンが最新のニュースを知らせに寄ってくれたのよ」息子をにらむ。「テレビで見る前にね。今日もまた忙しい一日だったみたいね」

デイヴィッドは顔をしかめた。「ごめん。どんな話を聞いたの？」

グレンが彼をねめつける。「わしのキャビンに押し入った人間がいたんだってな。ちゃんと自分から話してくれるつもりはあったのか？」

「もちろんだよ。ふたりに電話すべきだったね。すまなかった。これでいいかい？　だれから電話があったんだい？」

「郡保安官の事務所からだ。侵入者はつかまえたから、心配はいらないと言われた。おまえさんが男の銃を取り上げたと。わしは言ってやったよ。〝男？　銃？　いったいどうなってんだ？〟ってな」彼はデイヴィッドの母を見た。「乱暴なことばづかいをしてすまない、フィービー」

母がうなずく。「気にしないで。わたしも同じことを言ったもの。それで、いったいどうなってるの、デイヴィッド?」

デイヴィッドは安楽椅子にへたりこみ、両手で顔をおおった。「こういうことだったんだ……」母の顔を見ながら、彼は話した。母はおびえていたが、なんとかこらえていた。それに対してグレンは、話が進むに連れて怒りを募らせていった。「これで全部だよ」

「そのリンカーン・ジェファソンってやつはいまどこにいるんだ?」グレンが探るようにたずねた。

「刑務所の精神科病棟だ。あなたのキャビンへの家宅侵入と、おれへの暴行で起訴される。FBIは一二年前の放火事件でリンカーンを追及するだろう。オリヴィアとパートナーは、最新の放火事件に対する今夜の彼のアリバイを確認することになってる」

「そいつはモスについてなにも吐かなかったのか?」

「ああ。モスの居場所は知らないんじゃないかと思う」

「いまの話を整理させてくれ」グレンの口調は棘があった。「そいつはテレビでガラス球の存在を知って、だれがそれを見つけたのかと消防士たちにたずねた。頭のいかれたやつだと知らずに彼らはおまえさんだと教えた。で、そいつはこっちに来て、おまえさんはここには住んでないとわしがレポーターたちに言ってるのを聞いた。それで2Aの女の子にたずねると、わしのキャビンを教えてもらった。そいつはどこにも載せてないキャビンの住所を手に入れ、不法侵入して家探《やさが》しした。そのすべてを二時までにこなした。頭のネジがぶっ飛んだやつにしては、ずいぶん要領よく立ちまわったもんだな」

デイヴィッドは鼻梁をつまみ、激しい頭痛を押して考えようとした。「リンカーンは一〇年以上も治療を受けているんだ、グレン。ほんとうにいかれてるんだよ」〝いつもそこにいる。いつもそこにいる〟リンカーンが憑かれたようにくり返していたことばを思い出し、デイヴィッドは身震いが出そうになるのをこらえた。「でも、あなたの言うこともっともだ。精神を患ってる男にしては、かなり理路整然とした行動だな」

グレンが胸のところで腕を組む。「協力者がいたとか？」

「ありうるね。というか、おそらくそうなんだろう」

母が安楽椅子の肘掛けに腰を下ろし、デイヴィッドの肩を軽く叩いた。

「重要なのは、あなたが無事だったということよ。あなたが自分の身を守れる人間でよかったわ」

「いいや、重要なのは、この胸くそ悪い殺人者に協力者がいたかもしれないってことだ」グレンが顔をしかめる。「おまえさんはそいつに同情してるみたいだがな、デイヴィッド」

「同情なんてしてないさ」デイヴィッドは首をふって否定した。「いや、してるか。哀れに感じたが、でも、あなたの思ってるような気持ちじゃない」

「だったら、説明してくれ」グレンががなった。

「グレン」デイヴィッドの母がたしなめる。

「フィービー」グレンが言い返す。「頭のいかれたその男は、ここへ上がってきていたかもしれないんだよ。自分の身を守れる黒帯の息子じゃなくて、あなたがここにいたかもしれないんだ。そいつは銃を持っていて、きっとあなたをつかまえようとしただろう。そのことをちらっとでも考えたか、デイヴィッド？」

　グレンが立ち上がる。両手を拳に握り、感情をあらわにしたせいで胸を大きく上下させていた。デイヴィッドはなにも言わずに立ち上がり、身ぶりでグレンに座るよう示したが、彼は強い調子で首を横にふった。

「そいつにどんな哀れみを感じたんだ？」たずねるグレンの声は先ほどよりは落とされていたが、激しさは変わらなかった。

「あなたはこれまでどれくらいの遺体を見た？　その光景にどれだけつきまとわれた？」

「数えたくもないほど多くで、思い出したくもないほど長くだ」グレンが淡々と言った。

「だが、わしは彼らを殺してない」

「まさにそういうことなんだよ。リンカーンは女性を殺し、それを乗り越えるだけの正常さすら持ち合わせていなかったんだ。彼は罪を問われるべきか？　もちろんだ。でも、彼は以前の彼ではないんだ。一二年前、リンカーンはまだ統合失調症の診断を下されてなくて、脆くて危うい存在で、なにかを求めていた。いまの彼は哀れな存在だ。彼に共感なんてしたくはなかったが、してしまったんだ。おれが弱い人間だからなのかもしれない。それはわからないが、共感してしまったのは事実なんだよ」グレンに顔をつけるようにしていたので、下がって息を吸った。「それを誇りに思ってるわけじゃないが、そういうことだ」

「座らせてもらうぞ」グレンは安楽椅子に腰を下ろし、つかの間目を閉じた。「おまえさんに食ってかかったりすべきじゃなかった。恥ずかしく思うことなんてなにもないぞ」

いいや、あるんだよ。「かまわないさ。母さんが危険な目に遭ってたかもしれないというのは正しい。おれはまともに考えてなかった。母さんが無事かどうか、キャビンからまっすぐここへ来てたしかめるべきだった」

「彼女はここにいますけど」デイヴィッドの母がつっけんどんに言う。「それに、彼女は大丈夫よ」声をやわらげる。デイヴィッドにしたように、グレンの腕を軽く叩いた。「夕食に出かけなければ。遅刻だわ」

「送っていくよ」断ろうとした母を、手を上げて黙らせる。「母さんの運転がうまいのはわかってるけど、グレンの言うとおりだ。考えれば考えるほど、リンカーンは協力者の助けを借りておれの居場所を見つけたにちがいないと思えてきた。その協力者の正体と動機がはっきりするまで、母さんのことはもっと気をつけるようにする」

「わかったわ。今夜はここにいる予定なの？」

デイヴィッドはためらった。キャビンでオリヴィアと会う予定になっている。今夜もゆうべと同じような悲惨な終わり方をするなら、ここへ戻ってくるだろう。だが、今朝みたいな終わり方をするなら……。だめだ、そんなのは自己中心的な考えだ。リンカーンが最初にここへ上がってきていたらどうなっていたか、考えたくもなかった。この件が落ち着くまで、母の安全が第一だ。

それでも、自分とオリヴィアには話し合わなければならないことがある。「ああ。でも、一〇時か一一時ごろまでは外出してるかもしれない。イーヴィとノアとの夕食は何時ごろ終わる予定なんだい？」

彼女はまじまじと息子を見つめた。「今夜はイーヴィのところに泊めてもらったほうがよさそうね。そうすれば、夕食のあと、ここまで送ってもらわなくてすむし。簡単に荷物を用意するわ」そう言って立ち上がり、グレンを見た。「招待はいまも生きてるわ。一緒に行かない？」

グレンは首を横にふった。「ありがとう。でも、今日はもう疲れた。それに、この坊主とまだ話があるんでね」

デイヴィッドは母が部屋を出ていってから言った。「この坊主もあなたと話がある。だが、2Aに行って、だれがリンカーンと話したのかを突き止めて、小言を言ってやらないと。母を送っていくときに一緒に来てくれたら、帰り道で話ができる。おれは七時に道場に行かなくちゃならないし、そのあとは……ちょっと予定があるんだ。デートみたいなものかな」

「ブロンドの美人警官が二度めのチャンスをくれたのか?」グレンが愉快そうに言う。「おまえさんはよほど口がうまいとみえる」

「うまくいくときもあるさ」

# 16

## 九月二一日（火）午後五時五五分

オリヴィアとケインがモルグに行くと、イアンがディスプレイ・パネルにはさんだ頭蓋X線写真を凝視していた。

オリヴィアはたじろいだ。その頭蓋は複数箇所で陥没していた。「なににぶつかったの？」

「ハンドル、フロントガラス、土手を転がった際には車体、それから三本の木にぶつかったと思われます。月曜日に搬送されてきました」

「どうしてこのX線写真を見ているんだ？」ケインがたずねた。

「ゆうべのことをおぼえてますか？　あなたたちがキャンプについてたしかめているとき、もう一体解剖しなくちゃならないから出ていってほしいと頼んだでしょう？　それが彼だったんです。名前はジョエル・フィッシャー。喫煙経験なし。解剖をはじめたら、上気道に損傷があったんです。煙を吸ったんですよ」

オリヴィアのうなじの毛が逆立った。「どんな種類の煙？」

「最初は事故現場で煙を吸引したのかと思ったんですが、調べたところ――車は燃えていませんでした。そのあと尿中毒物検査の結果が出て、多量のオキシコドンが検出されたと判明したんです。車を運転できたのが驚きですよ。ちょっと引っかかったので血液検査をしてみたところ、シアン化物の痕跡が認められました」

「青酸カリを盛られたのか？」ケインのことばにイアンが首を横にふった。

「この場合はちがいます。特に、高濃度の一酸化炭素も検出されてますから。彼は燃えているプラスチックの煙を吸ったんです」

「建設現場の火災ね」オリヴィアが言った。「あっ。トレイシー・マレンの血液検査の結果は？」

「急性シアン化物中毒です。ふたりが同じ火災現場にいたとはかぎりませんが、同じ類の火災の現場にいたのはたしかです。カーペット、家具、ポリマー系のものがある建物の火災です」

「彼はあの現場にいたんだ」ケインが言う。「くそったれ。それで、X線写真はどう結びつくんだ？」

「訊いてくれてありがとうございます」イアンはジョエル・フィッシャーのX線写真の横に別の頭蓋X線写真を掲げた。そちらのX線写真では、頭蓋底に一本のひびが入っていた。

「ジョエルの頭蓋の同じ場所を見てください」

ケインが前のめりになる。「こっちもひびが入っているが、ほかの損傷のせいでわかりにくいな」

「そのせいで、最初は気づかなかったんです。この二枚めのX線写真は、警備員のヘンリー・ウィームズのものです。決定的ではありませんが、同じ武器で同じ人物によって殴られた可能性が非常に高いと思われます」

「ジョエル・フィッシャーの手から硝煙反応は出た？」オリヴィアがたずねる。

「たしかめましたが、出てきませんでした。拭き取った可能性も考えられますが、痕跡すら認められませんでした」

「フィッシャー青年の遺体はまだここにあるのか？」ケインが訊く。

「ええ。おかげで厄介な問題を抱えこんでしまいましたよ。フィッシャー家は正統派ユダヤ教徒で、息子の葬儀と埋葬を今日の午後に予定していたんです。血液検査の結果が戻ってくるまでは遺体を返せなかったため、彼らは葬儀を延期せざるをえなくて、ぼくにすごく腹を立ててるんです」

「わたしたちにはもっと腹を立てるでしょうね」オリヴィアがむっつりと言う。「すごくいい仕事をしてくれたわ、イアン。金鉱を掘りあてたわね」

「これがジョエル・フィッシャーに関する情報です」オリヴィアが頼む前にプリントアウトしたものを渡してきた。「ウィームズの遺体はもう引き渡してしまって、ここにはありません。マレンの状況はどうなってます？　ゆうべ父親が身元確認をしたから、いつでも引き渡せますが」

「母親が今日引き取る予定になってたのだけど、飛行機が遅れてるって話だったわ。携帯電話の番号はわかってるから、いまどこにいるかたしかめてみるわね。トレイシーを虐待して怪我を負わせたのがだれかという問題が残っている。このごたごたのなかでそれが埋もれてしまわないようにしないと」

「わかってますよ。母親は空港から直接ここへ来るかもしれませんね。あなた方が戻ってこられるまで、母親を引き止めておきましょうか？」

「そうしてくれ」ケインが言った。「怪我について話すとき、母親と再婚相手の顔を見たい」

ふたりはイアンに別れを告げた。「どっちを先にする？〈ブルー・ムーン〉でリンカーンのアリバイを確認するか、ジョエル・フィッシャーの家か？」

「〈ブルー・ムーン〉にしましょう。そうすれば、アボットをクローフォードから解放してあげられるわ」

「それでわかるのは、リンカーンがうちの放火事件に関与してるかどうかだけだぞ」ケインは納得していない。「こっちの放火は国内テロじゃないと証明しないかぎり、クローフォードは諦めないだろう。ほんとうに国内テロなのかもしれない。放火犯は北極の印について知っていた。あの大学生が現場にいたのなら……」モルグのドアを開けてオリヴィアを先に通す。

「そうね。ただし、トムリンソンの顔が吹き飛ばされたという事実は残るけど」オリヴィアは外の空気を思いきり吸いこんだ。帽子を取ってにおいを嗅ぐ。「帽子にモルグのにおいがついてしまったわ」

「じきに消えるさ」ケインが言う。「じゃなきゃ、ジェニーはおれの帽子を全部ガレージに置いておけって言うだろうからな。ジョエルの部屋を検《あらた》めたいな」

オリヴィアはジョエルの個人情報のプリントアウトを読んだ。「自宅通学だったのね。地方検事補のブライアン・ラムゼイに電話するわ。うまくすれば、いまある情報だけで令状が取れるかも」

## 九月二一日（火）午後六時一〇分

デイヴィッドの母が、レストランの前で待っていたイーヴィとノアに手をふった。「長く待たせたんじゃないといいけれど」

「だとしても、ふたりは気にしないと思うよ、母さん」デイヴィッドはさらりと言ってピックアップ・トラックを停めた。イーヴィとノアは手をつないでにこにこと顔を見合わせてい て、それを見た彼はうらやましくなった。イーヴィの幸せを妬む気持ちはまったくない。彼女はずいぶんつらい経験をしてきたのだから、ノアと永遠の幸せをつかんで当然なのだ。

彼はただ、自分の番はいつ来るのだろうと気弱になっただけだ。

「ふたりをあなたに紹介したいわ、グレン」デイヴィッドの母が言った。「降りるのに手を貸してちょうだい、デイヴィッド。ばかみたいにヒールの高い靴を履いているから、トラックから飛び降りたら足首をくじきそう」

デイヴィッドが車から出る前に、ノアが母に手を貸してくれた。彼は興味深げな視線をちらりとデイヴィッドに向けたあと、彼女の頬にキスをした。「フィービー、今夜はとてもすてきですよ」

「お世辞が上手ね。イーヴィ、こっちへ来て。グレンに会ってちょうだい」

今夜のイーヴィはいつもとちがって見えた。ノアと出会ってからよく笑うようになっていたが、今夜の笑顔は特に輝いていた。なにかいいことがあったらしい。昔からの友だちなので、デイヴィッドとイーヴィはきょうだいのようなものだった。もともと、デイヴィッドの兄のマックスの妻、キャロラインの紹介だった。デイナもキャロラインに紹介され、デイヴィッドはあっという間に恋に落ちたのだった。

いまとなっては前世のことのように遠く感じられる。デイナのことを考えると、彼女が別の男に抱かれているところを想像すると、実際に胸が痛んだものだが、いまではなにも感じなかった。

時はたしかに傷を癒してくれた。そして、心の底から望んでいると思っていたものが、かならずしも手に入れるべきものではないと教えてくれることもある。

デイヴィッドの母がイーヴィの肩を抱いて言った。「グレン、こちらはイーヴィよ。前に話したわよね。で、こちらが彼女のボーイフレンドのノアよ。イーヴィ、彼はグレン。デイヴィッドのアパートメントの住人なの」

ピックアップ・トラックの後部座席から降りていたグレンは、イーヴィと握手をした。「あなたの話はたっぷり聞いてますよ、お嬢さん」それからごま塩ひげの顔を大きくほころばせて彼女の手を高く上げた。「この石は今夜の食事と関係あるのかな?」

イーヴィがデイヴィッドと目を合わせる。「まっ先に伝えたかったんだけど、あなたはずっと忙しかったたから」

イーヴィをがしっと抱きしめたデイヴィッドは、喉のつかえを呑み下さなければならなかった。「おめでとう」ぶっきらぼうな言い方になってしまった。「こんなにうれしいことはないよ。ほんとうに」

「ありがとう」イーヴィは感きわまっているようだ。「ほんとうに」

にやつき顔はそのままに、デイヴィッドは彼女を放した。「おめでとう、ノア」

デイヴィッドの母は泣きながら、イーヴィの骨を折らんばかりにきつく抱きしめた。ふたりとも、単に婚約を喜んでいるわけではなかった。イーヴィはほんとうにたいへんな目に遭ってきて、それを克服したのだ。二度も殺されかけ、なんとか生き延びたのだ。彼女はほとんど諦めかけていた。だが、完全にではなかった。いまの彼女は星のようにきらめいている。デイヴィッドは涙で目がちくちくするのを感じた。

「日取りは決めたのかい？」やはり目をうるませているノアにたずねた。

「まだなんだ。イーヴィはしばらくみんなに祝福されたりちやほやされたりしていたいらしい。おれはそれでいいんだ」ノアがデイヴィッドに顔を近づけた。女性たちはおしゃべりに興じている。「どうしてフィービーを送ってきたんだい？」

ノアが鋭い男であるのは、あまりにもおおぜいを殺したシリアル・キラーを捜査中の陰鬱な彼と七カ月前に会ったとたんにデイヴィッドは気づいた。すぐさま彼に信頼を寄せ、ふたりは友人になった。ノアがオリヴィアと友人だったのも都合がよかった。この七カ月、彼はオリヴィアについて知りたいデイヴィッドにとって最高の情報源のひとりだった。

「グレンとおれは、キャビンに侵入した男について話していたんだ」

「そいつのことなら聞いたよ」

「リンカーンは、おれを見つけ出すためになかなか複雑な思考力を発揮したんだ。おれたちは、彼がひとりじゃなかったかもしれないと考えている」

「家に帰る車のなかで、おれも同じことを考えていた。あとでおれがフィービーを家まで送り届けようか？」

「迷惑でなければ、今夜は母をきみたちのところに泊めてもらいたいんだが」デイヴィッドは母親の荷物が入った鞄を後部座席から取り出した。「おれの帰りはちょっと遅くなるし、明日は八時にシフトに入ってる。リンカーンが最初にロフトまで上がってたらと思うと……」

「でも、そうはならなかった」ノアが実際的なことを言う。「きみとグレンは、そいつの協力者に見当をつけてるのかい？」

「いいや。きみのほうは？」

「まだだ。この件はオリヴィアに知らせておくよ」

デイヴィッドはつかの間ためらったあと、肩をすくめた。「彼女とは今夜会う予定になってるんだ。そのときにおれから話しておくよ」

ノアがじれったそうな目を向けてきた。「そろそろ潮時だぞ、ハンター」

「わかってる、わかってるよ。もう行かないと。母さんをよろしく頼んだよ」

「言われなくても気をつけるさ」

立ち去りかけたデイヴィッドだったが、イーヴィに呼び止められた。「待って」彼女はデイヴィッドのうなじに腕をまわして抱きつき、耳もとでささやいた。「ノアと自分自身に賭けてみろとあなたが背中を押してくれたのよ。チャンスは二度と来ないかもしれないからって。おぼえている？」

おぼえていた。七カ月前、自分の人生が目の前を通り過ぎていくのを眺めているのはやめなさい、と彼女に言われた晩でもあった。「ああ。屋根の雨漏りの修理代としておれが請求したものだ」

「あなたは代わりにわたしの人生を修理してくれた。今度はわたしが恩返しをする番よ。このチャンスを逃してはだめ。オリヴィアに気持ちを打ち明けると約束して。それも、早いうちに」

デイヴィッドは驚いてまじまじと彼女を見た。「どうして知ってるんだい？」

「ノアに言われてまた別の護身術教室に通うことになった。で、ルディが話してくれたわけ」

デイヴィッドは笑った。「ルディはどうしようもなく口の軽い男だな」

「そんなことはないわ。彼はやさしくて、ゴシップに関しては街いちばんの情報源よ」まじめな表情に戻る。「約束してちょうだい、デイヴィッド」

「約束するよ」イーヴィを放し、グレンに合図した。「行こう。道場で尻を蹴られる約束があるのに、遅刻しそうだ」

**九月二一日（火）午後六時二〇分**

セキュリティの強固な寮からケニーをおびき出す方法を彼は決めた。ただし、タイミングがまずかった。アルベールの計画している放火事件で警察と消防が忙しくなる真夜中前後にケニーの誘拐計画を実行に移せれば、成功は事実上まちがいなしなのだが。

あいにく、サザランドとケインは午後七時に聾学校に戻ってくる予定になっている。警察が話をする前にケニーをつかまえる必要があった。タイミングが悪いなどと言っている場合ではなかった。

電話をするのだ。学校の代表番号にかけながら、夜のこの時間に電話に出るのはだれだろうと考えた。おそらく、学校の警備員だろう。

そのとき、通訳の携帯電話がかわいらしい曲を奏でた。またオリヴィア・サザランドからだった。彼はかけようとしていた電話をやめた。サザランドはまだ学校に来ていない。というのも、学校の通りに停めたバンのなかにいるからわかるのだ。なぜサザランドは電話をかけてきたのだろう?

息を殺して電話がボイス・メールにつながるのを待つ。一分後、通訳のボイス・メールにかけなおしてメッセージを聞いた。

止めていた息を安堵でほうっと吐き出す。なにかが起きたらしい。学校で落ち合うのは翌日の午前一〇時にしてほしいという内容だった。これですべてがうまくいく。

にんまりしながら返信を打つ。〈一〇時で大丈夫です。では、そのときに〉

店に戻らなければ。今日は第三火曜日で、地元の読書会が店で開かれる日だ。幸い、読書会のメンバーは、読んだ本についてよりも自分たちの日々の話をするほうが長い。会のゴシップをもとに新たなクライアントを何人か獲得したくらいだ。

## 九月二一日（火）午後六時三〇分

「よかったな」グレンがおだやかに言った。

デイヴィッドはグレンを横目で見たあと、のろのろとしか進まないハイウェイに視線を戻した。自分の考えに浸りきっていたため、年配のグレンも同じだったと気づいていなかった。

「ああ、そうだね」

「お袋さんは一も二もなく彼女の面倒をみたんだな。イーヴィのことだが」

「シカゴじゃみんながそうしてたんだ。うちの家族は血のつながってる人間だけじゃないで、みんながみんなの面倒をみる」

「それなのに、おまえさんはそこをあとにした」

「そうだよ」

「おまえさんが、その、なんだ……あの最中に口にした名前の女のせいで」グレンが咳払いをした。「報われぬなんとかってやつだ」

彼が気まずそうなのを見て、デイヴィッドは思わず微笑んでいた。父親もグレンとよく似ていた。「そろそろリンカーン・ジェファソンの話をしようか？」

「それがいい」グレンの声には安堵がにじんでいた。「さっき会った警官の友だちは、なにもつかんでないのか？」

「ああ。でも、リンカーンを助けたがる人間がいたというのがわからないんだ。それでなんの得をするんだろう？　リンカーンは、モスをはめるためにおれが金をもらうか命令されて嘘をついたという証拠を探してたと言っていたんだ」

「いかれた話だな」

「たしかに。そもそもリンカーン自身がいかれてるんだ。モスの名前が汚されたことで、彼のほかにだれが動揺すると思う？」

「まず第一にモスだな。もしまだ生きてるなら。あるいは、ほかの信奉者か。信奉者は掃いて捨てるほどいたから。リンカーンと接触した人間を見つけ出すしかないだろう」

「だれかがもう見つけ出してるんじゃないかな」デイヴィッドがゆっくりと言う。「リンカーンの携帯電話をチェックしてたらの話だが」

グレンが両の眉を吊り上げた。「チェックした可能性のある人間は？」

「おれだ。リンカーンを縛り上げたあと、ポケットを探った。警察が来るのを待ってるあいだ、ほかに武器を持ってないか確認したんだ」

「やるじゃないか」

「そうだろ。リンカーンの携帯電話を見つけて、通話記録をチェックして、番号を書き留めた」

　グレンが笑う。「訂正するよ。おまえさんはやり手だ」

「その番号からなにかわかるかやってみよう。もうひとつ考えてたのは、モスのウェブサイトについてなんだ」

「例のカスみたいなサイトだな」グレンが不満げに言う。

「そのとおりだが、だれかがあのサイトを作って維持するのに膨大な時間を費やしたんだ。モスをたいせつに思い、銃による二件の殺人と結びつけてもらいたくない人物がいる。あのサイトの持ち主をどうしたら割り出せるだろう」

「ＦＢＩがもうやったんじゃないのか？」

「おれもそう思ったが、リンカーンは彼らのアンテナに引っかかってなかったみたいなんだ」

「たしかに。おまえさんの友だちのイーヴィがウェブサイトの仕事をしてるって言ってなかったか？　ちょっとしたハッキングを？」

「そうなんだが、彼女をこの件に巻きこみたくないんだ。やっと人生が落ち着いてきたところなんだから」

　デイヴィッドが顔をしかめていると、グレンがたっぷり一分待ってから言った。「それで？　ほかにだれがいるんだ、坊主？」

デイヴィッドはため息をついた。「インターネットであれこれ探り出すのがすごく優秀なシカゴの人間を知ってるんだが、彼に頼みごとはしたくないんだ」

「どうして？」

「報われぬなんとかってやつの夫だからだよ」いつも驚いてしまうのだが、その男はほんとうにいいやつなのだ。デイナの夫を憎みたいとずっと思ってきたが、どうしてもそうできない。

グレンがたじろいだ。「そうか。おまえさんの甥っ子はどうなんだ？　大学生なんだろう。インターネットについて少しは知ってるんじゃないか」

「トムならかなり詳しいと思うが、ハッカーってタイプじゃないんだ。でも、ハッカーを知っているかもしれない。連絡してみる」

「今夜は空手のクラスに間に合いそうにないぞ」

デイヴィッドがため息をつく。道路は大渋滞していた。「午後にリンカーンと揉み合っていい運動になったから、一度くらいさぼっても問題ない。ペイジに電話して、今日は休むと言うよ」

「だったら、電話番号とウェブサイトを調べられるな」

「おれもそう思ってた」

## 九月二一日（火）午後六時三〇分

オースティン・デントはベッドルームをうろつき、数分ごとに携帯電話をチェックしていた。学校は三時間前に終わっている。三時間も前に。ケニーはどこにいるんだ？　街に行ってポストに手紙を投函するだけだっていうのに。

街に出かけるのはなんの問題もない。校外の公立図書館へ行く許可証をもらって、ふたりで何度もやっていた。高校生の特権のひとつだ。下級生の寮生よりも自由が認められているのだ。

オースティンは立ち止まり、髪に手を突っこんだ。どうしてケニーは連絡してこないんだ？

なんとか落ち着こうとして、居間のすり切れたソファにどさりと腰を下ろし、テレビのニュース番組をつけた。そして、顔をしかめた。このチャンネルの字幕はひどかった。コンピュータの音声認識を使っているらしく、いつもことばがまちがっていて、ニュースの半分は意味をなさなかった。

もっとましな字幕をつける全国放送のケーブルテレビ局にチャンネルを変える。字幕に頼らなければならないのは腹立たしかった。ニュース番組を見ている友だちは少ない。けれどオースティンは、世界でなにが起きているのかを知っておきたかった。いつの日か、大学へ行き、ひとかどの人間になるつもりだからだ。

頭をふる。大学だって？　そうだろうとも。大学に進学できる金などなかった。それに、停学処分が明けたあとはどうなる？　狙っていた奨学金よ、さようならだ。もしあの放火の犯人だと思われたら、刑務所行きになって、ほかのすべては問題でなくなる。

でも、ぼくはやってない。トレイシーを守ろうとしていただけなんだ。彼女のことを考えるたびに胸が痛んだ。それはつまり、ずっと胸が痛んでいるということだ。彼女はぼくを信頼してくれたのに。ぼくは助けると約束したのに。

どうしてぼくは行動を起こさなかったんだ？　彼女のあざについては細かいところまではっきりとおぼえていた。オマハ空港に迎えにいったとき、だれかを殺してやりたくなった。「病院へ連れていかせてほしい」そう言ったのに、彼女は断った。「無理やり家に帰されてしまうわ」決然としたまなざしで、片手での手話で伝えてきた。もう一方の手首は捻挫していたからだ。捻挫だ！

腕の骨が折れ、手首を捻挫するまでねじり上げた怪物に思いをめぐらせたときほどの憎悪を、オースティンはこれまで感じたことがなかった。いつかこのすべてが落ち着いたら、その怪物に思い知らせてやる。それでもトレイシーは戻ってこないが。

そのとき、彼女が見えた。ニュースのなかで写真が使われたのだ。体の奥深くから叫び声がせり上がってきたが、なんとか抑えこんだ。

彼女はまだ一六歳でした、フロリダ州ゲインズヴィルからの家出人でした、と字幕が出た。でも、彼女はそれだけの存在じゃなかった。やさしくて、頭がよくて、おもしろい女の子だった。そして、おびえていた。すごくおびえていたんだ。だからぼくは、安全に守ってあげると約束した。

トレイシーの隣りにもう一枚写真が現われ、オースティンはたじろいだ。自分が目撃した、冷酷に殺された警備員の写真だった。ヘンリー・ウィームズだ。

くそっ。心臓をどきどきさせながら、画面を流れていく字幕を読んだ。元警察官。警察は復讐を望むだろう。ぼくに罪をなすりつけるだろう。

弾かれたように立ち上がり、これ以上見ていられなくなって背を向けた。テレビを消すと、ふたたびうろつきはじめた。ケニー、いったいどこにいるんだよ？

## 九月二一日（火）午後六時五〇分

オリヴィアは車を停めた。「フィッシャー家はもっと大きい家に住んでると思ってたわ」

「おれもだ」ケインが言う。「ミスター・フィッシャーは裕福なんだがな」

彼女は下唇を噛んで考えこんだ。「令状があればよかったのに。ジョエルの葬儀を遅らせたことで、すごく怒ると思うわ。協力は望めないかもしれない。もう一度地方検事補に電話してみる」

「どなられるだけだぞ」ケインがむっつりと言った。

オリヴィアの唇がひくついた。彼がその口調になると、いつもそうなってしまうのだ。

「どなればいいわ」覚悟してブライアンの番号に電話をかけた。

「無理だ」地方検事補は前置きもなしに言った。「判事が無理だと言ってる」

「まさか」オリヴィアは泣きついた。「ほんとうに？」

「なあ、こっちだって悪いと思ってるんだ。捜査令状を出すには、もっと情報が必要なんだよ」

「わかったわ。努力してくれてありがとう」電話を切ってケインを見る。「令状はなしよ」

「だと思った」そっけない口調だ。「リンカーンが二件の放火に関与してないとアボットに報告できるのがせめてもの救いだな」

「彼が両日とも閉店までいた姿が〈ブルー・ムーン〉の防犯カメラに映っていてよかったわ。バーテンダーが証言したところで、クローフォードは信じなかったでしょうから」

「放火ではシロでも、家宅侵入とハンターに対する暴行未遂ではクロだ。放火はＦＢＩの問題だ。ジョエル・フィッシャーはおれたちのものだ」ケインは車を降りると、無頓着に「きみの番だ」と言い放った。

「ちがう。ルイーズ・トムリンソンにはわたしが話を聞いたでしょう。フィッシャー家はあなたのものよ」

ケインは顔をしかめた。「忘れてないかと期待してたんだが」

「わたしが忘れたためしがあった？」フィッシャー家の私道を行きながら、オリヴィアは言った。

「一度もないな」

ドアをノックしようとしたケインを彼女が止めた。「待って。靴を脱いで」

ケインが眉を寄せる。「どうして？」

「埋葬が遅れたから、まだ喪《シヴァ》に服してないにしても、その準備はしてあるかもしれない。革靴は禁止なの。敬意を示さないと」

「どうしてそんなことを知ってるんだ？」彼は足を使って靴を脱いだ。

「子どものころの隣りの家が正統派ユダヤ教徒だったの。ご家族に不幸があったとき、母とわたしで料理を持っていったのよ。帽子も脱いで」彼女自身も帽子と靴を脱いだ。

ケインが従う。「なあ、リヴ、そんなに詳しいなら、きみが話を聞くのがいいんじゃないか。無知なおれがうっかり失礼なことをしないほうがスムーズに運ぶだろう。次のふたつはおれがやるから。約束する」

オリヴィアはむっとした顔を彼に向けた。「あなたの言うとおりなのがむかつくわ。でも、わかった」ノックをして待った。恐怖が募っていく。両親に告げる仕事が楽だったためしはない。亡くなった人間が容疑者になるかもしれない場合はなおさら……。厄介なことになるだろう。

ドアが開き、黒いスーツを着てあごひげをたっぷりとたくわえた男性が出てきた。「どちらさまですか？」

「おじゃまをして申し訳ありません。わたしは刑事のサザランドで、こちらはパートナーのケイン刑事です」バッジを見せる。「フィッシャーご夫妻とお話をしたいのですが」

「喪に服しているところです。取り次ぐわけにはいきません」

オリヴィアは閉まりかけたドアに手をかけた。「すみませんが、これは単なる訪問ではありません。服喪中なのはわかっていますが、ご夫妻と話をする必要があるんです。いますぐに」

男性は機嫌を損ねながらもドアを開けた。「ラビのヒルシュフィールドです。お入りください」

「ありがとうございます」彼女とケインはラビの示したふたりがけのソファに座った。すぐに目を赤くした男女がやってきて、横のソファに腰を下ろした。ラビはキッチンに続く戸口のところに歩哨のように立った。

「ジョエルの父です」男性が憤然として言った。「息子の遺体をもう返してくださるのですか？　早く埋葬してやりたいのですが」

「むずかしいことなのは承知しています」オリヴィアは話しはじめた。「息子さんを解剖した際、さらなる調査が必要なものを検死官が発見しました。その件でうかがいました」

ミセス・フィッシャーが顎をつんと上げた。「息子の遺体から麻薬が発見されたという話ならもう聞きました。そんな話は信じません」

ああ、困ったわ。オリヴィアは思った。これからする話はもっと信じてもらえそうにない。

「息子さんが亡くなったのはほんとうにお気の毒です。ですが、検死官には嘘をつく理由がありません」

ミセス・フィッシャーがかすかにたじろいだ。「検死官が嘘をついたとは言っていません。その人はまちがいを犯したのです。息子は麻薬中毒などではありませんでした。いい子だったんです。まともな家庭で育ちました」声がひび割れ、涙が頬を伝い落ちた。「あの子はそこら辺の麻薬常習者などではなく、意義のあることのために闘う子でした」

「意義のあることとは、たとえばなんでしょう、ミセス・フィッシャー？」オリヴィアはやさしくたずねた。

「ありとあらゆることです。エイズのために募金しました――高校三年生のときに、一万ドルを集めたんですよ。たったひとりで。わたしたちがお金を出すと言ったのに、自分で集めたいんだと言って。あの子は慈善活動をしていました。シナゴーグでボランティアをしていました」ミセス・フィッシャーはすすり泣いた。「あの子はこの世界をよりよいものにしたがっていたんです。そんな息子をあなた方におとしめさせるつもりはありません」

夫が妻を抱き寄せてオリヴィアたちに顔をしかめた。「もうお帰りください」

「もう少しだけ」オリヴィアはなだめるように言った。「お願いです、わたしの話を聞いてください。あなた方の助けが必要なんです」

「なにに対してです？」ミスター・フィッシャーが嚙みつくように言い、妻はすすり泣きをこらえようとした。

「息子さんは大学でどこかのグループにかかわっていましたか？　クラブとか？」

「いいえ」ミスター・フィッシャーは困惑していた。「どうしてです？」

「動物や湿地帯や環境を守りたいという話をしたことは？」

「ありますよ」彼は妻の震える背中をやさしく叩いていた。「息子はそういったものすべてを気にかけていましたから。どうしてです？」同じことばをくり返したが、先ほどよりも怪しむ口調になっていた。

「検死官は、息子さんの気道と肺に損傷を認めたんです。息子さんは火災現場にいました。つい最近。亡くなる一二時間以内に」

つかの間、張り詰めた沈黙が落ち、そのあとミセス・フィッシャーが夫から身を離した。その目は恐怖と怒りで大きく見開かれていた。「ありえません。あなたがなにをおっしゃろうとしているのかわかってますよ。ニュースでやっているあの火災を息子が引き起こしたと言いたいのでしょう。あの少女が死んだ火災を。でも、息子はそんなことはしていません。あの現場になんて行ってません」

オリヴィアは落ち着きを保った。「いいえ、息子さんはあそこにいたんです。検死官が念には念を入れました。血液検査をした結果、シアン化物の痕跡が認められたんです。建設現場の火災で燃えているプラスチックの煙を吸うとそうなるんです。わたしたちはなにがあったのかを知りたいんです。月曜日の朝の息子さんは動揺しているようではありませんでしたか？」

ミセス・フィッシャーは頭をふっていた。「息子は火災の現場になどいませんでした。家にいたんです。わたしたち家族と一緒でした」

「ひと晩中ですか？」

ミセス・フィッシャーがまた顎をつんと上げた。「ひと晩中です」そう言い張った。

だが、夫のほうは視線をそらした。

「たしかでしょうか、ミスター・フィッシャー？」オリヴィアは静かにたずねた。

「ええ」きっぱりした返事ではなかった。

オリヴィアがラビに目をやると、腹を立てているというよりは心配そうな表情をしていた。

「ジョエルの部屋を見せてもらってもかまいませんか？」

「出ていってください」ミスター・フィッシャーが断固として言った。「いやがらせをされたと訴えますよ」

オリヴィアとケインは立ち上がった。「サザランド刑事はおふたりに対して非常に辛抱強く接しました」ケインの口調はきびしかった。「否定しても、事実が変わるわけではありませんよ」

「もし息子さんがコンドミニアムに放火したのだったら、かならず真相を突き止めてみせます」静かな口調を保ったままオリヴィアは言った。「あなた方のお気持ちを理解できるとは言えませんが、もしわたしの息子のことだったら、真実を知りたいと思います。おふたりの協力がなくても、われわれはその真実を突き止めます」

「あの火事では女の子が死んだでしょう」ミスター・フィッシャーがおぼつかなげに言う。「息子にその子の死の責任を押しつける手伝いを私たちにしろと言うんですか？　私たちをどんな親だと思ってるんですか？」

オリヴィアはラビに目をやり、それから黒いスカーフでおおった鏡、シヴァにそなえて脇にどけられた低いスツールを見た。「正しい行ないをする方たちだと思います。道徳的な行ないを」そのことばがしみこむのをしばし待つ。「ゆうべ、わたしは火事で亡くなった少女の父親が身元を確認する場に一緒にいました。彼も泣きました。真実を知りたがっていました。彼女の父親のために真実を突き止めるつもりです」

「またおうかがいします」ケインが言った。「必要ならば令状を携えて」

「息子さんはいい子だったとおっしゃいましたよね」オリヴィアだ。「いい人間だったと。はじめは正しい行ないをしようとしたのが、途中で手に負えない事態になった可能性もあります」フィッシャー夫妻の表情が不安そうに曇ったのを見て、痛いところを突いたのがわかった。「息子さんがここにいたら、正しい行ないを望んだと思います。改悛《テシュ》して神の懐に立ち返る《ヴァ》ことを」

ミスター・フィッシャーが目を合わせてきた。「でも、息子はここにいません」

「あなたはここにいらっしゃいます」悲しげな笑みを浮かべて言う。「あなたはずっと、ユダヤの法律であるタルムードを重んじ、それに従ってこられました。息子さんが小さな子どもで、罪を犯したのだとしたら、あなたはいまテシュヴァができるよう導いていらしたと思います。まちがっていたことを認め、赦しを請いなさいと。悔い改めなさいと。息子さんにはそれができませんが、あなたにはできます。彼の部屋を見せてください。なにがあったのかを知らなければならないのです——亡くなった少女のために、ジョエルのために、そしてあなた方家族のために」

ミスター・フィッシャーの心は揺らいでいるようだった。「でも、あの警備員は射殺された」

「検死官はジョエルの両手を調べましたが、硝煙反応は出ませんでした」ケインが先ほどよりはおだやかな口調で言った。オリヴィアとはたがいに相手のリズムを熟知していた。「息子さんは発砲していないと思われます」

「彼が鈍器で頭部を殴られた証拠も発見されています。息子さんは知らなかったのかもしれません……」オリヴィアの頭のなかで詳細がぴたりとはまった。コンドミニアムをあとにする足跡はふた組あったのに、フェンスのところにはひと組しかなかった。ドクター・ドナヒューが提示した放火犯のプロファイルについて、自分自身の言ったことばが頭のなかで響いた。〝多様な目的〟

「息子が知らなかったかもしれないこととはなんですか？」ミセス・フィッシャーの声は張り詰めていた。

「仲間がなにを計画していたかを、です」

ミスター・フィッシャーが青ざめる。「ジョエルはぜったいに人を殺したりするような子じゃありません。意図的には。私は息子をわかっています」

「でも、息子さんが実際になにをしたのかはご存じないでしょう。知らずにいるほうがつらいですよ。お願いします。息子さんの部屋を見せてください」

ミスター・フィッシャーがラビを見た。ラビは肩をすくめた。「あなた方が決めることです」

「もしあなたの息子さんのことだったら？」ミセス・フィッシャーはラビに言い、また泣き出した。

ラビが肩を落とす。「その場合は、神よ助けたまえ、私ならイエスと言うでしょう」

ミスター・フィッシャーは長々と息を吐いた。「わかりました。息子の部屋を見てください」

オリヴィアは彼と目を合わせた。「ありがとうございます。できるだけ手早くすませます」

# 17

## 九月二一日（火）午後七時三〇分

「ハーイ、トム」ふたりのかわいらしい女子大生が、大学の体育館の外から甲高い声でデイヴィッドの甥に挨拶してきた。デイヴィッドとグレンは、そこでバスケットボールの練習を終えかけていたトムを見つけたのだった。グレンは女子大生の揺れるヒップに心を奪われて目で追った。

「目玉をもとの場所に戻してくれよ、老いぼれ爺さん」デイヴィッドが愉快そうに言った。

「自動体外式除細動器《AED》は持ち歩いていないんでね」

「若者に若さは必要ないだろうが」グレンがぶつぶつと言うと、トムがくつくつと笑った。

「ごめん。体育館を出ようよ。グルーピーが集まってきちゃうからね」

トムが花形選手でいるのを自覚しながらもいい気になりすぎていないとわかって、デイヴィッドはほっとした。

「出ちまうのか」グレンだ。「グルーピーに囲まれるのも悪くない気分なんだがな」

トムはにやにやしながら、デイヴィッドとグレンを連れて寮のほうに向かった。「ぼくもだよ」

「見てるだけならいいが」いつものようにデイヴィッドが注意する。「手は出すなよ」

「わかってる、わかってるってば。ぼくだってばかじゃないんだよ、デイヴィッド」

「おまえをばかだと思ったことなんて一度もないさ」トムが一四歳でおびえきっているときに、デイヴィッドは彼と出会ったのだった。トムの母親のキャロラインが行方不明になり、イーヴィは瀕死の状態でシカゴの病院に運ばれたところだった。トムの生物学上の父親は真性の怪物で、身を隠していたトムとキャロラインを長い年月をかけた末に見つけ出したのだった。デイヴィッドの兄のマックスが愛するキャロラインを救い、のちにトムを養子にし、昔からハンター家の一員であったかのように愛した。家族全員がトムを愛した。

キャロラインは死んでしまったかもしれないとみんなが心配していたあのおそろしい何時間かの経験で、デイヴィッドがいちばんよくおぼえているのは、トムが不自然なまでにおとなびた態度を貫いていたことだった。周囲のおとなが平静を失っているとき、トムは落ち着き払い、集中していた。あのとき以来、トムが家族の誇りとなるような青年へと成長していくのを見守ってきた。

ピクニック・テーブルがあったので、トムがそこにひょいと腰を下ろして大きな足をバスケットボールに置いた。「で、女の子たちをじろじろ見る以外になんの用があって来たの？」

デイヴィッドもテーブルに座り、グレンはベンチに座った。「ハッカーが必要なんだ」単刀直入に言った。

トムは笑ったが、じきにまじめな顔になった。「真剣なんだね」

「そうだ」なにがあったかを話すと、トムは顔色を失った。

「お祖母ちゃんと〈デリ〉でお昼を一緒に食べたけど、そんなことはなにも言ってなかった」

「そのころはまだ事件は起きてなかったからな。押し入られたのは二時ごろなんだ」

「お祖母ちゃんがおじさんの家に戻ったころだ」トムが頭をふる。「そのときに頭のいかれたそいつが現われてたら……」

「そういうことだ」先ほどまでの浮かれた調子はすっかり消え、グレンが言った。「だからここに来た」

「モスのウェブサイトについて情報が欲しい」デイヴィッドは言った。「作成を計画した人間、所有者、管理をしている人間。訪問者。おれたちに協力してくれそうなオタクの友だちはいないか？」

トムが重々しい表情でうなずいた。「いるよ。目の前に」

デイヴィッドは目を丸くした。「おまえか？　だめだ」

「ぼくがやる」横目でデイヴィッドを見る。「夏休みで家に帰ったとき、食料品を袋に入れる仕事をしてたって言ったでしょ。でも、あれはパートタイムだったんだ。残りの時間はイーサンのところで働いてたんだ。この夏がはじめてじゃなかった。アルバイト代をはずんでくれるんだ。食料品の袋詰めの半分の時間で倍稼いだ。ごめんよ」

デイヴィッドはため息をついた。「どうして話してくれなかったんだ?」

「話す必要は感じなかった。傷口に塩をすりこむことになると思ったから」

デイヴィッドは肩を落とした。「知ってたのか?」おれがデイナに恋しているのを知らなかった人間はいるのか?

「ごめん。どっちかっていうと見え見えだったよ。ま、目を開けて見ていたらってことだけどさ」

デイヴィッドの顔が赤くなった。「参ったな」

グレンが咳払いをした。「イーサンというのは、報われぬなんたらの夫のようだな?」

完全にばつが悪くなり、デイヴィッドは天を仰いだ。「そうだ。要点に戻ろう。モスのウェブサイトに関して、おれたちの知りたい情報すべてを探り出せるのか?」

「探っていたのをだれにも知られずにね」

「このイーサンって男は何者なんだ?」グレンがたずねた。「ＣＩＡのスパイかなにかか?」

「そんなようなものだな」デイヴィッドは困ったように答えた。「私立探偵みたいな怪しげなことをネット上でしてる」

「おおっと」グレンがたじろぐ。「手強いライバルだな」

デイヴィッドは彼をにらみつけた。「率直な意見をどうも」

「AEDなんてネタで老人をからかった仕返しだ」グレンがうれしそうに言う。「それで、お若いの、つかまらずにできるのか？」

「うん。八時に友だちと勉強する約束があるけど、そのあとやってみて電話するよ」

「助かるよ」デイヴィッドは立ち上がり、甥のまじめそうな青い目を見つめた。「ほんとうにいいんだな？　危険なことに巻きこみたくないんだ。そうなったら、おまえの母さんに殺されてしまう」

「みんなそう言うけど、母さんはそんなことはしないよ。母さんだって何年も、真夜中のバス停でいろんな家族を拾うなんて危険なことをしてたんだ。父親の虐待から匿ったりしてさ」肩をすくめる。「それにくらべたら、こんなのはなんでもないよ」

グレンの目が丸くなる。「その話を聞かせてくれ」

「報われぬなんとかさんは、配偶者の虐待から逃げてきた女性たちのための秘密のシェルターを運営してたんだ」デイヴィッドが説明する。「トムの母親のキャロラインは彼女の右腕で、イーヴィも彼女のために働いていた。オリヴィアの姉のミーアも手伝ってたが、警官だから目立たないようにしてた。彼女たちはたくさんの女性に新たなスタートの機会をあたえた——新たなIDをあたえ、仕事に必要な技術を身につけさせた。ときには金まで」

「おまえさんはなにをしてたんだ？」グレンがたずねる。

デイヴィッドの微笑みは悲しげなものだった。「屋根だとか彼女の車だとか、壊れたものを修理してた」

「なるほど」グレンが静かに言うのを聞いて、きっと彼は理解してくれたのだとデイヴィッドは思った。

「お祖母ちゃんはだれが見てるの？」トムが訊いた。

「ノアとイーヴィだ」デイヴィッドが眉を持ち上げた。「そうだ、知らせがあるんだ」

女子大生を気絶させるほどの晴れやかな笑みがトムの顔に浮かんだ。「ノアがついに言ったんだね？」

「ああ。で、イーヴィは満面の笑みだ」

ふと真顔になり、トムはごくりと唾を飲んだ。「よかった。ほんとうによかった」いきなりテーブルから飛び降りると、手をふって離れていった。「電話するね」

その姿を見送るデイヴィッドは、また目がちくちくするのを感じた。

「それで？」グレンがたずねる。「いまのはなんだったんだ？」

「内輪の話だ」デイヴィッドは喉を詰まらせながら言った。「イーヴィはトムのいちばん古い友だちなんだ。ふたりは報われぬなんとかさんのシェルターで一緒に育った。トムの願いごとリストのなかに、イーヴィの幸せというのが長いあいだあったんだ」

「報われぬなんとかさんには名前はあるのか、坊主？」グレンの声はやさしかった。

「デイナだ」デイヴィッドは言ってからにっこりした。

「彼女がイーサンと結婚して以来、名前を聞くのがこわかった。自分がその名前を口にするのはもっとこわかった」

「いまはどうなんだ？」

「いまは……大丈夫だ」

「どうやらそのデイナって女性は、他人のためにとことん尽くしてたみたいだな」

「そうなんだよ。なにもかもを犠牲にして尽くしてた。真夜中にシカゴのダウンタウンのバス停に逃げてきた家族を助けに行く彼女を見て、おれは気が狂いそうになったものだよ。ときには夫が追いかけてきたり脅したりしたけど、彼女は自分が生きようと死のうとどうでもいいみたいだった。でも、それはあの当時のことだ」

「なにが変わったんだ？」

「イーサンと出会った。そして、人生にはもっと……」デイヴィッドはいったん口をつぐみ、ため息をついた。「他人を助けるよりもっとだいじなものがあると知った」

「なにもかもを犠牲にしてでも、だな」グレンがぼそりと言う。

「あなたは自分をすごく頭がいいと思ってるんだろ、老いぼれ爺さん」

「そうさ」グレンが立ち上がり、背中を伸ばした。「そう思ってる」

## 九月二一日（火）午後七時四〇分

ジョエルの靴を見つけるのに時間はかからなかった。クロゼットの汚れ物の下に突っこまれていた。「ケイン」オリヴィアは声をかけた。靴の片方を持ち上げてにおいを嗅ぎ、ひっくり返した。「煙っぽいにおいがするし、接着剤らしきものがついてる」

「じゃあ、あの子は現場にいたんですね」ミスター・フィッシャーが小さな声で言った。彼は戸口にいるが、ミセス・フィッシャーはラビとともに居間に残った。オリヴィアはそんな彼女を責められなかった。

「そのようです」

「薬瓶はひとつも見あたらないな」ケインは引き出しやマットレスの下を探している。「鑑識なら痕跡を探れるだろうが……」ことばが尻すぼみになった。ドラッグをやっている若者は、たいてい自分の部屋にその証拠を残しているもので、彼はそれを見つけるのがうまいのだ。

「息子さんは外泊したことがありますか？」オリヴィアはミスター・フィッシャーにたずねた。

「いいえ。ジョエルは寮生活をしたがっていましたが、三年生になったらそうしてもいいと返事をしてありました」

ケインは分厚い教科書を持ち上げた。「『環境倫理学』だ。息子さんの専攻はなんでしたか?」

「哲学です」ミスター・フィッシャーが小声で答える。

教科書をめくっていたケインの眉がひそめられた。「息子さんにガールフレンドはいましたか?」

「いいえ。勉強に忙しかったので。ユダヤ教徒の女の子と出会うのを待っているんだと言ってました」

「息子さんの友だちはだれでしたか?」オリヴィアが訊いた。

ミスター・フィッシャーが目を閉じる。「ヘブライ学校時代の、ファインスタイン家とカウフマン家の息子たち。それに、エリック。エリック・マーシュです。彼とは幼稚園の最初の年からずっと友だちです」

ケインが名前を書き留める。「友だちは息子さんがなにに関心を持っていたかを知っているでしょうか?」

「わかりません。カウフマン家の息子は西部のどこかの大学に行っています。ファインスタイン家の息子はこの街にいます。ジョエルがふたりとよく会っていたかどうかは知りません。エリックは工学部の学生です。ときどき昼食を一緒にしていたようです。エリックは昔からジョエルの錨《いかり》のような存在でした。息子が突飛な計画を立てると、彼がその計画の問題を指

摘してくれたんです」しょんぼりした表情になる。「息子の事故のことをだれかがエリック
に伝えてくれたかどうかすらわかりません」

「これだ」ジョエルのノート類を漁っていたケインがフォルダーを掲げた。「『プレストン・モス――英雄か怪物か？』。最後のページで、ジョエルはモスを英雄と結論づけている」

喉を絞められたような声がミスター・フィッシャーから漏れた。「息子よ、おまえはなにをしてくれたのだ？」蚊の鳴くような声だった。

オリヴィアは部屋を見まわした。壁の一面は地域奉仕活動をたたえる額がびっしりと飾られており、シカゴのデイヴィッドのベッドルームを思い出した。彼の部屋は額や記念品で飾られてはいなかった。人に認めてもらうために奉仕活動をしていたわけではなかったからだ。テシユヴァ。デイヴィッドは償いをしていたのだ。でも、どんな罪を犯したの？　リンカーンのなにを理解したの？

ジョエルの父親に向きなおる。「もともと息子さんの考えていた以上の事態になったのでしょう」

ミスター・フィッシャーの目は苦悩に満ちていた。「ああ、神よ。息子がやったんですね。あのおそろしいことを」

「お気の毒です。鑑識班をここへ呼ばなくてはなりません」

ジョエルの父親が心許なげにうなずく。「わかりました」

彼の顔面は蒼白で、オリヴィアは心配になった。「なにか飲まれますか？」

「いいえ、けっこう」彼は背を丸めて向こうを向いた。オリヴィアはなじみのある、抑えこんだ苦悶の声を聞いた。生々しい悲痛の声を聞くたび、胸を引き裂かれる思いがするのだった。

「もうっ」彼女は小さく言った。

「きみはできるかぎりのことをしたじゃないか、リヴ」ケインが静かに言う。「たいていの者がする以上の気配りをしたんだ。どうしてそんなにいろいろ知ってるんだ、ほら……。なんて言った？　テシュ……？」

「テシュヴァをする」ため息とともに答える。

「近所の喪中の家に行っただけでそこまで知ったわけじゃないんだろう」

「ええ。大学時代、何年か自己分析に費やしたの。ほら、なぜわれわれはここにいるのだろうとか。いろんな宗教を調べたわ。ご近所さんのことはほんとうに好きだった。彼らはとても幸せな家族だったの。それって信心のおかげかもしれないと思った。だから、大学近くのシナゴーグに長いあいだ通った。関心があったの。ジョエルと同じように」

ケインが教科書を持ち上げた。「彼にはガールフレンドがいた。ハートやキスやハグのマークがついてる。〝図書館のところで会いましょう〟だと。署名はＭだ」

オリヴィアはジョエルのベッドの枕をひとつ手に取った。「ピンクのしみがついてる。口紅ね」においを嗅ぐと、デイヴィッドのことばがぱっと頭に浮かんだ。〃きみの夢を見たんだと思った。そうしたら、きみの香りがした。枕に〃胸がどきどきした。「香水の香り。かすかだけど残ってる」

「両親に隠れてこそこそする若者は彼らが最初じゃない」

「ミッキに電話して、鑑識班をここに寄こしてもらうわ」

「もう遅い時間だ。おれはへとへとだよ。長い一日だったからな。鑑識班が来たら、家に帰って充電して、明日の朝ここに戻ってくるとしよう」

オリヴィアはキャビンで待っているデイヴィッドに思いを馳せた。彼はいったいなにをしたのかとまた思い、それ以来彼が行なってきたことも思い、過去は重要だろうかと自問した。デイヴィッドは何度もどんな人間かを証明してきた。彼が自分を待っていて、答えを約束してくれていた。もう二年半も待っていたのだ。「わかったわ」

**九月二一日（火）午後八時五五分**

「そろそろ店を閉める時間なんですが」たったひとりテーブルについてドアに視線を据えているドリアン・ブラントに、彼は言った。つむじ曲がりの会計士はかれこれ一時間ほど店にいて、ドアに取りつけたベルが鳴るたびにぎくりと飛び上がっていた。

哀れなブラントは、新しい会社の会計士の職についてEメールで連絡をしてきた相手を待っているのだった。そのEメールには、募集が本物であると信じさせるに足る、確認されても困らない詳細と、どうしてもその職を手に入れたいと思わせるに足る好条件が書かれていた。

なぜなら、ドリアン・ブラントはかなり深刻に新しい仕事を必要としているからだ。特にいまは。金を横領した会社を辞めて就いた新しい仕事はうまくいっておらず、ブラント家の財政は逼迫していた。不正に入手した金にいつ手をつけてもおかしくないほどに。

だが、それは不可能なのだ。なぜなら、おれが最後の一セントまでいただいたからだ。

もちろん、新しい仕事の口などない。ブラントをちょっとばかりいたぶってるおれがいるだけだ。ミセス・ブラントや子どもを傷つけたくはなかったため、ドリアン・ブラントを家からおびき出す口実が必要で、〝仕事の面接〟はそのなかでも最高のものだった。一時間待たせ、ドアを見つめさせていたのは最高に楽しめた。

それは、偉大な師匠から学んだ戦略だった。その人物は、自分のこの店で技を磨いていたのだ。〈レッド・ドレス・キラー〉というぱっとしないあだ名をマスコミからちょうだいした連続殺人犯は、人目のある場所で熱いデートをしようと誘って女性を家からおびき出したのだ。犯人は女性を待たせ、がっかりさせ、理想の男性を諦めて家に帰るのを尾け、卑劣な行ないをしたのだった。

犯人は三人めの犠牲者をここへ誘い出した。おれの目の前だったのに、まったく気づかなかった。警察がマスコミを使って犠牲者の写真を公にするまでは。そうなったとき、彼はすぐにその女性に気づいた。女性が失踪したその晩にことばすら交わしていたのだ。警察は女性の足どりを追ってこの店まで来て、店内を映したビデオを提供してほしいと言ったが、レジを映すカメラしか設置していないと嘘をついたのだった。

ほんのつかの間、〈ピット・ガイ〉を脅迫しようかと考えたが、すぐにその考えを捨てた。そいつはシリアル・キラーなのだ。そんな男とかかわるなんて、とんでもない。警察への協力に関しては、自力で解決すればいいと思っていた。警察はそのために給料をもらっているのだ。

そうこうするうちに警察は真相を突き止め、〈ピット・ガイ〉の全容が明らかにされた。犯人は自宅の地下に三〇体以上の遺体を埋めていた。おれの直感は正しかったわけだ。地下に三〇以上も遺体を埋めている男とかかわり合いになどならないほうがいい。あの晩、〈ピット・ガイ〉が犠牲者を見つめ、あとを尾けて店を出ていく姿が映っているビデオは、宝物のひとつになっていた。

慎重に行動するためのレッスンが必要になったときは、いつでもそのビデオを見た。〈ピット・ガイ〉はうぬぼれ、不注意になり、つかまった。そして死んだ。おれは不注意になるつもりはない。

すべての責任をメアリとアルベールになすりつけてやるつもりだ。特にメアリに。晴らすべき恨みがあるのだ。だが、さしあたっては、ミスター・ドリアン・ブラントに対する恨みを晴らす。払って当然のものを少しでも払ってもらおうか。愚か者め。トムリンソンとブラントの二件がじゅうぶんな視覚資料となり、ほかのクライアントに期限内に支払いをさせられるようになるだろう。それでも言うことを聞かない者がいれば、そいつも殺すだけだ。

彼は時計を見上げた。さっさとブラントの片をつけ、聾学校のケニーが警察に話していないどんな情報を知っているのかを探り出さなければ。未処理事項を片づけたら、仕事に戻れる。

「お客さま」彼は声をかけた。「もう閉店です。お帰りいただけませんでしょうか」

ブラントは汗ばんだ手でブリーフケースをぎゅっとつかんで立ち上がった。「あと数分いさせてもらえないかな？ たいせつな面接があるんだ」

「申し訳ありません。もう店を閉めないといけないんです。少しだけ外で待たれてはいかがですか？ 万が一ということもありますし」

思っていたとおり、ブラントは外で待った。彼は店に施錠してバンを取りにいった。ドリアン・ブラントはじきに、期限内に金を払っておけばよかったと後悔するだろう。

## 九月二一日（火）午後九時〇五分

デイヴィッドはグレンのキャビンの桟橋に立ち、顔を上げて湖面から吹いてくるひんやりした風を受けていた。九時を過ぎたというのに、オリヴィアは電話も寄こしていなかった。もう少しで誘惑に屈してこちらから電話をかけそうになったが、踏みとどまった。いま、球はきっちり彼女のコートにあるのだから。だじゃれのつもりではなく。オリヴィアは忙しいのかもしれない。容疑者の尋問で身動きが取れずに連絡できないのかもしれない。あるいは、単に心変わりをしただけかもしれない。

使われないままの釣り竿と釣り道具入れを見下ろす。またスズキを釣ろうと桟橋に運んできたのだが、ただ立ち尽くして考えこんでいただけだった。いろんなことを。

つかみ損ねたチャンスについてのイーヴィのことばや、彼の人生がデイナのそれと似ていると言ったグレンのことばを思い返した。なにもかもを犠牲にした奉仕。デイナは、継父に殺された母に対して罪悪感を抱き、その贖罪をしていた。

おれの場合は……。メガンと彼女の家族全員の死に対する贖罪だ。彼女たちもやはり継父の手で命を奪われた。これまで類似性について考えなかったのが不思議だった。それでも、それはずっとそこにあって、だれの目にも明らかだった。真実を知っている人間にとっては。

そこからまた、オリヴィアに投げかけられた大きな問いに戻った――あなたはだれなの？

彼女がここへ来てくれたとして、どう答えればいいのかはあいかわらずわからなかった。リンカーンと、存在すらしないかもしれない幻の協力者に意識を向ける。

彼の通話記録から入手した電話番号の調べははかどっておらず、ウェブサイトを調べているトムのほうはなにか進展がありますようにと願った。逆引きで明らかになったのは、母親と兄のトルーマンの携帯番号だけだった。リンカーンがかけた残りの番号と合致するものはなかった。相手はプリペイドの携帯電話だったのかもしれない。キャビンに来る途中で自分でもプリペイドの携帯電話を入手したのだが、不明の番号にかけるのは思いとどまった。

そのうちのひとつが重要なものであれば、その相手を警戒させたくはなかった。

〝その相手〟というのがだれであろうと。リンカーンに協力者がいたのはかなり確実だと思っていたが、理由がわからなかった。どうして頭のいかれてない人間がおれを探し出したがったのだろう？　おれはただ、あのガラス球をキャッチしただけなのに。

かすかな音が耳に届いた。その音は少しずつ大きくなっていき、デイヴィッドの心臓が鼓動を速めた。車だ。オリヴィアが電話するのをまた忘れたか、だれか別の人間がふたたびキャビンを探りにきたかのどちらかだろう。釣り道具をつかんでキャビンに駆け戻り、道具を裏のポーチに片づけた。小ぶりの居間を横切る。テーブルは改めてセットしてあったし、グレンのデスクもきちんと片づけておいた。オリヴィアを迎える準備は整っていた。

だが、彼女のほうは準備が整っているだろうか？　おれはどうなんだ？

おぼつかない手でドアを引き開けると、ノックをしようと手を上げているオリヴィアがいた。こちらを見つめたままゆっくりと手を下ろす彼女を見て、デイヴィッドは意識しないと息もできない状態になった。

彼女はベージュ色のトレンチ・コートを着ていて、ベルトをきつく締めていた。それでも、その下に着ているのがゆうべと同じ服なのは見て取れた。出会った晩に着ていたものだ。ばかみたいにヒールの高い靴を履いているせいで、脚がすばらしく見えた。ふたたび顔まで視線を上げ、彼女の気持ちを正しく読めていますようにと願った。なぜなら、オリヴィアはつばを下げてフェドーラ帽をかぶっていたからだ。

「入ってもいいかしら？」デイヴィッドが脇にどくと彼女が入ってきて、その視線がテーブルに吸い寄せられた。唇をかすかに上向け、彼女はデイヴィッドを見た。「ゆうべとそっくりね」

「やりなおせたらと……」最後まで考えられないまま、ことば尻がしぼむ。目の前の彼女は食べてしまいたいくらいすてきで、デイヴィッドの全身の筋肉がこわばった。彼女に触れてしまわないように両手をポケットに突っこんだ。「コートを預かるべきなんだろうが」ざらついた声で言う。「一度きみに触れてしまったら、もう自分を止められなくなると思う」

オリヴィアの目が熱を帯び、喉もとで脈が激しくなったのが見えた。彼女はベルトを引っ張り、ボタンをはずして自分でコートを脱いだ。ソファの肘掛けにかけ、その上にフェドーラ帽をそっと置き、彼をふり向いた。ゆっくりと手を差し出す。「こんばんは。オリヴィア・サザランドよ。お会いできてうれしいわ」

デイヴィッドは差し出された手を見てごくりと唾を飲みこんだ。激しく。はじめからやりなおすチャンスをあたえてくれているのだ。今度はちゃんとやれるように。自分の大きくて褐色の手がゆっくりと彼女の小さくて色白の手を握るのを彼は見た。オリヴィアの手はか弱そうに見えたが、実際はそうではないと知っていた。彼女は強くてやさしくて美しく、デイヴィッドはティーンエイジャーのように震えていた。

「デイヴィッド・ハンターだ」彼女の青い瞳を縁取るまつげの一本一本が見えるまで近づく。唇が触れ合いそうになるまで。「息をするよりもきみが欲しい」

「まあ」ことばというよりも吐息だった。目が閉じられ、部屋中の空気がなくなってしまったかのように胸が浅い息で上下した。どちらから動いたのかデイヴィッドにはわからなかったが、どうでもよかった。オリヴィアの腕が首にまわされ、唇が激しい勢いで重ねられた。彼女の口も開けられ、デイヴィッドに負けないくらいの激しさと熱さで応えた。

デイヴィッドは両手をあちこちにさまよわせた。彼女の背中、胸、自分のために作られたかのようにぴったりくる丸い尻。「きみの望みは？」なんとか声を絞り出す。

「あなたよ」そのことばを強調するように激しくキスをしてくる。「いますぐ。お願い」

こんなのは止めなければ。彼女は話したがっていたのだ。答えを必要としていたのだ。けれど、命が懸かっていても止められそうになかった。スカートをめくって脚をなで上げていき、シルクから素肌へと移動するとうめき声が漏れた。彼女は本物のストッキングを穿いていた。「ジッパーはどこだい？」ざらついた声で言いながら、彼女の背中を探る。

「ジッパーはないわ」彼女の両手はデイヴィッドのシャツのボタンをはずすので忙しかった。

「ただ……脱がしてくれればいいの」

服を頭から脱がせて、そのまま落とした。それから見入った。シルクとレースは体をほとんど隠していなかった。申し訳程度の小さなTバックに視線が落ちる。とても、とても小さいものだった。心臓が破裂しそうだった。体の別の部分は確実に破裂すると思った。ソファに目をやり、それにそそられたが、オリヴィアに指で唇をとんとんと叩かれた。

「言ったわよね」彼女のかすれた声を聞き、頭の血が一滴残らずさあっとどこかへ行ってしまった。「したいことをするには、もっと場所が必要だって」彼女がデイヴィッドのシャツを肩から落とし、唇をかすめるように合わせながら素肌に手を這わせた。「わたしのために。わたしのなかで。ソファはだめよ、デイヴィッド」

彼は死にそうだった。「わかった」うなるように言ってオリヴィアを抱き上げ、脚を腰に巻きつけさせた。ベッドルームに向かって二歩進んでレース越しに胸を口にふくむと、彼女がたおやかで美しい体を弓なりに反らした。その場で立ち止まると激しく吸ってあえぎ声を引き出し、その声を愛おしんだ。もう一度その声を聞きたくて、反対側の胸も口にふくんだ。

「急いで」オリヴィアが急かす。「お願い。お願いよ」

必死の懇願を聞いて、デイヴィッドは彼女をベッドに下ろしてからちっぽけなパンティを力任せに脱がせ、それと同時に靴も脱がせた。オリヴィアが息を吸う間もなくおおいかぶさり、記憶にあるとおりのうめき声を聞いた。

彼女は……おぼえているままの味がした。そして、これもまたおぼえているとおりに、彼女が髪に手を突っこんで引き寄せた。「お願い、お願いよ」オリヴィアはまたそのことばをくり返し、もっとねだり、デイヴィッドがそうするという確信がないのか、ここで奪ってと懇願した。

だからデイヴィッドは吸い、ついばみ、なめた。そして舌を深く差し入れると、オリヴィアの体がぴんと張り詰め、頭がのけぞり、喉から苦しそうな叫び声が出た。あまりに激しい絶頂に、デイヴィッドが驚いたほどだった。

それでも彼はやめなかった。やめられなかった。オリヴィアが身震いをしながら彼の名前を口にした。

デイヴィッドはひざをつき、彼女を見つめた。体は激しくうずいていた。「オリヴィア、おれを見て」

オリヴィアはまぶたを震わせ、ようやく目を開けた。ぼうっとしているようすは美しかった。

頭の両脇に手をついて顔を寄せる。「きみのことを考えている。きみだけを。きみひとりだけだ。オリヴィア」

彼女は長いあいだデイヴィッドを見つめていた。それから口角を上げた。「あなた、まだ服を着たままじゃないの」

彼女が伸ばしてきた手をデイヴィッドは手首のところでつかみ、指をからめ合わせた。

「きみに触れられたら、果ててしまいそうだ」

「そうしてほしいの。どうしても」

「おれもそうしたい。だが、三〇秒で終わりにはしたくないんだ。ちょっと時間をくれ」デイヴィッドは彼女と額をくっつけた。「きみの味を夢見てきた。現実は夢よりもよかった」

オリヴィアが体をすり寄せてきた。「デイヴィッド、お願い」

彼はオリヴィアを放し、触れられる前に離れた。片方ずつゆっくりとストッキングを脱がせてから、ベッド脇に立ってシャツを脱ぐ。「ブラジャーを取って」

彼女は上半身を起こし、ほとんど胸をおおっていない薄いレースのホックをはずした。肩紐が下へとすべり落ちると、デイヴィッドは不意に息ができなくなった。

「きれいだ」

オリヴィアは彼のベルトに伸ばした自分の手に視線を落とした。「あなたもよ」

彼ははっとした。オリヴィアがベッドの端にひざをつき、下を向いたままズボンのボタンに手を伸ばした。その手に手を重ねて止める。「だめだ。おれを見て、オリヴィア」

彼女が顔を上げて目を合わせた。「なにがいけないの？」

「なにも。なにもかも」やさしく彼女の顔を包む。「どうしておれがここにいると思う？」

「息をするよりもわたしが欲しいからでしょう」

「それは、きみがきれいだからだ。きみを頭のなかから追い払えないんだ、オリヴィア。何カ月も何年もがんばってみたが、だめだった。だれと過ごしてもむだだった。話をしていたときのきみの目を思い出し、微笑んだときのきみの顔を思い出していた」

彼女の目のなかでなにかが変化し、ことばだけではけっして納得してもらえないのがデイヴィッドにはわかった。ズボンとボクサー・パンツを床に落とし、彼女が目を丸くしてまた熱いまなざしになると、満足の波に襲われた。

彼女が指先で彼のものをなぞり、それから両手を脇に這わせて尻をつかんだ。この先がどうなるかはわかっていたものの、実際に濡れて温かな彼女の口にふくまれたときの衝撃に対する心の準備はできていなかった。信じられないほどすばらしかった。頭がのけぞり、目が閉じ、胸の奥からしわがれた声が出た。

天国だった。だが、こんな風に絶頂に達したくはなかった。今夜は。

「やめてくれ」ありったけの意志の力をかき集め、彼女の髪に手を差し入れて顔が見えるように遠ざけた。「きみに。きみのために」彼女の体を引っ張り起こして唇を重ね、首に腕がまわされ胸を押しつけられてキスを返されると、激しい満足を感じた。「きみのなかで」手探りでベッド脇の引き出しからコンドームをつかみ出す。「きみのなかに入りたい」「だったら急いで」オリヴィアがささやき、自分と一緒に彼をベッドに引き倒した。彼女がか弱そうだなんてとんでもない。オリヴィアが包みを奪ってかぶせはじめると、デイヴィッドは歯を食いしばった。彼女の手に触れられて、炎になめられたように感じた。

彼女をあおむけにして、前にしておくべきだったことをすべてする決意を固める。自分をこらえ、彼女にふさわしいものをあたえてやれるだけの力があることを祈った。彼女のなかに身を埋《うず》めはじめると、そこは熱くて濡れていてひどくきつかった。途中で動きを止めてぶるっと震え、なけなしの自制心にしがみついた。「きみを傷つけたくない」

彼女の目を見ると、そうであればいいと思っていた悦びがそこにあった。「もっと」腰を上げ、彼をさらに深くへと誘う。「ああ、お願い。デイヴィッド。もっとよ」

最初に〝もっと〟と言われたときに自制心が吹き飛び、身を深く埋めて彼女をあえがせた。けれど、彼女の顔に苦痛の表情はなく、より強く、より深く、より速く動くたびに欲望が募っていくのが見えた。こちらの動きに応え、クライマックスに近づいていくようだった。デイヴィッドは腰のあたりで絶頂感が募っていくのを感じてこらえた。まだだ。くそったれ、まだだめだ。

そのとき、短く切った爪を彼の背中に食いこませ、オリヴィアの体がまた張り詰めた。デイヴィッドはさらに激しく突いて大胆に彼女を高みへと押し上げ、ついに叫び声をあげさせ、灼熱の波が襲ってきてすべてがまっ暗になった。デイヴィッドは落ちていきながら、オリヴィアの名前を口にした。

## 九月二一日（火）午後一一時三〇分

すべての準備が整った。彼は一ブロック離れたバンのなかにいて、バーニー・トムリンソンが愛人のために買った家を観察していた。その家が破壊されれば、さらなる保険金がミセス・トムリンソンに入るだろう。トムリンソンの思い出への最後の捧げ物だ。

ドリアン・ブラントはいま、その家のデスクに突っ伏している。もちろん、顔はなくなっている。警察にとって、解かねばならないおもしろいパズルになるだろう。ブラントとトムリンソンにはどんなつながりがあるのか？　当然ながら、そこにつながりはない。おれをのぞいては。

すばらしいのは、ふたりから奪った金が、だれも存在を知らないオフショア口座に入っていて、探り出されないことだ。なんのつながりもなし。

アルベールとメアリが来た。時間どおりだ。この仕事に関して、先刻ふたりは口論していた。ふたりの声は、携帯電話に仕掛けたマイクを通して大きくはっきりと聞こえてきた。

ガラス球の件で、アルベールはメアリに怒り狂っていた。メアリは、トムリンソンが環境破壊の悪者だと嘘をついたアルベールに怒り狂っていた。ふたりのどちらも、エリックの死にそれほど動揺していないようだった。メアリはこの仕事をしたがっていなかった。アルベールは彼女の首をへし折ってミシシッピ川に投げ捨てると脅した。ふたりのやりとりは最高におもしろかった。だが、そんなこんながありながらも、彼らはここへ来た。そして見たところ、あいかわらず口論しているようだった。

彼はベルトにつけた受信機をふたりの周波数に合わせた。アルベールは使い捨ての携帯電話をシャツのポケットに入れていたため、彼の声は大きく聞こえた。とはいえ、メアリも引けを取ってはいなかった。

「うるさい、黙れ」アルベールがうなった。フランス語訛りでしゃべっている。ひょっとしたら、訛りは芝居ではなかったのかもしれない。ただエリックに仕返しをしてやりたかっただけなのかもしれない。

エリックがいま現在は死んでいるという事実を考えたら、アルベールはしっかり仕返しをしたと言えるだろう。

「こんなのばかげてるわ」メアリが吐き捨てるように言う。「墓穴をもっと深く掘っているだけじゃないの」

「でも、断ったらどうなる?」

「あいつがビデオを公表するんでしょ。画像編集ソフトのフォトショップで加工してあるって言えばいいのよ。それに、あの少女をビデオにおさめたのはあいつのほうだわ。それって、わたしたちじゃなくてあいつが現場にいたって証拠じゃないの」

メアリの言うこともっともだったが、アルベールは引き下がらなかった。「おれの言うとおりにすればいいんだ。さもなきゃ、魚の餌にするぞ。あの汚い川の大きな魚の」

「あんたなんて大嫌い」

「おれを好きになる必要がなくてよかったな。言われたことをする必要があるだけだ」

いいぞ、アルベール。だれかがずっと以前にメアリの鼻っ柱を折っておくべきだったのだ。

家のなかに入り、すぐに出てくるふたりを、彼はビデオにおさめた。数分もしないうちに炎が激しく燃え上がった。ずいぶん要領がよくなっている。アルベールがポケットから携帯電話を取り出して写真を撮り、それからふたりはエリックの車へと駆け出した。

ふたりの乗った車が走り去ると、彼はバンを反対方向に出した。聾学校へ行かなければならないのだ。ケニーはまだ知らないが、彼と会う約束があるのだ。後ろに置いたクリーニング店のビニール袋をちらりと見る。そこに衣装が入っている。聾学校に着いたら、すばやく着替えなくてはならない。シャツと帽子はちがっているのだが、ケニーがミネアポリス警察の制服を細かいところまで知らないことに賭けてもいい。

# 18

## 九月二一日（火）午後一一時三〇分

　オリヴィアはゆっくりと目覚めた。気だるい満足感があった。しかも真っ裸だった。はっと目を開け、自分がどこにいるのか、わが物顔に胸に手を置いているのがだれかに気づくと体をこわばらせた。デイヴィッドの硬い胸に背中を向けて、ぴたりと寄り添っていた。そして、脈打つものがお尻にあたっていることからして、彼は眠っていない。

「行かないでくれ」デイヴィッドに耳もとでささやかれ、体に震えが走る。「頼む」

「行かないわよ。でも、連絡があったときにそなえて、携帯電話を取ってこないと」

「ベッド脇のテーブルの上にあるよ。きみのコートのポケットから出しておいた」

　暗がりに目が慣れてきて、オリヴィアは頭を持ち上げた。彼が服をたたんでそばの椅子に置いてくれていて、バッグはその上にあった。「どれくらい眠っていた？」

「二時間だ。名誉を挽回するチャンスをくれてありがとう。挽回したよな？」

「挽回以上だったわよ」オリヴィアはぼそぼそと言った。

　彼がためらう。「後悔してるのかい？」

「いいえ」疑問はまだあったが、後悔はしていなかった。

「よかった」デイヴィッドが彼女の頭のてっぺんにキスをした。「こうする必要があったんだ」

「わたしもよ」

「きみはまず話をしたがると思ってた」

オリヴィアが小さなため息をついた。「わたしもよ」

「どうして気が変わったんだい?」

「〝息をするよりきみが欲しい〟ということばが理由の一部ね。たいした台詞だったわ、デイヴィッド」

彼が体をもぞもぞと動かし、オリヴィアははっと息を呑んだ。彼はまた準備ができている。わたしもだけど。

「あれは台詞なんかじゃないよ、オリヴィア。いまでも、息をするよりきみが欲しい。でも、少なくとも考えられるようにはなった。あれが理由の一部だったなら、ほかは?」

ジョエル・フィッシャーの壁よ。「コンドミニアムの放火犯のひとりについて手がかりをつかんだの。彼はドラッグをやりすぎたみたいで、月曜日の朝に車が道路から飛び出した。彼は死んだわ」

「罪悪感かな?」

「そうだと思う。その子の部屋に立って、地域奉仕活動をたたえるたくさんの額が飾られてるのを見たの。彼は世界をよくしたいと思っていた。収拾がつかなくなって、罪悪感に耐えられなくなったんだと思う。すごくたくさんの善行をしたのに、たった一度悪事を働いたためにすべてがおかしくなってしまった、ということが頭から離れなかった。それから、リンカーンについて、彼の罪悪感について考えた」ひと息入れる。「あなたに理解できた罪悪感」

デイヴィッドは緊張し、手を彼女の胸から腹部へと移した。オリヴィアはその手に自分の手をしっかり重ねた。「あなたが理解したものはなんだったのだろうと思った。前にミーアの結婚式のあとでなにがあったかで口論になったとき、あなたは〝それで？〟と言った」

デイヴィッドは唾を飲みこんだ。「それで？」

「あなたは自分がほかにもなにかしたんじゃないかと思ってた。もっとひどいことを。そのことを、わたしはもっと心配すべきじゃないかと考えた。でも、それがどうだっていうの、とも思った。あなたは自分がどういう人間かを証明する以上のことをしてきた。疑問に答えが欲しかったけれど、あなたに会ったら……そんなに重要に思われなくなったの。なぜならわたしも、息をするよりあなたが欲しかったから」

デイヴィッドは息を吸いこみ、そして吐いた。「それで、きみはなにを知りたいんだい、オリヴィア？」

寝返りを打ってあおむけになると、警戒している彼と目が合った。「あなたはだれなの、デイヴィッド・ハンター？」笑顔を浮かべ、ことばの衝撃を和らげる。「一〇人分以上のボランティアをしている、猫を救う消防士のほかに？」

彼は顔を背けた。「わからない。もうずっとその人間でいるから、だれなのかわからなくなった」

オリヴィアはその返事のなかに誠実さといらだちを感じ取った。「それなら、それ以前のあなたはだれだったの？」

彼がぎくりとする。「あまりいいやつじゃなかった。当時のおれをきみは好きにならないと思う」

「〝当時のあなた〟は何歳だったの？」

「一八だ」

つまり、一八年前だ。なにをしたにしろ、彼は人生の半分をそれを背負って生きてきたのだ。「その一八歳のあなたはなにをしたの？」

デイヴィッドが急にごろりと転がって離れたが、オリヴィアはすぐさまひざ立ちになり、彼の足が床につくのと同時に腕をつかんだ。「だめよ」切羽詰まった声で言う。「わたしから歩み去るなんてまねはさせないわ。あなたがなにをしたにしろ、なにをしたと考えているにしろ、そのせいであなたは二年半も連絡してこなかった。それがなんにしろ、わたしの人生にも影響しているのよ。その時間は消えてしまったの、デイヴィッド。むだになったの。これ以上の時間をむだにしたくない。わたしはいま、ここに、あなたのベッドにいるのよ。あなたをおそれてなんていない。だから話して」

デイヴィッドはベッドの端で肩を落とし、彼女に背を向けて座った。「話せない」

本能に導かれ、オリヴィアは勝負に出た。「彼女の名前は?」長い、長い沈黙があり、もう一度試みた。「デイナに関係してるの?」

デイヴィッドは驚いて顔を少しだけめぐらせた。「いいや。デイナに出会ったのは三〇歳のときだった」

「彼女についてはミーアから聞いてるわ。夫から虐待されて逃げてきた女性を助けてたって。あなたが彼女を手伝っていたとも」

「ちがう。おれはただ屋根を修理しただけだ」

「子どもを連れて身を潜めているおびえた女性にとって、屋根の下にいられるのはすごく大きな意味のあることだわ。あなたはどうしてそういう仕事をしてたの? デイナのため? それとも、虐げられた女性とその子どもたちのため?」

「両方だ。デイナは具体的に意味のあることをしていた。彼女はそういう女性や子どもの苦境についてただ話すだけじゃなかった。実際に動いてたんだ。それを尊敬してた」

「あなたは彼女を愛してた。デイナを」

彼はまた背を向けたので、オリヴィアにはその顔が見えなかった。「そうだ」そのことばを聞いて、嫉妬と狼狽にぐさりとやられた。「それとも、彼女という存在を愛していただけかもしれない」静かにつけくわえる。「彼女がおれと同じ気持ちじゃないのは最初から知っていた。だから彼女は安全だったのかもしれない。ばかみたいに聞こえるだろうが」

「いいえ、ちっとも」長いあいだ、ふたりは黙って座っていた。「彼女の名前はなんだったの、デイヴィッド？」

彼はぶるっと震えて疲れた吐息をついた。「メガンだ」

「彼女も一八歳だったの？」

「ああ」

「彼女を愛してたの？」

耳障りな笑い声をたてられ、オリヴィアはたじろいだ。「おれはそれよりも自分自身を愛してたんだ」

「彼女になにがあったの？」

「死んだ」単調に言う。「継父に殺されたんだ。おれの取り調べはこれで終わりかな？」

「わたしの質問に答えてくれると言ったでしょう」静かに言った。「いまのあなたは、当時の彼女と大きなかかわりがあるんだと思ってる」

オリヴィアがじっと待っていると、ついに彼がため息をついた。「どこからはじめたらいいのかさえわからない」

彼女はデイヴィッドの腕をなでた。「〝昔々、メガンという少女がいました〟というのはどう？」

彼が唾を飲みこんだ。「中学のときに出会ったんだ。はじめてのダンスの相手で、はじめてのデートの相手だった。キスをしたのも」

「それで、なにがあったの？」

「時が過ぎた。高校生になって自然と離れていったが、友だちではいた。それから兄のマックスがプロになって、なにもかもが変わった。マックスはドラフトでNBAに入った。兄の人生は変わり、おれの人生も変わった」

「いいほうに？」

「当時はそうだと思った。おれは一六歳で、自分のことしか考えてなかった。学校の野球チームに入っていて、監督からは奨学金を楽勝で得られるだろうと言われてた。ハンサムだった。女の子たちに人気があった。おおぜいの女の子たちに。あの当時はそれがすべてだった」

「メガンはどうなったの？」

「そのころには、彼女をずっと遠くに置き去りにしてた。おれはアスリートだった。学年でいちばんかわいくて、いちばん手に入れやすい女の子を必要としてた。メガンのことなんて眼中になかった。彼女をかわいそうに思った……みんなの輪に溶けこめない彼女を」自分を責めるような口ぶりだった。「そんな風に思うべきじゃなかったんだ。それについては」

「でも、ほかのことについては？」

「メガンの父親はおれたちが中学生のときに亡くなった。彼女には弟がいて、母親は家族を養うために必死で働いた。メガンが一六歳のとき、母親が再婚した。それで人生が好転するはずだったのに、メガンの継父はろくでなしだった」

「かわいそうに」話がどう展開するかがもうわかったかのような、悲しげな口調だった。

「そいつはいつも家族にどなり散らしてた。家族に暴力をふるってるとはだれも知らなかったが、気づくべきだったんだ。でも、おれは忙しかった」容赦のない言い方だ。「人気者でいることに。美人やハンサムな仲間たちと楽しむことに」

「〝こんなのはただの顔だよ〟」オリヴィアはつぶやき、そのことばの意味をいまになって理解した。「デイヴィッド……」

「おれは忙しかった」オリヴィアがなにも言わなかったかのように続ける。「ダンスに行ったり、野球をしたり、NBAの花形選手の弟でいることに浸ったり。教科書なんて開きもしなかった。頭のいい女の子たちがおれの宿題をやってくれた。母はおれのために毎日祈り、まともな生き方をしてちょうだいと懇願した。でも、母になにがわかる？　世界がおれのものだったんだ」

「それがどうおかしくなったの？」

「高校三年のとき、パーティがあった。友だちの両親が週末に家を空けてて、おれたちは羽目をはずして大騒ぎしてた。樽やボトルのビールを飲みまくり、マリファナをやった。女の子たちがいっぱいいいた。おれは酔っ払った。そこへメガンがやってきた」

オリヴィアはなにも言わなかった。彼は顎をこわばらせ、前方に据えられた目はなにも見ていなかった。

「へべれけに酔っ払って、自分の世界に夢中になってたおれは、彼女が目のまわりにあざを作ってるのに気づかなかった。暗くて音楽ががんがん鳴ってて、メガンもほかの女の子と同じ目的でパーティに来たんだと思いこんだ。おれのこの顔に惚れてるんだって。キスしたら、彼女はしばらくしがみついてきた。おれは体をまさぐりはじめた。ブラウスを破ったら、突き飛ばされそうになった。おれを突き飛ばそうなんてだれもしなかったのに」

「あなたは腹を立てたのね」

「ああ。そうしたら、彼女が泣き出した。おれの助けが必要だと言った。おれの車が必要だと。逃げる必要があると。でも、腹を立てていたおれは彼女を押しやって、ほかのやつに頼めと言ったんだ……」最後まで言おうと苦心したが、声が割れていた。「気にかけてくれるほかのやつに。彼女は同じ通りに住んでるただのメガンで、おれはミスター・パーフェクトのデイヴィッドだったんだ」

オリヴィアが背中に手を置くと、彼はびくりとしたがよけはしなかった。「それで？」

「パーティは続いた。メガンが来るのも帰っていくのも、だれも目にしていなかった。彼女はその他おおぜいのひとりにすぎなかった。おれたちは人気者だった。そのあとは、メガンのことなどすっかり忘れた。酔っ払ったのはそのときがはじめてで、次の日の朝にはひどい二日酔いになっていた。母さんがミサから戻ってくる前に家に帰らないと殺される、ということしか考えられなかった。帰る途中でメガンの家の前を通った」

「なにがあったかをおぼえてたの？」

デイヴィッドの唇がゆがんだ。「メガンの言ったことと、彼女が泣いたことをぼんやりおぼえてた。でも、家の前を通るまで理解していなかった。ランプをつけたパトカーが停まっていた。心臓がどきどきした。車を停めて玄関に走っていったら……彼女が見えた。なかにいた警官がおれの視線をさえぎったが、手遅れだった。おれはすでに見てしまったあとだった」

「メガンは死んでいたの？」オリヴィアが小さな声でたずねた。

「家族全員が死んでいた。母親は階段のところで。彼女の頭は……。頭がへこむほど、夫がバットで殴ったんだ。メガンは居間の真ん中にいた」震える息を吸いこむ。「あいつはメガンもバットで殴ってた。彼女は弟をかばうようにして倒れてた。周囲には服が散らかり、空っぽのスーツケースが壁ぎわに落ちていた」

「メガンは逃げる途中だったのね」

「逃げようとしたんだ」デイヴィッドの声は虚ろだった。「それが継父にばれたんだろう。あいつは怒り狂った。家族全員を殺したあと、銃で自殺した」

「警察はどうしたの？」

「その日か？　なにか知らないかとおれに訊いた。なにも知らないと答えた。前の晩にメガンがおれのところにやってきたことはけっして話さなかった」

彼の声には憎悪と侮蔑の念がこもっていた。すべて自分に向けられたものだ。オリヴィアは彼のために胸を痛めながら、正しいことばを懸命に探した。「その日のあとは？」

デイヴィッドがもの憂げに肩をすくめた。「古いニュースになった。解くべき謎もなかったからね。あいつが無実の人間三人を殺す前にどうしてだれも止めなかったのかという疑問以外は」

「なにがあったかをだれかに話したの？」

「いいや。何度かそうしかけたことはあるが。あの夏、父に打ち明けようとしたんだが、愛想を尽かされるのが耐えられなかった。当時、プロになっていたマックスのせいで父はすでに傷ついてたんだ。マックスには新しい友人ができて、しばらく家に帰ってきてなかった。兄は優雅な生活をしていて、家族は悲嘆に暮れていた」

デイヴィッドはため息をついた。「牧師さまにすら打ち明けられなかった。そのあと大学に進学したが、惨めな落ちこぼれになったよ。眠れなかった。彼らの遺体が目に焼きついていた。頭がおかしくなりかけていた。だれかに話さなくてはもう限界だった。だから金をかき集めて飛行機のチケットを買い、ロサンゼルスにいるマックスに会いにいった。マックスとは昔から仲がよかったから……彼ならおれを憎まずにいてくれると思ったんだ」

オリヴィアは胸が引き裂かれる思いだった。「お兄さんはなんて言ったの？」

「結局、マックスには打ち明けなかったんだ。兄の家に行ったら、本物のパーティをやってるところだった。酒やら女性やらを目にして自制心がぷつんと切れたんだろうな。おれはあの夜のパーティや、自分がどれほど愚かだったかを考えていた。マックスの酒を全部窓から投げ捨てて、客に帰れと言った。マックスはおれが救いにきてくれた、家に連れ戻しにきてくれたと思ったんだ。生活を正してくれる人間を必要としていて、たまたまそれがおれだった。マックスは実家に戻り、父と仲なおりをし、その晩事故に遭った。父は死に、マックスは体が不自由になった。母は悲しみに打ちひしがれ、マックスは歩けなかった。兄は理学療法を手伝ってくれる人間を必要とした。おれを必要としていた」

「メガンがあなたを必要としたように」

「ああ。だからおれはマックスを助けることに没頭し、ときにはメガンのことを考えずに何時間か過ごせた。みんなはおれを立派だと言った。おれはただ、正気を保つのに必死だっただけなのに。頭のなかの光景を追い払おうとしてただけなのに」

「リンカーンみたいに。あなたが理解したのはそれなのね。あなたは彼を哀れに思った」

デイヴィッドは息を吸いこんだ。「〝神の恩寵なくば、私もこうなっていた〟ということばばかり考えてしまうんだ」

「同じなんかじゃないのに」オリヴィアはぼそりと言った。「でも、あなたが同一視する気持ちもわかる。リンカーンはどういうわけか、あなたが理解してくれたのを感じ取った。ひょっとしたら、理解してくれる人との接触はものすごく久しぶりだったのかもしれない」彼の腕に頬を寄せる。「一八年もそんなに大きな秘密を抱えて生きてきたなんて、つらかったでしょうね」

「ひどい秘密だろ？」疲れ果てた口調だった。

「でも、あなたはメガンとその家族を殺したわけじゃない。彼女のお母さんはおとなで、危険な男性のもとにとどまった。どうしてメガンは警察に行かなかったの？　なぜ彼女はあなたに助けを求めたの？」

「彼女の心のなかでは、ふたりは友だちのままだったんじゃないかな。おれをまだ好きだったのかもしれない。おれは彼女を遠ざけたわけじゃなかったし、ときどき授業の合間に廊下で立ち話をしたりもしてたから。さっきも言ったけど、彼女に同情してたんだ。当時をふり返ったら、メガンがどれほど孤立してたかがわかる。いつもうつむいて歩いてた。人気がないのを悲しんでるだけなんだと思ってた」

「あなたは高校生だったのよ、デイヴィッド」

「わかってる。それでも」彼がまた息を吸いこんだので、話はまだ終わりではないのだとオリヴィアは気づいた。「彼女の一家全員が……死んだのを見たあと、家に帰った。メガンがなにを言ってたかを思い出そうとし、どうしておれのところに来たのだろうと考え続けた。そうしたら、パーティの前日、彼女が休み時間に駆けてきて、教科書にはさんだメモを見てくれたかって訊かれたのを思い出した。忙しかったから、〝もちろん〟と答えた。彼女はやってくれるかとたずねた。なにを言ってるのかわからなかったけど、立ち止まりもせずに〝もちろん〟と言った。彼女が死んだ次の日にそのメモを見つけた」

「なんて書いてあったの？」

デイヴィッドが力なく立ち上がり、椅子に投げたズボンから財布を取り、そこからすり切れてしわだらけの紙を出した。丁寧に広げてからオリヴィアに渡す。

昔の友だちがいまも親友だと信じていた少女のことばを読むと、たじろがずにいるのがむずかしかった。「母親が夫と別れようとせず、メガンはだれを信頼すればいいのかわからなかったのね」小さな声で言う。「翌日の晩に迎えにきてほしいとあなたに頼んでる」

「それがパーティの夜だ。メガンは弟を連れて逃げ出そうとしていたんだ。バス停まで送ってくれる人間を必要としていただけだった。教科書を開けてそのメモを見つけてたら、ふたりを救えたはずなんだ」

オリヴィアは嘆息した。「そう、あなたはふたりを救えてたかもしれない。でも、車で迎えにいったあなたを見て、継父は全員を撃ち殺したかもしれない。ほんとうのところ、メガンと母親にはさまざまな手段があったのよ。おとなである母親が警察に通報すべきだった。たしかに悲劇ではあるけれど、デイヴィッド、あなたがそれを引き起こしたわけじゃないのよ」

彼はメモをたたんで財布に戻し、目に苦悩をたたえてオリヴィアを見た。「いまも彼女たちの顔が見えるんだ」

「それはあなたに心というものがあるからよ。そうでなければ、そこまで気にしてなかったはず。状況がどれほど切迫しているか、あなたは知らなかった。知っていたら、行動を起こしていたでしょう」

デイヴィッドがごくりと唾を飲む。「どうしてわかる?」

「なぜなら、あなたはいまのあなたにひと晩でなったわけじゃないから。そういった価値観はもともとあなたのなかにあったの。そうでなければ、一八年も自分を苦しめたりしてなかったはずだもの。デイヴィッド、あなたはたくさんの人を助けてきたじゃないの。悲劇を奉仕の精神に変えたのよ。利己的だった少年にいつまで報いを受けさせるつもり?」

「わからない。でも、そういう事情があったから、あの晩きみにひどいことをしたんじゃないかと心配だったんだ」

「わたしに無理強いしたと心配してたの? デイヴィッド、あの当時だって、あなたはメガンに無理強いしたわけじゃない。彼女がやめてと言ったら、やめたじゃないの。快く引き下がったわけじゃないかもしれないけど、それでもやめた。そうでしょう？」

デイヴィッドはうなずいた。「ああ、そうだと思う。それでも……」

「デイナに協力してシェルターで何家族を救った？」

「何十だと思う」

「さらに多くの家族を救えるよう、街中のシェルターに協力してるでしょう。メガンは助からなかったけど、それだけの家族が犠牲者にならずにすむの。それでよしとするしかないのよ。なぜなら、世界中の不幸な人たちを救うことはけっしてできないから。この世の中にはいつだって不正があるの。そのすべてを正すなんて無理よ。最善を尽くすしかないの」

デイヴィッドがまたベッドの端に腰を下ろした。「それはわかってる」

「それでも、つらいんでしょう。苦しんでいる人を見て、助けてあげられないのはつらいのよね。メガンの話をしてくれてありがとう。たやすくなかったのはわかっているわ」

「これでなにか変わるだろうか？」硬い声でデイヴィッドが言った。

「あなたに対するわたしの気持ちってこと？　イエスでありノーでもあるわね。あなたはいい人よ。それは変わらない。でも、わたしたちのあいだで起きたことについては？」オリヴィアは肩をすくめた。「あなたはわたしといるときに別の女性の名前を口にし、それからここへ引っ越してきたのに、わたしが生きているのも知らないみたいだった。あなたを憎みたかったわ。わたしの一部はあなたを憎んだ」

デイヴィッドは彼女を見なかった。「いまもかい？」

「あなたを憎んでるかって？　いいえ。なにをしたかとあなたが心配してたのがわかったから。それでも、あなたが一度はデイナを愛していたという事実は無視できない。わたしと過ごしたときも、あなたの頭のなかに彼女がいたという事実は。それを頭から追いやるには時間がかかると思う」

「心からも」デイヴィッドの声は小さかった。「信頼できるようになるのも」

「ええ。あなたを信頼できるようになるまで時間をくれなくちゃ。それに、どうしてわたしたちの時間を二年半もむだにしたのかはいまだに理解できない。どうしてただわたしにたずねなかったの？」

「きみになんと言われるかとこわかったんだ」静かに打ち明ける。「自分が怪物になれるとは思いたくなかった。二度と」

オリヴィアの胸が締めつけられた。「あのね、シャンパンを飲みすぎた夜、あなたは結婚式が大嫌いだって言ったの。みんなには相手がいるのに、自分はひとりきりだからって。あなたみたいな容姿の男性が、どうして寂しいなんてことがあるんだろうって思ったわ」

デイヴィッドが顎をこわばらせた。「こんなのはただの顔だ、オリヴィア。この顔に恵まれるようなことはなにもしていない」

オリヴィアは指でかすめるように彼の頬をなでた。「とてもすてきな顔よ。でも、それ以上に重要なのは、その内側にいる人だわ。あなたはいい人よ、デイヴィッド。高潔で、やさしい。世の中をよりよい場所にしている」

彼の目は潤んでいた。「きみにそう思ってもらいたかった」

じっと見つめられ、オリヴィアはたとえそうしたかったとしても目をそらせなかった。

「そう思ってるわ」

「いまでもきみが欲しい」ささやき声で言う。「息をするよりも」

オリヴィアの脈が跳ね上がった。「だれが息をする必要があるの?」瞬きをする間もなく貪欲な唇が重なってきて、彼の手に触れられた場所がことごとく燃え上がった。枕に押し倒され、彼がおおいかぶさってきた。息ができなくなったが、気にもならなかった。

## 九月二二日（水）午前〇時二五分

警察官の扮装を終え、ネクタイの結び目を整えた。ネクタイは嫌いだった。家のなかでも締めていられた父親を理解できたためしがなかった。

バンの後部から前へと移動し、聾学校裏の駐車場と並行している道路へと向かった。駐車場が避難場所になっているのは、都合のいいことに学校のウェブサイトに書かれていた。子どもたちの安全を両親に感じさせるのが目的のものだ。

ショーの時間だ。音声を聞き取りにくくするボイス・スクランブラーを片手に、携帯電話をもう一方の手に持ち、聾学校の代表番号に電話をかける。話す内容は暗記してあった。

**九月二二日（水）午前〇時三五分**

オリヴィアがうとうとしかけたとき、電話が鳴った。「あなたによ。わたしの着信音は『ルーニー・テューンズ』だから」

デイヴィッドは彼女の体越しに手を伸ばして携帯電話をつかんだ。「ハンターだ」彼はいきなりベッドを飛び出し、携帯電話を肩と耳ではさんでボクサー・パンツを穿いた。「なにがあった？」ズボンを手に取ったところで凍りつく。「すぐに行く」

「どうしたの？　八時まで非番だと思ってたけど」

「緊急事態で呼び戻されたんだ。住宅火災が手に負えない状態になって、応援が必要らしい」

「どうして周辺の消防署に連絡しなかったのかしら？」

「したんだ。かなりひどい火災で、隊員に怪我人も出てる。隣家に延焼して、プロパンのタンクが爆発した。周辺の一部が吹き飛んだ」服を着終えると、オリヴィアに激しくキスをした。「もう一度寝るといいよ。しばらく戻ってこられないかもしれない」戸口でためらいを見せる。「オリヴィア……」

彼がなにを言おうとしているのかわかったが、ふたりにとって重要なことばを言うのはまだ早すぎるのもわかっていた。「わたしなら大丈夫。気をつけてね」

「いつだって気をつけてる。戻れなかったら、朝電話する」

オリヴィアは照明を消して上掛けの下にふたたび潜りこんだ。そして、衝動的に枕を取り替えた。デイヴィッドのにおいがして、ため息が出る。眠りに落ちかけたとき、携帯電話が『ルーニー・テューンズ』のテーマ曲を大音量で奏でた。「はい、サザランド」

「ケインだ。聾学校へ行ってくれ。いますぐ」

ベッドから出た彼女はたじろいだ。酷使した筋肉が悲鳴をあげていた。「どうして？」

「爆破予告があった」

アドレナリンで頭がはっきりし、頭から服をかぶった。「いつ？」

「一〇分前だ。関係者は学校から避難中だ。爆弾処理班と消防隊はもう到着してる」

頭をすばやく回転させながら、ばかげたハイヒールに足を突っこむ。「いまどこにいるの？」

「家を出るところだ。サイレンを鳴らせば一五分で学校に着くだろう。きみはどこにいるんだ？」

「デイヴィッドのキャビンよ。できるだけ早く現場に行くわ」バッグからキーをつかむと、電話を切らないまま、一泊用の旅行鞄が置きっ放しの車に向かう。「ケイン、どうして学校を爆破するのかしら？」答えはもうわかっているのではないかとおそれた。

「ひとつ、犯人は頭がいかれているから。ふたつ、学校のだれかに恨みを持っているから。三つ、寮生の集団避難を望んでいるから」

「ケニーだわ。二一人の生徒と話したけど、寮生はケニーだけだった」

「わかってる。現場に最初に到着した者にケニーを見つけて保護するよう伝えてくれと通信指令係に頼んである。現場が混乱している場合にそなえて、ケニーの風体を教えておいた」

「犯人はどうやってケニーのことを知ったのかしら？」鞄を持ってキャビンに駆け戻る。

「彼は目撃者の可能性がある人物との関連が疑われてるけど、わたしたちが彼と話したのを犯人はだれから聞いたの？」

「学校関係者ならだれでもありうる。二〇人の生徒が秘密を守るとは思えん」

「ああ、どうしよう」いやな予感が背筋を這い下りた。「ケイン、わたしは実際にヴァルの声をきいてはいないの。ボイス・メールに伝言を残したけど、彼女のほうはテキスト・メッセージしか送ってこなかった」

「くそっ。服を着て現場に急行してくれ。おれは通訳の安否確認にひと班送りこむ」

## 九月二二日（水）午前〇時四五分

制御の効いたカオスだな、と彼は思った。学校裏の木々のなかにいて、パジャマ姿の生徒が寮からどっと出てくるのを見ているところだ。予想以上に人数が多かった。五歳から一八歳の寮生たちは、全員がおびえていた。

彼らは靴を履いているか、両手に持っているかだった。彼は年上の少年たちのグループに目をやり、コンバースの青いハイカットを探した。

寮の職員に先導されている生徒らは、手話で忙しく会話していた。ケニーは見つけられないのではないかと思いはじめたとき、ようやく見つけた。茶色がかったブロンド、身長五フィート一〇インチ、青いハイカット。少し離れたところにいて、惨めそうなようすだ。

メモ帳にふたつのメッセージを殴り書きし、店に出入りする警官のふんぞり返った歩き方を長年観察してきたとおりにまねて少年に近づいていった。背後の生徒や職員を無視して、ケニーの肩をぽんぽんと叩いた。

ケニーがメッセージを読む。〈ケニー・レイセム、刑事がきみともう一度話したがっている〉

つかの間、少年が逃げ出すのではないかと彼は思った。だが、ケニーは体をしゃきっと伸ばしてぎこちなくうなずいた。彼はケニーを前にして歩きはじめた。

「ちょっと」寮の職員のひとりが、風に震えながら声をかけてきた。「その子をどこへ連れていくんですか？」若い職員のことばはやや不明瞭ではあったが、なにを言っているのかはわかった。

顔をうつむけたまま、メモ帳を職員に渡し、相手がそれを読んでうなずくとメモ帳を取り返した。黒い手袋をしているから指紋は残していないが、警察に証拠品を渡してやる理由などなかった。帽子を目深にかぶっていたから、顔を上げないかぎりはだれも人相をはっきり描写できないはずだ。

人相をおぼえられていたとしても、それがどうだというのだ？　彼はどこにでもいる平凡な顔立ちをしている。人混みに紛れてしまうタイプなのだ。そのうえメイク用のパテを使って頬骨や顎や鼻を変えているから、気づかれないはずだ。

彼は頭をくいっと動かして、ケニーについてくるよう示した。建物をまわってみんなから見えなくなると、銃を取り出した。ケニーの目が恐怖に見開かれる。体を寄せて銃口を少年の腹に押しつけ、ふたつめのメッセージを見せた。

〈悲鳴をあげたら、おまえを殺す。向こうを向いて歩け。ゆっくりと。走ったら、殺す。そのあとで、おまえの家族全員を殺す。わかったらうなずけ〉

ケニーはほんのかすかにうなずいたが、それでも伝わった。

彼はケニーのポケットを軽く叩いて携帯電話を見つけ、それを自分のポケットに突っこんで銃を相手の腎臓のあたりに押しつけた。ふたりは歩き出した。木々の向こうに停めたバンが見えた。

あと少しだ。成功まであと少し。バンのところまで来ると、スライド式のドアを開けてケニーを押しこんだ。そのとき、それが聞こえた。背後で枝の折れる音がしたのだ。ちくしょう。

「止まれ。警察だ」太くて大きな声だった。その声が近づいてくる。

くそっ。ドアを勢いよく閉めて運転席のドアを力任せに開けた。片足をかけたところで襟首をつかまれて引っ張られた。

「車を降りろ」警官がどなった。

彼は左手でハンドルにしがみついた。右手にはいまも銃を握っている。胸にぴたりとつけて相手から見えないようにした。警官は襟首から手を放したが、左の手首をつかんで背中にひねり上げた。

痛かった。くそ痛かった。警官は彼を押さえつけ、自由なほうの手でスライド・ドアを開けた。ケニーがよろよろと降りてきて走り出した。「おまえを逮捕する」警官が言った。

逮捕などされてたまるか。後ろに思いきり体を押してひねりながら発砲した。轟音を聞き、発砲の衝撃を肩に感じ、鼻をつく火薬のにおいを嗅ぎ、小さなあえぎ声を耳にした。手首をつかんでいる手がゆるみ、彼はもう一度撃った。警官が倒れた。運転席に飛び乗り、イグニッションに差しこんだままにしておいたキーをまわし、バンを急発進させ、ジグザグに走ってその勢いでドアを閉めた。

サイドミラーで後方を確認すると、地面にあおむけに倒れている姿が見えた。動いていない。あれはただの警察官じゃなかった。スーツを着ていた。フェドーラ帽が伸ばした腕から数フィート離れたところに落ちていた。男は大柄で、色が浅黒く……。あの警官なら知っていた。ケイン刑事だ。

前方に視線を据え、唇を不機嫌にゆがめた。「ちくしょう」吐き捨てるように言う。自分の帽子もなくなっていた。くそいまいましい帽子がなくなってる。落ち着け。手袋をしてただろう。それにあれはただの帽子だ。

毛髪を見つけられるかもしれない。

それで？　だからどうだって言うんだ？　比較対照するものがなければ、なにもわからない。注意を怠らなければ、それを警察が手に入れる可能性はない。

おれは警官を撃った。殺してしまったかもしれない。元警官のときは、大学生四人組に罪を着せたから大笑いできた。いま、その大学生四人組はふたりに減っていた。そして、おれの帽子は警察の手に落ちた。やつらはおれを見つけるまで捜査の手をゆるめないだろう。

しばらくはおとなしくしていよう。苦々しい笑い声が出る。逃げる必要に迫られたら、フランスへ行けばいい。

バンを脇道へ入れると、外に出て後部のナンバープレートを取り替えた。もうサイレンが聞こえはじめている。おれを捜してるんだ。前の座席のあいだに手を突っこみ、仕事で使っているマグネット式の店名板を取り出した。〈デリ――ケータリング承ります〉警察はただの白いバンを捜しているはずだ。店名板があれば見過ごされるだろう。

店名板を運転席側のドアに貼ってから、また乗りこんだ。顔からパテを取り、ネクタイを引きむしり、衣装のシャツを脱いで〈デリ〉のポロシャツを着る。心臓がどきどきしていた。それが気に入らなかった。ちくしょう。

震える手でギアをドライブに入れると、路地から出て隣りのブロックに出た。車の流れに紛れこみ、家に向かう。

ケニーをつかまえ損ねた。ズボンのポケットをぽんぽんと叩く。でも、やつの携帯電話はここにある。

今夜は完全な失敗というわけでもなかった。

## 九月二二日（水）午前一時〇〇分

車が完全に止まる前にオリヴィアは飛び出し、ケインを探した。〝警官が撃たれた〟――現場まであと五分のところでその無線を聞き、息もできないほど心臓の鼓動が激しくなったのだった。〝重症〟、〝発砲事件〟この五分でケインの携帯電話に三度かけたが、だれも出なかった。彼なら出たはずなのに。わたしが心配するのをわかっているから。見つけたら、ただではすまないから。

緊急車両やマスコミのバンが並んでいる脇を走り抜けながら、人混みを見まわす。ケニーはどこ？　ケインはどこ？　いつものように頭と肩が人混みから抜きん出ているケインの姿は見えなかった。彼のフェドーラ帽は見えなかった。心臓が喉までせり上がって息ができない。

制服警官ふたりがこちらに向かって歩いてきて、オリヴィアの心臓は凍りついた。いやよ。あの表情なら知っている。自分でもあんな表情をした経験があるからだ。

いや。オリヴィアは駆け出した。いやよ。

「すみません、通すわけにはいきません」制服警官のひとりに腕をつかまれて止められたが、その腕をふり払ってバッジを見せ、ふたりをまわりこんで駆けた。木々のなかに人が集まっていた。車輪つき担架が見え、背後の進入路に救急隊のライトが光っているのも見えた。

あと一〇フィートというところで、別の制服警官がふり向いた。「ここは立ち入り禁――」

オリヴィアは速度を上げて制服警官を押しのけた。そして、いきなり足を止めた。

なにもかもが凍りついた。「ああ、神さま。ああ、神さま」自分がそう言うのが聞こえた。

彼だった。ケインだった。地面に倒れている。白いシャツが血で濡れている。多すぎる血。

救急救命士が両脇にひとりずつかがみこみ、彼を車輪つき担架へと持ち上げた。ひとりが体の向きを変え、オリヴィアと目が合った。

そして、首を横にふった。

「いやあ」それは苦痛のわめき声だった。さまざまな家族が発するのを彼女自身が数えきれないほど聞いてきた声。あのたくさんの家族。だが、これはオリヴィアから出たわめき声だった。彼女の口から。心から。

よろよろと前に足を踏み出し、ケインを救急車に乗せる救命士の横を歩いた。「一緒に行きます」

救命士ふたりは顔を見合わせた。「いいですよ。じゃまにならないようにしてください」ひとりが言った。

オリヴィアは心が麻痺したまま乗りこんだ。示された場所に座ると、救急車が現場から走り出した。後部の窓から外を見ると、制服警官が見送っていた。ケインのフェドーラ帽が地面に落ちているのが見えた。

「彼の帽子が」小さな声で言った。

救命士が顔を上げた。「あなたのために取っておいてくれますよ」やさしい声だった。

あなたのために。彼のためにではなく。「ああ、神さま」オリヴィアは手を口にあて、体をまっぷたつに引き裂いている苦痛の波をこらえようとした。「ボスに連絡しなければ」

救命士がうなずいた。「ご家族を呼んでもらってください」

オリヴィアは呆然とうなずいた。アボットの家の電話番号を押す指はだれかほかの人間のもののようだった。彼は最初の呼び出し音で電話に出た。「どうした?」

オリヴィアはしゃべれなかった。ことばが出てこなかった。

「オリヴィア? オリヴィア、そこにいるのか?」アボットがたたみかけた。

「ブルース」それしか言えなかった。ぐずるような声だった。

回線が死んだように静まり返り、それからかろうじて聞こえる声がした。「なんてことだ」

担架に横たわるケインに目をやったオリヴィアは、悟った。彼は動いていなかった。息をしていなかった。顔はすでに土気色になっていた。救命士が懸命の努力を続けているにもかかわらず、心拍数モニターの線は平らなままだった。顔を上げると、救命士はとても悲しそうな表情をしていた。

彼が頭をふった。「お気の毒です」

オリヴィアは唇をきつく嚙み、無理にでも息をした。「ケインが逝ってしまいました」アボットに言う。

「病院で落ち合おう。ジェニーは私が連れていく」

ジェニーに合わせる顔がない。「わたしの到着が遅れたんです」小声で言う。「一〇分遅すぎたんです」

「なにがあったかわかってるのか？」喉が詰まったような声だった。

「いいえ。現場に到着したときには……もう終わってました。彼は……」ことばが尻すぼみになった。

「できるだけ早く病院へ行く」

オリヴィアは頭をふり、救命士を見た。すべてがゆっくりだった。なにもかもがゆっくりとしか動いていなかった。「もうなにをしてもむだです」携帯電話をしまう。「彼の手を握ってもいいですか？」

「もちろん。ほんとうにお気の毒です。できることはなにもありませんでした」

オリヴィアはぼんやりとうなずいた。「わかってます。わたしが失ったものを気の毒に思ってくれてるんですよね」

顔を背けた救命士の頬の筋肉がひくついていた。「ちくしょう」

オリヴィアはケインの大きな手を両手で包んだ。「わたしも同じ気持ちです」

## 九月二二日（水）午前一時一〇分

彼は終夜営業のコンビニエンス・ストアに車を停めた。ケニーの受信したメッセージをスクロールしていき、にんまりする。

〈どこにいる？　どうして連絡してこない？　あれを投函したか？〉

発信者はオースティンだった。投函ってなにをだ？　さらにスクロールして、悪態をついた。オースティンはケニーに手紙を書かせていた。コンドミニアムでの彼の行動をつまびらかにするものだった。おれについての描写だった。目撃されていたのだ。

ケニーがその手紙を投函して、警察がオースティンを保護したら……。ふむ、面通しで自分を指させる人間を野放しにしておくなんて意味をなさない。オースティンには消えてもらわねば。彼はどこにいるのだろう？　あの寮にいたのなら、自分を撃ち殺してやりたい。

さらにスクロールしていき、安堵の吐息をついた。

〈オークス校長とはどうなった？〉月曜日の午後にケニーがメッセージを送っていた。

〈自宅謹慎になった。停学処分。だれにも言わないで。頼む。月曜日に戻る〉

オースティンは自宅にいる。その自宅とはどこだ？　ケニーの連絡先を調べると……あった。オースティン・デント。ダルースに住んでいる。住所を自分のＧＰＳに入れる。すばらしい。そこまで行って戻ってきたら、七時に店を開けるのにちょうど間に合いそうだ。

## 19

**九月二二日（水）午前一時二〇分**

デイヴィッドは、相棒のジェフ・ゾルナーとともに火災現場まで乗ってきた救急車両から出た。状況を把握すべく周囲を見まわす。ああ、なんてひどい。

被害はすでに甚大だった。左右三軒ずつの六軒から煙が出ており、二軒建っているはずの真ん中にはぽっかりとただの空間があった。そこにはただ木材などの残骸があるだけだった。左側で煙を吐いている三軒の奥には、黒焦げになった小さな雑木林があった。さらにその向こうには、いまもまだ炎が上がっている六階建ての団地があった。

「ひでえな」ジェフが声をひそめていった。「ケイシーを見つけよう。たぶん消防車のところだろう」

消防車は一〇〇ヤード離れたところに停めてあり、バスケットを高く上げていた。Bシフトのチームが住人を窓から救出している。おおぜいの人がそれ以外の窓のところから懸命に手をふっているのが見えた。口を大きく開けて叫んでいる。

だが、耳に届くのは救急車両のエンジン音と炎の轟音だけだった。

ケイシー隊長がふたりを手招きした。「ダルトンとマイヤーズがバスケットに乗ってる。交代してやれ。四二分隊が角で反対側の消火にあたってる。ダルトンとマイヤーズが小休止のあとで彼らと交代する。ローテーションを組んで消火にあたる」

ポンプ車が近くに停まっており、ホースが建物内へと延びているのが見えた。デイヴィッドは消防車の備品棚から酸素ボンベを取り出した。「なかにはだれが？」

「Ｂシフトのペリーとジェイコブズだ。四二分隊も放水長とともにチームをなかに入れてるし、三八分隊は内部ユニットの捜索をしている」

ジェフがフードを頭にかぶった。「東部からの応援はあるんですか？」

ケイシーが首を横にふる。「学校が爆破予告を受けた」

デイヴィッドは体をこわばらせた。「大学ですか？」トムが大学にいる。

「いいや、聾学校だ。幼稚園から高校までの一貫校だ」

デイヴィッドがコンドミニアムから運び出した少女が聴覚障害者だった。偶然ではない。

「この火事は放火ですか？」硬い声でたずねたが、返事はすでにわかっていた。

ケイシーがうなずいた。「ああ。すでに住人を五、六人と消防士ふたりを搬送した。この地域の救急処置室《ER》は満杯だが、東部の病院は学校で出るかもしれない負傷者にそなえている。さあ、仕事をしてこい。気をつけるんだぞ」

デイヴィッドはきっぱりとうなずいてバスケットに向かって駆け出したが、胸のうちでは怒りがこみ上げていた。コンドミニアムを、死んだ少女の顔を思い出していた。トレイシー・マレン。こいつらは、警備員と同じように彼女の胸を撃ったも同然だった。顔のないバーニー・トムリンソンの姿も浮かんだ。だが、これは……これは大破壊だ。今夜何人の死者が出るだろう？　何人がすでに死んだのだろう？

聾学校には何百という子どもたちが通っている。何百という人間の命を爆弾で危険にさらしてもいいというほど重要なものとはなんなのだ？　気を落ち着けようと息を吸う。バスケットで下りてくる家族は生きており、彼らが自分の優先すべきことだ。集中するんだ。自分を叱責する。腹を立てるのはあとでもできる。

デイヴィッドは下りてきたバスケットからおびえた母親と三人の子どもを降ろして救急救命士に任せた。母親がデイヴィッドの消防服をつかんだ。

「夫がまだなかにいるんです。お願い、助けてください」その目はショックでどんよりしていた。

デイヴィッドはうなずいた。「わかりました」ジェフとともに、ダルトンとマイヤーズと交代した。

「次に上がったとき、ご主人を捜そうと思ってた」マイヤーズが言う。「居間は左、ベッドルームは右だ。どこもベッドルームが三室のユニットだ」

「了解」デイヴィッドはベルトのフックをかけ、マスクをかぶり、酸素が流れ出すように大きく息を吸った。ジェフも同様にし、親指を立てて合図した。

四階まで上がると、デイヴィッドは心地の悪い既視感をおぼえた。床が崩れ、脚が宙に浮いたときを思い出したのだ。そんな思いを押しやり、ジェフのあとから窓をくぐり、斧の柄を伸ばしてやわらかくなっている床の箇所を確認した。

そこは子どものベッドルームだった。母親というのは、自分の安全を確保するよりもまず子どもたちの部屋へ行くものだ。よし、パパ、あんたはどこだ？ 左は居間で、右がベッドルーム。廊下で炎が上がっており、完全に壁をなめていた。

デイヴィッドの前でジェフが右に曲がって肩でドアを押し開け、はっと飛び退いた。炎が奥の壁をおおっており、あっという間に天井まで達した。

退却だ。この部屋はいつ爆発的に燃え上がってもおかしくない。デイヴィッドはジェフの消防服をつかもうとしたが、彼は前かがみになって奥へと進んでいた。デイヴィッドも斧の柄を下げてあとに続いた。なにかやわらかなものに触れたが、床ではなかった。

人間だ。「ジェフ！」デイヴィッドはどなった。男性の脇の下をつかんで廊下に引きずり出そうとする。「脚を持ってくれ」

ジェフが男性の脚を持とうとしたとき、部屋が爆発した。

そして、天井が崩れ落ちてきた。

「ジェフ！」デイヴィッドは男性を放して前に飛び出した。梁がジェフの胴体を直撃していた。あおむけに倒れた彼は動いていなかった。抜け出せるよう、斧を下に突っこんで梁を持ち上げたが、ジェフは動こうとはしなかった。

「消防士が負傷」デイヴィッドは無線に向かって声を張りあげた。「バスケットでの救援を要請する」

ジェフの脇の下に手を入れて引きずり出し、気絶している男性をよけて子ども部屋の窓ぎわへ行った。相棒のそばにひざをつく。息はしていたが、マスク越しに見える目は閉じられていた。

「戻ってくる」聞こえているかどうかわからなかったが、大声でジェフに言って女性の夫のもとへ戻った。彼を発見したベッドルームは、いまでは完全に燃え上がっていた。

男性を子ども部屋へと運ぶと、窓のところにマイヤーズがいた。

「ジェフが倒れた」声を張って言いながら床を指さす。「反応がない」デイヴィッドはマイヤーズと力を合わせてジェフをバスケットへ運んだ。マイヤーズが狭いスペースでできるかぎりジェフを横に寝かせた。

男性もバスケットに乗せる余裕がないのはわかっていた。「彼を連れて下りてから、また上がってきてくれ」

バスケットが下りていき、救命士がジェフを担架に乗せ、マイヤーズがまた上がってくるのを待っているのは、永遠の時間がかかるように思われてじりじりした。

いまや廊下全体が炎に包まれており、子どものベッドルームへと進んできていた。さらに一五秒が経ち、その間に火は壁を上っていった。ようやくマイヤーズが戻ってきて、ふたりで男性をバスケットに乗せた。デイヴィッドが窓をくぐってバスケットに乗った瞬間、ベッドルームが燃え上がった。

マイヤーズはバスケットを建物から数フィート離しながら下ろした。

「大丈夫か？」マイヤーズが叫んだ。

デイヴィッドは黙ってうなずいた。胸がいまにも爆発しそうに感じていた。建物から脱出できたので、マスクをむしり取りたくてたまらなかったが、一定のリズムで呼吸をしてその衝動をこらえた。

バスケットが地面に着くと、デイヴィッドは扉を開けた。救命士たちが犠牲者を降ろして担架に乗せる。彼はマスクを力任せにはずした。

「ジェフ？」大声で呼ぶと、走り去っていく救急車を救命士が指さした。

「意識は戻りましたが、脚の感覚がありません。これであいこだとあなたに伝えてくれと言ってました」

デイヴィッドの胸が凍りついた。ちくしょう。脊髄の損傷だ。自分がジェフを引きずったことを考えたが、炎から遠ざけるにはあの方法しかなかったとわかっていた。頼む、おれが怪我の具合を悪化させていませんように。彼は建物をふり仰いだ。まだ六箇所の窓で、おびえた住人が必死で助けを求めていた。ジェフは安心して任せられる人間の手に託された。おれはこの人たちを救い出すことを任されている。自分の仕事をするんだ。

デイヴィッドはマスクをつけなおし、マイヤーズを見た。「また上がるか?」

マイヤーズが疲れたようにうなずいた。デイヴィッドはバスケットを操作して上げていきながら、サイレンを鳴らして走り去っていく救急車を不安そうな面持ちでちらりと見た。

## 九月二二日(水)午前一時三五分

「オリヴィア」ノア・ウェブスターがまっ青な顔でERに飛びこんできた。「アボットから連絡をもらった」

彼女はケインが横たわる部屋の外の壁にもたれていた。顔を上げてノアの目を見る。「宣告されたわ」ケインの死亡時刻を。なにもできずに立ち尽くしているときに。「彼らにはなにもできなかった」

ノアは長いあいだ目を閉じていた。「いつ?」

「ここに着いて五分後に。正確な時刻はわからない」

「なにがあった?」

「わたしが遅れたの。一緒にいなかった」

ノアが彼女の肩をつかんだ。「やめるんだ。いますぐに。きみのせいじゃない」

「わかった」ケインが救急車から運び出されたあとの数分で、オリヴィアの頭は混乱から明晰な思考へと移った。はっきりと。論理的に。それでも、心臓は激しく鼓動していた。

「どっちにしろ、そんなのはもう問題じゃなくなったわ」

ノアは彼女の顎をつまんで顔を上げさせた。「きみはショック状態なんだ」

「ちがうわ。ジェニーが来るのを待って、それからだれかに乗せてもらって現場に戻る」

「だめだ」

オリヴィアは彼の手から逃れた。「ちゃんと働ける。ケインのためにせめてそれくらいはしなくちゃ」

「オリヴィア、こうなったのはきみのせいじゃないんだよ」

「ええ。でも、わたしなら防げたかもしれない。それに、確実に防げた人物を知ってるわ」

「だれなんだい？」

「ケニー・レイセムよ。犯人がつかまえようとしてた少年。そのために、犯人は爆破予告をしたの。現場にいた警官のひとりが一緒にここへ来たんだけど、彼が言うには、避難がはじまったとき、職員は生徒全員を一箇所に保護した。そして、警官の制服らしきものを着た男が、刑事がまた話をしたがっていると書かれたメモをケニーに見せた、と職員のひとりから聞いた。そいつはケニーを連れ去り、銃を突きつけて白いバンに無理やり乗せた。ナンバープレートはだれも見てない」ノアに聞かれる前にオリヴィアは言った。

「ケインは？」

「彼は、最初に現場に到着した警察官にケニーの無事をたしかめるよう連絡してあった。避難のことを聞いたとき、わたしたちの頭に最初に浮かんだのがそれだった。わたしとケインが話した生徒のなかで寮生はケニーだけで、彼はなにかを知っていた。現場に到着したケインは、警官がケニーを連れていったと寮の職員から聞かされた。彼はあとを追い……」声がひび割れたが、なんとかそれを抑えこんだ。「ぎりぎりで間に合った。バンのドアを開けてケニーを逃がした。ケインは至近距離から二発撃たれていた。地面に倒れる前に絶命していたと思う」

ノアは苦労して唾を飲みこんだ。「ちくしょう」

「ほんとよね。でも、まだあるの」疲れた口調で続ける。「昨日の一七時の会議で、最後のほうにわたしが手話通訳のヴァルからメッセージを受信したのをおぼえてる？」

「彼女には別の仕事があったんだろ」ノアの表情がゆがむ。「ああ、まさか。犯人はそれでケニーのことを知ったのか？」

「わからないけど、わたしはそう考えてる。彼女の子どもたちは、お母さんが帰ってこなかったと言ってるの。一〇時ごろ、家族の友人に電話をして、その人が彼らとずっと一緒にいてくれてる。ヴァルは彼らにもメッセージを送っていて、夕食までには戻れないという内容だったそうよ。事務所には、ヴァルに別の仕事が入っていた記録はなかった。それで、真夜中少し過ぎたころに失踪届を出した。わたしが最後に彼女を見たのは、昨日の昼食時に別れたとき。その直後にわたしとケ――」

オリヴィアはしばらくしゃべれなかった。深呼吸をする。胸の痙攣がおさまるのを待つ。

「その直後にわたしとケインはデイヴィッドのところへ行ってリンカーンを署に連行した」

「リヴ、きみは今夜デイヴィッドと一緒だったのかい？」

オリヴィアはうなずき、顔を背けた。「ええ」

「それはいけないことじゃないよ、わかってるだろう。この件とはなんの関係もない」

「家にいたら、わたしのほうが先に現場に到着できてたわ」

「そうしたら、おれはいまきみの亡骸を見ていたかもしれない」ノアがぴしゃりと言った。

「そんな風にはならないとわかってるだろう。きみは渋滞に巻きこまれていたかもしれないし、ケインはバックアップを待つことだってできたかもしれないんだ。一〇〇万通りのことが起こりえたんだぞ」

「わかってる」それでも、事実は変えられなかった。自分が現場にいれば、ケインにはバックアップがいたわけだし、そうしたら彼はまだ生きていたかもしれないのだ。けれど、自分は現場におらず、ケインはもう生きてはおらず、その事実を自分には変えられない。ケインが自分に望んでいただろうことしかできなかった。仕事だ。

「きみは大丈夫だとデイヴィッドに連絡したかい？」ノアがたずねた。「警官が死亡したと聞いたら、きみかもしれないと心配するぞ」

　きっとそうだろうと気づく。彼は心配しているだろう。「いいえ、それは思いつかなかった。でも、彼の耳にはまだ入ってないと思う。わたしより先にキャビンを出たから。大きな火災があって……」オリヴィアははっと口をつぐみ、眉を寄せてノアを見上げた。「ウッドヴューで大きな火災があったの。昨日の会議で、その場所についてなにか言ってなかった？」

「ああ。トムリンソンが愛人のために購入した家がそこにあるんだ。学校の避難から注意をそらすためにわざと放火した可能性がありそうだな」

「ええ。爆発まで起きたひどい火災だったみたい。トムリンソンの家が標的だったのかどうか、たしかめましょう」オリヴィアが突然背筋を伸ばした。外へと続くドアが開いて、すすり泣いている小柄な女性に腕をまわしたブルース・アボットが入ってきたのだ。「ジェニーだわ」小さな声で言う。

「きみがこの事態を招いたわけじゃないのを忘れるなよ」ノアが静かに言った。「彼女にきみの罪悪感まで背負いこませるな。彼女にはきみの強さが必要なんだから」

　オリヴィアはおぼつかなげにうなずき、ふたりに向かって進み出た。「ジェニー」

　ケインの妻がよろよろと彼女の腕のなかに入ってきた。オリヴィアはジェニーを抱き留め、その場であやすように体を揺らした。「ケインは今夜、少年の命を救ったの」力なく言う。「知ってるわ」ジェニーがすすり泣く。「ブルースから聞いたの。こんなことが起きるなんて信じられない」

「そうよね」ささやき声で言う。「残念だわ」ジェニーがうなずき、ふたりはそのまま長いあいだじっとしていた。ついにオリヴィアがため息をついた。「彼はなかにいるわ。一緒に行きましょうか?」

ジェニーが体を離し、涙は止まっていなかったものの自分の足でしっかりと立った。「いいえ。しばらく夫とふたりきりになりたいの」オリヴィアの手を取ってぽんぽんと叩く。「夫はあなたをとてもたいせつに思っていたのよ」

オリヴィアはうなずくしかできなかった。ことばはなにひとつ出てこなかった。彼女が立ち尽くしているあいだに、ジェニーは横をすり抜けてケインのいる部屋へと入っていった。アボットがオリヴィアの肩をぎゅっとつかむ。

「家に帰れ、オリヴィア。みんなで今夜をなんとか乗り切るしかない。いまできるのはそれだけだ」

アボットの顔を見ると、泣いていたのがわかった。彼はオリヴィアよりも前からケインを知っていたのだ。「自分の車を取りにいくのに、だれかに聾学校まで送ってもらわないと」

「おれが送っていきます」ノアがアボットに言う。「〇八時の会議には出ます」

アボットは重々しくうなずいた。「この犯人をぜったいにつかまえてやる。ジェニーに約束したんだ」

「行こう、リヴ」ノアは彼女の腕を取った。「ほら」自分の車のところまでオリヴィアを連れていき、乗りこませ、運転席に座った。「どこへ行けばいい？」

「学校に戻って」

ノアが眉を吊り上げる。「車を取りにいくのか？」

「あとでね。まずはケニーと話をしたいの」

「手話通訳はどうするんだ？」

「通訳してくれる人がだれかしらいるでしょう。でも、いなくたってかまわない」オリヴィアは顎をこわばらせた。「石板とのみを使わなくちゃならなかったとしても、彼には話をしてもらう」

「わかった」

ノアが車を出すと、オリヴィアはじっと窓の外を見ていたが、流れていく景色はなにも見えていなかった。見えるのは、地面に横たわるケインの姿だけだった。「わたしはどうしたらいいの、ノア？」考える間もなくその問いがささやきになって口から出ていた。

「アボットが言ったとおりのことをするんだ。今夜を乗り切る。それから明日も。それに、相棒を殺した犯人をつかまえて、そいつをぼこぼこに叩きのめす」

ノアをふり返ると、その頬が濡れていた。オリヴィアは彼の手をつかんで、そこにしがみついた。ぎゅっと握り返され、彼にも自分が必要だったのだと理解した。この七カ月、ほかの友人たちと同じようにノアも寄せつけずにいた。「あちこちに電話をして、わたしは大丈夫だと伝えなければ」

## 九月二二日（水）午前二時二〇分

デイヴィッドは脚も動かせないほど疲れ果て、焼け跡の残骸から離れた。ほかの分隊と人員をローテーションしたおかげで、なんとか全員を運び出せた。そうできたと願いたい。まだなかに残されている者がいるとは考えたくなかった。火はほとんど消せたが、ところどころでまだ炎が上がっており、数時間はその状態が続きそうだった。

女性の夫を救出したあと、救急救命隊は病院へ急行した。死者は四人出た――アパートメントが燃えて煙吸入で亡くなった年配女性と喘息持ちの子ども、それに爆発した家にいたふたりだ。爆発したほかの家についてはデイヴィッドはなにも聞いていなかった。

負傷者は何十人もいた。ジェフは消防士のなかで最悪の負傷者だった。相棒の容態についてはまだなにも聞かされていなかった。懸命に心配の気持ちを抑えていた。

怒りを抑えるのはもっとたいへんだった。くそったれめ。どうしてなんだ？　こんなことをしてなんの得があるっていうんだ？　今夜、どれだけの人間が打ちのめされたと思ってるんだ？　それも、なんのために？

「大丈夫か、デイヴィッド？」

シフトが同じエンジニアが水のボトルをふってみせる。ボトルを突き出されたデイヴィッドは、重い腕を上げて受け取るとがぶがぶと飲み干した。

「疲れてるだけだ。ジェフについてなにか知らせは？」

「まだなにもない。赤十字があそこにテントを張ってる。行って、少し休んでこい」

デイヴィッドはうなずき、消防車から離れてテントに向かった。オリヴィアのことが頭に浮かび、彼はそこに浸ることですべての怒りや周囲の荒廃を押しやった。自分のベッドにいるやわらかで温かな彼女を空想し、彼女が仕事で出かけてしまう前に戻れるように願った。こんな夜のあとでは、彼女が必要だった。彼女を抱きしめることが。

セックスは……。デイヴィッドは息をすうっと吸いこんだ。あれは忘れがたいものだった。おまえがそんなに愚かじゃなかったら、この二年半もずっとそんなセックスを楽しめたんだぞ。そんな思いが浮かび、嘆息する。セックス以上のものだって持てたはずだった。彼女と一緒にいられたのだ。この腕のなかに。自分の家のなかに。彼女の待つ家に帰れたのだ。自分だけのために待っている彼女のもとへ。

バーロウとケイシー隊長が脇でなにやら話しこんでいるのを見て、はたと足を止めた。二〇フィート離れたところからでも、彼らの緊張が伝わってきた。それに、苦痛も。バーロウは殴られたかのように見えた。

ふたりは顔を上げてデイヴィッドを見たあと、目を見交わした。みぞおちにいやな感覚が落ちる。「なにがあった？　教えてくれ。ジェフの容態は？」

ケイシーは老けこんで見えた。「わからない。連絡を待っているところだ。デイヴィッド、今夜発砲事件があった。寮のある学校で」

みぞおちのいやな感覚が氷になる。ああ、まさか。お願いだ。彼女ではありませんように。

「だれが撃たれた？」

「ケインだ」バーロウが声を落とす。「死んだ」

デイヴィッドのひざから力が抜けた。「なんてことだ。どうして？」

「リヴとケインは、コンドミニアムの焼け跡から見つかった補聴器の持ち主を特定しようとして、聾学校で目撃者を探してたんだ。なにか知ってるらしい少年を見つけた。その少年を今夜拉致しようとした人間がいた」

「爆破予告は嘘だったのか？」

バーローウがうなずく。「隅から隅まで捜索したが、なにも見つからなかった。だが、そのせいで生徒たちは避難した。ケインが現場に到着したとき、その少年がバンに押しこまれたところだった。彼は少年を助け出したが、犯人と揉み合いになって……」ことば尻がすぼむ。

「かわいそうなリヴ」

デイヴィッドはこみ上げるパニックを必死で抑えこんだ。「彼女もそこにいたのか?」

「いいや。リヴは一〇分ほど遅れて到着した。そのときにはケインはすでに死んでいた」

オリヴィアが危険のそばにいなかったとわかって安堵の震えが走ったが、同時に悲しみが肩に落ちてきた。彼女にとってケインはただの相棒以上の存在だった。彼女の友人であり、デイヴィッドの直感が正しければ、父親代わりでもあったはずだ。「彼女はいまどこに?」

「わからない」バーロウが答えた。「倒れた警官がケインだと知ったのはついさっきだ。リヴは彼の家族と一緒にいまも病院にいるかもしれないが、彼女のことだから現場に戻ってるほうがありそうだ」

自分の仕事をするために。おれも自分の仕事をしなければ。二、三時間、オリヴィアに会い、ジェフを見舞わせてほしいとケイシーに頼みたかったが、ここにはまだ何時間分もの仕事が残っていた。そのあと、二四時間のシフトに入ってしまう。「彼女に電話する」でも、なにが言えるだろう?

「あんたの相棒のジェフのことは聞いたよ」バーロウが言った。「気の毒に」

恐怖、心配、それに罪悪感に襲われたが、急いで押しやった。いまジェフのことを考えるわけにはいかない。オリヴィアのことだって考えてはいられなかったが、考えずにいるのは不可能だった。彼女はデイヴィッドの心のなかにいた。彼女は傷ついており、そのせいでデイヴィッドも胸が傷んだ。

「ありがとう」デイヴィッドは焼け跡を見まわした。「どの家が放火の標的だったんだ?」

「左から二軒めだ。ガラス球は見つかってない」バーロウが答えた。

「プロパンのタンクを狙ったんだろうか?」

「そうじゃなさそうだ。住人が夜に暖房を入れたころだった。ガスが漏れてたのに気づいてなかった可能性が高い。火は家から家へと燃え移り……ドカンといった」最後は疲れ果てた言い方になっていた。「ふたりが家にいたのがわかってるが、ほかの家は売りに出されてる状態だった。近所の人の話では、だれも住んでなかったらしい」

「コンドミニアムも無人のはずだった」デイヴィッドが言う。

バーロウは肩をすくめた。「そうだな。それについてはおれも考えた。捜索犬を呼んであるから、じきに来るはずだ。そうしたら、遺体の捜索をはじめる」

気が重かったが、それも仕事の一部だった。「犯人はガラス球を残していかなかった。同じ放火犯なんだろうか?」デイヴィッドが言うと、バーロウが表情をこわばらせた。

「家はバーニー・トムリンソンの愛人のものだった。どう思う?」

そのことばはしばし宙に浮いていた。すると、ケイシーがやさしいまなざしをデイヴィッドに向けてきた。「この場はおれたちに任せて、ジェフとサザランド刑事に会ってこい。何時間かしたらシフトに入らなければならないんだろう。そうなったら会いにいくこともできなくなるぞ」

デイヴィッドはひとりで悲しみに浸っているオリヴィアを思った。彼女はひとりでいるべきではない。「ありがとうございます。消防署に戻るのにだれかの車に乗せてもらわないと」

「警官のだれかに頼んでやるよ」バーロウが言った。

## 九月二二日（水）午前二時三〇分

オリヴィアとノアは、犯罪現場でぺしゃんこになった血まみれの草地を凝視しているミッキを見つけた。ケインの帽子はあいかわらず地面に転がっていた。それは……寂しそうに見えた。それに、小さくも見えた。その帽子をかぶっていた男性とはかけ離れていた。

この光景を心に焼きつけるのよ。オリヴィアは自分にきびしく言い聞かせた。これがあなたの追っている怪物。これが、その怪物があなたから奪ったもの。ジェニーからも。

オリヴィアの横でノアが息を吐き出した。「ちくしょう」

驚いたミッキが顔を上げた。「ごめんなさい。来てたのに気づかなかったわ」

「銃弾は見つけた？」オリヴィアは荒い口調で言った。

「ええ。ホローポイント弾。弾道検査に出したわ。朝の会議までには結果が出てるはずだけど、ウィームズとトムリンソンを撃ったものと合致すると賭けてもいいわ」

「犯人はほかに証拠を残していった？　防犯カメラに姿は映ってた？」

ミッキが苦々しげに唇をゆがめた。「犯人は警察官の格好をしていたの。ケインはそいつの帽子をはたき落としたにちがいないわ」そう言って指さした先には路肩でぺしゃんこになって泥にまみれた帽子があった。「発砲者は逃走の際にタイヤで踏み潰した。そのあと救急車がまたその上を通った。でも丸まってるから、犯人の残していったものがあればなかに封じこめられてるかもしれない」

帽子、とオリヴィアは考えた。ケインだったらことの皮肉に気づいただろう。

「防犯カメラは？」ノアがたずねた。

「発砲者のおおまかな身長と体重はわかったわ。角度が悪くてバンのナンバープレートは映ってなかった。だいたいの型はわかるけど、それだけ」

オリヴィアはケインの帽子を指さした。「持っていってもいい？」

ミッキが首を横にふる。「まだだめ。ごめんね、リヴ」

胸が引き裂かれそうだったが、オリヴィアはきっぱりとうなずいた。ミッキは自分の仕事をしているのであって、おまけにとても優秀だ。ただ、地面に落ちているのが耐えられなかった。あんなところに落ちてるべきじゃないのに。咳払いをしてしゃべり出したとき、彼女の声は力強く安定していた。

「いいの。かならずジェニーのもとに届くようにしたかっただけ。これからケニー・レイセムと会ってくる。なにかあったら連絡して」

ミッキは黙ってうなずいた。泣き崩れないように唇をきつく結んでいる。オリヴィアは彼女に背を向け、無理やり脚を動かした。ノアが横をついてくる。

オークスは校長室で待っていた。デスクの横には女性が座っている。オークスは手話をし、それから二〇代前半とおぼしき女性を指さした。

「あなた方が戻ってくると思ったので、待っていたと言っています」女性が言う。「わたしは校長の娘のダニー・オークスです。今夜通訳をするよう頼まれました」

「ありがとうございます」オリヴィアは言い、校長に向きなおった。「今夜負傷した生徒はいませんでしたか？」

「ええ。ご想像はつくでしょうが、ケニーはとても動揺しています。ご両親に迎えにきてもらうよう連絡しました」オークスが手話で言った。

「その前に彼と話をする必要があります」オリヴィアの口調はそっけなかった。

オークスがためらう。「刑事さん、私は昨日あなた方に協力しました」

「それについては感謝しています」やわらかなダニー・オークスの声に割って入る。いらだちを顔や口調から隠そうともしていなかった。「でも、わたしのパートナーが死んだんです、ミスター・オークス」校長がたじろぐ。「それに、昨日通訳をしてくれたヴァルですが、彼女は行方不明です。だれかがなんとしてでもケニーをつかまえようとしています。それがだれで、なぜなのかを知りたいのです。いますぐに」

「彼の両親も同席してもらわなければ」オークスが疲れたように手話で言い、ダニーがそれを声に出して伝えた。

「ケニーの身が危険にさらされている可能性があるんですよ、ミスター・オークス」オリヴィアは言った。「彼はなにかを知っていて、それを話されては困る人間がいるんです。ケニーの両親に、どうして彼まで殺されたのかを説明する事態になるのは望んでいないんです」

オークスががくりと肩を落とした。「ケニーをここに連れてこさせましょう」

# 20

## 九月二二日（水）午前二時五五分

ケニーが足を重そうに引きずりながら男性と一緒に入ってきた。ケイン殺しの犯人とことばを交わした寮の職員のロジャー・コートだとオークス校長が紹介した。

全員が座ったところで、オリヴィアが話しはじめた。「ケニー、あなたがおびえているのはわかっているけれど、わたしに話してほしいのよ」

ケニーは目を閉じた。「自分の部屋に戻りたい」硬い表情のまま手話で言う。

ダニー・オークスが申し訳なさそうな気持ちをにじませて通訳したが、それはケニーのではなく彼女の気持ちであるとオリヴィアにはわかっていた。オリヴィアはテーブルをこつこつとやったが、ケニーは頑なに目を閉じたままだった。

オリヴィアはさらに強くテーブルを叩き、ついにはテーブルが動くほど激しく拳を打ちつけた。それでもケニーの目は閉じられたままだった。怒りがふつふつとこみ上げてきて、自制心を失いそうだった。不意に、倒れているケインの姿が浮かんだ。彼の血が地面にしみていく。死んでしまった。このばか高校生がしゃべろうとしないからだ。ぜったいにしゃべらせてみせる。

オリヴィアは彼の椅子の背をつかむと、テーブルから離して逆向きにした。これで寄りかかるものがなくなった。ケニーがはっと目を開け、冷ややかなまなざしをしてからまた閉じた。「上等じゃないの」彼女は言った。「留置所で犯罪者に囲まれたときにどこまで頑固でいられるか拝見するわ」

「そんなことはできないはずです」オークスが手話で伝える。父親の通訳をするダニーの声は震えていた。

「やってやるわよ」オリヴィアが嚙みつくように言い返す。「見ててごらんなさい」

「彼は子どもなんですよ」ロジャーが大きな声で言うと同時に手話をした。彼は聴覚障害を持っているが、そのことばは聞き取れた。「悪いことはなにもしていないんです」

「それはわからない。だから最悪を想定するのよ」オリヴィアはベルトにつけた手錠を取り、ケニーの手首にかちりとはめた。

彼の目がぱっと見開かれ、頑固さがパニックに変わる。「いやだ!」大声で叫んだ。

オリヴィアは彼の両手を背中にまわして手錠をかけ、椅子に押し戻した。やっと彼の注意を引けた。癇癪が爆発しそうになりながら、ダニー・オークスをふり向いた。

「話をしないつもりなら、捜査を妨害したかどで逮捕すると伝えて。わたしのパートナーは彼みたいなまぬけを救うために死んだ、いまから一〇秒以内にしゃべりはじめないのなら、彼が留置所にいる理由を警官全員が知ることになると伝えて。彼のゲームにつきあうのにはもううんざりで、答えをいますぐ知りたいと」

ダニーが手を忙しく動かしていると、オークス校長がケニーの前に出て手話をはじめた。

「彼はなんと言ってるの？」ダニーがすぐさま声に出して通訳しなかったので、オリヴィアはたずねた。

「頼むから協力してほしいと。ケニーの命も危険にさらされているかもしれないのだと」

ケニーがどこにもぶつけようのない激しい怒りの目でオリヴィアを見た。「手錠をはずしてください」不明瞭な声で言う。

「しゃべるまではだめよ」オリヴィアが言い、心配そうなダニーが手話で通訳する。

「どうやって？」ケニーががなった。

「両手に手錠をかけられていては、話せません」ダニーが小さな声で言った。「彼の手を自由にしてやってください」

「協力する？」オリヴィアがたずね、ダニーが通訳すると、ケニーは大きくうなずいた。

彼女はノアを見た。「どう思う？　手錠をはずしてやるべき？」

「両手を使えなければ、彼はしゃべれないよ、リヴ」ノアの口調はおだやかだ。「はずしてやれよ」ノアのことばを通訳するダニーの表情がやわらいだことに、オリヴィアは気づいた。

ケニーの表情もやわらいだ。

オリヴィアは手錠をはずした。「じゃあ、話してちょうだい、ケニー。まず最初に、その男はどんな外見だった？」

ケニーは腹立たしそうに手首をさすった。椅子の上でわざと向きを少し変えてノアに向かって答える形にした。いい警官と悪い警官ね。オリヴィアは満足した。

「中肉中背。身長も体重もぼくと同じくらいで、平凡な顔立ち。帽子をかぶってた」手話で伝える。

オリヴィアはロジャーに話しかけた。「ほかにつけくわえることはありませんか？」

ロジャーは申し訳なさそうに肩をすくめた。「バッジをつけて、白いシャツを着ていました。警察官に見えました」

オリヴィアがうなずく。「わかってます。偽警官がケニーを連れていったあと、だれかにその話をしましたか？」

「ええ。おかしいと思ったんです。彼はケニーをほかの警官のところへ連れていくのではなく、遠ざかっていきましたから。でも、生徒たちから離れるわけにはいきませんでした。警官の注意を引こうとしていたとき、ケニーの名前が書かれた紙を持った刑事さんが来たんです。建物の向こうを指さしました。刑事さんはそっちへ走っていき、もうひとりの警官がそのあとを追いました」

ロジャーは補聴器に触れて少しだけ顔をしかめた。「銃声が聞こえ、警官がケニーを連れて戻ってきました。刑事さんが亡くなったという話がじきに伝わってきました」彼は感情をむき出しにした目をしていた。「お気の毒です。あの刑事さんはあなたのパートナーだったんですよね。私が……」

オリヴィアは彼におだやかな表情を向けたが、心のなかでは金切り声をあげていた。「ありがとうございます。あなたのすばやい判断のおかげで、ケイン刑事はケニーの命を救うことができました」鋭いまなざしをケニーに向ける。「わたしのパートナーはあなたを守ろうとして命を落としたの。あなたは、なにを、知ってるの？」

ケニーががくりと力を落とした。「友だちがなにかを見たんです」ゆっくりと手話で話す。「日曜の夜に」

オリヴィアは彼のひざを軽く叩いた。「詳しく話して」やさしく言う。

「友だちは火事で焼けたコンドミニアムにいたんです。戻ってきた彼は――」横目でちらりとオークスを見る。「――窓からなかに入りました」オークスは唇をきつく結んだが、なにも言わなかった。

「友だちはトレイシー・マレンと一緒だったのね」オリヴィアは言った。「火事で死んだ女の子と」

ケニーがうなずく。「友だちと彼女はキャンプで出会ったんです。ぼくもそこにいました」

「友だちの名前はなんていうんだい？」ノアがおだやかな顔でたずねた。

「オースティン・デント」

オークスが眉根を寄せた。「オースティンは月曜の朝に停学処分になりました。寮の部屋で煙草を吸ったのです。これで状況がわかりましたよ。いまは自宅謹慎中です」

「オースティンの自宅はどこです？」オリヴィアがたずねる。

「ダルースです」オークスが手話で返事をした。「住所をたしかめましょう」

ノアが書き留めた。「発砲者がオースティンの自宅を知らないのがせめてもの慰めだな」

ケニーは顔色が悪く、手話をする手は震えていた。「あいつに……犯人に携帯電話を取られました。テキスト・メッセージも、連絡先リストも入ってます。オースティンの住所も知られてしまったと思います」

ノアはすでに立ち上がっていた。「州警察に連絡する。彼らにオースティンを保護してもらおう。犯人がここからまっすぐオースティンの家に向かったとしても、まだあと二時間は到着しないだろう」

ノアが席をはずすと、オリヴィアは椅子に落ち着いた。「オースティンはあなたにどんな話をしたの？」

「日曜の夜、彼はすごく動揺してました。どうしてかはわからなかった。彼がなにをしたか、知らなかったんです」話しはじめたケニーはものすごい勢いで手を動かしたが、ダニーはちゃんとついていった。「オースティンは煙のにおいがしました」ケニーがまたオークスを横目で見た。「きみがしたのは喫煙を見つかるより悪いことかと訊いたら、イエスと返ってきました。だからぼくの煙草をあげました。ロジャーが煙のにおいに気づくのは避けられないだろうけど、煙草の煙だと思わせればいいと思ったんです」

「それでオースティンは停学処分になったのね。それ以上の話は聞いてない？」

ケニーが顔を背けた。「昨日の朝、彼からメッセージを受信しました。なにがあったかを警察に知らせなきゃならないけど、匿名にしたいって。彼の代わりに手紙を送ってくれと頼まれました。ダウンタウンのポストに投函してくれって。そうすれば、出したのが彼だとは突き止められないからって」

この子たちはただのおびえた少年なのだ。でも、もしもっと早く話してくれていれば、ひょっとしたらケインは……。オリヴィアは胸の締めつけがおさまるのをしばらく待たなければならなかった。「手紙にはなんて書いてあったの？」

「あの警備員を撃った男を見たと。男はそのあと桟橋につなげてあったボートに乗って逃げていった。火事が起きたとき、オースティンはコンドミニアムのなかにいた。女の子と一緒だった。彼女も一緒に逃げ出せたと思ったけど、そうじゃなかった。オースティンはなかに戻れなかった。ドアが閉まってロックされて、鍵はなかで落としてしまっていた。オースティンはそんな話を警察が信じてくれるとは思わなかったんです」

「わかったわ」オリヴィアはぼそりと言った。「ケニー、どうして昨日その話をしてくれなかったの？」

ケニーがまた顔をそらした。その顎がこわばるのをオリヴィアは目にした。「トレイシーのことがあったから」手話で伝える。「彼女はぼくのガールフレンドになるはずだったんです。オースティンは知っていたのに」

オリヴィアは不意に襲ってきた怒りを抑えるため、目を閉じた。「あなたがわたしたちに話さなかったのは、友だちが自分の好きな女の子とコンドミニアムで会ってたのにむかついてたからだったの？」とてもゆっくりとしゃべった。ダニーの通訳を受けて、ケニーが不安そうにオリヴィアを見た。

「ふたりはセックスしたって言いましたよね」ケニーがつらそうな表情で伝えてきた。「彼女はぼくのものだったのに。オースティンのものじゃなく。彼女がオースティンを好きだったのだって知らなかった。ぼくを好きみたいなふりをしてた。ふたりでぼくを笑ってたにちがいないんです。それなのに、オースティンはぼくに危険を冒させ、手紙を投函させようとしたんです。そこまでしてやるなんていやだと思いました」

「じゃあ、あなたは手紙を投函しなかったの？」オリヴィアは今度もゆっくりとたずねた。

ケニーがうなずく。「ぼくは罰を受けるんですか？」

ぼくは罰を受けるんですか、ですって？　ケインは死んだというのに、この子が気にしているのは自分のことだけ。利己的で、役立たずの——。それ以上はなんとかこらえた。彼は高校生なのだ。腹を立て、おびえていたのだ。こんなことになるとは思ってもいなかったのだろう。彼を責めるわけにはいかない。それでもオリヴィアは彼を責めた。

「どうかしらね」顔を背けて震える手で髪を梳《す》いた。

ノアが隣りに来た。「息をして」小声で言う。彼はいまのやりとりを耳にして、理解してくれたのだ。「ケニー、犯人の外見についてオースティンはなんと言っていた？」

「背が高くて、茶色の髪だったって」

「年寄りだった？　若かった？」ノアがやさしくたずねる。

「そんなに年寄りじゃなかった。ぼくらの両親ほどじゃないってことですけど。でも、ぼくたちよりは年上だった」ケニーが頭をふる。「あんまりはっきりしてませんでした。嘘じゃありません」

ノアは息を吸いこみ、そっと吐いた。「オースティンの見た犯人と、今夜きみを拉致しようとした犯人が同じ可能性はあるかな？」

ケニーがうんざりしたように肩をすくめた。「わかりません。こわくて犯人の顔をよく見られなかったから」

「私は犯人を見ました」ロジャーが割りこんだ。「身長は六フィートくらいで、筋肉質というわけではないけど、太ってもいませんでした。大きな鼻をしてました」

「ふたりとも警察に来て、似顔絵作成に協力してください」ノアが言った。「ケニー、オースティンがどうやってコンドミニアムのことを知ったのか、きみは知ってるかい？　鍵をどうやって手に入れたかを？」

「夏に大工さんのところでアルバイトをしてて、コンドミニアムに行ってたんです。キャンプのお金をそれで稼いだんです」

「大工の名前はわかるかい？」ノアがたずねると、ケニーは首を横にふった。

ある考えが浮かんで、オリヴィアは眉をひそめた。「オースティンの髪は黒っぽい？」

「茶色です」ケニーが手話で答える。「でも、赤く染めてます」

「どうして？」

「お父さんが出ていったから。オースティンはお父さんにそっくりで、自分を見るたびにお母さんがつらい思いをしてるのがわかってたんです。だから、髪の色を変えたんです。一二歳のときから赤い髪にしてます」

オリヴィアは息を吸いこんだ。その気持ちはよく理解できた。自分たちを捨てた男にそっくりだったから、母はオリヴィアの顔を憎んでいたのだ。「わかったわ。安全が確認できるまで、男子寮の外に警官を配備します」

オークスがほっとしてうなずいた。「ありがとうございます」

ノアとともに車まで戻ると、オリヴィアは疲れ果てて目を閉じた。

「まったく。あの子が信じられないわ。ケインが死んだのは、ケニーが女の子に夢中だったからだなんて」

「それはちがうぞ、リヴ。ケインが死んだのは、あの子を誘拐しようとした犯人が二度も撃ったからだ。ケニーにはたしかに情報を隠していた責任はあるが、罰せられるのは犯した罪に対してのみであるべきだろう」

オリヴィアはたじろいだ。「わたしは昨日、まさに同じことを言ったんだったわ。あのまぬけのクローフォードに」実際に罪を犯したリンカーン・ジェファソンを彼が殴ったときに。

「あなたの言うとおりだわ」

「そうだろ。で、これからどうする?」

「ケインと一緒にジョエル・フィッシャーの友だちを捜し出すつもりだったの。それに、オースティンがなにを見たのか、彼がジョエルとその友だちを知っていたかを探り出さないと。それと、ヴァルを見つけないと」

「彼女は死んでるかもしれない」

「わかってる。でも、もし死んでなかったら? ここから三ブロックのところにあるサンドイッチのお店に行くと言ってたの。朝になったらそこから彼女の足どりをたどれないかやってみましょう」

ノアは彼女の車のドアを開け、乗りこむのを待ってからそばにしゃがみこんだ。「犯人はどうやってヴァルの存在を知ったんだろう?」

オリヴィアは肩をすくめた。「わたしたちを尾けてたんじゃないかしら」

「ありうるな。何時間か眠れよ。おれが必要になったら、電話してくれ」

彼女はうなずいた。ケニーとの話が終わったいま、家に帰るのがこわかった。あまりにも静かすぎるだろう。デイヴィッドはどこにいるのだろうか。彼は大丈夫だろうか。もうキャビンに戻っているだろうか。彼女はひとりになりたくなかった。

眠る必要があった。ふたたび息ができるようになる必要があった。デイヴィッドを必要としていた。

携帯電話はポケットのなかにあった。デイヴィッドから着信があったのがわかった。つまり、彼は無事だ。よかった。肩の力が少しだけ抜けた。心のどこかで、〝ひどい火災〟ということばのせいでずっと心配していたのだと気づく。彼は優秀な消防士だ。彼なら注意を怠らない。

ケインも注意を怠らない人だった。でも、死んでしまった。

デイヴィッドに電話をかけてみたけれど、ボイス・メールにつながってしまった。なにを言えばいいのかわからなかったので、黙って電話を切る。〝あなたが必要なの。来て〟簡潔だが、傷心の世界を開くことばだった。彼の枕。彼の香りがした。今夜はそれでじゅうぶんとするしかない。車を北へ向けて走らせはじめた。

## 九月二二日（水）午前三時二〇分

ハイウェイの看板を通り過ぎると、彼はGPSに目をやった。あとたったの一〇マイルで、〈ダルースへようこそ〉

心配ごとはオースティン・デントとともに排除される見こみだ。

まあ、心配ごとのすべてではないが。メアリとアルベールの会話を思い出す。彼がビデオのなかに四人をフォトショップで加工して入れたと主張できると言ったメアリは正しい。ビデオがなにかを証明するとすれば、それはすべてを見ていた五人めの人間が現場にいたという事実だ。彼女が最初にそう言っていれば事態は変わっていたかもしれないが、エリックは彼女に話さなかった。いままでは彼がメアリらをがっちり手中におさめていた。それでも、これ以上仕事をあたえたら、メアリは彼の計画の妨げになるかもしれない。

はじめのうちは、メアリが放火犯であるとさらして、彼女の父親に屈辱を味わわせる計画だった。そうなったら、向こうがおれをだめにしようとしたように、あのくそったれ野郎をめちゃくちゃにしてやれたのだが。

だが、いまとなってはそれではじゅうぶんでなくなった。メアリはあのガラス球を置いてきてゲームを別のものにしようとした。彼女は環境保護活動家などではない。そうだとは一瞬たりとも信じていなかった。いまの彼女は多重殺人犯だ。今夜の火事はあまりにもひどい状況になった。電波が届かなくなるまで、ラジオでニュースを聞いていたのだった。無実の人々が命を落とした。

警察のこともおおいに怒らせたはずだ。特にケイン刑事があんな目に遭ったのだから。報いを受けさせる者を必死で捜すだろう。それがアルベールかメアリであるのを願った。ふたりまとめてでもいい。

問題は、どうすればふたりに罪を着せられるかがわからないことだった。ふたたびGPSに目をやる。あと少しだ。まずはオースティンを始末して、それから次にどうするかを考えよう。

## 九月二二日（水）午前三時一五分

デイヴィッドは消防署でシャワーを浴びて着替えをし、またオリヴィアに電話をしたがボイス・メールにつながってしまい、それから病院へ車を走らせた。待合室にはジェフの婚約者のケイラが座っていた。

彼女の隣りに座ったデイヴィッドは、急にジェフの容態をたずねるのがこわくなった。

「ジェフは?」

「背骨が折れていて、腰骨が潰れてるんですって」電話帳でも読み上げているような口調だった。ぎりぎりで持ちこたえているのだ。「いまも手術中なの。デイヴィッド、わたしはどうしたらいいの？」

「いまはあいつのそばにいてやってくれるだけでいい。手術室に入る前に、彼とは話せたのかい？」

「いいえ。意識がなかったの。二度と歩けなくなるのよね？」

「まだわからないさ。背骨が折れたからって、下半身が麻痺すると決まったわけじゃない。それに、万が一そうなったとしても、そういう怪我を克服した人はたくさんいる。おれの兄がそうだった」

「怪我の前とまったく同じに回復したの？」泣きながらたずねる。

「いいや」デイヴィッドは正直に答えた。「兄のマックスはプロのアスリートだったんだ。怪我で選手生命は絶たれたが、新たな仕事を見つけた。ジェフもそこまで到達できれば、そうなるよ」

ケイラは涙で身震いした。「ああ、ごめんなさい」

デイヴィッドは彼女の震える肩に腕をまわした。「どうして謝るんだい？」

「だって、ここに座って、彼があなたを助け出したのだったらよかったのにと思っているから」

デイヴィッドは驚いたが、それもつかの間だった。「きみの気持ちはわかるよ。おれの……」オリヴィアはおれにとってどういう存在だ？「おれの友だちが警官なんだ。彼女のパートナーが今夜亡くなった。おれは……なんて言えばいいんだろう。彼が亡くなったなんて信じられない気持ちだけど、発砲事件が起きたとき、彼女が現場にいなくてほっとしてるんだ。だから、きみの気持ちは理解できる」

ケイラは指先で涙を拭った。「じきにあなたのシフトの時間になるんでしょう？」

彼は壁の時計を見上げた。「ああ、あと数時間後に」

「だったら、少し眠って。あなたが来てくれたことは彼に話しておくから。ありがとう。心からのことばよ」

重い気分を抱えて車に向かいながら、デイヴィッドは携帯電話をチェックした。着信番号に気づいて眉を寄せる。ノアだ。母と一緒にいるはずの。

「ノア、母さんがどうかしたのか？」

「なにも。おれの知ってるかぎり、お袋さんは眠ってる」

「きみの知ってるかぎりとはどういう意味だ？　いまどこにいる？」

「オリヴィアの車の後ろを走ってる。彼女はちょうど北口を出たところだ。おれは署に戻る。聞いたか？」

「ケインのことだろ。ああ。オリヴィアのようすはどうだい？　電話したんだが、出てくれないんだ」

「なんとか持ちこたえてるってところだな。家に帰るように言ったんだが、彼女がいま降りた出口は家のある方向じゃない。彼女は北に向かってる」

北。どっと安堵に襲われる。彼女はおれのところに来ようとしてるんだ。「彼女がどこへ向かってるかわかった」

「そうだろうと思ったよ。なあ、彼女に署に電話させないようにしてくれ」

「どうして？　なにがあった？」

「捜してる少年の名前がわかったんだ――ウィームズが殺害されるところを目撃した少年だ。彼はダルースの実家にいるはずだったんだが、たったいま、少年が見つからないと州警察から連絡が入った。どうやら州警察が来るのを見て、家の裏の窓から逃げ出したらしい。そうであってほしいと願ってる」

「願ってる？」

「ケインを撃った犯人がその少年の住所を手に入れたのをオリヴィアは知ってる。少年の行方がわからないと知ったら、彼女は……」

「そこへ行って少年を捜そうとするだろうな」

「そういうことだ。オリヴィアはいまにも倒れそうなんだ。休息を取る必要がある」

「きみが勝手に決めたと知ったら、彼女は気に入らないだろうな」デイヴィッドは小声で言った。

「オリヴィアに話すつもりか？」

「訊かれたら、嘘はつけない。だが、こっちから話すつもりはない。きみが仕事中なんだったら、だれが母を見てるんだ？」

「お袋さんが、きみの元消防士の友だちに電話して来てくれるよう頼んだ」

「わかった、ありがとう」

母さんとグレンだなんて、奇妙な感じがした。だが、いま気にかけるべきなのはオリヴィアだ。彼女はおれのところに来ようとしてる。彼女がすぐに立ち去らないようにしたかった。遅い時間であるのに気づいて顔をしかめ、ペイジに電話をする。最初の呼び出し音で彼女が出ても驚かなかった。「どこにいる？」

「オリヴィアのところにいて、彼女が帰ってくるのを待ってるの。あなたはどこにいるの？ケインのことは聞いた？　オリヴィアがどこにいるか知ってる？　気分が悪くなりそうなほど心配なのよ」

「これからキャビンに向かう。オリヴィアはそこに行ったと思ってる。それに、ああ、ケインのことは聞いた。彼女が明日仕事に行くのに必要なものを持ってるかどうかわからないんだ。ほら、服とか、化粧品とか、そういうものを」

「わたしが用意する。キャビンまで持っていきましょうか？」

「いいや。彼女の家に寄るのはそれほど遠まわりじゃない。途中で寄って荷物を預かるよ」

デイヴィッドは電話を切った。もう一本電話をかけるところがある。オリヴィアが帰ってくるのを待っていたペイジの姿を思い浮かべ、自分の母が電話のそばで待っている光景を想像した。イーヴィとノアの家の短縮番号にかける。思っていたとおり、呼び出し音が鳴るか鳴らないかというところで応答があった。

「デイヴィッド?」出たのは母で、その声は震えていた。

「おれは無事だよ、母さん。かすり傷ひとつ負ってない」

母が震える息を吐いた。「よかった。ずっとここに座って、心配しすぎないようにと自分に言い聞かせてたのよ。グレンが携帯電話でなにがどうなってるかを探ってくれてるの」

「おれは大丈夫。でも、相棒のジェフはそうでもないんだ」それに、オリヴィアの相棒は死んでしまったんだ、ともう少しで言いそうになったがこらえた。母はケインに会ったことがないし、イーヴィはその知らせをノアから聞いたほうがいい。「かまわなければ、彼のために祈ってほしい」

「もちろん祈るわ。あなたはこれからどこへ行くの?」

「キャビンだ」オリヴィアのもとへ。「少し睡眠を取ろうと思ってる。母さんもちゃんと眠ってくれよ。愛してる」

「わたしも愛してるわ。電話をくれてありがとう。あなたの声を聞けて安心したわ」

## 九月二二日（水）午前四時〇〇分

これはまずい。非常にまずい。少年は消えてしまった。ハイウェイの路肩や、オースティン・デントの小さな家へと続く私道の両側にパトカーが二〇台は停まっていた。彼はゆっくりと車を流しながら、ようすを確認した。

州警察と地元警察が集まっており、バックミラーを覗いたところ、森に入った捜索隊の懐中電灯の光が忙しなく動いているのが見えた。つまり、警察も少年を見つけていないのだ、いまのところは。少年は警察を信用せずに逃げ出したらしい。頭のいいやつだ。

パトカーの青いランプが見えなくなるまで離れると、車を路肩に停めてケニーの携帯電話を開き、オースティンにメッセージを打った。

〈校長室で警察にひと晩中締め上げられた〉それがほんとうかどうかは知らなかったが、オースティンだって知らないはずだ。〈警察はきみのことを知ってる。きみを逮捕したがってる。気をつけろ〉

携帯電話を閉じる。これでオースティンはもうしばらく警察を信用しないままでいるだろう。このまま少年を捜してもよかったが、どこにいるか見当もつかなかった。彼はUターンして来た道を引き返した。オースティンをおれのもとに来させなければ。

## 九月二二日（水）午前四時〇五分

デイヴィッドのピックアップ・トラックが近づいてくる音が聞こえたが、オリヴィアは立ち上がらなかった。栈橋の端でひざを抱えて座っていた。エンジンの止まる音がしたので待った。じきに彼は外に出てくるだろう。ケインのことはもう耳に入っているだろうか。

学校を出たあと、ボイス・メールのメッセージを聞く元気はもう残っていなかったのだった。ただここに座り、夜の音をじっと聞いていた。しばらくすると、栈橋が揺れて彼が近づいてきたのがわかった。髪をなでられた。「やあ」

「ハイ」ささやき声しか出なかった。

デイヴィッドが彼女の手を取った。「手が氷みたいに冷たいよ。どうして外に座ってるんだい？」

「ここを出るときにドアをロックしたの。鍵を持ってないのを忘れてたのよ」

「それなら解決できる」ぼそぼそと言う。「ほかのことも解決してあげられたらよかったのにと思うよ」

「無理よ。だれにもそんなことはできない」

「なかに入ろう。きみを温めてあげる」体にしっかりと腕をまわして彼女を立ち上がらせる。

「きみをひとりにしておけなかった」キャビンの居間に入ると、彼女をさっと抱き上げてソファに座って自分のひざに下ろし、ふたりの体を毛布で包んだ。

「八時には署に行かないといけないの。その前に家に戻って着替えないと」

「大丈夫、ペイジが着替えを詰めてくれたよ。いいから休んで」デイヴィッドがリモコンでテレビをつけた。オリヴィアのロードランナーのＤＶＤだった。驚いて彼を見上げると、額にキスをされた。「きみの家のＤＶＤプレイヤーに入ってるのを見つけたんだ。ふたりでしゃべり通したあの晩、アニメを観てストレスを発散するって言ってただろう。今夜はふたりともそうする必要があると思ったんだ」

うなずいた拍子に涙がこみ上げたが、それを押しとどめる力はもう残っていなかった。デイヴィッドが彼女をさらに抱き寄せて頭のてっぺんに頬を寄せ、涙が洪水となってあふれるあいだ、あやすように体を揺らした。すすり泣き、悪態をつき、おそろしい復讐をしてやると誓った。やがて嵐が引いていき、彼女はぐったりとなった。絶望以外になにも感じられないくらい虚ろになった。

デイヴィッドは彼女の頭を手で包んだ。「眠って、ベイビー」

「朝が来ても、ケインは死んだままだわ」ささやき声で言う。

「そうだね。でも、彼を殺した犯人をつかまえるために、頭をはっきりさせておかないと」

「そいつを殺してやりたい。血を流して苦しむようにしたい。その姿を眺めてやりたい」

「おれもだ」

デイヴィッドの声にはなにかがあった。冷酷な決意のようなものだったが、苦痛もあった。顔を上げて彼を見る。デイヴィッドは顎に力を入れてまっすぐ前を見据えていた。「なにがあったの？」

「眠るんだ」彼はまた抱き寄せようとしたが、オリヴィアは抗った。

「なにがあったの？」先ほどよりも強い口調だ。「話して」

「今夜の火災は放火だった」

オリヴィアの頭のなかで今夜のできごとの数々がかちっとはまっていった。「ウッドヴュー。トムリンソンの愛人の家がある場所だとノアが言ってた。そこが標的だったの？ガラス球は見つけた？」

「ガラス球はなかったが、愛人の家が標的だった。ただ、風向きが変わって、両側の何軒かに燃え移った。ガスタンクが爆発して、さらに二軒がなぎ倒された。おまけにアパートメントまで延焼した」

「犠牲者は？」オリヴィアは小さくたずねた。

「四人が亡くなった」デイヴィッドの目で苦悩が揺れた。「そのうちのひとりは子どもだった。その女の子はまだ二歳だった」

オリヴィアは彼の顎に唇を押しつけた。「かわいそうに」

「何十人もの負傷者が出た」彼の声はあまりにも淡々としていた。

「消防士は？」

「ジェフが」荒々しく言う。「落ちてきた梁の下敷きになった。脚の感覚がないらしい」

どういう状況かがはっきりとわかり、オリヴィアはたじろいだ。「だれが彼を救出したの？」そう訊いたものの答えはわかっていて、そのせいでひどくおびえた。

「おれだ」デイヴィッドが目を閉じた。「彼を引きずり出した。そのせいで怪我を悪化させたのだとしたら？」

「でも、あなたが引きずり出さなければ、彼は死んでいたわ」

悲しみのベールを脱ぎ捨てたいま、ようやくしっかりと彼を見られた。デイヴィッドは疲れ果て、悲嘆に暮れていた……彼女と同じように。「ベッドへ行きましょう。あなたも休まないと」

彼はオリヴィアのスーツケースを持って、だるそうについてきた。「ペイジがトゥイーティーのパジャマを荷物に入れてくれたよ」

バスルームでぼうっとしたままパジャマに着替えると、デイヴィッドがベッドで待っていて、脇のテーブルにはふたりの携帯電話が並べて置いてあった。彼はオリヴィアを抱き寄せ、髪を留めているゴムをはずして三つ編みをほどきはじめた。「ふわっと垂らしているほうが好きだ」そうつぶやき、パジャマの下に手を入れて以前のように胸を包んだ。

心はまだ痛かったし、胸の締めつけもゆるんでいなかった。「あなたが必要だったの」暗がりのなかのほうが打ち明けやすかった。「ただ一緒にいて」

「それなら任せて」彼女の肩にキスを落とす。「訊きたいことがある」

「なに？」

「ほんとうにいつもこのパジャマを着てるのか、それともペイジの悪いいたずらなのか？」

オリヴィアの口角が悲しげに持ち上がった。彼がいてくれてほんとうによかった。「あとのほうよ。零下にならないかぎり、寝るときはなにも着ないの」彼のほうもどうやらそのようだった。

デイヴィッドの手はすでにボタンをはずしはじめていた。「きみの素肌を直接感じるのが好きだ」一分もしないうちにオリヴィアは裸にされ、彼の腕に包まれていた。「これで眠れる」

# 21

## 九月二二日（水）午前四時三〇分

デイヴィッドは眠れなかった。オリヴィアを抱いて横になったまま、きつく閉じたまぶたの裏でさまざまな光景がちらついていた。梁の下敷きになったジェフ。倒れたケイン。彼女がやられていた可能性だってあるのだ。胸の悪くなるような思考のなかで、なによりもそれが大声で叫んでいた。

オリヴィアも眠っていなかった。彼の腕のなかで体を硬くし、浅い息をしていた。彼女が震える息を吐き出したので、デイヴィッドは涙で濡れた頬にキスをした。「やあ」

「彼の姿が頭から離れないの」喉を締めつけられたような小さな声だった。「草むらに倒れてる彼の姿が。こんなことが現実だなんて信じられない」

腕のなかで彼女の向きを変えさせると、拳を胸にあててきたあとその手を広げ、またすすり泣いて爪を立ててきた。「いいんだ」そうささやく。「泣くといい。おれはきみを置いていったりしないよ」すすり泣きがおさまって引きつけるような息になるまで髪をなで続けた。

オリヴィアは彼の胸についた涙をてのひらで拭った。「あなたをびしょ濡れにしてしまったわ」

「かまわないさ」

「考える必要がある」

「ちがう。きみは悲しむ必要があるんだ。そして、その道は長い。ケインはいい人間で、いい警官だった。きみの相棒だった。大半の人間が配偶者と過ごすよりも長い時間を一緒に過ごした。彼はきみの背後を守り、きみは彼を信頼していた。彼を愛していた」

「ええ」ざらついた小さな声だった。「母が死んだときだって、こんな風に泣かなかったのに」

デイヴィッドは彼女の声のなかに罪悪感を聞き取った。「だからといって、きみが薄情な娘だってことにはならない」

オリヴィアは顔を上げ、暗がりのなかで彼を凝視した。「なんですって？」

「お母さんよりもケインの死を嘆き悲しんでいるせいで罪悪感を抱いてるんだろ？」

彼女はうなずき、また涙を流した。「わたしの母だったのに。泣くのは泣いたけど、これはちがう。心臓を引きちぎられたみたいに感じてるの。薄情じゃなかったら、わたしはどんな娘？」

「シカゴでのあの晩、きみはお母さんが恋しい、お母さんを愛してた、と話してくれた」

「わたしが？」

「ああ、そうだよ。でも、母娘のあいだはけっして楽なものじゃなかったという印象を受けた」

オリヴィアは彼の肩に頭をもたせかけてため息をついた。「そのとおりよ。母がわたしを愛してくれていたのはわかってるの。でも、わたしはぜったいに母を幸せにしてあげられないようだった。わたしのすることは、いつだってまちがってた。ときどき、母が憎んでるみたいな顔でわたしを見たわ。ミーアと会うまで、なぜだかわからなかった」

「きみのお父さんの葬儀のときだね」

「父が亡くなったと聞いてすぐにシカゴに行って、埋葬にぎりぎりで間に合ったの。ミーアは制服姿で、お母さんと一緒に棺の横に立っていた。警官が国旗をたたんで渡すと、お母さんはそれをミーアの腕に押しつけるようにした。わたしはふたりをとても憎く思ったのをおぼえてる。そのとき、顔を上げたミーアを見て息ができなくなった。鏡を覗いているみたいだったの」

「ミーアもかなり動揺してたよ」

「わかってる。そのときはじめて、わたしたちは父親そっくりにちがいないと気づいたの」

「お父さんの顔を知らなかったのかい？」

「名前すら知らなかったわ。母はぜったいに父の話をしなかった。小さかったころ、父はどんな人だろうとよく想像したわ。記憶喪失になってどこかをさまよってるんじゃないかとか。

父がなぜわたしを望んでくれないのか、理解できなかった」

子どものころのオリヴィアを思って、彼はごくりと唾を飲みこんだ。「おれの両親は愛し合っていて、おれたち子どものことも愛してくれた。それを一生感謝し続けるだろうな。きみにはそんな経験がなくてかわいそうだと思う」

「ありがとう。あなたが感謝してるとわかってうれしいわ。車だとか服だとかを買ってくれないなんてつまらない理由で父親を嫌ってる子どもたちに腹を立ててたものよ。わたしは父がいてくれるだけでよかったのに。大きくなったとき、父の話を聞かせてと母に詰め寄ったの。そして、わたしという娘がいることを父に言ってないと母を責めた。かっとなった母が、父はシカゴで警官をしていると教えてくれたのはそのときだった。父は結婚していた。でも、妻は出ていったと母に嘘をついた。わたしが生まれたら、結婚すると約束した。そして、わたしが生まれると、父はもうひとつの家族と一緒にいることを選んだ。彼の妻子と一緒に。父の名前も家族の名前も知らなかったけれど、全員を憎んだわ」

「お父さんが亡くなったのはどうやって知ったんだい？」

「母の姉から。母には何度も父の名前をたずねたけど、どうしても教えてくれなかった。それが大喧嘩の種だったの。とうとう最後まで教えてくれないまま母は亡くなったわ。一生知らないままになるのだと思ってた。そうしたら、父の死亡記事を見たおばから電話があった。母はずっと昔におばに打ち明けてたの。ぜったいに話さないと約束させられたらしいのだけど、わたしには区切りをつける必要があるとおばにはわかっていたのね」オリヴィアの声音が硬くなる。「そしてミーアに会って、彼女が一緒に暮らしていたような父親だったらいないほうがましだとわかった。父がわたしを望まないでいてくれてよかったと思ったわ」

「きみにとってはたいへんな何週間かだったんだね」デイヴィッドのつぶやきを聞き、彼女はまた顔を上げた。

「どういう意味？」

彼がためらう。「ダグのことを知ってるんだ。彼がきみを捨てたことを」

「だれから聞いたの？」言ってから顔をこわばらせた。「バーロウね。いらぬお節介はやめてほしいわ、まったく」

「おれが訊いたんだ。余計な口出しかもしれないが、彼はすごく申し訳なく思ってるよ。その話を聞いたときは、おれも同じ気分になった」オリヴィアがなにも言わずにうつむいたので、彼は沈黙を埋めなければならないように感じた。「オリヴィア、きみの元婚約者は最低野郎だ。でも、きみが傷ついたのはわかっていても、そいつが消えてくれてうれしいよ。自分がきみと出会えたのがうれしい。信じてくれないのはわかってるが、おれはきみを待ってたんだ。ひょっとしたら、ずっと昔から待ってたのかもしれない」

ついに顔を上げた彼女の目は、傷ついた思いをたたえていた。「だったらどうして彼女の名前を口にしたの？」

デイヴィッドが嘆息する。「わからない。ずっとわからないままなのかもしれない。これまでの人生で酒を飲みすぎたことが二回あるのはわかってる。一度は一八年前で、もう一度はきみと過ごしたあの晩だ。おれはこわかったのかもしれない。きみに出会って、わかったんだ。特別な人だと。特別すぎるほど特別な人だと。きみはおれの心のなかまで見透かせるみたいで、そこまでだれかを近づけたくなかった」

「だれにも知られたくないことを知られてしまうのがいやで」

デイヴィッドはうなずいた。「オリヴィア、デイナは夢想以上のなにものでもなかったんだ。彼女は行動を起こし、おれも支援してた人たちのために長年闘ってきた。救世主なんだ。でも、おれにはそれ以外に彼女との共通点はなかった。ひと晩中いろんな話をしたりしなかった。メガンについても彼女には一度も話してない。あの晩どうしてデイナの名前を口にしたのかはわからない。言えるのは、出会って以来、きみを頭から追い出せないってことだけだ」

彼女は暗がりでデイヴィッドの目をじっと見つめた。「デイナが突然、自由の身になったら？」

そして、彼女の元婚約者の別れた恋人のように、もし戻ってきたら。「おれは彼女のもとへは行かない。おれが自由の身じゃないからだ。きみと出会った瞬間から、自由の身じゃなくなった」指先でオリヴィアの頬や唇をなぞる。「いまは信じられないかもしれない。でも、時間と心と信頼をくれたら……信じてもらえるようになると思う」

彼女の唇の端がほんのかすかに上がった。じっと見つめていなければ気づかなかっただろう。「たいした台詞だわ、デイヴィッド」

「台詞なんかじゃない。それを証明するつもりだ」手を頭に添えて自分の胸もとにもう一度引き寄せる。「眠って。きみの目が覚めたとき、おれはここにいる」

## 九月二二日（水）午前六時二五分

彼はいらいらして〈デリ〉の裏手の駐車場に車を停めた。オースティンは返信を寄こさず、ケニーの携帯電話のアカウントは凍結された。厨房に入ると、従業員が朝のサンドイッチをすでに作っているところだった。うなるように挨拶をすると、いつもの朝と同じように、彼らもうなるように挨拶を返してきた。だれかに怪しまれた場合にそなえ、いつもどおりにふるまうのが肝心だ。

帽子を置き去りにするという愚行をいまだに乗り越えられていなかった。

カウンターのなかにあるテレビをつけ、立ったままニュースを見た。ゆうべの火災が大きく取り上げられていた。四人が死亡。消防士をふくめ、数人が負傷。それから、学校が爆破予告を受けたこととと、ケイン刑事の死が報じられた。

パストラミ・サンドイッチの売り上げが一人前少なくなるのをおぼえておかなくては。コマーシャル明けは、手話通訳を連れたアボット警部が、オースティンに連絡してくるよう訴えかけるものだった。警察よりも先にオースティンを見つけなければ。彼は使い捨て携帯電話のひとつを使い、オースティンの番号を入れた。

〈ケニーだ。新しいアカウントから連絡してる。前のケータイは警察に没収された。どこにいるんだ？　隠れ場所ならあるよ〉

送信ボタンを押すと、すぐにまた続きを打ちはじめた。〈ひと晩中警察に問い詰められた。あいつらはきみのことを知ってる。ぼくは誓って話してないからね。警察は嘘をついてる。あいつらを信じるな〉そしてまた送信ボタンを押した。

携帯電話を閉じてポケットにしまう。パニックなど起こさない。自分のことが警察にばれているなら、完全装備のＳＷＡＴがここで待ち伏せていたはずだ。マイクのチューナーをベルトにつけ、イヤホンを耳に入れ、オースティンが早くメッセージを見てくれるよう願った。

## 九月二二日（水）午前七時〇〇分

どうやら眠ってしまったらしく、オリヴィアは鳥のさえずりのような携帯電話のアラームに起こされた。デイヴィッドと体を寄り添わせており、目を開けずにいると、彼が肩越しに手を伸ばしてアラームを止めた。それから腕をなで上げ、親指で頭のつけ根をマッサージした。「起きないと」

昨夜のできごとが思い出され、オリヴィアは新たな悲しみの波に襲われた。「起きたくないわ」ささやき声で言う。「つらすぎる」

「彼はいい男だった。いい警官だった。きみは彼を愛していた。つらいのは当然だ」

目がちくちくしたが、彼女は頑なに閉じたままでいた。「まだ朝じゃないってふりをあと五分できる？　お願い」

「いいよ」彼の声はかすれていたが、やさしくて、突然オリヴィアはそんなものを必要としなくなっていた。

彼が体を離した。オリヴィアにはその理由がわかっていた。背中を押しつけると、硬くなって準備ができていた。

「すまない」声を落として彼が言った。「どうしようもないんだ。きみと一緒に目覚めて、こうならないわけがないんだよ」

ゆうべ、オリヴィアは自分の悲しみから目をそらした。いまは今日という日を彼に忘れさせてもらいたかった。ほんの短いあいだだけにしろ。

「デイヴィッド、もしゆうべあんなことにならなかったら、今朝はどんな風にわたしを起こしてくれるつもりだった？」

彼がはっと息を呑んだ。「きみのなかに入っていたよ」そう言うなり激しく深く入ってきた。押し広げられ、オリヴィアはあえいだ。「こんな風に」大きな手を腹部に置いて引き寄せ、さらに深く突いてきた。

「それから？」小さな声で言う。

「それから、きみを激しく乗りこなす」デイヴィッドは宣言どおりにし、彼女をうめかせ、身もだえさせた。もっと欲しいと懇願させた。彼の動きは激しく、親指で敏感な場所に触れられると、オリヴィアは閉じたまぶたの裏に閃光を見てあっという間に絶頂に達した。デイヴィッドもうめき声とともに達し、体をこわばらせ、彼女の腰をつかんでぐいぐいと突いた。

ふたりは全力疾走をしたかのように荒い息をしていた。あとになれば、彼がどうしてこんなにうまくなったのかと気になりそうだったが、いまは今日という日をさらに数分遠ざけてもらえたのがありがたかった。

呼吸が落ち着くとともに、これ以上一日のはじまりを先延ばしにできないという思いが頭をもたげてきた。ふたりとも、しなければならない仕事がある。目を開けて最初に見えたのは、ベッド脇のテーブルに並んで置かれたふたつの携帯電話だった。

なにかがかちりと音をたてた。

「犯人は携帯電話を取っていった」小さな声で言うと、デイヴィッドが驚いたのが感じられた。

彼が肘をつき、こちらを見つめてきた。「なんだって？」

焦燥感に駆られて見返す。「犯人は相手の携帯電話を取っていった。トムリンソン、ヴァル、今度はケニー。全員から携帯電話を奪ってる」

「どうして？」

「まだわからない」彼を引き寄せて激しく口づける。「行かなくちゃ」ごろりと転がってベッドの端で起き上がり、また別の事実に思い至ってはっと動きを止めた。ふり返ると、彼も気づいたのがわかった。「わたしたち、その、今回は忘れ物をしたわよね」

伸びかけのひげの下で彼が顔を赤くしたが、その灰色の目は真剣だった。「病気の心配はいらないよ、オリヴィア」

彼女の頬も燃えるようになった。控えめに言っても、ばつの悪い会話だった。「あなたもよ。ミーアに腎臓を提供するとき、あらゆる検査を受けたし、そのあとはだれとも関係を持ってなかったから。でも……ピルは飲んでないの。もっと気をつけるべきだったわ」

横向きになっていたデイヴィッドがてのひらで彼女の腕をそっとなで下ろし、指をからませた。「おれはきみをずっと待ってたんだ。立ち去ったりはしない」

オリヴィアはごくりと唾を飲んだ。「ただ……わたしは父を知らずに育ったから。もっと気をつけるべきだった」

「きみの気持ちはわかる」きっぱりと言う。「でも、おれは立ち去りはしない」オリヴィアのてのひらにキスをする。「ほら、シャワーを浴びておいで。そうしないと、ふたりとも仕事に遅刻するぞ」

## 九月二二日（水）午前七時三〇分

オースティン・デントは目を開けた。太陽が昇っていた。少ししか眠れなかった。山ほど心配した。

母さんは頭がおかしくなるほど心配してるだろう。逃げ出したとき、母さんにだけはテキスト・メッセージを送っておいたけど。〈ぼくは無事だよ。車を借りた。悪いことはしてない。ごめんね〉

警察の車が私道に入ってくるのを見たときのことを思い出すと、いまでも心臓がどきどきした。逃げろ。携帯電話を持ち、椅子にかけてあったパーカーをつかんでベッドルームの窓から逃げ出したのだった。森のなかを駆け抜け、隣家に出るまで背後をふり返りもしなかった。そこで外に出しっ放しの自転車を拝借して懸命に飛ばし、母が夜通し給仕をしているドライブインのダイナーまで行った。母の車はそこに停めてあった。幸い、逃げ出したときにキーと財布はポケットのなかだった。

母の車で北に向かい、国境を越えてカナダに入るつもりだった。

だけど、そんなことをしてなんになるだろう？　頭がまともに働いていなかったのだ。こんなことを終わりにする方法を見つけなくてはならない。考えなくては。眠らなくては。北部の森には、彼が知っているどんなところよりも身を潜める場所がたくさんあって運がよかった。開けた場所に車を停め、少しだが休息を取れた。

でも、太陽が昇ったいま、選択をしなければならない。どこへ行くか？　だれを信じるか？　携帯電話を手に取る。眠っているあいだはバッテリーをはずしておいたのだ。つけたままでいたら居場所を特定されるかどうかよくわからなかったから。

バッテリーを取りつけると、何本もメッセージが入っていて目を瞬いた。もう何時間も連絡をつけようとしていた人たちがいたのだ。母親。警察。

ケニー。〈警察を信じろ〉

警察。〈悪いようにはしない〉

またケニー。〈前のケータイは警察に没収された。警察は嘘をついてる。あいつらを信じるな〉

オースティンは携帯電話の電源を落とした。おびえ、混乱していたが、このままここにじっとしていてもなにも変わらないのはわかっていた。答えはミネアポリスにある。だったらそこへ行かなければ。

## 九月二二日（水）午前八時〇〇分

消防署の休憩室に甥のトムがいるのを見て、デイヴィッドは驚いた。トムは勢いよく立ち上がり、渋面を向けてきた。「大丈夫？」

デイヴィッドはため息をつき、コーヒーのところへとまっすぐに向かった。「たいへんな夜だったが、おれは無事だよ」

「テレビのニュースでジェフのことを聞いたんだ。なにかわかった？」

「ここへ来る前に病院に電話した。容態に変化はないそうだ」デイヴィッドはふたり分のコーヒーを注いで、ひとつをトムに渡した。「あと一日、二日はなにもわからないんじゃないかな。オリヴィアの相棒のケイン刑事をおぼえてるかい？」

トムがますますしかめ面になる。「ニュースで聞いたよ。誘拐されそうになった子どもを助けようとしたんだって言ってた」

「ガラス球のせいで、なにもかもが混乱したからだ」そして、ゆうべの火災現場でガラス球が発見されていないことが気にかかってしかたなかった。

「オリヴィアもかわいそうに。ひどく打ちひしがれてるんだろうね」

「ああ。でも、なんとか踏ん張ってくれるさ」おれも踏ん張らなくては。今朝、彼女はおれに頼ってくれた。朝の光のなかで、彼女の目に軽蔑の念を見るのではないかとおそれていたのだった。だが、彼女はおれの最悪の秘密を受け止め、過去に葬ってくれた。自分もそうできるようにならなければ。

「そうだとは思う。それでも……」トムが吐息をついた。「九時の授業があるから、あんまり時間がないんだ。前に話した例のウェブサイトについて、いくつかわかったことがあるんだけど、ここで話して大丈夫？」

今朝の消防署はとても静かだった。仲間が負傷したときはいつもそうなるように、重く沈んだ雰囲気になっていた。みんなはそれぞれ自分の仕事をしており、ふたりに注意を向けている者はいなかった。「大丈夫だろう。なにがわかった？」

「ウェブサイトのドメインは、ヒューバート・リーズの名前で一〇年前に登録されてた」

「モスの最後の火事から二年後か。ヒューバート・リーズっていうのはだれなんだ？」

「リーズ教授。モスと同じ大学で教えてた。見つけたいくつかの記事によると、ふたりは友人だったらしいよ」

「教えてた？　退職したのか？」

「ううん。亡くなったんだ。八年前に動脈瘤で」

「じゃあ、ウェブサイトは単にそのまま生き続けたのか？」

「ちょっとちがうんだ。モスのスピーチとか、音声とか、写真なんかがいつアップロードされたのかはわからないんだけど、ドメインの登録は更新され続けてるんだよ。ＵＲＬが失効するとか、だれかのＵＲＬを勝手に手に入れて自分のウェブサイトを作るとかっていうのはできないんだ。最後の更新は六カ月前で、最長の九年分の更新になってる」

「だれが支払ったんだ？」

「いい質問だね。それを知るには、ぼくが良心の呵責《かしやく》にさいなまれずにできるよりもさらに深く掘り下げる必要があるんだ。クレジットカードとか、そういうものがからんでくるんだよ」

「つまり、助けが必要なわけだな」デイヴィッドはうれしくなさそうに言い、トムは肩をすくめた。

「イーサンは悪い人じゃないよ、デイヴィッド」

「わかってる、わかってる。忘れてくれ。ほかになにがわかった？」

トムが両の眉を吊り上げた。「どういたしまして」

デイヴィッドがにやりとする。「ありがとう。ほかになにがわかった？」

「ウェブサイトにはかなり簡単に侵入できたよ。だれかがサイトをアップデートしてるはずだと考えて、それが例のリンカーン・ジェファソンでもおかしくないと思ったんだ。で、ユーザー名やパスワードをあれこれ試して、突き止めたってわけ。そんなに時間はかからなかった。彼のユーザー名はスペースなしのAbeThomas。パスワードは三回めでわかったよ」

「Valla Eam《ヴァラ・エァム》だな」

「あたり。リンカーンはきっと、リーズ教授と一緒にサイトを作ったんだと思う。教授はおそらく彼にすべての管理権限をあたえたんじゃないかな——登録も、サイトそのものも。それから教授が死に、リンカーンはサイトを維持した」

「その間に彼の頭はどんどんいかれていった」デイヴィッドが言う。「じゃあ、このウェブサイトは一〇年前からずっとあったんだな？　サーバーのスペースに金を払ったりしなくていいのか？」

「このサイトは無料サーバーを使ってるんだ。アカウントはリーズの名前になってる。訪問者履歴をチェックしてみたけど、去年前半は訪問者数はすごく少なかった。訪問者の活動が活発になったのは、四月になってからなんだ。ちょうどドメインが更新されたころだよ」

「どんな人間がサイトを訪問してる？」

トムがポケットから一枚の紙を取り出した。「これが突き止められた名前。残りは追跡できなかった分のＩＰアドレス。これについてもイーサンに助けてもらわないとだめだよ」

デイヴィッドはリストに目を通し、何度も出てくる名前に気づいて眉をひそめた。「この名前にはおぼえがある。ジョエル・フィッシャー。どうしてこの名前を知ってるんだろう？」目を閉じて集中した。「そうか。思い出したぞ。月曜日にコンドミニアムの火災のニュースを聞いてたときだった。ジョエル・フィッシャーは月曜日に死んだ男の名前だ。車の事故で」

「ぼくも思い出したよ」トムは考えこんだ。「彼は大学生だった。四月に頻繁にサイトを訪れてたのは、後期の授業でリサーチしてたからじゃないかな」

ジョエルは火災現場にいた、とデイヴィッドは考えた。それから、罪悪感に耐えられずに運転する車で道路を飛び出した。ゆうべ、オリヴィアはキャビンに来る前にジョエルの家を訪れた。なにもかもが大混乱になる前に。「彼は重要な存在だ」

「でも、どう重要なのかは話してくれるつもりがないんでしょ」トムの口調はそっけない。

「ひどいよ、デイヴィッド」

彼は顔を寄せてささやいた。「ジョエル・フィッシャーはコンドミニアムの火災現場にいたんだ、わかったか？」

トムが驚いた顔になる。「ほんとうに？　じゃあ、あんまり頭のいい犯罪者じゃないみたいだね。このサイトを何度も訪問してるのに、足跡を消そうともしなかったんだから。もちろん、ガラス球の件がマスコミにばれた昨日から、訪問者数は激増してるんだけどね」

オリヴィアにこのことを知らせなければ。だが、その情報を入手した方法をどう話せばいいのか、デイヴィッドにはわからなかった。もう一度リストに目を走らせる。そこにあると思っていた名前はなかった。

「リンカーンの名前はどこにもないな」考えこむように言う。「ＦＢＩがかんかんになるのも無理はない。この一〇年間、リンカーンはずっと彼らの目と鼻の先にいて、ウェブサイトを維持してたんだ。でも、リーズ教授が亡くなったのは知ってたにちがいない。だったらどうして捜査しなかったんだろう？」

「リーズが死んだあと新しいコンテンツが増えてなくて、更新の止まったサイトだと思いこんだのかもしれないね。それでチェックするのをやめたとか。ぼくが突き止めたのは、これが全部だよ。ドメインの更新で使われたクレジットカードについては、イーサンに話してみなよ。彼は追跡の方法をいくつも持ってるよ」

「彼の〝追跡方法〟の全部が合法的なものとは思えないな」デイヴィッドはぼそぼそと言った。

「だからなんだっていうの？　合法的な手段と、おじさんのロフトにいるお祖母ちゃんの安全と、どっちを選ぶわけ？」

「おまえの言うとおりだな。イーサンに電話してみるよ。いろいろありがとう、坊主」

「いつでもどうぞ」トムは片腕でさっとデイヴィッドをハグしたあと、体を離した。愉快そうな表情をしている。「スイカズラの香水をつけるのはやめたほうがいいよ、デイヴィッド。うわさの種にされるから」

デイヴィッドの頬が熱くなった。オリヴィアはシャンプーを持たずにシャワーに飛びこんだのだった。デイヴィッドがシャンプーを渡そうとシャワー・カーテンを開けたところ、彼女が泣いていた。ひとりになったとたん、新たな悲しみの波に襲われたのだ。泣いているあいだ彼女を抱きしめてやり、マッサージが気持ちを落ち着かせてくれるとわかっていたので髪を洗ってやったのだ。そして、あれよあれよという間にもう一度今日という日を先延ばしにすることになった。

トムが大笑いをする。「自分の顔を見てみるといいよ。もう学校に行かなきゃ。なにかあったら電話して」デイヴィッドにメモを渡す。「イーサンの携帯電話の番号だよ」

「ありがとう。本心だよ」

「どういたしまして。お祖母ちゃんはいまもイーヴィのところにいるの？」トムがたずね、デイヴィッドはうなずいた。

「ああ。ノアはゆうべ仕事をしなくちゃならなくなった。ケインが……」嘆息する。「とにかく、母さんがグレンに電話して、彼が夜のあいだ一緒にいてくれたんだ。いまもまだいるんじゃないかな」

「お祖母ちゃんもそろそろそうしていいころだよね。ひとりの時間が長かったから」

わかってはいても、デイヴィッドはたじろいだ。「ああ、そうだな」

トムが肩をすくめる。「ねえ、ぼくは自分の母親がおじさんの兄貴と恋に落ちるのを見てなきゃならなかったんだよ」

「でも、結果オーライだったじゃないか」

「たしかにね。お祖母ちゃんのこともそうなるよ。文句なんて言っちゃだめだよ。おじさんの友だちになるくらいの人なら、お祖母ちゃんにとってもいい人に決まってるんだから」

「おまえの言うとおりだよ。なあ、わかった情報を伝えるだけなら、電話でだってすんだんじゃないのか」

「まあね。でも、ゆうべの火事のニュースで、消防士がひとり負傷したって言ってたからさ。お祖母ちゃんが電話をくれて、怪我をしたのはおじさんじゃないって教えてくれたけど——」ばつが悪そうに肩をすくめる。「無事な姿を自分の目でたしかめる必要があったのかもね」

デイヴィッドはまた喉を締めつけられたように感じた。「そうか。おれは無事だよ。ほら、学校へ行ってこい。それと、ありがとうな」

# 22

## 九月二二日（水）午前八時〇〇分

オリヴィアはフェドーラ帽を手に持ち、警察署の前に立っていた。デイヴィッドのキャビンを出るときにソファに置かれているのを目にし、とっさにつかんだのだった。ちがう、とっさにではない。お守りとしてかもしれない。でも、かぶるまではできずにいた。

遅刻していたが、ドアに手を伸ばせなかった。なかに入りたくなんてなかった。ケインのデスクも、アボットの丸テーブルも見たくなかった。みんなの悲しそうな顔を見たくなかった。ただ今日という日を乗り切る、か。言うは易し、行なうは難しだ。

「おはようございます」声をかけてきたのはドクター・ドナヒューだった。

最高。署に委託されている精神科医は血のにおいを嗅ぎつけるのがうまい。「おはようございます」少しばかりつっけんどんな口調だったかもしれないが、かまわなかった。わたしには考えごとがたくさんあるんだから。

「あなたが考えているのとはちがって、ここへはあなたを分析しにきたわけじゃないんですよ。アボット警部の会議に出席するためです」ドクター・ドナヒューが横を通り過ぎ、オリヴィアは彼女の目が赤くなっているのに遅まきながら気づいた。

彼女のあとを追う。「ドクター・ドナヒュー」精神科医は顔を背けたまま歩き続けた。

「ジェシー。待って」

ドクターが足を止め、ポケットからティッシュを取り出した。「わたしでお役に立てることでも、刑事さん？」

つかの間、ことばを失ったあと、オリヴィアはバッグからコンパクトを出してドクター・ドナヒューに渡した。「応急対策をどうぞ」

ドナヒューは目の下に白粉をはたいたが、形ばかりのものだった。「ありがとう」

オリヴィアはコンパクトをバッグのなかに落とし、息を吸いこんだ。「あそこに上がっていけないいわ」

ドナヒューの目は冷静だった。「いいえ、上がれます。上がらないと」

「今日という日を乗り切らないといけないいんですよね」自虐的な笑みが出た。

「陳腐なことばではあるけれど、ええ、そのとおりよ。刑事さん……オリヴィア、簡単だなんてだれも言っていないわ」

オリヴィアはエレベーターに視線を据え、乗りこむ人々を見つめた。この人たちと一緒に乗ったら、完全なるパニックになるのはわかりきっている。ドクター・ドナヒューを見ると、すべてを察したやさしいまなざしをしていた。

「階段で行きましょう」ドナヒューが言った。「こんな顔のわたしを見る人は少ないほうがいいもの」

その口実をありがたく思い、オリヴィアは彼女についていった。二階分上がったところで立ち止まる。ドナヒューが次の段に足をかけ、ふり返って待った。

「犯罪現場がこわいんです」オリヴィアは自分がそう認めるのを聞いた。「遺体を見るのがこわいんです」

ドナヒューは驚きもしていなかった。「それを言うのはそんなにむずかしかった?」

オリヴィアはごくりと喉を鳴らした。「ええ。じゃあ、いまのが困難な段階だったんですか?」

ドナヒューが唇をゆがめた。「まさか。困難なのは前に進み続けることよ。でも、これで一緒に対処できるようになったわ。まずはこの階段を上がらなければ」

そして、彼のデスクを通り過ぎる。オリヴィアは手に持った帽子を見つめた。そして、これをかぶる。

「すてき」ドナヒューが小さく言った。「イングリッド・バーグマンみたい」

オリヴィアは唇をぎゅっと結んだ。新たな涙に体をまっぷたつに引き裂かれそうだった。その発作がおさまるまで、階段の手すりをきつく握りしめた。また呼吸ができるようになるまで。それから足を動かした。

大部屋は気味が悪いほどしんとしていた。オリヴィアの前を行くドナヒューは顔をまっすぐ前方に向け、行進するように足を動かしており、まるで兵士だった。オリヴィアはケインのデスクのところで立ち止まった。彼のデスクを見るよう自分に強い、地面に流れた大量の血を思い出すよう自分に強いた。それから肩をいからせ、みんなが待っているアボットのオフィスに入った。

「それで、わかっていることは？」オリヴィアはきびきびとたずね、ノアの隣りに座った。「オースティン・デントはまだここへ連れてこられてないんですか？」

ノアが躊躇した。「ああ。彼はいなくなった」

オリヴィアはゆっくりと首をめぐらせてノアの横顔を見た。「彼はどうしたですって？」

「いなくなった」アボットが言う。「州警察がゆうべ彼の家に行ったが、家の裏手の窓から逃げたのがわかった。この四時間、総力を挙げて彼を捜索している」

体の奥から憤怒が噴き出した。「それなのに、わたしに知らせてくれなかったんですか？」

「おれの判断だ」ノアが言った。「きみは睡眠を取る必要があった。あとでおれのはらわたを引きちぎってくれてもかまわないが、必要とあればまた同じことをする」

「私もノアを支持する」アボットがおだやかに言った。「きみにできることはなにもなかった。一帯を捜索し、道路に検問も設けてる。全機関が捜索にあたっている」

「オースティン・デントとはだれですか？」ドクター・ドナヒューがたずねた。「それに、どうして彼は逃げたのですか？」

アボットがドナヒューに手短に状況を説明しているあいだ、オリヴィアの頭はめまぐるしく回転していた。

「発砲者はケニーの携帯電話を持っています」そう言った。「彼は、ヴァルは大丈夫だとわたしに思いこませるために、彼女の携帯電話を使ってメッセージを送ってきました。同じ手を使ってオースティンをおびき出したのかもしれません。すでに彼をとらえているのかも」オリヴィアはアボットに目を向けた。「犯人は相手の携帯電話を奪っています。トムリンソン、ヴァル、それにケニー」

そのとき、バーロウが顔を上げた。「それに、ドリアン・ブラントのもだ。彼の携帯電話はまだ見つかってない」

テーブルを見まわすと、みんなにははじめて聞く名前でないのだとわかり、オリヴィアはいらだちを抑えようとした。「だれですって？」

「ゆうべの放火の標的となった家のなかで発見された男性だ」バーロウが説明する。「少なくとも、あれはドリアン・ブラントだとおれたちはほぼ確信してる。イアンが今朝、歯科治療記録を手に入れることになってる」

「どうしてブラントだと考えたの？　それに、ブラントというのは何者？」

「ズボンのなかに財布があったからだ」バーロウが言った。「運転免許証はクレジットカードの束のなかに埋もれてた。縁は溶けてくっついていたが、鑑識が分離してくれて、名前がわかった」

「ブラントは会計士だ」ノアが言った。「妻の話では、彼はゆうべ、仕事の面接に出かけたまま戻ってこなかったそうだ。夫がどこへ出かけたのか、相手がだれだったのかは知らなかった。出かけるときの夫は捨て鉢な感じだったそうだ。貯金は底を尽きかけていたうえ、多額の借金を抱えていた。妻はトムリンソンという名前に聞きおぼえはなく、夫がどうしてその家にいたのか見当もつかないと言っている。いまのところ、トムリンソンや〈ランキン&サンズ〉とのつながりはわかってない」

「多額の借金。トムリンソンと同じね」オリヴィアは言った。「犯人はガソリンを使ったの？」

バーロウがうなずく。「外にまいたが、ブラントの体にはまいてない。これもトムリンソンのときと同じだ。自宅事務所のデスクに座った形で発見された。顔をうつぶせにして」

「ホローポイント弾で後頭部を撃たれてた？」ケインのことを考えまいとしながら、オリヴィアは訊いた。

「そうよ」ミッキが答える。「銃弾は弾道検査に出してる」

合致するだろう。オリヴィアには確信があった。「犯人はずいぶん忙しく動きまわってくれてるじゃないの」冷ややかに言う。「ヴァルも彼にやられたのだとしたら、一日で三人もよ。ケニーは四人めになるところだった。オースティンと連絡を取るためにどんな努力をしたの？」

「罰せられることはない、と母親がメッセージを送った」ノアが言った。「ケニーにも、新しいアカウントから送信してもらった。〝忙しく動きまわってる〟くそ野郎が使えないように、ケニーの古いアカウントは無効にした。〈ランキン＆サンズ〉の現場監督を叩き起こして、コンドミニアムの工事を請け負った大工全員の名前を提出するように言った。夏にオースティンをアルバイトで雇った大工を見つけるまで電話をかけまくった。その大工にもメッセージを送ってもらった。オースティンが信頼している可能性のある者全員に、彼は厄介な立場にいるのではなく危険にさらされているから、警察に連絡するようにとメッセージを送ってもらった」

「じゃあ、できることは全部やったわけね」オリヴィアは静かに言った。「わたしもしてただろうことを」

「アボットがオースティンに訴えかけ、隣りで手話通訳がそれを伝える映像もテレビで流した」ノアが続ける。「オースティンがいまも生きていて、それを見てくれるのを願うばかりだ」

「ケニーは？」オリヴィアはたずねた。

「彼の両親がここに来ている」答えたのはアボットだ。「長期の保護を手配するか、忙しく動きまわっている犯人をつかまえるかするまで保護施設《セーフ・ハウス》で待避すると同意してくれた」

「ケニーと改めて話をした人はいます？　彼は犯人のバンにいたんです。ほんの短い時間だったかもしれないけど、なにか役に立つものを目にしたかもしれません」

「まだだ」ノアが言った。「今日、きみとおれとでそれをやろう」

「わかったわ」オリヴィアはテーブルを見つめ、考えを整理しようとした。「ゆうべ、現場で発見した帽子だけど。犯人が残していったやつ。それについてなにかわかったことは？」

「あるわ」ミッキだ。「帽子のつばから毛髪を何本かとメイク用パテを採取したわ」

「顔を変えたのね。それなら、寮の職員とケニーに似顔絵作成に協力してもらっても、正確なものはできない。ジョエル・フィッシャーはコンドミニアムの現場にいたけれど、トムリンソンの火災のときにはすでに死んでいた。彼がだれとつるんでいたかを突き止めましょう。彼のベッドルームでなにを見つけた？」

「靴底についていた接着剤は、コンドミニアムに火をつけるために使われたカーペットの下敷き用接着剤と完全に一致したわ。彼はコンドミニアムにいたのよ」

「そのジョエルは頭を殴られていた」オリヴィアが言う。「ウィームズと同じように。仲間が気絶してるジョエルを運んでいったんだと思う」

「それなら、フェンスのところに足跡がひと組しかなかったことの説明になるわね」ミッキがぼそぼそと言った。

「多様な目的」ドナヒューが考えこむように言った。

「ジョエルは考えを変えた」

「ケインとわたしもそう考えたの」オリヴィアが言うと、部屋が静まり返った。彼女はつかの間視線を落とし、胸の痛みが和らぐのを待ってから顔を上げて話を続けた。「ジョエルの教科書にメモがはさまれているのをケインが見つけた。女の子からのもので、Mとサインしてあった。彼にはエリック・マーシュという友人がいたこともわかってる。この女の子かエリックが、ジョエルの仲間を知っているかもしれない。彼の携帯電話とノートパソコンからなにか出た？」

ミッキが顔をしかめた。「彼の部屋にノートパソコンはなかったわ。携帯電話も」

「死んだとき、彼は携帯電話を持っていたはずだ」ノアが言う。「モルグから服と一緒にそっちに送られてこなかったのかい？」

ミッキがうなずく。「ええ。なかったはず。携帯電話はなし」

「大学に行ってみましょう」オリヴィアは言った。「彼がだれと仲がよかったか調べるの。葬儀は今日のはずだから、友だちが参列してるかもしれない」

「ゆうべの火災現場で死体捜索犬を使った」バーロウが言う。「犬のハンドラーは、トムリンソンの現場の番犬を診てくれた獣医の娘さんのブリーだ。彼女の話では、番犬は持ちなおしそうだ」

「いいことがひとつはあったわけね」オリヴィアの微笑みはかすかだった。

「そうだわ」ミッキがフォルダーを探る。「番犬の検査結果が出てたんだった。大量のオキシコドンをあたえられてたわ」

　オリヴィアは眉をひそめた。「ほんとう？　イアンがジョエルの体内で見つけたのもそれだった。オキシコドンの過剰摂取」

「ジョエルの部屋にはドラッグの痕跡はなにも見つからなかった」ミッキが言う。「部屋中のあらゆる塵を採取したの。まだすべてを判定したわけじゃないけど、明らかな兆候はなにもなかったわ。車にも薬瓶はなかった」

「ほかの人間がドラッグを持っていたんだわ」オリヴィアが言う。「月曜日の夜、番犬にそれをあたえたわけだから。ジョエルも自発的にドラッグを摂取したわけじゃなかったとしたら？」

「どうやらイアンと話をする必要があるみたいだな」ノアが言った。「死を招いたオキシコドンを彼がどうやって摂取したかを知る方法があるかどうか訊いてみよう」

　オリヴィアはたじろいだ。「ジョエルの葬儀がまた遅れると知ったら、フィッシャー家の人たちは喜ばないでしょうね。でも、彼が無理やりドラッグを摂取させられたと示せたら、少しは家族の気持ちを楽にしてあげられるかもしれない」

「きみたちふたりはジョエルの件を頼む。私はケニーと話をする」アボットが言った。

「ヴァルのことはどうするんですか？」オリヴィアはたずねた。「彼女を見つけなければ。

ご家族のためにも」

「ジャック・フェルプスとサム・ワイアットをそっちにあてよう。どこからはじめさせればいいかな？」

「いつも学校から三ブロックのサンドイッチのお店に行くんだと彼女は言ってました。ヴァルを拉致したのは……ケインを撃った犯人と同一人物だと考えるのが妥当でしょう。犯人は、われわれがオースティン・デントについてなにを知ったかを探り出そうと必死だったんです」

「彼女の最後の足どりを追おう。だが、犯人をつかまえるまで、ヴァルは見つけられないかもしれない」アボットが言う。「だから、犯人を見つけるんだ」全員がその場を立ち去ろうとしたとき、彼が手を上げて制した。「全員、防弾チョッキを装着すること。どこへ行くときもだ。反論は受けつけない。気をつけるんだぞ」

アボットのオフィスを出ると、ノアが帽子をかぶり、オリヴィアも少しためらったあと帽子をかぶった。「イングリッド・バーグマンみたいって言わないでよ」彼女は警告した。

ノアの口が悲しげにゆがんだ。「ケインが喜ぶと言おうとしたんだ」

オリヴィアはきっぱりとうなずいた。「さっさと片をつけましょう」

## 九月二二日（水）午前九時三〇分

デイヴィッドは保守点検リストのチェックをすませ、チームのために朝食を作り、ジェフの容態を確認するためにまた病院に電話をし――変わりはなかった――、キッチンをきれいにした。

これ以上デイナの夫に電話するのを先延ばしにする理由がなくなってしまった。ため息をつき、心の内で自分に悪態をつき、トムから渡されたメモを取り出すと、出動のサイレンが鳴るのを半ば期待しながら車庫に行った。

イーサン・ブキャナンは電話を待っていたかのように最初の呼び出し音で出た。「なんの用かな、デイヴィッド？」

「たぶんきみを雇いたいんだと思う」首のこわばりをほぐしながら言う。

「叩きのめされたいのか。なにが望みだ？」

このほうがいい。やさしくどっちつかずのことばをかけられていたら気詰まりだっただろうし、元海兵隊員のイーサン・ブキャナンはいまの脅しを実行できる数少ない男なのだ。

「昨日、侵入者があった」事情を説明するあいだ、イーサンはひとことも口をはさまなかった。「このリンカーンという男に協力していた人間がだれなのかを知りたい。だれかがまたやってきて、おれのアパートメント・ハウスの住人を傷つけるかもしれないと心配したくないんだ。おれに腹を立ててる銃を持った狂信者に襲われて、ちょっと動揺してる」

「だろうな。おれだって湾岸では同じ思いをした」イーサンが自嘲気味に言う。「こっちのほうが大きな銃を持ってたっていうのにな。警察はどうからんでる？」

「あっちはもっと大きな問題を抱えてるんだ。こっちの問題に対処する余力はいまはない。ただし、ウェブサイトの訪問者のひとりがオリヴィアのレーダーに引っかかってるのはわかってる――ジョエル・フィッシャーだ。彼は二日前に死んだ。車で道路から飛び出して木に突っこんだ」

「どうしてそいつがオリヴィアのレーダーに引っかかったんだ？」

「彼は最初の火災現場にいたんだ」

「わかった。じゃあ、探り出した情報は彼女に知らせるんだな？」

「どうだろう。おれたちは逮捕されるのか？」

「信用されてないとは、傷つくな。匿名で情報提供すればいいじゃないか。たいていの場合、おれたちが提供するのは、陪審員に提示する確固たる証拠に結びつく手がかりだ。追跡できなかった電話番号をEメールで送ってくれ。二、三時間したら連絡する」

「助かるよ」サイレンが鳴り響いた。「出動の合図だ。行かないと。戻ってきたら、電話番号を送るよ。ありがとう、イーサン」

## 九月二二日（水）午前九時四五分

オースティンは、ガソリンスタンドのコンビニエンス・ストアから出てくる男性とすれちがいざまに会釈をして入った。手持ちの金は二〇ドルになっていて、たいした物は買えそうになかった。母の車が満タンだったのが幸いだ。残りの距離を走るだけのガソリンはあった。なに食わぬ態度でコーラをつかんだが、背後で自分のうわさをされているのではないかとびくびくしていた。いまこの瞬間にも、だれかが警察に通報しているのではないかと。レジの奥のテレビに視線を上げた彼は凍りついた。

ぼくの顔だ。あれはぼくの顔じゃないか。小さな画面いっぱいに、去年学校で撮った写真が映っていた。くせ毛はまっ赤だ。字幕はなかったので、指名手配されたのか保護しようとしてくれているのかわからなかった。くそっ。背を向け、ワイパー・ブレードを選んでいるふりをした。自分の顔がテレビに映っている。パーカーのフードをかぶっているおかげで髪の毛がほとんど隠れているのが幸いだった。頰をなで、伸びかけのひげが指にジャリジャリとあたってほっとする。少なくとも高校生には見えないだろう。

髪をなんとかしなくては。ネオン・サインみたいなんだから。

店内を見まわす。ハサミを買って注意を引きたくはなかったが、どのみち見あたらなかった。土産物の安物のアーミー・ナイフと三本入りの剃刀のセットで手を打つことにした。

とっさに咳止めドロップもつかんだ。これで、なぜしゃべらないのかと訊かれないように願った。

うつむき加減に商品をカウンターに置き、合計金額にひるんだ。残金は二ドル以下になってしまった。咳をするふりをして手を口にあて、古いナンバープレートに下げられているトイレの鍵を指さした。

退屈しきった店員が鍵を渡してくれた。ここまでのところは順調だ。

## 九月二二日（水）午前九時四五分

オリヴィアはフィッシャー家の縁石に車を停めた。「ジョエルはドラッグを注射されたとか、そういう話ができればよかったのに」

「同感だ」ノアが言う。「だが、胃の内容物に文句は言えない。イアンが錠剤の製剤結合剤を胃のなかに見つけたんだ。ジョエルはオキシコドンを経口摂取したんだよ」車を降りかけたが、オリヴィアが動こうとしないのに気づいてまたシートに戻った。「どうしたんだい？」

「どうして自分がいまもこの事件を担当してるんだろうって思ったの」朝の会議が終わってから、ずっとそれについて考えていたのだった。「アボットはわたしをはずしてもおかしくないのに」

「そうしようと考えていたよ。おれが、それはまちがってると言ったんだ。きみはこれまでの経緯もデータもすべて把握してる。それに、ケニーに対してかなりの自制心を発揮した。彼の腕をもぎ取りたがる警官だって多いはずなのに」

「そうしたかったわ」

「でも、そうしなかった。それだけでも高得点を叩き出したんだよ。だから、踏ん張れ、サザランド。きみはこの男をつかまえ、司法が報いを受けさせる」

「わかったわ。フィッシャー家の人たちと話しましょう。玄関で靴を脱いでね」

ノックをする前にミスター・フィッシャーが出てきた。「息子の埋葬は今日です」険しい口調だった。「なぜあなたがここにいるんですか？　それに、この人はだれですか？」

「息子さんのことでお話があります。こちらはウェブスター刑事です。この先は彼がわたしと一緒に仕事をします」

「先日の刑事さんはどうしたんですか？」

オリヴィアは顎を上げた。「ケイン刑事はゆうべ殉職しました」

ミスター・フィッシャーは殴られたかのような表情になった。「なんてひどい。お入りください。知りませんでした」ふたりが玄関で靴を脱ぐと、彼は言った。「お気の毒です」

「ありがとうございます。奥さまにも会えますか？」

「呼んできましょう。どうぞおかけください」

ふたりは言われたとおりにした。オリヴィアが部屋を見まわす。彼女の世界は一二時間前とくらべて大きく変わったが、この家族にとっては時は止まったままだった。彼らは二日間、悲しみのなかで過ごしてきたのだ。

「夫妻には娘もいるんだな」ノアが小声で言い、キッチンのドアを指さした。一六歳くらいの少女が用心深さと怒りのないまぜになった表情でこちらを見ていた。

「ゆうべは知らなかったわ」オリヴィアも小声で返した。「彼女にも話を聞かないと」

フィッシャー夫妻が居間に入ってきた。妻のほうはかすかに顔をしかめている。「自分の部屋に戻りなさい、サーシャ。刑事さんたちがお帰りになったら、あなたの部屋に行くから」

サーシャが従い、ミセス・フィッシャーはソファの夫の隣りに腰を下ろした。「パートナーのことはお気の毒でした、刑事さん」硬い声で言った。

「ありがとうございます。あまりいい話ではないので、先に謝っておきます。ジョエルの薬物過剰摂取についてのお話です」

ミセス・フィッシャーの口もとがこわばる。「息子は薬物中毒などではないと前に申し上げたはずです」

「あなたを信じます」オリヴィアがやさしく言った。「ですが、息子さんの胃から薬物が検出されたので、彼がどこでそれを手に入れたのかを調べなければならないのです」

「息子さんは火災現場にいただれかから入手したのではないかとわれわれは考えています」ノアが言う。「息子さんが亡くなったあと、月曜日の夜に別の場所でも同じ薬物が見つかりました」

「その薬物はオキシコドンで、パーコセットとも呼ばれています」オリヴィアがあとを受ける。「鎮痛用の処方薬です。ときには通りで買えることもあります。ひょっとして、ジョエルにはそういうお友だちが――」

「いいえ」ミセス・フィッシャーが大声を出し、立ち上がりかけた。「もうお帰りください」

「ノーマ」ミスター・フィッシャーが静かに言い、太腿に手を置いてもう一度座らせた。

「そういう薬物を持っていそうな友だちに心あたりはありません、刑事さん」

「わかりました」オリヴィアは言った。「では、息子さんのお友だちと話してみます。ジョエルのガールフレンドについてもおうかがいしなければなりません。彼女はメモを書き、Mとサインしてました」

「息子にはガールフレンドはいませんでした」ミセス・フィッシャーが強い口調で言う。

「いたら、わたしたちに話してくれていたはずです」

「ちがうわ、ママ」

全員が声のしたほうにさっと顔を向けた。サーシャが廊下にいて、両手を握り合わせていた。「サーシャ、部屋に行きなさい」ミセス・フィッシャーが命じた。

「いやよ、ママ」サーシャが進み出る。唇を震わせており、血の気の引いた顔のなかで黒っぽい瞳が際立っていた。「お兄ちゃんにはガールフレンドがいたの。電話で彼女と話してるのを聞いたもの」

「それはいつのことだった？」ノアがやさしくたずねた。

「何度も。彼女に会ったことはありません」サーシャは惨めそうだった。「ごめんなさい、ママ」

「お兄ちゃんはどうしてパパたちに話してくれなかったんだい、サーシャ？」ミスター・フィッシャーの目はつらそうだった。

サーシャがためらう。「彼女はユダヤ教徒じゃなかったから」

「どうしてそう思ったんだい？」ノアだ。

「前に電話で彼女と話してるとき、どうして会えないのかをお兄ちゃんが説明してたんです。彼女を落ち着かせようとしてるみたいでした。五旬節《シャヴオット》だったから、シナゴーグへ行かなくちゃならなかったんです」

ノアがちらりとオリヴィアを見た。「祝日なの。晩春の」彼女は小さく言った。

「じゃあ、ジョエルは彼女とだいぶ前からつき合ってたんだね」ノアが言う。「最後にふたりが話してるのを聞いたのはいつだった？」

「先週の木曜日です。盗み聞きしてたわけじゃないけど、壁が薄いから。ただ……聞こえてきちゃったんです」

「なにを聞いたのかしら、サーシャ?」オリヴィアがたずねると、少女は顔を赤く染めた。

「無理です。言えません」狼狽した目で両親を見る。「お願い」

オリヴィアは枕についた口紅を思い出し、どういう事情かを察した。「いいのよ」

「いいえ、よくなんてありません」ミセス・フィッシャーが叫んだ。「なにがどうなっているの?」

「木曜日の夜はご自宅にいらっしゃいましたか?」オリヴィアはたずねた。

「いいえ。木曜日はブリッジをする日なんです」

「ジョエルの部屋に女性がいた証拠を発見しました。その女性と話をする必要があります」

ミセス・フィッシャーが目を閉じた。「わたしたちは彼女のことを知りません。お願いですからもう帰ってください」

「奥さん」オリヴィアは切実な声で言った。「放火犯の犯行で、ゆうべさらに四人が亡くなりました。無実の人たちが。消防士もひとり重症を負いました。そのあと、サーシャと同年代の少年が放火犯のひとりに誘拐されかけました。わたしのパートナーはその少年を救おうとして命を落としました。犯行を止めなくてはならないんです。もし息子さんのガールフレンドがなにかを知っているのなら、どうしても彼女を見つける必要があるんです」

「わたしたちにいったいどうしろとおっしゃるんですか?」ミセス・フィッシャーがぼんや

りと言った。

「息子さんの携帯電話が見つかっていません。あなた方がお持ちですか?」ノアが訊いた。

フィッシャー夫妻がそろって首を横にふった。「でも、ジョエルがかけた相手の履歴は手に入れられます」ミスター・フィッシャーが言った。

サーシャがまたためらった。「お兄ちゃんはもう一台持ってたの。プライバシーが保てるようにって、プリペイドの携帯電話を。だれにかけたか、パパとママにわからないようにって」

「どうしてそれを知ってるんだい?」ノアがたずねた。

サーシャはポケットから折りたたみ式の携帯電話を出した。「お誕生日にお兄ちゃんがくれたの。もう一六歳だから、プライバシーを持ってもいいって。ごめんなさい、パパ」

「ガールフレンドの名前は? それと、ふたりがどこで会ってたか知ってる?」オリヴィアはたずねた。

「メアリって呼んでました。ごめんなさい、苗字はわかりません。お兄ちゃんはたいてい、図書館の外で会おうって彼女に言ってました。一度、〈デリ〉で会おうと言ってたこともありました。学校のそばにあるサンドイッチのお店です。でも、断られたみたいで、それなら彼女の寮に行くって言ってました」

オリヴィアは身を乗り出した。「メアリがどの寮に住んでるかわかる?」

「いいえ。お兄ちゃんはただ〝寮〟って言っただけでした。ごめんなさい」

「謝らないで。あなたはとても勇気があるし、おかげですごく助かったもの。ありがとう」

オリヴィアはノアとともに車に乗りこむまで待った。「大学の寮にメアリという名前の女の子がどれくらい住んでると思う?」むっつりと言う。

「わからないけど、すぐに知ることになるんだろうな」

オリヴィアは車を出した。「そんなに苦労しないかも。ジョエルが彼女の寮に行ったのなら、来訪者として記帳しなくちゃならなかったでしょ。記録に残っているはずよ」ノアの携帯電話が鳴ったので、フィッシャー家がある通りの端に車を停めた。

「計画変更だ」電話を切ったノアが言う。「イアンがモルグに戻ってきてくれと言ってきた。ジョエルの遺体を手放す準備ができたそうなんだが、その前におれたちに見てほしいものがあるらしい」

## 九月二二日(水)午前一〇時〇五分

土産物のアーミー・ナイフの鈍い刃を最後の髪にぐいっとあて、オースティンはためらった。バターすら切れないいくらいなまくらな刃だったが、なんとかやり遂げた。最後に切った髪をガソリンスタンド外の汚れきったトイレに落として流した。人目につくようなごみ箱に赤毛を残していくなんて愚かだからだ。

パッケージから使い捨ての剃刀をひとつ出し、頭を剃ろうとしてまたためらった。洗面台は水しか出なかったが、贅沢は言ってられなかった。刃の鈍い剃刀三本を使ったあと、ほとんど髪のなくなった頭をなでた。それに三日分のひげがくわわり、テレビで流された写真とは似ても似つかない容貌になった。

頭では、携帯電話に送られてきたメッセージはほんとうに警察からのものだと信じるべきだとわかっていた。ただ、ケニーからのメッセージのせいで迷いが生じていた。〈警察は嘘をついてる。あいつらを信じるな〉このまま街まで戻ろう。どこかで字幕つきのテレビを見つけ、なにがどうなっているのかを突き止めよう。

## 九月二二日（水）午前一〇時三〇分

「格好悪いな」デイヴィッドはぶつぶつと言い、小柄なERの女医がやや乱暴に顎を縫合するとびくりとした。「うわっ。痛い。まだ終わらないんですか?」

女医が呆れ顔になる。「図体の大きい男の人がいちばん厄介なのよね。泣きごとの言い通しなんだもの」

デイヴィッドは弁解したくなった。「だって、一五針も縫ってるんですよ」

また針を通す女医の口角が持ち上がった。「たったの一四針ですよ。でも、傷痕が残るから、これから何年も自慢できますよ」

「勘弁してくれ」ケイシーがカーテンをくぐって飛びこんできた。彼の目は怒っていたが、それはパニックの名残なのだとデイヴィッドは知っていた。「おまえはいったいなにをしたんだ、ハンター？」

「ばかだったんですよ。それでいいでしょう？」デイヴィッドはいまや自分自身に腹を立てていた。「痛い」

「じっとしててちょうだい、カウボーイさん」女医が言う。「どなたか存じませんが、座っていただけますか？」

ケイシーは椅子を引き出してどさりと座った。「彼の上司だ。彼は大丈夫なんですか？」

「あら、もちろんです。ものすごい頭痛に悩まされるでしょうけど、死にはしませんよ。みんなにからかわれて生き延びられるかどうかはわかりませんけどね」

「そりゃどうも」デイヴィッドは皮肉たっぷりに言った。「つまずいたんですよ。火事自体はたいしたものじゃなかった。奥さんがガス台に布巾を置きっ放しにして、ご主人が火をつけてしまい、キッチンが燃え上がったんです。消火には三分もかかりませんでした」

「だったら、なににつまずいたんだ？」

「いまいましい猫にです」デイヴィッドは歯を食いしばった。「で、倒れた拍子に、わけのわからない金属製の現代アートの彫像とやらに顎をぶつけたんです」

「おまえが無敵でないとわかってほっとしたよ。ちょっとこわくなってきてたところだ」

女医の眉が吊り上がった。「これまでどんなおそろしい運命を間一髪で逃れてきたのかしら？」

「四階分の高さから落ちかけたり、梁の下敷きになりかけたりしたんですよ」デイヴィッドがそっけなく言う。「どっちも今週の話です」

女医が目を丸くする。「あなたがガラス球をキャッチした人？　じゃあ、ひっかき傷くらいはしかたないわね。もうすぐ終わりますよ」

「よかった。仕事に戻れる」

ケイシーが首を横にふった。「だめだ」

「どういう意味です？　先生は縫合が終わったら、おれをゲームに戻してくれますよ。そうでしょ、先生？」

女医が頭をふる。「ボスは彼ですよ、体の大きなお兄さん。わたしは針仕事をするだけ」

ケイシーは頑なな表情になっていた。「顎を縫った状態では仕事はできない。職務規定に反するからな。たとえそうでなくても、やっぱりだめだ。おまえは気が散っていて、そうなるのも無理はないが、集中できないせいでチームを危険にさらすわけにはいかないんだ」

もっともだった。現場に突入し、簡単に消せる火事だとわかると、思考が三〇〇万もの異なる方向に飛び散ったのだった。オリヴィア、ケイン、ジェフ、リンカーン・ジェファソン、あのいまいましいウェブサイト、そして火災現場にいた少年……。「すみません、隊長。人手が足りてないっていうのに」

「いいんだ。兆候に気づいて、おまえを休ませるべきだった。私もジェフのことで頭がいっぱいだったんだ。治療はもう終わりですか？」

「ええ。家に帰って、いい人に世話を焼いてもらいなさい。一週間で職場に復帰できますよ」

女医が立ち去り、デイヴィッドは立ち上がった。「ここを出ましょう」頭は痛いし、気分は最悪だった。それに、吐き気も少々ある。すばらしい。

「だれが世話を焼いてくれるんだ？」ケイシーが言った。「おまえのいい人はいまはちょっと忙しくしてるぞ」

「わかってます。彼女はゆうべここにいたんです。ケインが運びこまれたのがここだったんですよ」

「知ってる。キャリーから連絡があって、おまえが負傷して救急車でここへ運ばれたと聞いたとき、まっ先にそれが浮かんだんだ。消防署まで乗せていってやるから、荷物をまとめて書類仕事をするんだ。抜糸がすむまで復帰は認めないからな。正式に休暇扱いだ」

# 23

## 九月二二日（水）午前一〇時三〇分

今日はもうモルグに戻らずにすめばとオリヴィアは願っていたのだった。一日の朝としてはすでにじゅうぶん胸の悪くなる思いを味わったのだから。鉛のように重い足どりでノアについていったが、廊下は前に進むごとにますます狭くなっていくように感じられた。

先刻は手前のオフィスでイアンからジョエルについて聞いた。今回は奥の解剖室に向かっていた。このどこかにケインが横たわっているのだ。

心臓の鼓動が激しくなり、呼吸を整えようとオリヴィアは立ち止まった。「ノア。待って」

彼が驚いてふり向く。「どうしたんだい？」

ばつが悪かったが、今朝ドクター・ドナヒューに思わず打ち明けてしまったおかげで、少しは話しやすくなっていた。「パニックの発作に悩まされているの。〈ボディ・ピット〉事件以来ずっと」

事情を理解したノアの表情がやさしくなった。「おれにできることはないかい？」

「なにも。自力で乗り越えるしかないの。でも……今回はいつも以上にきつくて」

「あのな、きみは自分にきびしすぎるんだよ。パニック発作に見舞われた警官はきみがはじめてだと思うかい？」

「あなたも？」

ノアがきっぱりとうなずいた。「ずいぶん昔だけどね。もうなかに入れるかい？」

「入らなきゃ。あなたはどう対処したの？」並んで歩きながら、小声でたずねた。「発作に打ちのめされそうになったときに？」

「セックスに癒やしてもらうのさ」自嘲気味に言う。「まじめに言ってるんだよ」驚いたオリヴィアが鼻で笑うとそう言い足した。「ときにはしばらくのあいだ現実を遠ざけておくことが必要なんだ」

オリヴィアはその日の朝、デイヴィッドと経験したすばらしいセックスを思い出した。彼女の一部は、ほんの短いあいだにしろ悲しみを忘れたことに罪悪感を抱いていたのだった。けれどそれ以外の部分では、そんな気持ちがばかげていることも、ケインだったらそう言ってくれたということもわかっていた。それでも、ノアのことばを聞いて気持ちが少し楽になった。「ありがとう。そう言ってもらう必要があったみたい」

「いつでもどうぞ」彼はドアを開けて覗きこみ、オリヴィアをふり向いた。「ジョエルだけだ」

彼は、ケインにここで会うのをオリヴィアがおそれているのも理解してくれていたのだ。

こんな風に。彼女は大きく息を吸いこみ、足を動かした。イアンがもどかしげに待っていた。

「表でぷりぷりしながらうろついてる葬儀屋を待たせてるんですよ。急がないと」

「なにがそんなに重要なんだい？」ノアがたずねた。

「これですよ」イアンがシーツを持ち上げてジョエルの下腹部を見せた。「ここです。ここに針の痕があります」

ノアがひるむ。「鼠蹊部に注射したのか？　ひどいな。そういうのは大嫌いだ」

オリヴィアは歯を食いしばり、無理やり目を向けた。「それってふつうは長期間静脈注射してるヤク中が打つ場所よね。ほかの場所にも注射痕はあったの？」

「ありませんでしたよ。それに、彼が自分で打ったんだとは思っていません」イアンが言った。「前回言ったように、彼の胃のなかに丸薬の製剤結合剤を見つけたんですが、あなた方が帰ったあと、あれこれ考えてみたんです。胃のなかから発見された製剤結合剤から導き出される丸薬の量と、ドラッグの血中濃度が一致しなかったんです。だから、丸薬ふたつは経口摂取して、残りは静脈注射をしたんじゃないかと考えました。過去にドラッグを静脈注射していた証拠はないことと、経口摂取したドラッグの効果が出はじめていたことを考え合わせれば、手を震わさずに大腿静脈に注射できたとは思えません」

「じゃあ、だれかが彼の代わりにやったわけね」オリヴィアはジョエルの両親を思って安堵した。

「ジョエルはだれかに罪を打ち明けようとしてたんだろうか」ノアが言う。「それで、仲間が彼の口を封じた」

「まだあるんです」イアンが言った。「経口摂取だと効き目はゆっくり現われますが、静脈注射の場合はいきなりハイになります。そんな状態でどうやって車の運転ができたのか不思議です」

オリヴィアが眉を寄せる。「なにが言いたいの?」

「彼が自分で運転して道路を飛び出したのではないと思ってます」

「ジョエルを運転席に押しこんで、アクセルを踏みこませ、外からギアを入れなくてはならないが、前例がないわけじゃない」ノアが言った。

「だれがやったにせよ、ジョエルを運転席に押しこめるくらい力のある人間ね」オリヴィアが言う。

「あるいは、単にシフトレバー越しに押しこんだだけかも」イアンが口をはさむ。「なにを探せばいいかがわかっている場合、物事がちがって見えるものです」ジョエルの臀部の左側を指さした。「車から飛び出したときについたものかもしれません。が、シフトレバーにぶつけてついたものの可能性もあります」

「これでジョエルの両親は少しは心の平和を取り戻せるだろうけど、悲しみはひどくなるわね」オリヴィアは言った。「息子をだれかに殺されたんですもの」

## 九月二二日（水）午前一一時一五分

オースティンはミネアポリスのダウンタウンにいて、歩道からジムの大きなガラス窓を覗き、天井から吊り下げられたテレビを見た。ランニング・マシンで汗を流している会員のための字幕つきだった。

彼の顔はニュースのあちこちで登場していた。放火犯が昨夜また火をつけた。四人が死亡。負傷者多数。こんなことは止めなければ。ぼくが止めなければ。次のニュースになり、オースティンの血が凍りついた。爆破予告。ぼくの学校で。名前の伏せられた生徒が危ういところで誘拐されるところだった。警官が死亡。手話通訳が行方不明。

爆破予告が自分に関係しているのを、オースティンは疑わなかった。口封じのためにぼくを殺そうとしたのだろうか？　ケニーの口も封じようとしたのだろうか？

ブルース・アボット警部という男が、隣りに手話通訳をともなって画面に現われた。〈警察に連絡をしてほしい、オースティン。きみは危険にさらされている。警察がきみを安全に保護する〉

彼は手もとの携帯電話に視線を落とした。ケニーからまたメッセージが来ていた。〈警察を信用するな。ぼくに電話して。きみを匿ってあげられる〉

真実と嘘を見分ける方法なら知っていた。ケニーの新しいアカウントから着信した最新の

メッセージに返信を打つ。〈ツイン・シティーズにいる。こわいよ。どこで会える?〉
考えなおす前に送信ボタンを押した。それから歩き出した。一箇所にとどまって注意を引きたくはなかった。歩き続けるんだ。

## 九月二二日(水)午前一一時一五分

オースティン・デントからなんの連絡もないことにやきもきしないよう、今朝の彼は自制心をかなり働かせなければならなかった。オースティンはいまもトップ・ニュースで、それは警察にまだ見つかっていないのを意味していた。彼はケニーの〝新しい〟アカウントからさらにもう一度送信していた。しつこくしすぎるのはまずいと思ったが、あのばか少年がどこにいるのかわからずにいらいらした。

今朝はケイン刑事の事件のせいで、店は大混雑だった。警官が店に集まり、沈んだ口調で話し、彼の死を悼んだ。なぜこんなことになったのかとことばを交わした。すばらしい警官だった。すばらしい男だった。退職間際だったのに。不公平だ。

人生なんて不公平なものなんだよ。さっさと忘れな。次の注文を受けたとき、ポケットの携帯電話が鳴った。

オースティンだ。やっとか。「バスター、ちょっと休憩に入りたいんだ。あとを任せて大丈夫かい?」

「もちろんです」バスターは淹れているラテから顔も上げずに返事をした。

男性用トイレにはだれもいなかった。携帯電話をチェックしてにんまりした。オースティンがツイン・シティーズに戻ってきた。すばらしい。

〈会わなきゃ。きみは危険だ〉彼はそう入力した。

〈いつ? どこで?〉

彼がなりすましているケニーは、ダウンタウンから二〇分のところにある学校にいる。

〈一二時三〇分に。昼休みに抜け出すよ〉と返信した。

〈学校の近くのマクドナルド?〉

彼は顔をしかめた。マクドナルドがあるのは、手話通訳を拉致したサンドイッチ店の向かい側だ。

〈きみを捜してる警官がうじゃうじゃいるからだめだ。図書館の駐車場にしよう〉

〈わかった〉

〈それまで隠れてろよ。警察がきみを捜してる。あいつらは嘘をつく。信用するな〉

これで、実際に片をつけるまでのあいだ、オースティン・デントの対処は万全だ。

## 九月二二日（水）午前一一時二〇分

「留守だわ」エリック・マーシュのドアマットの上に立ち、オリヴィアはぶつぶつと言った。

「令状を取れないかやってみようか」ノアは言ったが、彼女は首を横にふった。

「地方検事補のブライアン・ラムゼイはゆうべ、ジョエルの令状も出してくれなかった。彼が火災現場にいたという証拠があったのに。なにかほかの証拠を見つけないと、エリックの令状なんて無理」

左手のアパートメントのドアが開き、不機嫌な顔をした老人が顔を覗かせた。「たぶん大学に行ってるんだ。工学部だかの学生だよ。彼になんの用だね？」

「彼と話をしたいんです」オリヴィアが言った。「わたしは刑事のサザランドで、こちらは……ウェブスター刑事」もう少しでケイン刑事と言いそうになった。「失礼ですけどあなたは？」

「ジェド・アーリーだ」そう言ってねめつける。「出入りが激しいうえに、ろくでもないことをしてる。あの年齢の子どもにひとり暮らしなんかさせたら、問題が起きるに決まってるんだ」

「だれが出入りしてるんでしょう？」オリヴィアはたずねた。

「学生たちだ。たいていはあのフランス人だな。アルベールだ」せせら笑う。「そりゃあ、自分のアパートメントでなにをしようと自由だろうが、こっちだってあんなものを聞かされずにすむ自由を主張したいね」

「じゃあ、エリックとアルベールは……」オリヴィアが言うと、アーリーがむっつりとうなずいた。

「毎晩だ。ひと晩中だぞ。まったく」アーリーが身震いする。「補聴器が必要な身だったらと願わずにいられんね」

「学生たちとおっしゃったからには、ひとりではないのですね」ノアが言う。「ほかにはだれが？」

「別の男女だ」

オリヴィアがはっとする。「名前はわかりますか？」

アーリーは眉をひそめた。「わしは詮索好きじゃない」

「でも、耳は遠くないんですよね」オリヴィアが抜け目なく言うと、相手がにやりと笑った。

「全然。メアリとジョエルだ。苗字はわからんがね。一緒に勉強でもしてたんじゃないかね。いつもノートパソコンを持ってたからな。ジョエルはときどき大きな図面かなにかを丸めて持ってきてたな」

ほんとうに詮索好きじゃないわね。「エリックを最後に見たのはいつでしょうか？」

「昨日、箱を運んでるところを見た。そのあとは見かけてない。医者に行かなくちゃならなかったんでね」

「医者からはいつ戻ってこられましたか?」ノアがたずねた。

「二時ごろかな。それからずっと彼を見てない。だが、部屋でなにかやってたな。その前には夜中に大声で言い争ってた。おかげで目が覚めちまったよ」

オリヴィアのうなじの毛が逆立った。「それはいつのことですか?」

「月曜の一時か二時かな。昔ほど目がよくなくなって、時計は見えなかった。すまんね」

「いいえ、とても役に立ってくださいました。このあともご在宅の予定でしょうか?」

アーリーがうなずく。「彼らはかなり悪いことをしたんだろう? あんたの顔をいま思い出したよ。例の連続殺人の〈ピット〉の事件を担当してた。殺人課の刑事さんなんだろ」

「そうです。現段階では、彼らがなにをしたのかしなかったのか、はっきりしていません。でも、情報に感謝します」ノアの車に戻ると、彼女は言った。「これで令状を取れると思うわ」

「きみは地方検事補に電話してくれ。おれは空港に連絡して、エリックが高飛びできないようにする。フィッシャー家の話だと、エリックは裕福らしいから、その可能性がある」

ふたりはそれぞれ電話をかけた。オリヴィアが地方検事補のブライアン・ラムゼイに詳細を伝えていると、ノアが手をふって注意を引いた。

「エリック・マーシュは昨日の朝、航空券を購入したと伝えてくれ——パリへの片道券だ。

その便は昨日の午後五時三〇分に離陸したが、エリックは乗らなかった」

「聞こえた」ブライアンが電話の向こうで言った。「三〇分で令状を用意する」

オリヴィアは電話を切った。「待ってるあいだに確認作業をしましょう。火災現場にいたジョエルは死亡してモルグにいる。彼はメアリと恋人同士で、エリックとは友だちで、そのエリックはアルベールと恋人同士」

「四人全員でやったのかもしれないな。現場には少なくとも三人いたとミッキが言ってなかったか？」

「言ってた。でも、ジョエルとその仲間がトムリンソンやドリアン・ブラントとどうつながるのか？」

「それに、日曜日の夜にウィームズを撃ち、それから桟橋に停めてあったボートで逃げるところをオースティン・デントに目撃されたのはそのなかのだれなのか？」

「さらには、トムリンソンの奥さんがどうかかわっているのか？」オリヴィアが顔をしかめた。「どうして警察に嘘をついたのかしら？」

「それに、どうしてガラス球を置いていったのか？　どうして最初のふたつの現場だけに？どうしてゆうべの現場には置いていかなかったのか？」

「エリック、メアリ、アルベールを見つけたら、答えがわかる気がするわ。管理人から鍵をもらって、エリックの部屋の前で待ちましょう。こっそり逃げ出されたくないから」

## 九月二二日（水）午後〇時〇〇分

運転してはだめだと言い張ったグレンと母が、消防署にデイヴィッドを迎えにきた。母の運転でアパートメントまで送ってもらい、グレンがデイヴィッドのピックアップ・トラックであとをついてきた。母はスープを作ってくれていて、それでどんな不調も解消すると彼にはわかっていた。昔からそうだったのだ。あるいは、母があれこれ世話を焼いてくれることが効くのか。どちらも効くのだろう。

いま、彼はグレンと一緒にゴルスキー姉妹の庭にいる。デイヴィッドはイーサンと電話中で、グレンはいらいらしながらその姿を見ていた。

「それで？」デイヴィッドが電話を切ると、グレンがたずねた。

「彼はおそろしいほど有能だよ。リンカーンのウェブサイトのドメイン登録料は、二三歳のメアリ・フランセスカ・オライリーという人物が支払ったそうだ」

「その有能なだれかさんはミズ・オライリーの住所も手に入れたのか？」

「クレジットカードの住所は私書箱になってるが、社会保障番号から探ると複数の住所が出たらしい。最新のものは大学の寮だった」

「ジョエル・フィッシャーという学生が通ってた大学だな」グレンが考えこむように言った。

「何千という学生が通ってる大学だよ。彼女がジョエルを知ってたとはかぎらない。火事の現場にいたともかぎらない。だが、リンカーン・ジェファソンとなんらかの連絡を取っていたのはまちがいない。彼のユーザー名もパスワードも知らないのに、ただ支払いをするなんてできないからね」

「彼女にもイーサンみたいな協力者がいれば話は別だが。あるいは、彼女自身がイーサン並みの腕を持ってれば」

「イーサンは正義の味方《ホワイト・ハット》だよ」デイヴィッドはぼそりと言い、グレンが笑うとにやりとした。「そういう言い方をするんだよ。ハッキングの技術を悪事じゃなくいい目的のために使う人間を指すんだ。メアリがホワイト・ハットだとは思えない。それに、自分のクレジットカードを使ってる。全然正体を隠せてないよな」

「おまえさんの言うとおりなんだろうな。それでも、おまえさんの美人の刑事さんに知らせるべきだと思うぞ」

「おれも同じ意見だ。探り出した方法を知ったら、機嫌が悪くなるだろうけどね」

「ゆうべみたいな事件があったあとで、彼女がそんなことを気にすると思うか？」

デイヴィッドはジェフのことを考えた。ケインのことも。「そうだな。このメアリ・オライリーという女性は、リンカーンみたいにただのモスのファンってこともありうる。だとしても、彼女が昨日おれの居場所を探るリンカーンに協力したのだとしたら、その理由がやっぱりわからない」

「それよりも重要なのは、彼女はまたやるだろうかってことだ。おまえさんの刑事さんに電話したほうがいい」

デイヴィッドが電話をかけようとしたとき、着信があった。発信番号はイーサンのものだった。

「トルーマン・ジェファソンを調べた。リンカーンが携帯電話から彼に電話をかけていた」

「リンカーンの兄貴だ」デイヴィッドは言った。「ゆうべ、その名前を知った。彼がどうしたんだい？」

「トルーマンは不動産業者だ。きみの友だちの住所を調べるくらい朝飯前だろう」

「じゃあ、リンカーンに協力したのはトルーマンか。メアリではなく」

「トルーマンの可能性は高い。メアリは未知数だ。それ以外にリンカーンがかけたのは、プリペイドの携帯電話宛てだった。プリペイドの携帯電話も追跡できるが、いますぐというわけにはいかない。時間がもっと必要だし、その携帯電話を所有してる人間の連絡相手も必要だ。ほかにしてほしいことは？」

「リンカーンの兄のトルーマンだが。彼の精神状態はわかるかな？」

「頭がいかれてるかどうかを知りたいのか？　それはわからないな。問題を起こした過去があるかなら、答えはノーだ。駐車違反の切符すら切られてない。一方のリンカーンは、何年も前から問題ばかり起こしている。ほとんどが公共の場での騒動で、それに万引きが何度か。

書類上では、トルーマンはごくふつうの人間に見える」

「ありがとう、イーサン」デイヴィッドは電話を切ると、前夜購入したプリペイドの携帯電話をポケットから出した。

「これからどうするんだ?」

「トルーマン・ジェファソンと会う約束を取りつけるつもりだが、おれだと知られるのは困る。彼に会って、頭がいかれてなくて、またリンカーンに協力などしたらどうなるかを理解してるかをたしかめたいんだ。そのあと、オリヴィアに電話してこの情報を伝える」

幸い、トルーマン・ジェファソンの午後の予定は空いていた。名前をデイヴィッド・スミスと偽り、不動産を探しているふりをしたところ、トルーマンの秘書が一時三〇分に予約を入れてくれた。

オリヴィアのほうはそううまくいかなかった。ボイス・メールにつながったため、メッセージを残した。「おれだ。メアリ・オライリーという女性について話がしたい。電話してくれ。たいせつなことなんだ」

「さて、どうする?」グレンが言った。

「部屋に行って母さんのスープを飲んでから、リンカーンの兄貴に会う」

庭を出るデイヴィッドにグレンがついてきた。「猫につまずくと食欲が旺盛になるみたいだな」

「独りよがりの老いぼれの鼻をへし折ってやれたら、もっと食欲旺盛になるんだけどね。一緒に来るかい？」

グレンがうっとりした笑みになった。「ああ。お袋さんの料理が気に入ってるからな」

## 九月二二日（水）午後〇時〇〇分

管理人がエリック・マーシュの部屋のドアを開けると、彼とオリヴィアとノアは同時にたじろいだ。まだ耐えられないほどにはなっていなかったが、ひどい悪臭がした。

「ああ、くそっ」管理人がぼやいた。「こういうのは勘弁してほしいよ」

わたしもよ。オリヴィアは内心で言った。ノアがさりげなく彼女の肘をつかみ、前に押し出した。おかげで動けるようになった。エリックはベッドルームにいて、裸であおむけに大の字になってベッドに横たわり、脇のテーブルには空になったビニール袋が置かれていた。

「彼です」管理人が言った。「エリック・マーシュです。こんな風に逝ってしまうとは思ってもいなかったな」

「どんな死に方をすると思ってたんですか？」ノアがたずね、オリヴィアに落ち着く時間をくれた。

「友だちに殺されるんだと思ってましたね。あの男はチンピラですよ」

ジョエルをチンピラと言う人間はいないだろうとオリヴィアは思った。「アルベールのことですか？」

管理人が遺体を見つめたまま、いかめしい顔でうなずいた。「ええ。そのアルベールですよ。あのフランス語訛りは嘘臭いと前々から思ってましたがね、女の子たちはうっとりしてましたよ」

ノアの眉が吊り上がった。「アルベールとエリックは恋人同士なんだと思ってましたが」

「そうですよ。だが、アルベールはここの鍵を持っていて、エリックがいないときは……。アルベールは好機を逃さないやつでした。ひょっとしたら彼に裏切られてるのをエリックが知ってしまったのかもしれませんね」

「アルベールがメアリと浮気してた可能性はありますか？」オリヴィアがたずねると、管理人は眉根を寄せた。

「その名前は知らないな。でも、その彼女が美人で金を持っていたなら、きっと浮気してたでしょうね」

「アルベールはどんな容姿ですか？」ノアがたずねた。

「大柄な男です。大学のホッケー選手ですよ。チェッカーとしてはすばらしいが、スティックさばきは洗練されてない」長身で色が浅黒く、肩幅のとても広いハンサムな若者と肩を組んでいるエリックの写真を指さした。「まさにあんな容姿ですよ。あれがアルベールです」

完璧。オリヴィアは満足げに思った。「ここに検死官と鑑識を呼ばなくてはなりません。外でお待ちいただけますか？　それと、お願いですからこの件をマスコミにはしゃべらないでください」

「とんでもない。マスコミにはがまんならないんですよ」ため息をついて下がった。「家賃が来月分まで支払われてたのはせめてもの救いですよ。においが消えるまでそれくらいはかかるでしょうから」

ノアが管理人を外へ送っていっているあいだに、オリヴィアは検死官と鑑識を呼んだ。それからベッド脇にかがみこみ、ふと思いついてエリックの鼠蹊部を懐中電灯で照らした。

「全部そこにそろってるかな？」戻ってきたノアが淡々と言った。

オリヴィアが顔を上げる。「ジョエルが注射を打たれたのと同じ場所に、乾いた血が小さくついてる」

ノアが驚いて眉を吊り上げた。「犯人の野郎。この写真だと、アルベールはジョエルを引きずって運転席に押しこめられるくらい大柄だな」

「ウィームズを殴った相手は、頭蓋骨に入ったひびの位置から計算して、身長が少なくとも六フィートあったはずだとイアンが言ってたわ。アルベールはゆうに六フィートはありそうね」オリヴィアは部屋を見まわした。「揉み合った形跡はなし」

「もう大丈夫そうだな」ノアが言った。

「遺体を見たあとは、たいてい大丈夫なの。さっきは押してくれてありがとう」

「いつでもどうぞ。管理人を外に連れていったとき、アボットから電話があった。セーフ・ハウスにいるケニーと話をしたらしい。拉致されかけたバンのなかに警察の無線機があったのを思い出したようだ」

「犯人はわたしたちの無線を聞いてるんだわ」

「ああ。オースティンの居場所について犯人に嗅ぎつけられたくないから、アボットの指示で、捜索についてのやりとりは特別な周波数を使うことになった。あと、だれかが暖炉で紙を燃やしてた。図面みたいに見えた」

「証拠を処分しようとしてたのね。この部屋でアルベールの指紋が出たとしても、ここに住んでたも同然なんだと言われたらおしまいよね。動かぬ証拠を見つけなければ」

「アルベールは道具一式を自分の手もとに置いてるかもしれない。ここには注射器もスプーンもないから」

「それに、オキシコドンを水に溶かして注射するには熱しないといけない」オリヴィアが言う。「ふたりに注射した人間は、仕事をきっちりこなしてるわ」引き出しを開けて眉をひそめる。「携帯電話もノートパソコンもないわ」

「ほかの部屋にもなかった。次は大学の教務課だな。そこでアルベールの住所がわかる。ホッケーのチームにいるアルベールはそんなにおおぜいいないだろう」

「メアリも見つける必要があるわ。気むずかし屋の隣人のアーリーによれば、彼女とジョエルは一緒にここへ勉強しにきてたみたいだから。巻いた紙を持ってね——青写真よ。彼女もこれにかかわっている」

「アルベールが仲間を殺していってるのだとすれば、メアリが次の犠牲者になるかもしれない」

「彼女は、トムリンソンとドリアン・ブラントとのつながりを知っている気がするわ。この二件の放火はいまだに筋が通らないのよね。一件めの火事がただの目くらましで、犯人が最初からもっと大きなことを計画していたのでないかぎり」

「あるいは、昨日きみとドクター・ドナヒューが言ったみたいに、多様な目的があったのか。最初の二件の現場にはだれかがガラス球を置いていったのに、三件めはちがった。一件めと二件めは環境保護団体の目的でつながる。だが、二件めと三件めはトムリンソンが共通項だ」

オリヴィアは唇を噛んだ。「ジョエルは二件めの火災の前に死んでいる。ミッキは現場には三人の人物がいたと言っていた。アルベールはそこにいた。なぜなら、ウィームズの頭を殴れるくらい背が高いのは彼だけだから。ジョエルが現場にいたのも、肺のなかの煙と靴底についた接着剤で明らか」

ノアがエリックのクロゼットを開けた。「おっと。この若者は服に大金を注ぎこんでるな」

かがみこみ、すぐにランニング・シューズを手にして立ち上がった。「接着剤だ。彼らは接着剤を踏んだのに気づかなかったんだろうな。でなければ、靴も処分していたはずだ」

「じゃあ、エリックも現場にいたわけね。これで三人だわ。ケニーの話では、男が桟橋からボートに乗るのをオースティンが見たらしいの。それで四人になる。アルベールが桟橋にいた男だったのかしら？　彼がウィームズを撃った？」

それに、ケインも。怒りがかっと燃え上がったが、そこで眉をひそめた。なにかがぴたりとあてはまらない。正しくない。「彼らが逃げたフェンスのところに接着剤の痕跡がひとつあって、コンドミニアムの桟橋側にはなかった。つまり、エリックもジョエルもそっちには行ってない。ジョエルが心変わりをして、アルベールが彼も殴ったのだと仮定してみましょう。エリックはひとりでジョエルの跡を残さずに運び、アルベールがコンドミニアムをまわって桟橋から逃げる途中でウィームズを撃ったというのは可能かしら？」

ノアはエリックの遺体をじっくり観察した。「彼はかなり細い。おびえきっていたとすれば、ひとりでジョエルを運べたかもしれない。だが、アルベールがジョエルを運んだと考えるのが妥当だろうな。特に、彼がジョエルを殴ったんだから」

「メアリは桟橋にはいなかった。オースティンの目撃したのは男だったから。桟橋にいたのはアルベールで、メアリはジョエルを運ぶエリックを手伝ったのかもしれない」

「〝かもしれない〟、ばかりだな。アルベールとメアリを見つけて、確固たる証拠を手に入れよう」

## 九月二二日（水）午後〇時三〇分

オースティンは図書館脇の路地の陰に身を潜めていた。ここにいれば通りから入ってくる車はすべて見えるし、背後は高さ八フィートの金網フェンスだから、忍び寄られる心配もない。

この状況下では、安全度のもっとも高い場所だった。

これからなにが起ころうとしているかは第六感が告げていたが、彼は息を殺した。図書館は学校から約一マイルのところにある。ケニーがここに一二時三〇分までに来るなら、三時間めの英語の授業を一〇分早退しなければならない。だが、おばさん先生のマクマンはトイレに行く許可すらくれないのだ。ぜったいに。ケニーが来る可能性は？　ほぼゼロだ。

白いバンが駐車場に入ってきた。男が降りてきてオースティンの母親の車に近づいていく。オースティンはその場に凍りつき、あの警備員を撃ち殺し、トレイシーが死ぬはめになった火事を起こした男の顔を凝視した。男が動くとジャケットがめくれ、金属がきらりと光るのが見えた。あいつは銃を持ってる。警備員を殺した銃を。

ふたたび周囲を見まわした男の顔は怒りでどす黒くなっていた。男はまた歩き出した。

こっちだ。あいつはこっちに向かってる。ああ、どうすればいいんだ? 逃げろ。だが、逃げる場所はどこにもなく、ポケットには刃の鈍い土産物のナイフがあるだけだ。動くな。ぜったいに動くんじゃない。

男がいきなり立ち止まり、バンに戻って走り去った。

オースティンは煉瓦の壁に震えながらどさりともたれた。どうしてあの男は去っていったのだろう? 警官を見つけなければ。だが、動くのがこわかった。息をするのもこわかった。隠れ場所から出てくるのを通りで男が待っているのではないかとこわかった。

震える手で携帯電話を開き、ブルース・アボット警部からのメッセージを出した。〈オースティンです。助けてください〉そう打ちこんで送信ボタンを押した。

すぐに返信が来た。〈いまどこにいる?〉

オースティンはためらったが、少なくとも警察は自分を撃たないだろうと心を決めた。〈学校の近くの図書館です〉

〈二分で警官をそっちに行かせる。そこを動かないように。頼む〉

二分は長すぎた。男が戻ってくるとオースティンにはわかっていた。バンをどこかに停めて、歩いて戻ってくるだろう。偽者のケニーからのメッセージを出し、嘘の返事をした。〈警察が来た。逃げなくちゃならなかった。《スウィンドル》の店の裏にいる〉〈スウィンドル〉はジェラートの店で、反対方向に六ブロック行ったところにある。〈早く来てくれ。こ

わいよ〉

銃を持った男から即座に返信が来た。〈わかった。そこにいろよ〉

黒っぽいスーツを着た男がふたり、前を走っていった。ひとりは手に無線機を持っていた。警察だ。警察が男を追い払ってくれたのだ。オースティンは力の入らない脚で日のあたる場所に出た。

「助けて」わかってもらえることを願って叫んだ。スーツ姿のふたりがさっとふり返り、彼のほうへと駆け戻ってくる。道路から姿が見えないように、だれのものかわからない車の背後でオースティンはがくりとひざをつき、小さく丸まった。「あいつが来る」手話をしながらはっきりと声に出そうとしたが、心臓がどきどきしすぎて舌がうまく動いてくれなかった。

「あいつに見られてしまう。白いバンに乗ってる」

ひとりが走り去っていき、もうひとりはオースティンにうなずいてから道路を監視した。わかってくれたのだ。一分後、黒っぽい車がやってきて、後部座席に乗せられたオースティンは外から見えないように体を小さくした。ウインドウからこっそり覗くと、ランプを点滅させたパトカーが近づいてきた。スーツを着たふたりは警官ふたりとしゃべっていた。

「ねえ」オースティンは言い、書く手ぶりをした。スーツ姿の刑事のひとりが手帳とペンをくれた。

〈あいつはここにいました〉オースティンは急いで書いた。〈あなたたちを見て逃げていきました。ぼくは《スウィンドル》で隠れてるってメッセージをあいつに送りました〉それを刑事に渡し、〈スウィンドル〉の店がある方向を指さした。

刑事はオースティンに伏せているよう身ぶりをし、それからほかの男たちと話してから車にもたれて返事を書いた。その手帳をオースティンに渡す。

〈どうして彼とここで会おうとしたんだい?〉

オースティンはため息をついた。〈あいつはぼくの友だちのケニーのふりをしてメッセージを送ってきたんです。警察はぼくを逮捕しようとしてるって。だれを信じればいいかわからなかったんです。だから、彼をここに呼び出してほんとうにケニーかどうかをたしかめたら、そうじゃなかった。警備員を撃った男でした〉力なくその手帳を返す。

刑事は携帯電話で連絡をしたあと、無線機に向かってなにかを言った。そして、手帳に長々とペンを走らせてからオースティンにまた渡してきた。

〈おれはフェルプス刑事だ。きみはもう安全だよ。頭を低くしておくように。犯人はバンに警察無線の傍受装置をつけていると思われる。きみの友だちのケニーが、ゆうべこの男に拉致されそうになったときにそれを目にしている。きみの車は見つけたが、きみは逃げたと無線で流した。白いバンを発見できるよう、きみを捜し続けさせておきたいんだ。だから、身を伏せたままでいて、携帯電話を使わないように。署に着いたら、通訳を手配する〉

激しかった心臓の鼓動がゆっくりになってきた。〈母には?〉と書いて渡す。

〈うちの警部がお母さんに連絡して、きみは無事だと伝えてくれる。お母さんも署に来てもらうよ〉

オースティンは少しだけ緊張を解いた。とりあえずのところは安全だが、あの男はいまも自由に動きまわっている。〈どうやって犯人を捜すんですか？　それと、ケニーはどこにいるんですか？〉と書いた手帳をフェルプス刑事に戻す。

〈この件に関しては特別の無線周波数を使ってるんだ。ケニーはセーフ・ハウスにいる。すぐに戻ってくる。頭を下げているんだよ〉刑事が手帳を渡し、オースティンがそれを読むと手帳を取り戻してその場をあとにした。残されたオースティンは、正しいことをしたのでありますようにと心から願った。

彼は無線の音量を下げた。警察はいまいましいことにオースティンの車を見つけたが、オースティン自身はうまく逃げおおせたようだ。付近一帯が警官であふれており、ゆうべの事件のせいで白いバンを探していた。

「さて、どうすべきか？」声に出してつぶやいた。オースティンは徒歩だからそれほど遠くには行っていないはずだ。もの珍しそうにきょろきょろしながら前を走っていたドライバーのおかげでジェラートの店の前をゆっくり走れたが、オースティンの姿はなかった。そのまま走って学校を通り過ぎ、スーパーの駐車場に車を停めた。何台ものバンが駐車していたので、自分のバンは目立たずにすみそうだ。

バンを降りて、オースティンを捜しながら歩き出したとき、また着信があった。別のポケットに入っている別の携帯電話にだった。エリックに渡し、いまではアルベールが使っているものだった。

〈くたばっちまえ〉と書かれており、写真が添付されていた。それを開いた彼は、携帯電話の画面の小さな画像を凝視した。今日という日はますますひどくなりつつあった。

# 24

## 九月二二日(水)午後一時〇〇分

教務課で時間をむだにすべきではなかった、とオリヴィアは陰鬱に思った。アルベールの寮を見つけるのは少しもむずかしくなかった。パトカーや救急車が大挙して押し寄せている寮だったのだ。「なんだかいやな予感がするわ」

「あちこち触られる前に急ごう」ノアはすでに走り出していた。

アルベールの寮の部屋の小さな居間で制服警官が待っていた。「遺体は奥のベッドルームです。発見者はルームメイトです」隅に立っている青白い顔をした若者を示す。「なにも触ってないと言っています」

「話を聞かせてもらえたらありがたいんだが」ノアが青年に言った。「ここにいてください、いいですね?」

「ああ、もう」戸口に立ったオリヴィアが小声で言った。壁に寄せられたツインベッドをアルベールの大きな体が占領していた。エリックと同じように、裸であおむけに横たわっている。そばの床にひざをついた救急救命士は道具を片づけていた。

「死んでます」救急救命士が言った。「正確な時間は検死官が教えてくれると思いますが、少なくとも二、三時間前に絶命してます。過剰摂取のようですね」彼が指さしたベッド脇のテーブルには、何錠か残った小さなビニール袋があった。「パーコセットです」

オリヴィアのなかでいらだちがこみ上げたが、それ以上にどうしようもない怒りに呑まれそうだった。アルベールとエリックはおおぜいの人間を傷つけたのに、罪の償いを逃れたのだ。

怒りを脇に押しやり、アルベールの鼠蹊部を調べようとかがみこむと、救急救命士から凝視された。「あったわ。ほかの被害者と同じ注射針の痕。くそったれめ」

「デスクに遺書があります」救急救命士が言った。「プリンターの横です」

「でも、ノートパソコンも携帯電話もない」ノアが言う。「これは驚きだな。遺書に署名がないぞ。フランス語で書かれてる。書き出しはさようなら《アデュー》で、締めくくりは友よ《モナミ》だ。それ以外の部分はおれにはわからない」

「私のフランス語は錆びついてますが、ざっと〝さようなら、残酷な世界。すぐにきみのもとへ行くよ、愛しのきみ〟って感じですかね。もつれた恋愛の挙げ句の自殺とは信じてないんですね？」救急救命士が言った。

「ええ」オリヴィアの声はそっけなかった。「ここからはわたしたちに任せて。ありがとう」

「そして残るはひとりになった」救急救命士が立ち去ると、ノアがぼそりと言った。

オリヴィアが険しい表情で彼を見た。「メアリが彼ら全員を殺したって言うの？」

「残ってるのは彼女だけだ。アルベールのルームメイトから話を聞こう。だが、彼がメアリのことを知らなかったら、ジョエルが寮のだれのところに来たのかを探り出そう」

ルームメイトは見るからに動揺していたので、オリヴィアはやさしい声で話しかけた。

「刑事のサザランドです。こちらはウェブスター刑事。あなたの名前は？」

「ビ、ビルです。ビル・ウェストモアランドです」

「アルベールとは仲がよかったんですか？」そっとたずねる。

「いいえ。彼はここにはあまりいませんでしたから。エリックっていう学生とつき合ってました。工学部の学生です。お父さんがすごい金持ちで、エリックは自分のアパートメントを持ってました。アルベールはほとんどそこで暮らしてました」

「アルベールがほかのだれかと一緒にいるところを見たことは？　女の子とか？」

「ときどき。でも、最近はなかったです」

「きみは今朝はずっとここにいたのかい？」ノアがたずねると、ビルが首を横にふった。

「九時の授業に出てました。ぼくが出るとき、アルベールはここにいました。この何日か、ここにいることが多くて。たぶんエリックと喧嘩したんだと思います」

「どうしてそう思ったんですか？」オリヴィアが言った。

「アルベールはいつもはぼくを無視してたんですが、この何日かはすごく動揺してました。

月曜日に彼の声を聞きました。なにを言ってるかはわからなかったけど、怒ってる口調でした。彼が怒ってるときは、ぼくはかかわらないようにしてるんです」

「彼は暴力をふるうんですか？」オリヴィアの問いに、ビルは肩をすくめた。

「殴られたことはありませんけど、何度かそうされるんじゃないかと思ったことならあります」

「彼の知り合いにメアリという女性はいなかったかな？」ノアがたずねたが、ビルは首を横にふった。

「今日、大学からはいつ戻りましたか？」今度はオリヴィアがたずねる。

「一一時半ごろです。彼のベッドルームのドアは大きく開いてました。最初は、まったく、服くらい着てくれよ、と思ったんですが、息をしてないのに気づいて九一一に通報して、それから寮長助手に連絡しました」

オリヴィアは立ち上がった。「ご協力ありがとうございました。どこか滞在できる場所はありますか？」

「友だちのところに泊めてもらいます。二時間後に試験があるっていうのに。最悪だ」

「こんな事情なんだから、再試験を受けられるんじゃないかな」ノアが言った。「警官に荷造りを手伝わせよう。きみを信用してないわけではなく、そういう手順なんだ」

ビルがはっとした。ここへ来て事情が呑みこめ、それとともに恐怖が湧き起こったのだ。

「アルベールは自殺じゃなかったんですね。なんてことだ。彼は殺されたんだ。この部屋で」

「それを捜査してるんだよ」ノアの声はおだやかだった。「とりあえずのところは、マスコミとは話さないでほしい。頼む」

ビルの目がまた揺らいだ。今度は抜け目のない貪欲さのせいだった。「もちろんです」

廊下に出ると、オリヴィアは目玉をぐるりと動かした。「インターネットのニュース・サイトに名前が出てしまう前にメアリを見つけましょう。アボットに状況を報告しなくては」

ノアがアボットに連絡しているあいだに、オリヴィアは現場に最初に到着した緊急対応要員に指示を出した。エレベーターに乗りこんだとき、ノアはほっとした顔をしていた。

「オースティンが見つかった。署に連れてくるところだ」

「どこにいたの？」

「アボットはまだ彼と話をしていない。もっと情報がわかったら、連絡をくれることになってる。彼が発見された件はまだ公表しない計画だから、情報を漏らさないように気をつけないとな。それと、アボットはトレイシー・マレンの母親がフロリダから到着したかどうかを知りたがってた」

「メッセージを確認してみないと。外に出たらやってみるわ。エレベーターのなかでは電波が入らないから」エレベーターはゆっくりとしか動かなかった。ようやく一階に着くと、受付に立ち寄った。

「訪問者には署名が義務づけられていて、免許証のコピーを取っています」受付係が言った。「うちの学生はＩＤカードを読み取り機に通します。先週の訪問者全員の名前がここにあります」

印刷されたリストの分厚さを見て、オリヴィアは寄り目になった。「いまから言う名前があるかどうか見てもらえますか？　ジョエル・フィッシャーです」

受付係がキーボードに打ちこみ、首を横にふった。「ここには来ていませんね」

ふたりは礼を言って明るい外に出た。「移動販売車でサンドイッチを買ってくるよ。きみはメッセージを確認してくれ」

ノアが何台か停まっている銀色の移動販売車のほうへ駆けていったので、オリヴィアはメッセージを聞いた。ペイジ。またペイジ。ミーアは三回かけてきていた。ケインのことを知って、ミネソタに来ると言う。オリヴィアは自分のなかの小さな一部が落ち着くのを感じた。ミーアなら理解してくれるだろう。何年も前、彼女も相棒を亡くしているから。

最後のメッセージはデイヴィッドからのものだった。それを聞くにつれて険しい表情になっていき、メッセージを保存したところでノアが戻ってきた。オリヴィアは彼からサンドイッチをひとつ受け取り、かじりながら足早にアルベールの寮に戻った。「メアリの苗字がわかったわ。オライリーよ。親切な受付係がその名前を見つけられるかどうかやってみましょう」

ノアが顔をしかめた。「どうやって苗字がわかったんだい？」

「デイヴィッドがボイス・メールにメッセージを残してくれてたの。彼がどうやってそれを知ったかはわからないし、知らないほうがいいような気がする。あとで彼に電話してみる。まずはメアリを見つけ出しましょう」

ノアが嘆息した。「イーヴィは午前中は授業で埋まってる。おれの知ってるかぎりでは、彼女はかかわってない」

「シカゴのデイヴィッドの知人たちは、ネットの世界で深く潜って後ろ暗いことをしてたわ」オリヴィアは悲しげな微笑みを浮かべた。「ケインはいつもクールだと思ってた」

「クールだからだよ」ノアが苦笑いになる。「イーヴィがハッキングするのを見てると、例外なく体が熱くなるんだ」

オリヴィアはくすりと笑い、そのおかげで気分がよくなった。「デイヴィッドからとってもおもしろい話が聞けるでしょうね」

ふたりがアルベールの寮にふたたび入ると、受付係が顔を上げて驚いた。「戻ってらしたんですね」

「そうなの。学生を見つけてくれますか？　メアリ・オライリーです」

「メアリ・フランセスカ・オライリー」名前を入力したあと、受付係が言った。「四年生ですね」大学構内の地図を出してきた。「彼女の寮はここから徒歩で四分のところにあります」

ノアがバックアップを要請する電話をかけ、オリヴィアは受付係ににっこりした。「ありがとう」

## 九月二二日（水）午後一時三〇分

彼は同じ場所を何度もまわって尾行されていないのを確認したあと、店の駐車場にバンを停めた。店の上のアパートメントへと続く外階段をげんなりしたようすで上がり、ドアに鍵をかけ、安楽椅子にどさりと座った。オースティンを捜したが見つからずに終わった。警官がうじゃうじゃいたので撤退してきた。

ジェラートの店に逃げたと言ってきたあと、オースティンは返事を送ってこなかった。店の裏にはいなかった。彼は〝ケニー〟のアカウントからまたメッセージを送った。

〈いったいどこにいるんだ？　捜しまわったんだぞ。街中に警官があふれてる。無事を知らせてくれ〉

返事はなかったが、警察に自分のことはばれていない。安全だと感じたら、オースティンは返信してくるだろうから、それを待つしかない。受信した別のメッセージに目が行き、また添付写真を開いた。アルベールは死んだ。エリックと同じように。

ジョエルと同じように。全員がドラッグの過剰摂取と考えられた。メアリ、メアリ、メアリ。彼女にそこまでする肝っ玉はないと思っていたが、残っているのはメアリだけだった。いまビデオを公表すれば、警察はあっという間にメアリのところに押し寄せるだろう。だが、ゆうべの彼女のことばが頭に刻みこまれていた。ビデオは現場に五人めの人間――おれだ――がいたことを証明している。その五人めを、警備員とケイン刑事の殺害とに警察が結びつけないと考えるのは完全に愚かなことだ。

ビデオの利用価値は、大学生四人組をおびえさせてこちらの命令に従わせられているあいだだけのものだ。だが、その四人組はひとりにまで減り、残ったひとりは頭がまともではないのだ。

刑務所で彼女が朽ち果てていくのを見たいのは山々だったが、こうなっては永遠に黙らせるほうが得策だ。けれど、睡眠不足で手が震えていた。二、三時間眠ればいいだけだ。うまくすれば、起きるころにはオースティンから連絡が入っているかもしれない。

そうしたら、くそ女のメアリにふさわしい罰をついにあたえてやるのだ。

## 九月二二日（水）午後一時三〇分

「彼女はいません」寮のメアリの部屋の前でオリヴィアとノアを迎えた警官が言った。「こちらはメアリのルームメイトのヘレン・サンフォードです」

若い女性がソファに座り、手を握り合わせてひざのあいだにはさんでいた。オリヴィアが彼女の隣りに腰を下ろし、ノアはメアリの部屋を調べた。「彼女がどこにいるか知りませんか、ヘレン？」

ヘレンは首を横にふった。「友だちではないので。おしゃべりしないんです。メアリは人づき合いが悪いんです」

「彼女を訪ねてきた人は？」

「ほとんどボーイフレンドだけでした。彼女、今週はとても取り乱してました」

「取り乱してた？　どんな風に？」

「何時間も泣いてました。壁越しに泣き声が聞こえてきたんです。ジョエルが月曜に死んだんです。車の事故で」

「彼女の家族はこの辺りにいますか？　彼女の行きそうな場所は？」

「お父さんと、医者のお兄さんがいます。お母さんは亡くなってるんだと思います」

「サザランド刑事」ノアが廊下に立っていた。「ちょっと見てくれ」

「ここで待っててくださいね」オリヴィアはヘレンに言ってからメアリの部屋へ行き、ノアが開けたたんすの引き出しを覗きこんだ。「ガラス球がふたつ。それに赤ちゃんのおむつも。火事の熱でガラス球にひびが入らないように塗ったジェルは、これを使ったのね」

「これも見てくれ」ノアが小さな箱の蓋を開けた。「棚のいちばん上に入ってる本の奥で見つけた。隠すというよりも、そこに放り上げたって感じだった」

オリヴィアがため息をつく。「ドラッグね」コットンと、注射器と、何度も何度も熱せられた跡のある、使いこまれた金属スプーンが入っていた。「麻薬常用者なんだわ」

「彼女の定住所を突き止めて、警官を行かせよう。そこへ行った可能性もあるからな」

「メアリは火災現場にいた」オリヴィアが言う。「桟橋と学校にいたのはアルベールだったのかもしれない。そうなると、彼がケインを殺したことになる」怒りをまた押しのける。

「それでも、バーニー・トムリンソンやドリアン・ブラントとのつながりはあいかわらずわからないわ。筋が通らない」

「トムリンソンの妻と話す必要があるな。だが、まずはメアリの行き先を突き止められるかやってみよう。デイヴィッドはどうやって彼女のことを知ったんだろう？」

「彼に電話して訊いてみるわ」

「じゃあ、おれはメアリの広域捜索指令を出してもらう」ノアが電話をかけはじめる。「彼女もエールフランスの航空券を買おうと決めた場合にそなえて、空港にも通達しておく」

**九月二二日（水）午後一時三〇分**

「会ってくれてありがとうございます」デイヴィッドは言って、トルーマン・ジェファソンの大きなデスク横の椅子に腰を降ろした。若い女性がこの部屋に通してくれて、ミスター・スミスが見えましたと伝えてから、出ていってドアをそっと閉めたのだった。「急なお願いですみません」

「新しいクライアントと会うのはいつでもうれしいものです」トルーマンがあからさまに言い、デイヴィッドの顎に気づいてたじろいだ。「剃り傷にしてはかなりのものですね。飛び上がるほど痛かったのでは？」

「まったくです」いまもひどい痛みがあり、急に動くと目眩がした。

アパートメントを出ようとしたとき、母はとてもうろたえてキーを取り上げようとすらしたのだった。ここへ来られたのは、母に運転を任せたからだった。当然ながらグレンも一緒に来て、ふたりはいま、母の車の前部座席に座って、デイヴィッドがリンカーンの兄との話を終えるのを待っている。そのあと、ようやく意識を回復して見舞いを受けられるようになったジェフに三人で会いにいくことになっている。

「それで、どのような物件をお探しですか、ミスター・スミス？」

デイヴィッドはトルーマンの顔や目を探った。デスクにある家族の写真も。リンカーンと同じく彼も統合失調症なのだとしたら、うまく隠している。「じつは、おれの名前はスミスじゃありません。ハンターです。デイヴィッド・ハンターといいます。消防士です。昨日、あなたの弟さんがおれの友人の家に不法侵入しました」

トルーマンが怒りの表情をあらわにした。「いったいなんなんですか？　訴えるつもりなら――」

「ちがいます」

「だったら、どうしてここに来たんですか？」

「あなたの弟さんは正常ではありません」

「そんなことは知っています」トルーマンが苦々しい口調で言った。「弟はあのテロリストのプレストン・モスと一緒に放火をしたと言われています。ＦＢＩが家に来たせいで母は動揺し……。お願いですから、母を巻きこまないでもらいたい。具合がよくないんです」

「お気の毒です」デイヴィッドは言った。「ご家族につらい思いをさせるつもりはありません。ここへ来たのは、昨日、おれの居場所を探り出すのにリンカーンに協力したのはだれかを知る必要があるからなんです」

トルーマンの目が不安げに揺らいだ。「リンカーンに協力者がいたなどと、だれが言ってるんですか？」

「訴えるつもりはありません」デイヴィッドはくり返した。「でも、こっちにも家族がいます。リンカーンはアパートメント・ハウスにやってきて、おれの居場所を住人に訊いたんです。訊かれた人間は、友人のキャビンにいると答えた。そこは電話帳に載っていないのに、彼はすばやくキャビンの場所を突き止めたんです」

「弟はばかではありません」トルーマンが文句を言った。「ええ。でも、彼は精神を患っていて、いまは薬を飲んでいません。友人のキャビンを彼がひとりで突き止めたとは信じられません。あなたが協力したのかどうかを知りたい。協力したのなら、その理由も。関係してないのなら、弟さんに協力した人間を突き止めたい。おれがプレストン・モスの名前を汚したと考えている狂信者がほかにもいるのなら、家族を守らなければなりません。おれのロフトにまず上がっていたら、弟さんはおれではなく母を見つけていたはずです。彼は銃を持っていたんですよ、ミスター・ジェファソン」

トルーマンはデイヴィッドの顔を凝視していたが、その顔をそらした。「リンカーンは人をけっして傷つけはしないと言いたいところですが、どうやらそれは明らかなまちがいのようです」

デイヴィッドは眉をひそめたが、すぐに理解した。「これは弟さんにやられた傷じゃありません」顎を指して言う。「勤務中の事故だったんです」

トルーマンの体から力が抜けた。「よかった。こうなることをずっとおそれていたのですが、弟に薬を飲ませるのは……。目を光らせていられるように、ここで働かせもしたんですが、なかなかむずかしくて。母は参っています。今回は制度にリンカーンの処分を任せようと母に納得してもらいました」

「あなたは彼に協力したんですか、ミスター・ジェファソン?」デイヴィッドはたずねた。

「お願いです、ほんとうのことを教えてください」

「昨日、リンカーンから電話がありました。グレン・レッドマンという男性を見つける必要があるという話でした。ウェブサイトの件で支払いをしなくてはならないのだと言っていました。リンカーンは私の会社のウェブサイトを担当しているんです。だから、請求書の件だと思ったんです」どうしようもないとばかりに肩をすくめる。「私は手がふさがっていたので、メアリに調べてくれと頼みました。彼女から住所をもらってリンカーンに伝えましたが、そのあと弟が逮捕されたと泣いている母から電話がありました」

しばらくしてその話が頭にしみこんでくると、デイヴィッドは勢いよく立ち上がった。

「あなたの秘書はメアリというんですか？　オライリー？」トルーマンも立ち上がったが、そのようすは不安そうだった。

「ええ、そうですよ。メアリ・フランは夏からここで働いています。どうしてですか？」

それには返事をせず、デイヴィッドはオフィスのドアを力任せに開けた。「なんてことだ」頭から血を流したグレンが、床にぐったりと倒れていた。トルーマンの秘書がのしかかるようにして彼の体を押していたが、ドアの開く音を聞いてさっとふり向いたその顔は蒼白だった。手には銃が握られていた。

デイヴィッドは突進していったが、メアリがさっとあとずさって銃を両手で握って発砲した。弾は大きくはずれ、彼女はオフィスを飛び出した。あとを追ったデイヴィッドは、また発砲されて車の後ろに隠れた。弾はやはり大きくはずれて隣りの車にあたった。

「止まれ！」大声で叫んで必死で追いかけたが、彼女の脚も速かった。

彼女が母の車のドアを勢いよくあけて乗りこむのを目にして、デイヴィッドは恐怖に喉をわしづかみにされた。メアリはまっすぐに彼を見ながら銃を母の頭に突きつけた。メアリの口が動くのが見えた。簡潔にこう言っていた。「車を出して」

デイヴィッドの母は縮こまったが、メアリが銃を強く押しつけると車が動き出した。「だめだ。母さん、やめろ！」叫ぶと同時に後ろのバンパーに飛びついた。

だが、手は宙をつかみ、砂利を食べるはめになった。起き上がって追いかけたが、車はタイヤをきしらせながら駐車場を出ていってしまった。

デイヴィッドはキーを持っていなかった。車もなかった。きびすを返してトルーマンのオフィスに戻ると、彼はグレンのそばにひざをついてショックで口をあんぐり開けていた。

「キーを。あなたの車のキーをくれ！」

呆然としたトルーマンからキーを渡されたデイヴィッドは、走って外に出ながら叫んだ。

「九一一に電話を！」トルーマンの車のエンジンをかけ、あとを追いはじめる。心臓が激しく鼓動するなか、携帯電話をつかみながらアクセルを踏みこむと、車が尻をふって道路に飛び出した。

母の車は見あたらなかった。どこにもいなかった。震える手で九一一にかけ、車のスピードをさらに上げ、母を一緒に来させた自分に悪態をついた。

「どのような緊急事態ですか？」

「母が誘拐された。緑色のフォード・トーラスで、州間高速道35Wを北上中」母の車を頭に思い描き、ナンバープレートを伝えた。「母の名前はフィービー・ハンター。誘拐したのはメアリ・オライリーで、彼女は銃を持ってる」頭ががんがんしていたが、なんとか落ち着いた声を保った。「それと、〈プレジデンシャル不動産〉に救急車を送ってほしい。六二歳の男性が頭部に怪我を負って意識不明だ」

「あなたはいまどこですか？」

「母の車を追跡中だ」声が割れてしまった。「頼むから急いでくれ。それと、ブルース・アボット警部とオリヴィア・サザランド刑事に知らせてほしい」交差点にさしかかったが、母の車がどちらの方向に行ったのか見当もつかなかった。「車が見えない。どこにもいない」

「現場に戻ってください。緊急車両をそちらに向かわせました」

デイヴィッドはガソリンスタンドに車を入れ、手で口をおおった。まともに考えられなかった。息もできない。携帯電話を凝視して、鳴れ、と念じ、ほんとうに鳴ったときにはどきりとした。オリヴィアからだった。

「どうしよう」目の前の交差点に視線を据え、弱々しく言った。「いなくなってしまった」

「だれがいなくなったの？」オリヴィアがはっとしてたずねる。「デイヴィッド？　なにがあったの？」

　彼女は知らないのか。通信指令係には彼女に連絡する時間がまだなかったのだ。「母だ。拉致されてしまった」自分の声とも思えないほどか細いものだった。「メアリ・オライリーに」

「なんですって？　どこにいるの？」

「わからない」デイヴィッドは周囲を見まわし、道路標識を見つけ、息を吸って交差点の名前を伝えた。「戻らないと。グレンが怪我をした」

「デイヴィッド。落ち着いて話して」

　彼はトルーマンの車を方向転換させ、来た方向に戻りはじめた。「前におれが残したメアリ・オライリーについてのメッセージは聞いてくれたかい？」

「ええ。警察が彼女を捜してるわ。どうして彼女のことがわかったの？」

「どうして警察が彼女を捜してるんだ？」デイヴィッドはぼんやりとたずね、前方に集中しようと目を瞬いた。

「あなたはどうやって彼女のことを知ったの？」

　オリヴィアがこちらの質問に答えなかったので、デイヴィッドの血がますます凍りついた。

「リンカーンは、おれが見つけた例のモスのウェブサイトの管理人だ。メアリ・オライリーがそのウェブサイトの料金を払ってた」

オリヴィアはしばらく無言だった。「わかったわ。メアリをどこで見つけたの?」

「リンカーンの兄のトルーマンを訪ねていった。彼は、昨日リンカーンがグレンのキャビンの場所を見つけるのに協力した。メアリはトルーマンの秘書なんだ」車はトルーマンのオフィスまで戻った。デイヴィッドの全身が麻痺したようになっていた。「グレンが怪我をした。どれくらいひどいかわからない。もう行かないと。九一一には通報した」

「わかったわ」落ち着いた声でオリヴィアが言った。「いまどこ?」

「〈プレジデンシャル不動産〉だ」よろよろとオフィスに入ると、トルーマンがグレンのそばにひざまずき、頭にタオルをあてていた。「もう切るよ」携帯電話を適当に置き、グレンの首に指をあてたところ、脈は不規則だった。

グレンを横向きにすると、メアリがなにをしようとしていたのかがわかった。

「彼女のバッグだ」トルーマンが小声で言った。「あなたの友人は彼女のバッグをつかんだんですね。でも、どうして?」

デイヴィッドはバッグを脇にどけた。「メアリ・オライリーについて教えてください。彼女の人事ファイルを出して、警察が来たら渡してください」

トルーマンは動揺しながらも言われたとおりにファイル・キャビネットを開けてフォルダーを取り出した。「夏に応募してきました。前の秘書が急死したんです。ある日メアリがやってきて、応募書類に記入していったんです。ほっとしましたよ。募集記事を出さずにすんだんですからね」

デイヴィッドの血が凍りついた。「前の秘書が死んだ？　死因は？」

「階段から転落したんです。だいぶ歳でしたから、足をすべらせたんでしょう」トルーマンの目に恐怖が宿る。「どうしてです？　メアリはよく働いてくれましたし、リンカーンにもやさしく接してくれたんですよ」

「どんな風にやさしく接したんですか？」

「弟が動揺すると、落ち着かせてくれました。仕事が忙しくない日には、ふたりはおしゃべりをしてました」

グレンの頭部を圧迫しながら、デイヴィッドは頭を回転させた。「どんな話をしてましたか？」見当はついていた。プレストン・モスだ。

「わかりません。リンカーンが静かにしてくれていて、仕事ができるだけでありがたかったんです」困惑と恐怖にまみれたトルーマンはぺたりと座りこんだ。「リンカーンに関係してるんでしょう？　なにがどうなってるんですか？」

サイレンの音が聞こえてきた。「おれたちみんながそれを知りたいと思ってるんですよ」陰鬱な声だった。

救急救命士が駆けこんできた。「なにがあったんですか？」

トルーマンがメアリのデスク近くの床を指さした。「彼女はあれでこの人を殴ったんだと思います」販売実績をたたえるトロフィーだった。片側に血がついていた。

グレンを救急救命士に任せ、デイヴィッドはなににも触れずにデスクを探った。「グレンはここへ入ってきたんだろう。彼はじっとしてられない男だから。それで、これを見たにちがいない」それは給与明細で、メアリの名前がはっきりと見えていた。「だから彼女だとわかったんだ」

トルーマンはデスクの電話を凝視していた。「インターコムをオンにして私たちの話を聞いていたようです。あなたがリンカーンについてたずねているのを知っていたんだ。いったいどうなってるんですか？」

デイヴィッドは給与明細を見つめたまま、恐怖のあまり息もできなくなっていた。「彼女が母をとらえている」

## 九月二二日（水）午後二時〇〇分

フィービーはハンドルを握りしめ、懸命に落ち着こうとした。頭に銃を突きつけられていては、むずかしかったが。女性は若く、二〇代前半だった。不動産屋から走り出てきた彼女は、自分の車がはさまれて出せないのに気づいた。フィービーが車を動かそうとしたとき、彼女が乗りこんできて銃を突きつけ、車を出せと命じたのだった。

「あなたはだれ？」震える声で言った。

「黙って運転して」若い女性がどなった。

「わたしを殺すつもり？」

　女性が苦々しい笑い声をあげた。「殺してほしいの？」

「そういうわけでもないわ。お友だちが息子と一緒にあそこにいるの。あなた、彼に怪我をさせたの？」

「殺しはしなかったけど、黙らないならあなたを殺すわよ。そこを右に曲がって」

　フィービーは言われたとおりにし、なんとか車を停める方法はないかと周囲を見まわした。

「やめておいたほうが身のためよ」女性が静かに言った。「ほんとうに」

　フィービーは息を吸いこんだ。「車と携帯電話を渡すわ。警察に通報はしない」

「手遅れよ。あなたの男が通報しようとしたもの。でも、携帯電話はいただいておくわ」メアリはフィービーのバッグを漁り、携帯電話を見つけるとバッテリーを抜き取って後部座席に放り投げた。「これで警察はあなたを追跡できなくなったわ」

　フィービーは、自分の家族が長年のあいだに何度危機的な状況に陥ったか、何度危うく殺されそうになったかを考えた。これまでは、じっと座って知らせを待つほうがつらいと思っていた。祈るしかない立場のほうが。まちがっていたわ。でも、家族はいつだって平静を保ち、頭を働かせ、助けがくるまで時間を稼いでいた。わたしもそうしなくては。

口だけを動かして、これまでほかの者たちのためにしてきた祈りをはじめた。

「なにを言ってるの？」女性が嚙みついた。

「祈ってるのよ」

「やめなさい。どっちみち、だれの耳にも届かないんだから」

「自分には聞こえるわ。それでじゅうぶん」フィービーは小さく言った。みんなが自分を捜してくれるとわかっていた。恐怖に負けたりしない。逃げ出せたら帰り道がわかるようにと、目印に意識を集中した。

女性がラジオをつけ、ニュース番組を流している局に合わせた。

「今日、大学生ふたりが遺体で発見されました」アナウンサーが重々しい口調で伝えた。「ひとりは自分のアパートメントで、もうひとりは大学の寮で亡くなりました。警察はこの二件に関して事情聴取すべく、メアリ・オライリーを捜しています。メアリ・フランセスカ・オライリーの居場所をご存じの方は警察に電話してください」

フィービーはちらりと女性を見た。「メアリはあなたね」

メアリが顎をこわばらせた。「黙ってよ。いいから運転しなさい」

## 九月二二日（水）午後二時一五分

ジェファソンのオフィスの床に座っているデイヴィッドを、オリヴィアは見つけた。日焼けしている彼の顔は青ざめていた。顎にはひどい縫い傷があった。シャツには血がついている。

彼のそばにしゃがみこむ。「大丈夫？」

デイヴィッドの目は虚ろだった。「給与明細のメアリの名前に気づいたグレンを、彼女が殴ったんだ。追いかけたら撃ってきた。銃の腕前はよくないみたいだな」

彼の手首に触れると、脈がかなり速かった。「デイヴィッド、あなたは大丈夫なの？」

彼が目を閉じる。「追跡したが、まかれてしまった。彼女は母を人質にした」

オリヴィアは彼の上腕をなでた。「シャツについてるのはあなたの血？　それともグレンの？」

「グレンのだ」

「今日はあなたの勤務日だと思ったけど」

デイヴィッドが苦笑いになる。「そうだったら、こんなことにはならなかったのに。いまいましい猫のせいだ」

「わけのわからないことを言ってるわよ、デイヴィッド」

「勤務中に事故に遭った。母とグレンが消防署まで迎えにきてくれた。おれは休んでいるべきだったのに、耳を貸さなかった。リンカーンのウェブサイトに関する情報が入った。彼は亡くなった教授の名のもとで一〇年もそのサイトを管理してたんだ」

「リンカーンの請求書の一部をメアリが支払っていたと言ってたわよね。彼女のクレジットカードを追跡したの?」

「そうだ。それから情報を伝えようときみに電話した。何時間も前の話だ」かすかに非難めいた声で言ってから、顔を背けた。「すまない。きみを責めるつもりじゃなかった」

「わかってるわ」オリヴィアはやさしい声で言った。「リンカーンのお兄さんについてはどうやって知ったの?」

「リンカーンは昨日、兄貴の携帯電話にかけていた」

まあ。「昨日、わたしたちの到着を待っているあいだに、リンカーンの携帯電話の通話履歴を調べたのね?」

悪びれもせずにデイヴィッドはうなずいた。「なにを優先するかの問題だ。きみは殺人犯をつかまえること。おれは、自分の家に第二のリンカーンが来て、たいせつな人を傷つけないようにすることが最優先だった」

彼なら、自分のたいせつな人たちを守ろうとするだろう。「メアリが秘書だとわかったのはいつ?」

「トルーマンと会ったとき、彼がメアリの名前を口にしたんだ。それまでは知らなかった。知ってたら、きみに電話した。母とグレンを危険な目に遭わせるようなことはぜったいにしてなかった」

「わかってる。州警察のヘリが彼女の車を捜索してるわ」

デイヴィッドが彼女をひたと見据えた。「きみはどうしてメアリを捜していたんだ？　教えてくれ」

オリヴィアがため息をつく。「少なくとも放火犯のひとりを彼女が殺したと考えているの。ひょっとしたら三人とも彼女の犠牲になったのかも」

デイヴィッドは目を閉じた。ごくりと唾を飲みこむと、喉仏が動いた。「銃を使って？」

「ちがうわ」

「そうだろうと思った。彼女はまともに撃てやしないからな。メアリが銃の扱いが下手だとわかっているから、なんとか耐えられてるんだ。ひょっとしたら彼女は……」デイヴィッドは口をつぐみ、気持ちを抑えようとした。「どうしよう。彼女は母を人質にしてるんだ」

「わかってる」オリヴィアはささやくように言った。「彼女を見つけるから」

「メアリはリンカーンに近づくためにここの仕事に応募したんだ。トルーマンの話では、前の秘書は階段を転げ落ちて亡くなったそうだ」

「まさか」

デイヴィッドは目を開けた。恐怖にさいなまれてはいたが、頭はちゃんと働いていた。

「彼女はリンカーンとよくしゃべっていた。ガラス球と、北極にVEと彫られていたことを、それで知ったんだと思う」

「そもそもメアリはどうやってリンカーンの存在を知ったのかしら？」

「ウェブサイトでだろう。リンカーンに訊いてみよう」

オリヴィアはうなずいた。「やってみるわ」

「おれも一緒に行く」オリヴィアに向けた彼の顔は怒りに満ちていた。「だめだなんて言わないでくれ。またおれが必要になるかもしれないだろう」皮肉っぽく唇をゆがめる。「おれは猫を救う消防士だからな」

「オリヴィア」メアリのデスクのところでバッグのなかを検《あらた》めていたノアが呼ばわった。彼の顔も蒼白だ。フィービー・ハンターはイーヴィの母親のような存在なのだ。けれど、ノアはプレッシャーに打ち勝てる人間だとすでに証明していた。彼が踏ん張ってくれることをオリヴィアは疑っていなかった。「携帯電話だ。何台もある」手袋をした手でMP3プレイヤーを持ち、背面を見た。「〝1〟と書いてある」

「再生してみてくれ」デイヴィッドがぶっきらぼうに言う。

ノアがMP3プレイヤーを再生し、オリヴィアとデイヴィッドは接続されたイヤホンに身を寄せて見つめた。音質の悪い『ミッション：インポッシブル』がかすかに聞こえたあと、最初の画像が現われたのを見てオリヴィアは理解した。

「ああ、なんてこと」ほとんど聞こえない小さな声で言った。「トレイシー・マレンだわ」口を大きく開けて無音の叫びを発しながら、コンドミニアムの窓を叩いているトレイシーの顔だった。

「だれかがこのビデオを撮ったんだ」デイヴィッドが恐怖に満ちた声で言い、トレイシーは画面から消えて両手がガラスを下へとずるずるとすべり落ちていった。「おれは窓ガラスについた彼女の手の跡を見た」

カメラは四人の人間にパンした。月明かりでその顔ははっきりと見えた。

「ジョエル、メアリ、エリック、それにアルベールだわ」オリヴィアが言う。「ジョエルはなかに戻ろうともがいている。エリックとアルベールが彼を押さえ、それからアルベールが彼の頭を殴ってる」

「そのあとアルベールとエリックでジョエルを引きずっていってる」ノアが言う。「おれたちが考えていたとおりだ」

オリヴィアが見ていると、メアリが最後に窓を見上げてから、アルベールとエリックを追ってフェンスへと行き、そこで彼らがジョエルを外に押し出した。「これも考えていたとおりだわ」

「だれかがこのビデオを撮ったんだ」デイヴィッドがくり返す。「彼らはトレイシーが死んでいくのをただ見てたんだ」

ノアが大きく息を吐き出した。「五人めがいたわけだ」

ビデオが変わった。「火事になる前のトムリンソンの倉庫だ」デイヴィッドがぼそりと言った。

「これがつながりだったんだ」ノアだ。「五人めが彼らを脅迫していたんだよ」

ビデオが止まり、三人はしばらく無言だった。オリヴィアが携帯電話を見ていき、背面に〝2〟と書かれたものを見つけた。

「テキスト・メッセージがたくさん。添付。写真。燃えてるトムリンソンの倉庫。発見時のままのエリックの遺体」オリヴィアは次の添付ファイルを開いた。

「ドリアン・ブラントの遺体が発見された、トムリンソンの愛人の家だ」デイヴィッドが言う。「近隣に延焼する前の写真だ」

「アルベールの遺体写真もあるわ。〈くたばっちまえ〉と書かれてる。どうやらメアリは、好き勝手にこき使われるのに飽き飽きしたみたいね。脅迫者との通信手段がこれだったんだわ。アボットに連絡しなくては」

ノアがアボットに電話した。「ブルース、事件には五人めが関与してました……」眉をひそめて相手のことばに耳を傾ける。「どうして知ってるんですか？」オリヴィアに目をやる。

「オースティン・デントが署に保護された。アボットがジョエル、エリック、アルベールの写真を見せたところ、オースティンが見た男はそのなかにはいないと言ったそうだ」

オリヴィアはメアリのバッグの中身を集めた。「これから署に戻ると伝えて」デイヴィッドを見上げる。「グレンのお見舞いに病院までだれかに送らせましょうか?」

「いいや。リンカーンと話したい。なにかしてないと頭がおかしくなりそうだ」

オリヴィアはうなずいた。アボットとドクター・ドナヒューが認めてくれるといいのだけれど。「わかったわ。行きましょう」

# 25

## 九月二二日（水）午後二時二五分

「スピードを落として」メアリにどなられ、フィービーはぎくりとした。この半時間ほどで、彼女がはじめて発したことばだった。ずっと脇道を走っていたため、すれちがった車はほんの何台かだけだった。「あの車の後ろに停めて」前方に黒いレクサスが乗り捨てられていた。

フィービーはほとんど息を殺したまま、言われたとおりにした。「あなたが行ってしまったあとも、だれにも話さないわ」

メアリが鼻を鳴らした。「そうよ。だって、あなたはわたしと一緒に来るんですからね」

フィービーは目を閉じた。「どうしてなの？」

「あなたが必要になるかもしれないからよ」彼女はフィービーのわき腹を銃でつついた。「ハンサムな息子にまた会いたいのなら、言われたとおりにしなさい。車から降りるのよ」

フィービーは従ったが、脚がゴムのように頼りなかった。「あなたの力になるわ。こんなことをする必要はないのよ」

メアリが目玉をぐるりと動かした。「歩いて」フィービーが歩き出すと、彼女は二フィートほどあとからついてきた。「運転席の横でひざをついて、車体の下を探りなさい。磁石でくっつける箱があるはずだから、そこからキーを取り出してわたしの足もとに投げるのよ」

頭に向けられた銃を意識しながら、フィービーはひざをついた。

「さっさとしないと、ここで死ぬはめになるわよ」メアリがいらだった声で言う。

「年寄りだから、動きがのろいのよ」フィービーはつっけんどんに返した。

「早くしないなら、それ以上歳を取れなくなるからね」

車の下に手を入れたフィービーは、首に下げたメダリオンが揺れるのを感じた。警察が見つけて自分の居場所を突き止めてくれるのを願って、キーに手を伸ばしながらチェーンを地面に落とした。キーを遠くへ放り投げてやろうかと思ったが、やめておいた。メアリはすでにふたりの男性を殺している。そんな彼女が自分を殺すことに躊躇するとは思えなかった。

デイヴィッド、どこにいるの？

フィービーは苦労して立ち上がり、キーを差し出した。「わたしみたいな年寄りを誘拐したと知ったら、あなたのお母さんはなんと言うかしらね、メアリ？」

メアリはたじろぎ、キーを引ったくった。「母は亡くなったわ」ぴしゃりと言う。

フィービーははっと息を呑んだ。「お気の毒に」

「やめて。母もわたしが殺したのかもしれないでしょ」助手席のドアのロックを開ける。

「乗って。黙って運転するのよ」

フィービーは助手席側から乗って運転席へと移った。メアリもあとから乗りこんでくる。銃はあいかわらず……こちらに向けられていた。心臓をどきどきさせながら、メアリの突き出したキーを受け取った。

「教えて。あなたはお母さんを殺したの、メアリ？」

メアリは首を横にふり、震える声で言った。「殺してない。わたしのせいじゃなかった。さあ、車を出さないと、今度はわたしのせいになるわよ」

フィービーは小さくうなずいて車を出した。神さま、わたしはどうすればよいのでしょう？

## 九月二二日（水）午後三時三〇分

デイヴィッドはオリヴィアのデスクにつき、アボットのオフィスの窓を凝視していた。彼女はノア、アボット、バーロウ、ミッキと一緒にオフィスにいて、メアリのバッグから見つけた携帯電話のテキスト・メッセージの数々を読みなおし、ビデオを見なおしていた。彼女はときおり顔を上げて窓越しにこちらを見て、頭をふった。新たな知らせはなし。

ノアがホワイトボードをオフィスに運びこんでおり、デイヴィッドのいるところからでも時系列順に書きこみがされているのが見えた。放火事件と殺人のそれぞれが記入されている。

だが、いま重要なのはひとつだけだった。

胃がずっとおかしな具合だった。メアリが殺したふたりの大学生の遺体の写真を思い出すまいとしたが、目に焼きついて離れてくれなかった。トレイシー・マレンの死は事故だったが、ほかの人間の死は……。メアリは殺人犯なのだ。

その彼女が母さんを人質にしている。すでに二時間が経過しようとしていた。メアリたちはどこに行ってしまっていてもおかしくない。デイヴィッドは母の車を満タンにしておいたので、ガソリン切れになる前にカナダにだって入れるだろう。

デイヴィッドの背後で半狂乱のトムがうろついていた。トルーマンのオフィスから出たあと、オリヴィアの車から電話をしたところ、恐怖で土気色の顔をしたトムが署で待っていたのだった。

「母さんを連れていったなんて、自分が信じられないよ」デイヴィッドはぼそりと言った。

「こうなったのはおれのせいだ」

トムが重々しいため息をついた。「黙って、デイヴィッド。おじさんのせいじゃない。おじさんは一連の事件になんの責任もない。世の中では悪いことが起こるもので、ぼくたちはそれを止める努力をするだけだ」

「母さんを家に残していくべきだったんだ」

トムがケインの椅子にどさりと座った。「お祖母ちゃんがおじさんの言うことを聞くわけないじゃないか。トルーマン・ジェファソンのところへ行く前に彼について調べたの？」

「イーサンが調べてくれた。トルーマンはちゃんとした経営者で、厄介ごとを起こした過去はなかった」

「だったら、危険に近づこうとしてると考える理由はなかったわけだ。あそこは本物の不動産屋なんだから。ときどき、おじさんは自分を神だと考えてるんじゃないかって思うよ」

デイヴィッドは怒りに満ちた甥の目を見て眉をひそめた。「おれが自分をなんと思ってるって？」

「神だよ」トムが拳骨でデスクを殴った。「常に英雄でいるなんてできないんだからね」

トムの怒りを目の当たりにして、デイヴィッドは目を瞬いた。あまりにも予想外だったし……まちがっていた。「おれは英雄なんかじゃないぞ」

「なんだっていいさ」トムが息を吸いこみ、そして吐き出した。「どなったりすべきじゃなかった。おじさんは、お祖母ちゃんに命令なんてできないよ。だれにもそんなことはできない。自分を責めるのをやめて、頭を使って考えてよ」

デイヴィッドは目を閉じた。トムの言うとおりだ。「メアリ・オライリーについてなにがわかってる？」

「クレジットカードを持った頭のいかれた女って以外に？」トムはパソコンのバッグをぽんと叩き、唇をいかめしく結んだ。「ここを出て、探り出そう」

「オリヴィアに断ってくる。すぐに戻ってくるよ」デイヴィッドがオフィスのドアをノックすると、彼女が出てきて空いている会議室に入るよう身ぶりで示し、ドアを閉めた。

「新しい情報はないわ。動ける者は全員動いてる。ＩＴ部門はメアリの携帯電話から発信されたメッセージと、不動産屋の駐車場に停めてあった彼女の車から押収したノートパソコンから発信されたＥメールを追跡してる」顔を上げた彼女の青い目は真剣だった。「ぜったいにあなたのお母さんを捜し出すわ。彼女を傷つけても、メアリにはなんの得もないのよ」

「携帯電話の番号の件はどうなってる？」ざらついた声でたずねる。「リンカーンがかけた番号だ」

「メアリのバッグに入ってた携帯電話だった。あなたのお母さんの携帯電話に何度かかけてみたけれど、全部ボイス・メールにつながるの。ＧＰＳ信号を追跡できないけど、努力は続けるわ。メアリを知っている寮の学生とか、同じ授業を取っていた学生に片っ端から話を聞いているの。彼女の行きそうな場所を突き止めようとして」オリヴィアが彼の頬に手をあてる。「休んでと言いたいけれど、無理よね」

デイヴィッドは彼女の手に頬を寄せた。「考えられないんだ。息ができないんだ」

彼女の親指がデイヴィッドの唇をなでた。官能的なものではなく、心をなだめるものだ。

「それなら、少しのあいだでいいから、代わりにわたしに考えさせて。グレンのお見舞いに行ってらっしゃい。なにかわかったらすぐに電話するって約束するから」

「リンカーンのことは？」

「ドクター・ドナヒューが一緒にいてくれてるわ。今朝、鎮痛剤をあたえたの。また放火があったと警備員が話してるのを耳にして、興奮したから。落ち着いたら、彼と話せるようにドクター・ドナヒューが手配してくれることになってる。あなたも同席できるよう、電話して呼ぶわ」

デイヴィッドは彼女を抱き寄せてしがみついた。ひび割れた声がこぼれる。「銃を突きつけられた母の姿が頭から離れないんだ」

「わかってる」オリヴィアはささやき、もうしばらく彼を抱きしめたあと体を離した。「アボットのオフィスに戻らなくちゃ。なにかわかったらすぐに電話する。お母さんをぜったいに見つけるわ、デイヴィッド」

その約束を守るためならオリヴィアはどんなことでもしてくれるとデイヴィッドにはわかっていたが、なにもせずにじっと待っているなどできなかった。決意も新たにトムのところに戻る。「行こう。おまえになにができるか、見せてもらおうじゃないか」

**九月二二日（水）午後三時四五分**

オリヴィアはアボットのオフィスの窓から、デイヴィッドとトムがエレベーターへ向かって歩いていくのを見ていた。「心が引き裂かれそう」ぼそりと言う。ふたつの優先事項。発砲した男とドラッグを打った女。どちらも人殺しだ。でも、女は人質を取っている。

「私たちみんなが同じ気持ちだ」アボットが言った。「座ってくれ。計画を練ろう」

学生たちの携帯電話のテキスト・メッセージを調べ、時系列につなぎ合わせた。ビデオを再生したことで、トレイシー・マレンがコンドミニアムにいたのを四人の学生が知らなかったと判明した。

「最初の放火は大義のためのものだった」ノアが言う。「ジョエルがそのリーダーだったが、リンカーンと友だちだったメアリがモスへの敬意の印にガラス球を置いていった」

「モスが最後の放火をしたとき、メアリはたったの一一歳だった」ミッキが言った。

「だが、モスは過激な組織のあいだで伝説的存在だった」バーロウが肩をすくめる。「どうやってか彼女はモスの存在を知った。教師か親に聞いたのか、ネット・サーフィンをしていてたまたま見つけたたか」

オリヴィアは、トルーマン・ジェファソンと大学から入手したメアリの個人情報を読みなおした。「二三歳、独身。両親は死亡。学費は自分で支払っていて、奨学金も財政援助も受けてない。なにか別の収入源があるはずだわ。不動産屋の給料では、寮費と食費はまかなえない」

「緊急時の連絡先は無記入になってる」ノアが言う。「彼女は一匹狼だ」

「静脈注射の中毒を持った一匹狼ね。成績証明書には哲学専攻とあって、前年度の後期に環境倫理学の授業を取っている。そこでジョエルと出会った」

「トルーマンのオフィスに停めてあった彼女の車は支払いが終わってる」ノアが言った。

「ノートパソコンをのぞいて、おかしなものはなにも見つかってない。車は寮の住所で登録されている」

「夏休みのあいだはどこで過ごすのかしら？」ミッキが疑問を口にした。

オリヴィアはテーブルに書類を放り投げた。「私書箱だわ。くそっ」

「よし」アボットが落ち着いた声で言った。「メアリの件では行き止まりだ。今度は脅迫者について話し合おう。なぜなら、ふたりはどこかで交差するからだ」

オリヴィアはうなずいた。「コンドミニアムの火災があった夜、脅迫者はジョエルたちが来るのを知っていた。カメラを持ってきてたことからそうとわかる。彼はトムリンソンとドリアン・ブラントについても知っていた。どこかでこの三件はつながっている。どこかの局面で全員が交差する。それはどこ？」

「脅迫者が発砲者ね」ミッキが言った。「彼はコンドミニアムを桟橋側へとまわり、そこにオースティンが隠れていた」

「オースティンは、煙のにおいがしたときに逃げ出したと言っていた」アボットだ。「桟橋側のドアから外に出て、トレイシーがついてきてないのに気づいた。彼は放火犯を見ていない——彼らはコンドミニアムの反対側にいたからだ。オースティンは発砲者がコンドミニアムをまわってくるところを目撃している。ウィームズが立ちはだかり、男は発砲してボートに乗りこみ、スキー・マスクをはずして逃走した」似顔絵をテーブルに放った。「これが発砲者だ」

「こんな顔は千回は目にしてる」オリヴィアが言う。

「わかってる。だが、いまのところ私たちにあるのはこれだけだ」

ノアが時系列を注視する。「脅迫者は、エリックがパリ行きの航空券を買ったのを知っていた。なぜなら、フライト時刻をアルベールの携帯電話に送っているからだ。どうしてわかったんだろう？」

「わたしたちが通訳に協力してもらっているのを突き止めたのと同じ方法よ」オリヴィアが言う。「尾けてたんだわ」

ノアが頭をふる。「脅迫者は実際にエリックを尾けてたわけじゃない。エリックはチケット代を銀行口座からインターネットで支払ってる。やつはエリックのコンピュータにアクセスできたんだ」

ベッド脇のテーブルに並んでいたデイヴィッドと自分の携帯電話の光景が、オリヴィアの頭に突然浮かんだ。「あるいは、エリックの携帯電話にアクセスできたか」

「だが、そいつはエリックの携帯電話を奪ってない」バーロウが言った。「奪ったのはメアリだ」

「それは、エリックを殺したのが彼じゃないからかもしれない」オリヴィアが返事をする。

「殺したのはメアリだった。脅迫者としては、エリックには彼自身の携帯電話と、自分があたえた使い捨ての携帯電話を持っていてもらう必要があった。それがエリックとの通信手段だったのよ」

「だがそれだと、エリックが航空券を買ったのを脅迫者がどうやって知ったかの説明にはならないぞ」ノアが言う。「そいつがエリックの携帯電話の動きを監視していたのなら話は別だが」ミッキの表情が変わったのを見て、彼女が真相を突き止めたらしいのがわかると、ノアはそちらに向いた。「で、脅迫者はどうやってやったんだい？」

「あのくそったれ。脅迫者はエリックたちのパスワードとユーザー名にアクセスできたのよ。セキュリティ対策の施されていない無線接続にでも侵入したんでしょう」

「言い替えれば、空港、書店、コーヒー・ショップだな」アボットが言うと、ミッキがうなずいた。

「送信するデータが他人に読まれる危険があるという警告はされているけれど、ソフトウェアによっては見られるのはそれだけじゃないんです。デバイスに入っているデータならなんでも見られてしまいます」

「じゃあ、エリックが銀行口座の情報を携帯電話に保存していたら……」ノアが言った。

ミッキがエリックの携帯電話をつかみ、いくつかボタンを押して満足げな声を発した。「エリックの情報は全部ここに入ってるわ。いま、彼の銀行口座のアカウントに入ったところ。だれかが昨日、口座を空にしてる。エリックが海外に高飛びしようとしてるという警告をアルベールが受信したのと同じころだわ」

「金がどこに行ったか追跡しろ」アボットがきびきびと命じた。

「銀行の情報だけじゃありません。携帯電話にはEメールのサーバー情報やパスワードも入ってます。これを入手したら、犯人はどこにいても彼らのEメールを読めます。あらゆる情報を知ることができるんです」ミッキは保存されているメッセージに戻って、携帯電話を彼らのほうに向けた。「湿地帯を救う計画も。全部ここにあります。エリックとジョエルの計画のすべてが」

「情事についても同様だな」バーロウが言った。「亡くなったとき、トムリンソンは愛人と一緒に写ってる写真をデスクに置いていた。彼はあれで脅迫されてたんだ」

「そうか」オリヴィアの頭のなかでパズルのピースがぴたりとはまった。「トムリンソンの写真。脅迫者が彼の情事を知って写真を撮ったのはかなり前だったんだわ」

ミッキが満足げに微笑んだ。「愛人がスノー・ブーツを履いていた冬」

オリヴィアがうなずく。「奥さんのルイーズは〝使用前〟の写真を持っていたのね。きっと、トムリンソンが支払いをしなかったから、脅迫者が奥さんにその写真を送ったんだと思う。その後、奥さんの雇った私立探偵が〝使用後〟の写真を撮った。奥さんは両方の写真をごちゃ混ぜにして弁護士に渡した。トムリンソンの殺害はあなたの言ったとおりだったんだわ、バーロウ。あれは処刑だった。報復だったのよ」

「で、脅迫者はエリック、トムリンソン、ブラントとどこで交差するんだ？」アボットがたずねた。

「もう一度トムリンソンの財政記録を調べてみます」バーロウが言う。「ブラントとエリックの財政記録と突き合わせてみます。ひょっとしたら、行ってた場所や金を使った場所で共通点が出てくるかもしれません」

「それがわかれば、脅迫者に迫れるわね」オリヴィアは言った。ケインを殺した男に。そいつに集中し、つかまえてやりたかった。はらわたを引きずり出すというふさわしい罰をあたえてやりたかった。だが、恐怖に満ちたデイヴィッドの目を忘れられなかった。「メアリについてはどうなんです？　フィービーがまだ生きているなら、メアリはおそらく逃走のために彼女を利用するつもりなんでしょう。でも、まだ居場所の見当すらついてません」

ノアがメアリの個人データが書かれた紙を引き寄せ、もう一度じっくり目を通した。「素性調査の際に古い住所が出てきたんだが、調べにいった制服警官から、メアリを知っている人間はひとりもいなかったという報告が入った。彼女がそこに住んでいたのはずっと昔なのかもしれない。それに、近隣でフィービーの車は目撃されてない」

オリヴィアは顔をしかめた。遅まきながら、なにかがおかしいと気づいたのだ。「待って。メアリの父親は死んでないわ。彼女には父親と医者の兄がいるとルームメイトが言ってた」

「ルームメイトからもう一度話を聞いてこい」アボットが命じた。

オリヴィアはメアリに関する書類を集めた。「リンカーンはどうするんですか？　彼とメアリは友人同士か、なんらかの関係にあります。ひょっとしたら、リンカーンが彼女の行きそうな場所を知ってるかもしれません」

「話ができるくらいリンカーンが落ち着いたら、ドナヒューから連絡が来ることになっている」アボットが言う。

「わかってます。でも、トルーマンはゆうべ、ＦＢＩに自宅を捜索されたと言ってました。メアリがそもそもリンカーンを見つけた経緯がわかるようなものが入っているファイルだとかノートパソコンは、ＦＢＩが手に入れてるでしょう」

アボットが険悪な表情になった。「家宅侵入罪と暴行罪の件で、リンカーンはわれわれのものだ」

「クローフォード特別捜査官にそう言ってください」ノアが言う。「家宅捜索をしたのはクローフォードだとトルーマンから聞いてます」

アボットがぐいっと顎を引いた。「そうしよう。ミッキ、エリック、トムリンソン、ブラントが傍受された場所を特定するんだ。バーロウは、エリックの金の流れを追跡してくれ。

進捗状況を逐一私に報告してくれ。それと、全員、ぜったいに防弾チョッキを脱ぐな」

## 九月二二日（水）午後四時〇五分

トムが確保してくれた〈デリ〉のテーブルに、デイヴィッドはトレイを置いた。「今日は混んでるな」

トムがノートパソコンから顔を上げる。「そうだね。学生は寮で死んでるのを発見された男について話してるし、警官はケインについてでしょ、で、消防士はおじさんの相棒についてか……おじさんについて話してる」

「最高だな」デイヴィッドは椅子に座り、トレイをトムのほうに押しやった。「食べろよ」

トムはサンドイッチを見て顔をしかめ、おじの分がないのに気づいた。「おじさんのは？」

「食べる気がしない」

トムがテーブルの真ん中にトレイを押し戻す。「ぼくもだよ。半分食べてよ」

デイヴィッドは何口かをなんとか呑みこみ、トムがワイヤレス通信用のカードをノートパソコンのスロットに挿《さ》しこむのを見ていた。「この店がどうしてこんなに人気なのか、いまだにわからないよ。食べ物の味はそこそこなのに」

「大食堂よりましだからでしょ。でも、待ち合わせに使ってる場合がほとんどかな」トムがノートパソコンを使っている客たちを指さした。「それと、カービーが無料Ｗｉ－Ｆｉを提供してるから」

デイヴィッドがカウンターに目をやる。「どの男がカービーなんだい？」

「店長だよ。いまはいないみたいだ。おしゃべりが好きで、〝ババーイ〟っていうやつだよ」

「ああ、彼か」

トムが顔を上げる。「カービーが嫌いなの？」

デイヴィッドはもぞもぞと体を動かしそうになるのをこらえた。「嫌いじゃないが……粘っこい感じがするんだ」

トムは肩をすくめた。「べたべたしてくるのは芝居だと思うよ。悪い男じゃない。七カ月前、例のレポーターに尾《つ》けまわされてたイーヴィを助けてくれたんだ。レポーターがあの教授の秘書とことばを交わし、イーヴィと友だちをストーキングしてるのを教えてくれた」

デイヴィッドは思い出した。「その情報のおかげでイーヴィの命が助かったんだから、彼に色目を使われても耐えなくちゃならないか。それに、ひと晩中消火活動にあたってるときは、いつもコーヒーの差し入れをしてくれるしな」それでも、カービーにはどこか落ち着かない気分にさせられるのだった。

トムがうなずく。「でしょ」

デイヴィッドは甥のノートパソコンから突き出しているカードに目をやった。「この店で無料のWi‐Fiを使えるなら、どうして自分のカードを使うんだい？」

トムが困惑して目を見開いた。「まさか、セキュリティ対策が施されてない無料のWi‐Fiに接続したりしてないよね？」

デイヴィッドは警戒しながら返事をした。「してるが。どうしてだい？」

「ハッキングしてくれと言ってるようなものだからだよ」トムがぶつぶつと言った。「このカードは安全なんだ。ぼくのハードディスクにはだれも触れられない」デイヴィッドにも画面が見えるよう、トムは椅子をずらした。「画面に覗き見防止フィルターも貼ってあるから、真正面からじゃないと見えないんだ」

「ずいぶん疑い深いんだな」

「当然でしょ」トムがメアリの名前を打ちこむと、画面いっぱいにリンクが現われた。最初のふたつは死亡したふたりの大学生に関するものだった。ふたりではなく三人であるのをデイヴィッドは知っていたが、警察はジョエル・フィッシャーの死も関連している事実をまだ公表していなかった。

トムは次々とサイトをチェックしていき、眉を寄せた。「名前だけで調べても、なにも出てこないや。ほかに知ってることはある？」

「イーサンが彼女の社会保障番号を教えてくれた」デイヴィッドはノートパソコンを自分のほうに向け、記憶している番号を打ちこんだ。

「そこから調べれば話は早かったのに」トムが文句を言った。「出たよ――二三歳、独身。扶養家族なし。学生ローンなし。普通預金と当座預金の口座はそれぞれひとつずつ」

「これはイーサンから聞いたもうひとつの住所だ」デイヴィッドが画面を指さす。「警察はすでにその住所をチェックした。メアリはそこに住んでなくて、いまその住所に住んでる人間は彼女を知らなかった。その前の住人がだれだったか、調べられるかい?」

トムが固定資産税のウェブサイトに住所を入力した。「現在の所有者は三年前からそこに住んでる。その前の所有者はミセス・アニー・ウォルシュで、そこを賃貸にしていた。ミセス・ウォルシュはいまも健在で地元にいる」

デイヴィッドはすでに立ち上がっていた。「行こう」

## 九月二二日(水)午後四時三五分

オリヴィアとノアは車を降り、乗り捨てられた緑色のトーラスに近づいた。メアリのルームメイトに再度話を聞きにいこうと大学に向かっていたとき、フィービーの車が人里離れた道路で発見されたという連絡が入ったのだった。

連絡をくれた警官が、重々しい顔つきでこちらを見ている男性を指さした。「彼はここから半マイル離れた場所に住んでいて、ラジオで事件を聞いたそうです」

「すぐに彼から話を聞くわ。ありがとう」オリヴィアはなにを見つけることになるかと不安を抱きながら車をまわった。「血痕なし。ドアはロックされてない」みぞおちに不快なものを感じながらトランクを開け、空なのがわかると安堵で力が抜けた。「勝手に最悪を想像してたわ」

「おれもだ」ノアの声はおぼつかなげだった。

車の前部へと歩いていったオリヴィアは、銀色に光るものを目に留めて立ち止まった。ペンを使って土からチェーンを拾い上げると、メダリオンが揺れた。「ノア。聖ジュードのメダリオンだわ。フィービーがつけていたものかどうかわかる?」

「つけてたと思う。イーヴィもこれとそっくりのをつけてる」

オリヴィアはメダリオンを証拠品袋に入れ、慎重にポケットにしまった。デイヴィッドのために。万一にそなえて。でも、思考をそちらに向かわせないようにした。デイヴィッドのために。

「タイヤ痕がある」オリヴィアは気づいた。「ここにもう一台車があったんだわ」ふたりは道路を渡り、待っていた男性に自己紹介した。「緑色の車にはいつ気づいたんですか?」

「半時間ほど前だ。街で用事をすませて戻ってくるところだった。街へ行くときはなかったが、そのときは別の車が停まってた。それが二時間前だな」

「前にここに停まっていたのはどんな車でしたか?」ノアがたずねた。

「黒いレクサスだ」そう言ってナンバープレートを暗唱した。「通報して持っていってもらう前に一日猶予をやることにしたんだ。今日はじめて気づいた。昨日の夜一〇時には停まってなかった」

オリヴィアはナンバープレートを連絡し、電話を切った。自分に腹を立てていた。「ありがとうございました。とても助かりました」オリヴィアは急いで車に戻り、無線機を手にした。ノアがぴったりとついてきていた。「エリックの車よ。彼が車を持ってるかどうか、たしかめるのを忘れてた」

「急いでアルベールを見つけようと必死だったからだよ」オリヴィアが広域捜索指令を出すよう連絡したあと、ノアが言った。

「わかってる」それに、いまそんなことに気を取られるわけにはいかなかった。「フィービーがここにいたことと、出血してなかったのはたしかめられた。いい兆候だわ。エリックのレクサスにGPSがついてるかどうかたしかめましょう」

## 九月二二日（水）午後五時〇五分

「ああ、もう」メアリの寮の前に車を停めたとき、オリヴィアがうなった。「エリックのカーナビは四日前にはずされてる。連絡を試みてるけど、応答はなし」

「となると、ルームメイトから新たな情報を聞き出すしかないな」

メアリのルームメイトのヘレンは、寮監の部屋で勉強していた。

「ヘレン、さっき話したとき、あなたはメアリのお父さんに会ったと言ってましたよね」オリヴィアが言った。「それはいつでしたか?」

「去年のクリスマスのあとでした。プレゼントを持ってきてくれたのに、彼女はそれをお父さんの顔に投げつけたんです。〝ダディ〟って呼んでましたʼ」ばかにするように口まねした。

「最悪のろくでなしだと思ってるような口ぶりでした」

「お父さんからのプレゼントはなんだったんですか?」ノアがたずねた。

「五〇ドル札一〇枚」ヘレンが肩をすくめる。「思いきり盗み聞きしてたんです。二年もいろんな女の子と同じ部屋で暮らしてきました。ほかの子たちは問題なしでしたけど、メアリは殻に閉じこもっていて、すべてが大きな謎だったんです。だから男性が部屋に上がってきたときは驚きました。驚いてたのはメアリもですけど」

「彼女が階下に行ってお父さんを迎えたんじゃないんですか?」ノアがたずねた。「そうする規則になってると思ってましたが」

ヘレンがまた肩をすくめた。「バッジのおかげで上がってこられたんじゃないかしら」

オリヴィアはいやな予感に襲われた。「どんなバッジですか?」

「警官だと思います。階下で警備員に訊けばわかると思いますよ。記録も残ってるかも。冬休み明けでした。一月中旬あたり。お父さんは、もう一〇年になるとか、仲なおりしようとか言ってました。メアリはお金をお父さんの顔に投げつけて、あんたなんかからなにももらいたくないと言って、泣きながら部屋に逃げこんだんです」

「父親はどうしましたか？」オリヴィアがたずねる。

「お金を拾いました。そのままにしていってくれないかとちょっと思ったりしたんですけど、彼はそうはしませんでした」

「医者のお兄さんについて、なにか知っていることはありませんか？」ノアが訊く。

「一度、メアリが睡眠薬を飲んでいるのを見かけたんです。眠れないからお兄さんにもらったんだって言ってました。わたしにも処方箋を書いてもらえるかと訊いたら、お兄さんに話してみると言ってくれました。でも、結局そうしてくれず、わたしも二度と頼みませんでした。前にも言いましたけど、仲がよかったわけじゃないので」

「ありがとうございました」オリヴィアは言った。

階下に行ったふたりは、メアリの名前とだいたいの日付しかわからないが、去年彼女を訪ねてきた警官がわかるだろうか、と受付係にたずねた。

「もちろんです。提示されたＩＤの種類によって分類できるんです」受付係が調べてくれ、結果を表示した画面をオリヴィアたちに向けた。「その週の訪問者です。バッジを使ったのはひとりだけですね」

オリヴィアは画面を凝視し、呆然としてノアを見上げた。「これでなにもかもが変わるわ」

## 九月二二日（水）午後五時一五分

「ご用件はなんでしょう?」温かな笑みのミセス・アニー・ウォルシュに迎えられ、デイヴィッドはすぐに母を思った。心臓が膨れ上がって喉までせり上がり、息ができなくなった。お願いだから、母さんが傷つきませんように。頼む。なんでもするから。

「あの?」ミセス・ウォルシュがふたりを見つめる。「どうかなさったんですか?」

デイヴィッドは大きく咳払いをした。「あなたが貸していた家に住んでいた女性についての情報を求めています。名前はメアリ・オライリー。彼女が住んでいたのは三年以上前だと思われます」デイヴィッドは住所を渡した。

「この家も、ほかの家も、オライリーという名前の人に貸したことはありません」ミセス・ウォルシュがドアを閉めようとしたので、デイヴィッドは手を上げた。彼女の顔に恐怖心がよぎった。

「お願いです、おれたちは犯罪者ではありません。母が行方不明なんです。母の名前はフィービー・ハンターです」

「ぼくの祖母です」トムも言い添える。「今日のニュースになってます」

ミセス・ウォルシュが目を見開いた。「まあ。そのニュースなら聞いたわ。お気の毒に。でも、お役には立てないの。オライリーというご家族にはおぼえがないのよ」

デイヴィッドは唇を結び、考えた。「フルネームはメアリ・フランセスカ・オライリーです。ひょっとしたら——」

「メアリ・フラン？　ああ、それならおぼえていますよ。かわいそうな子でした。お母さんを亡くされたの。でも、それはわたしの貸していた家に入る前のできごとでしたけどね」

「どういう事情だったんですか？」デイヴィッドがたずねると、ミセス・ウォルシュはためらったが、その目には同情が浮かんでいた。「教えてください、お願いします」

「悪夢でしたよ。お父さんが仕事で留守中に、侵入者がお母さんを棍棒で殴り殺したんです。メアリのお兄さんはひどい怪我を負ったの。命は助かったけれど。たぶんお母さんを守ろうとしたんじゃないかしら。メアリは、電話を手にクロゼットに隠れているところを発見されたわ。彼女は最初から最後まで耳にしたの」

「メアリは九一一に通報したんですか？」トムがたずねた。

「いいえ。少なくとも、わたしはそう聞いているわ。ほんとうかどうか、直接たずねたことはないの」

デイヴィッドのパニックが少しずつおさまっていった。「それはいつのことでしょう？」

「さあ、一〇年くらい前になるかしら。一一年かもしれないわ。メアリ・フランは一二、三歳で、お兄さんのジョナサンは一六歳ぐらいだったと思うわ」

「父親の、ミスター・オライリーの名前を教えていただけませんか？」

「さっきも言いましたけど、オライリーさんなんていませんでしたよ。メアリ・フランの苗字はクローフォードです」

デイヴィッドの口があんぐりと開いた。聞きまちがえたかと目を瞬く。偶然ではありえない。「クローフォードですって？」

「クローフォードってだれなの？」トムがデイヴィッドにたずねる。

「ＦＢＩの特別捜査官だ。何年もモスを追ってる」

ミセス・ウォルシュがうなずく。「ええ、それが彼の仕事でした。事件の捜査で家を空けているあいだに、昔刑務所送りにした犯罪者が釈放されて彼の家族に報復に戻ってきたんですよ」

「ミセス・ウォルシュ、メアリのお兄さんのジョナサンの住所か電話番号はおわかりですか？」

「引っ越していってからは連絡をもらってないの。役に立てればよかったのだけれど。ごめんなさい」

「いいえ、思ってらっしゃる以上に役に立ってくださいましたよ。ありがとうございます」

「ミスター・ハンター」立ち去ろうとするふたりをミセス・ウォルシュが呼び止めた。「お母さまのために祈ってますね」

「ありがとうございます」デイヴィッドはなんとかそう答えた。トムと車まで駆け戻りながら、オリヴィアに電話をかけた。だが、またボイス・メールにつながって顔をしかめた。

「オリヴィア、デイヴィッドだ。電話してくれ。クローフォード特別捜査官がメアリ・オライリーの父親なんだ。彼女には兄がいる。電話してくれ、電話してくれ」

車に乗りこむと、トムが運転した。「どこへ行く？」

「クローフォードを見つけよう。刑務所へ行ってくれ。リンカーンと話したくてそこにいるにちがいない」

「クローフォードはどうしてなにも言わずにいたんだろう？」トムの声は怒りに満ちていた。「メアリのことはニュースで知ってたはずなのに。お祖母ちゃんのことも。なのに、どうして黙ってるの？」

「わからないな。だが、それを問い詰めるつもりだ。もっと飛ばしてくれ、坊主」

**九月二二日（水）午後五時三〇分**

彼ははっとして目覚め、時計を見てうめいた。予定より長く眠ってしまった。両手で顔をこすり、携帯電話をつかんで着信を確認する。オースティンからはなにもない。いまいましいやつめ。いったいどこにいるんだ？

リモコンでテレビをつけると、ニュースをやっていた。あいかわらずの内容だ。火事、放火、警官の死亡、消防士の負傷……。彼はしばらく待ち、肩の力を抜いた。

「一六歳のオースティン・デントはいまも行方がわかっていません。警察は、情報の提供を呼びかけています……」すばらしい。「メアリ・オライリーに拉致された女性についてのニュースをくり返します」

なんだって？

「シカゴ在住のミセス・フィービー・ハンターは銃を突きつけられ、オライリーの逃走車を運転させられています。オライリーは、ふたりの大学生の死について事情聴取をしようとした警察の手を逃れています」

彼はゆっくりと立ち上がり、ノートパソコンをベッドに近づけた。「どうなってるんだ？」小声で言う。

「オライリーは黒のレクサスで逃走中と思われます。武器を所持しており、たいへん危険です。情報をお持ちの方は、いま画面に出ているミネアポリス警察の番号に電話をしてください」

携帯電話をベッドに放り投げ、両の拳を腰にあててテレビの前に立った。「おまえはいったいなにをしでかしたんだ、くそばか女？」

ドアをノックする音がして、凍りついた。急いで銀行口座からログアウトし、ノートパソコンの電源を落とし、複数の携帯電話が入った袋をベッドの下に押しこんだ。ガールスカウトかもしれない。知らん顔していれば立ち去るかもしれない。

だが、先ほどよりも強いノックがあった。「開けなさい。そこにいるのはわかってるんだぞ」

その声に気づき、彼は歯ぎしりした。ありがとよ、メアリ。おまえのせいだ。ズボンに脚を通し、シャツは着ないままドアに向かう。覗き穴を覗くと、もうずっと会いたくないと思っていた男が見えた。

男はいまもネクタイをしていて、一九六〇年代に流行った髪型も昔のままだった。黒いスーツ、磨き上げた靴、腰につけた銃も変わらずだ。おまけに、度が過ぎるほど大事にしているバッジも持っている。いつかそれが命取りになるだろうな。そうなってくれ。

ノックも声もますます大きくなっていった。「この、ドアを、いますぐ、開けろ」

彼は言われたとおりにした。顔を一方に傾け、大仰な笑みを浮かべて。「やあ、親父。久しぶりだね」

# 26

## 九月二二日（水）午後五時四五分

クローフォードは嫌悪に満ちた顔で彼を見た。「おまえの実の父親でないことを感謝するよ。ひとりか？」

「そうだよ。どうぞ入って」昔のよしみで、彼はクローフォードに色目を使った。

もちろん、ただの芝居だ。昔からずっとそうで、最初はクローフォードを怒らせるためにやっていた。のちになって、店に来るマッチョな警官が、こちらが気を引くようなそぶりをすると目を合わせないと気づいた。透明人間になれたのだ。望みどおりに。

「黙れ。私が知りたいのは、妹に会ったかどうかだけだ」

「会ってないよ。でもニュースは見た。悪い子のメアリ。あんたは困るんじゃないの」また首を傾げて微笑む。「ひょっとしたら、メアリは最初からそのつもりだったのかもね」

クローフォードがあまりにきつく歯を食いしばったので、粉々に砕けないのが不思議なくらいだった。「そうか。それを知りたかっただけだ。これでこの先一生おまえと会うことはない」

彼は軽く肩をすくめた。「正直なところ、おれがどこに住んでるかを知ってたのが驚きだよ」

「ずっと前から知っていたさ。ここは私の街なのだから。おまえがくしゃみをすれば、私の知るところとなる」

彼はクローフォードの知らないことを話してやりたかった。「へえ。バッジを持ってるからだね」

「おまえはけっして何者にもなれない」そうがなり立てる。

ずっと抑えこんできた怒りが頭をもたげ、彼は不機嫌そうににらんだ。「そのとおりだよ。完璧な息子がひとりいてよかったじゃないか。あ、でも待てよ。あいつもあんたと話をしないんだった。それに、あんたは降格されたかなんかじゃなかったっけ？　ここはもうあんたの街じゃない。メアリを見つけられなくておあいにくさまだね。クビにされる前に、せめて一回はちゃんとした逮捕ができてたかもしれないのにさ。いま世間を騒がせてる三重殺人のほうが、一二年も前のたった一件の殺人よりもよっぽど旨みがあっただろうに。またね。バーイ」

クローフォードが腹立ち紛れの大股で車へ戻っていく姿が、カーテン越しに見えた。はたと立ち止まり、眉根を寄せて見上げたあと、車に乗りこんで走り去った。

彼の胃がぎゅっと縮まった。あの表情は知っている。たったいま真実を突き止めたぞ、という表情だ。おれはなにを言った？　よくわからなかった。

そして、はっと気づいた。「ああ、くそっ」息に乗せて言う。「ああ、くそっ」シャツと靴とノートパソコンを引っつかむ。それに銃も。ニュースでは、メアリはアルベールとエリックの死との関連を取り沙汰されているだけだった。ジョエルについてはなにも言われてない。おれは三重殺人であるのを知らないはずなのだ。

白いバンは警察が探しているから、自分の車に飛び乗ってクローフォードの走り去った方向へ向かった。ひょっとしたらあいつは、おれがフィービー・ハンターもメアリの犠牲者のつもりで三人と言ったと考えてくれるかもしれない。ひょっとしたら。だが、それに賭ける危険は冒せなかった。

クローフォードの車に追いついたので、気づかれないようにスピードをゆるめてあいだをじゅうぶんに空けた。車が停まるのを待ってから、あいつを始末してやる。

母がクローフォードを家に連れてきたときから、そうしたくてたまらなかった。彼が九歳のときのことで、そのときから彼を憎んでいた。それ以来、憎悪の気持ちは膨れ上がった。ふたたびその顔を見るまで、どれほど膨れ上がっていたかに気づいていなかった。なにがきっかけでメアリはぷつんとキレたのだろうと考える。彼女はそれぞれの放火現場に苦心してガラス球を残してきた。それが発見されたらどうなるかはわかっていたはずだ。だれが首を突っこんでくるかを。

メアリは昔から人を操るずるい女だった。年齢とともに腕に磨きがかかっていった。クローフォードの頭に弾をぶちこんでやったら、メアリにそうするのと同じくらい胸がすくだろう。そのあとメアリも同じ目に遭わせてやる。居場所の見当はついている。

## 九月二二日（水）午後六時〇〇分

「そこで停めて降ろしてくれ」デイヴィッドは警察署を指さして切羽詰まった声で言った。この二五分間、オリヴィア、ノア、アボットに電話をかけ続けたが、だれもつかまえられなかった。

トムが車を路肩に寄せた。「駐車スペースを見つけたら合流するよ」

片足を下ろしたところでデイヴィッドは凍りついた。クローフォードだ。「いた」怒りが爆発して、彼に向かって駆け出した。相手は危険に気づいた直後に黒いスーツの襟をつかまれて地面に投げ倒されていた。「彼女はどこだ？」クローフォードを引き起こして煉瓦の壁に押しつける。「メアリはどこにいる？」

「デイヴィッド！」トムが背後からおじを引き剝がそうとする。「暴力はだめだよ」

クローフォードの顔はまっ赤だった。「手を離せ。連邦捜査官に対する――」

怒りで視野の隅に赤いものを感じながら、デイヴィッドは彼を激しく揺さぶった。「メアリの居場所を吐いたほうが身のためだぞ。彼女はおれの母を人質にしてるんだからな」

「デイヴィッド！」オリヴィアが駐車場から駆けてきた。ノアも一緒だ。車の流れをよけながら道路を渡ってきた彼女は、デイヴィッドの腕をつかんだ。「かっとなってはだめよ。彼を放して」

デイヴィッドはクローフォードを下ろし、つかんでいた襟をゆっくりと放した。拳は体の両側に下げたものの、一歩もあとずさらなかった。「彼らに言うんだ、クローフォード。メアリのことを話せ」

「デイヴィッド。メアリとお兄さんのことはもうわかってるわ。深呼吸をして」オリヴィアは彼の拳を両手で包み、落ち着かせた。「知りたい情報はかならず手に入れる。わたしを信じて」

「こいつを逮捕しろ」クローフォードが唾を飛ばしながら言う。「連邦捜査官に対する暴――」

オリヴィアは目に怒りをたぎらせてさっとふり向いた。「連邦捜査官に対する暴行だと言ったら、神に誓ってわたしは手を引いて、彼にあなたを八つ裂きにさせるから。あなたは最低のろくでなしよ。メアリがなにをしたかずっと知ってたんでしょう」

クローフォードの目が揺らいだ。「メアリがどこにいるかは知らない。彼女の兄に訊いてみたが、彼も知らなかった。私にかまうな」

「彼女はあんたの娘だろう」叫んだトムの声は震えていた。「メアリはぼくの祖母を人質にしてるんだぞ」

「私の娘ではない」クローフォードの声は冷ややかだった。「きみの親族のことは、私にはどうしようもない」

デイヴィッドの頭のなかでなにかがポンと弾ける音がした。「あんたの娘は三人を殺し、おれの友人に怪我をさせた。彼女の放火で四人が亡くなり、近隣を焼き尽くし、おれの相棒が危うく車椅子生活になるところだった。だから、おれたちに協力したほうが身のためだぞ」

「慎重に考えてから返事をしたほうがいいぞ、クローフォード特別捜査官」そう言ったノアの顔は石のようにこわばっていた。「あんたは自分の家族を屁とも思ってないらしいが、おれたちにとっては重要なんだ」

「彼女は私の娘ではない。彼女の母親と結婚したら、頭のおかしなガキがふたりもついてきたんだ」クローフォードは唾を吐いた。

「それは、彼女たちの母親が殺されたせいだ」デイヴィッドが言う。「前科者があんたの家に不法侵入して奥さんを殴り殺したとき、あんたはなんの事件を追ってたんだ？」

クローフォードはあとずさり、煉瓦の壁を殴った。「プレストン・モスだ」

「あなたは取り憑かれてるとバーロウが言ってたわ」オリヴィアがぼそりと言った。

「ちがう。私は自分の仕事をしていただけだ。放火し、人を殺した男を追っていたんだ」

「モスを追うのをやめなさい」オリヴィアが静かに言った。「そして、メアリを追いはじめなさい」

「彼女の居場所は知らない」クローフォードの目が狡猾に光り、デイヴィッドは嫌悪で鳥肌が立つのを感じた。「だが、ほかの情報なら提供できる」

「それはなに？」オリヴィアがきつい調子で言った。

「私の情報源によると、きみたちはメアリと三人の仲間を突き止めたそうだな。だが、もうひとり関与している人間がいる。メアリがフィッシャーのガキを殺したのを知っている人間が。リンカーン・ジェファソンを私にくれたら、それを教える」

　オリヴィアは信じがたいという表情で彼を見た。「そんなにモスをつかまえたいの？　背を向けて、デイヴィッドに素手であなたを殺させたくてたまらないわ。あなたのゲームにも、知る必要があるということばにも、交換条件にも、もうさんざり。あなたはどうかしてる。バッジをつけてる資格なんてない」オリヴィアは携帯電話を取り出し、数歩離れた。「アボット警部に電話する」

「待て」クローフォードがあとを追い、彼女の手を押さえた。「彼に電話しないでくれ。話すか――」

　宙を切るピシッという音にぎくりとし、デイヴィッドはオリヴィアとクローフォードに飛びついて地面に倒した。悲鳴があがり、立ち聞きしようと近寄ってきた女性ふたりにトムがおおいかぶさるのを視野の隅にとらえた。

ノアが道路の向かい側へと走っていき、タイヤのきしむ音と、立て続けにさらに二発の発砲音がした。クローフォードとオリヴィアを自分の体で守っていると、警察署のドアが勢いよく開いて、銃をかまえた警官六人が飛び出してきた。

デイヴィッドは震えながらひざ立ちになった。「オリヴィア。オリヴィア」彼女の上からクローフォードをどけて心臓が凍りついた。彼女は血まみれなうえ、動いていなかった。「オリヴィア」首筋に指をあてる。そして息を吐いた。「脈はしっかりしてる」そばにひざまずいた警官に伝える。「ここはおれに任せて、ほかの人たちのようすをたしかめてください」

警官は走り去った。デイヴィッドはクローフォードの脈をたしかめたが、死んでいた。胸に開いた大きな穴から流れ出た血が歩道にたまっていた。弾はまっすぐにクローフォードを突き抜け、オリヴィアにあたった。おそらくは肩に。

射入口をたしかめようと、デイヴィッドはすばやく彼女のブラウスのボタンをはずし、防弾チョッキを着ているのがわかって安堵の息を吐いた。

「なにがあった？」アボットが横にひざをついた。

「オリヴィアは気絶してます。コンクリートで頭を打ったんです。この血はすべてクローフォードのものだと思います」防弾チョッキをおそるおそる引っ張って肩を出すと、さらに少し気分が落ち着いた。すでに色が変わりはじめているそこはひどいあざになりそうだったが、出血もぱっくり開いた穴も見あたらなかった。ただ美しい肌があるだけだった。「弾は防弾チョッキにあたったようです」

「よかった」アボットはオリヴィアよりも顔色が悪かった。「また仲間を失うなんて耐えられないからな」

オリヴィアが身じろぎをして小さくうめき、頭に手をやった。「うう」

その手をそっと離させたデイヴィッドの手は、彼女の無事を確認したせいで震えていた。脱げかけていたオリヴィアのフェドーラ帽を脇へどけ、彼女の頭を調べた。「たんこぶができるだろうが、切れてはいないよ」

「よかったわ」小さな声が返ってきた。「あなたひとりでふたり分の縫い傷があるもの忘れていた。おずおずと顎に手をやり、傷口が開いていないとわかってほっとする。「起き上がれるかい？」

オリヴィアがうなずいたので、助け起こし、しばらく抱きしめていたくて引き寄せる。彼女が身震いした。あるいは、震えたのはデイヴィッドだったのかもしれない。「クローフォードは？」

「死んだよ」彼から話を聞けなかったことだけが悔やまれた。

息を切らして戻ってきたノアが、ふたりのそばにしゃがみこんだ。「弾は新型の茶色のエクスプローラーから発射された。追いかけたが、逃げられた。ナンバープレートを報告していた」

「いったいなにがあったんだ？」アボットの声は詰問調だった。

「クローフォードはメアリの継父だったんです」オリヴィアが説明した。「あなたに電話をしたんですが、締めきった部屋で署長と会議中でした。クローフォードは、メアリの居場所は知らないと言ってましたが、関与しているほかの人間について話そうとしたところで撃たれたんです」

アボットが顔をしかめる。「彼は脅迫者がだれかを知っていたのに、すぐに話さなかったというのか？」

「リンカーンの取り調べを交換条件に出してきました」ノアが言う。

「くそったれが」アボットは嫌悪の目でクローフォードの遺体を見下ろした。

デイヴィッドの頭はめまぐるしく回転していた。「クローフォードは、メアリの兄と話したけど、兄も彼女の居場所を知らなかったと言ってました。でも、その兄が嘘をついていたとしたら？　ジョナサンも仲間なのだとしたら？」

オリヴィアは困惑してノアに目をやり、またデイヴィッドを見た。「ジョナサンってだれ？」

「メアリの兄だ」

オリヴィアはよろよろと立ち上がった。「ちがう。彼女のお兄さんは医者のアンディ・クローフォードよ」

デイヴィッドは眉根を寄せた。「だったら、彼女には兄がふたりいるんだ。そのひとりがジョナサンという名前だ」彼はトムと一緒に入手した情報を話した。

「クローフォードが言っていたのはジョナサンのほうね。こっちへ戻りながら、わたしはアンディと話していたから、クローフォードが彼と話せたはずがないもの。アンディはメアリの捜索に協力するため、ウィスコンシンから来てくれることになったの」

「じゃあ、ジョナサンを見つけ出そう」デイヴィッドの口調は険しかった。

## 九月二二日（水）午後六時二〇分

クローフォードの頭を撃ってやりたかったが、走っている車からの発砲だったので、もっと大きな的に狙いを変えるしかなかったのだった。クローフォードは長身の男たちの陰にけっして隠れたりしないと思っていた。あいつはサザランドと口論してた。もしおれのことを話したのなら、彼らは急いで車に乗りこんだはずだ。だから、さしあたっては安全だろう。

車を停め、銃とノートパソコンをつかむ。ウェブスター刑事にナンバープレートを見られたが、盗んだものなので問題はなかった。それでも、おおぜいの警官が自分を捜しているなかでこの車を運転し続けるのは危険すぎる。車を盗んでメアリのところに行こう。

それが終わったら、この場所とはおさらばだ。ここではおおいに活動し、腕を磨いた。貸金庫にしまってある偽のIDを取りにいき、どこか涼しい場所でやりなおすのだ。オフショア銀行の口座があるかぎり、世界は自分の思いのままだ。

## 九月二二日(水) 午後六時三〇分

会議室のドアが開くとオリヴィアは顔を上げ、すぐにそうしなければよかったと後悔した。部屋が傾き、吐き気がした。ドアを閉めたデイヴィッドの目には、メアリが彼の母を連れて逃げて以来居座っている絶望的な恐怖があった。

「レントゲンを撮ってもらったほうがいいぞ」持ってきたものをテーブルに置く。「鎮痛剤、アイスパック、ミッキから借りたきれいなTシャツ、それとアボットから渡された新しい防弾チョッキ」

クロフォードの血と内臓のついたものを着替えられるのがうれしくて、シャツを脱いだ。ただ、手首のボタンをはずせなかったので、デイヴィッドにやってもらった。

彼はシャツに開いた穴を険しいまなざしでまじまじと見つめた。

オリヴィアは頭のなかであの瞬間を再現していた。デイヴィッドも同じことをしているのだとわかっていた。発砲、被弾の衝撃、突然の温かな血、倒れる三人。「ごめんなさい、デイヴィッド。さっさとクローフォードから情報を聞き出すべきだったのに。あんなに腹を立てていなかったら……」惨めな気分で目を閉じる。「いまごろは脅迫者の正体がわかっていたはず。メアリの居場所も突き止められていたかもしれない」

彼は黙って血まみれの防弾チョッキをはずし、アイスパックをテープで肩に留めた。「最低二〇分冷やしたら、また防弾チョッキを着ても大丈夫だ。肩の動きが少々制限されるよ」

こちらの謝罪を無視されて傷ついた。でも、彼がなにを言ってくれると期待していたの？いいんだって？　いいわけがないのに。かっとなって衝動的に行動した結果、クローフォードは死に、彼の持っていた情報はわからずじまいになってしまった。もしフィービーを見つけるのが手遅れになったら……。デイヴィッドはけっしてわたしを許してくれないだろう。わたしも自分を許せない。

「左腕だから、銃を撃つのに支障はないわ」鎮痛剤を口のなかに放りこみ、もうひとつのアイスパックを頭にあてた。「戻らないと。応急手当をありがとう」

彼はオリヴィアが立ち上がるのに手を貸し、さっと離れようとする彼女を止めた。「オリヴィア、待って。おれを見て」彼女が言われたとおりにすると、デイヴィッドの目に非難の色はなかった。「クローフォードが殺されるなんて、きみは知らなかったんだ。彼から情報を聞き出せてればよかったと思ってるかと訊かれれば、答えはイエスだ。でも、おれがきみなら、同じことをしていただろう。一二年前におそろしい罪を犯したリンカーンはその罰を受けるべきだが、クローフォードは……うまく言えないが、彼はもっとひどい男だ」

オリヴィアは震える息を吐き、彼にもたれた。「クローフォードの情報がなくても、メアリをぜったいに見つけるわ」

デイヴィッドが彼女の体に腕をまわし、抱きしめ合ったふたりはたがいに慰めと力を得た。「新しい防弾チョッキをつけずに捜査に出てはだめだぞ」小声ながら激しい口調で彼は言った。「約束してくれ」

オリヴィアはそっと彼にキスをした。「危険は冒さないわ。もう行かないと」

会議室を出た彼女は目を瞬いた。ルイーズ・トムリンソンがエレベーターから降りてくるところだったのだ。「ミセス・トムリンソン?」

ルイーズ・トムリンソンは躊躇ののち、肩をいからせた。「サザランド刑事さん。お話があります。たいせつなことなんです。ニュースでケイン刑事さんのことを知りました。お気の毒です」

オリヴィアはだれもいないケインのデスクを見るよりはと、強いて彼女と目を合わせた。

「ありがとうございます。ご主人の事件に関しては、ウェブスター刑事と組んでいます。どうぞこちらへ」

ミセス・トムリンソンをアボットのオフィスへ連れていく。そこでは、ノアとバーロウとミッキが丸テーブルについていた。「アボットはクローフォード射殺の件でFBIと話している」顔も上げずにノアが言った。険しい表情でプリントアウトを調べている。「ブラントとトムリンソンが携帯電話からかけた市内通話記録を入手した。バーロウとミッキはふたりのクレジットカードの明細書を手に入れた」

オリヴィアは咳払いをした。「こちらはミセス・トムリンソンよ。ウェブスター刑事とバーロウ巡査部長と鑑識のリッジウェルです」

三人がはっと視線を上げ、ノアが立ち上がった。「ミセス・トムリンソン、おかけください。ご主人のことはたいへんお気の毒でした」

ルイーズ・トムリンソンは、ノアが引いてくれた椅子に腰を下ろした。「ありがとうございます。今朝、うちを訪ねてきた人がいます。レポーターだと言って、夫や財政面についてあれこれ質問してきました。離婚についてとても突っこんだ質問をしはじめたので、帰ってほしいと言いました。息子が家にいて幸いでした。その若い男性は大柄で威圧的でしたから。わたしが動揺したものですから、お医者さまに処方してもらった睡眠薬を飲むよう息子に言われました。何時間か後に目が覚めて、テレビでニュースを見ていたら、家に来た若い男性が映ったんです」

「どんな外見でしたか？」オリヴィアは興奮を抑えようとした。

「こんな感じでした」ルイーズ・トムリンソンはバッグから折りたたんだ紙を取り出した。

「インターネットからプリントアウトしたものです。同一人物であるのをたしかめようと思ったんです」

紙を広げたオリヴィアはため息が出そうになるのをこらえた。「アルベールだわ」

ルイーズ・トムリンソンがうなずいた。「一時間前まで、この人が死んだのは知りませんでした。ケイン刑事さんのことも知らなかったんです。息子がわたしをあまり動揺させまいとしていて。なにがあったのかに気づいたとき、あなたにお話ししなければと思いました。訊かれた質問からして、このアルベールという人は夫が脅迫されていたのを知っていたのだと思います」

脅迫されていたことは驚きではないという口調だった。セックス中の写真だわ、とオリヴィアは思った。それがトムリンソンへの脅迫ネタだったのだ。「ご主人が浮気をしているのはどうやってわかったのでしょう?」

「ある晩、夫が服を脱いでいたとき、下着が裏返しになっているのに気づいたんです。三〇年間、夫の下着をたたんで引き出しにしまってきたんですよ。だから、夫が身につけたとき、その下着が裏返しになっていなかったのはわかっていました。注意して見ていると、ほかにも怪しいことがありました。とうとうお友だちとランチに出かけ、彼女が使った私立探偵の名前を教えてもらいました。一週間後、私立探偵が写真を持ってきました。その翌日、封筒に入った写真が郵便受けにありました。夫のバーニーがあの尻軽女と一緒にいる写真を見てショックを受けて……」ごくりと唾を飲みこむ。「郵便受けに入っていた封筒にはなにも書かれていませんでした。それも私立探偵からのものだろうと思いこんでしまったんです。でも、あの若い人がうちに来たことを考えたら……自信がなくなりました」

「写真は異なる時期に撮られたものでした」ミッキが言った。「私立探偵の写真と、それ以外の写真とは」

ルイーズ・トムリンソンが眉をひそめた。「気づきませんでした。あまりじっくり見なかったので。見られなかったんです」

「写真をごちゃ混ぜにして弁護士に渡されたんですか？」オリヴィアがたずねた。

「そうです。二日前の晩にそれに思い至っていれば、お話ししていました」ルイーズの目に涙がこみ上げてきた。「ゆうべの火事のことを聞きました。消防士さんやあなたのパートナーのことを。ごめんなさい」

オリヴィアは彼女の手をぎゅっと握った。「ご存じなかったんですから。でも、こうしてここに来てくださったじゃありませんか。あなたはご主人の浮気を疑っていると、お友だちと私立探偵に話した。ほかに知っている人はいませんか？」

「いません。わたしに浮気がばれたとわかったら、バーニーは抵抗するとわかってましたから。夫婦のお金だって取られるかもしれないと思いました。息子の将来を考えなければなりませんでしたから、弁護士が離婚書類を提出するまで口をつぐんでいたんです」

「お友だちとはどこで会われたんでしょう？」ノアがたずねた。

「わたしがボランティアで働いている病院のそばにあるサンドイッチのお店です。〈デリ〉という名前です」

バーロウの目がきらりと光ったのを見て、オリヴィアの脈が跳ね上がった。「それがつながりなの？〈デリ〉が？」興奮気味に訊くと、彼がうなずいた。

「そのはずだ。トムリンソンとブラント双方のクレジットカードで〈デリ〉の請求がある」

「それに、エリックの部屋のごみ箱に〈デリ〉のカップが捨てられてるのを発見したわ」ミッキだ。「だれかが彼ら全員の隣りに座ってデータを奪ったのよ。店の防犯カメラのビデオを入手して、ミセス・トムリンソンとお友だちが会った日を調べて、だれが浮かび上がるかやってみましょう」ミッキが立ち上がりかけたが、ノアが首を横にふった。

「〈デリ〉はレジのところにしかカメラを設置してない。おぼえてるかい、七カ月前に〈ピット・ガイ〉の犠牲者を捜していたとき、店に訊いたじゃないか」

ミッキががくりと椅子に戻った。「そうだった。もうっ」

「そばに座っていた人についてはおぼえていません」ルイーズ・トムリンソンが言った。「ごめんなさい。催眠術をかけるとかしたかったら、協力します」

ある考えが頭のなかでまとまりかけて、オリヴィアは顔をしかめた。まさか。そんなはずはない。でも、もしそうだったら？

「ミセス・トムリンソン、お越しいただいてありがとうございました。少し外でお待ちいただけますか？」アボットの事務員に合図をすると、すぐにやってきた。「フェイ、ミセス・トムリンソンにコーヒーをお出ししてくれる？　ありがとう」

ルイーズ・トムリンソンが出ていくと、オリヴィアはオースティンが見たという男の似顔絵をつかんだ。ありうる。彼女はそれを掲げてみせた。「〝ありがとうございました。ババーイ〟」それを聞いたミッキの目が丸くなった。

「まさか。カービーなの？」

「ちがう」ノアが頭をふる。「ありえない。彼は七カ月前、イーヴィが狙われた事件の解決に協力してくれたんだから」そう言って目を閉じる。「ある会話を小耳にはさんだと言って。くそっ」

ミッキは呆然として椅子にもたれた。「彼の店は無料のＷｉ－Ｆｉを提供してる。わたしも利用したことがあるわ。ああ、なんてこと」

「茶色のエクスプローラーに乗ってたのがカービーだった可能性はある」ノアが言った。

「体格は似てた」

「〈デリ〉に警官を急行させる必要があるわ」

バーロウがアボットのデスクの電話を引っつかんだ。「おれがやる」

オリヴィアは似顔絵を凝視した。「オースティン。彼を保護したのは公表してないわ」

「カービーはいまもオースティンが行方不明だと思ってるかもしれない」ミッキが言う。

「あいつは、ケインを殺してまでもオースティンの行方を知りたがっていた」オリヴィアは目を閉じて集中しようとしたが、後頭部がずきずきと激しく痛んだ。「オースティンの携帯電話から、〝ケニー〟に会いたいとメッセージを送ったらどうかしら?」

「おびき出してつかまえられるかもしれない」ノアが言った。

「あるいは、また逃げられてしまうかも」オリヴィアは淡々と反論した。「彼はメアリのところへ行くかもしれない」

「フランスへ高飛びする可能性もあるわよ」ミッキがそっけなく言う。「彼を逃がしたくないわ」

「わたしが同じ気持ちじゃないとでも?」オリヴィアが食ってかかる。「彼はケインを殺したのよ。はらわたを引きずり出されて、血を流して命乞いをする彼を見たくてたまらない。でも、フィービーがまだメアリの人質になったままなの。ほかにもっといいアイデアがあったら聞くけど」

「やつはすでに五人を殺してる。フィービーを六人めにしたくない。アボットに相談してみよう。彼の承認がなければ動けない」ノアが言った。

バーロウがアボットとの電話を切った。「〈デリ〉にはカービーもいなければ、茶色のエクスプローラーもない。だが、店の裏に白いバンが停められてる」

ミッキが鋭い笑みを浮かべた。「バンと店の捜査令状を取るわ。あなたはオースティンの罠をよろしく。彼を追跡する方法を見つけましょう」

オリヴィアはテーブルを押して立ち上がった。自分のデスクのそばでデイヴィッドがトムの手に包帯を巻いているのが見えた。ここからでも彼の恐怖が感じられた。失敗すれば、彼の悲嘆を感じることになる。「カービーを逃すわけにはいかない。メアリを見つけなくては」

「ふたりに話すのかい?」デイヴィッドとトムを指してノアがたずねた。

「カービーのことはね。でも、罠を仕掛けることは話さない。むだに望みを持たせたくないから」

ノアがやさしく彼女の肩を叩いた。「罠を始動できるよう、アボットの承認をもらってくる。座って少し休んでろ。すぐに戻る」

「休んでなんていられない。令状を取るには、オースティンにはっきりと確認してもらわないと。面割《めんわり》用写真を用意して、そのなかにカービーの免許証の写真を混ぜる。あとでここで会いましょう」

## 九月二二日(水)午後六時三〇分

メアリが脇道を指さした。「車を停めて出なさい」

骨をきしませながらフィービーは従った。背中を伸ばそうとして静かにうめき、息を吸って顔をしかめた。焼けた木のいやなにおいがした。燃えたコンドミニアムは見えなかったが、そう遠くはないと知っていた。あまりに何度も曲がったので、いまいる正確な場所はわからなかった。湖の近くにいたが、その湖にしても何度も通過していた。一万もの湖があるミネソタだもの。観光パンフレットは誇張されているのだと思っていたのに。

「どうしてここへ来たの？」逃げられたとしても、ここから出る道はぜったいにわかりそうになかった。

メアリが銃口をフィービーの背中に押しつけた。「歩きなさい」

車を停めたのは、長らく使われていないらしき脇道だった。木々が生い茂っており、五〇フィートも行かないうちに車が完全に見えなくなった。長く車に乗っていたせいでフィービーの足は痺れており、ほかにも差し迫った要求を感じていた。「遠いの？」

「いいえ」メアリの声は硬かった。両手は震えている。時間の経過とともに、彼女はどんどん緊張を募らせていった。

「メアリ、教えて。あなたは男の人たちを殺したと言われているわ。それはほんとうなの？」

メアリは歩きながら顎をつんと上げた。「ええ」

フィービーの血が凍りついた。「わかったわ。でも、なぜなの？」

「エリックは逃げ出そうとしていた。わたしとアルベールに罪を着せて、とんずらしようとしてた。自分が助かるためにわたしを利用した。彼はなんでも知ってると思ってたけど、結局はただの卑怯者だった。フランスに高飛びだなんて。だれにもわたしを利用させはしない」

「どうやってわかったの?」

「一緒にジョエルの葬儀に行くことになってたから、エリックのアパートメントに行ったのよ。彼は留守だったけど、ジョエルが鍵を持ってたから、なかに入った」

「ジョエルも亡くなったの?」

メアリの顔がゆがんだ。「そうよ。車の事故だった」

フィービーは眉を寄せて思い出そうとした。「ああ、あのジョエルなのね。ニュースで聞いたわ」そして、デイヴィッドとグレンがこそこそと話していた内容が意味をなした。「あなたはジョエルをたいせつに想っていたのね?」

「そうよ。ジョエルは大義のために闘っていたの」苦々しい口調だった。一歩進むごとに自由なほうの手でぎこちなく腕をさすっていた。

「大義というのは、ふつうはいいことだわ」

「わたしが彼の大義だったのよ。それなのに、彼は死んでしまった」

彼女の口調を耳にして、フィービーの血がさらに凍りついた。「ジョエルも殺したの?」

メアリがなにも言わないのが答えだった。「なるほど。もうひとりはどうなの?」

メアリが険悪な表情になる。「アルベールね。あのろくでなし野郎。言うとおりにしなかったら、わたしの首の骨をへし折ると脅したのよ。だれにもそんなことは言わせない。だれにも、わたしを、利用させは、しない」

「おぼえておくわ」フィービーはそっけなく言った。「リンカーンはどうなの? 彼はあなたを利用したの?」

「いいえ」メアリの声が不意にやさしくなった。「彼はわたしを愛してた」

フィービーは、哀れで心を病んでいると息子のデイヴィッドが描写した男性を思い浮かべた。「あなたは彼を愛していたの?」

「そういう風には愛していなかった。でも、薬を飲んでいるときの彼は、わたしに愛されてると思ってた」

「息子の話だと、リンカーンは精神を病んでいるとか」

「ええ」

「これも息子から聞いたのだけど、FBIが昔の放火事件に関してリンカーンに関心を持っているんですってね」

「FBIは銃だとか盗聴器だとか盗撮用カメラだとかを総動員してもリンカーンを見つけられなかったけど、わたしは見つけられた」自慢げな口調だ。「ええ、彼を利用したわ。でも、あいつに彼を殺させはしない」

「なんですって？　あいつってだれのこと？」

最後のことばを自分が口にしたのに驚いているかのように、メアリは目を瞬いた。「いいから……黙って歩きなさい。目的地はあそこよ、あのキャビン」

## 九月二二日（水）午後六時五〇分

「ただのかすり傷だよ」トムが歯を食いしばりながら言った。クローフォードの命を奪った銃弾が飛んできたとき、そばにいた無関係のふたりを守ろうと飛びついたときに皮膚をすりむいたのだった。「大騒ぎしないでよ」

「するさ。正気を保っているために必要なんだ」デイヴィッドは甥の手に包帯を巻き終えると、窓越しにこちらを見ているオリヴィアを見た。新たな恐怖が彼を襲う。

「乱気流が起こって、フライト・アテンダントがおびえてるときみたいな感じだ」トムもオリヴィアに目をやって、ぼそぼそと言った。

デイヴィッドはオリヴィアの椅子に沈みこみ、集中するために目を閉じた。「おびえてても母さんを連れ戻す助けにはならない。メアリについてなにがわかってる？」

「継父に腹を立てていた」

「母親が亡くなったのは彼のせいだと思ってるからだ。彼女は母親を愛してたんだ」

「だったら、お祖母ちゃんを傷つけないかもしれないね」トムの声には希望がにじんでいた。

「ああ」ほんとうではないかもしれないが、だれかの世話をするのと一緒で、その考えのおかげで正気を保てた。「ほかには？」

「メアリとジョエルは環境倫理学の授業で出会ったのがわかってるわ」彼らの背後でオリヴィアが言った。デイヴィッドは椅子を譲ろうと立ち上がりかけたが、彼女はデスクに腰を預けた。「そして、ジョエルを殺したことで動揺した」

「彼女は信じてたんだ」トムがつぶやく。「プレストン・モスを信じてたんだよ」

「あるいは、モスの放火を再現すればクローフォードに仕返しをしてやれるとわかっていたか」デイヴィッドだ。「彼女はウェブサイトでリンカーンを見つけ出し、彼の信頼を勝ち取った。リンカーンは、だれも知らない情報を彼女に話した。最初にコンドミニアムに放火するアイデアを思いついたのはだれだろう。メアリかジョエルか？」

「メアリだと思う」オリヴィアが言った。「でも、ジョエルは自分のアイデアだと思った」

彼女は口ごもった。「ジョナサンの正体もわかったと思う。少なくとも、脅迫者の正体は」

デイヴィッドとトムが凝視する。「だれなんだ？」強い口調でデイヴィッドが迫った。

「突拍子もなく聞こえるのはわかってるけど、カービーよ。〈デリ〉の。脅迫の被害者は全員〈デリ〉に行っているの。カービーは彼らのEメールにアクセスできた。それに、オースティンが目撃した男に酷似してる」

「ほら、無料Ｗｉ－Ｆｉについてはぼくが言ったとおりだったでしょ。ぼくを誇大妄想みたいに言ってたけど」トムが言う。

デイヴィッドの頭がくらくらした。「おまえは誇大妄想だよ。でも、それはいいんだ」

「どうして〈デリ〉に行って彼を逮捕しないの？」トムが突っかかった。

「彼は店にいないのよ」オリヴィアは辛抱強く答えた。「令状を取るためにこれからすることがあるの。あなたたちは食事でもコーヒーでもいいけど、なにかお腹に入れてくれば？でも、〈デリ〉はだめよ。約束して。彼に勘づかれて逃げられたくないから」デイヴィッドを見つめる彼女の目は、少しばかり鋭すぎた。「信じる気持ちをなくさないで」

彼は怪訝そうな顔で彼女を見た。「なにかが起ころうとしてるようだな」

「ちょっとした計画が進行中かもしれないわね」デイヴィッドの唇に指をあてる。「訊かないで。いまのだって言いすぎなんだから。あなたが傷つくことになってほしくないの」

もし計画がうまくいかなかったら。「だったら、どうしてそこまで話したんだ？」オリヴィアの指があてられたまま、デイヴィッドはぼそぼそと言った。

彼女の目が苦痛で曇る。「できることはすべてやっていると、あなたに知っておいてもらいたかったの」

手を重ね、デイヴィッドは彼女の手を自分の唇にきつく押しあてた。「わかってるよ」

「なにか食べてきて」ささやき声で言う。「警察に仕事をさせて」

デイヴィッドは立ち去る彼女を見送り、それから一〇〇万歳にもなった気分で椅子から立ち上がった。「グレンのようすをたしかめてなかった」

「おじさんがオリヴィアの手当をしてるあいだに、ぼくがたしかめといたよ」トムが言う。「身体的には問題ないって。明日退院予定だよ。見舞いはいいから、お祖母ちゃんを捜し続けろと伝えてくれって言われた」

「じゃあ、行こう」

「お祖母ちゃんを捜すことか、なにか食べることか、どっち？」

「両方だ」デイヴィッドはむっつりと言った。

エレベーターで下に行き、外に出ると、歩道の血が目に入り、デイヴィッドは身震いをこらえられなかった。その一画には立ち入り禁止の黄色いテープが張りめぐらされており、通行人がじろじろと見ていた。オリヴィアは無事だ、と自分に言い聞かせる。彼女は撃たれてない。だが、撃たれていたかもしれないのだ。今日は無事でも、来週そうなるかもしれない。来月。この先いつそうなってもおかしくない。

「おれの一部は、彼女を危険から遠ざけておきたがってる」デイヴィッドは目を瞬いた。自分の耳で聞くまで、声に出したことに気づいていなかったのだ。

「彼女だって、燃える梁が落ちてくる場所からおじさんを遠ざけておきたがってるんじゃないの」トムが重々しく言った。「ぼくも彼女に同感だよ。でも、彼女はそんなことをおじさんに頼まないし、ぼくも頼まない」

「それがおれなんだ。それが彼女なんだ」

「オリヴィアは用心深い人だよ。デイナは全然そうじゃないけど」

そこが、オリヴィアが異なるところなのだ。彼女も人を守ることを使命としているが、デイナのように劇的な雰囲気をまとってはいない。オリヴィアは仕事をこなす。能率的に粛々と。やるべきことを正しい方法で行なう。電話の呼び出し音がしてわれに返った。音は自分のポケットからしていた。持っているのを忘れていたプリペイドの携帯電話を取り出す。

「もしもし？」

「ハンターさん？　トルーマン・ジェファソンです。煩わせてすみません」

「いや、大丈夫です。どうしたんですか？」

「あなたが立ち去ったあと、現場検証をするからと午後はオフィスを閉めさせられたんです。自宅で仕事をしようとして、リンカーンの撮った写真を見つけました。弟はウェブサイトに載せる新しい物件の写真を撮る仕事もしていたんですが、見つけたのはうちの物件ではないんです。場所はわかりませんが、公園のようなところの近くにあるキャビンです。湖の写りこんでいるものもあるんですが、それは手がかりにはならないですよね。ですが、何枚かにメアリが一緒に写っているので、お話ししておこうと思いまして。ふたりで一緒に行ったたんでしょう」

デイヴィッドの頭がめまぐるしく回転しはじめ、足も動きはじめた。トムが停めてある車に先に向かった。「どんな公園か描写してもらえますか？」切羽詰まった声になった。

「古いものです。私の子どものころにあったような、ただの古いタイプの公園です。砂場、金属製のブランコ、回転遊具——ほら、平らな宇宙船みたいな形のやつです」

「ああ、わかります」その公園なら、月曜日にオリヴィアをはしご車のバスケットに乗せたときに目にしていた。彼女は写真を撮っていた。彼女なら場所がわかるだろう。「そのキャビンになにか特徴的なものはありませんか？」助手席に乗りこむと、ドアを閉める前にトムが車を出した。「コンドミニアムに行ってくれ」トムに告げる。

「裏に緑色の日よけがあります」トルーマンが言う。「でも、番地はわかりません。すみません」

「いや、とても役に立ちます。すごい情報ですよ」

「メアリはそこにいないかもしれませんが、その場所は彼女とリンカーンのお気に入りだったにちがいありません」

「リンカーンには会いましたか？」

「今日の午後に面会を許されましたが、弟は薬のせいでほとんどしゃべれませんでした。精神科のお医者さんから、あなたが弟に親切にしてくれたと聞きました。ほんとうにありがとうございます」

「礼なんていいですよ。ほかにもなにかわかったら、電話してください」

「待って」トムが言った。「その写真をスキャンしてぼくのEメール・アドレスに送れないか訊いてみて」

「できますよ」デイヴィッドがトムのアドレスを伝えると、トルーマンは言った。「いますぐやります。幸運を。そして、神のご加護を」

「ありがとうございます」デイヴィッドは電話を切り、目を閉じてその光景を思い浮かべた。

「コンドミニアム近くの、湖畔に建つキャビンのひとつだ。位置関係を見せるためにオリヴィアをバスケットに乗せて上がったんだが、そのときに公園を見た。バスケットからは一一時の方角だった。道路からは日よけは見えない。裏から近づかないと」

「なにか武器は持ってる？」トムがたずねた。

「いいや。この五時間で、メアリが射撃の腕を上げてないことを願おう」オリヴィアに電話をしたが、またボイス・メールにつながって悪態をついた。「デイヴィッドだ。メアリたちの居場所を突き止められたかもしれない。コンドミニアムの火事のときにバスケットから撮った写真をたしかめてみてくれ。緑色の日よけがあるキャビンだ。電話を待ってる」今度は警察署の代表番号にかけ、同じ情報を伝えたあと、シート・ベルトを締めた。「飛ばしてくれ、坊主」

## 九月二二日（水）午後七時一〇分

太陽が沈みつつある。デイヴィッドが来るころには手遅れかもしれない、とフィービーははじめて思った。メアリはますます興奮を強め、自分で自分を抱きしめながらうろうろと歩きまわっていた。彼女の腕に注射痕があるのを目にしていたので、ドラッグが切れはじめているのだとわかった。メアリがなにをしでかすかわからなかった。彼女はいまも銃を持っているが、銃把《じゅうは》ではなく銃身を無造作に握っていた。

メアリは、いまふたりが隠れているキャビンから半マイルのところに車を停めさせた。以前にもここへ来たことがあるのは明らかで、まっすぐに鍵のかかっていない窓に向かい、フィービーにそこをくぐらせた。それから、皮肉にも窓のブラインドの操作紐でフィービーを椅子に縛りつけた。ここから出られたら、デイヴィッドとグレンはそのことで大笑いをするでしょうね。

メアリはうろつきながら、銃をてのひらに打ちつけていた。彼女を落ち着かせないと。できるかどうかはわからないけれど。「いましめをほどいてくれたら、熱いお茶を淹れてあげるわ。コンロにやかんが置かれてるのが見えるから」

メアリがにらみつけてきた。「あなたは頭がどうかしてる。縛りつけられてるっていうのに、わたしにやさしくしようっていうの？」

「正直に言えば、その銃がこの手にあったら、あなたを撃っているわね。殺しはしないけれど、追いかけてこられないように怪我をさせるの。でも、この手に銃はないし、あなたはお茶が必要な顔をしている」

「あなたって変な人よね、フィービー」メアリの唇が震えた。「あなたを傷つけたくないわ」

「わたしもあなたに傷つけられたくないわ。メアリ、わたしをどうするつもり？　電話もしてなければ、なんの要求もしてないでしょう」

彼女が張り詰めた笑い声をあげた。「映画だと、メキシコへ逃げたいと要求するわよね」

「でも、一生背後を気にし続けなければならなくなるわ。そんな生き方はろくなものじゃないわよ」

「刑務所に入るのだって、ろくな生き方じゃないわ」

「それなら、むずかしい選択を迫られるわね。でも、選択をしなければならないわよ。銃を突きつけられて、あちこち連れまわされるのはごめんだから。永遠にここに隠れているなんてできないのよ」

メアリは懐かしそうなまなざしで部屋を見まわした。「そうしたかったわ。永遠にここに住みたかった」

「それはいつのこと？」フィービーはやさしくたずねた。

「小さかったころ。母と父――ほんとうの父――がここへ連れてきてくれて、ふつうの家族と同じように休暇を過ごしたの」

「あなたはいくつだったの?」

「四歳よ。父はわたしが五歳のときに亡くなった」そう言って顎をこわばらせた。「そして、母はあいつと再婚した」

「だれと?」

「クロードフォードよ。あいつには子どもがひとりいた。アンディはいい人だったけど、クロードフォードは……。わたしたちは完璧じゃなければならなかった。ベッドを整える。日の出とともに起床する。オールAの成績を取る。はじめて会ったときから、クロードフォードが大嫌いだった」

「お母さまは彼を愛していたにちがいないわ」

「母には家族も仕事もなかったの。ほんとうの父が亡くなったとき、うちはすごく貧乏だった。食料割引券《フードスタンプ》。政府から供給されるチーズ。母はわたしたちを養えなかった。夫が必要だった」

「わたしの夫は、末っ子がまだ学校に通っているときに亡くなったの。たいへんだったわ」

メアリはまた銃を持ったまままうろつきはじめた。「だんなさんはどうして亡くなったの?」

「車の事故で。息子のひとりが一緒に乗っていたの。息子の体はしばらく麻痺していたのよ」

メアリの顔が曇った。「あの消防士もそうなるのね。あんなことになるとは思ってなかった。ほかのふたつの放火なんてしたくなかった。エリックとアルベールに無理やりやらされたの」

メアリは傷ついた子どものようなしゃべり方だった。おそらく、心の奥底ではまさに傷ついた子どもなのだろう。けれど、その傷ついた子どもが何人も殺し、いま銃を持っているのだ。どんなやり方でもいいから、彼女を止めなくてはならない。さっきフィービーは本音を言ったのだった。そうする必要があれば、銃を使ってでもメアリを止める。そうしなければならないのなら、彼女を殺す。

さしあたっては、フィービーの武器は静かな話し声と、この子は母親を欲しがっていると大声で叫んでいる直感だけだった。「わかってるわ、ハニー。でも、無理強いさせられてだろうとあなたは放火した。行動には責任がともなうのよ。あなたが起こしたコンドミニアムの火事でふたりが殺されたわ」

メアリは首を横にふった。「ちがう。ちがう。あの少女があそこにいるなんて、わたしたちは知らなかったの。それに、警備員を殺したのはわたしたち以外のだれかだわ。わたしは殺してない」

「あの晩、わたしの息子はもう少しで命を落とすところだった。四階分の高さを転落しそうになったのよ。デイヴィッドは死んでいたかもしれない」

「彼がガラス球をキャッチした」メアリがつぶやくように言う。「彼を傷つけるつもりなんてなかった」

「放火をしたらどうなると思っていたの、メアリ？　きれいに燃えて、自然に消えるとでも？　火事があれば、消防士が駆けつけるの。それが彼らの仕事だから。あなたはマッチに火をつけ、おおぜいの人間の命を危険にさらしたのよ」

「でも、彼らにはなにも起こらなかったわ」

「日曜日の夜はね。ゆうべのことはどうなの？　デイヴィッドはまた危うく死にかけたし、パートナーは二度と歩けなくなるかもしれない。そんなつもりはなかったなんて言わないでね、メアリ」ぴしゃりと言うと、メアリがたじろいだ。要点は伝わったと満足したフィービーは、声を和らげた。「逃げるか自首するかしかないわ。そのどちらかしかないと思う」

「エリックはフランスに逃げるつもりだったの。生かしておいて、一緒に連れていってもらえばよかった」

フィービーは、これ以上血の凍る思いはしないだろうと思っていたが、まちがっていた。人を殺したことなどまったくなんとも思っておらず、メアリの後悔はもっと先を見通していなかったことだけなのだ。

「でも、そうしなかった。これでふりだしに戻ったわけだけど、わたしをどうするつもりかしら？」

メアリは身を硬くし、カウンターに銃を叩きつけた。「あなたを黙らせてやるわ」

キッチンの引き出しを漁る彼女を、フィービーは息を殺して見つめた。メアリはハサミとダクト・テープを持って戻ってきた。「最後にここへ来たとき、リンカーンがこれを持ってきたの。わたしのために外のブランコを修理してくれたのよ」フィービーの口にテープをぴしゃりと貼り、ソファの後ろまで椅子を引きずっていき、横向きに倒した。「これであなたの姿を見る必要も、声を聞く必要もなくなったわ」

フィービーはこわばった関節に走った痛みを無視しようとした。メアリを限界まで追いこんだのだ。いまは彼女はこちらを傷つけたがっていないが、もっと捨て鉢になったらどうなるかわからない。

背中がひんやりした。二、三フィート先にガラスの引き戸があった。メアリが眠ってくれて、自分が体を近づけて引き戸を開けられたら……。脱出の手段がすぐ近くにありながら、こんなにも遠いというのはいらだたしいことこのうえなかった。

ねえ、デイヴィッド、そろそろ助けにきてくれてもいいんじゃないの？

# 27

## 九月二二日（水）午後七時一五分

「これでよしと」オリヴィアはカービーの写真を面割用写真のなかに紛れこませた。オースティンは母親とこちらに向かっているところだから、うまくいけば、カービーを特定してもらって令状を取るのにそれほど時間はかからないかもしれない。

「オースティンの携帯電話から偽ケニーのアカウントにメッセージを送ったぞ」ノアが言った。「落ち合う場所の周辺にＳＷＡＴと狙撃手も配備ずみだ。夜のこの時間にはひとけのない場所を選んだ。張りこみはおれがする。きみは家に帰って頭を休めろ」

「オースティンがカービーを特定してくれたら、わたしもすぐに現場に向かう」じっと座っていられなくて、歩きながらボイス・メールをチェックする。レポーターからのメッセージを削除していたが、はっと足を止めてデイヴィッドの声に耳を傾け、メッセージが終わる前にデスクの引き出しからカメラを取り出していた。「ノア、メアリの行き先をデイヴィッドが突き止めたわ。コンドミニアム近くの湖畔よ」

「デイヴィッドとトムはふたりだけでそこへ向かったのか？」そう言った彼にオリヴィアは

ちらりと目を向けた。

「どう思う？」

駆け出したふたりをアボットが呼び止めた。「どうなってるんだ？」

「デイヴィッドがメアリを見つけました」オリヴィアは言った。「そこへ向かわないと」

「防弾チョッキはどうした？」

肩に手をやった彼女は、アイスパックをあてたままなのに気づいた。「会議室に置いてあります。車を用意して」ノアに言う。「防弾チョッキをつけたらすぐに階下に行くから」

**九月二二日（水）午後七時二五分**

「あれだ」一〇〇ヤードほど離れたところの緑色の日よけを、デイヴィッドが指さした。できるだけ近くまで車で進み、そこから湖畔に沿って密に生えた木々のなかを忍び足で進んできたのだった。「双眼鏡があればよかったんだが」

「ぼくは銃があればよかったのにと思ってるよ」トムがぶつくさと言った。「計画は？」

「わからない」デイヴィッドが小声で返す。「いまはまだ、な。とにかく急ごう」ふたりはできるだけ音をたてずに走った。そして、デイヴィッドの心臓が止まった。いやだ。頼む、やめてくれ。

ふたりはキャビンの裏庭の端まで来ていた。キャビンの裏手にはパティオに出るガラスの引き戸があった。その引き戸から二、三フィート向こうにソファの裏面が見えていた。そして、そのソファのこちら側には、椅子に縛られて横向きに倒れている母の姿があった。

トムがはっと息を呑む音が聞こえた。「お祖母ちゃんは動いてる?」

「見えない。おれが近づいてみるから、おまえはここにいろ。なにかあったら走って逃げるんだぞ」

「警察はどこ?」デイヴィッドの腕をつかんで、トムが強い調子の小声で言った。

「わからない。サイレンを鳴らさずに近づいてるのかもしれない。おれを信じろ」

デイヴィッドは横からキャビンにそっと近づいた。体勢を低くして裏手にまわり、ガラスの引き戸を覗きこみ、鋼鉄の拳に殴られたような安堵を感じた。

母は足を動かしていた。足首のところで縛られ、後ろにまわされた腕を手首で縛られていた。流血はない。見えるかぎりでは怪我はなさそうだ。一〇秒以内でいましめを切って母を自由にしてやれそうだ。

ただし、メアリがキッチンにいてコンロの鍋をかき混ぜている。銃は横のカウンターの上だ。射撃の腕はお粗末かもしれないが、引き戸が開くのを見たら発砲するかもしれず、運よく弾がだれかにあたるかもしれない。

デイヴィッドが合図をすると、トムが近づいてきて隣りにしゃがみこんだ。「母さんは無事だ」声を落とす。「メアリはいまも銃を持ってる。彼女の気をそらさせる必要がある」

「必要なのは銃だよ」トムがぶつぶつと言った。

「ないものはしかたがないだろう」小声でぴしゃりと言う。「おまえは正面にまわって、いちばん大きな石を見つけろ。石がなかったら木の枝でもなんでもいい。それをキッチンの窓に投げて、一目散に走れ。メアリにあたれば最高だが、もしあたらなくてもガラスが割れて驚くだろうから、その隙になかに入って母さんを連れ出す」

「メアリが驚かなかったり、おじさんを追ってきたらどうするの？」

「母さんを外に出す」

「で、撃たれるわけだ」

「おまえが石をメアリにぶつけてくれればそうはならないさ。バスケットボールの花形選手なんだろ。スリーポイント・ラインからのシュートだと思えばいい」

「ばかげた計画だよ。おじさんが殺されちゃう」

デイヴィッドは体をよじって甥を見た。「ほかにもっといい計画はあるか？」

トムが歯ぎしりをする。「ううん」立ち去りかけたトムの腕をデイヴィッドがつかんだ。

「待て。だれか来る」

トムが安堵の吐息をついた。「警察だ」また動き出す。

「待つんだ。あれは警察の車じゃない」エンジンの音がちがっていた。「プラグがいかれてるな」

「なに？」

「あの車のスパーク・プラグがいかれてるって言ったんだ」デイヴィッドは歯を食いしばりながら言った。「待て」

「お祖母ちゃんを助け出さないと」トムが言い張る。

「いま動いたら、母さんが殺されるかもしれないんだぞ。いいから待て。おれを信じろ」デイヴィッドは息を殺してじっと待ちながら、次に起こることをおそれていた。直感は正しかった。

キャビンのドアが勢いよく開く音、金切り声、そしてコーヒーにいくつクリームをつけるかと訊くなじみの声が聞こえた。

「よお、わが妹よ」カービーが言った。「会えなくて寂しかったか？」

デイヴィッドの隣りで、トムが怒りに肩をふるわせた。「これからどうなるの？」声に出さずにそう言った。

こちらを見て、特に手のなかの銃を見て、ショックのあまりぽかんと口を開けているメアリに向かって彼はにやにやした。彼女がカウンターのちっぽけな銃をちらりと見たので、くつくつと笑った。「やめておいたほうがいいぞ」

「どうやって……？」メアリが凝視する。「どうやってわかったの？」

「なんだって？　おまえがここにいるのをか？　メアリ・フラン。おまえがコンドミニアムを標的に選んだのは偶然じゃなかったとわかっていたんだよ」部屋を見まわす。「父さんと母さんがおれたちを連れてきてくれたときから、ここはほとんど変わってないな。おまえのことだ、ジョエルが自分で考えついたみたいに思わせたんだろう。湿地帯を救うんだとかなんとか」

メアリの目に理解の色が宿った。「あ、あ、あなただったのね。あそこにいたのはあなただったんだわ。ビデオを撮ったのも。ほかの放火を無理強いしたのも。あなたが脅迫者だったのね」

「そうだよ」悦に入ってうなずく。「おれがやった。まあ、おまえがどんなゲームをしているのかと頭をひねったのは認めよう――ガラス球のことを聞くまでだったけどね。なかなかいい趣向だったぞ。あの老いぼれを引っ張り出したわけだしな。ついに片をつけられるかもと期待させて。ほめてやるよ」

メアリが顎を上げた。「とうとう白鯨をつかまえたんだとあいつに思わせてやりたかったのよ」

「三〇秒はあいつもそう思ったかもな。でも、球がちがったんだよ。クローフォードみたいなやつでも、模倣犯とわかっただろう」

メアリは首を横にふった。「いいえ、だれも知らない詳細をわたしはつかんでたのよ。クローフォードはモスの信者の仕業だと思ってる。モスのところへ連れていってくれる人間を見つけたと思ってるのよ。そうはならないけどね」

「ほんとうか？」カービーはそそられていると認めざるをえなかった。「そんな詳細をどうやって手に入れたんだ？」

「モスのウェブサイトの管理人にEメールを送ったのよ。お世辞を言って、わたしもモスを崇拝してるって伝えたの。実際に会って、信頼してもらった。男から聞いた情報を使ってクローフォードに罠を仕掛けておびき寄せたわ。夢が手の届くところまで近づいてるってあいつに思わせてやりたかったのよ」

Eメールか……。新たな技術を利用しただけで、手口は昔のままだったのだ。「それで？」

メアリが険しい表情になる。「モスがどこにいるか、わたしは知ってる。母さんがしたみたいに、あいつに懇願させて、それからあいつを殺してやるつもりだった」

「代わりにおれがそうしてやったよ。だから、安心してあの世に行ってくれ」銃で狙いをつけた彼は、メアリの顔からさらに血の気が引くのを見つめた。「一〇年前、おまえはおれをはめた。今日はその報いを受けてもらう」

メアリが一歩あとずさる。「そんなつもりじゃなかったのよ、ジョナサン。あんなことになるなんて思ってもいなかった」

「そうだろうとも。なんでかって言うと、おまえは目先のことしか考えられないからだ。おまえが人質に取った婆さんはどこだ？　ハンターだったか？　きっと、おまえのガラス球をキャッチしたハンサムな消防士の家族なんだろうな。婆さんをどこに隠した？　クロゼットか？」

　メアリは頭をふった。「わたしがとっくに殺したわ。遺体は車のなかに置いたまま」

「ばかなことをしたもんだな。あの婆さんはおまえがフランスに逃げる切符になったかもしれないのに」そう言って笑った。「エリックは大ばか者だった。彼はおまえが殺したのか？それともアルベールがやったのか？」

「いいえ」カービーの銃を見つめたまま、小さな声を出す。「みんな、わたしが殺したのよ」

「ジョエルまでもか？　あれはアルベールの仕業だろうと思ってたんだが」

　目を閉じ、唾をごくりと飲んだメアリの喉が動いた。「ジョエルは抑えが効かなくなりつつあった。自白しそうだった。だから、落ち着かせようと錠剤を飲ませたのよ」

「でも、目が覚めたジョエルはやっぱりヒステリックに騒ぎ立てた。窓越しに見たあの女の子の顔につきまとわれたまま生きていられなくなった。だからおまえは、みんなにとって楽な解決策を取ろうと決めた。あるいは、自分にとって楽な解決策だったのかもな。これだけは言っといてやるよ。おまえは少しも変わってない」

「あんなことを起こすつもりじゃなかったのよ」メアリは必死だった。「わたしはたったの一三歳だった。ショックで固まってしまったの」

「クロゼットのなかで、電話の子機を持ってな。おまえがあんなゲームをするとわかってたら、自分で九一一に通報したのにな。だが、おれはおまえに子機を渡し……」一〇年前ではなく、今朝のできごとだったかのように鮮明に記憶がよみがえり、彼は顎をこわばらせた。「おれは、でかい恨みともっとでかいバットを持った前科者と戦おうとした」メアリに近づく。「おまえが呼んだ前科者と」

メアリは頭をふった。「ちがう。彼はクローフォードに仕返しをしたかったのよ。死ぬのはクローフォードのはずだった。母さんじゃなく。母さんは死ぬはずじゃなかった」

「でも、クローフォードはモスを追ってて家にいなかった。で、前科者は選り好みするタイプじゃなかった、ちがうか？」吐き捨てるように言う。「おれはあいつが母さんの頭が陥没するほど殴るのを目にし、自分にも復讐の矛先を向けられた。一カ月も入院するはめになった」

「わかってる」メアリは食いしばった歯のあいだから言った。

「ああ、おまえもあそこにいたんだもんな。クロゼットのなかで聞いてたんだったよな。前科者がおまえの名前を呼ぶのも聞こえたか？　おれは聞いたぞ。あいつは何度も何度もおまえの名前を呼んだ。おまえの名前を知ってたんだ」妹をにらみ、身を乗り出す。「だれにもばれないと心底信じてたのか、メアリ・フラン？」

メアリはよろよろと一歩下がった。「知ってたの？」

「そうだ。おれは知ってた。退院したあと、前科者は逮捕されたと聞かされた。二度と刑務所から出られなくなったと。でもおれは、あいつがおまえの名前を呼んでたことを忘れられなかった。夢のなかのできごとかもしれないと思ったが、そうでないのはわかってた。だからあいつに面会に行って、どうやっておまえを知ったのかと訊いた。どうしておまえの名前を呼んだのかと」

「あいつは手紙のことを話したのね」メアリの声は小さかった。

「そうだ。刑務所にいる男に手紙を書いて、彼らと同じくらい自分の継父を憎んでて、そいつを殺すのに手助けが必要だったら、自分が喜んで手を貸すと書いたら、どうなると思ってたんだ？　どうしてそんなことをした？」

「わたしは一三歳で、あいつが出所するなんて夢にも思ってなかったからよ！」メアリは叫び、すすり泣きながら床にくずおれた。「ぜったいに出所しないと思ってたし、万が一したとしても、クローフォードを追いかけると思ってた。彼らを刑務所にぶちこんだのはクローフォードなんだから。わたしじゃなく。わたしは悪くない」

「そう、おまえは悪くないよな？　一度だっておまえのせいだったことはない」

カービーがメアリの頭に銃口を向けてカウンターをまわってくるのを、デイヴィッドは恐怖を感じながら見つめていた。警察署の前でカービーが冷酷にクローフォードを撃ったのを思い出していた。次に犠牲になるのがメアリなのは疑いようもなかった。いまも椅子に縛りつけられている母をちらりと見る。カービーは母がそこにいるのにまだ気づいていないが、そのまま見つからずにすむと賭けるわけにはいかなかった。銃口が母の頭に向けられたら、手遅れになってしまう。

カービーは目撃者をひとりも残さないだろうから。

なにも持っていない手を見つめ、武器があればとやりきれない思いだった。どんな武器でもいいのに。それなのに、持っているものといえば、なんの役にも立たないポケットナイフだけだった。銃が必要だ。どうして銃を手に入れなかった？

いくらそんなことを考えたところで、銃を持っていない現実は変えられなかった。恐怖を遮断し、母を助け出す方法に集中した。キャビンの表側でカービーの車のエンジンがかかったままなのが聞こえ、計画が頭のなかで形を作った。身を寄せて、あることを甥の耳もとにささやいた。「トム、いま言ったことを実行してもらいたい。反論せず、おれを信じてくれ。できるか？」

トムがおぼつかなげにうなずいた。「うん」

彼は嫌悪の目で妹を見下ろした。「なにがきっかけだった？　もう何年も昔の話なのに、どうしていまになってクローフォードを引きずり出そうとした？」

顔を上げたメアリの目は、追い詰められた動物のようだった。「あいつがわたしのところに来たのよ。一〇周年の日にね。お金をくれた。償いをしたいって言った。償いだなんて。あいつのしたことに償いなんてできるわけもないのに。留守にしてなかったら、あいつはお母さんを助けられたかもしれないのに」

彼は目を瞬いた。「おまえの頭はほんとうにいかれてるな。危険な犯罪者を自分で家に招いておいて、クローフォードのせいにするのか？　あのろくでなしがかわいそうにすらなるな。だが、おまえのことを話そうとしたのに、あいつはおれを信じなかった」

メアリが目を見開く。「あいつに話したの？」

「もちろんだ。だが、あいつは耳を傾けようともしなかった。おまえはあんなに取り乱してるのに、よくもそんな嘘を並べ立てられるものだと言われたよ。それに、おまえは母さんに似てた。そんなおまえがそれほどの……悪人だとはあいつには信じられなかったんだろう」

「あいつに話したの？」メアリが愕然としてくり返す。

「頭がいかれてるうえに耳も聞こえないのか？　そうだ。話したが、あいつはおれを嘘つき呼ばわりした。クローフォードは、自分が家にいてすべきだったことを代わりにしたおれをまともに見られなかった。おまえがクロゼットに隠れているあいだ、おれは母さんを守ろうとしたんだ」彼女の頭に狙いをつける。「おまえがじっとしてれば、なにも変わる必要はなかったんだ。だが、おまえはあのいまいましいガラス球を現場に置いていった。ババーイ、メアリ・フラン」

「デイヴィッドはあいかわらず出ないわ」湖畔のキャビンが窓の外を流れていくのを見つめながら、オリヴィアは携帯電話を握りしめた。もう少しで着く……。

「ふたりはカウボーイを気取って無茶をしてるんだ」ノアがぶつぶつと言う。

「フィービーは彼のお母さんなのよ。イーヴィが危険な目に遭ったときは、あなただってかなりのカウボーイぶりだったでしょ」

「それとこれとは話がちがう。おれには銃があった。デイヴィッドとトムにはない」

その事実はオリヴィアも強く意識していた。「デイヴィッドは自分の身を処せる人よ」それが真実でありますようにと祈る。カメラの画面をじっくり見て、バスケットから俯瞰した光景と実際の地上の配置を一致させようとした。もうすぐそばまで来ている。あと二、三分走った先にまたキャビンがあるはずで、それが目指す建物かもしれない。

前方にキャビンが見え、シャツを着ていない人物が脇から正面にこっそりまわるのをとらえて目を丸くした。「トムだわ」彼は、エンジンをかけたまま私道に停めてあるセダンに乗りこもうとしている。「なにをするつもりなの?」オリヴィアは言い、ノアは顎をこわばらせた。

「わからない」そのとき一発の銃声が鳴り響き、ノアがアクセルを踏みこんだ。車は一瞬空を飛んだ。

トムが運転席につき、甲高いきしみ音を発しながら古いセダンをバックさせたかと思うと、運転席のドアを大きく開けたままキャビンを狙ってエンジンをふかした。車が急発進すると、トムは飛び降りて芝地を転がり、ダンサーのようにしなやかに立ち上がった。ノアが急ブレーキをかけると同時に、トムがキャビンの裏手に向かって駆け出した。

オリヴィアは車から飛び降り、銃を抜いてトムを追って裏手にまわった。


カービーが引き金を引き、メアリが倒れるのを、デイヴィッドは恐怖に満ちた目で見つめた。その直後、キャビンが土台から揺さぶられた。心臓が激しく鼓動するなか、ポケットナイフを握りしめ、トムのシャツを頭にかぶり、肩からガラス戸に突っこんだ。ガラスの雨を浴びながらシャツを払いのけると、呆然と目をみはっている母の姿があった。

「大丈夫？」小声ながら激しい口調でたずね、母がこくりとうなずくと鼓動が少しだけ静まった。母が目を閉じると涙がこぼれ落ち、デイヴィッドはポケットナイフでいましめを切って母を抱え上げて割れたドアから外へ出した。

そこには、母を連れ出すべくトムが待っていた。よくやった、坊主。トムは指示を細かいところまで守ってくれた。さあ、出るんだ。デイヴィッドはガラス戸に開いた穴に向かって飛びこんだが、ソファを越えて飛びついてきた人間に襟をつかまれて引き戻された。デイヴィッドはその人間とともに割れたガラスの上に倒れこんだ。

「この野郎」激しい怒りの悪態のあと、デイヴィッドの後頭部に冷たい鋼鉄が強く押しつけられた。「立て、ハンター。両手は見えるところに出しておけ。おれに会いたかったんだろ。願いが叶ったわけだ。銃を捨てろ」

デイヴィッドは一秒一秒の経過を強く意識しながら立ち上がった。母とトムは彼に見られずに逃げ出した。安全な場所に到達するまで走り続けろよ。「銃は持ってない」

カービーが彼の首を押し潰さんばかりにきつく腕をまわし、後ろにのけぞらせて体を叩いて武器を確認した。「ほんとうに持ってないんだな。銃も持たずに飛びこんでくるとは、どういう英雄気取りなんだ？」

デイヴィッドは首を絞めている腕をつかもうとしたが、銃把で頭を強く殴られた。「両手は見えるところに出しておけと言っただろう」

息ができなかった。「警察がこっちに向かってる」ざらついた声で言うと、カービーが笑った。

「そんな手には引っかからないぞ。警察はダウンタウンでおれを待ち伏せしてるから、ここには来ない。あいつらはおれをばかだと思ってるんだ。罠のにおいに気づかないと思ってやがる」

「なんの話だ？」苦しい息を押してデイヴィッドは言った。少し後ろに反って、息ができるだけの隙間を作った。カービーは店のカウンター内に立っているときの印象よりも背が高かった。力もあった。おれは彼をみくびっていた。彼をちゃんと見たことすらなかった。不快感を抱いていたから、まともに見ようともしなかったのだ。

「あいつらのちょっとした策略だよ。オースティンの携帯電話からメッセージを送ってきた。〈助けて。こわいんだ。落ち合おう〉」カービーが茶化した。

オリヴィアが話してくれなかった計画か。どうやら成功しなかったようだ。「どうして策略だとわかる？　おれが知ってるかぎりでは、警察はまだその少年を保護できてなかったぞ。ずる賢く逃げまわってた」

「警察が店を取り囲んでたからだよ。くそったれの警官がうじゃうじゃいた」

「おまえの店にはいつだって警官がおおぜいいるじゃないか。彼らにコーヒーとドーナツを売ってるだろう」

「おもしろい男だな。じきに笑ってられなくな——ちくしょう」カービーが倒れている椅子を思いきり蹴った。「これはいったいなんだ？」

デイヴィッドはじっとしていた。なにも言わなかった。カービーはデイヴィッドの母がここにいるのを知らなかった。理由は神のみぞ知るだが、メアリは彼女をすでに殺したとカービーに嘘をついた。いまごろ、トムは母を連れて車まであと少しのところまで行っているだろう。トムには走り続けろと言ってあった。万一おれがあとから来なくても。家族のためにもっと時間を稼がなければ。

「くそったれ」カービーが毒づく。「あのくそ女、嘘をつきやがった。あいつは婆さんを殺しちゃいなかったんだ。婆さんはどこだ？」デイヴィッドの頭に銃をさらにきつく押しつける。「婆さんはいったいどこにいる？」

デイヴィッドは落ち着きを保とうとした。「なんのことだかわからない」トムが母を安全な場所へ連れていけるだけの時間をあと数分稼ごうとした。

「嘘をつけ。床にロープが落ちてるじゃないか。歩け、ハンター」カービーは彼を前へと押し、ガラスの割れた引き戸をまたいでパティオに出た。「ハンター婆さん！」大声でどなる。「戻ってこなければ息子は死ぬぞ。こいつを撃つぞ。おれには失うものはないが、あんたにはあるだろう」

だめだ、母さん。戻ってくるな。トムが母を声の届かないところまで連れ去ってくれているよう祈った。母は蝙蝠並みに耳がいいから望み薄だろうが。母は戻ってくる。そして、トムもついてきて、三人とも死ぬのだ。くそっ、オリヴィア、どこにいるんだ？　デイヴィッドは息を殺し、母が戻ってくる物音がしないかと耳を澄ませたが、なにも聞こえなかった。よかった。

「いいだろう」カービーがつぶやく。「まだそう遠くまでは行ってないはずだ。おまえはもうおしまいだ、ハンター」

カービーはおれを撃つつもりだ。それから、おれの愛する人たちを追いかけるのだろう。おれが息をしているうちは、そうはさせない。カービーを道連れにしてやる。デイヴィッドの胃がかき乱された。死に直面したときにはもっと悟りを開いた心境になると思っていたのだが、現実はそうではなかった。毎日死を覚悟して火のなかに飛びこんでるというのに。でも、これはちがった。突撃する火はない。アドレナリンもない。ただ恐怖と不安がずっしりと腹に居座っているだけだ。だとしても、結果は変わらない。

いまだ。カービーを倒せ。デイヴィッドはかかとに重心を乗せて思いきり後ろに押し、体をねじり、倒れこみながらカービーの手首をつかんだ。頭をパティオにしたたかにぶつけて目がまわったが、相手の手首をしっかりつかんで銃口をそらした。

カービーは怒りのうなりとともに自由なほうの手でデイヴィッドの襟をつかみ、頭をコンクリートに叩きつけた。頭が割れるように痛んだが、デイヴィッドは彼の手首を放さなかった。ふたりは銃を取ろうと転げまわった。デイヴィッドはカービーをコンクリートに押さえつけたが、相手の指が引き金にかかり、銃口を必死で自分からそらすことしかできなかった。

息を吸いこむと頭がはっきりし、カービーの顔もしっかりと見えた。憤怒が爆発し、全身の力をこめて顔を殴りつけたが、相手も負けてはおらず、拳がデイヴィッドの喉にのめりこむまで襟をねじり上げた。

息ができない。体をよじったが、カービーはさらにきつく襟をつかんできた。息ができない。目の前に白い光がちらつき、喉を締めつけている拳を片手でどけようとしたが、カービーは抗った。両手だ。両手を使う必要がある。彼に撃たれる。おれは死ぬんだ。ちがう。死ぬのは今日じゃない。喉の力をゆるめろ。それが功を奏し、鼻から少しだけ息ができるようになった。

そして、彼女の香りに気づいた。スイカズラだ。彼女がここにいる。銃で狙いを定めようとしているが、ふたりが揉み合っているせいでなかなか撃てずにいる彼女の姿が頭に浮かんだ。銃を放すんだ。離れろ。デイヴィッドは唐突に相手の手首を放し、脇に転がった。拳で襟をつかんだままのカービーも一緒に転がってきて、デイヴィッドは視野の隅で銃が弧を描き……自分を狙うのを見た。全身の筋肉をこわばらせ、銃口を凝視する。

発砲音がした。デイヴィッドはびくりとし、カービーはがくんと揺れて倒れ、彼が大きく息をする前に死んでいた。呆然として、カービーのこめかみに開いたきれいな穴を見つめる。それから、しわがれた咳をして喉にかけられた手をどかしてあおむけになり、胸を大きく上下させて肺を空気で満たそうとした。なんとか目を開けると、両手で握った銃をカービーの頭に向けたままの、仮面のように無表情なオリヴィアが見えた。彼女がゆっくりと銃を下ろしてホルスターにしまった。

オリヴィアは笑い声とも泣き声ともつかない苦しそうな音を発し、デイヴィッドのそばにひざまずいて指先でそっと顔をなでた。「ああ、ひどい顔だわ」脚を折り曲げて座ったデイヴィッドは、後頭部に触れられてたじろぎ、彼女の指についた血を見て顔をしかめた。「出血してるわ」

デイヴィッドは激しく目を瞬いた。ことが終わってアドレナリンが消えていき、苦痛を感じはじめていた。「頭を打ったんだ」不機嫌な声で言い、顎をなでてさらにひどいしかめ面になった。「おまけに傷が開いた。すごく痛む」

「そうでしょうね」オリヴィアが彼のこめかみにかすめるようなキスをした。「あなたにあたるおそれがあったから、なかなか撃てなかったの。どうすればいいか、なぜわかったの？」

彼女の香りを吸いこむと、気分が落ち着いた。「スイカズラの香りがしたんだ。それで、きみが来てくれたとわかった。きみが片をつけてくれるとわかった」

オリヴィアが彼と額を合わせた。「カービーがあなたを道連れにするんじゃないかと気が気じゃなかったわ」消え入りそうな声だった。

デイヴィッドは彼女を抱きしめ、震えを吸い取ってやった。「そうはならなかった。きみが彼にそうさせないようにしてくれたんだ」

「リヴ？」ガラスの割れた引き戸のところにノアが姿を現わし、銃をしまった。オリヴィアはデイヴィッドの抱擁から逃れ、カービーの遺体をちらりと見てからノアと目を合わせた。

「カービーは死んだわ」

「わかってる。全部見たから」ノアが一度だけきっぱりとうなずいた。「すごい射撃だったな。大丈夫か、デイヴィッド？」

オリヴィアが立ち上がった。「救急車が必要だわ」彼の代わりに返事をする。

「いいや、必要ない」デイヴィッドも立ち上がり、目眩と吐き気と闘った。「母とトムはどこだい？」

「救急救命士を呼んだ」デイヴィッドがなにも言わなかったかのようにノアが言った。「あと五分で到着する。きみのお母さんはトムと一緒におれたちの車にいる。お母さんは無事だよ」

デイヴィッドは安堵の息をついた。「カービーが母に呼びかけたんだ。母のことだからぜったいに戻ってきて、カービーに撃ち殺されてしまうと心配だった」

「おれたちはそのときはもうここに到着してたんだ。カービーが叫ぶのが聞こえた。フィービーは駆け戻ろうとしたんだが、おれたちを信じてほしいと説得した。オリヴィアとおれに仕事をさせてくれと」

デイヴィッドは目を閉じた。安堵と頭痛のせいで吐き気がした。「ありがとう」

「メアリはどうなったの？」オリヴィアがたずねた。「どこにいるの？」

「キッチンだ」ノアが答えた。「死んでる」

デイヴィッドは彼女の頭が吹き飛んだ光景を思い出してひるんだ。「カービーが彼女を撃ったんだ」

オリヴィアはため息をついた。「これで答えはわからないままになったわね」

「多少の答えならあるよ」デイヴィッドは盗み聞きした内容を伝えた。

「メアリは、前科者に招待状を送ってしまったわけか」ノアが言った。「それに腹を立てたカービーを責められはしないな。とはいえ、それ以外のことは……」

「彼は精神病質者《サイコパス》だったのよ」オリヴィアの口調はそっけなかった。「瞬きもせずに人を殺したんだもの」

オリヴィアもそうだった。だが、事情がまったく異なっている。たくさんのつらい目に遭ってきたのに、冷静に集中した彼女をデイヴィッドは誇りに思った。シャツについたガラス片を払っていると、サイレンの音が聞こえてきた。警察だ。ようやく。

「警察が来るのにどうしてこんなに時間がかかったんだ？」

「わたしたちみたいに俯瞰写真を持ってなかったからよ。緑色の日よけのあるキャビンはたくさんあるの。州警察のヘリコプターを待つあいだ、地上から捜索してたのよ。トムがカービーの車をキャビンに突っこませる直前に、住所を連絡できたの」

「いったいなんだってトムはあんなことをしたんだ？」ノアが訊いた。

「母を助け出すあいだ、カービーの気をそらしておけるほど大きな音をたてる方法がそれしか思い浮かばなかったんだ。彼はメアリを殺した直後で、母をすでに殺したという彼女のことばを信じていなかった。すぐに母を捜しはじめるとわかっていた。だから、なにかしなくてはならなかったんだ」

オリヴィアが目をぱちくりさせた。「メアリがあなたのお母さんを殺したと嘘をついたの？」

「そうなんだ。カービーが入ってきて、銃を突きつけて人質はどこだと詰め寄った。人質がおれの母だと推測したんだ。クロゼットに押しこんだのかとたずねた。でも、メアリは嘘をついた」

「わたしを傷つけたくなかったからよ」

デイヴィッドははっとふり向いた。母がパティオにいて、その横にトムがいた。母の顔色は悪かったが、どこも怪我をしていないようだった。「母さん」心臓が喉までせり上がり、母に近づいて軽く抱きしめるつもりだったのに、泣き出されてきつく抱きしめてしまった。

「怪我はない？」

「ええ」フィービーはうなずいた。「わたしは大丈夫。ただ……彼の声が聞こえたの。彼は自分の妹を撃ったのよ。あなたも殺されると思ったわ」

「おれもそう思ったよ」デイヴィッドは小声で言った。「でも、無事だった。母さんも無事だった。みんな無事でよかった」

「ほんとうね」フィービーが少し離れて息子の顔をしげしげと見つめ、切り傷やあざを見てつらそうな目になった。「できるだけ長く車のなかで待っていたのよ。ああ、ハニー、あなたの顔ったら」

「たいしたことないよ。すぐに治るさ。母さんはほんとうに大丈夫なの？」

「お祖母ちゃんの動きはすごく速かったよ」トムが皮肉っぽく言った。「銃声のあと、ノアが危険は去ったと合図を送ってくれたんだけど、お祖母ちゃんについていくのに苦労したんだから」

それでもまだ納得できないデイヴィッドは、母を自分の目でたしかめた。「医者に診てもらおう」

「その必要は――」フィービーは言いかけたが、デイヴィッドがこわい顔をして黙らせた。

「おれのためにそうしてくれよ。頼む」

フィービーがつんと顎を上げる。「あなたも診てもらうなら、そうしてもいいわよ」

デイヴィッドは苦笑した。「おれが六歳のときも、その手を使ったよね」

「あなたがあの木から落ちて、腕の骨が折れたと思ったときね。あのときもうまくいったんだから、今日だってうまくいくはずよ」フィービーは目に感謝をこめてオリヴィアをふり向いた。「ありがとう」

「わたしたちを信頼してくださって、こちらこそ感謝してます。物音が聞こえるなかで待つのがどんなにつらかったか、よくわかっています」

フィービーは見るからに震えている手でオリヴィアの顔を包んだ。「あなたは息子の命の恩人よ」

オリヴィアはその手の感触を味わうようにつかの間目を閉じた。「息子さんを助けられてよかったです」ちらりとカービーに目をやる。「いろいろな意味で」視線を上げてデイヴィッドを見る。「また縫ってもらわないとね」

彼はオリヴィアの後頭部のこぶに触れた。彼女は痛みでたじろぐまいとしたが、うまくいかなかった。「きみも診てもらうなら、そうしてもいいよ。脳震盪《のうしんとう》を起こしてるかもしれないだろう」

「いまは無理よ」オリヴィアは抗った。「カービーを殺したんだもの。報告書を書かなければならないの」

フィービーが顔をしかめた。「報告書を書くのは二、三時間あとでもいいんじゃないの、ノア?」

「もちろん。行けよ、オリヴィア。ここはおれに任せて」

デイヴィッドはオリヴィアのウエストに腕をまわした。「行こう」耳もとでささやく。「もうすべて終わったんだ。おれにきみの面倒をみさせてくれ」

彼にもたれたオリヴィアは、とてもしっくりくるものを感じた。「おたがいに相手の面倒をみるのよ」

# 28

## 九月二三日（木）午後二時〇〇分

「すみません、サザランド刑事さんはどこにいらっしゃるでしょう？」

全員が集まってそろそろ小一時間も報告会議をしているアボットのオフィスの窓から、デイヴィッドはふり向いた。黒っぽい服を着た小柄な女性が大部屋を横切ってくるところだったので、彼は立ち上がった。女性の目は赤く、顔は疲れており、両手に大きな箱を持っていた。直感で女性がだれだかわかった。それが正しければ、箱の中身にも見当がついた。

「サザランド刑事は報告会議中です」デイヴィッドは言った。

彼の家族と一緒に昼食をとろうとしたとき、捜査の終了に際してすべてを明確にしておかなければならないから戻ってこい、とオリヴィアはアボットに呼び戻されたのだった。会議が終わるまでじっと座って待つしかないとわかっていたが、デイヴィッドは一緒に行くと言い張った。オリヴィアの目にはいまだに張り詰めたものがあって、休みを取ったにもかかわらず、会議のあと書類仕事に没頭するのではないかと心配だったのだ。一緒にいれば、そんなことにならないようにしてやれる。「おれも彼女を待ってるところなんですが、ほかの刑事に用件をお話しになりますか？」

「いいえ、そこまでは必要ありません。あなたは消防士さんね。ガラス球をつかんだ」

「そうです。デイヴィッド・ハンターです」

「ジェニー・ケインです」

「そうだと思いました。ご主人のことはお気の毒でした」

ジェニーがうなずいた。「ありがとうございます」そう言うのにも慣れてきたかのような、決然とした口調だった。「刑事さんたちとお話ししにきたわけではないんです。いまはそうできるかどうかもわかりません」顎を上げる。「オリヴィアとつき合ってらっしゃるの？」

「ええ、そうです」

ジェニーの唇が持ち上がってかすかな笑みになった。「お母さまはお元気？」

「はい」座るよう勧めたかったが、ジェニー・ケインはできるだけ早くここから立ち去りたがっているように感じた。「おれが用件をうかがいましょうか？」

ほっとしたように彼女がうなずいた。「これをオリヴィアに受け取ってもらいたいの。夫のお気に入りだったと伝えてください。そして……」声が震え、ジェニーは息を吸いこんだ。「彼女も夫のお気に入りでした」差し出された箱をデイヴィッドは敬意をこめて受け取った。彼女がいちばんのお気に入りだったと伝えてください。彼が訓練した新人刑事のなかで、彼女が
ジェニーはまた息を吸い、体の脇で手をひらひらとさせた。「夫は彼女を心配してました。

わたしもです。でも、あなたなら彼女の面倒をちゃんとみてくださるわね」

それは質問ではなかった。「はい。約束します」

「よかった。ありがとう」そして、だれかに見られる前に彼女は急いで立ち去った。

数分後、アボットのオフィスのドアが開き、チームのメンバーが出てきて静かにそれぞれの仕事に戻っていった。ノアは分厚いフォルダーを持って自分のデスクに向かった。

「ミッキのチームがカービーのノートパソコンのファイルに入るのに成功した。これは脅迫の被害者のファイルだ」

「そんなにおおぜい？　全員に話すのかい？」

「そうせざるをえない。大半の人たちは、いまも彼に支払いをしてる。カービーのやり口にはびっくりするぞ。〈デリ〉中にマイクを設置して、上のアパートメントに録音装置を置いていた。発見したすべてを処理するには何週間もかかりそうだ」

デイヴィッドはオリヴィアの椅子からデスクへと移動し、とりあえずのところは帽子の箱を背中にまわした。オリヴィアが疲れきったようすで椅子に沈みこんだ。「彼のポケットのなかからちょっとした装置が見つかったの。どんな会話も望みのままに受信できるようにするものよ。何年も、コーヒーを買う列に並びながらケインとどんな話をしただろうってずっと頭をひねってるの。手話通訳のヴァルともあの店で落ち合ったのよ。それでカービーは彼女のことを知ったんだと思う」

「カービーが彼女をどこへ連れ去ったか、わかったのかい？」そうたずねると、オリヴィアが目を閉じた。ゆうべ事件が一段落すると、手話通訳を見つけることがオリヴィアの最優先事項となった。

「ええ。ミッキがカービーのバンで血痕を見つけたの。ヴァルの血液型と一致したわ。ミッキは彼がGPS装置を持ってたのにも気づいた。ひと晩中かかってカービーの足どりを追跡して、彼が郊外に行ったのを突き止めた」彼女が目を開けると、そこには悲しみと、少なからぬ罪悪感があった。「ミッキとアボットが、ブリーとガスに周辺を捜索してもらったの。遺体を発見するのにそれほど時間はかからなかったわ」

「オリヴィア」

彼女はごくりと唾を飲みこんだ。「カービーはヴァルを拷問したの」

「きみのせいじゃないよ、ベイビー」

「わかってるわ。でも……」重いため息をつく。「ああ、もうっ。アボットは彼女の子どもたちに伝えなければならなかったのよ」

デイヴィッドは咳払いをした。その光景を思い浮かべたくはなかったが、そうせずにはいられなかった。「アンディ・クローフォードはなんて言ってるんだい？」デイヴィッドは話題を変えた。オリヴィアが到着したとき、FBI特別捜査官の息子はアボットのオフィスにおり、半時間後に出てきたときにはむっつりと黙りこんで、デイヴィッドに声もかけずに急いで帰っていったのだった。

「メアリが静脈注射のドラッグ常用者だと告げたら、信じられなかったみたい。彼女が大学に入ったとき、歯科手術をしたあとにパーコセットを服用したのは知っていると言ってた。彼女にはずいぶん長く会ってなかったから、薬物常用者だとは知らなかった。でも、そのための金銭援助を知らずにしてたの。彼はメアリの請求書の支払いをし、小遣いをあたえ、一度もなにも訊かなかった。アンディは、父親が家族のお金を息子の自分にばかり使い、ジョナサンとメアリになにもしてやらなかったことに罪悪感を抱いてたのね。でも、メアリにはどこか気味の悪い思いもさせられた。だから遠く離れたままでいた」

「昨日きみと話したとき、彼はどうしてジョナサンの存在を口にしなかったんだろう?」

「家を出て以来、ジョナサンからはいっさい連絡がなかったんですって。そのころにはアンディはすでに医学部に通っていて、自分の人生で忙しくてジョナサンを心配する暇もなかった。そういう状態が幸せだったそうよ。アンディも父親をあまり好きでなかったの。わたしたちはメアリのいそうな場所について彼にたずねたけれど、もうひとりのきょうだいについては訊こうと思いつかなかったし、アンディもメアリがジョナサンのところへ行ったとは思わなかった。ジョナサンとメアリは憎み合っていたから」

「ああ、それはおれにもわかったよ」デイヴィッドは見聞きしたことを思い出した。

「そうよね。あなたとお母さんが聞いててくれてよかったわ。そうでもなければ、動機については一生わからないままだったでしょうから」

「脅迫の件は？　いつからはじめたんだい？」

「記録からすると、ジョナサンは大学に入ったときに〈デリ〉でパートタイムで働きはじめ、中退してフルタイムで働くようになったみたいね」

ノアが検《あらた》めていた分厚いフォルダーをぽんぽんと叩いた。「そのころに脅迫をはじめたみたいだな」

「そうすればもっと金を稼げる」デイヴィッドが言う。「倫理には反するが実際的ではある」

「カービーは非常に実際的だったよ」ノアの口調は冷ややかだ。「脅迫をしてはいけないときや、離れているべきときを心得てた」ＤＶＤを持ち上げてみせる。「ベッド脇のテーブルの引き出しに入ってた。おれが最初に発見した、二月に自分のアパートメントで首を吊っていた犠牲者だ。彼女が犯人とコーヒー・ショップで会ったということまではわかっていた。当時、第一容疑者と目されていた男は毎日〈デリ〉に通ってたから、カービーに防犯カメラのテープを提出してくれと頼んだんだ。カメラはレジのところにしか設置してないと言われたんだが、明らかに嘘だったんだな。彼は生きていた最後の晩の犠牲者を見ていた。殺人犯が彼女を尾けるのを見ていた。彼は知っていたんだ」

「それなのに、なにも言わなかった」デイヴィッドは顔をしかめた。「でも、カービーは、レポーターのふりをしているあの男からストーキングされてるとイーヴィに警告してくれた。

おかげで彼女の命は助かったんだ」

「理由はわからない」ノアが認めた。「彼のファイルをじっくり調べればわかるのかもしれない」

「もうじゅうぶんわかってるわ」オリヴィアの顎はこわばっていた。「彼はケインを殺した。ウィームズを殺した。トムリンソンとブラントを殺した。クロープフォードとメアリも。それに、あなたも殺すところだった」

カービーに銃を突きつけられたときのことがまざまざとよみがえり、デイヴィッドは身震いした。「でも、殺さなかった」

「そうね」オリヴィアは自分の手を見下ろし、それから顔を上げて彼の目を見た。「わたしたちがあなたのお母さんを捜しているあいだに、アボットがトレイシー・マレンの両親と会ったの。彼は両親に検死報告書を見せた――虐待があったことを告げた。両親はたがいに相手を責めたけど、やがて母親が打ち明けた。人工内耳を使おうとしないトレイシーに腹を立てていたの。トレイシーはわざと引き出しにしまったままにした。母親の再婚相手は、高いお金を払って手術を受けさせたのに、トレイシーが使おうとする努力もしないことに怒っていた。母親はかっとなって娘の腕をねじり上げ、手話ができないのなら人工内耳を使う努力をもっとしなければだめだと言った。母親はずっと罪悪感にさいなまれていた」

「母親は罪に問われるのかい？」デイヴィッドが訊いた。

「もちろんよ。彼女はフロリダ州当局に引き渡されたわ」

「トレイシーは家出をして、オースティン・デントのところに来たのか。どうして父親に相談しなかったんだろう?」

「なぜなら、彼女は一六歳で、おびえていたからよ。それに、オースティンに恋をしてると思ってた。オースティンも、トレイシーは母親のもとから逃げてきた、父親に真実を話したらなにかとんでもないことをするんじゃないかと心配してた、と言ってた。あの晩、トレイシーがコンドミニアムにいなかったら、カービーはどうしていただろうという思いが頭から離れないの。メアリたちを追い詰めて、ほかの放火をさせただろうかって。トレイシーとオースティンが関与してなければ、カービーはケニーを捜すことにはならなかった。そうしたら、ヴァルはまだ生きていたはず。ケインも」

「そんな風に考えちゃだめだ、オリヴィア」デイヴィッドの声はやさしかった。「ケインの身に起こったことを、トレイシーの母親のせいにはできないんだよ。できごとはつながってはいるが、それ以外の数多くの要因だってかかわっているんだから」

「わかってる。でも、ついそう思ってしまうの」

「それはわかるよ。ええと、会議中にきみを訪ねてきた人がいるんだ。ジェニーだよ」

オリヴィアは椅子の上で背筋をしゃんと伸ばした。「どうして言ってくれなかったの?」

「彼女が会いたがっていなかったからだよ。きみにこれを持ってきたんだ」箱を前に出し、それがなにかに気づく彼女を見つめた。

「受け取れないわ」蚊の鳴くような声だった。

「オリヴィア。彼女はきみにこれを持っていてもらいたがってるんだよ」

箱から帽子を取り出す彼女の手は震えていた。「彼のお気に入りの帽子だわ」

「きみも彼のお気に入りだったとジェニーは言ってた」

オリヴィアの目に涙がこみ上げる。「これをどうしたらいいの？」

デイヴィッドはオリヴィアのフェドーラ帽を女神の胸像から取った。「自分のをかぶって、ケインのはここに飾ればいい」

オリヴィアの口が開いて閉じ、ようやく声が出た。「そして、毎日それを目にするの？」

デイヴィッドはなにも言わず、彼女に決めさせた。

長くはかからなかった。ケインの帽子を丁寧に女神の頭に載せた。「みんなが毎日目にする場所に置いておくのね。すてきだわ」彼女はデイヴィッドの目を見つめた。「ありがとう」

「どういたしまして。きみの帽子はきれいにする必要があるよ。つばに血がついてる」

「クローフォードの血だわ」オリヴィアは帽子を箱にしまった。「わたしが最初の殺人事件を解決したとき、ケインがこのフェドーラ帽をくれたの。〝よくやった〟と言って」思い出に顔をほころばせる。「ケインにしたら、最高のほめことばなのよ」

ノアが咳払いをした。「葬儀は土曜日だ。正装のお偉方もバグパイプもそろった警察葬だ

――ケインのための最高の葬儀になる」

オリヴィアはケインの帽子に目をやった。やさしく悲しげなまなざしだった。「彼は気に入ってくれるわ。特にお偉方が正装してきつい靴を履くってところがね。彼らが足を痛がるのを喜ぶわよ。さあ、行きましょう。会議中にドクター・ドナヒューから電話があったの。リンカーンが目を覚まして、あなたと話したがってるそうよ」オリヴィアは通り過ぎざまにノアの肩をぽんと叩いた。「また明日ね、パートナー」

「正式に決まったのかい?」デイヴィッドはたずねた。ノアならすばらしい相棒になるだろう。彼ならオリヴィアの背後をきっちり守ってくれる。そして、オリヴィアも彼の背後を守る。「これでイーヴィとおれは夜ゆっくり眠れるようになるな」もの問いたげに両の眉を上げたノアを見て、デイヴィッドはくつくつと笑ってしまった。「それぞれの場所でって意味だよ。わかってるだろ」

ノアが顔をほころばす。「ああ。きみの相棒のジェフの容態はどうだい?」

「足の指の感覚が少しあるそうだ。どこまで回復するかはわからないけどね。いずれにしろ、かなり長いあいだ仕事には復帰できないだろう。つまり、この怪我の抜糸のあと、おれには新しい相棒がつくってわけだ。そうだ、家族が集まったから、今夜おれのロフトで母が盛大な夕食会を計画してるんだ。来ないか?」

「行かないわけがない。きみのお袋さんの料理はうまいからな。きみの料理がうまいのもお袋さんに教わったおかげなんだろうな」

「おれの知ってるすべては母から教わった。とにかく、いいことのすべてはそうだ」オリヴィアの肩に腕をまわす。「じゃあ、リンカーンに会ってこよう。そのあと、家族に会うのが楽しみだ」

**九月二三日（木）午後三時一五分**

テーブルをはさんでリンカーン・ジェファソンの向かい側に座ったデイヴィッドは、思わず目を瞬いた。こぎれいにして意識清明なリンカーンは別人のようだった。取調室の片隅にはジョン・テンプル特別捜査官が立っている。彼は道理をわきまえた男のようで、それにはおおいに安堵した。鏡の向こうの部屋からおおぜいの人間――FBI特別捜査官たち、リンカーンの精神科医、トルーマン、それにオリヴィア――に見られているのはわかっていた。リンカーンの横には弁護士が座っている。

「やあ、リンカーン。元気かい？」

しばらくのあいだ、リンカーンは無言だった。ただそこに座って、鋭い目でデイヴィッドを見つめていた。刺し貫くような目といってもいいくらいだ。「元気です」ようやく口を開いた。「あなたは？」

「怪我だらけだが、なんとかやってる」

「よかった。あなたに会いたいと頼んだんです。お礼が言いたかったから。家に侵入して脅したおれに、あなたは親切にしてくれました。そんな必要もなかったのに」

「いいんだ」

リンカーンの目のなかでなにかの感情が揺らめいた。「メアリは死んだと聞きました」

「彼女は実の兄に殺されたんだ。きみにはつらいことだろうね。お兄さんのトルーマンから、きみと彼女は友だちだったと聞いたよ」

「彼女を愛してました。彼女のために薬を飲んでました。でも、彼女には恋人がいたと知ったんです」

「ジョエルか」

「そうです。二週間前に大学で、ふたりが一緒にいるのを見ました。彼女はおれがそこにいるのを知らなかった。おれは落ちこみ、薬を飲むのをやめたんです。射殺死体が発見された火災現場にガラス球が残されてたと聞いたとき……なにかがぷつんと切れて、自分がなにをしてるかもわからなくなりました」

「おれの友だちのキャビンをおぼえてないのかい？」

「はい。警察の調書を読みました。あなたが親切にしてくれたと書かれてました。自分がなにをしたかも」

「いつもそこにいる」デイヴィッドが小声で言うと、リンカーンはつかの間目を閉じた。

「その罪悪感とともにずいぶん長く生きてきました。彼女の顔を見られなくなるよう薬をやめたりしましたが、うまくいったことはありませんでした。彼女はいつもそこにいるんです。一二年前に放火した夜について、すべて自白しました。自分のしたことと向き合う頃合いなんです。償いをすることはできませんが」

デイヴィッドは自分の秘密をオリヴィアに打ち明けたあとに、胸にぽっかり開いた穴を思った。心はおだやかになったが、時計の針はけっして戻せないという思いもあった。「わかるよ。メアリとはどうやって知り合ったんだい？」

「サイトの管理人アドレス宛てにEメールを送ってきたんです。すごく誠実そうでした。モスの信奉者でした。というか、おれはそう思ったんです。でも、警察からは、彼女は継父に仕返しをするためにおれを利用しただけだと聞きましたし、兄のトルーマンからは、前の秘書の死が殺人事件の可能性があるとして、捜査が再開されることになったと聞きました。彼女のそんな面は目にしたことがありませんでした。でも、彼女は人を殺したんですよね。自分勝手な理由から」

「気が楽になるかどうかわからないが、クローフォードにきみを殺させはしない、とメアリは母に言ったそうだよ。〝あいつに彼を殺させはしない〟と。彼女は自分の手でクローフォードを殺すつもりだったんだ」

「気が楽になりました。ありがとうございます。おれは彼女に夢中になりました。モスについてはだれにも話したことがないのに、彼女には話してしまったんです」

「きみは彼女を信頼したんだよ」

「おれがばかだったんです」

「ちがうよ、リンカーン。相手を信頼したきみがばかだったんじゃない。彼女がきみをだましたんだ」

リンカーンは肩をすくめた。「とにかく、おれは彼女にすべてを話しました。細かいところまで。彼女が火災現場にガラス球を置いていったのは、おれから聞いて知ってたからです」

「そして、信憑性を持たせるために、北極にVEと彫った。リンカーン、メアリは死ぬ直前に、プレストン・モスの居場所を知ってると彼女の兄に言ったんだ」

リンカーンがにっこりした。「ここにいる親切なFBIの人も、モスがどこにいるかをとても知りたがってますよ。だからあなたがここにいるんです。あなたに会うまでは、その情報を教えるつもりがなかったので」彼は弁護士のノートとペンを指さした。「借りてもいいですか？」

デイヴィッドが見ていると、リンカーンは詳細な地図を書き、最後にある地点に×印をつけた。

「一二年前の火事の翌日、おれはモスに会いにいきました。ほかにはだれも知らないある場所でよく会ってたんです。もっとも熱心な信奉者たちが。みんなで腰を下ろして、使徒みたいに彼の話を聞いたものです。モスは……みんなをうっとりさせたんです。とにかく、翌日、おれはひどく狼狽してその場所に行きました。おれたちは散り散りになりました。放火の当日は、いつものようにタイマーをセットしたあと、おれたちは散り散りになりました。でも、ラジオで死者が出たと聞いて。信じられませんでした。急いで現場に戻ったら、遺体を目にして、完全にいかれてしまったわけです」

「想像はつくよ」デイヴィッドがきっぱりと言った。「そういうものを目にすると、人はそれに取り憑かれてしまうものなんだ」

リンカーンがうなずく。「永遠に。翌日、おれは秘密の場所へ行き、モスを見つけました。薬を飲んで死んでました」ため息をつく。「おそろしい光景でした。なにも考えられず、ただとっさの行動に出たんです。モスの遺体を車で運び、埋めました」そう言って地図を軽く叩いた。「ここに。ここへはよく行くんです。墓は乱されてません。その下に彼が眠ってます」

「みんなが集まってた場所は？」

「焼け落ちました。ふさわしい最後ですよね」

「それから？」

リンカーンは肩をすくめた。「時が流れ、現実は消えていきました。それを知ってこわくなりました。頭がおかしくなりつつあるのは、神さまがおれを罰するために現実感を奪っているからだと思ったんです」

それも理解できるよ。「話してくれてありがとう、リンカーン」

リンカーンが冷静な目で見つめてきた。「あなたの家に行ったことはおぼえてません。でも、あなたの声はおぼえてます。あなたの……思いやりを。それでおれは安心したんです」

「それを聞いてうれしいよ。幸運を祈る。心からの気持ちだ」

リンカーンの微笑みは悲しげだった。「わかってます」

握手のあと、デイヴィッドはリンカーンが連行されるのを見送った。テンプル特別捜査官が、リンカーンの書いた地図を手に取った。「ありがとう、ミスター・ハンター」

「おれはなにもしてません。ほんとうの意味では。モスの遺体を確認したら、公式に発表するつもりですか？　おおぜいの消防士が区切りをつけたがってます」

「もちろん。特別捜査官の仲間たちも、区切りをつけたがってますからね。これからお祝いがあるんでしょう。あなたとお母さんにとっていい結末を迎えられてよかったですよ」

「同感です」デイヴィッドが観察室に行くと、オリヴィアは電話中だった。

「もう切るわね。わたしも愛してる」電話を切った彼女の目は少しばかり明るすぎるほどに輝いていた。「ミーアからだったの。何日も電話のすれちがいが続いてたのよ。週末にこっちに来られるよう、ひと晩中働いて仕事を片づけてたんですって。リードや子どもたちとわたしのうちに泊まってもらうことにしたわ。わたしたちはキャビンを使えるでしょう？」

デイヴィッドが顔をほころばせた。「もちろんだよ。またミーアに会えるのはうれしいな」

オリヴィアの唇がひくついた。「気が変わるかもしれないわよ。彼女、あなたと話したがってるの。わたしたちが〝性的関係〟を持ったのに気づいてなかったんですって。いったい彼女はどこからそれを聞いたのかしら？」

「ペイジがおれに言ってるのを、母とグレンが立ち聞きしたんだ」

「なるほど、それですべて腑に落ちたわ」

「じゃあ、ミーアはおれと話すって？　話すだけだよな？」

「ねえ、あなたはリンカーンやカービーと戦ったじゃないの。猫を救う消防士なんでしょ。ミーアを相手にするくらい、楽勝じゃないの？」

「どうかな。女はずるい戦い方をするから」

オリヴィアがくすりと笑った。「心配しないで。わたしが守ってあげる」

## 九月二四日（金）午前二時五五分

キャビンのドアがバタンと閉まる音をオリヴィアは聞いた。桟橋の端に座っていた彼女は、袖で涙を拭った。重い足音がして、デイヴィッドが近づいてきたのがわかった。

彼は腰を下ろしてオリヴィアの肩に腕をまわした。オリヴィアは彼にもたれ、ずいぶん久しぶりに安全を感じた。デイヴィッドの家族がおおぜい集まって、喜びと笑いに満ちた晩だった。兄弟、姉妹、姪に甥。ミーアの結婚式のときは、あまりに騒々しいハンター一族に落ち着かない気分にさせられた。でも、いまは……その一部になった気がしていた。

フィービー・ハンターが肩に腕をまわしてくれ、〝デイヴィッドの命を救ってくれた女性〟だと誇らしげに紹介してくれたのだった。そしてオリヴィアは、フィービーがカービーのことだけを言ったのではないとどういうわけか理解した。

ミーアはパーティがはじまった一時間後に到着し、すぐに険しい顔でデイヴィッドを脇に連れていった。けれど、デイヴィッドがいまも生きていることから考えて、彼から聞いた話に満足したらしい。ミーアはマシュマロのような心を持った雌虎で、オリヴィアはそんな姉を持てたことが心底うれしかった。彼女はケインの葬儀まで残ると約束してくれた。わたしには彼女が必要になるだろう。なぜなら、周囲に笑いと愛が満ちているにもかかわらず、その場にいない人のことを常に意識し、心を痛めていたからだ。

「起こすつもりはなかったの」ぼそりと言うと、デイヴィッドが頭のてっぺんにキスをしてくれた。

「きみに起こされたわけじゃないよ。鎮痛剤が切れて目が覚めたんだ。そうしたら、きみがいなかった」

「悪い夢を見たの」そう打ち明ける。「カービーに殺されたあなたが地面に横たわってた。そうしたら、あなたがケインになった。で、ここに座って彼のことを考えてたの。彼がいないのを寂しがってた。どうしたらちがう結末になっただろうって考えてた。わたしさえもっと早く現場に駆けつけてたらって」

「オリヴィア、ケインを恋しく思うのは当然だよ。でも、自分がちがうことをしてたらと考えたら、心をむしばまれてしまうよ」

オリヴィアの唇が片方持ち上がった。「自分を棚に上げて、そんなことを言うわけ?」

「そうだよ。でも、立場が逆なら、きみだっておれにそう言ったはずだ。きみはできることすべてをやった。すべきことは全部。きみは優秀な警官だ」

彼のおかげでオリヴィアはそれを信じられた。「ありがとう」

「わかってると思うけど、きみは自分にきびしすぎるんだよ」

彼女はそのことばをじっくりと考えてみた。「ええ、そうみたい。でも、あなただって同じよ」

「じゃあ、おれたちふたりとも、完璧を目指すのはやめないとな。できることだけをして、それでよしとしなければ」

「なぜなら、満足できることはけっしてないから」オリヴィアはささやき声で言ったあと、息を吸いこんだ。「精神科医と話をしたわ。ドクター・ドナヒューと。いつも犯罪現場でパニック発作を起こしていたの。〈ボディ・ピット〉事件以来」

「パニック発作を起こしてなかったら、そっちのほうが驚きだよ」当然といった口調だったので、おかげで恥ずかしがっていたのがばかげて感じられた。「彼女はなんて言ってた？」

「つらい局面ははじまったばかりだって」

「先生の言うとおりだ。それでも、きみを誇りに思うよ。心を開くのは簡単じゃないから」

オリヴィアは躊躇した。「たったいまあなたに打ち明けるほうがむずかしかったわ」

「どうしてだい？」やさしい声だった。

「だって、あなたにどう思われるかのほうが重要なんですもの。あなたに思ってほしくなかった、わたしが――」口ごもり、肩をすくめて顔を背けた。「――劣っていると」

「なにより劣ってるんだ？　だれより劣ってるって？　だれにも劣ってないよ」オリヴィアがなにも言わずにいると、彼は顔をしかめた。「おいで。見せたいものがある」

デイヴィッドが立ち上がり、彼女を引っ張り起こしてキャビンに戻り、寝室に入ってダッフル・バッグをごそごそとやった。「これを見てくれ」

ミネアポリス消防署からの手紙だった。「〝親愛なるミスター・ハンター、当署は貴殿からの求職申しこみを拝受しました。欠員が出次第貴殿にご連絡いたします〟」オリヴィアは困惑して彼を見上げた。「どうしてこれを見せてくれたの？」

彼が答えてくれなかったので、オリヴィアはもう一度その手紙を見た。そして、日付に気づいた。はっとデイヴィッドに目を戻す。「ミーアの結婚式から一カ月後に求職したのね」

「実際は一週間後だったんだ。返事が来るまでに時間がかかった」

オリヴィアの頭がめまぐるしく回転した。「わたしのために向こうでの仕事を辞めるつもりだったのね？　実際にこっちへ移ってくるずっと前に？」

「そうだよ。おれはずっときみを待ってたんだが、きみに出会うまでそれがわかってなかった。あの晩のあと、きみに近づく勇気が出たとしたら、そのあとになにが起ころうと準備をしてなくちゃならないと考えたんだ。ずっと、こんな風になればいいと願ってたんだよ。長い一日のあと、ふたりきりで過ごせたらと。とはいえ、ふたり一緒の将来はもっと早く来てくれることを願ってるけど」

「デイヴィッド……」オリヴィアはことばを失った。

「デイナが自由の身になったら、彼女のところに戻るかと訊いたよね。そのときにこの話をしようかと思ったんだが、あの晩に話したことを考えたら信じてもらえるとは思えなかった。いまだって信じてもらう権利はないが、きみと出会った瞬間に、自分がなにを望んでるのかがわかったんだよ。だれを望んでいるのかが。きみの気持ちを知ってたら、こんなに長い時間をむだにはしなかった。すまなかった、オリヴィア。時間を巻き戻せるものならそうしたいよ」

オリヴィアはけっして忘れられなかった顔を見上げた。その顔はカービーことジョナサン・クローフォードとの取っ組み合いであざができ、ぼろぼろになっていたが、それでも彼女の知っているなかで最高に美しい男性だった。外見だけでなく中身も。「それなら、過去をふり返ってこれ以上の時間をむだにするのはやめましょうよ」腕を彼の首にまわしてキスをした。やさしいキスにするつもりだったのに、彼にきつく抱き寄せられるとキスが深まった。もっと……深いものに。

オリヴィアは後ろ向きにベッドへと押され、彼にのしかかられた。「きみの望みはなんだい？」デイヴィッドがかすれた声で訊いた。

すべてよ。わたしはすべてが欲しい。「あなたよ。あなたが欲しい」

前に愛を交わしたときは切迫感に襲われていた。爆発的だった。今度のはゆったりと慎重なものだった。ふたりとも目を開けたまま一緒に動き、相手のまなざしやそのニュアンスをしっかり見つめていた。クライマックスは巨大なうねりとなって襲ってきて、オリヴィアを持ち上げ、世界に彼ひとりしかいなくなるよう包みこんだ。絶頂に達したデイヴィッドが頭をのけぞらせ、体を弓なりにしてうなるように口にしたのは、まちがいなくオリヴィアの名前だった。

その後、ふたりは静かに抱きしめ合った。慈愛に満ちた抱擁がふたりをやわらかな安心感で包みこむ。この愛をこの先もずっと、たがいにあたえ合い、守り抜いていくのだ。

# 訳者あとがき

日本でもおなじみのロマンティック・サスペンスの人気作家、カレン・ローズがまたしてもやってくれました！　緻密に練られた非情ともいえるほど容赦のないプロットで、読む者を夢中にさせてくれること請け合いです。

二〇一一年のＲＩＴＡ賞を受賞した本作『愛の炎が消せなくて』（原題“*Silent Scream*”）の舞台はミネソタ州ミネアポリス。かなりの分厚さですが、ストーリーそのもののおもしろさにくわえ、ほぼ時系列どおりの細かなタイムスタンプごとに視点が入れ替わってスピード感があるため、長さを感じることなく、気づけば読了していたということにきっとなると思います。

大学生のジョエル、メアリ、エリック、アルベールの四人は、湿地帯保護を訴えるため、湖畔に建設中のコンドミニアムに放火する。しかし、無人のはずのコンドミニアムに少女がいて、取り残される。ジョエルは助けに戻ろうとするが、警察につかまるのをおそれた仲間に無理やり連れ去られてしまう。

現場には五人めの人物がいて、一部始終をカメラにおさめていた。男は立ち去る際、自分の姿を見た警備員を冷酷に射殺する。

その場面をひとりの少年が目撃していた——。


消防士のデイヴィッド・ハンターはコンドミニアムの消火に出動し、倒れている少女を発見するが、時すでに遅く、死亡が確認された。焼け跡からはガラスの地球儀が見つかる。それは、一二年前まで過激な地球保護活動をしていたグループの署名だった。

死者が出たため、放火捜査班だけでなく殺人課の刑事も呼ばれる。担当となったのはオリヴィア・サザランド。消防士のデイヴィッドとは二年半前に知り合い、強く惹かれ合いながらもすれちがったままで、気まずい再会となる。

一方、大学生四人組は、コンドミニアムの放火をネタに姿の見えない人物から脅迫され、次なる放火を指示されるはめに——。

コンドミニアムで亡くなった少女はだれだったのか？　なぜ無人のはずのコンドミニアムにいたのか？　大学生たちを脅迫する人物は何者で、その目的はなんなのか？　大学生四人の運命は？　デイヴィッドとオリヴィアの恋の行方は？

ヒーローのデイヴィッドは〝超〟がつくほどのハンサムで、自由な時間はすべて奉仕活動に使っているできすぎな男性。けれど、彼が他人のために尽くすのには理由があったのです。だれにも打ち明けられずにいた暗い秘密とはなんなのか。それが明らかになったとき、彼の苦しんできた歳月を思って胸が痛みます。

ヒロインのオリヴィアもトラウマを抱えています。ブロンドの美人であるのに、婚約者に捨てられた過去のせいで女としての自信を失っていたのです。おまけに、あまりに凄惨だった七カ月前の〈ボディ・ピット〉事件（前作〝*I Can See You*〟邦訳未刊行）の影響をいまだにふり払えず、仕事面でも自信を失いかけていました。けれど、それでも自分を叱咤し、真摯に事件と向き合う彼女。その姿は読者の胸を打つことでしょう。

そんなふたりが周囲のすばらしい人々に支えられながら過去と折り合いをつけて前に進んでいくようになるまでの過程や、捜査や消火活動の真に迫った描写を、手に汗握りながらお楽しみいただければ幸いです。

本作はカレン・ローズの一一作めにあたります。著者の既刊作品を読んだことのある読者諸氏はご存じでしょうが、それぞれ異なった事件を扱う単独作でありながらも（なかには連作もありますが）全体にゆるいつながりのあるのが特徴となっています。実際、デイヴィッドはデビュー作の〝*Don't Tell*〟ほかに登場していますし、家族や友人など、別作品の登場人物も本書で顔を出しています。また、前作の事件にも頻繁に言及されていますが、過不足ない説明がされているため、本書がはじめて読むカレン・ローズ作品の場合でも、支障なく存分にお楽しみいただけるようになっています。

著者はほぼ毎年一冊のペースで精力的に作品を発表し続けており、二〇一六年には一七作めとなる“*Alone in the Dark*”が刊行される予定です。彼女の全作を、過去の未訳作もふくめ、邦訳で読める日が来るのを一ファンとして熱望しています。また、翻訳者として、今後もカレン・ローズの作品をご紹介できればと願っています。

最後になりましたが、本書を翻訳する機会をあたえてくださった二見書房、そして本書を手に取ってくださったみなさまに心よりお礼を申し上げます。

二〇一五年一〇月

## ＊＊＊カレン・ローズ既刊作品リスト＊＊＊

① *Don't Tell*（2003）
② *Have You Seen Her?*（2004）
③ *I'm Watching You*（2004）／
『誰かに見られてる』（文春文庫）
④ *Nothing to Fear*（2005）／
『復讐の瞳』（ハヤカワ・ミステリ文庫）
⑤ *You Can't Hide*（2006）／
『暗闇に抱かれて』（ハヤカワ・ミステリ文庫）
⑥ *Count to Ten*（2007）
⑦ *Die for Me*（2007）／
『誰にも聞こえない』（扶桑社ロマンス）
⑧ *Scream for Me*（2009）／
『闇に消える叫び』（扶桑社ロマンス）
⑨ *Kill for Me*（2009）／
『木の葉のように震えて』（扶桑社ロマンス）
⑩ *I Can See You*（2010）
⑪ *Silent Scream*（2010）／
『愛の炎が消せなくて』（本書）
⑫ *You Belong to Me*（2011）
⑬ *No One Left to Tell*（2012）
⑭ *Did You Miss Me?*（2013）
⑮ *Watch Your Back*（2014）
⑯ *Closer Than You Think*（2015）

RITA賞受賞作……③⑪
RITA賞最終候補作……②④⑦⑧⑨
オーストラリア・ロマンス読者賞最終候補作……⑯

（編集部作成）

ザ・ミステリ・コレクション

# 愛《あい》の炎《ほのお》が消《け》せなくて

著者　カレン・ローズ
訳者　辻《つじ》 早苗《さなえ》

発行所　株式会社 二見書房
東京都千代田区三崎町2-18-11
電話　03(3515)2311 [営業]
03(3515)2313 [編集]
振替　00170-4-2639

印刷　株式会社 堀内印刷所
製本　株式会社 村上製本所

落丁・乱丁本はお取り替えいたします。
定価は、カバーに表示してあります。

ISBN978-4-576-15178-6
http://www.futami.co.jp/